# JOYCE CAROL OATES

# NOITE.
# SONO.
# MORTE.
# ASTRO.

Tradução
Débora Landsberg

Rio de Janeiro, 2024

Copyright © 2019 by The Ontario Review, Inc. All rights reserved.
Copyright da tradução © 2024 por Casa dos Livros Editora LTDA. Todos os direitos reservados.
Título original: *Night. Sleep. Death. The Stars.*
Todos os direitos desta publicação são reservados à Casa dos Livros Editora LTDA.

Nenhuma parte desta obra pode ser apropriada e estocada em sistema de banco de dados ou processo similar, em qualquer forma ou meio, seja eletrônico, de fotocópia, gravação etc., sem a permissão do detentor do copyright.

Publisher: *Samuel Coto*
Editora executiva: *Alice Mello*
Editora: *Lara Berruezo*
Editoras assistentes: *Anna Clara Gonçalves e Camila Carneiro*
Assistência editorial: *Yasmin Montebello*
Copidesque: *Bonie Santos*
Revisão: *Victoria Rebello e Thaís Lima*
Design de capa: *Keenan © HarperCollinsPublishers Ltd 2021*
Imagem de capa: *Jeff Cottenden*
Adaptação de capa: *Guilherme Peres*
Diagramação: *Abreu's System*

---

Dados Internacionais de Catalogação na Publicação (CIP)
(Câmara Brasileira do Livro, SP, Brasil)

Oates, Joyce Carol
　　Minha vida de rata : um romance / Joyce Carol Oates ; tradução Débora Landsberg. – Rio de Janeiro : HarperCollins Brasil, 2024.

　　Título original: Night : Sleep : Death: The Stars.
　　ISBN 978-65-6005-180-5

　　1. Romance norte-americana I. Título.

24-199019　　　　　　　　　　　　　　　　　　CDD: 813.5

Índices para catálogo sistemático:
1. Ficção : Literatura norte-americana 813.5
Eliane de Freitas Leite - Bibliotecária - CRB 8/8415

---

Os pontos de vista desta obra são de responsabilidade de seu autor, não refletindo necessariamente a posição da HarperCollins Brasil, da HarperCollins Publishers ou de sua equipe editorial.

HarperCollins Brasil é uma marca licenciada à Casa dos Livros Editora LTDA.
Todos os direitos reservados à Casa dos Livros Editora LTDA.
Rua da Quitanda, 86, sala 601A – Centro
Rio de Janeiro, RJ – CEP 20091-005
Tel.: (21) 3175-1030
www.harpercollins.com.br

# NOITE.
# SONO.
# MORTE.
# ASTRO.

## Uma clara meia-noite

*Esta é a sua hora, ó alma, o seu voo livre rumo ao que não pode ser dito,*
*Longe dos livros, longe da arte, o dia terminado, a lição acabada,*
*Você emergindo completa, silenciosa, atenta, refletindo sobre os temas que lhe são mais queridos.*
*Noite, sono, morte e astro.*

**— WALT WHITMAN**

# SUMÁRIO

Prólogo – 11

## I. A VIGÍLIA

Sinos dos ventos – 19
Atingido por raios – 20
A irmã cruel – 22
Ainda vivo – 45
O aperto de mãos – 49
A vigília – 59
"Herdeiro" – 72
A semente – 77
"Indícios" – 96
O nadador – 98
A festa – 100
Mutante – 107
O retorno de Whitey – 116
A bênção interrompida – 117
A mão firme – 121
Indo para casa – 138

## II. O CERCO

"O que foi que você fez com o papai?" – 143
A forte – 145
Testamento e últimos desejos de John Earle McClaren – 171
Arma de choque – 179
O beneficiário – 188
A orgia da viúva – 195
A mão trêmula – 196
Sonâmbula – 203

## III. SEM TÍTULO: VIÚVA

Mack the Knife – 279
A provocação – 281
A raiva – 282
A onda – 295
Demônio Rakshasa – 304
Sonhos recorrentes dos filhos dos McClaren – 312
Calor de maio – 315
Visões em Dutchtown – 339
Keziahaya – 363
Sem título: viúva – 374
Caro Hugo – 387

## IV. AS ESTRELAS

Inimigos – 391
Os dados – 405
Caro Hugo – 406
As vespas – 438
Onda preta – 462
O aperto de mãos – 499
A trança – 506
Testamento e últimos desejos de Virgil McClaren – 528
Advertência – 535
O coração assassino – 544
Justiça – 562
O beijo – 581
Morto – 584
Dia de Ação de Graças, 2011 – 585
Sinos dos ventos – 617

## V. GALÁPAGOS

*Em memória de Charlie Gross, primeiro leitor e amado marido*

# Prólogo

## 18 de outubro de 2010

*Por quê?* Porque ele tinha visto algo que tinha razões para acreditar que era errado e estava em suas mãos ou pelo menos ele tinha o dever moral de retificar a situação, ou de tentar.

*Onde?* A caminho de casa, na Hennicott Expressway, por volta das três e quinze da tarde daquele dia. Logo depois do elevado imundo do Pitcairn Boulevard, desfigurado por pichações, onde no começo dos anos 1970 uma tela de arame de três metros foi instalada depois que jovens colegiais lançaram pedras grandes sobre os motoristas que iam para os subúrbios do norte, matando um e ferindo outros, e causando danos consideráveis aos veículos.

*De onde?* Um almoço reunindo os curadores da Biblioteca Pública da Cidade de Hammond, no centro, que John Earle McClaren (na época prefeito de Hammond, Nova York) tinha ajudado a reconstruir em meados dos anos 1990, com uma campanha de financiamento de alguns milhões de dólares; desde então, naqueles quinze anos, John Earle — apelidado de Whitey — nunca tinha faltado a uma reunião de curadores.

Dirigindo seu carro, o novo modelo do Toyota Highlander, na pista da direita da via expressa de três pistas, em uma velocidade nem acima nem abaixo do limite de noventa quilômetros por hora. Essa precaução sob o prisma de ter consumido apenas uma taça de vinho branco durante o almoço (embora John Earle não acreditasse que estivesse dirigindo embriagado ou que sua direção, aos olhos de um observador neutro, pudesse ser assim caracterizada).

Vendo, então, logo antes da saída de Meridian Parkway (que o levaria em vinte minutos para a segurança do lar na Old Farm Road, onde passara a maior parte de sua vida adulta vivendo uma vida feliz ao lado da esposa querida), uma viatura da Polícia de Hammond estacionada no acostamento da pista, com a luz vermelha piscando, e outro veículo parado ao lado; (dois) policiais uniformizados puxando um (homem?) (jovem?) (de pele escura?) indivíduo de dentro do carro, gritando na cara dele e o jogando repetidas vezes contra o capô do carro. Desacelerando o carro para enxergar melhor e chocado com o que tinha a impressão de estar vendo, agora freando, ousando parar pouco depois da viatura, John Earle saltou de seu carro para abordar os policiais, que continuavam maltratando o jovem de pele escura — embora estivesse evidente (para John Earle) que o rapaz não resistia, a não ser que cobrir o rosto e a cabeça para se proteger dos murros fosse considerado "resistir" —, tendo a audácia de berrar "Parem! Policiais! O que é que vocês estão fazendo?" — atrevido, destemido, evocando um tanto de sua autoridade de ex-prefeito neste novo século, naquele lugar desconhecido (o centro decadente de Hammond, onde a polícia tinha uma presença mais rigorosa e mais bruta, pouco conhecida até para cidadãos tão safos quanto John Earle McClaren), e a isso se seguiu um diálogo exaltado de que John Earle não se lembraria muito bem depois, assim como mal se lembraria que o rapaz de pele escura era esguio, estava muito assustado, não era afro-americano, mas (aparentemente) um jovem indiano, de terno, camisa branca rasgada e respingada de sangue e óculos de armação de metal derrubados do rosto.

Os dois policiais gritaram com John Earle — "Volte para a porra do carro e caia fora daqui, senhor" —, e John Earle teve a coragem de levar sua iniciativa adiante — "Vocês estão espancando um homem indefeso. O que foi que ele fez?" —, inflamado pela adrenalina, insensato, insistindo que *não sairia dali* — "Eu quero saber o que foi que esse rapaz fez. Vou denunciar vocês por uso excessivo da força". Esquecendo-se de que tinha sessenta e sete anos e de que fazia um quarto de século que já não era o prefeito de Hammond. Esquecendo-se de que estava com (no mínimo) dez quilos de sobrepeso, que qualquer coisa o deixava ofegante e que tomava um remédio forte para pressão alta. Tendo a presunção de supor que, como Whitey McClaren tinha sido popular como prefeito republicano moderado, com talento para a contemporização política, como tinha sido um cidadão ciente de seus deveres cívicos, um empresário local bem-sucedido, um amigo que jogava pôquer com o finado delegado de Polícia de Hammond e colaborador de longa data da Associação Benevolente de Polícia que acreditava (e sempre declarava publicamente acreditar) que a tarefa dos policiais era difícil e arriscada e que precisavam do apoio da população, não de suas críticas, talvez os policiais o reconhecessem, e cedessem, e pedissem desculpas. Mas não foi o que aconteceu.

Por algum motivo, o que aconteceu em vez disso foi que John Earle acabou no chão. De costas, no cimento imundo. Cacos de vidro, fedor de diesel. Depois que cai no chão, você fica no chão. É pouco provável que consiga se levantar quando queira. Os policiais investiram contra ele, incrivelmente, inacreditavelmente, com força, com fúria e um ódio aparente, com corpos e punhos enluvados. Ele está tomado pelo choque, bem como fisicamente aturdido. *Nunca na vida Whitey McClaren foi tratado com tanta brutalidade, tanta falta de educação! Um homem querido e admirado por outros homens...*

    Tentando se levantar. Ah, mas o coração está acelerado — muito. Um pé calçado com bota golpeia sua barriga flácida, sua virilha. John Earle, que é tão estoico que volta e meia dispensa novocaína no consultório do dentista, agora se contorce de dor. John Earle, que volta e meia não dá ouvidos ao medo, à cautela — agora apavorado. Usando seu terno listrado com colete da Black Watch, comprado anos antes para o casamento de um parente e que ele usa para as reuniões dos curadores para demonstrar respeito à seriedade da ocasião. *A biblioteca pública americana é o alicerce da nossa democracia. A bela Biblioteca de Hammond, de que todos nos orgulhamos.* Mas fizera a bobagem de tirar a gravata ao sair do almoço, a gravata Dior de seda azul-clara que ganhara da esposa e que poderia ter impressionado os policiais, mas agora ele está um tanto desgrenhado, assoberbado e corado (ele está *bêbado*? Impossível, foi só uma taça de vinho branco) e os policiais poderiam ter ficado impressionados com o Toyota Highlander (não era um carro barato), mas, e ele seria capaz de se bater por isso, fazia semanas que ele estava para ir ao lava-jato na Route 201, e o carro estava coberto por uma camada fina de poeira; portanto nada disso serviu de trunfo para John Earle ou impediu o que está acontecendo de acontecer do jeito que está acontecendo, como uma avalanche, se você estivesse parado debaixo das pedras que se desalojam; como se, caso John Earle McClaren tivesse se identificado da forma certa, com orgulho, declarando ser amigo do delegado, conhecendo o delegado pelo nome, ele pudesse ter se precavido da fúria dos policiais, mas era possível que não, pois ela já estava tomando forma, sendo ensaiada — *Interferindo no trabalho da polícia, botando em risco a segurança de policiais, resistindo à prisão, partindo para o ataque com agressividade.*

    Mas o que aconteceu com John Earle para ele estar deitado no chão? Um dos policiais que gritava se agacha ao lado dele segurando uma arma de choque na mão direita, é possível que o policial tenha dado um choque no senhor grisalho indefeso, desarmado, deitado de costas — não uma vez, mas meia dúzia de vezes, em um frenesi de indignação — e feito o coração do homem prostrado sofrer uma taquicardia, e parar, e sofrer taquicardia, e parar — seria possível? O dr. Azim Murthy, um jovem médico residente do Hospital Pediátrico St. Vincent, e ultimamente do Hospital Presbiteriano de Columbia, na cidade de Nova York, testemunhou o violento ataque com arma de choque, mas, embora fale inglês quase fluente em circunstâncias normais, praticamente esqueceu o inglês agora, em um estado de pânico animalesco. O dr. Murthy vai alegar que os policiais o deixaram tão amedrontado, tão confuso, que mal entendia o que gritavam no seu ouvido, o que eles interpretaram (ele supunha) como uma recusa a obedecer às suas ordens; ele não fazia ideia de por que tinha sido obrigado a parar seu Honda Civic no acostamento da via expressa, já que não estava correndo, por que o tinham arrastado para fora do carro com tanta força que seu ombro esquerdo se deslocou; não fazia ideia de por que exigiam ver sua identidade, e portanto quando, com muita dor, começou a tirar a carteira do bolso do paletó, o gesto foi (evidentemente) um erro, pois um dos policiais o xingou aos berros, o segurou e o jogou contra o capô do carro; bateu seu rosto contra o capô, abrindo a testa e quebrando o nariz; ameaçou "acender ele" — (com o que o dr. Murthy, naquele pavor todo, não sabia se tratar de uma arma de choque e não uma de fogo); àquela altura, o dr. Murthy, vinte e oito anos, nascido em Cochin, Índia, que tinha se mudado com os pais para a cidade de Nova York aos nove anos, tinha a certeza de que os policiais inexplicavelmente enfurecidos o matariam, e não sabia por que; o dr. Murthy não queria pensar que tinha sido parado na Hennicott Expressway por causa da cor da pele, que com certo orgulho ele não achava que lembrava pele "preta" — embora fosse impossível confundi-la com pele "branca". É verdade, talvez os policiais tivessem imaginado pelo terno do dr. Murthy, a camisa branca e a gravata que ele (provavelmente) não era traficante de drogas, nem "bandido", e (provavelmente) não seria uma ameaça ao bem-estar nem de um nem do outro se o prendessem sem abusar da força; embora muito assustado, de pernas bambas, o dr. Murthy estava decidido a se comportar como se não fosse "culpado", apesar de não ter certeza de por que poderia ser culpado ou de qual acusação os policiais furiosos pretendiam fazer contra ele. Tráfico de drogas? Homicídio? Terrorismo? O dr. Murthy tinha uma consciência incômoda da abundância de assassinos em massa, franco-atiradores, pessoas armadas e "terroristas" nos Estados Unidos dos últimos tempos, dominando as manchetes e as TVs a cabo, portanto podia-se concluir que os policiais de Hammond tinham razão em estar de olho em indivíduos que portavam, junto ao corpo ou dentro do carro, arsenais de armas; pessoas muito perigosas nas quais as autoridades policiais poderiam se ver tentadas a atirar de imediato. As pessoas em situação de rua, com transtornos mentais, com ou sem armas (visíveis) também poderiam ser consideradas perigosas pelos policiais, mas o dr. Murthy não parecia uma pessoa com transtorno mental, nem um provável assassino em massa; o tom de sua pele, oliva-escuro, assim como seus olhos pretíssimos, poderiam sugerir, para quem fosse sugestionável, um "terrorista" — mas a essa altura os policiais já tinham examinado a carteirinha plastificada do Hospital Pediátrico St. Vincent do dr. Murthy, que o identificava como médico da equipe — DR. AZIM MURTHY.

Tampouco havia armas, drogas ou apetrechos para o uso de drogas junto a seu corpo ou no Honda Civic, conforme os policiais descobririam em seguida.

No relatório os policiais alegariam que o veículo do dr. Murthy andava "costurando" no trânsito; quando a viatura policial se aproximou por trás, a luz vermelha piscando, o motorista assustado teria acelerado como que para "fugir" da viatura: fundamento para desconfiarem de drogas no veículo ou de motorista embriagado; e portanto o pararam, em nome da segurança pública; segundo os policiais, o motorista foi imediatamente "resistente", "gritou obscenidades, xingamentos, em língua estrangeira", "fez gestos ameaçadores"; para a própria segurança os policiais tiveram que arrastá-lo de trás do volante do carro e, como ele resistia, foram obrigados a fazer uso de força, na tentativa de algemá-lo precisaram usar força "máxima"; no que outro veículo parou no acostamento da via expressa, um Toyota Highlander "de aspecto suspeito" dirigido por um indivíduo que os policiais acreditavam ser cúmplice do homem que estava sendo detido; um indivíduo que representava um "perigo claro e imediato" aos policiais, porque gritava, erguia os punhos, ameaçava atirar neles e enfiava as mãos dentro do paletó, como se fosse pegar uma arma — de novo em nome da própria segurança, os policiais julgaram necessário dominar esse indivíduo, derrubá-lo no chão, usar a arma de choque para imobilizá-lo (cinquenta mil volts a vinte e cinco watts) e algemá-lo.

Esse sujeito "agressivo e ameaçador", que a princípio os policiais acreditavam ser cúmplice de Azim Murthy, foi posteriormente identificado como John Earle McClaren, sessenta e sete anos, morador da estrada Old Farm, Hammond, Nova York.

Depois ficaria claro que nem Azim Murthy nem John Earle McClaren tinham antecedentes criminais. Não encontrariam drogas nem armas no Honda Civic do sr. Murthy ou junto ao corpo dele e não encontrariam drogas nem armas no Toyota Highlander do sr. McClaren ou junto ao corpo dele. Nenhum vínculo seria descoberto entre os dois homens. Aconteceu de usarem arma de choque nos dois — por motivos de "segurança dos próprios policiais" —, mas o dr. Murthy não desmaiou nem entrou em coma como aconteceu com John Earle McClaren, talvez porque fosse quarenta anos mais jovem.

## I.

## *A vigília*

OUTUBRO DE 2010

# Sinos dos ventos

Cai uma chuvinha fria, mas ela ainda não quer entrar.
Rajadas de vento, o barulho dos sinos dos ventos.
Tão feliz! — ao som fraco, esmorecido dos sinos dos ventos pendurados em várias árvores no quintal da casa.

Será que é egoísmo, ela se pergunta. Estar tão feliz.

Alguma coisa no vento daquela tarde de outubro, a abundância de aromas outonais, as folhas úmidas, o céu granuloso, sinos dos ventos com seu inconfundível tom ressonante, a faz quase desmaiar de nostalgia como se fosse (de novo, ainda) uma jovem com a vida inteira pela frente.

*Tudo o que você tem, tudo isso lhe foi dado. Por quê?*

Ela está (com muito cuidado) derramando sementes nos comedouros dos pássaros, pendurados em um arame acima do deque. Milho, sementes de girassol. Nas árvores das redondezas os pássaros esperam — chapins, abelharucos, pardais.

É uma tarefa tão boba. Porém é crucial para ela executá-la corretamente.

Percebe então que ouvia, de dentro de casa, o toque do telefone.

# Atingido por raios

Ele tinha sido eletrocutado — tinha mesmo? Tinha sido atingido por um raio?

Não uma só vez. Mais vezes do que conseguiria contar.

Ele só se lembra — torso, pescoço, rosto. Mãos, antebraços levantados para proteger o rosto.

Jatos de eletricidade. Atordoantes, causticantes. Ele sentira o cheiro da carne queimando (sentira mesmo?).

Um erro. Erro dele.

Não tinha sido um erro: ele não tivera alternativa.

**NÃO FORA UM ERRO. UMA ASNEIRA, TALVEZ.**

O que é uma asneira senão um erro bobo?

Palavras enunciadas sem pensar. Atitudes tomadas por impulso como se tivesse esquecido a própria idade (qual é a idade dele afinal? — não é jovem). Passos estabanados que o levam a um lugar aonde nunca quis ir, caramba! — e agora ele não tem como voltar atrás.

Whitey quer discutir. Mostrar a Deus seu ponto de vista.

**MAS POR ALGUMA RAZÃO WHITEY ESTÁ MUDO.** A língua grande demais para a boca, uma sensação de cola na garganta. Não pode falar?

O raio atingiu sua garganta. Queimou suas cordas vocais.

*Ele*, John Earle McClaren — Whitey —, a vida inteira sendo justamente o oposto de *mudo*.

Poderia falar, é claro que Whitey protestaria. Poderia juntar palavras, sílabas, sons articulados pela língua (úmida, não seca), o interior da boca (úmida, não seca), seja lá como se realize o milagre da fala, *se ele conseguisse se lembrar como* — Whitey defenderia seu ponto de vista não para um júri, mas para o eleitorado, para ver como se sairia nas urnas. Whitey McClaren seria inocentado! Ele tinha certeza.

Dói! Coração dói.

Algum desvio ou pinçamento no coração ou (talvez) onde antes ficava o coração, agora há uma bomba.

Arame prateado-iridescente passado por — (o que é?) (uma artéria?) — e através da artéria até seu cérebro de formato estranho e com textura de noz.

Cheiro de cabelo, pele queimando. Cheiro de fritura.

Osso do crânio. Retalho de pele.

**NÃO SE PERGUNTA POR QUE** está tão entorpecido naquele lugar onde ele se percebe em uma espécie de atadura do corpo inteiro, bem apertada, tão escuro, e por que tanto silêncio, um silêncio trêmulo reverberante com a pulsação acelerada como uma queda d'água debaixo dele — ainda não se pergunta.

Não quer pensar que quem é atingido por um raio está liquidado.

O argumento que está tentando defender: uma asneira deveria ser corrigível, não letal, fatal.

Porcaria de asneira não *a última coisa que Whitey McClaren vai fazer neste mundo.*

# A irmã cruel

—Ai. Ai, *não*.

Passando por uma janela no segundo andar de sua casa na Stone Ridge Drive e por acaso olhando para fora, para baixo. Vendo — o que era? — uma figura de roupa amarela reluzente em uma bicicleta pedalando freneticamente pela entrada de cascalho que subia até a casa. Capacete reluzente e cotovelos e joelhos salientes como um inseto grande que sem jeito pedala uma bicicleta e a própria bicicleta de uma feiura peculiar, enferrujada e remendada com fita preta.

Algo tão urgente naquela criatura, algo tão desesperado, você não iria querer saber que urgência a impelia, que desespero, só iria querer se encolher contra a parede para se esconder, para não escutar os passos na entrada da casa, uma batida alta à porta e um chamado fraco — *Beverly? Sou eu…*

Seria possível? (Às pressas, Beverly se afastara da janela torcendo para não ser vista.) Seu irmão Virgil?

O irmão caçula, cinco anos mais novo. O irmão vagabundo, era como pensava nele. Que ela não encontrava havia… quantos meses? Um ano? Virgil McClaren, que não tinha celular nem computador nem carro — com quem não tinha como se comunicar a não ser por meio dos pais, a não ser que quisesse lhe escrever uma carta e colar um selo, o que ninguém mais fazia.

É claro, era Virgil. Na bicicleta que ele se gabava de ser velha demais, feia demais para alguém roubar. Quem mais!

Aquela capa de chuva amarela ridícula. Não seria estranho, pedalar uma bicicleta usando um casaco de verdade?

Tinha que ser notícia ruim. Por que mais Virgil pedalaria tão depressa para ver logo *ela*?

Agora ele batia à porta lá embaixo. Rude, barulhento. Sem tirar um tempo para tocar a campainha como uma visita educada faria. *Bevly? Ei* — esperando que ela largasse tudo o que estava fazendo, ou pudesse estar fazendo, para descer correndo e ver o que raios ele queria.

O coração de Beverly se opunha batendo rápido. *Não vou, não. Não vou correr lá para baixo por sua causa, não.*

Se Virgil tivesse algum bom senso ou bons modos (o que, sendo Virgil, ele não tinha), teria achado um telefone para usar, para ligar para ela. Para avisar antes de ir. Ai, por que Virgil não podia *se comportar como todo mundo?*

Beverly ficou imóvel, escutando com incredulidade. Virgil estava tentando abrir a porta? Girando a maçaneta, para ver se não estava destrancada?

É claro que estava trancada. Todas as portas, janelas. Trancadas.

Qualquer que fosse o estilo de vida de Virgil (Beverly tinha a vaga imagem de uma comuna desmazelada, pessoas como ele dividindo um sítio velho caindo aos pedaços, que nunca precisavam trancar ou proteger porque não tinha algo que valesse a pena roubar), era bem diferente do estilo de Beverly e da família dela na Stone Ridge Acres, onde nenhum terreno tinha menos de oito mil metros quadrados e todas as casas eram de arquitetura colonial, com quatro ou cinco quartos e gramados ajardinados.

Não era um condomínio fechado, não. Não era uma comunidade "segregada", como Virgil vivia dizendo, e era por isso que não ficava à vontade ali em meio a uma miríade de placas amarelas e avisos — DEVAGAR 25 KM/H, VIA PRIVATIVA, SEM SAÍDA.

Virgil devia saber que Beverly estava em casa, continuava chamando e batendo à porta.

(Mas… como ele poderia ter certeza? Para ver o carro esportivo de Beverly na garagem ele teria que ter dado a volta com a bicicleta. Ou talvez a tivesse visto na janela de cima, olhando lá do alto *para ele?*)

Parecia um passatempo de criança. Esconde-esconde. Uma de suas brincadeiras, que os deixava animados e suados.

Se a porta não estivesse trancada, Beverly se perguntava se Virgil ousaria entrar na casa. É provável que sim. Ele não tinha qualquer respeito por limites. Não tinha uma vida privada, volta e meia dizia, fosse se gabando ou simplesmente sendo franco, e achava que os outros tampouco deveriam ter vidas "privadas".

Beverly lembrava agora, quando Virgil não conseguia achar a irmã mais velha, ele gritava para ela em tom de lástima — *Bevly! Bevly!* —, até ela não aguentar mais o medo e a angústia da criança, e sair do esconderijo para ir correndo até ele. — *Estou aqui, seu pateta! Eu não saí daqui.*

Que felicidade isso lhe trazia na época, ser tão querida. E apaziguar tão facilmente a criança assustada.

Mas não mais. O diabo que carregue Virgil agora. Tarde demais, depois de tantos anos.

Ela não queria as notícias ruins dele. Não queria a agitação, a emoção. Tarde demais.

Quanto mais Beverly endurecia o coração para Virgil, mais convicta ficava de que *ele* tinha errado com ela.

E ela não iria livrar a cara de Virgil se ele estivesse endividado ou desesperado. Não mesmo!

Fazendo o caminho até o quarto de hóspedes nos fundos da casa e entrando no banheiro sob o telhado inclinado. Rápido — porta fechada e trancada como se houvesse a possibilidade real de Virgil ir procurá-la.

*Qual é o seu problema? O que foi que aconteceu com você? Se escondendo do próprio irmão?*

Na verdade, ela se sentia bem se escondendo de Virgil. Sentia-se bem agindo com o mesmo egoísmo de Virgil, e sem pedir desculpas.

Mas por que estava ofegante? Ela estava *em pânico*? Como se fosse de fato uma brincadeira de esconde-esconde com a ferocidade dos velhos tempos.

No espelho do banheiro, um rosto corado feito uma peônia avermelhada. Aquela era *ela*?

A tampa do vaso, não de plástico, mas de madeira, coberta por uma penugem macia rosa-pastel, estava abaixada. Sentindo-se fraca, Beverly se sentou.

Tinha trinta e seis anos. As pernas haviam se tornado carnudas, assim como as coxas, a barriga. Não que fosse uma mulher acima do peso, não era. Steve ainda a chamava de *minha linda esposa. Minha Olímpia.* (Às vezes, querendo ser exótico, ele a chamava de *minha odalisca* — mas Beverly não sabia direito se queria ser alguma dessas coisas.) Ficar muito tempo de pé, principalmente quando estava tensa, lhe causava dor nas pernas.

Ela o ouvia — onde, agora? — na porta lateral, que dava na cozinha?

*Beverly? É o Virgil...* Mas, na verdade, a voz dele estava fraca demais, ela não escutava.

Uma ideia maluca passou por sua cabeça: talvez Virgil tivesse "surtado" — havia um bocado de "surtos" nos EUA de hoje em dia — e ido até a casa dela com uma arma, para matá-la... Talvez o amante da paz zen-budista tivesse implodido e se revelado um homicida.

*Bevly? Oi...*

Mais alguns segundos e as batidas cessaram.

Ela prestava uma atenção intensa, ouvindo apenas o sangue batendo nos ouvidos.

Seria seguro? Sair do banheiro?

O irmão não tinha entrado à força na casa, tinha? Não tinha subido a escada devagarinho e não estava perto de seu esconderijo no intuito de... abordá-la?

Que alívio: ninguém.

De uma janela da frente viu Virgil de amarelo reluzente pedalando, saindo da entrada da garagem e percorrendo a Stone Ridge Drive. A ameaça desaparecia na mesma velocidade com que havia aparecido.

Tremiam! As mãos! Por que cargas-d'água ela estava...

Por que se esconder do irmão quando ele precisava dela. Tinha algo crucial para lhe contar.

— Ai, *por quê*!

DEPRESSA, ENTÃO, desceu para ver se Virgil tinha deixado um bilhete grudado na porta. Porta da frente, porta lateral. Nada.

E isso também era um alívio. (Era?)

Depressa, então, ligou para a mãe deles.

Ai, por que Jessalyn não atendia o telefone? Não era do feitio dela, se estivesse em casa.

Cinco toques, um som lastimável.

Então entrou a mensagem com a voz solene de Whitey.

*Olá. Esta é a residência dos McClaren. Infelizmente nem Jessalyn nem Whitey — isto é, nem John Earle — John Earle McClaren — podem atender o telefone no momento. Se deixar um recado bem explicado, com seu número de telefone, nós retornaremos assim que possível. Depois do bipe.*

Beverly deixou um recado:

— Mãe? Oi! Que pena que não está em casa. Adivinhe quem esteve aqui agorinha... naquela bicicleta ridícula dele... o Virgil... Eu estava lá em cima e como não consegui abrir a porta a tempo... ele foi embora de cara amarrada. Por acaso sabe o que está acontecendo com ele?

Queria dizer *que porcaria está acontecendo*. Mas a voz de Beverly ao telefone com a mãe era a voz de boa filha, cintilante como bolhas em um córrego que, olhando bem, tinha pedras afiadas e cascalho abaixo da superfície.

Desligou. Esperou trinta segundos. Ligou de novo.

Sem resposta. Tinha certeza de que Jessalyn deveria estar em casa.

A gravação da voz robótica de John Earle McClaren parecia saída de um mausoléu.

*Se deixar um recado bem explicado... Depois do bipe...*

Mas a essa altura, no fim da tarde, era para Jessalyn estar em casa. Beverly era a única pessoa além de Jessalyn que sabia da rotina da mãe praticamente hora a hora.

Por meio de Jessalyn, ela ficava a par da rotina de Whitey (muito mais agitada). Ele havia tido a reunião dos curadores da Biblioteca Pública de Hammond naquele dia, no centro.

Whitey tinha celular, em tese. Mas raramente andava com ele. Não queria receber ligações pessoais e não queria interrupções no trabalho.

Beverly ligou para o Colégio North Hammond, onde a irmã, Lorene, trabalhava como diretora. Precisou deixar recado com a secretária, é claro: a irmã jamais atendia o próprio telefone e, se atendesse, provavelmente seria rude — *Pois não? O que é que você quer, Bev?*

— Pode dizer só: "Favor ligar para a Beverly imediatamente".

Houve um instante de silêncio. Beverly ouviu a respiração da secretária.

— Ah.

— "Ah"? O que foi?

— A senhora é parente da dra. McClaren? Ela não volta hoje...

— Não volta hoje... por quê?

— Eu acho... acho... acho que a dra. McClaren falou... que havia uma "emergência familiar".

Beverly ficou perplexa.

— "Emergência familiar"? Que tipo de... "emergência familiar"?

Mas a secretária estava com a voz amedrontada, como se tivesse falado demais. Daria o recado de Beverly à dra. McClaren, era a única coisa que poderia fazer.

*Emergência familiar.* Agora Beverly estava com medo.

Ligou para o telefone do pai na McClaren Inc. E lá também uma secretária lhe informou que o sr. McClaren não estava no escritório.

— Quando é que ele volta, você sabe?

— O sr. McClaren não informou.

— Quem está falando é a Beverly, filha do sr. McClaren. Preciso falar com ele. Você poderia passar o recado...

— Sim, senhora. Vou tentar.

Ai, por que Whitey não andava com o celular?! Embora usasse o computador, era de uma geração de americanos que estava silenciosamente esperando a "revolução eletrônica" desaparecer.

Às pressas, Beverly saiu de casa. Enfiou a chave na ignição do SUV. Só teve tempo de pegar uma jaqueta de cotelê, a bolsa enorme, o celular. Era fundamental ir para lá — a casa na Old Farm Road.

Não havia caminho direto, apenas um percurso indireto. Muito tempo atrás, Beverly havia decorado todas as saídas, todos os cruzamentos, todas as vias com duas e quatro pistas, todas as curvas perigosas e pontos de referência dos pouco mais de cinco quilômetros que separavam a Stone Ridge Drive da Old Farm Road.

Brigando com o celular tentando ligar para a irmã caçula Sophia, que trabalhava em um laboratório de biologia e (provavelmente) estava com o celular desligado. Tentando ligar (de novo) para Jessalyn, que talvez agora estivesse em casa. E para Lorene no celular de Lorene — que passava praticamente o tempo todo desligado.

Ligou até para Thom, a cento e dez quilômetros dali, em Rochester — o irmão *mais velho*.

Ninguém atendia. Todos os telefonemas caíam direto na secretária eletrônica.

Era sinistro, inquietante. Como o fim do mundo.

Como o arrebatamento — e Beverly era a única da família McClaren que ficara para trás.

Em uma emergência, era possível achar Whitey. É claro. Durante o dia ele ligava para o escritório para saber dos recados.

Ele dizia que sua vontade era de se aposentar aos setenta anos — mas o momento estava chegando mais rápido do que previra. Ninguém acreditava que Whitey se aposentaria antes dos setenta e cinco. Talvez nunca.

O segredo do seu pai é que ele *não consegue parar quieto*.

Jessalyn dissera isso, admiravelmente. Pois Jessalyn ainda era o ponto fixo em torno do qual os outros membros da família McClaren orbitavam.

A bela mãe deles com voz macia e um otimismo inabalável.

Suplicando agora para o silêncio:

— Mãe? Você não está em casa? Atende? Por favor?

*Emergência familiar* — o que poderia ser?

Alguém deveria ter ligado para Beverly. Pois parecia que alguém tinha ligado para Lorene.

Amargurada, Beverly se ressentiu de quem não tinha ligado *para ela*. Na verdade, Lorene deveria ter ligado para ela. Poderia ter pedido à secretária que ligasse para ela.

Quando era pequena, Beverly se atormentava com a pergunta: amava mais o pai ou a mãe? Se houvesse um acidente de carro ou um terremoto ou um incêndio qual dos dois ela esperava que sobrevivesse para cuidar dela?

— A mamãe.

A resposta vinha de imediato, sem hesitação: *a mamãe*.

Todas as crianças teriam respondido *a mamãe*. Pelo menos quando eram mais novas.

Era a mamãe que eles amavam mais. Todo mundo que conhecia a mamãe a amava. No entanto, era do pai que buscavam respeito e admiração, justamente porque não era fácil conquistar o respeito e a admiração de John Earle McClaren.

A mãe os amava de forma incondicional. O pai os amava com inúmeras condições.

Havia Whitey McClaren, simpático e acessível. Mas havia também o John Earle McClaren capaz de olhar para você, a testa franzida e os olhos semicerrados, como se não fizesse ideia de quem você era e de por que cometia a audácia de ocupar seu tempo.

Na família McClaren, irmãs e irmãos disputavam a atenção do pai. Todas as ocasiões em família eram uma espécie de teste do qual a pessoa não podia se excluir, mesmo se soubesse como fazer isso.

Como moedas de ouro que Whitey talvez lhe desse com aquele sorriso com covinhas de pai que dizia: *Ei, filho. Sabe de uma coisa, é de você que eu gosto mais.*

— Ai, meu Deus.

Ela pensava demais no assunto. Sabia disso.

Não porque Whitey — o pai deles — fosse *rico*, esse era o fato surpreendente. Se Whitey não tivesse nem um centavo, se Whitey estivesse endividado, teriam se sentido da mesma forma, Beverly tinha certeza.

Como água suja, a lembrança se derramou sobre ela: aquele jantar de aniversário que ela organizara para Virgil. Tentara organizar e fora rejeitada.

A primeira vez que se dera conta de que Virgil não a amava. Como era rude, como era indiferente, ela significava tão pouco na vida dele. Que vexame tinha sido, ser tão esnobada.

*Coitada da Beverly! — ela se esforça tanto.*

*Coitada da mamãe!* — os adolescentes trocavam caretas, perigosamente à beira do riso, bem debaixo do nariz da mãe.

Um lugar à mesa lindamente decorada — o lugar de Virgil — vazio.

Como um dente que falta, um buraco na boca que a língua procura, irresistível.

— Falei com ele. Outro dia mesmo. Eu fiz questão de... lembrar a ele. E ele parecia...

Jessalyn pusera a mão macia, tranquilizadora, sobre a mão trêmula de Beverly. Dizendo a ela que não se sentisse mal:

— Foi só um mal-entendido. Eu tenho certeza. O Virgil jamais seria... sabe... *rude* de propósito.

Como quem se posiciona para desferir um *coup de grâce*, Lorene se apoiou nos cotovelos para lhes lançar um sorriso cruel do outro lado da mesa.

— "Jamais seria"... o quê? Você vive inventando desculpas para o Virgil, mãe. É uma clássica "facilitadora" materna.

— "Facilitadora"... É, acho que entendo o que isso quer dizer.

Mas Jessalyn parecia não ter certeza. Ninguém nunca fazia críticas *a ela* — ela não enxergava, não compreendia, sabe-se lá por quê.

— Sim! Uma "facilitadora" é quem "facilita" para um outro indivíduo continuar com um comportamento viciado e autodestrutivo. A facilitadora sempre "tem boas intenções" e essa boa intenção pode acelerar uma catástrofe. Ninguém consegue dissuadir *a facilitadora*.

Lorene falava com gosto. Nada a deixava mais à vontade do que apontar os defeitos alheios: seus olhos de zinco brilhavam.

O rosto dela era o de elfo impassível — singelo, pequeno, como se tivesse sido espremido, *rijo*.

Os outros membros da família McClaren ficavam intimidados com Lorene quando ela era mais autêntica. Até Whitey preferia manter distância.

Sophia sugeriu que fossem de carro à cabana de Virgil. Oferecia-se como voluntária.

Lorene disse, irritada:

— É *exatamente* o que ele quer. Todo mundo jogando malabares *por ele*.

— Todo mundo fazendo malabarismo, acho que foi isso o que você quis dizer.

— Larga de petulância, Sophia. Se tem uma coisa que amarga a alma é petulância de adolescente... Eu convivo com isso todo santo dia e está acabando comigo. Você sabe muito bem o que eu quis dizer e sabe que eu tenho razão.

Por fim, Whitey se pronunciou, um bocado relutante:

— Sophia, não. Você não vai buscar seu irmão. Seria uma viagem de uns vinte quilômetros ida e volta... você não é babá dele. E nós não vamos mais interromper essa refeição. A Lorene tem razão: não deveríamos "facilitar" o comportamento grosseiro do Virgil.

Lorene sorriu, triunfante. Nem toda a "maturidade" do mundo impede alguém de ficar radiante quando o pai ou a mãe corrigem um irmão na frente de todo mundo.

Beverly também se alegrou, mas só por dentro. Era justamente essa sua opinião! Famílias são campos de batalha, os aliados e inimigos sempre mudando.

Na outra ponta da mesa (Beverly viu), Jessalyn apertava a mão contra o coração, em silêncio. Tentava sorrir, ser valente. Era óbvio que sofria ao ouvir o pai de seus filhos dizer coisas desagradáveis sobre um deles.

Pois qualquer desgosto que o pai tenha com os filhos tem que ser culpa da mãe, de uma forma ou de outra.

Bem, talvez não inteiramente! Essa é uma ideia antiquada.

E no entanto... essa parecia ser a realidade inevitável. Como em uma mesa torta, ainda que fosse uma inclinação muito leve, a culpa rolaria até a cabeceira de Jessalyn, e Jessalyn esticaria a mão com discrição e delicadeza para segurá-la.

(Beverly também se sentia assim? Quando Steve reclamava dos filhos?)

(Não dava para simplesmente gritar para o homem: *Eles também são seus filhos! Você leva metade da culpa pelos defeitos deles!*)

— Mas, pai, e se tiver acontecido alguma coisa com o Virgil? — questionou Sophia.

Ao que Thom disse, com uma piscadela:

— Nunca acontece "alguma coisa" com o Virgil. Você nunca percebeu?

Thom, cujo nome era uma homenagem a um irmão mais velho de Whitey morto na Guerra do Vietnã, havia tempos tinha sido apontado o herdeiro do pai. Aos trinta e tantos anos, ainda era um garoto agressivamente competitivo, o mais inteligente dos filhos ou, em todo caso, o homem adulto mais carismático, muito bonito e robusto, com um sorriso cruel, cortante. Até Jessalyn tinha medo de seu sarcasmo, embora não se recordassem de um único momento em que Thom tivesse usado a sagacidade contra o pai ou a mãe.

— Nós vamos terminar essa refeição deliciosa que a Beverly preparou sem o Virgil. Se ele aparecer, vamos recebê-lo de braços abertos. Se não, não. Vamos começar.

Whitey falava em tom monocórdio, sem o entusiasmo que lhe era típico. A conversa havia começado a irritá-lo, ou cansá-lo. Beverly disfarçou uma olhadela para o pai.

Era um homem imponente, de ossos largos, com os músculos de ex-atleta cobertos de gordura. Aos sessenta e poucos anos, tinha começado a perder estatura, portanto era assustador para os filhos vê-lo e constatar que já não era tão alto quanto esperavam que fosse; mas sempre que o viam tinham uma surpresa, pois só conseguiam imaginá-lo como era quando eles eram crianças — com bem mais do que um metro e oitenta, pesando bem do mais que noventa quilos. Em repouso, o rosto vincado, pueril, era afável, largo, com a expressão de uma moeda velha, um tanto desgastada, de um tom acobreado como se o sangue quente corresse rente à pele. Os olhos eram maravilhosos — ligeiros, alertas, cautelosos, desconfiados e contudo bondosos, bem-humorados — tomados por pés de galinha. Ainda era bem jovem quando o cabelo castanho se transformara em uma extraordinária cabeleira branca como neve, e essa havia se tornado sua característica mais marcante. Dava para localizar Whitey McClaren no meio de qualquer multidão em um piscar de olhos.

Mas não era fácil conhecer Whitey, como as pessoas gostavam de pensar. A postura amável era uma máscara que não transparecia a sisudez da alma; as brincadeiras e piadas eram um jeito de esconder dos outros a seriedade intensa e taciturna, nem sempre muito gentil.

No cerne do coração, era um puritano. Impaciente com as fraquezas do mundo. Em especial, impaciente com tanto falatório a respeito do filho caçula.

Vendo-o franzir a testa, Jessalyn captou a atenção de Whitey. A largura da mesa estava entre eles, mas na mesma hora a expressão de Whitey mudou.

*Whitey, querido. Não se preocupe! Eu te amo.*

Beverly sempre se impressionava com a capacidade dos pais de *se conectar*. Talvez tivesse inveja. Todos tinham.

Jessalyn disse:

— O Whitey tem razão! Se o Virgil aparecer, ele não vai se importar de a gente ter começado o jantar sem ele.

Começaram. Comeram. A refeição, que passou por Beverly como um borrão com zumbido, seria proclamada *um enorme sucesso*.

Beverly ria como se cheia de alegria. Bem, estava cheia de alegria.

*Essa é a minha vida? Reduzida a isso? Com a minha família fazendo minhas vontades.*

*Com meus filhos fazendo minhas vontades, sentindo pena de mim. Não é um bom exemplo para as meninas!*

*Mas... melhor que façam minhas vontades (e sintam pena) do que o contrário.*

— MÃE? ALÔ...

Nada mais enervante do que entrar em uma casa destrancada... e, ao que parece, vazia.

Uma casa que não deveria estar destrancada. E não deveria estar vazia.

Por muito tempo Beverly se recordaria da sensação de entrar na casa da Old Farm Road naquela tarde. Como seria lembrada — *aquela tarde*.

A casa dos pais lhe era mais familiar do que a própria casa, vazia, porém, ficava estranha, como em um sonho distorcido.

— Mãe? — Sua voz, firme em qualquer outro lugar, naquela casa se transformava na de uma menina amedrontada.

Bem, parecia que ninguém estava em casa. Beverly tinha entrado pela cozinha, pela porta lateral, que era a mais usada.

O fato de a porta da cozinha estar destrancada não indicava que Jessalyn estava em casa; pois Jessalyn volta e meia se esquecia de trancar a porta ao sair de casa, para o desagrado de Whitey caso ele ficasse sabendo.

— Mãe? Pai?

(Mas era pouco provável que Whitey estivesse em casa, se Jessalyn não estivesse em casa. Não parecia provável que Whitey *pudesse estar em casa*, se Jessalyn não estivesse em casa.)

Más notícias. Emergência familiar. Inequívoco. Mas... o quê?

Das filhas dos McClaren, Beverly era quem mais se preocupava. É impossível superar o fato de ser a filha mais velha.

O pai a havia repreendido:

— Não faz bem a ninguém ficar sempre imaginando a pior das hipóteses.

*A pior das hipóteses.* Quando menina, ela não entendia direito o que isso significava. Ao longo dos anos a expressão havia ecoado em sua memória como A Pior das Hipóteses.

É claro (Jessalyn também entendia) que Beverly imaginava o Pior no intuito de anular sua força. O Pior jamais poderia ser exatamente como ela imaginava — ou poderia?

Papai acometido por um derrame, um infarto. Envolvido em um acidente de trânsito.

Mamãe doente. Desmaiada. Entre desconhecidos que não faziam ideia do quanto ela era especial. Ah — onde?

Nervosa, Beverly foi verificar a porta da frente — trancada.

Eram várias as entradas da casa dos McClaren na Old Farm Road, número 99. A maioria ficava sempre trancada.

A casa era um "prédio histórico" construído em 1778, feito de pedra bruta e estuque.

Em sua primeira encarnação, era uma casa de fazenda. Uma casa quadrada de pedra, com dois andares, para a qual um general da Guerra da Independência chamado Forrester tinha se mudado com a família e (segundo as histórias da região) pelo menos um escravo afro-americano.

Aos poucos a Casa Forrester, como passou a ser chamada, foi ficando bem maior. Na década de 1850 já tinha dois anexos novos, ambos do tamanho da casa original, oito quartos e uma fachada "clássica" com quatro colunas brancas imponentes. A essa altura o terreno já tinha mais de quatrocentos metros quadrados.

No decorrer das primeiras décadas dos anos 1900, o vilarejo de Hammond foi virando uma cidade de bom tamanho, às margens do Canal de Erie, e começou a cercar as fazendas da Old Farm Road. Em 1929, grande parte da fazenda de Forrester havia sido vendida e cultivada, e em meados do século a área conhecida como "Old Farm Road" havia se transformado no bairro mais exclusivo de Hammond, suburbano, mas ainda um tanto rural.

O casal McClaren se mudou para a Casa Forrester, no número 99 da Old Farm Road, quando Thom era bebê, em 1972. Muitas das histórias da família tinham a ver com o conserto de uma propriedade um bocado descuidada — sobre a qual as crianças mais novas pouco sabiam afora essas anedotas.

Oras, se fôssemos acreditar no pai, ele mesmo havia pintado muitos dos ambientes da casa ou colado o papel de parede com dificuldade, em batalhas épicas cômicas. A tinta que ficara clara demais depois de secar — "de doer os olhos". Tiras de papel de parede floral que não se encaixavam direito e davam a sensação de que "uma metade do seu cérebro estava separada da outra".

Mamãe havia escolhido a maioria dos móveis. Ela tinha cultivado "praticamente sozinha" os vários canteiros de flores que rodeavam a casa.

Todos os filhos dos McClaren tinham sido criados naquela casa, que ninguém na família chamava de Casa Forrester. Todos os filhos amavam a casa. Jessalyn e Whitey McClaren tinham vivido ali durante tantos anos — décadas! — que era quase impossível imaginá-los em outro lugar ou imaginar a casa habitada por outras pessoas.

Era desconcertante para Beverly imaginar os pais muito idosos, doentes. Porém, com parte do cérebro, Beverly se imaginava um dia morando naquela casa linda, da qual resgataria o nome original, botando uma placa histórica ao lado da porta da frente: Casa Forrester.

(Whitey retirara a placa, que considerava pretensiosa e "boba", assim que se mudaram. O general Forrester não havia sido um senhor de escravos, assim como seu venerado camarada George Washington? Não tinham do que se gabar!)

O clube privado de Hammond ficava perto, e ela e Steve poderiam ser sócios, mas os McClaren mais velhos nunca tinham se associado. Whitey não queria gastar dinheiro à toa em um clube, pois raramente tinha tempo para jogar golfe, e Jessalyn não aprovava as exigências feitas para a adesão — na época, a década de 1970, o clube privado de Hammond não aceitava judeus, negros, hispânicos e "orientais".

Agora, indivíduos dessas categorias podiam virar membros se fossem indicados e se tivessem votos suficientes. Se pudessem bancar a taxa de adesão e as mensalidades. Até onde Beverly sabia, havia alguns judeus — poucos. Provavelmente não havia muitos afro-americanos, hispânicos. Mas uma porção de asiáticos? Sim. Metade dos médicos de Hammond.

Na maioria das noites quando Beverly sonhava era com a casa da Old Farm Road. Às vezes a casa era o cenário do sonho e às vezes a casa era o sonho.

Mas espera. Não era um bom sinal: folhas de jornal espalhadas sobre a bancada da cozinha. Ao contrário de Whitey, que se debruçava sobre os jornais com uma atenção enjoada e lia praticamente todas as páginas, Jessalyn só passava os olhos no jornal inteiro, virando as páginas depressa, muitas vezes sem nem se sentar. Em geral, as notícias da primeira página a aborreciam, não tinha vontade de lê-las a fundo nem interesse em olhar fotografias de seres humanos feridos, mortos, agonizantes em desastres distantes. Em todo caso, Jessalyn não teria deixado folhas de jornal espalhadas pela cozinha e não teria deixado louça suja na pia. No entanto, havia folhas de jornal na cozinha e louça suja na pia.

Era impossível que Jessalyn não tivesse sido pega de surpresa e saído de casa às pressas. O que quer que tivesse acontecido, ou que lhe tivessem revelado, tinha sido *de repente*.

Beverly já havia verificado: o carro de Jessalyn estava na garagem. Como era de esperar, o carro de Whitey, não.

Como não estava em casa, Jessalyn devia ter saído no veículo de outra pessoa.

Beverly procurou um bilhete. Pois era normal que a mãe deixasse bilhetes para um dos filhos achar, quando eram meninos, mesmo quando ia voltar logo.

*Volto já já!*
♥ ♥ ♥ *Sua mamãe*

A mãe não era só "mamãe" — para ser mais exata, ela era "sua mamãe".

Desde que Beverly se entendia por gente, havia, na parede atrás da mesa da cozinha, um quadro de cortiça cheio de fotos de família, fotografias de formaturas, recortes de jornal amarelados — trocados com menos frequência desde que os filhos dos McClaren haviam crescido e se mudado.

Quando se saía bem no Ensino Médio, Beverly adorava o quadro de cortiça da família, em que Bev McClaren aparecia em diversas fotos, imagens tiradas dos jornais e manchetes. *Chefes de torcida escolhem capitã: Bev McClaren. Rainha do baile de formatura: Bev McClaren. Garota mais popular da Classe de 1986: Bev McClaren.*

Fazia tanto tempo que mal se lembrava. Não sentia orgulho, e sim antipatia pela garota de sorriso radiante das fotos. Com o vestido tomara que caia de chifon rosa do baile de formatura, feito algodão-doce, que precisava ficar puxando para cima, torcendo para ninguém perceber, a noite inteira. Droga de sutiã tomara-que-caia machucando a pele das axilas e das costas. Na foto parecia ao mesmo tempo glamorosa e desolada, porque o belo rei do baile, alto a seu lado, tinha sido recortado por alguma transgressão imperdoável de que Beverly mal se lembrava.

Nas fotografias mais recentes Beverly estava com o rosto mais gorducho, mas ainda estava bonita — se a pessoa não olhasse demais. O cabelo tinha luzes que faziam dela a loira radiante que nunca tinha sido quando menina. (Que jamais precisara ser quando menina.)

É claro que agora jamais teria a audácia de usar um tomara-que-caia. Qualquer coisa que deixasse à mostra a gordura do braço e também dos joelhos. Os filhos adolescentes teriam um ataque de euforia horrorizada se a vissem desse jeito. A mãe poderia atrair olhares admirados de homens na rua, pelo menos homens de uma certa idade, mas não conseguia impressionar *os filhos*.

Quando eram mais novas, Beverly era *a irmã bonita da família McClaren* (talvez, em certos grupos, *a irmã sexy*) e Lorene era *a irmã cabeça*. Sophia era novinha demais para competir.

No Ensino Médio, Lorene McClaren cortara o cabelo curtinho, estilo "caminhoneira", usava óculos com armação de metal e tinha uma carranca permanente. Não era uma menina feia, mas não havia nela qualquer coisa de suave, embora houvesse meninos (Beverly sempre ficara pasma) que achavam Lorene atraente, que não pareciam se impressionar tanto (Beverly ficava realmente confusa) com Beverly. Todas as fotos de Lorene no quadro de cortiça ao longo dos anos exibiam um sorriso carrancudo ou uma carranca sorridente; era incrível como Lorene parecia não ter mudado tanto. *Cara de pitbull e personalidade à altura* — era o que Steve tinha dito, em tom cruel. Mas Beverly rira.

E havia Sophia. De beleza lânguida, ossos delicados, sempre com uma expressão preocupada. É difícil levar a sério uma irmã nove anos mais nova.

Virgil — onde *ele* estava? Beverly não tinha visto nenhuma foto de Virgil, agora que parava para pensar.

O quadro exibia inúmeras fotos de Whitey. Fotos de família, fotos públicas. Ali estava papai diante de um bolo de aniversário iluminado por velas, as crianças aglomeradas em volta dele, e ali estava o altivo John Earle McClaren, prefeito de Hammond, de black-tie, celebrando a inauguração do dique do Canal de Erie em Hammond, em uma barcaça com políticos locais e estaduais.

O Whitey brincalhão, o papai bobo, o John Earle McClaren de costas eretas trocando um aperto de mãos com o governador do estado de Nova York, Mario Cuomo, em um palco ladeado por gladíolos gigantes que pareciam sinistros cachos de flores pendentes.

Mas onde estava Jessalyn em meio àquela profusão de instantâneos e fotografias?

Beverly ficou estarrecida: parecia não haver fotos de Jessalyn, a não ser em fotos coletivas em que era uma figura pequena, periférica. Beverly segurando um bebê, Thom com um neném nos ombros, Jessalyn olhando com um sorriso radiante de avó.

Não havia retratos de Jessalyn sozinha. E não havia retratos de Jessalyn que tivessem menos de vinte anos.

— Como se a mamãe não existisse.

Por tanto tempo Jessalyn havia sido a esposa e mãe perfeita, invisível. Vivendo tão feliz pelos outros, ela mal vive.

É claro que o marido a adorava. Quando eram pequenas, as crianças ficavam com vergonha de ver o papai beijar a mão da mamãe, abraçar a mamãe e enfiar a cara no pescoço dela em uma espécie de brincadeira tosca que ficavam ofendidas de testemunhar. Ficavam mortificadas ao ver os pais se cumprimentarem com algo parecido com ternura! Não parecia certo, com pessoas tão *velhas*.

No entanto, Whitey não dava o devido valor a Jessalyn, assim como todos eles. Ele não sabia disso, e Jessalyn não sabia disso. Mas era a verdade.

Tentavam convencer a mãe a gastar dinheiro com ela mesma, não só em presentes para os outros.

Mas, mas… o que ela compraria para si mesma? gaguejara Jessalyn.

Roupas, um carro novo.

Ela tinha mais roupas do que conseguiria vestir na vida, protestara Jessalyn. Tinha casacos de pele. Tinha um carro novo.

— Larga de ser boba, mãe. O seu carro *não é novo*.

— Você sabe que é o seu pai quem cuida dos meus carros. Eu só preciso de carro para andar alguns quilômetros. Não é como se eu estivesse *viajando o mundo*.

*Viajando o mundo* — eles riram. Às vezes, Jessalyn era engraçada.

— E por que eu iria precisar de roupas novas? Tenho roupas tão lindas. Tenho um casaco de visom que seu pai insistiu em me dar e que eu nunca uso. Tenho joias tão caras que chega a ser ridículo… para usar em Hammond! E os sapatos… eu tenho sapatos demais! Mas eu sou só *eu*.

Não que estivessem rindo dela. As risadas eram carinhosas, protetoras.

Era verdade, era Whitey quem supervisionava os gastos da casa. Ele tinha insistido em fazer uma reforma luxuosa na cozinha havia poucos anos, e Jessalyn resistira; era ele quem tinha ficado obcecado com bancadas de granito, ladrilhos espanhóis, iluminação embutida, fogão de aço inoxidável de última geração, geladeira, pia. Tudo bonito como algo saído de uma folha reluzente de revista, e caríssimo.

— Só para a gente? *Para mim?* Eu nem cozinho direito... — murmurara Jessalyn, constrangida.

Whitey era quem fiscalizava a parte externa da casa — a situação do telhado, das chaminés e da entrada da garagem, a retirada da neve, o paisagismo, o cuidado com os arbustos e as árvores altas antigas. Para Jessalyn, esbanjar dinheiro era comprar plantas floridas para o jardim, sinos dos ventos para o deque, mistura "da melhor qualidade", do tipo que vinha com sementes de girassol pretas em meio aos grãos de milho mais comuns, para atrair pássaros especiais, como cardeais.

Porém Whitey volta e meia dizia, com ares de protesto — *Até parece que nós somos ricos. Não somos.*

Tinha virado piada na família e no círculo de amigos da família McClaren.

*Nós não somos ricos! Meu Deus.*

Como uma expressão parecida com a de Groucho Marx. *Não somos ricos! Nós, não.*

Realmente, qual era o tamanho da riqueza dos McClaren? Os vizinhos presumiam que os McClaren tivessem tanto dinheiro quanto todo mundo da Old Farm Road. Na comunidade empresarial de Hammond, entendia-se que a McClaren Inc. era "lucrativa". Mas esse era um assunto delicado que os filhos nunca queriam discutir, assim como, na juventude, jamais iriam querer discutir a vida sexual dos pais.

Beverly estremeceu ao pensar nisso. Não!

No entanto, sabia-se que, quando era jovem, Whitey McClaren tinha recebido a responsabilidade de administrar os negócios da família McClaren, uma gráfica comercial em (evidente) declínio; em uma década Whitey já havia conseguido duplicar, triplicar, quadruplicar o tamanho da empresa e o lucro abandonando serviços de impressão antiquados, de pequena monta (cardápios, calendários, folhetos de negócios locais, materiais para o Conselho de Educação de Hammond), e se especializando em brochuras reluzentes para escolas profissionalizantes, firmas, empresas farmacêuticas. Inábil no que chamava de "alta tecnologia" (tudo que tivesse a ver com computadores), Whitey tivera a espertreza de contratar uma equipe de jovens que entendiam de computadores e publicações digitais. Tinha criado uma linha de livros escolares e obras para jovens adultos com um toque cristão, que inesperadamente fizera sucesso.

Thom, o mais velho, tinha sido (tacitamente) escolhido pelo pai para trabalhar a seu lado na gráfica mesmo antes de se formar em administração na Colgate; era Thom quem dirigia a Searchlight Books, cuja sede ficava em Rochester.

*Como vão os negócios, Thom?* — Lorene às vezes perguntava com os dentes trincados; e Thom respondia com um sorriso falso — *Pergunte ao papai.*

Mas não dava, na verdade. Não dava para *perguntar para o papai*.

Whitey tinha investido em imóveis e era coinvestidor de vários shoppings que tinham prosperado enquanto os centros das cidades velhas, industriais (Buffalo, Port Oriskany) definhavam. Embora por princípio não "acreditasse" na maioria dos comprimidos e remédios que (ele tinha certeza) não passavam de placebos, tinha comprado ações de empresas farmacêuticas das quais publicava brochuras luxuosas.

Enquanto outros investidores perdiam dinheiro nos desastres de Wall Street dos últimos anos, Whitey McClaren prosperava.

No entanto, ele não se gabava. Whitey jamais falava em dinheiro.

Nenhum dos filhos dos McClaren queria pensar no testamento dos pais. Ou se sequer haviam feito um testamento.

— Alô? Steve...

Depois de várias tentativas, Beverly conseguiu contatar o marido no Banco de Chautauqua. Antes que Steve tivesse a chance de interrompê-la, ela contou, nervosa, que estava desesperada, que estava na casa dos pais e parecia não haver ninguém ali — não fazia ideia de onde estava todo mundo e antes disso Virgil fora de bicicleta até a casa deles, mas tinha ido embora sem que Beverly ficasse sabendo o que estava acontecendo...

— Não é uma boa hora para conversar, Bev. Estou indo para uma reunião importante...

— Mas espera... o que eu estou falando também é importante. Acho que deve ter acontecido alguma coisa... Não sei onde está todo mundo.

— Me liga daqui a algumas horas, combinado? Ou... deixa que eu te ligo.

Steve era um gerente de empréstimos no Banco de Chautauqua que levava o trabalho muito a sério, ou dava essa impressão à família.

— Não, espera... Eu falei, não sei onde está todo mundo.

— Não deve ser nada demais. Eles vão explicar. Te vejo à noite.

Era típico de Steve reagir a um telefonema nervoso da esposa com todas as nuances de um treinador esportivo de meninos. Você segura as lágrimas, o treinador lhe dá um chiclete.

Ai, ela o odiava! Não dava para depender dele.

Era tão normal que agisse assim. Steve a desmerecia como se desmerece um mosquito chato. Sem ficar bravo com ela, nem mesmo irritado, era apenas... um mosquito.

Beverly vivia dizendo à Lorene o quão maravilhoso era ser *casada*. Ter uma *família*. Não suportaria que a sarcástica irmã mais nova soubesse que Steve a desrespeitava com tanta frequência.

Casada havia dezessete anos. Às vezes se perguntava se já não eram anos demais.

O marido ingrato sentiria sua falta, ela ponderava, se não voltasse para casa para preparar o jantar. Todos eles, a família querida, sentiriam sua falta.

Arrastando-se pela casa. *Bev? Mãe?*

Nada na cozinha? Nenhuma comida sendo preparada?

De novo, Beverly tentou ligar para Lorene. Bobagem tentar o escritório, Beverly jamais passaria pela assistente de Lorene, portanto tentou o celular, em geral também era bobagem, mas dessa vez, inesperadamente, Lorene atendeu logo.

— Sim? Alô? Ah... Beverly...

Lorene estava com a voz aflita, distraída. Disse estar no Hospital Geral de Hammond no centro da cidade, onde o pai delas passava por uma cirurgia de emergência por causa de um derrame.

A surpresa inicial, Lorene havia atendido o telefone. Pois Lorene *nunca atendia o celular.*

Mas o que Lorene estava dizendo? — *Papai tinha sofrido um derrame?*

Beverly tateou à procura de uma cadeira. O pesadelo tinha virado realidade.

Ela tentara anular a má notícia prevendo-a. Tantas vezes tentara esse truque supersticioso. O pai adoentado, a mãe, os dois — *emergência familiar*. De algum modo, ela não acreditava — de verdade — que a Pior das Hipóteses um dia poderia se concretizar.

— Calma, Beverly. Ele não morreu.

— Meu Deus, Lorene...

— Já falei, se acalma. Pare de choramingar! Faz quase uma hora que o papai está na sala de cirurgia. Ele sofreu um derrame quando estava indo para casa, na via expressa, mas ele tinha conseguido parar no acostamento... graças a Deus! A polícia viu o carro e ligou para a emergência... parece que salvaram a vida dele.

Beverly tentava entender aquilo tudo. Estava muito abalada e não ouvia a voz da irmã claramente.

Mas ouviu Lorene dizer:

— Está todo mundo aqui no hospital, menos você, Beverly. E você é quem mora mais perto.

E:

— Tentei falar com você, Beverly. A caminho do hospital. Mas parece que seu telefone não está funcionando.

Seria uma acusação? Qual telefone? Beverly tentou protestar, mas Lorene disse:

— Graças a Deus que os policiais apareceram. Graças a Deus o papai conseguiu parar o carro no acostamento antes de desmaiar.

— Mas... ele vai ficar bem?

— "Ele vai *ficar bem*?" — A voz de Lorene se inflou em uma fúria repentina. — Como é que você me faz uma pergunta tão sem sentido? Você acha que eu sou adivinha? Caramba, Beverly! — Calou-se nesse momento, para em seguida dizer, com a voz mais calma, como se alguém que estivesse com ela (Jessalyn?) a tivesse repreendido: — Fizeram uma ressonância... eles acham que o derrame não foi "enorme" e isso é um bom sinal, o papai está... quase... respirando sozinho.

*Quase respirando sozinho.* O que isso significava?

— Eu... eu... eu estou muito... chocada...

Beverly estava zonza. Mas não podia desmaiar!

— Estamos todos chocados, Bev. O que foi que você pensou?

Como detestava Lorene. A *irmã do meio tão cabeça* sempre tão segura de si, mandona, petulante. Nem por um segundo Beverly acreditou que Lorene tivesse de fato tentado contatá-la, em qualquer telefone que fosse.

— A mamãe está aí? Quero falar com a mamãe, por favor.

— Está bem. Mas não vá perturbar a mamãe com a sua histeria, *por favor*.

*Vai se foder. Eu te odeio.* Beverly estava ansiosa para consolar a mãe (que sem dúvida estava louca de tanta angústia), mas, no final das contas, foi Jessalyn quem pareceu determinada a consolar *a filha*.

— Beverly! Graças a Deus que você ligou. A gente estava se perguntando por onde você andava. O Virgil tentou entrar em contato... ele disse. Temos boas notícias... quer dizer, os médicos estão "otimistas". O Whitey está sendo muito bem cuidado. O amigo dele Morton Kaplan é chefe de residência do hospital e o dr. Kaplan providenciou uma ressonância para o Whitey assim que ele chegou e depois o levou para a sala de cirurgia... foi tudo em um piscar de olhos. Quando eu cheguei com a Lorene ele já estava sendo operado. Eles nos garantiram que o Whitey está com um ótimo neurocirurgião, o melhor neurologista...

Em uma voz lenta e cuidadosa, Jessalyn falava como quem tenta atravessar uma corda bamba, sem ousar olhar para baixo. Beverly imaginava a mãe consternada dando um sorriso lúgubre. Pois aquilo era típico de Jessalyn McClaren: garantir aos outros que estava tudo bem.

Jessalyn tinha enunciado "Morton Kaplan" como se as sílabas contivessem propriedades mágicas que comprovassem as ligações de Whitey McClaren com a elite médica de Hammond — justamente o que Whitey teria feito naquelas circunstâncias.

— É um milagre, Beverly... o que eles conseguem fazer hoje em dia. Assim que o Whitey chegou ao pronto-socorro eles fizeram uma "fotografia" do cérebro dele... tem uma veia que se rompeu que o cirurgião vai arrumar... Ah, desculpa, a Lorene está dizendo que é uma *tomografia*. Uma *tomografia do cérebro*.

Beverly estremeceu ao pensar no pai sendo submetido a uma neurocirurgia. O crânio aberto, o cérebro à mostra...

— Mãe, você precisa de alguma coisa da casa? Roupa?

— Só venha para cá, Beverly! E reze pelo papai! A gente está torcendo para ele acordar da cirurgia hoje à noite, e ele vai querer ver todo mundo aqui, se isso acontecer. Ele ama tanto vocês...

*Reze pelo papai.* Não era do feitio de Jessalyn falar daquele jeito.

Lorene pegou o telefone da mãe, cuja voz começava a tremer, e disse a Beverly que sim, boa ideia, traga as coisas de Whitey, cueca, escova e pasta de dentes, pente, artigos de higiene pessoal — um dos suéteres de Jessalyn, o cardigã de tricô, ela tinha saído com uma roupa leve demais; saíra correndo de casa quando Lorene chegou, e foram direto para o hospital.

Crítica na voz de Lorene. Como se estivesse recriminando os subordinados na escola.

Às pressas, Beverly arrumou uma malinha no segundo andar, no quarto dos pais. As mãos tremiam. Os olhos se enchiam de lágrimas. *Meu Deus, permita que o papai fique bem. Que a cirurgia o salve.* Só que nesses momentos de tanto desespero Beverly não via muita serventia em Deus.

Quem ia saber quanto tempo Whitey ficaria hospitalizado! Dias, uma semana — mesmo se fosse um derrame leve, seria preciso (provavelmente) fazer tratamento; fazer reabilitação. Talvez levar um pijama (de flanela, xadrez) para Whitey, ele detestaria a camisola hospitalar e insistiria em usar a própria roupa. Coitado do Whitey, odiava parecer *fraco*.

Jessalyn insistiria em ficar com Whitey o máximo de tempo possível e Beverly estava decidida a ficar com ela.

*Meu Deus. Por favor!*

Saindo da casa às pressas. Mas então, já no carro, ela se lembrou de que a porta da cozinha não estava trancada e foi correndo trancá-la.

Lembrou de deixar uma luz acesa no térreo. Duas luzes. Para dar a entender que havia alguém em casa, que a bela Casa Forrester feita de pedra, com o telhado bem inclinado, no final da rua, na Old Farm Road, número 99, não estava vazia, vulnerável a invasões.

— ∞ —

— O VOVÔ WHITEY ESTÁ DOENTE. Estamos com ele no hospital.

— Ah. — A voz da menina ficou fina como um alfinete, o sarcasmo habitual havia sumido em um instante.

— A gente ainda não sabe qual é a gravidade. Nem quando é que ele volta para casa.

Brianna ligara para o celular de Beverly com uma voz rabugenta e exasperada. Fazia quarenta minutos que estava na casa de uma amiga esperando Beverly ir buscá-la e levá-la para casa e (como era possível?) Beverly tinha se esquecido completamente.

— Me desculpa, meu amor. É uma emergência. Você pode descongelar alguma coisa para comer. Está bem?

— Ai, mãe... nossa.

Beverly não ouvia os filhos adolescentes falarem com ela em um tom tão solene, tão respeitoso, fazia muito tempo. Uma sensação de alívio eufórico tomou conta dela.

Teve vontade de abraçar a menina. Ah, ela amava Brianna!

Até os mais malcriados você ama. Sobretudo os malcriados, porque ninguém vai amá-los como a mãe.

Pouco depois, o celular de Beverly tocou outra vez. Ela saiu da sala da UTI para atender no corredor.

De novo, era Brianna. Perguntando, aflita:

— É para a gente ir visitar o vovô?

— Pode ser, minha querida. Mas não agora.

— Foi... foi um infarto, mãe?

— Não. Um derrame.

— Ah. Derrame. — De novo a voz fraquinha, assustada.

— Você sabe o que é um derrame, não sabe?

— Sei... sei. É meio que...

— O vovô passou por uma neurocirurgia. Ainda está inconsciente.

— Ele está muito doente?

— Muito *doente*? A gente não sabe direito, minha querida. Estamos esperando.

*Muito doente. O cérebro havia sangrado.*

*Muito doente, não. O vovô está "melhorando".*

— A vovó Jess está bem?

— A vovó Jess está bem. — Beverly se flagrou dizendo com a voz de mãe--animadora: — Você sabe como o vovô Whitey é, ele não gosta de reclamar. Só que ele iria odiar ficar engaiolado em uma porcaria de uma cama hospitalar e iria querer voltar para casa logo.

Foi uma explosão esbaforida. Beverly se preparou para a reação da menina — *Você fala tanta merda, mãe! Você acha que eu sou o quê, uma menininha que vai ouvir esse monte de merda calada?*

Mas Brianna disse, em um fluxo de palavras, corajosamente:

— Fale... fale para o vovô que a gente ama ele. Fale para o vovô que *é para ele melhorar logo e voltar para casa.*

Beverly praticamente via as lágrimas brilharem nos olhos da garota. Ai, graças a Deus que no final das contas ela era *mãe*.

SETE HORAS E QUARENTA MINUTOS se passariam até Beverly voltar para sua casa na Stone Ridge Drive, para o marido de expressão serena e os filhos adolescentes que a aguardaram acordados mesmo depois da meia-noite.

Whitey já tinha saído da cirurgia e estava na UTI, ainda vivo, embora (ainda) inconsciente; o prognóstico era "cautelosamente otimista" — a situação dele era "crítica, mas estável".

Como Whitey estava *fisicamente*? Bem... diferente de Whitey.

Sim, estava reconhecível. É claro! Mas (talvez) Whitey não tivesse reconhecido a si mesmo.

Muito contundido, como se tivesse sido espancado. Marcas na pele como queimaduras — no rosto, no pescoço. Pois (os policiais haviam relatado) ele tinha batido o Toyota Highlander no acostamento da Expressway e os airbags tinham-no "queimado".

*Vivo. O papai está vivo.*

*Ainda vivo! Nós o amamos tanto.*

Antes de voltar para casa, Beverly tinha ido à casa da família junto com os outros para pôr a mãe na cama — àquela altura todo mundo estava lá, todos os cinco filhos do casal McClaren — *Beverly não queria não estar com eles* — e agora estava trôpega de exaustão. Porém a mente lhe parecia perversamente nítida, bem-iluminada, como se tivesse sido limpa com uma mangueira, um terrível instrumento de clareza.

Precisava de Whitey na sua vida, desesperadamente. Todos precisavam, mas era Beverly quem mais precisava.

Sem Whitey para lhe dar uma espécie de âncora na vida — o que seria dela? E uma âncora, uma *retidão* a seu casamento. Steve admirava e temia o sogro em igual medida, e sem Whitey presente na vida deles, sem o apoio e a aprovação do pai e da mãe, a família de Beverly, incluindo até os filhos que ela amava mais, não pareceria (Beverly hesitou ao pensar nisso) *valer a pena*.

Ah, mas não era isso o que ela queria dizer. Estava só... cansada, e assustada. Rogando a Deus: *Permita que o papai fique bem. Por favor!*

**NA MANHÃ SEGUINTE, ÀS SEIS E MEIA,** saindo de casa às pressas, Beverly por acaso reparou, soprado para um canto da garagem, em um papelzinho. Resmungou ao pegá-lo e viu mortificada que realmente era um bilhete deixado por Virgil. Devia ter sido prendido à porta e depois caído.

*PAPAI NO HOSPITAL GERAL DE HAMMOND*
*ACHO QUE FOI DERRAME*
*POR QUE VOCÊ SE ESCONDEU DE MIM BEVERLY*

*DESESPERO E ESPERANÇA*
*SEU IRMÃO VIRGIL*

# Ainda vivo

*Ei! Deixe-me explicar.*
    Mas não está claro: o que Whitey consegue explicar?
    O problema é a queimação na garganta. Não tem voz.
Visão toda borrada. Como se alguém tivesse esfregado cinzas em seus olhos.
E — respirando? Ele *estava* respirando?
Alguma coisa respirava por ele. Como uma alimentação forçada. Bombeando ar nos pulmões em explosões feias como um fole.
*O que aconteceu foi...*
*...atingido por um raio.*
Lembrança confusa do veículo pulando, sacolejando pelo acostamento da via expressa. Buracos, do tipo que só vemos tarde demais, caramba, se não dá para acabar com o pneu desse jeito, mas a gente só descobre depois, o ar sai devagarinho e um dia (em breve) o pneu (que não é barato!) vai estar vazio.
Fazendo força para tentar lembrar por que tinha parado. Deixado a pista em alta velocidade (?). Tentando lembrar o que aconteceu depois.
Fazendo muita força, o esforço fazendo o cérebro doer.
(Mas por que supor que alguma coisa tinha realmente *acontecido*? Talvez a situação em que está seja apenas... *ele*.)
(Sempre gostara de assumir a posição contrária, caso existisse uma. Mesmo quando criança. Professores da escola, sorrindo e balançando a cabeça para Johnny McClaren — muitos anos antes, no Ensino Fundamental. A vida inteira Whitey considerou lisonjeiro ouvir as pessoas dizerem que ele falava como um advogado. Só que ele não é advogado.)
Última lembrança tinha que ser de um rosto: vislumbrado de longe, como em um telescópio do lado errado.
Rosto de pele escura. Pele marrom.
Rosto de um desconhecido. Ele acha.

(Ou era mais de um? *Rostos*.)

*Reconhecimento facial* no nascimento. Ele tinha lido. Os neurônios do bebê "disparam" ao ver um rosto humano.

Porque a sobrevivência pode depender do reconhecimento de um rosto humano. De fato depende.

Seria isso verdade no fim — também?

*Fim? De quê?*

Lembra-se, deve ter sido no Ensino Fundamental, de ler a *Scientific American*. "Universo em estado estacionário."

Bem, isso sim era um alívio. Nunca ter que se perguntar o que tinha vindo antes do universo nem o que viria depois. O universo simplesmente *era*.

Fazia mais sentido do que dizer que Deus havia "criado" o universo em poucos dias feito um mágico no palco tirando coisas da cartola. Mesmo quando menino, nunca levara essa ideia a sério.

No entanto, o Big Bang foi (como dizer isso?) *descoberto*.

Então o universo não é "estático" — não é "estado" —, mas irrompeu do nada a certa altura antes de o tempo começar e continua a explodir de dentro para fora bilhões de anos depois. Estariam seus componentes correndo do centro, e uns dos outros, para toda a eternidade? Ou só durante um tempo predeterminado?

Não é teoria. Ele acha. Fato comprovado: o telescópio Hubble.

Jessalyn rira e tampara os ouvidos com as mãos. *Ai, Whitey! Eu fico tonta só de pensar.*

*Pensar — no quê?*

*Na eternidade.*

Aquilo fora uma surpresa para Whitey. Não esperava ouvir a jovem esposa enunciar tal palavra, e a expressão no rosto de repente séria — *sofrida*.

Não sabia que era sobre isso que estavam conversando — *eternidade*.

Na verdade, ele estava só falando. Algo que estava no jornal. Típico de Whitey McClaren, todas as maluquices reviram seu cérebro e acendem uma faísca.

Mas era típico dela. Da jovem esposa. Ele dizia algo a ela, qualquer comentário à toa, sem pensar muito, e para Jessalyn ele adquiria sentido, peso.

Com outras garotas ele brincava. Gostavam de rir.

Mas com Jessalyn Sewell não se brincava. Não muito.

Ouvindo a própria voz dizer *Mas que coisa, talvez fosse uma boa ideia a gente se casar* e outra garota talvez risse sabendo que era, ou talvez não fosse, uma brincadeira, mas Jessalyn ergueu os lindos olhos para ele — *Sim. Está bem*.

Aquele olhar, perfurando seu coração. Ele sentira — de verdade: não era mera figura de linguagem — sob o esterno. O músculo forte do coração, perfurado com convicção.

Pois ele soubera (não soubera?) desde o começo. Só uma pessoa como Jessalyn Sewell poderia tornar John Earle McClaren um ser humano melhor e não (apenas) aceitá-lo como era, poderia amá-lo pelo que ele poderia ser, seu eu mais profundo. Naquela pessoa a seriedade necessária para evitar que a alma de hélio de Whitey McClaren subisse aos céus e se perdesse.

Engraçado que sinta tamanha dificuldade de falar agora, ele que sempre teve a língua solta. Nunca tímido, nem quando menino. *Ah, o Whitey! Ele conversa com qualquer um. Puxa conversa em qualquer lugar. Com qualquer desconhecido.*

Mas isso não tinha acontecido, tinha? Sentia o desgosto, a mágoa, de uma rejeição obscura.

Chute na barriga, na virilha. Esse tipo de rejeição.

Quem quer que tenha sido, não gostava dele. Não cedera a seu charme. O problema é que ele *está velho.*

O problema é que ele *está com frio.*

Os dentes batendo. Sensação de ossos tremendo. Aquele barulho de treme-treme-tremelique que as garças de pernas longas e bicos longos faziam, que provocava calafrios.

O problema é que uma pessoa (auxiliar?) descuidada tinha deixado a janela aberta ali.

Fosse onde fosse aquele *ali.*

Jato de vento. Respingos de chuva voando feito lágrimas.

De onde está deitado, onde os imbecis o amarraram, e com aquela porcaria de respirador enfiado na garganta, não alcança a droga da janela para fechá-la.

Ele a vislumbrou — a esposa. A jovem esposa, o rosto iluminado de dentro para fora.

A querida esposa. Esqueceu o nome dela?

*Esposa* — a palavra é um sibilo na garganta.

Não consegue falar. Palavras feito espinhos. Tentando tossir os espinhos, limpar a garganta para falar.

Esqueceu —*falar.*

Tenta pegar a mão — mas está sendo afastado dela.

*Querida? — Eu amo...*

O vento faz barulho, não escuta.

É tão tentador, desistir!

Tão tentador, tão cansado. As pernas pesadas...

Não é do feitio de Whitey McClaren desistir. *Caramba, ele não vai fazer isso.*

Nunca foi bom de natação, as pernas pesadas demais. Mas está nadando agora. Tentando.

Ondas fustigadas pelo vento. Muito difícil nadar contra elas. Correnteza veloz. Frio.

Mal consegue se manter à tona. Só — a cabeça — levantada, a um custo enorme. *Uma respiração de cada vez.*

Nadar não era seu esporte. Não tinha o tipo de corpo certo para atravessar a água. Muito *para dentro.* Fazia você voltar nos próprios pensamentos, não era bom.

Seu esporte era o futebol americano. Correr, se inclinar, entrelaçar pernas, bater cabeça, se amontoar... *Engalfinhar:* essa palavra, ele adorava.

Adorava o cheiro de suor, dele e dos outros caras. E o cheiro de terra.

Nadadores fedem a cloro, limpos demais. Sobe pelas narinas. Nossa!

Tocar em outro cara dentro da piscina, roçar pernas, que horror... Repugnante como pele de lagarto.

Cheiro forte de produto de limpeza naquele lugar maldito: antisséptico.

Livre de germes. Livre de bactérias.

O que sua filha cientista dizia? *A vida é feita de bactérias, papai.*

Os meninos, como tinham crescido tão rápido? Virou as costas e Thom tinha se mudado para outra cidade. Beverly, grávida. Tapa na cara, mas, não, não era certo pensar assim.

*Você sabe que não vale a pena, Whitey. Por favor.*

*Não é possível que você esteja com ciúme do seu genro.*

E agora netos. Muitos! Nomes escapando dele feito água por entre os dedos abertos.

Caramba, a vida é uma luta. Quem disser o contrário é mentiroso.

O maior esforço — *respirar...*

Empurrando, apertando. Tentando se libertar, respirar. Gritos de desconhecidos, chutes de pés dentro de botas. Dois.

Tinha sido verdade? *Tinha?*

Eletrocutado. Ele tinha pisado, ou caído, em um fio elétrico desencapado...

O rosto. A garganta. Queimando.

Ele está... *morto?*

Impossível. Ridículo.

Mas naquela correnteza de ondas bravas, um vento sombrio. Esforço frenético dos braços, das pernas. Os ombros fortes, ou ombros que eram fortes apenas alguns dias antes. Braços como pás frenéticas o impulsionando para cima.

*Não posso desistir. Não posso afundar. Amo tanto vocês...*

*Meu Deus, amo vocês todos.*

# O aperto de mãos

É tarde, ela está muito cansada.
*Te amo tanto, querido. Aqui estamos todos bem.*
Dizendo o nome dele. Dizendo o nome dele várias vezes com a certeza de que, apesar de não reagir, ele escuta.

Entorpecidos, os lábios dela se mexem. Quase inaudíveis.

Porém, ela não tem dúvidas, o marido querido a escuta.

Não tem dúvidas, o marido querido percebe sua presença.

Como parece velho! Pobre Whitey, vaidoso quanto à idade desde (pelo menos) os cinquenta anos. E agora... sessenta e sete.

O rosto bonito quase irreconhecível. A pele feito um pergaminho amassado. Machucada, inchada onde a batera no volante ou no para-brisa ao ser lançado para a frente com a colisão.

Um derrame antes da colisão. Ou... o derrame teria sido depois da colisão?

Possível, lhe disseram. Possível, ela se esqueceu.

Os policiais chegaram na cena, ligaram para a emergência, salvaram a vida de Whitey.

*Cena do acidente. Sem testemunhas.*

O médico do pronto-socorro dizendo que as marcas no rosto, pescoço, mãos do paciente pareciam queimaduras. Chamuscados na roupa que tinham precisado cortar fora.

Especulando que o airbag tivesse explodido, machucando e surrando. Podia ter respingado ácido, o que às vezes acontece.

Machucados causados por airbags podem ser consideráveis. Se a pessoa for pequena, esguia, uma criança, ou um idoso, não deve se sentar no banco do carona. Airbags explosivos podem matar.

*Está me ouvindo, querido? Você vai ficar bem...*

Aproximando-se, mal ousando respirar. Toda a sua força é necessária para manter o marido vivo.

Segurando a mão (direita) (ferida). Mas a mão dele não segura *a dela*.

Pela primeira vez na vida, ela tem certeza. Primeira vez em cinquenta anos. A manzorra forte e quente de Whitey não segura *a dela*.

Se ele soubesse, iria consolá-la. Protegê-la. Foi só isso o que eu vim fazer aqui na terra, Jess — cuidar de *você*.

Brincando, mas falando sério. Metade das palavras que saíam da boca do homem era brincadeira, mas ao mesmo tempo era séria. Fácil interpretar mal uma pessoa assim.

Ainda vivo. Ele ainda está vivo.

Não se sabe qual a gravidade do derrame, por enquanto. O que vai significar.

Quais áreas do cérebro foram afetadas, contíguas à região do derrame.

Ela ouviu a palavra — *estabilizado*. Tem certeza de que ouviu a palavra e que não a imaginou.

Depois da cirurgia. Reparação de vasos sanguíneos (rompidos). Desvio no cérebro para drenar o líquido. Catéter passado pelo cérebro através de um buraco no crânio. Um segundo catéter subcutâneo, correndo pelo abdômen de Whitey, drenando ali. O desvio é a tábua de salvação.

Negociando com Deus. *Por favor, Deus, permita que ele viva. Por favor, Deus, a gente ama tanto ele.*

Ela sente muito frio. Uma das filhas pôs um suéter sobre seus ombros, que não para de escorregar.

O sangue se esvaiu de seu rosto. Os lábios estão frios e entorpecidos como a morte.

Segurando a mão dele. Não consegue soltar. Não importa o cansaço que sinta, a tontura. Pois (tem certeza) a mão dele ainda sente a dela apesar de não imprimir nenhuma força e continuar frouxa na sua e alarmante de tão gelada.

Se soltar a mão dele, ela cairá com um baque na beirada da cama.

Atípico de Whitey McClaren, um *aperto de mão frio*.

Atípico de Whitey McClaren, não apertar a mão da esposa, levando-a a seu peito em um gesto protetor que a puxa para a frente, sem jeito.

Mas ele não faz isso. A mão não faz isso.

Faz horas que ela está à cabeceira da cama. Uma cabeceira alta, rodeada de máquinas.

Quantas horas se amalgamam em uma única hora como algo gigantesco crescendo exponencialmente — iceberg, montanha nevada.

Quanto maior o objeto, maior a superfície. Quanto maior a superfície, mais rápido o crescimento do objeto.

Não é um lugar sossegado. Até a UTI, que seria de se esperar que fosse sossegada, não é.

*Ele vai dormir, vai descansar. Está exausto.*

*Vai voltar a ser ele mesmo — quando estiver descansado.*

Alguém lhe disse isso. Ela ouviu sem prestar muita atenção, queria acreditar. É reconfortante para ela que todos os enfermeiros, todos os profissionais de saúde, todos os médicos que conheceu aquela noite tenham sido tão gentis.

As enfermeiras da UTI são especialmente gentis. Ela vai se recordar do nome delas, *Rhoda, Lee Ann, Cathy*, vai querer agradecer depois que a vigília se encerrar.

É claro que ela visitou muitos parentes e amigos no hospital ao longo da vida. Não é jovem: tem sessenta e um anos. Viu muita gente morrer, e a maioria era idosa e frágil — ao contrário do marido.

Nem perto de ser idoso, aos sessenta e sete. Nem um pouco frágil!

Whitey não entrava em um hospital havia décadas. Ele se gabava. Apendicite aos trinta anos, uma vez no pronto-socorro quando quebrou o punho em uma queda (na verdade, tinha tropeçado em um degrau carregando uma mala pesada: um acidente). Bom evitar hospitais, Whitey gostava de brincar. As pessoas viviam morrendo nos hospitais.

Risada aguda, das piadas de Whitey McClaren.

Ela sorri, relembrando. Depois se pergunta por que sorri.

Algo cai dos ombros. Uma das filhas pega o suéter grosso de lã antes que toque o chão.

*Ai, mãe. Você está exausta. Não faz bem para o papai nem para nenhum de nós ver você cansada desse jeito.*

*Deixa eu te levar pra casa. A gente volta de manhã.*

*O papai vai ficar bem, mãe. Você ouviu o que o médico disse — ele "estabilizou".*

Ela pensa: se pudessem morrer exatamente no mesmo instante, seria... bem, não seria bom; mas não seria nem de longe tão ruim quanto se um ou o outro morresse antes.

Assustador pensar em Whitey morrendo primeiro. Como ela vai aguentar o resto da vida sem ele?!

Pior ainda, se ela morresse primeiro e Whitey ficasse desolado...

*Aninhando o rosto no pescoço dela. Nos braços grandes, úmidos, dele. Doente de amor por ela, desastrado no discurso que é sincero e não brincalhão, zombeteiro. Ah. Eu te amo.*

Ela diz aos filhos: se eles ficarem na casa durante a situação, Whitey vai gostar. Quando ele voltar para casa.

(Talvez no dia seguinte? No outro? Levando-se em conta que o estado dele se *estabilizou*.)

Estranho, as filhas já não são garotas. Beverly, Lorene. Bem, daria para dizer que Sophia ainda é uma "menina" — poderia se passar por uma menina de vinte e poucos anos. Ainda mais nova.

(Ela temeu por Sophia, que não parecia estar amadurecendo como as outras tinham amadurecido. Havia em Sophia uma avidez de colegial, uma ingenuidade meio desafiadora, que preocupava a mãe tanto quanto — ela sentia — irritava as irmãs mais velhas.)

(E quantos anos Sophia tem? Tentava lembrar quando Sophia havia se formado na faculdade — Cornell, após se transferir de Hobart Smith.)

(Ai, é confuso, assustador: em que ano estamos, que mês; eles todos estão envelhecendo, como pessoas desatentas escorregando em um tobogã, descendo depressa a neve branca ofuscante de suas vidas finitas!)

No entanto, ainda conseguia sorrir. Para as enfermeiras, para o rosto tenso das meninas, para o pobre Whitey querido cuja boca inchada e distendida não consegue retribuir seu sorriso.

(E cadê Thom? Ele estava aqui antes. E Virgil.)

(Bem. Não dá para querer que Virgil fique parado em um lugar por muito tempo. O que Sophia falou sobre o irmão — *transtorno de déficit de atenção. Mas com um toque espiritual*.)

Não é de se espantar que os meninos não estejam aqui. Em algum canto do hospital, provavelmente, mas não aqui.

Os dois filhos de Whitey ficaram assustados. Ao ver o pai parecendo tão indefeso, meio *torto* na cama hospitalar alta em meio a um emaranhado de máquinas que bipam e um cheiro forte de desinfetante, o rosto parecendo queimado, surrado e inchado; os olhos não exatamente fechados, mas não abertos, e sem enxergar. Palavra terrível: *derrame*. Palavras terríveis: *terapia intensiva, respirador*. Os olhos de Thom tinham marejado como se ele sentisse dor, e os olhos de Virgil haviam se espremido como fendas, como se uma luz forte iluminasse seu rosto.

Com o olhar aguçado de mãe ela vira como cada filho havia engolido em seco para não soluçar alto.

Terror de filho (crescido, adulto) ao ver o pai tão diminuído.

Você quer poupá-los desse tipo de choque. Pensamentos fugazes durante sua vida de mãe, se ela pudesse se esconder em algum canto, quando enfrentasse uma doença terminal. Se pudesse evitar que eles vissem, que soubessem, até que tudo acabasse — *fait accompli*.

A mãe dela tinha mandado os filhos embora, em seus últimos dias. Vaidade, desespero. *Não quero que vocês me vejam desse jeito.*

Mas John Earle não tem uma doença terminal, na verdade. Os machucados no rosto não têm a ver (parece) com o derrame e são (parece) superficiais.

Brotoejas vermelhas raivosas no rosto, no pescoço, nas mãos. Como se um bicho tivesse afundado o bico nele. Quantas vezes?

Ela ficaria se perguntando o que teria causado aquelas feridas curiosas. Mas em sua distração só conseguia sorrir.

Sorrir como um gesto de determinação. Sorrir como um gesto de coragem, desespero.

Dando um leve aperto na mão de Whitey como se faz para estimular uma criança. *Querido! Estamos todos aqui, ou quase todos. Vamos ficar aqui até eles nos mandarem embora.*

(Era verdade? O hospital os mandaria embora? Da UTI? Quando o turno do dia se encerrasse?)

É só coincidência. Ela acha.

Tentou abordar o assunto com Whitey outro dia.

O Assunto. Não!

É claro, Whitey reagiu com suas piadas assustadas (de sempre). Fez um auê (cômico) junto à cafeteira. Fingiu não escutar.

Só os dois agora na casa espaçosa da Old Farm Road que outrora fora o centro de... tudo! Dava para contar com um bando de crianças ocupando o terreno o tempo inteiro. Cinco crianças, cinco turmas de amigos. (Bem, talvez esse número não seja muito exato. Quando Virgil tinha idade para levar amigos para casa, Thom já tinha idade para não querer mais levar amigos para casa; isso sem falar naquelas namoradas de Thom que ele não se atrevia a levar para casa.) Quantos vão ficar para jantar? *Quantos?* — Whitey fingia estar exasperado, mas (na verdade) adorava a casa cheia de vida.

Aqueles anos. Seria de imaginar que durariam para sempre. Os pais dos amigos de escola ligando para os McClaren para descobrir onde estavam seus filhos, e geralmente eles estavam ali, na casa espaçosa da Old Farm Road.

E agora, onde? Por onde haviam se espalhado todas aquelas crianças, toda aquela vida barulhenta?

A última a sair de casa tinha sido Sophia, que tinha só duas ou três grandes amigas. E Virgil, que tinha um grupo diverso de amigos, amigos esquisitos, que iam e vinham e pareciam não contar. Então a diminuição, a perda, tinha sido gradual, não abrupta.

Por que cargas-d'água ela está enxugando as lágrimas dos olhos?! Não é do feitio da mãe das crianças assustá-las.

Pois depois do choque terrível da emergência, depois de horas de cirurgia, Whitey estava *bem*.

Pensando que precisam mesmo é de filhos que morem em cidades distantes e venham visitá-los, tragam os netos e *fiquem*.

É fato: quando os filhos moram perto, nunca mais ficam na casa. Visitam, sim. Vão jantar, talvez. Passam algumas horas.

Em seguida vão para a própria casa. A casa *deles* é em outro lugar.

Ela está tentando explicar isso para Whitey. Que tristeza ela sente, que medo, a *casa* deles está escorrendo por entre os dedos.

(É uma piada? Apertando os dedos frouxos e frios do marido na tentativa de trazê-los à vida.)

*Que par mais esquisito. A Jessalyn tão quietinha, e o Whitey tão... Whitey.*

Porém, em geral, quando estão a sós, é Jessalyn quem fala com Whitey em tom sério e persuasivo, e fala muito. Ninguém acreditaria que com sua voz suave Jessalyn explicasse para o marido que ele deveria reconsiderar uma decisão tomada por impulso. Ela dirá: *Querido, por favor, me escute. Eu acho que você precisa repensar...*

Whitey nunca discordou de Jessalyn. Nunca discutiu com ela. Embora Whitey McClaren pudesse ser grosso e desdenhoso com os outros, em cinquenta anos nunca sequer interrompeu a esposa.

Na verdade, adora ser corrigido por ela. Repreendido, humilhado por ela. É um deleite para ele, que a esposa querida prove que ele está errado.

*Bem, está bem. Agora que você explicou nesses termos, eu acho... que você tem razão.*

Ela é a melhor parte dele, ele lhe diz. Seu anjo luminoso.

De tudo que há no mundo, ela era/é sua salvação. Não no próximo mundo, mas neste. Só Jessalyn consegue fazer de John Earle McClaren a pessoa que ele deveria ser — foi o que ele disse a ela, assim como disse aos outros.

É raro que um marido seja tão assertivo nas transações com os outros, mas tão dócil nas com a esposa? É claro que o desagradável termo *transações* não se aplica direito.

Ele só tinha se apaixonado uma vez na vida. Ao ver Jessalyn aos dezessete anos. Tímida, de voz doce, *recatada*.

Mas francamente muito bonita. John Earle olhara fixo para seu rosto, para o cabelo em uma trança desleixada. Para os seios.

Ela tinha percebido. A *impotência* no rosto do homem. Um rosto de menino. Ninguém consegue moralizar, ninguém consegue legislar.

Pode muito bem chamar de *amor*.

A primeira vez deles, mãos dadas. Johnny Earle parecia envergonhado. Queria segurar a mão de Jessalyn — com força; mas (ele disse) não queria "destroçá-la".

Ela rira. Nunca, nunca tinha se esquecido — *destroçar*.

*Pode destroçar minha mão agora, querido.*

Ela demorara mais para se apaixonar por John Earle McClaren, cuja personalidade era tão bem definida, mesmo quando tinha vinte e poucos anos. Mas com o tempo havia se apaixonado. Ela *não tinha resistido*.

Desejava que ele segurasse sua mão com força — sim, agora.

Mas não faz o estilo de Jessalyn, ela resolveu. Sobrecarregar outra pessoa com a necessidade que sente dela.

Melhor ser a pessoa que segura a mão da outra. Com firmeza.

Assim como por tantos anos — um período inesgotável, ela achava — tinha segurado a mão de uma criança, não raro a mão de duas crianças, ao atravessar a rua, em um espaço público, em um lance de escada — "*Aqui-aqui!*" era seu sinal, à meia-voz, um som alegre, um som para alertar a criança, sim, precisa, sim, a mamãe quer a sua mão.

Sem hesitação, a criança deixa você pegar a mão dele/dela. Não há algo mais maravilhoso, aquela mão confiante.

Seu pavor era de que um dos filhos escapulisse de sua mão e corresse para a rua, ou — conseguisse de alguma maneira se matar ou se mutilar quando por um breve instante a mamãe estivesse desatenta.

*Mãe? Vamos levar você pra casa.*

*A gente volta assim que amanhecer.*

Jessalyn reluta em deixar a cabeceira da cama de Whitey. Ah, como ela pode abandonar o pobre Whitey destruído! Quando os olhos de Whitey tremerem e se abrirem, o primeiro rosto que vir deveria ser o dela.

*É claro, estou aqui. Vou estar sempre aqui.*

Fita o relógio, confusa por um instante se não é manhã, em vez de noite. E onde exatamente fica esse lugar?

Whitey parece ocupar menos espaço na cama do hospital do que ocupa na cama deles em casa, onde o colchão afunda confortavelmente no lado dele. Dormir com Whitey toda noite é uma aventura: Whitey se esparrama, suspira, se revira de madrugada, joga o braço em cima dela, ou aponta o braço em sua direção; desperta, ou parece despertar, com um estalo da garganta, mas logo depois volta a mergulhar no sono como quem afunda debaixo d'água, profunda, mais profunda, enquanto Jessalyn fica deitada ao lado dele em um transe assombrado, perplexa porque o sono do marido vem tão fácil que ela precisa segurá-lo, como em uma rede fina.

Mas naquela cama ali, de costas, preso no lugar, o pobre Whitey parece... bem, menor. Diminuído. É por isso que o homem vem lutando a vida inteira — para não ser *destruído*.

A respiração se tornou tão árdua, o esforço tão extremo, que Jessalyn tem vontade de se deitar ao lado dele na cama e ajudá-lo a respirar, assim como muitas vezes o abraça durante a noite, na cama deles, enquanto ele mergulha em uma série de espasmos e tropeços até adormecer; mas a cama é pequena demais, os funcionários do hospital jamais permitiriam uma coisa dessas.

Ai, no que ela estava pensando! As ideias chacoalhando na cabeça feito sementes secas em uma panela de barro. Ou — moedas soltas, rolos de fita adesiva, carretéis de linha em uma das gavetas da cozinha abertas depressa.

Tão sonolenta! Ela vê o que parece ser um macarrão solto, que caiu da caixa na prateleira da cozinha... Que coisa feia. Não faz o estilo de Jessalyn ser uma dona de casa tão desleixada.

Folhas de jornal espalhadas na bancada. Louça de molho na pia, ela já ia passar uma água e pôr na lava-louças.

Despejando sementes nos comedouros para pássaros. Minuciosa, tentando não derramar muito, pois atraía os esquilos. A briga de Whitey com os esquilos residentes — *Vá embora! Dê o fora daqui! Seu maldito!* Eles riam de Whitey exasperado, afugentando esquilos que corriam só alguns metros e paravam, berravam com ele, balançavam seus enormes rabos como ratos lívidos zombeteiros. Sophia tinha dito: *Ah, papai, os esquilos também sentem fome.*

Outra briga de Whitey, os gansos-do-canadá no quintal. A cada dia que passava, mais gansos. Nada deixava Whitey McClaren com mais raiva do que os excrementos dos gansos.

*Vá embora! Dê o fora daqui! Volte para a sua terra, volte para o Canadá e leve sua bosta junto.*

Ele recrutara os meninos para ajudá-lo. Thom, de pernas compridas, correndo atrás dos gansos com um taco de hóquei, aos risos.

Virgil, de pernas curtas, com seis anos, seguia em seu encalço.

Onde Thom vai passar a noite? No quarto que era dele, na casa?

E Virgil — *cadê* Virgil?

São McClaren demais para um quarto de UTI. Limite de duas visitas. O resto espera do lado de fora, no corredor do hospital (ela quer imaginar que é lá que eles estão).

Mesmo na sala de espera das cirurgias, Virgil estava inquieto demais para ficar parado. Ela o vira andar de um lado para o outro do corredor. Conversar com uma das enfermeiras da noite. Fascinada em observar Virgil (magro demais, os ombros curvos como que para diminuir sua altura, o cabelo loiro-escuro preso em um rabo, a barba rala — Whitey ficaria exasperadíssimo de vê-lo naquele espaço público! — e de macacão frouxo, uma camisa bordada ao estilo indiano que Whitey classificaria como *hippie*, as sandálias que pareciam mordidas e que usava sempre) conversando com uma estranha, aparentemente uma estranha que estava encantada, o que ele estaria dizendo a ela? — enquanto a enfermeira (uma mulher mais ou menos da idade de Virgil ou um pouco mais velha) piscava para ele, assentia, sorria como se nunca tivesse conhecido ninguém tão *eloquente*.

*A conversa mole do Virgil* — Thom ironizava.

Que crueldade. Injustiça. Você nem sempre sabe o que Virgil está querendo dizer, mas Virgil sem dúvida sabe, e Virgil leva tudo muito a sério.

*Esfregar minha alma até ela ficar limpa.*
*Uma vida inteira de esforço.*

Só Jessalyn sabe o quanto Virgil contrariou Whitey alguns anos antes, sugerindo que gente que nem ele deveria pagar o dízimo em dobro. *Você não pode gastar seu dinheiro, pai. Tem que continuar reinvestindo.*

É claro, Virgil não sabe quanto dinheiro o casal McClaren doa a instituições de caridade por ano. Virgil não faz ideia.

Whitey ficara magoado com a falta de tato da expressão *Gente que nem você*.

Jessalyn também ficara magoada. O que isso quer dizer — *Gente que nem você?*

Queria suplicar mesmo agora, em nome de Whitey — *Não somos perfeitos, mas estamos vivendo a vida da melhor forma que sabemos viver.*

E Virgil daria seu típico sorriso irritante sem precisar dizer *Mas a melhor não é boa o bastante, mãe. Lamento.*

Whitey apertou sua mão? — o coração de Jessalyn dispara.

— Whitey? Ah... Whitey? — diz, tão animada que sente que vai desmaiar.

O suéter lilás tricotado à mão caiu no chão. A filha mais velha está segurando seus ombros para equilibrá-la.

Mas não, é possível que Whitey não tenha apertado sua mão. É possível que só tenha imaginado...

*Mãe! É melhor a gente te levar para casa. Agora.*
*A gente volta assim que amanhecer...*

Alguma decisão foi tomada? A filha do meio, a mandona, diretora de escola, segurou Jessalyn pelo braço com firmeza.

O *papai está indo bem. Ele já está com uma cara melhor* — *está com o rosto mais corado. Você sabe como é o Whitey* — *"nunca diga nunca"*.

As filhas riem juntas. Jessalyn se vê rindo junto, uma risada fraca.

*"Nunca diga nunca"* — realmente é uma expressão que Whitey usa muito.

Sentindo-se tão cansada, uma sensação de água dentro do cérebro, os joelhos feito água, tremendo de frio, Jessalyn imagina não ter alternativa, precisa se render. Abandonando Whitey àquele lugar horrível (caso acorde, quem ele verá? — o quê?), ela se curva para roçar os lábios na bochecha (flácida, fria) dele, se atreve a se aproximar de sua respiração estremecida.

*Te amo, querido! Estou rezando por você.*

Whitey faria cara feia e riria. *Rezando por mim? Devo estar péssimo.*

Com a voz confiável, a enfermeira insiste com as filhas dos McClaren — **Levem sua mãe para casa.** Desagradável ouvi-la dizer "sua mãe" como se ela (Jessalyn) não estivesse ali. Seria um presságio da velhice, de ser idosa e frágil? — ser "levada" com delicadeza, mas com firmeza, por um corredor e ter cada um de seus movimentos analisados, porque se vacilar, se parecer tonta, sob o risco de desmaiar, braços fortes (isto é, mais jovens) vão segurá-la e ampará-la; e Jessalyn McClaren não é do tipo que causa contratempos em um espaço quase público, sempre foi a mais gentil, a mais prestativa, a menos assertiva das pessoas, uma mulher adorável, uma mulher, esposa, mãe, avó amada tentando não sentir pânico diante da ideia de o marido *não estar em casa*.

Uma única noite. Impensável.

# A vigília

Um por um eles foram saindo da casa da Old Farm Road para virarem adultos no mundo além da família McClaren.

E agora, essa série angustiante de dias em outubro de 2010 em que o pai foi hospitalizado depois de sofrer um derrame, e a vigília deles era uma frágil jangada compartilhada em um rio agitado, e os olhos deles não se atreviam a ir muito acima da superfície da água por temerem as águas escuras, encrespadas, que os engolfariam, eles se viam de novo na casa toda noite, como se chegassem à segurança da terra firme.

Porém era esquisito para eles, era lúgubre e inquietante, a casa tinha mudado muito pouco desde que foram embora, e eles tinham mudado muito.

Ou a casa não tinha mudado muito, e eles menos ainda (por dentro, essencialmente).

— EU FICO COM A MAMÃE hoje à noite.

— Não. Não tem problema. Eu moro aqui perto, posso ficar com ela.

— Eu levei ela para o hospital, então eu vou ficar e vou levar ela de volta para o hospital de manhã. É mais fácil assim.

— Por que "mais fácil"? Eu levo ela amanhã.

— Você vai só irritar ela. Você é muito *pegajosa*.

Cruel, Lorene fez um gesto com as duas mãos como quem puxa as tetas de uma vaca.

Magoada, Beverly rebateu:

— Você vai ter que ir para o trabalho... não vai? A escola não funciona sem a "Mulher-Gestapo"... funciona?

Lorene lançou à irmã um olhar de pura selvageria. Devia ter sido, Lorene sabia de sua reputação de "Mulher-Gestapo" no Colégio North Hammond, mas não sabia que os outros sabiam.

— É claro que amanhã eu não vou para o trabalho. Não com o meu pai na UTI!

Acabou ficando decidido que, à exceção de Beverly, que acreditava precisar voltar para a própria casa naquela noite, todos ficariam na casa antiga com a mãe.

— Só para garantir. É melhor.

Jessalyn não teve chance de opinar sobre o assunto. Não sabia se devia ficar comovida com a solicitude dos filhos adultos ou se sentir oprimida por ela. Por que falavam dela como se não estivesse ali? Pareciam pensar que ela não devia ficar sozinha na própria casa como se ela fosse muito idosa ou muito instável.

Jessalyn protestou com fraqueza: poderia pegar o carro e ir sozinha para o hospital de manhã. Ela os encontraria lá.

— A enfermeira falou... sete horas. É claro que eu vou ficar bem hoje à noite...

— Mãe, *não*. O papai não iria querer que você ficasse sozinha em uma hora dessas.

Nenhum deles lhe dava ouvidos. Jessalyn foi obrigada a ver que eram todos mais altos, e se avultavam sobre ela. Quando isso tinha acontecido? Até Sophia, a caçula.

No rosto deles, desafio. Embora estivessem exaustos e aflitos, essa oposição era emocionante para eles, poderem sobrepujar os desejos da mãe a fim de protegê--la. Ela abriu a boca para protestar, mas sentiu um cansaço enorme de repente.

E seria reconfortante, sem dúvida — que alguém ficasse com ela.

Ela diria a Whitey: *As crianças tomaram as rédeas. Elas ficaram muito preocupadas em me proteger. Você ficaria orgulhoso deles.*

Whitey, querido! Estava sempre procurando motivos para se orgulhar dos filhos, e não para ficar irritado ou incomodado como ficava tantas vezes com Virgil.

*Sim, é claro que Virgil ficou com a gente. O tempo inteiro.*

Quando a notícia terrível chegara naquela tarde, durante algumas horas o cérebro dela havia se desligado. Mas agora que Whitey parecia estar *se mantendo firme* ela colecionava coisas para lhe contar.

Era uma expressão animadora, principalmente saída da boca das enfermeiras da UTI, que, supunha-se, sabiam o que estavam fazendo.

*Se mantendo firme.* Vinha a imagem de Whitey segurando alguma coisa com força, talvez uma corda, um leme. Equilibrado, embora o chão se mexesse.

Ele iria querer saber — de tudo! Que o tinham achado dentro do carro no acostamento da Hennicott Expressway ou (possivelmente) que tinha tentado sair do carro e desmoronado e caído no asfalto. Que os policiais de Hammond o haviam encontrado — inconsciente. Que tinham ligado para a emergência e uma ambulância tinha aparecido (em quatro minutos, segundo alegavam) para levá-lo até o melhor pronto-socorro dos arredores.

Guardando coisas para contar a Whitey. Quase quarenta anos.

Em geral eram coisas para as quais ninguém mais daria a mínima importância. Cada bobagem trivial, irrelevante, fascinante para contar ao marido, que, como a maioria dos homens, fingia ser contra fofocas, mas se deleitava com elas. Assim como guardava coisas para contar a ela.

*Querida, eu me senti tão só! Mas eu ouvia a sua voz — eu ouvia a voz das crianças — apesar de não conseguir responder — e apesar de não conseguir te ver...*

Ela tinha fé, o marido lhe contaria por onde andara. Assim que voltasse para ela.

— VOU TE COLOCAR PRA DORMIR, mãe. Vamos!

Assim que chegaram em casa. Acendendo as luzes da cozinha.

Beverly esticou o braço para segurar a mão de Jessalyn e não a soltava mais, embora Jessalyn protestasse:

— Deixe de ser boba, Beverly. Eu posso me "colocar" pra dormir, muito obrigada.

— Você está exausta. Devia ver como está... sua cara está branca que nem *papel*.

Beverly insistira, pois iria para casa logo. Mas Lorene também insistira. E Sophia não suportava ficar para trás.

Os seis, entrando na cozinha. Tantos McClaren, seria de se esperar uma ocasião festiva.

Jessalyn continuou protestando sem firmeza enquanto as irmãs a acompanhavam escada acima. As vozes altas como pios de pássaros, ligeiramente barulhentas, melódicas. Thom e Virgil foram deixados a sós na cozinha.

Eles talvez se ressentissem das irmãs. Não era consciente, mas — era assim, em momentos de crise, em momentos de emoção, em momentos em que o bem-estar (físico) era necessário, *filhas* prevaleciam sobre *filhos*.

— Quer tomar uma cerveja do papai? Uma cerveja preta?

Thom abriu a geladeira e pegou duas garrafas de cerveja. Virgil encolheu os ombros.

— *Não*.

— Ah, esqueci. Você "não bebe".

— Sim, eu bebo. De vez em quando. Mas agora, não — respondeu Virgil, tenso.

Era embaraçoso para os irmãos McClaren ficarem a sós.

Nenhum dos dois saberia dizer quando fora a última vez que tinham ficado a sós naquela casa ou em qualquer lugar que fosse.

Era raro que pensassem um no outro como *irmãos*.

Na casa dos pais, na cozinha, era impossível não ter a expectativa de ouvir a voz do pai. Whitey teria ficado surpreso e contente ao vê-los, ainda que (possivelmente) um bocado perplexo, àquela hora.

*Nossa! O que vocês dois estão fazendo aqui? Sentem-se, deixe eu pegar alguma coisa para vocês beberem...*

Mas Whitey era astuto a ponto de saber que os filhos, que tinham tão pouco em comum, dificilmente estariam juntos na cozinha àquela hora da noite sem que alguma coisa horrível tivesse acontecido à família.

Thom bebia cerveja no gargalo. A cerveja preta alemã de Whitey, tão amarga que Thom fez cara feia ao engolir. Achou um pote de castanhas aberto dentro do armário.

Virgil tomava suco de laranja, tinha achado uma caixa na geladeira.

O silêncio entre eles era tenso. Mas nenhum dos dois queria falar do pai, por enquanto.

Tinham sete anos e meio de diferença. Para Virgil, era uma vida inteira.

Se Virgil fechasse os olhos, poderia distinguir a figura misteriosa, esquiva, do irmão mais velho Thom sempre em silhueta, de costas viradas para Virgil e se distanciando.

Ele adorava o irmão mais velho quando era menino. Mas não mais.

Agora, Virgil desconfiava de Thom. Percebia aqueles olhares de soslaio, cumprimentos zangados e comentários falsamente simpáticos — *Como é que vai, Virg?*

"Virg" não era um nome, não era um diminutivo, era apenas um som feio.

Thom havia se afastado de Virgil, agora morava em Rochester. Virgil mal conhecia a esposa e os filhos do irmão (dois filhos pequenos? três?). Em tom informal dizia-se que Thom era o "herdeiro" de Whitey — era óbvio que Thom seria o sucessor do pai nos negócios da família.

(Whitey nunca tentara contratar Virgil para trabalhar para ele. Bem, talvez há muito tempo, quando Virgil estava no Ensino Médio, e Whitey perguntara se ele gostaria de ajudá-lo com a redação de um texto publicitário, pois tinha a impressão, a partir de um texto publicado por Virgil que tinha visto em uma revista literária estudantil, de que ele "levava jeito para as palavras". Aos quinze, Virgil encarara o pai com uma expressão magoada e murmurara *Não, obrigado!* como se Whitey tivesse lhe pedido para cometer uma afronta.)

Só uma olhadela para Thom McClaren, alto e magro, cabelo loiro, rosto bonito que agora começava a visivelmente se endurecer, aos trinta e tantos anos (Virgil volta e meia encarava, quando — ele acreditava — Thom não estava vendo), e dava para ver que era uma daquelas pessoas que se sentem à vontade na própria pele, e cuja autoavaliação era partilhada por aqueles que o observavam.

Era o que Virgil imaginava. Uma lasquinha de inveja dilacerava seu coração.

— COMA UM POUCO. EU NÃO quero comer tudo sozinho.

Thom empurrou o pote de castanhas na direção de Virgil. Whitey tinha um fraco por castanhas. As crianças riam do pai insistindo para que a mãe deles escondesse nozes, biscoitos e chocolates na cozinha em lugares onde teria dificuldade de achá-los.

Mas, quando Whitey comia uma boa porção de castanhas, começava a tossir. Aquilo o denunciava: papai andou comendo castanhas...

Meio desatentos, os irmãos perceberam que havia algo errado na cozinha. A mãe era uma dona de casa bem meticulosa, jamais alguém esperaria ver folhas de jornal espalhadas na bancada ou louça de molho na pia. Principalmente porque os filhos já não moravam ali e a desorganização alegre daquela época era apenas uma lembrança.

Thom se lembrou de quando era menino e uma de suas tarefas era varrer o chão da cozinha depois do jantar, toda noite.

Outro dever: arrastar as caçambas de lixo nas sextas-feiras de manhã cedinho.

Por essas tarefas e algumas outras, Whitey lhe pagava dez dólares por semana. Mas Jessalyn sempre lhe dava um pouco mais — "Para o caso de você precisar, Tommy".

Tinham crescido em uma família bem de vida. Não havia como disfarçar que os McClaren tinham dinheiro — impossível morar em uma das belas casas antigas da Old Farm Road sem ter dinheiro. Porém, nenhum dos filhos do casal McClaren havia se tornado *metido*, como se diz por aí.

Pelo menos, Thom achava que não. *Ele, não.*

Durante esse tempo todo, com o cuidado enlouquecedor de quem tenta não chamar a atenção, Virgil recolhia as folhas espalhadas do jornal, que juntava e enfiava no cesto de papel reciclável sem sequer olhar as manchetes. Thom recordava, agora com desdém, que na época de Virgil em Oberlin e depois, o irmão hippie tinha revelado um pavor visceral do que poderia descobrir no jornal por acaso — achava "obsceno" ver o sofrimento de estranhos nas fotografias.

Inquieto demais para se sentar, Virgil enxaguou os pratos sob a água escaldante e os colocou na lava-louças, um por um, com um zelo tão exagerado que botava a paciência de Thom à prova.

— Pare quieto! Pelo amor de Deus.

Thom se ressentia, assim como as irmãs, porque Virgil parecia ter se aproximado mais da mãe do que qualquer um deles nos últimos anos. Porque Virgil morava perto, ia sempre àquela casa (na maldita bicicleta) quando Whitey estava fora, provavelmente com uma frequência maior do que Thom e as irmãs imaginavam.

Não pedia dinheiro a Jessalyn, provavelmente, porque Virgil não era assim, mas sem dúvida aceitava dinheiro dela, pois sem dúvida esse era o jeito de Jessalyn.

*Você acha que o papai sabe?*, perguntava Beverly; e Thom dizia, *Bem, não dá para a gente perguntar para ele.*

Na janela escurecida acima da pia, Virgil enxergava o próprio reflexo. E às suas costas o irmão bonito, mais velho, esparramado em uma cadeira, bebendo no gargalo.

O esplendor de um irmão mais velho para o mais novo. O corpo masculino adolescente, absolutamente fascinante, cativante, para o irmão mais novo que se sabia inadequado em todos os sentidos.

Vislumbrava Thom parcialmente vestido, ou nu — o quanto Virgil olhara.

Engolia em seco. Mesmo agora. O corpo flexível, musculoso do irmão. A graça indiferente do irmão. Pelos grossos crescendo nas axilas do irmão, no peito, nas pernas. E na virilha.

O pênis do irmão.

A palavra em si, que não podia murmurar nem sozinho — *pênis*.

E outras palavras similares, proibidas: *pau, pinto, bolas* — Virgil tremia ao lembrar o encanto que essas palavras tiveram para ele, por anos a fio.

Uma vida inteira. Se você é o mais novo.

Como se lesse os pensamentos de Virgil, Thom se atreveu a revirar o bolso do casaco à procura — de quê? Um maço de cigarros.

Atreveu-se a acender um cigarro!

— Ei. Calma lá. Amanhã de manhã a mamãe vai sentir o cheiro.

— Eu deixo a cozinha aberta para arejar.

— Elas vão sentir o cheiro agora, lá de cima. Poxa, Thom!

— Eu já falei, eu deixo a cozinha aberta para arejar.

— Bom. — Virgil registrou seu desgosto dando de ombros.

— Bom, *eu vou*.

Não fazia o estilo de Virgil provocar o irmão. Tivera inúmeras consequências desagradáveis no passado. A hora avançada era meio que um desenlace.

Thom disse, expirando a fumaça:

— O papai fuma. Ainda fuma.

— Ele *fuma*?

— Não é para ninguém saber. Muito menos a mamãe. Não como ele fumava antigamente, mas pelo menos uma vez por dia. No escritório. Eu já vi as cinzas.

Thom se calou, pois sentia uma satisfação exuberante por saber algo a respeito do pai que o irmão não sabia. Se Virgil fizesse um comentário careta sobre o tabagismo de Whitey, com sua pressão alta, e depois de ter sofrido um derrame, Thom pretendia pular da cadeira e dar um soco na cabeça dele.

Mas Virgil estava cauteloso e mantinha distância. Mordeu o lábio inferior, em silêncio, preocupado em organizar as esponjas à beira da pia.

A mãe tinha duas esponjas (sintéticas) para usar na cozinha: uma para lavar a louça, outra para secar a bancada. A primeira sempre ficava à esquerda; a segunda, à direita. No decorrer de um período de uma ou duas semanas, a esponja da bancada era descartada, considerada gasta; a esponja à esquerda era transferida para a direita e uma esponja nova era tirada da embalagem de celofane.

Naquela noite, a esponja da esquerda era amarelo-clara; a da direita, roxa. Virgil tomou o cuidado de não as misturar.

Na casa de Virgil, que era, em certa medida, uma casa coletiva, em que ninguém tinha uma responsabilidade específica pela manutenção da limpeza, uma esponja grande (natural) bastava durante um bom tempo. Mais cedo ou mais tarde a esponja era descartada porque começava a despedaçar, não porque estava horrorosa e imunda.

Jessalyn ficaria estarrecida se visse como Virgil vivia. Ele tinha o dever de poupá-la.

Uma vez, Sophia tinha aparecido no sítio velho caindo aos pedaços e visto por acaso a esponja na pia de Virgil, que a princípio não identificou como uma esponja.

— Meu Deus! Isso aí parece um fígado com cirrose — dissera. — Mas imagino que seja outra coisa.

Tinham rido juntos, mas Virgil entendera a consternação da irmã cientista. Repugnância.

A vida está repleta de patógenos invisíveis aos olhos, Virgil pensara. Ao nosso redor. Dentro e fora.

— Claro que ele está tentando parar. Foi por isso que ganhou tanta gordura na barriga, ele precisa se exercitar.

Thom ainda estava falando do pai deles. Do tabagismo sorrateiro do pai deles. De que Thom sabia e Virgil, não.

Dava a Thom um prazer meio grosseiro saber que estava deixando o irmão com inveja (pelo menos um pouco) e o deixando incomodado (tabagismo passivo — Virgil tentava não tossir). Gabando-se, Thom disse:

— O papai confia em mim. Dou bons conselhos a ele... de voltar para a academia e parar de uma vez por todas. Tem muitos caras da idade dele e até mais velhos que malham, e alguns deles são impressionantes. — Thom riu como se estivesse falando a verdade, ou uma verdade até certo ponto. Gostava da ideia de Virgil imaginando-o com o pai em uma conversa tão íntima, não falando só dos negócios. — Mas não conta para a mamãe. Que o papai fuma.

Virgil teve vontade de retrucar: se alguém tem que contar para ela, esse alguém é *você*. Os médicos do papai sem dúvida gostariam de saber.

Loucura pensar em fumar. Qualquer um no estado do pai. Thom estava *sorrindo*?

O coração de Virgil doía. Fora obrigado a pensar no pai na UTI, o respirador tomando fôlego por ele. E talvez Whitey nunca mais conseguisse respirar sozinho.

Não conseguiria aguentar caso o pai morresse. Sem tê-lo amado.

Sem ter dito, nem uma vez — *Virgil, estou orgulhoso de você. Por ser a pessoa que você é e saber que não interessa o que a gente faz, mas sim o que a gente é.*

*Não o que os outros falam de nós, mas o que falamos de nós mesmos.*

Whitey não encostava em Virgil fazia — quanto tempo fazia? —, nem imaginava. Pousava a mão no ombro de Thom, cumprimentava Thom com um aperto de mão animado, a expressão radiante no rosto — tão diferente da forma como cumprimentava Virgil.

Sem aperto de mão. (Mas não tinha problema: Virgil não era de *trocar apertos de mão*. Um costume social bobo resultante de uma ansiedade masculina primitiva.)

Sem abraços. (O jeito como Whitey abraçava as filhas!)

Ao olhar para Virgil, o jeito característico de Whitey era tenso, apreensivo; um sorriso desconfiado, os olhos semicerrados. *Qual vai ser a próxima coisa que esse meu filho vai fazer para me envergonhar.*

Tem sentimentos que não dá para esconder. Mas um pai deveria se esforçar mais do que Whitey se esforçava.

O quadro de cortiça no canto da cozinha exibia fotos e cartões. Anos, décadas. Recortes de jornal sobrepostos, programas de estudos, fotografias de classe. Jessalyn vivia acrescentando coisas novas, mas relutava em tirar as antigas. Uma foto reluzente do prefeito de Hammond John Earle McClaren trocando um aperto de mão com o governador de Nova York e os dois em uma pose rígida, sorrindo para a câmera. Em 1993, o pai deles estava muito corado e muito *jovem*, era doloroso observar.

Virgil não gostava do quadro de cortiça. Fotos demais do irmão mais velho Thom, que tinha sido atleta no Ensino Médio. E fotos demais de Beverly, tão glamorosa quanto um rosto em um outdoor.

As fotos em família não o incomodavam tanto. Nem os casamentos, os bebês recém-nascidos. A família McClaren junta de braços entrelaçados, sorrindo para a câmera no quintal, na praia. Em algum lugar.

As primeiras fotos de Virgil eram de uma criança pequena linda de cabelo loiro-claro, olhos azuis luminosos. Virgil fizera questão de tirá-las do quadro de cortiça anos atrás.

No Ensino Médio, Virgil começara a esconder as próprias fotos embaixo das fotos dos outros, ou a tirá-las e ponto final. A não ser por uma em que tinha cerca de dez anos, segurando a mão da mãe com um olhar deslumbrado.

Virgil não considerava aquele jovem exatamente *ele*. Todas as crianças são desprovidas de vaidade, e até crianças singelas são lindas. Isso começa a mudar por volta dos treze anos.

Constrangido, Virgil viu que a mãe tinha afixado várias fotografias de jornal de suas esculturas feitas de sucata, expostas em uma feira de artes recente. Virgil nem sabia que aquelas fotos tinham sido publicadas pelo jornal semanal de Hammond; mal se lembrava das esculturas, todas vendidas na feira.

(Qual é o segredo para vender todas as suas obras?, perguntaram a Virgil. A resposta era: Nunca pare de baixar o preço.)

(Será que Virgil ficava comovido ao ver aqueles retratos no quadro de cortiça na cozinha da mãe? Ele não tinha coragem de tirá-los dali.)

— Umas coisas legais, a mamãe guardou aí. Os meus filhos acham inacreditável que a gente tenha sido assim tão jovem.

Thom falava sem pensar, como se se rendesse. Ao ver que Virgil olhava para o quadro de cortiça e querendo ser legal, para variar.

Thom prosseguiu:

— Eu também tenho um quadro de cortiça na cozinha da minha casa. Não é grande que nem esse. Eu acho uma ótima ideia. Principalmente para as crianças. A gente se esquece de tanta coisa se não fizer isso. — Ele se calou, reflexivo. — Acho que você já viu. Ou não, pode ser que não.

Não. Virgil não tinha visto a porcaria do quadro de cortiça na casa de Thom em Rochester. Nunca tinha visitado a casa de Thom em Rochester.

Thom abriu outra garrafa de cerveja preta alemã. Tinha acabado com grande parte das castanhas. Caramba! Sua boca ardia por causa do sal.

O silêncio era demais. Onde raios estavam as irmãs?

Thom sentia rancor por terem escapulido com a mãe e o deixado com Virgil sabendo o que Thom pensava do irmão.

Mas não pareceria certo subir. Era uma tarefa que cabia às irmãs — botar a mãe zonza na cama. Não a ele. E Virgil provavelmente o seguiria feito um cachorro abandonado.

— Talvez seja bom.
— O quê?

Virgil tinha demorado tanto para falar que Thom não fazia ideia de qual era o assunto.

— Esquecer.
— "Esquecer"... o quê?

À luz forte da cozinha, o rosto dos irmãos se delineava com clareza. Como uma TV de alta definição, a pessoa é obrigada a ver mais do que gostaria.

Virgil baixou os olhos, tímido. Porém havia uma teimosia em todos os atos dele, até na discrição. Thom sabia, e ficou à espera.

— Acho melhor irmos para a cama. Daqui a poucas horas já vamos ter que nos levantar.

Esperava Virgil dizer alguma coisa, pois tinha ficado muito calado desde que examinara o quadro de cortiça.

— Eu não durmo nesta casa desde... Caramba, nem sei desde quando. — Thom tentou calcular. O último semestre da faculdade? O último verão depois da formatura? Seu quarto tinha sido desmontado anos antes, adaptado a outros fins. — E você, Virgil?

Virgil parecia assustado. Perdido em pensamentos.

— Acho que... eu não preciso dormir muito.
— Ah, não precisa? — zombou Thom.

Só Deus sabia o esforço que estava fazendo para lidar com Virgil. Tinha quase quarenta anos — não era mais um menino. Pai de um garoto de onze. Seus irmãos que não tinham tido filhos (Lorene, Sophia, Virgil) não faziam ideia de como o tempo passava rápido quando se tinha crianças na vida com as quais se comparar.

Era verdade que Thom desaprovava o *estilo de vida* de Virgil. (Assim como Whitey, ele não fazia ideia de qual devia ser o *estilo de vida* de Virgil; assim como Whitey, não queria saber.) No entanto, devia aos pais a tentativa de se dar bem com o irmão.

Porém, ficava irritado ao ver a barba rala de Virgil, o cabelo loiro-escuro preso em um rabo com um barbante. A leve corcunda dos ombros dele, embora só tivesse trinta e um anos. A camisa bordada desmazelada, puída, e o macacão sujo de tinta, as sandálias que deixavam os dedos à mostra. (E os dedos de Virgil eram ossudos e feios.) O que despertava em Thom uma indignação peculiar era aquela expressão nos simpáticos olhos azuis de Virgil, de compaixão infinita, compreensão, empatia — uma *piscina* de sentimentos.

Ao fitar aqueles olhos, a pessoa corria o risco de se afogar.

Às vezes, Thom dissera a Beverly, com quem dividia suas preocupações com a família, me dá vontade de dar um murro na boca de Virgil. Mas ele simplesmente me perdoaria, e aí eu iria querer matá-lo.

Beverly rira, apesar de ter ficado chocada. Gostava de ouvir essas coisas terríveis do venerado irmão mais velho, mas não queria compartilhar seus sentimentos em relação a Virgil pois sabia que brotavam do que havia de mais cruel nela, e de mais distante do amor familiar e da lealdade que os pais tinham tentado incutir neles.

Mas Beverly rira, sentindo como se Thom lhe fizesse cócegas.

Quem ele pensa que é, o Dalai Lama?, dissera Beverly, espirituosa.

Por fim, passos na escada. Mas era só uma das irmãs — Beverly.

Era decepcionante, Beverly estava indo para casa. Lorene e Sophia tinham ido para a cama lá em cima, nos quartos que tinham sido delas.

Não, Beverly não queria uma bebida. Obrigada, mas *não*.

Thom viu que a irmã estava desgrenhada, gordinha. Não parecia muito a colegial radiante das fotos. E de olhos brilhantes, marejados. (Andara chorando? Jesus!) Recusou uma garrafa da geladeira, mas tomou um gole da cerveja de Thom e enxugou a boca com o dorso da mão como um homem faria.

— A gente finalmente conseguiu botar a mamãe para dormir. Ela não queria tirar a roupa, disse que tinha medo de o telefone tocar e a gente ter que ir para o hospital e que ela quer estar preparada. É muito esquisito... ela fala em um tom tão *calmo*. É como se o papai estivesse dando instruções a ela... sabe como é, o papai vive dizendo para ela o que fazer. E é muito estranho, estar naquele quarto e saber que o papai não está. Nós ficamos um tempo com ela, até parecer que ela tinha dormido (a não ser que estivesse fingindo para se livrar de nós) e depois saímos de fininho e fechamos a porta e agora eu vou para casa, estou acabada.

— Por que você não fica também? Está tarde para você dirigir.

— Não, eu acabei de ligar para o Steve. Eles estão me esperando. Preciso ir para casa. Eu fico amanhã à noite se... se o papai ainda estiver correndo perigo...

Beverly parecia amedrontada, esgotada. "Ainda estiver correndo perigo" a havia assustado.

De repente Thom desentrelaçou as pernas da cadeira, se levantou e abraçou Beverly com um soluço abafado. Beverly o abraçou com força.

— Ei, pare com isso. O papai vai ficar ótimo. Você sabe como o Whitey McClaren é... ele vai viver mais do que todos nós.

Observando, Virgil ficou a alguns metros de distância, inseguro, como se quisesse que Beverly se separasse de Thom e *o abraçasse* em seguida.

Mas Beverly apenas disse, para os dois irmãos, da porta:
— Boa noite!

— só se pode ser tão feliz quanto seu filho menos feliz.
(Alguém tinha dito isso. Ou será que ela ouvira na TV?)
(Seria um chavão bobo? Seria verdade? Uma verdade dolorosa?)
Whitey não pensava assim. Não o Whitey!
— É mais como se a gente desse vida a eles, como se os libertássemos, feito barquinhos em um rio. Nós os preparamos para a jornada, mas depois que eles fazem, digamos, vinte e um anos, cabe a eles fazer essa jornada por conta própria. E nossos filhos já passaram dos vinte e um há muito tempo.
Whitey era tão sensato ao falar, ela sabia que ele deveria ter razão.
No entanto, não concordava. Precisava contestar.
Nem uma hora se passava sem que Jessalyn pensasse em cada um dos filhos. Não interessava se estavam "crescidos" — "adultos". De certo modo, isso os deixava ainda mais vulneráveis. Como se girassem em círculos concêntricos cada vez maiores em volta dela.
Como as bases em um campo de beisebol. Primeira base: Thom. Segunda base: Beverly. Terceira base: Lorene.
(Na imaginação dela, ainda eram crianças. Menos Thom magrelo-de-pernas-compridas, um boné de beisebol cobrindo a testa para que ninguém visse seus olhos.)
Mas ali a metáfora se rompia. Porque havia Virgil e havia Sophia. Os bebês! A mãe tinha passado menos tempo pensando neles pela simples razão de estarem na sua vida há menos tempo. Era sinistro que, em um sonho, embora houvesse filhos, *não houvesse filhos em número suficiente*, pois tinha se esquecido de um ou dois, ou, pior ainda, eles não tinham nascido.
Esse era um horror indizível para ela. Assim como era absurdo, ridículo.
Como Whitey riria dela, caso soubesse! Como as crianças ririam.
E Virgil citaria algum filósofo grego antigo rabugento declarando que era melhor não ter nascido — ridículo!
— Talvez a sensação da mãe seja diferente. Tenho a impressão de que eles são minha responsabilidade e sempre vão ser, se sou a mãe deles.
— Bom, minha querida... isso é bobagem. É *você* que pensa assim.
Whitey beijara os lábios dela, um pouquinho frios. Os lábios dele sempre pareciam (para ele) um pouquinho quentes demais.
Complementou:
— Espero que você não ache que eu também sou responsabilidade sua.

Jessalyn se afastou do marido, só um pouco magoada.

— Mas é claro! É claro que eu acho que você é responsabilidade minha, querido. "Na saúde e na doença." Toda esposa se sente assim quanto ao marido.

— Nem todas, querida. Mas acho muito carinhoso você dizer que sim.

Estavam sentados lado a lado, de mãos dadas.

Jessalyn pensou, com uma euforia doida: *Mas eu vou ter que viver mais do que ele, para cuidar dele. Não posso abandoná-lo nunca, nem para morrer.*

E AGORA. NA CAMA, SOZINHA. Seu lado da cama.

Que esquisito é, estar nesta cama, sozinha: sem Whitey a seu lado.

Exausta e confusa, aparentemente alerta e de olhos bem abertos (embora na verdade seus olhos estejam fechados) mergulhando em um espaço escuro perigoso — temerosa do que irá ver.

*Nada. Não há — nada.*

Jatos de vento contra as janelas escuras. Jorros de chuva batendo na vidraça e os sons dos sinos dos ventos quase inaudíveis, ela se esforça para ouvir, fracos e efêmeros, ressonantes, a mais frágil das belezas. Ela se esforça para ouvir.

# "Herdeiro"

Na família McClaren era só Thom quem sabia.
Sem ter certeza do que era, ele *sabia*.
*Erro de identificação. Todas as acusações retiradas.*

Era tudo muito desconcertante. Confuso. Era evidente que o pai tinha sido "detido" — ou melhor, que o pai tinha sido "preso pela polícia" — por uma suposta "interferência" em uma detenção feita pela polícia no acostamento da Hennicott Expressway.

No entanto, o pai tinha "desabado" — não dentro do Toyota Highlander, mas à margem da via expressa — e os policiais tinham ligado para a emergência.

De alguma forma, tinha acontecido um "erro" de "identificação" — de alguém. (Whitey McClaren?) Um erro — de *quem*?

Estavam garantindo a Thom: todas as acusações tinham sido retiradas.

À luz de uma "investigação mais profunda" — "com a comprovação de 'testemunhas'" — todas as acusações tinham sido retiradas.

De tudo isso, ou do máximo que conseguiu assimilar, Thom foi informado pelo celular, no corredor do quarto do pai na UTI do Hospital Geral de Hammond. O sinal do celular dentro do hospital era ruim, a voz do outro lado falhava o tempo todo. *Alô? Alô?*, berrava Thom, exasperado.

A ligação vinha de um tenente da Polícia de Hammond que parecia ser conhecido de Whitey McClaren, ou pelo menos saber quem era Whitey, e talvez também conhecesse Thom McClaren. (Tinham estudado juntos no Ensino Médio? No Fundamental? O nome do tenente soava vagamente familiar.) Em tom conciliador o tenente informou a Thom que o Toyota Highlander 2010 de seu pai tinha sido rebocado da via expressa até o pátio da polícia e que Thom poderia reavê-lo no dia seguinte. Distraído, Thom não pensou em perguntar *O que foi que vocês fizeram com o meu pai*, mas apenas em gaguejar uma ou duas perguntas sobre as medidas necessárias para buscar o veículo, pois sabia que

Whitey ficaria angustiado por conta do Highlander: para onde tinha sido levado e quem estava dirigindo o carro.

Thom teria que ir primeiro à delegacia, para pegar as autorizações. Precisaria levar a identidade.

Confuso, Thom agradecera ao tenente, que dissera estar torcendo para que o pai dele "estivesse bem" no hospital.

— Sim, obrigado. Eu acho... que está.

Mas, depois de encerrada a ligação, Thom ficou parado no corredor do hospital enquanto as pessoas passavam por ele, profissionais da saúde de jaleco branco, serventes empurrando macas ou carrinhos com roupas sujas, visitantes como ele mesmo com suas roupas habituais, o olhar sofrido, perdido. Tentando ouvir de novo aquelas palavras cujos significados lhe haviam escapado — *Erro de identificação, acusações retiradas.*

— O CARRO DO PAPAI. Onde é que está?

— Está no pátio da polícia. Eu vou buscar amanhã.

— Eles rebocaram?

Lorene estava insistente, aflita. O tom de interrogatório ofendia Thom.

— É claro. Não tinham como deixar no acostamento da via expressa.

— Está muito avariado? Eles falaram?

— Minha impressão é de que são só avarias bobas. Acho que vai dar para eu levá-lo para casa dirigindo.

— Se você quiser que eu te leve de carro, ou que eu te acompanhe e volte dirigindo o seu carro...

Mas, não, Thom pegaria um táxi. Ele insistia. Não queria envolver mais ninguém. O pátio ficava em um bairro largado, ao sul da via expressa, e ele poderia ir do hospital direto para lá na manhã seguinte.

Pensando que era típico de Lorene formular a proposta no modo subjuntivo — *se você quiser...* Assim o ônus recaía sobre Thom, de dizer sim ou recusar.

Não que Lorene não fosse generosa em um momento de emergência familiar. Não que Lorene não *se importasse.* Mas havia de sua parte a pressuposição (sutilmente condenatória) de que Thom, por ser o mais velho, era o responsável pelo veículo do pai e de que os outros, não.

*Já que você é o preferido do papai. O "herdeiro" do papai.* Essas palavras acusatórias não foram ditas em voz alta.

Que diferente foi a reação de Beverly ao saber do Toyota — na mesma hora se oferecera para acompanhar Thom, no carro dele ou no dela, para que ele pudesse voltar dirigindo o carro do pai.

— Você não pode ir *sozinho*, Tommy. E se, naquele lugar...
Pousando a mão no braço dele, suplicante.

*Tommy* era uma espécie de reivindicação. A intimidade tranquila de outros tempos, a irmã mais velha e o irmão mais velho.

Mas Thom preferia ir sozinho. Ele *não queria* fazer o breve trajeto com nenhuma das irmãs (mais velhas). Nessa crise familiar, teria que aguentá-las até não poder mais.

Tampouco Thom falaria para os outros o que tinham lhe falado ao telefone. Claro que não falaria para Jessalyn. *Erro de identificação. Acusações retiradas. Desabado.*

— QUEM? QUAL É O NOME? "McClaren"... é o senhor?
Enfim, a papelada de autorização foi encontrada. Exigia-se o pagamento de sessenta e cinco dólares.

*Foi embora da cena do acidente. Abandono de veículo fora da zona de estacionamento. Chaves na ignição.*

Esses itens tinham sido marcados. Mas as marcações tinham sido riscadas e rubricadas. O que era aquilo? No final do formulário, uma assinatura ininteligível.

Em geral, Thom teria exigido uma resposta antes de pagar a taxa ou multa, mas agora, com o táxi esperando lá fora e Whitey em estado grave no hospital, ele não tinha forças para protestar.

Pediu, sim, para falar com o tenente que havia telefonado. Mas não se lembrava do nome do tenente — *Calder, Coulter*. Impassível e inútil feito um sapo (de chumbo) em um jardim, o sargento na recepção não podia ajudá-lo.

No hospital naquela manhã, Whitey dera sinais de que recobraria a consciência. As pálpebras haviam tremido, o olho esquerdo parecia ter focado. Os lábios machucados se mexeram, sem fazer som.

Os dedos da mão esquerda. Mas não da direita.
Os dedos do pé esquerdo. Mas não do direito.
— Whitey? Ah, Whitey! Nós estamos aqui...
Jessalyn, incansável. Acariciava as mãos de Whitey, que estavam frias, duras.

Tinha dormido algumas horas, anunciara ela. Tivera tempo de se vestir com cuidado, de pentear o cabelo. Maquiagem, batom. Para Whitey.

Usava o colar de pérolas que Whitey lhe dera em um dos aniversários de casamento, o presente preferido dele, dos muitos que dera. Nas orelhas, pérolas combinando.

Felicidade nos olhos dela. Ao ver que Whitey parecia estar ressurgindo.
Thom queria prevenir a mãe — *Não fique muito esperançosa.*

O amor dos pais era tão forte que as pessoas se sentiam excluídas. Nem Thom, o mais velho, havia escapado desse ciúme curioso.

O prognóstico de Whitey era *bom*. Ninguém queria perguntar muito o que *bom* queria dizer, depois de um derrame.

Ele pagou a taxa. A multa. O que quer que fosse. E no pátio um indivíduo corpulento que parecia estar no comando não foi muito simpático, franziu a testa com cara desconfiada ao olhar a autorização e a carteira de motorista de Thom McClaren.

— Você está achando que eu vim aqui para roubar o carro? O carro do meu pai? E por que eu faria uma coisa dessas? Como é que eu ficaria sabendo que o carro está aqui se meu pai não tivesse me falado? — De repente, Thom estava furioso.

O peso da vigília. Quantas horas. Não tinha dormido bem na véspera. Ele era alguém que precisava de horas de sono, constante, reconfortante. Não conseguia suportar a vida se não pudesse dormir. O derrame do pai era uma devastação. Viu que o homem corpulento o encarava e se deu conta — era como um animal que havia sido enfraquecido, ferido. Outros animais percebem a fragilidade e se voltam contra ele.

— Ok, desculpa. É que... acho que a gente tem que ser cuidadoso. Vou achar o carro.

Surpreendentemente, um grande número de veículos rebocados eram modelos novos e em boas condições. Era impossível não ficar pensando no que teria acontecido para aqueles carros acabarem *rebocados*. Alguns pareciam estar no pátio havia muito tempo.

Cemitério de automóveis. Era de se imaginar que alguns dos donos não estivessem mais vivos.

O problema era que o Toyota Highlander de Whitey era daquela cor obscura cinza-marrom-terroso, um tom neutro que se misturava ao ambiente como uma camuflagem. SUVs de tamanho médio, comuns feito sedãs, ou quase tão comuns. Veículos caros, centenas de milhares de dólares ali no pátio da Polícia de Hammond.

Por fim, Thom localizou o veículo do pai em um cantinho do terreno. As placas batiam.

Examinou o carro por dentro e por fora. Não tão limpo e reluzente quanto os veículos de Whitey geralmente eram, mas sem amassados visíveis ou arranhões no chassi. Sem rachaduras no para-brisa.

— Que estranho...

Tinham lhe dito — ou pelo menos achava que tinham lhe dito — que o carro tinha sofrido um acidente na via expressa. Os airbags tinham sido acionados e machucado o pai, e no entanto... os airbags não pareciam ter sofrido alteração.

Perguntou se tinham feito algum "conserto" no Highlander e a resposta foi não. Pouco provável a Polícia de Hammond ter "consertado" o carro de seu pai.

Mais tarde, em casa, na casa da Old Farm Road em que passaria no mínimo mais uma noite, ele ligou para a Delegacia de Polícia de Hammond mais uma vez e pediu para falar com o tenente — seria *Calder, Coulter?* — *Coleman?* — (estava com raiva de si mesmo, não tinha escutado direito o nome, e na hora estava distraído demais para perguntar).

Ninguém lá com aquele nome.

— Bom, existe algum tenente na Delegacia de Polícia de Hammond com um nome parecido? — indagou, tentando ser paciente. Cortês. — É sobre um acidente que aconteceu na Hennicott Expressway no dia 18 de outubro, "erro de identificação"... "acusações retiradas"... "John Earle McClaren da Old Farm Road, número 99, North Hammond"...

Puseram-no em espera. Ele aguardou.

# A semente

No crepúsculo antes do alvorecer, os primeiros cantos titubeantes dos pássaros.
Bétulas fantasmagóricas emergindo da neblina.
Colinas íngremes no terreno dos vizinhos, onde cavalos pastavam.
Cada um dos filhos dos McClaren tinha um quarto específico, uma janela, uma vista única, que significava *casa*.

EM UMA FAMÍLIA DE CINCO FILHOS, um é invariavelmente o *bebê*.
Um é o *mais velho*, tem quase o status de adulto.
É como uma corrida: o mais velho é o primeiro, depois o segundo, o terceiro e o quarto. E o último.
E todos eles pensando, olhando pela janela — *Esta é a minha casa! Eu nunca fui embora.*

É VERDADE QUE OS FILHOS dos McClaren saíram de casa na hora certa, mas o fato é que nenhum foi longe.
Dos cinco, apenas Thom morava em outra cidade que não Hammond; e Thom morava (com a esposa e os filhos) em Rochester, a cento e dez quilômetros dali. Como chefe do departamento de livros didáticos da McClaren Inc., estava sempre em contato com o pai.
Beverly, Lorene, Sophia — as filhas dos McClaren — moravam a um raio de quinze quilômetros da casa dos pais.
Virgil era quem tinha ido mais longe — para o norte, tinha chegado até Fairbanks, Alaska — para o sul, até Las Cruces, Novo México. Aos vinte e poucos anos passava semanas desaparecido, às vezes meses, sem dizer a ninguém onde estava, a não ser depois, quando recebiam cartões-postais revelando que já tinha seguido em frente. Gostava, como ele dizia, de *se deixar levar* — "Feito semente de choupo".

Tão vaidoso que era desprovido de vaidade. Feito uma criança sem soberba, encantado com o mero fato de existir.

— O propósito da semente é se enraizar e crescer. Ela tem que virar uma coisa maior e mais importante do que uma porcaria de *semente*.

Para mitigar a irritação de suas palavras, Whitey riu, ou tentou rir; e Virgil disse, franzindo a testa:

— Mas o que você quer dizer com "o propósito", pai? Por que você imagina que alguma coisa na natureza exista com algum objetivo além de ser ela mesma?

— Por que eu imagino... o quê?

— Bom, pai, está vendo... é uma falácia sua. Nesse caso.

**FALÁCIA. UMA PALAVRA TEMERÁRIA** de se atirar casualmente sobre Whitey McClaren.

Os outros ouviam, atentos. Até Sophia, que via de regra se aliava a Virgil, torcia para o pai rebater o irmão incômodo.

Não passava despercebido entre os irmãos McClaren o fato de Virgil nunca (aparentemente) se magoar com os comentários do pai. Virgil conseguia dar seu sorriso estoico e acariciar a barba rala; às vezes ria, uma risada assustada, do tipo que um bicho de estimação daria se, sem querer machucá-lo, alguém pisasse em seu rabo.

— Não é "falácia" acreditar que estamos aqui na terra para sermos *úteis*. É só bom senso!

Whitey começara a se impacientar. O rosto começara a se contrair e enrubescer. Assim como a maioria dos homens públicos de modos sempre cordiais e simpáticos, que seduzem a plateia pela franqueza e pela objetividade, ou pela impressão de serem francos e objetivos, não era fácil para ele aceitar oposição.

— Mas o que isso quer dizer... "ser útil"? Que tipo de utilidade, utilidade para quem, a que preço para o usuário, e com que objetivo? Existe utilidade e existe "inutilidade"... ou seja, arte. — Virgil falava com uma insistência ingênua, apoiado nos cotovelos ossudos e aparentemente alheio à irritação crescente do pai.

— A arte é *inútil*?

— Bom. Tem muita coisa inútil que não é "arte"... mas sim, a "arte" não é uma coisa *útil*. Se fosse, não seria "arte".

— Que papo furado! Tem muita coisa útil que pode ser linda se tiver um design bonito. Prédios, pontes, carros... aviões, foguetes... copos, vasos... — falava Whitey com entusiasmo, gaguejando. — E eu incluiria nossos livros, os livros que criamos e imprimimos, que são produtos de primeira qualidade, são *úteis* e são *arte*.

Virgil disse:

— Beleza não é "arte"... não necessariamente. Beleza e arte são coisas diferentes, e utilidade e "arte" são coisas diferentes...

— Eu já disse: papo furado! Você não sabe do que está falando, você nunca *trabalhou*. Como você teria noção do que é a vida, do que é "utilidade", se nunca teve um emprego de verdade?

Jessalyn interveio com delicadeza:

— Ora, Whitey. Você sabe que o Virgil já teve vários empregos. Ele teve...

— Empregos de meio expediente. "Dar uma mãozinha." "Cuidar da casa." "Passear com os cachorros." Mas nada fixo nem *de verdade*.

Era uma injustiça! E era incorreto! Virgil tomou fôlego para contestá-lo, mas foi calado por um olhar de advertência da mãe, tão infalível quanto se ela o tivesse segurado pousando a mão em seu braço.

Que frustração para Whitey, ele não conseguia vencer — totalmente — uma discussão com o astuto filho mais novo, embora soubesse, aliás, embora todo mundo soubesse, que *era ele quem tinha razão*. Whitey só podia assumir a culpa (reconhecia) por ter concordado em dar ao filho mais novo um nome que significava um conceito etéreo de Jessalyn e não um nome mais tradicional: Matthew, por exemplo.

Pouco provável, Whitey ponderou, que tivesse debates tão frustrantes com um filho chamado Matthew, assim como nunca os tivera com o filho chamado Thom.

ELE SEMPRE TINHA SIDO UMA criança sonhadora. Uma criança solitária. Uma criança teimosa. Na escola, evasivo. Entre as crianças da mesma idade, escorregadio. Entre os irmãos mais velhos, o *bebê*.

Aos onze anos Virgil caiu no feitiço de William Blake, cuja poesia descobriu por acaso em uma das antologias que a mãe usara na faculdade e estava enfiada em uma estante de livros.

*Um pisco-de-peito-ruivo engaiolado põe o inferno inteiro em fúria.*

Ah! Virgil sentiu uma espécie de eletricidade tocá-lo, percorrer seu corpo e enfraquecê-lo.

*Alguns nascem para o doce deleite.*
*Alguns nascem para o doce deleite,*
*Alguns nascem para a noite eterna.*

As anotações escritas à mão por sua mãe na folha também despertavam a curiosidade de Virgil. Nunca tinha pensado na mãe como menina, estudante, debruçada sobre um livro, tomando notas em sala de aula e refletindo sobre aquele mesmo poema.

O onirismo de Virgil também era perceptível em Jessalyn, quando ela acreditava que ninguém a observava.

Tinha sido Jessalyn quem sugerira o nome "Virgil" (teria tido um professor no Ensino Médio com este nome, um rapaz bonito, amante de poesia?) e Whitey não fizera objeção, pois era raríssimo que Jessalyn revelasse seus desejos.

(Mais tarde, Whitey havia se arrependido do nome. Meio que de brincadeira, ele achava que talvez os problemas de Virgil tivessem começado com "aquele nome".)

QUANDO AOS ONZE ANOS VIRGIL perguntara sobre William Blake para Jessalyn, ela a princípio dera a impressão de nem sequer saber quem era "William Blake" — tudo isso, o universo da poesia e dos livros, tinha ficado no passado. Tinha só uma vaga lembrança de "Augúrios de inocência" e *Canções da inocência e da experiência*. Quando Virgil lhe mostrou o volume dois da *Norton Anthology of English Literature*, ela ficou confusa com o livro, que duvidou que fosse dela até Virgil lhe mostrar o nome no verso da capa — *Jessalyn Hannah Sewell*.

Saudosista, disse:

— Bom, sim... agora eu me lembro. Lembro-me de alguma coisa.

Pouco depois, Virgil descobriu a poesia inebriante de Walt Whitman, Gerard Manley Hopkins, Rimbaud, Baudelaire. Suas primeiras tentativas de escrever foram imitações desses poetas, assim como suas primeiras tentativas de pintar foram imitações de Matisse, Kandinsky, Picasso (reproduções coloridas de *European Art Masters*, outro livro que descobriu em casa). O menino precoce leu, ou tentou ler, a *Ilíada*, a *Odisseia*, a *Metamorfose* de Ovídio, *Os grandes diálogos de Platão*. Desistiu rápido da *Eneida*, de seu homônimo Virgílio.

Adquiriu um piano vertical surrado e insistiu em aprender sozinho. Com um parente, conseguiu uma flauta decrépita.

Compunha música para acompanhar sua poesia. Considerava sua arte uma forma "visual" de música.

Era arrebatador se achar um místico, um oráculo. Se tivesse que pensar em si como "Virgil McClaren", sentia-se preso e sufocado. O sentido da vida não era uma identidade pessoal limitada, mas um eu superior, impessoal. Sua grande meta de vida era *esfregar a alma até ela ficar limpa*. Começou a assinar sua poesia e suas obras de arte sem o sobrenome, somente *Virgil (mar. 2005)*, *Virgil (set. 2007)* etc.

Depois de largar a Oberlin e de vagar pelo país por um ou dois anos, Virgil voltou a North Hammond e foi morar em um sítio alugado com um contingente inconstante de outros autoproclamados artistas e ativistas de idades diversas.

(Seria uma *comunidade hippie?* — Jessalyn se perguntava, inquieta.) O ideal deles, Virgil dizia, era levar uma vida "moralmente irrepreensível", sem explorar outras pessoas, animais ou o meio ambiente, adquirindo o que pudessem de alimentos e serviços através de "escambo" e não de dinheiro; corriam boatos de que faziam incursões noturnas às caçambas do supermercado e aos lixões da cidade. Uma vez, Virgil levou para casa uma mesa de cozinha com tampo de fórmica praticamente inteira e quatro cadeiras combinando, e depois descobriu que os móveis tinham sido descartados pela irmã Beverly. (Beverly ficou indignada porque o irmão estava virando "catador", mas Virgil não sentia vergonha alguma.)

As esculturas que Virgil fazia com papel, sucata, pedaços de arame torcidos, corda, barbante, ouropel, eram exibidas na varanda da frente do sítio. Aos poucos ele conquistava uma reputação nas feiras de artesanato, nas quais as obras *Virgil* vendiam bem porque tinham um preço razoável, ou serviam ao "escambo". Vez por outra, Virgil ganhava algum prêmio (embora fosse pouco provável que dinheiro fizesse parte da premiação). A faculdade comunitária o contratara para lecionar arte — um *trabalho pago*, de verdade (e, se tivesse perseverado, havia a possibilidade de uma contratação definitiva, com benefícios), mas depois de dois semestres Virgil resolvera sair, sob o princípio de que (1) estava (provavelmente) tirando o emprego de outro artista, mais necessitado do trabalho do que ele, (2) ele preferia dias livres, sem compromissos, sem restrições sufocantes, e (3) preferia uma renda anual tão baixa que não precisasse pagar imposto.

Jessalyn ficou contente quando Virgil aceitou o emprego de professor e estarrecida quando ele se demitiu.

— Meu Deus! Quando é que ele vai conseguir se sustentar sozinho? — queixou-se Whitey.

— Querido, eu acho que o Virgil se sustenta sozinho, até certo ponto. Com as obras de arte dele.

— *As obras de arte!* São um lixo... literalmente. Não é mármore, não é alumínio, nem aço, nem... — A voz de Whitey sumiu, titubeante. — Nem alabastro. É *sucata*. Quanto é que deve valer?

— Eu acho que arte não é uma questão de material. É o que o artista faz com ele. — Jessalyn tentava falar com entusiasmo. — Picasso, por exemplo...

— Picasso! Você está falando sério? *Picasso não viveria em North Hammond, Nova York.*

— Bom... O Virgil também foi influenciado, diz ele, por aquele escultor eremita que fazia caixinhas... é Joseph Cornell o nome dele? E existem outros exemplos do que o Virgil chama de "arte marginal"... em que os artistas não expõem suas obras em galerias.

— "Galerias"... que piada! O Virgil tem sorte de poder mostrar o trabalho dele no centro comercial ou na feirinha agrícola junto com as vacas e os porcos. Acho que "arte marginal" deve ser isso... não ser seletivo.

— Ele já expôs a arte dele na biblioteca do centro e na faculdade. Você sabe disso.

— Bem, sim... Acho que já é um feito: uma exposição *com teto* e não na chuva. — Whitey estava espumando, se divertindo com a própria injustiça.

— Você já viu as esculturas dele, Whitey? O galo de um metro e meio que ele deu para a gente, que está no jardim... é engraçadinho, mas é bem bonito. E é muito criativa a forma como ele cobriu as plumas verdadeiras com conservante e...

— Nosso filho não tem plano de saúde! Não tem benefícios! Ele está "vivendo do que a terra dá", que nem um pobretão.

— Não seja bobo, querido. Podemos cuidar dele, se um dia isso for necessário. Ele sabe que pode contar com a gente.

A voz de Jessalyn insinuava uma confiança maior do que realmente sentia. Whitey se inflamou, enraivecido.

— Ele *sabe*? E como é que ele *sabe*? É isso o que você diz para ele?

— Claro que não. O Virgil nunca pede dinheiro... para ele mesmo. A bem da verdade, às vezes, quando ele tem dinheiro, ele doa...

— "Ele doa." Meu Deus!

Era especialmente exasperante para Whitey que o filho deles doasse dinheiro, pequenas quantias, sem dúvida, porém mais do que um quase indigente como ele poderia doar, a instituições de caridade como as de resgate de animais, a uma área verde que servia de santuário para flora e fauna selvagens, a grupos de proteção ambiental, à União Americana pelas Liberdades Civis. De vez em quando, Virgil participava como ativista da Animais da Selva Suburbana, uma organização que intercedia em favor dos animais submetidos a experimentos em laboratórios de pesquisa; para a consternação de Whitey, Virgil tinha sido fotografado, junto com uma dezena de manifestantes, em um protesto contra o Laboratório Squire, uma das farmacêuticas clientes de Whitey. (A sorte era que os manifestantes não tinham sido identificados pelo jornal, e a fotografia não era muito nítida.)

Havia uma filosofia por trás desse comportamento, Virgil já tinha tentado explicar a Jessalyn. (Virgil aparecia na casa em momentos inesperados. Ou melhor, como só aparecia nos horários em que Jessalyn provavelmente estaria sozinha e Whitey não estaria presente, era impossível que suas visitas fossem totalmente inesperadas, mas como se tratava de Virgil, que tinha compromisso com a espontaneidade e se deixava levar pela vida, ele não avisava à mãe com antecedência.) "Altruísmo extremo" — seria isso? Jessalyn acreditava que a pessoa podia começar com um altruísmo moderado antes de chegar a um nível extremo, mas seria impossível convencer Virgil disso, pois ele jamais faria alguma coisa com moderação se fosse possível fazê-la de forma extrema.

Jessalyn não tinha mencionado nada disso a Whitey porque não queria provocar ainda mais o marido irritadiço.

— O que eu acho, Jessalyn, é que você está "facilitando" para o nosso filho. Como diz a Lorene. Você o infantilizou, ele nunca vai virar adulto.

— Whitey, que injustiça. O Virgil não é nem de longe uma "criança"... das pessoas que a gente conhece, é provável que ele seja quem mais tem consciência social, engajamento intelectual. Ele só "marcha de acordo com um tambor diferente"...

— Espera aí. Quem foi que disse isso?

— O quê?

— "Marcha de acordo com um tambor diferente"... quem foi que disse isso sobre o Virgil?

Em meio à censura a Virgil, de repente, inexplicavelmente, Whitey sorria. Jessalyn ficou perplexa.

Na verdade, tinha sido o próprio Virgil quem dissera, um dia, com ares de quem cita uma frase famosa: "Se um homem não segue o ritmo de seus companheiros, talvez seja por ouvir um tambor diferente".

Jessalyn perguntara a Virgil quem tinha falado aquilo (ela achara a declaração brilhante: estava decidida a não a esquecer) e Virgil respondeu, encolhendo os ombros:

— Que importância tem quem "falou" o quê, mãe? O importante é que *foi dito*.

Agora Jessalyn dizia a Whitey que não sabia direito. Era apenas uma frase que tinha ouvido da boca de Virgil, ou talvez de alguém parecido com Virgil.

— O importante, querido, é que *foi dito*.

ELA NÃO SE PREOCUPAVA COM VIRGIL. O que a preocupava, com uma obsessão típica de mãe, era saber se ele estava *feliz*; se um dia *encontraria alguém* que o faria *feliz*.

Quando era jovem, ele tivera inúmeros amigos, mas nunca amigos íntimos. Pelo que sabiam, nunca tinha tido uma namorada.

Ao contrário de Thom, que tinha meninas *correndo atrás dele*.

Como todos viviam no sítio da Bear Mountain Road, Jessalyn não fazia ideia. Seria uma *comunidade hippie* como as dos anos 1960, ou só um casarão decrépito cuja troca de inquilinos era constante? Plantavam legumes e frutas orgânicos.

Criavam galinhas e vendiam ovos. (Não os ovos gigantescos de que Whitey gostava — para seus ovos poché —, mas ovos marrons subnutridos, com cascas que quebravam pela sujeira. Jessalyn sentia-se obrigada a comprar os ovos de Virgil sempre que ele levava uma ou duas caixas para ela, mas usava os ovos de jeitos que disfarçassem sua origem.)

Jessalyn sabia que Virgil fumava "baseado" (como ele dizia em tom informal), ou melhor, que fumava "baseado" anos atrás; se fumava agora, nessa fase mais "orgânica", ela não podia perguntar. Com sua franqueza desarmante, Virgil provavelmente lhe contaria mais do que ela gostaria de saber.

Tampouco ela sentia que podia fazer perguntas sobre a vida amorosa de Virgil. Se é que "amorosa" era a palavra. É claro que já o tinha visto acompanhado de mulheres, mas duvidava que tivessem uma relação romântica. Virgil tinha tão pouca *possessividade* que ela achava improvável que ele fosse *namorado* de alguém.

(Como Whitey era possessivo, logo depois de se conhecerem! Aqueles primeiros meses, antes de se casarem! Ninguém que os visse juntos, que visse como Whitey olhava para Jessalyn, teria tido dúvidas sobre seus sentimentos por ela nem sobre o tipo de relação que tinham. A lembrança lhe dava calafrios.)

Mas com Virgil era impossível saber. Os jovens se comportavam de outra forma atualmente. Todos tinham entrado de cabeça no "novo" século — o século XXI —, e Jessalyn imaginava que os comportamentos de antigamente estivessem desaparecendo por mais que pessoas (como Whitey McClaren) reprovassem isso.

Ainda assim, Jessalyn desejava que Virgil se apaixonasse e que alguém o amasse. Não se atrevia a desejar que ele se casasse e tivesse filhos como os dois irmãos mais velhos — para Virgil, isso poderia ser um passo maior do que a perna. Mas podia torcer.

Uma menina muito bonita, de rosto pequeno, triangular, corpo mirrado e deformado, cabeça raspada de brilho azul-metálico — assim era Sabine, amiga de Virgil, uma artista que Jessalyn tinha conhecido por acaso, acompanhada de Virgil, em um shopping de North Hammond. Espantoso erguer os olhos e ver o filho empurrando o que parecia ser uma criança petulante, careca, em uma cadeira de rodas! Os dois estavam a caminho da Home Depot.

— Mãe, oi! Deixa eu te apresentar a minha amiga Sabine.

Jessalyn precisou se curvar para apertar a mãozinha frouxa da menina. Sabine esticou a boca em um sorriso que era uma careta relutante.

— Olá! É "Sabine"? Que nome lindo...

Um comentário tão banal que Sabine não se deu ao trabalho de responder. Ela cruzou os braços finos sobre o peito magro para indicar que mal conseguia conter sua impaciência com Virgil, que era forte seu desejo de fugir para a Home Depot.

Mas Virgil não tinha radar para indiretas. Ou, se tinha, ficou displicentemente indiferente à inquietação da amiga.

Sabine era "recém-chegada" no sítio, Jessalyn ouviu. Fazia "entalhes fantásticos" em madeira natural. Tinha pós-graduação em Ciência Computacional, Estatística e Psicologia; tinha lançado um livro de poesia aos dezoito anos.

— Amo poesia. — Jessalyn se viu dizendo, como uma tola. — Quer dizer... quando eu consigo entender.

— Foi a mamãe quem me apresentou William Blake — disse Virgil, olhando (com carinho?) para o topo da cabeça calva, azulada, de Sabine —, mesmo que ela não entendesse Blake direito.

— *Você* entende Blake?

Sabine ergueu os olhos para Virgil com um sorrisinho assustadoramente ligeiro.

Virgil riu, como se Sabine tivesse dito algo astuto.

Jessalyn não entendeu se o sorrisinho nos lábios de Sabine era sarcástico ou afetuoso ou uma mistura de ambos, uma troca íntima que a excluía de maneira explícita.

— Ah, você devia ir visitar a gente — falou Jessalyn, embora a expressão sofrida no rosto da menina deixasse claro que a visita era improvável; como um caminhão articulado em fuga, descendo um declive íngreme, ela prosseguiu com a mancada. — Um domingo desses, Virgil? Você leva a Sabine para jantar?

— Bem, mãe... não sei, não. A Sabine é *vegana* e também tem intolerância a glúten...

Sabine encarou Jessalyn como se a desafiasse a reiterar o convite, o que é claro que Jessalyn fez, ainda que um bocado titubeante. Poderia procurar receitas na internet. Poderia fazer pratos especiais para Sabine. Com um entusiasmo forçado, Virgil disse:

— Obrigado, mãe! Parece uma ótima ideia.

Mordendo a língua para não dizer: *Que tal no domingo que vem? Ou... no outro domingo? Por favor.*

Em silêncio, Sabine continuou se abraçando com força. Podia ter dezesseis anos ou trinta e seis. O rostinho espremido era enganoso. As pernas eram magrelas como gravetos e os pés eram os de uma criança pequena, dentro de um tênis rosa com cadarço xadrez. Até os dentes eram de tamanho infantil.

— Bom, mãe... foi ótimo te ver. Tchau!

Com uma expressão aliviada, Virgil empurrou a amiga na cadeira de rodas enquanto Jessalyn permaneceu parada, olhando os dois.

Ela contaria a Whitey — o quê? Impossível que fosse deixar de compartilhar aquele vislumbre de Virgil com o marido querido, já que compartilhava tanto com Whitey, os detritos do cotidiano; no entanto, não conseguia pensar em uma forma de revelar a ele a ambuiguidade provocadora do comportamento de Virgil com Sabine. Estava claro que eram muito amigos, mas... muito quanto? Será que Sabine, mirrada e rabugenta, poderia ser *namorada* do filho?

Jessalyn ficava desgostosa ao ter esses pensamentos. Não, não queria *imaginar*.

No final das contas, só contou a Whitey que tinha esbarrado com Virgil no shopping, e que ele estava com outra artista do sítio. Por impulso, havia convidado os dois para jantar.

— Que bom! — Whitey fazia que sim mesmo sem ter prestado muita atenção.

— A outra artista é menina. É bem bonita e bem novinha.

— Sério? Que bom!

— Ela é *vegana*. E é alérgica a glúten.

— Bom. Hoje em dia, a maioria dos jovens é assim.

— E ela anda de cadeira de rodas.

— De *cadeira de rodas*? Você sabe por quê?

Com cuidado, Jessalyn disse a Whitey que não. Mas achava que não era nada "muito grave" como fibrose cística nem... qual era o nome? Doença de Lou Gehrig...

— Bom. Não me surpreende.

— O que você quer dizer com "não me surpreende"?

— Não *quero dizer* nada. É que é a cara do Virgil se envolver com alguém assim.

— "Alguém assim"...? Você nem conhece a menina!

— Eu não conheço *a menina*. Isso é verdade. Mas conheço nosso filho e a predileção dele por gente com problemas. Coisas avariadas e aleijadas.

— Whitey, que coisa horrível de se dizer. "Aleijado" é considerado rude hoje em dia. As pessoas falam "deficiente"...

— Na verdade, as pessoas falam "pessoa com necessidades especiais". Mas não estou criticando a menina, só estou fazendo um comentário sobre nosso filho. — Whitey estava ficando vermelho como se sua temperatura aumentasse. — Lembra o cachorro que ele trouxe para casa quando tinha dez anos? Não tinha uma das patas! Se tivesse outro cachorro, sem duas patas, seria *ele* que o Virgil traria para casa.

— Ah, Whitey. Você está sendo ridículo.

— Se houvesse uma criança cega em um raio de quinze quilômetros, a criança seria amiga do Virgil. Acho que na verdade ele saía de bicicleta para procurar placas assim: CUIDADO, CRIANÇA CEGA NAS REDONDEZAS. Até os professores preferidos dele tinham alguma coisa errada, como o professor de matemática com perna de pau...

— ...não é *perna de pau*. Hoje em dia eles usam um material leve e sintético, tipo plástico, e chamam de "membros protéticos"...

Mas Whitey estava apenas fazendo graça. Ele jamais admitia quando ficava chateado. Jessalyn o deixou continuar.

Contanto que ela fosse a única a escutá-lo.

Mas depois, quando estavam deitados na cama na escuridão, filtrando os acontecimentos do dia como se lançassem uma rede ampla de malha fina, Whitey disse de repente:

— Você falou que a menina era bonita? E que era uma *menina*?

— É claro que era menina, Whitey! O nome dela era Sabine.

Jessalyn ponderou.

— O nome dela *é Sabine*.

MAS PASSARAM-SE MESES E VIRGIL não levou Sabine à casa dos pais como sempre prometia fazer.

— Em breve, mãe! É que agora está tudo meio corrido. A gente está plantando.

Ou:

— A gente está colhendo.

Não era muito proveitoso botar Virgil contra a parede. Pois era realmente impossível botar Virgil contra a parede.

Se ela o pressionasse, ele pararia de frequentar a casa. Ou concordaria em ir jantar e não daria as caras. E assim irritaria Whitey. (Embora Whitey não precisasse sempre saber.) E como Virgil não tinha telefone, não era fácil contatá-lo.

Com o tempo, as respostas dele se tornaram mais nitidamente evasivas. Continuava dizendo "sim", mas com uma expressão de mágoa que Jessalyn não queria reconhecer.

Por fim ela perguntou:

— Você continua vendo a Sabine?

— Continuo. Todo dia. A gente compartilha uma casa, mãe.

Virgil falava com uma paciência sofrida. Ela viu, de pertinho, que a testa dele estava sulcada por rugas finas, quase invisíveis — o filho caçula! Os dentes estavam levemente desbotados. Os olhos eram furtivos.

Jessalyn queria muito perguntar — *Mas você está apaixonado por ela? Ela está apaixonada por você? Vocês dois estão... juntos?*

O momento passou. Ela não tinha como perguntar. E Virgil não lhe diria por vontade própria.

Ele tinha pedalado até a casa naquela manhã, um dia de semana. Claro que Whitey não estava.

Mãe e filho estavam no jardim de Jessalyn, na lateral da casa. Quando Virgil ia visitá-la, nunca parava quieto. Arrancava ervas daninhas, regava, tirava do gramado o entulho deixado pelas tempestades, ajudava na cozinha — Virgil se deliciava com todos os tipos de tarefa doméstica contanto que não houvesse a expectativa de que as cumprisse e sobretudo de que aparecesse em determinada hora.

— A saúde dela... está boa?

— Por que não estaria? É uma condição que ela tem, não é uma doença. Não é *uma maldição*.

Ele vinha arrancando ervas do canteiro de margaridas, e seu corpo exalava um cheiro forte.

Era um daqueles dias em que Virgil perguntava se não poderia tomar um banho na casa. Só Deus sabia como eram os chuveiros e banheiras do sítio da Bear Mountain Road...

Depois de Virgil lavar o cabelo, Jessalyn se ofereceu para desfazer os nós com o pente, porque (ao que parecia) não dava para confiar que Virgil desfaria os nós sozinho. O cabelo batia nos ombros, Jessalyn achava um cabelo lindíssimo, ondulado, com mechas acobreadas: era muito parecido com o dela, assim como os olhos dele lembravam os dela. Ela achou graça de ser tão sentimental e tão boba.

Embora não ousasse se intrometer na vida pessoal do filho, ainda tinha a prerrogativa de mãe em relação à limpeza e ao asseio geral dos filhos (adultos).

Mais tarde, montado na bicicleta que os filhos adolescentes de Beverly consideravam a mais feia que já tinham visto na vida e adoravam publicar no Facebook, Virgil disse, com um sorriso radiante, como se tivesse acabado de pensar nisso:

— Quem sabe no domingo, mãe. Digo... a Sabine. Jantar aqui. Sem ser este domingo, o outro. Ok?

AQUELA ALI É SABINE, com Virgil?

Jessalyn se pegou encarando um rapaz alto de ombros curvados do outro lado da cafeteria — o cabelo loiro-escuro do rapaz está preso em um rabo e ele usa um macacão de agricultor e uma camiseta preta por baixo.

Então era ali que Virgil estava! Na cafeteria do hospital.

(Escondido, como Beverly dizia.)

Jessalyn não quer olhar fixo. É sempre uma situação esquisita, se aproximar de um dos filhos quando ele/ela não sabe que você está por perto e (sem dúvida) você não tem intenção de espioná-lo...

Na cafeteria do hospital, em uma mesa perto da vidraça, com a silhueta contornada por uma luz forte, meio estonteante, o filho Virgil e uma menina, ou moça, cujo rosto Jessalyn não enxerga direito (mas a pessoa é *careca*? Está usando uma touca de tricô como as usadas por pessoas que fazem quimioterapia, ou o cabelo dela está bem curtinho? Não fica muito claro de onde Jessalyn está se a menina está em uma cadeira de rodas ou uma cadeira qualquer) no que parece ser uma conversa séria.

Os olhos de Jessalyn se enchem de lágrimas sob a luz suave. Realmente não pode confiar nos próprios olhos. E sua visão do casal da cafeteria é bloqueada por outras pessoas.

— Aqui tem mesa, mãe! — Beverly a segura com firmeza pelo cotovelo.

Jessalyn se sente fraca. Faz horas que não sai da cabeceira da cama de Whitey. Sabe que é ridículo, que é uma superstição, mas teme que alguma coisa horrível aconteça ao marido caso não esteja presente...

*A mamãe se esqueceu de comer, é?* Beverly ralhava com ela.

*Não vai ser bom para o papai se você também ficar doente. Mãe, por favor!*

Naquela manhã, quando chegaram no quarto de Whitey, pouco depois das sete horas, viram que a cama dele havia sumido — Jessalyn soltou um grito baixo e quase desmaiou...

Mas Whitey tinha sido levado para a Radiologia no andar de baixo para fazer exames. Uma enfermeira foi logo explicando.

Beverly foi ríspida:

— Pelo amor de Deus, vocês deviam botar um aviso na porta! Isso deve acontecer o tempo todo, de vocês quase matarem as pessoas do coração.

Mas para Jessalyn ela disse:

— Mãe, não fica *abalada* desse jeito. Já deu para entender que o papai está sendo "examinado". O neurologista falou ontem à tarde que ele tinha pedido uma ressonância para hoje.

Era verdade? Ela já sabia? Jessalyn estava agitada demais para lembrar.

Via o espaço vazio onde antes estava a cama. Teto, paredes brancas. Uma imagem de tamanha ausência que nem conseguira entender o que poderia indicar.

— Eles teriam avisado para a gente se... se... se a situação do papai tivesse mudado de forma drástica. Não teriam simplesmente esvaziado o quarto.

Beverly falava com tanta veemência que era de se imaginar que era exatamente isso o que esperava que os funcionários do hospital fizessem.

Quando, depois de quarenta minutos, o paciente foi levado de volta ao quarto, os acessos acoplados, os olhos ainda (levemente) fechados e o rosto (aparentemente) flácido, a impressão era a de que ele tinha sofrido uma mudança sutil. Jessalyn fitou e sorriu — a pele de Whitey sem dúvida estava menos pálida, os lábios menos arroxeados. Como se o sangue e o calor voltassem a correr dentro dele.

E agora estava sem o respirador, respirando através de um tubo de oxigênio (discreto).

Embora precisassem monitorar a respiração para determinar em que medida inspirava o ar para dentro dos pulmões, o milagre era que *ele estava respirando sozinho*.

O neurologista tinha dito a eles, na véspera, que as reações de Whitey estavam melhorando. Bem devagarinho, mas estavam melhorando.

Dava para ver, ao segurar a mão de Whitey, que os dedos tremiam de um jeito que antes não acontecia. Dava quase para ver que os dedos tentavam apertar, em um gesto de reconhecimento, de identificação.

*Oi! Olá! Estou aqui.*

Vez por outra, as pálpebras de Whitey tremiam como se ele estivesse despertando de um sono profundo, pegajoso. Tinha-se um vislumbre de seus olhos (vermelhos) — um, o esquerdo, parecia (quase) focado.

— Whitey! Querido, você me ouve?

— Ei, pai, oi! É a Beverly...

Era exaustiva, essa esperança.

Pois eles tinham a sensação, os McClaren, de que o adorado Whitey lutava abaixo da superfície de um elemento como a água, transparente, porém palpável, tentando se lançar à força à vigília — mas de repente se exaurindo, voltando a afundar.

— Pai? Oi, é o Thom...

— Papai? É a Sophia...

Foram informados de que era essencial que continuassem a falar com ele.

Sim (talvez) (possivelmente), ele os escutava. Embora (ainda) não reagisse, isso não significava que não *ouvia*.

Com suavidade, Virgil tocava flauta para o pai. A não ser que fosse um novo instrumento de sopro que tivesse feito sozinho e pintado de azul-ciano. Um som arejado como sussurros, tão fraquinho e discreto que praticamente não formava melodia.

— Que música é essa, Virgil? Estou com o nome na ponta da língua...

— Não é uma "música". É respiração... a minha respiração. Um som puro que ainda não foi submetido à musicalidade.

Será que Whitey ouvia a música-respiração de Virgil? Jessalyn fitava os lábios dele, que pareciam (ela achava) se mexer — ou quase.

A boa notícia era: tudo indicava que os danos ao cérebro de Whitey eram "não muito abrangentes", e sim "localizados". Tinha sofrido um derrame hemorrágico em uma grande artéria na área do cerebelo e a intervenção cirúrgica rápida e o tratamento intravenoso menos de três horas após o derrame haviam salvado sua vida, tinham quase certeza.

Mostraram-lhes o vídeo da ressonância. Fascinante, aterrador, espiar o interior da cabeça de Whitey, ver como o cérebro era fantasmagórico, suas texturas tão borradas que só se via a pulsação sombreada do sangue. E que avidez curiosa havia naquela pulsação, como se fosse a vida!

(Como o feto vivo no útero. Se o feto fosse uma alma, incorpórea mas com vida pulsando.)

Não tinha tumores escuros, nodosos, nem sangue coagulado. Mas havia a área danificada, sombreada e estriada: "déficit".

Jessalyn ficou tonta, olhando fixo. Pois onde estava o marido, onde estava o homem que conhecia, naquele... raio-X?

A ressonância não era uma máquina de raio-X, explicaram-lhes. Suas imagens eram formadas através da criação de um "campo magnético" e "pulsos de ondas de rádio": não envolvia radiação e não era tão perigosa, a não ser que o paciente fosse acordado pelos barulhos ensurdecedores dentro da máquina, que os fones não eram capazes de abafar, e sofresse uma espécie de convulsão.

Aquilo acontecia muito?, indagou Jessalyn, assustada.

Não muito. Do ponto de vista estatístico.

Ela não suportava pensar que Whitey estivesse com medo, ou sujeito a dores. Que não fizesse ideia do que havia lhe acontecido nem de onde estava nem... do que aconteceria...

Sophia, que sabia alguma coisa sobre as máquinas de imagiologia mais modernas por conta dos cursos de Neurociência na Cornell, declarou que o paciente era preso a uma espécie de cilindro e "enfiado" em uma máquina por cerca de trinta minutos, para determinar os danos causados às funções cerebrais. A tecnologia era milagrosa — Sophia achava —, pois conseguia provar que a vítima do derrame ainda tinha atividade cerebral, ainda estava com parte do cérebro consciente, embora parecesse estar paralisada e impassível. Quantos indivíduos, imobilizados por derrames, não tinham sido diagnosticados, por engano, como se estivessem em estado "vegetativo" e largados à morte...

No caso de Whitey McClaren, sem dúvida o paciente estava com *o cérebro vivo*, começando a *reagir*.

Tinha sofrido o trauma do derrame e provavelmente de uma convulsão. Tinha sofrido o trauma da anestesia e da cirurgia. Recebia tratamento intravenoso para oclusão vascular e os sinais vitais eram monitorados com atenção.

Em geral, as vítimas de derrame precisam de muita reabilitação, terapia. No caso de Whitey, se e quando ele estivesse recuperado a ponto de ser transferido para um centro de reabilitação para pessoas que tiveram derrame, seria uma questão de — bem, várias semanas — meses...

Quando meu marido poderia voltar para casa, Jessalyn sabia que seria inútil perguntar, pois como o dr. Friedland poderia responder a uma questão dessas? No entanto, se flagrou indagando, uma dúvida normal para uma esposa assustada, e o médico declarou com uma franqueza desarmante que não fazia ideia — mas talvez dali a um ou dois dias ele soubesse mais.

E onde ficava o centro de reabilitação?

Havia excelentes institutos de reabilitação para pessoas que tiveram derrame em Rochester. Não eram os mais próximos, mas eram os melhores.

A pouco mais de cem quilômetros dali. Mais cedo ou mais tarde, Whitey poderia virar um paciente ambulatorial e morar em casa.

*Morar em casa.* Boa notícia!

Mas que jeito estranho de exprimi-la — *morar em casa*. De certo modo, havia um mau augúrio nessas palavras.

(E ele está com Sabine? Os dois estão... *juntos?*)

Jessalyn não conta aos outros que Virgil está na cafeteria. Não o perceberam em meio à clientela.

Por volta das dez horas daquela manhã, Virgil apareceu no quarto de Whitey. Tocou flauta durante um tempo e parecia que, talvez fosse possível, Whitey estava ouvindo os sons arejados, doces... Então uma enfermeira o interrompeu, pois precisava tirar sangue do braço ferido, e Virgil se retraiu rapidamente.

— Mãe? Tenta comer isso aqui. E esse quiche de cogumelo, a gente pode dividir.

Beverly murmura algo sem abrir a boca. A consulta com o dr. Friedland naquela manhã foi tão... animadora!

Jessalyn entende, os filhos estão apavorados com a ideia de perder o pai. Quando um pai foi *tão forte*...

Ela não presta muita atenção a Beverly. E Lorene chegou para ficar com eles, mas Lorene (como sempre) franze a testa olhando para o celular.

Thom deve chegar logo, ele disse. E Sophia está lá em cima, à cabeceira da cama de Whitey, contente em trabalhar no laptop, processando dados para um projeto da Radcliffe Research Partners.

Aquela *é* Sabine? Sentada à mesa com Virgil, a silhueta contornada por uma bruma ensolarada?

Jessalyn quer pensar que sim. Como a pequena Sabine na cadeira de rodas exibia um bocado de força de vontade, a frivolidade de Virgil ficaria sob controle.

(Mas por que Sabine estaria ali no Hospital Geral de Hammond? Claro que não seria para acompanhar Virgil.)

Jessalyn fica incomodada ao pensar na sexualidade do filho mais novo, se é que é essa a questão — seu jeito intenso, sedutor, porém (ela sempre achou) inconsciente; a voz de modulação branda, a atitude de se curvar para a frente e ouvir com atenção, olhando nos olhos...

*Seu filho é tão... peculiar, Jessalyn!*

*É óbvio que ele é artista ou poeta — uma pessoa especial.*

Estranho que, via de regra, Virgil atraia meninas e mulheres sem parecer estar atraído por elas.

Sabine parecia ser diferente, por alguma razão. Nos breves momentos em que Jessalyn os vira juntos, Sabine lhe dera a impressão de ser a mais obstinada dos dois.

Não foi legal da parte de Whitey perguntar se a pessoa com Virgil era *uma menina*.

(E se na cadeira de rodas estivesse um rapaz amigo de Virgil, que diferença faria? — Jessalyn sentira vontade de confrontar o marido.)

Não é da conta dela, Jessalyn diz a si mesma. Ela *não pode* interferir na vida de Virgil, nem para lhe desejar uma vida feliz e satisfatória, uma vida "normal" com uma companheira, com amor...

Ela já viu como Virgil fica sem jeito com homens de um certo tipo — homens como Thom, como Whitey. Aquele tipo de homem agressivo, que acha natural sua autoridade masculina. Meio sem querer, Virgil aprendeu a se retrair diante de Thom, a tentar evitar o escrutínio dele. Jessalyn não quer cogitar que Thom possa ter feito bullying com o irmão bem mais novo quando estava no Ensino Médio...

E ela já reparou inúmeras vezes que Virgil se retrai sob o olhar de Whitey. O julgamento (hostil) do pai.

Ela havia desejado que Whitey conseguisse amar Virgil como amava os outros filhos. Thom ele adorava por ser (era mais fácil admitir) uma versão em escala reduzida de si mesmo, mesmo quando bebê; as meninas ele adorava por serem *meninas*.

Quando Thom era recém-nascido, Whitey o fitava, o neném pequenino, com uma expressão de amor profundo, de perplexidade, admiração e encanto. Jamais esperara ficar tão "maluco" com um bebê! — alegava. Whitey se surpreendia com o fato de que, embora o bebê tivesse nascido em uma das épocas mais movimentadas de sua vida, quando era o presidente relativamente inexperiente de uma empresa pequena, em crise, e precisava usar de artimanhas para preservar acordos que poderiam ter dado errado e provocado sua falência, ele passava horas simplesmente *olhando* o bebê.

Sim, ele tinha tentado "trocar a fralda" do bebê. Não tinha dado muito certo.

Esse amor pelo primogênito tinha sido profundo para Whitey. Jessalyn se dera conta do homem bondoso, gentil, responsável, com que havia se casado. E as bebês meninas, Whitey também amava profundamente, embora o encantamento paternal não tivesse sido tão forte. Nem Lorene, a mais independente das cinco crianças, desde a infância a mais briguenta, parecia ser uma ameaça à autoridade do pai, como (evidentemente, sem querer) Virgil é.

*O filho menos amado por um dos responsáveis será o mais amado pelo outro.*

*(Quem foi que disse isso? Um homem sábio como William Blake? Walt Whitman? Ou a própria Jessalyn?)*

— Mãe, oi! — Thom chega e se abaixa para beijar a bochecha da mãe.

Com sua atitude resoluta de praxe, Thom puxa uma cadeira para perto da mesa e se senta com eles. Como é alto, como é bonito o filho mais velho — de maxilar pontudo, com os olhos ligeiramente encovados de Whitey, o jeito do pai de se precipitar sobre os outros. Impossível acreditar que Thom esteja beirando os quarenta anos, é tão menino e enérgico.

Entretanto: a mão de Thom, que por um instante segura a de Jessalyn, surpreende por estar fria.

Ele tem medo do hospital, Jessalyn sabe. Medo de como Whitey vai estar quando ele entrar no quarto.

Thom é logo tranquilizado: a última ressonância foi bastante animadora. Parece que Whitey vai ser encaminhado a um centro de reabilitação para pessoas que sofreram derrames em breve...

(Foi isso o que o dr. Friedland lhes disse? Jessalyn tenta lembrar as palavras exatas do neurologista, mas não consegue.)

Por fim, do outro lado da cafeteria, Virgil e sua acompanhante (que claramente não é Sabine) se levantam. A moça de corpo bonito não é nem de longe uma menina, tem no mínimo a mesma idade que Virgil, usa um jaleco branco de laboratório, é uma das profissionais de saúde com quem Virgil fez amizade.

Uma jovem médica? Fisioterapeuta? O cabelo é bem curtinho — mas não tem a cabeça raspada. Jessalyn não se recorda de já tê-la visto. Virgil vem conhecendo as pessoas do hospital, chegou a desenhar alguns membros da equipe médica. Perambula pelos corredores esboçando o que vê (Jessalyn espera que tenha pedido permissão). É típico de Virgil estabelecer essas relações, ainda que sejam passageiras.

A moça toca o braço de Virgil de leve ao se virar para ir embora. ele sorri para ela — depois vira para o lado, retoma seu lugar à mesa, pega o que ela deixou no prato e come com os dedos; fica feliz de estar sozinho e abrir seu caderno de desenho.

Virgil se esqueceu da moça no mesmo instante. Dá para perceber.

*Esfregar a alma até ela ficar limpa*, dissera ele. Jessalyn não fazia ideia do que isso poderia significar.

# "Indícios"

— Thom! O que é que você está fazendo...
Com o iPhone, Thom tirava fotos das feridas (visíveis) do pai. Marcas pequenas, redondas, no rosto, no pescoço, nas mãos. Até os braços estavam machucados, pareciam queimados, embora estivesse de camisa, de paletó, na hora do "acidente".

— Você está violando a privacidade do papai, Thom! Você sabe que o papai é reservado, que detesta que alguém pense que ele está fraco ou doente, é óbvio que não vai querer que ninguém veja ele acabado...

Foi uma infelicidade a irmã mais mandona de Thom ter entrado no quarto. Ele achava que teria pelo menos alguns minutos a sós. Whitey estava profundamente inconsciente e "pacato" — alheio a qualquer um que estivesse no quarto (Thom tinha certeza); respirava devagar, em um ritmo constante, não com a irregularidade de antes, mas com um som rouco de papel grosso sendo amassado.

— Estou falando com você, Thom. Não me ignore!

Thom a ignorou e continuou tirando fotos. Um irmão mais velho não precisa justificar seus atos para nenhum dos irmãos mais novos e isso não muda com a idade.

Lorene tentou pegar o iPhone da mão de Thom e ele o tomou de volta e lhe deu um leve empurrão.

— Pare com isso. Seu implicante horroroso.

— Isso... isso não é da sua conta.

— O papai é da minha conta.

Com que facilidade regressavam à infância. À adolescência. Os dois filhos mais teimosos dos McClaren, que *ninguém conseguia intimidar*.

— O papai é coletivamente "da nossa conta". Você trate de abaixar a voz, ele pode te ouvir.

— *Você* trate de abaixar a voz, você está do lado dele.

Thom não queria contar a ninguém sobre a situação, por enquanto — *a situação* era como pensava naquilo.
*As feridas do pai não eram (parecia) resultantes de um derrame.*
*Nem de um acidente de trânsito.*
*Nem de um airbag.*
Thom tinha tirado uma dezena de fotos que agora enviava para o próprio e-mail. Depois desligou o celular e o enfiou no bolso.

— Eu... é que eu não acho... nessas circunstâncias — disse Lorene, agora não tão mandona, a voz falhando —, com o papai tão indefeso, com tanto jeito de *velho*... eu acho que não é *legal*.

— Entendo. Me desculpe.

— Você sabe como ele é sensível. Como é vaidoso...

— Ninguém vai ver as fotos, eu prometo.

— Então por que você estava tirando elas?

— Só para registrar. Para mim.

ELE JÁ TINHA APRESENTADO *a situação* a Morton Kaplan.
Declarou que tinha motivos para desconfiar de que as feridas do pai não resultavam da detonação do airbag, nem de qualquer tipo de acidente:

— Estava pensando... armas de choque?

— Armas de choque? Você acha que foi a polícia?

— Eu acho que sim. Talvez.

Kaplan não pareceu tão impressionado quanto Thom previra. Não ficou tão exasperado como seria de se pensar que um conhecido de Whitey McClaren teria razões para ficar.

Mesmo depois de Thom lhe mostrar as fotos no iPhone, o médico continuou em dúvida, como se precisasse ser convencido.

— Mas por quê? Por que a polícia faria uma coisa dessas com um homem da idade do seu pai, que tinha sofrido um derrame dirigindo o carro?

# O nadador

Ajude-me. Dê-me sua mão.

Ele suplica. Pois ele os vê — mas por pouco. Abaixo da superfície da água, ele é uma figura indistinta como um tubarão.

Movimenta-se devagar, com dificuldade. Braços e pernas feito chumbo.

As vozes ele escuta, a certa distância.

Não consegue falar, a garganta foi soldada.

Agita braços e pernas, mas com dificuldade, porque a água é densa, pegajosa.

Nunca foi um nadador seguro de si. Agora é tarde demais.

No entanto, consegue respirar. Por pouco.

Fizeram um buraquinho em seu pescoço. Enfiaram um canudinho fino. Através do canudo, uma quantidade suficiente de oxigênio vai até o cérebro para mantê-lo vivo.

Mas não, está enganado. O furinho está na traqueia. É uma substância quente e ácida que está sendo inserida.

Um tubo de oxigênio nas narinas. Bem leve, de plástico.

O acesso intravenoso direto para o coração. Um bombeamento regular.

O crânio que eles abriram. Tinha ouvido a broca. Sentido o cheiro de osso queimando. Uma ponta de pele. O sangue chupado ruidosamente pelos tubinhos.

Espera que a esta altura já tenham tirado o sangue velho, contaminado, de todas as veias. (Tinha ouvido as bombas, como bombas sépticas fazendo força, ao longo da noite.)

(E a noite é perpétua. O que você imagina que possa ser dia na verdade é *noite*.)

Tão cansado! Mas — ele não vai desistir...

Por fim (ou seria de novo), ele se aproxima da superfície da água. A superfície agitada de luz estonteante que precisa romper...

Do outro lado, o rosto deles. As vozes.

*Whitey. Querido!*

*Pai.*

# A festa

— Mãe, Sophia, venham no meu carro.
— Espere aí! A mamãe vai *comigo*.
— A mamãe foi com você de manhã. Ela disse que queria voltar para casa comigo...
— Eu tenho umas coisas para conversar com a mamãe.
— *Eu tenho umas coisas para conversar com a mamãe.*

TINHA ACONTECIDO RÁPIDO, ela havia virado a pessoa que era *levada aos lugares* — a passageira.
Aquela que é debatida em terceira pessoa: *ela, dela. A mamãe.*

— DEIXA EU FAZER UMA COMIDINHA para vocês, por favor! Faz dias que eu não ligo o fogão...
Na geladeira tinha ovos, bacon. No congelador, salmão defumado Pacific Northwest, o preferido de Whitey. E pão integral da feira de produtores que ela havia congelado.
Estava exausta. Na verdade, a cabeça estava confusa. Porém ali estava ela (a pobre mãe, desesperada), só faltava suplicar.
Que enorme prazer lhe daria, naquele momento tenso, preparar uma refeição, não uma refeição luxuosa, nem mesmo uma ceia de fato, mas uma espécie de desjejum da meia-noite, para eles. *Os filhos.*
E quem mais curtiria uma refeição improvisada na espaçosa casa da Old Farm Road? Quem se deleitaria ao pôr na mesa seus queijos prediletos, provolone, cheddar, brie, com sua torrada preferida? Pegando um pacote com seis cervejas pretas alemãs na geladeira, distribuindo copos altos?
Sorria ao pensar em Whitey. Justamente o tipo de reunião de família sem planejamento, sem complicações, que deixaria o marido feliz.

— Mãe, não! Não queremos saber de nada disso.
— Sente-se, mãe! A gente prepara alguma coisa *para você*.

Como havia se planejado com antecedência, Beverly já tinha deixado várias pizzas congeladas na casa mais cedo. Por mais que Jessalyn protestasse, eles as devorariam feito crianças famintas.

Insistiam para que a mãe se sentasse, por favor.

Não era para ela servi-los.

— Mãe, *não*.

— Mas...

— A gente já falou, mãe! *Não*.

Quando Whitey tivesse alta do hospital e fosse para casa, ela prepararia todas as refeições dele — é claro. Cuidaria dele tanto quanto fosse necessário. Ficaria grata por isso!

Provavelmente a escada seria demais para Whitey, no começo. Havia essa possibilidade evidente pois (parecia que) ele tinha perdido a mobilidade da perna direita (esperava-se que fosse temporário). A fisioterapia lhe devolveria a capacidade de andar, mas demoraria um tempo.

Ela já estava planejando transformar o quarto de hóspedes do térreo, nos fundos da casa, em um quarto para Whitey. Tinha uma porta que se abria para o deque de tábuas de sequoia. A janela ia do chão ao teto, com vista para o riacho no sopé da colina.

Ela também se mudaria para o quarto — é claro. Pois Whitey não gostava de dormir sozinho, nunca.

Houve aqueles dias em que estava viajando a trabalho ou por causa da política. Pernoitava em Albany, em Nova York. Ligava para ela para dizer que estava com muita saudade.

*Não parava de acordar durante a noite pensando que tinha alguma coisa errada — o que estava faltando? Minha esposa querida.*

O dia no hospital tinha sido auspicioso. Whitey estava sendo tratado com uma mistura de remédios para baixar a pressão e a oclusão vascular. Outro remédio para estabilizar os batimentos cardíacos. A artéria rompida no cérebro tinha sido reparada cirurgicamente. O exame de sangue e os sinais vitais estavam quase normais — coração, pulmões, fígado, rins. Tinha recobrado um grau tênue de consciência que emergia e esmorecia e emergia de novo feito uma estação de rádio com sinal fraco, e conseguia engolir líquidos, que lhe davam com muito cuidado, às colheradas.

O reflexo de deglutição havia voltado. Era um bom sinal!

Em breve, a dieta de alimentos fáceis de mastigar — "comida pastosa".

No entanto, as palavras *oclusão vascular* eram angustiantes.

Muito difícil ficar longe do paciente. Agora que estava consciente pelo menos parte do tempo e que se esforçava para falar...

Mas o dia tinha sido bom porque em breve, ao que parecia, Whitey conseguiria emitir mais do que sussurros roucos. Em breve suas palavras seriam inteligíveis.

O olho "bom" focava cada vez mais. (Não estava claro se o olho direito, arruinado, "enxergava".)

Era evidente que Whitey reconhecia a esposa. A esposa querida.

Várias vezes ele parecia (quase) sorrir para ela, com metade da boca.

*Vai levar tempo. Às vezes há imprevistos.*

O olho bom nadando em lágrimas focou o rosto dela até a visão parecer se dissipar, a luz se apagar, aquilo que lá dentro a enxergava desapareceu feito uma chama extinta.

Ela se lembrou da sensação de segurar um bebê no colo.

Os filhos, nas primeiras semanas depois do parto. Os netos.

O olhar embevecido do bebê. O olho que parece ser todo íris, fitando.

Ávido por saber, por aprender. Assombrado por tudo o que seria, tudo o que guardaria dentro do cérebro.

Aprendendo a beijar a testinha quente do bebê.

Aprendendo a beijar a testa (só um pouco morna) do marido.

*Te amo te amo te amo*

A forma de comunicação mais clara com quem sofreu um derrame (as enfermeiras disseram) é o toque.

A cura é demorada. A fisioterapia é demorada.

*Quanto tempo? Impossível saber.*

Era tomada pelo horror ao abandoná-lo. Dar a impressão (a ele?) de que o abandonava naquele lugar, naquela cama e naquele quarto onde ficaria sozinho até que ela voltasse de manhã, para segurar sua mão, para beijá-lo.

Mas não podiam passar a noite na UTI e era essencial (tinham ouvido) que cultivassem o próprio bem-estar, que dormissem à noite.

*Os malditos hospitais são um criadouro de germes, de vírus. Como é que chamam aquilo mesmo — infecção hospitalar.*

*Deus me livre de pisar em um hospital!*

(Ela sorriu, escutando a voz de Whitey. Era comum ele ser veemente, com a intenção de fazer graça!)

(Eles a estavam observando, sorrindo sozinha? Estavam se perguntando o porquê?)

O odor pungente da cerveja preta. Queijo derretido, massa de pizza.

Lá no fundo um cheiro de — seria de cigarro?
Mas nenhum dos filhos fumava mais. E Whitey tinha parado anos antes.
Não tinha sido fácil para Whitey parar de fumar. Pobre papai!
Aqueles charutos cubanos, Jessalyn não gostava deles. Não.
Ela nunca tinha pedido explicitamente que parasse de fumar. Só que não fumasse charuto dentro de casa.
*"Claro, querida." Era difícil o cheiro de charuto cair no gosto de alguém.*
Virou uma espécie de piada entre eles.
Muitas coisas eram piada entre eles: o hábito de Jessalyn de manter as coisas sempre limpas e arrumadas, o hábito de Whitey de deixar as coisas pelo caminho.
O jeito como Jessalyn dirigia — "na defensiva".
O jeito como Whitey dirigia — "na ofensiva".
O assunto do Toyota Highlander de Whitey veio à tona. Thom declarava ter examinado o veículo e, pelo que tinha visto, não tinha acontecido um "acidente". O airbag não tinha sido "detonado".
— O que isso quer dizer? — indagou Lorene.
A beirada da mesa se erguia. Um golpe repentino e brusco contra a lateral do rosto.
— Mãe! Pelo amor de Deus...
— ...ajude ela a se levantar. É melhor a gente levar ela para a cama.
Ela afirmava estar bem, mas eles a ignoravam. Tentando escorá-la, já que ela parecia incapaz de arrumar as pernas sob o corpo, para poder se levantar da mesa.
Alguma coisa tinha caído. Um garfo tinha retinido no chão.
Um deles segurava sua mão.
— Mãe? Se apoie em mim.
Assim como outrora ela levava as crianças para o andar de cima naquela casa, para colocá-las na cama. Entrelaçava os dedos aos das crianças quando elas deixavam. Arrumava as cobertas em torno delas enquanto resistiam, querendo ficar acordadas até mais tarde, com as outras crianças, mais velhas.
Logo, logo, ela lhes prometia. Elas poderiam ficar acordadas até as nove.
Não, não! — não queriam ficar acordadas até as nove *logo, logo*, mas *naquela noite*.
No entanto, não lembrava quais eram as crianças. Talvez fosse Thom, talvez Lorene. Crianças teimosas, geniosas.
Relembrava com um sorriso que o pai pegava o filho malcriado, o erguia (ou a erguia) no ar, as pernas se debatendo. Colocava o filho (ou a filha) nos ombros, para "dar uma volta nas costas do papai".
Como um bando de gansos, tentando arrebanhá-los. Os filhos deles!

Individualmente, todos eram bastante dóceis. Whitey concordava. Mas, juntos, era impossível manter todos concentrados. Como aqueles gansos brancos, de andar gingado, podia-se tentar conduzi-los em certa direção.

Enquanto um ou dois gansos seguiam o rumo certo, outros um ou dois tomavam o caminho errado.

— Vocês vão passar a noite aqui, né? Não vão voltar para casa dirigindo a esta hora...

— Isso, mãe. Vamos passar a noite aqui.

Então ela podia relaxar. Todos eles em casa, debaixo daquele teto. Seguros.

A escada ela tentava subir sem ajuda, mas a escoravam como se não confiassem nela.

Ela tentava explicar a eles que, quando Whitey voltasse para casa, os dois dormiriam no quarto de hóspedes do primeiro andar, mas eles pareciam não a ouvir, ajudando-a a tirar a roupa, insistindo que se deitasse.

Queria tomar um banho quente, mas estava exausta demais. Seu corpo provavelmente cheirava mal, mas estava muito cansada, talvez de manhã...

Vinha acordando cedo. Esse era o problema.

Caía em um sono profundo delirante mas depois de duas ou três horas despertava no breu escutando as batidas de seu coração solitário.

Tentava lembrar a diferença entre tomografia computadorizada e ressonância magnética. A diferença entre ressonância magnética e ressonância magnética funcional.

Os nomes exatos dos remédios (caríssimos) que gotejavam nas veias de Whitey para diminuir a terrível *oclusão* que punha sua vida em risco.

Em uma folha de papel ela havia anotado — palavras... Não fazia ideia da grafia, não queria perguntar ao neurologista.

(Mas onde estava o papel? Tinha certeza de que havia perdido.)

(Não. O papel estava na bolsa, em algum canto. Poderia pegá-lo uma outra hora.)

(No hospital, ela começara a suar frio, certa de que tinha perdido a carteira. Era onde guardava os cartões de crédito, os cartões do seguro, a carteira de motorista, as notas de vinte e cinquenta dólares que Whitey lhe dera para deixar na carteira "por via das dúvidas" — ela voltara correndo ao banheiro para ver se não estava lá, mas não a achara. E então, revirando a bolsa outra vez, entre lenços amassados, folhas dobradas, o celular que Whitey havia comprado para ela, raramente usado... ela a encontrara. *Ai, meu Deus, obrigada.*)

— É essa aqui a sua camisola, mãe? Você ainda usa *isso*?

Beverly a tratava com um carinho tão desconcertado que seria de se imaginar que Jessalyn (já) fosse inválida.

Qual era o problema da camisola de flanela florida antiga de Jessalyn? Era a camisola preferida de Whitey, por mais que o tecido estivesse afinando.

O olhar das filhas percorria o quarto. Era o quarto dos pais — a "suíte principal", que era meio misteriosa quando eram meninas porque (elas sentiam) só eram bem-vindas ali quando convidadas.

Era um quarto amplo cuja cortina branca transparente, no calor, quando as janelas estavam abertas, rodopiava e ondulava com a brisa como se estivesse viva e fazia Sophia (quando criança) passar correndo pelo quarto sem querer olhar para lá porque ficava apreensiva com o movimento sinuoso do tecido.

Sophia se retraía agora, enquanto as irmãs mais velhas faziam alvoroço em torno da mãe. Não gostava mais de Lorene e estava achando Beverly irritante, tão exagerada, tão *emotiva*. Elas tentavam se apropriar da angústia da mãe, fazer dela algo que estivesse ao seu alcance aliviar. Sentiu uma pontada de rancor delas, de raiva pura.

As irmãs mais velhas tinham sempre intimidado Sophia. Lorene, em especial, crescia para cima dela. Beverly tinha sido tão *carnuda*... Sophia estremecia ao relembrar os sutiãs de Beverly, o tamanho das "taças", repugnantes para Sophia, que era muito menor do que Beverly, porém alvos de um fascínio clandestino assim como as "regras" das irmãs, segredos grosseiros que causavam muito constrangimento a Sophia.

*Cale a boca, não fale disso! Por favor.*

Será que Jessalyn sabia? Será que Jessalyn imaginava o quanto a filha caçula era intimidada pelas irmãs?

Terrível pensar, a não ser que fosse divertido, que os padrões antigos, consagrados, da infância prevaleciam na fase adulta.

— Mãe, você fez *a cama*. O quarto está *um brinco*.

Mas por que isso surpreendia? Que Jessalyn tirasse um tempo todas as manhãs para arrumar a cama direitinho, estender a colcha branca de cetim por cima das cobertas alisadas, mesmo tendo dormido sozinha e apesar da crise familiar?

As meninas riam dela com ternura. Não queria pensar que os olhos das filhas estavam marejados.

Era assim mesmo, como uma sonâmbula Jessalyn *mantinha a casa limpa. Organizada.* Catava as roupas de Whitey de onde ele as havia largado, enfileirava os sapatos dele dentro do closet. Meias, cuecas. Chaves do carro, carteira, celular, caderninho de telefones — coisas que Whitey vivia perdendo pela casa. E agora que ele não dormia naquele quarto havia alguns dias, os espaços que normalmente eram dele, aconchegantes em sua desordem, tortos, agora anormalmente limpos, eram uma censura a ela, que tinha em tão alta conta uma questão banal como a organização.

Pensava em um citação de Louisa May Alcott que a impressionara, anos antes — *Quando vou ter tempo para descansar? Quando eu morrer.*

*Quando a casa vai estar completamente limpa e organizada? Quando... o marido morrer.*

Era crucial não desmaiar. Não enquanto as meninas estivessem ali.

Deitar-se depressa na cama, pousar a cabeça com cuidado, não no alto do travesseiro. O sangue vai correr até o cérebro e restaurar a consciência.

— Boa noite, mãe! Trate de *dormir*.

Uma a uma, elas a beijaram. Apagaram as luzes, saíram do quarto.

Caiu no sono ouvindo vozes lá embaixo. Bem distantes, na cozinha.

O conforto das vozes. Naquele momento de solidão.

Segurava a mão dele no escuro. Os dedos dele segurando os dela. Naquela cama. No escuro.

*Parece uma festa, lá embaixo. Quem são?*

*Quem você acha que são, querido? São os meninos.*

*Os meninos! Parecem estar felizes.*

*É — pode ser. Estão tentando ficar felizes.*

*Mas por que nós não estamos lá com eles, Jessalyn? Por que estamos aqui? Vamos descer para ficar com eles.*

Whitey inquieto e agitado, balançando as pernas à mostra para fora da cama, impaciente, perplexo, por que os dois estão escondidos ali em cima, na cama, feito dois velhos inválidos, se os meninos estão lá embaixo, na cozinha, comendo pizza (é inegável, Whitey sente o cheiro da pizza), tomando a cerveja dele, como se nunca tivessem saído de casa e, no entanto, a verdade é que, quando moravam naquela casa, os meninos nunca ficavam juntos na cozinha àquela hora, cada um tinha os próprios amigos, a diferença de idade impedia o convívio social, é estranho, anormal, que estejam juntos agora, o que está havendo, o que foi que os trouxe de volta para casa, um *velório* qualquer?

Whitey, prestes a se enfurecer com ela, exigia saber.

# Mutante

—V irgil! Aonde é que você vai *o tempo todo*?
Enlouquecedor para eles, os filhos responsáveis do casal McLaren, que no hospital Virgil estivesse sempre desaparecendo. Ele chegava com os outros de manhã, visitava o pai por cerca de dez ou quinze minutos. Tocava a flauta ridícula. (Como se, no estado em que estava, o coitado do pai quisesse ouvir aquela maldita *flauta*.) Depois olhavam ao redor e Virgil já havia sumido.

Mais tarde reaparecia como se não houvesse nada errado, como se nunca tivesse saído dali.

(Em algum canto do hospital? Desenhando no caderno de *artista*? "Fazendo amizade" a seu estilo hippie-hipócrita?)

Quando Virgil se sentava na sala de espera com os outros, só conseguia ficar parado por alguns minutos. Não suportava a TV ("Últimas notícias" da CNN — sem parar). Se tentassem conversar com ele sobre algum assunto sério, Virgil respondia com o sorriso vago que lhe era típico e poucos segundos depois pedia licença e sumia.

Só quando Sophia pressionava muito era que Virgil fazia um lanche com ela na cafeteria do andar de baixo. Raramente com as irmãs mais velhas e quase nunca com Thom, se conseguisse evitar.

Até com a mãe Virgil tinha um comportamento estranho no hospital. Dava vontade de esganá-lo, às vezes!

O cabelo loiro aguado, preso em um rabo frouxo, estava sujo e amassado. Os pés grandes e ossudos, de sandália, pareciam estar recobertos de cinzas. As roupas eram ridículas — macacões de agricultor hippie, casacos de lã amarrotados. E o caderno de desenhos! E a "flauta" entalhada à mão! No entanto, era insuportável, mas mulheres jovens e nem tão jovens volta e meia olhavam para ele com sorrisinhos interessados, com expectativa.

*Perdão! Você é...?*

(Beverly e Lorene ficaram pasmas ao entreouvir uma moça bonita perguntar a Virgil se ele era *aquele artista Virgil McNamara — que mora em Hammond e faz esculturas de animais?*)

(Que raiva sentiram porque Virgil respondeu com a falsa modéstia de praxe — *Só "Virgil". Sim, sou eu mesmo.*)

Sem dúvida era Virgil quem exibia o menor grau de preocupação ou aflição quanto ao pai. Se fosse impossível evitar uma conversa sobre Whitey com a mãe, o irmão, as irmãs, ele conseguia desviar do assunto — a organização de ativistas ambientais da qual estava participando, Salvem Nossos Grandes Lagos; a organização pelos direitos dos animais que estava preparando uma manifestação diante de um laboratório de pesquisas de Rochester onde coelhos eram usados em experimentos cruéis que testavam a segurança de cosméticos, Compaixão pelos Animais. A mente de Virgil parecia se agarrar, como uma jiboia faminta, a qualquer outra crise que não a crise familiar em pauta.

Ao lado dos outros, tinha ouvido o dr. Friedland falar longamente sobre o estado de Whitey e a fisioterapia de que precisaria para recuperar as habilidades "cognitivas" e "motoras" prejudicadas pelo derrame; ele escutara, ou dera a impressão de escutar, o médico falar que Whitey precisaria de ajuda em todos os sentidos, o emocional e também o literal — ajuda para andar, falar, comer e beber, horas de exercício por dia, tanto na clínica quanto em casa. Quando fosse para casa.

Todo mundo perguntou — quando Whitey iria para casa? Menos Virgil.

Todo mundo tinha perguntas para o dr. Friedland. Menos Virgil.

Principalmente Sophia, com sua formação em Biologia e Neurociência, tinha perguntas para fazer sobre o tratamento médico do pai. (Os outros se impressionaram com a irmã caçula, que sabia de tantas coisas que eles não sabiam e era tão inteligente ao elaborar suas questões; de modo geral, Sophia era *a quieta*, facilmente ignorada.)

E então, quando olharam em volta — Virgil tinha escapulido do consultório médico e sumido.

— ELE NÃO DÁ A MÍNIMA se o papai está muito doente.

— Para ele, não é real... Eu acho que é isso.

— A única coisa que é real para o Virgil é o Virgil. *Só isso.*

— VAI VER ELE TEM A "síndrome da perna inquieta".

— É piada ou é verdade?

— O quê? A "síndrome da perna inquieta"... é piada... acho.
— Não, eu acho que ela existe de verdade. A "síndrome da perna inquieta"... já saiu matéria sobre isso no jornal... é uma anomalia neurológica.
— Tem certeza? Parece piada.
— Eu juro, o Steve tem isso, ou é alguma coisa parecida... "perna inquieta"... ele vive tendo *espasmos*. Principalmente dormindo...
— É isso o que o Virgil tem: uma "anomalia neurológica". Falta parte do cérebro.
— Pare de bobagem! Você sempre exagera. O Virgil só é mimado, preguiçoso... A mamãe mimou ele.
— Não bote a culpa na mamãe! Ela não mimou ele, *ele ficou mimado sozinho*.
— Falta parte do cérebro dele... a parte que percebe as regras sociais tácitas. Ele é que nem... um daqueles... — (Beverly hesitou, sem saber direito qual termo clínico estava procurando: não era *aspargos*, mas sabia que lembrava *aspargos*. Mas se pronunciasse a palavra, naquele contexto uma palavra boba, os outros ririam dela, e o argumento que tentava defender a respeito do irmão, um argumento com que, ela sabia, eles concordavam, se perderia.) — Uma daquelas pessoas autistas. Só que ele é um autista altamente funcional. Ele não tem muita empatia pelas pessoas por quem deveria sentir empatia, como os parentes dele, e tem empatia pelas pessoas erradas, por completos desconhecidos... e por bichos! Ele entende que o nosso pai sofreu um derrame e que poderia ter morrido, mas a situação não é tão real para ele quanto é para a gente.

Essas palavras presunçosas, cruéis, fizeram Sophia se contorcer. Nos últimos minutos, vinha contendo o ímpeto de tampar os ouvidos com as mãos. Agora, se levantou de supetão:

— Vocês todos julgam demais! O Virgil liga para o papai do jeito dele. Vocês não gostam do Virgil porque não o entendem. No fundo, vocês têm inveja dele.

Sophia saiu dali apressada. Thom, Beverly, Lorene a observavam de olhos arregalados, perplexos.

Em voz baixa, Beverly disse com um sorriso macabro:
— *Ela* também.

— O PAPAI NÃO DARIA a mínima para isso.
— Você está de brincadeira? O papai iria *amar*.
Naquela noite, tomando o uísque Johnnie Walker Black Label de Whitey na cozinha da casa da Old Farm Road.
Deixaram as pizzas congeladas para lá. Tinham comido mais cedo na cafeteria do hospital, se revezando. No armário acharam caixas de cereais, Wheaties,

Cheerios, Rice Chex, que devoravam aos punhados, como se fossem nozes. Restos dos queijos prediletos de Whitey, as últimas torradinhas. Um pote de pasta de amendoim, que comiam às colheradas, como jamais tinham ousado fazer quando eram crianças naquela casa.

— Sabia que existe uma fobia específica à pasta de amendoim? É "medo de que a pasta de amendoim grude entre os dentes".

— Não! Você inventou isso.

— *Não inventei*. Por que eu iria pensar em uma bizarrice dessas?

— Existe fobia de tudo quanto é tipo. Claustrofobia, agorafobia... essas todo mundo conhece. Mas existe "equinofobia"... é medo de cavalo. Tem medo de aranha, de barata...

— Tem medo de cachorro, de sexo, de sangue, da morte... Você pode acrescentar "fobia" a qualquer coisa.

— É isso aí. A qualquer coisa.

Thom falava em tom monocórdio. O assunto tinha se esgotado.

Jessalyn tinha ido para a cama praticamente assim que chegaram do hospital. Sophia tinha saído de fininho para se aninhar na cama antiga, debaixo de uma manta de lã, tirando só as roupas que usara na rua e os sapatos. E Virgil, o mais exasperante, não tinha nem achado um canto da casa para dormir nem se reunido com eles à mesa da cozinha para tomar um uísque, e sim optado por dar uma volta na parte externa, sob a luz fria e turva da lua minguante.

— O que você acha que o Virgil está fazendo? Se comunicando com extraterrestres?

Eles riram, desdenhosos. Mas inquietos.

(Engolindo o uísque que causava um ardor maravilhoso ao descer pela garganta rumo à área do coração, Beverly pensava: vai saber? O irmão deles *parecia* um extraterrestre!)

(Pensando em, o que era mesmo, um filme que tinha visto na adolescência — *O homem que caiu na Terra*? Um David Bowie hermafrodita de olhar misterioso como ser extraterrestre com um plano amaldiçoado para — sabe-se lá, ela havia esquecido, ou achado confuso demais na época para entender.)

— Eu não consigo descobrir onde é que ele dorme. Vai ver que é no porão, no sofá.

— No quarto que era dele...

— Ele evita o quarto. Foi ele que disse.

— Por quê?

— Caramba, vai saber *o porquê*. Pergunta pro Virgil.

— Eu acho o meu quarto de antigamente reconfortante. Talvez. Mas é esquisito acordar de manhã e se dar conta... o pensamento acerta sua cabeça feito uma tonelada de tijolos... *eu não sou mais criança, eu tenho filhos.*

— Nossa! É exatamente isso.

— Lembra quando a gente estava na escola e as crianças perguntavam se nossa família era católica? Cinco crianças.

— Não é tanto assim...

— É, *sim*. Na nossa escola está ficando raro ter *dois filhos* na mesma família, imagine cinco.

Para enfatizar seu ponto de vista, Lorene se calou. Beverly se eriçou ao pensar que a pessoa deveria imaginar: *Mais de dois irmãos, classe mais baixa. Podia ser uma família negra, hispânica, uma família branca pobre, mas o principal é que era ignorante.*

Ela e Steve tinham mais de dois filhos, na verdade mais de três filhos, e Lorene sabia disso. Mas de jeito nenhum deixaria a irmã irritá-la àquela hora, *não deixaria*.

— A mamãe dizia, em tom bastante ameno, daquele jeito altivo dela... "Não, não somos católicos. Só gostamos de crianças."

— Nós somos a família mais numerosa da Old Farm Road...

— A maioria do pessoal daqui é *velha*. Faz muitos anos que os filhos dos nossos vizinhos já saíram de casa.

— Bom, os filhos da mamãe e do papai também "saíram de casa". Mas não considero eles *velhos*.

Pensava no coitado do Whitey. A verdade era que, depois do derrame, Whitey realmente parecia *velho*.

— Mas é bastante óbvio que a Sophia foi um acidente.

— E o Virgil também.

Como irmãos mais velhos que se apegam à crença de terem sido *desejados* pelos pais, dividiram uma risada conspiratória.

— O Virgil não é só um acidente, é uma aberração...

— Como é que se diz mesmo...? É uma mutação.

— Coitada da mamãe! Você já teve a impressão de que o papai a culpa por quem o Virgil se tornou?

— O papai *não faz isso*. Que coisa... mais inconveniente de se dizer. O papai jamais culparia a mamãe por nada do que ela fez... ou não fez.

— Mas ele não queria que ela trabalhasse.

— Ele nunca disse que ela não podia... Tenho certeza.

— Bom. A mamãe queria ser professora, ela se formou em Pedagogia e cursou disciplinas de pós-graduação em um negócio extravagante tipo "Literatura Comparada"...

— Cuidar do papai é um trabalho de tempo integral. Para não falar dos cinco filhos e desta casa.
— Todo mundo tinha inveja da gente, por causa da nossa mãe "perfeita".
— Eu acho que a mamãe *é* perfeita.
— Uma "mãe" perfeita... sim. Sem sombra de dúvida.

Caíram no silêncio enquanto Thom despejava mais líquido âmbar nos copos e bebiam.

— ∞ —

— OI, PAI.

Ele foi tímido ao falar. Ainda não estava acostumado a se aproximar do pai *na cama*.

(Tinha acontecido isso alguma vez? Mesmo quando criança? Sido convidado a se aproximar do pai *na cama*?)

(O quarto dos pais, proibido. Ainda que Virgil quisesse explorar essa parte da casa, não teria tido a audácia. Não!)

(Mas agora, adulto, visitando a mãe, ele podia ir a qualquer lugar que quisesse, a mãe ou não ficaria sabendo ou não se importaria, lá fora no jardim, ou em outro canto da casa, desatenta ao que Virgil estava fazendo. *Eu confio em você, você sabe disso.*)

(Mas Jessalyn jamais diria a algum deles: *Eu confio em você, você sabe disso*. Pois estava subentendido que a mãe os amava e confiava neles em todos os sentidos.)

— É o Virgil, pai. Oi.

Que falta de jeito! A língua parecia inchada dentro da boca.

Tão esquisito se aproximar do pai *na cama* e ficar tão próximo. Porque, ao longo da vida, Virgil e Whitey jamais ficaram *tão próximos*.

Em circunstâncias normais, o pai se afastaria dele meio sem querer. Em circunstâncias normais, Virgil manteria uma distância discreta de Whitey. Tudo isso acontecia sem uma negociação consciente, sem atenção. (Quantos centímetros, no mínimo? Trinta, cinquenta?) Sem aperto de mãos, sem abraço cordial.

Mas aquelas não eram circunstâncias normais, é claro. Em um hospital não existem circunstâncias normais. Virgil tinha reparado, com temor, como o chão de um quarto de hospital é suscetível a mudanças súbitas, a desorientações. A pessoa acredita estar de pé até não estar mais.

Na escada do hospital, mais de uma vez, ele ficara um pouco tonto, zonzo. Evitava o elevador apesar de (ele sabia) os outros se irritarem com ele, com seu comportamento excêntrico, sim, mas comportamento nenhum é realmente *excêntrico* e sim *intencional*. Como falaria para eles, que já não gostavam dele, que não queria se aglomerar com eles no elevador, respirando o ar que expiravam, se espremendo, Thom, Beverly, Lorene, até Sophia, até Jessalyn, *não obrigado*.

Claustrofobia em elevador é só vida em família condensada. Ao tamanho de um elevador.

Tinha trazido a flauta. Sem a flauta, o que faria com as mãos? O que *faria*?

Na cama hospitalar levantada, o paciente de sessenta e sete anos não estava nem obviamente adormecido nem obviamente acordado. Não estava nem obviamente ciente da visita inquieta sentada a seu lado nem alheio a ela. O rosto desolado estava mais vermelho do que nas lembranças de Virgil, e as pálpebras tremiam quase sem parar, como se ele estivesse debatendo, discutindo consigo mesmo. A boca também tremia, úmida de saliva. Dava quase para imaginar que a qualquer instante ele falaria alguma coisa, assim como parecia que, a qualquer instante, o olho direito, que não focava bem, aguçaria sua atenção e *enxergaria*.

Estava claro que a cabeça do homem tinha sido alvo de alguma violência. O cabelo grisalho ralo tinha sido raspado de forma irregular, expondo o couro cabeludo pálido, sarapintado.

Braços grossos, pontilhados de hematomas e feridas misteriosas que pareciam picadas de inseto. A parte que Virgil via do torso do pai, com músculos recobertos de gordura, pelos cinzentos, dentro da camisola frouxa e branca do hospital, também estava repleta de feridas misteriosas, embora ali fossem menos evidentes, ou já tivessem começado a sumir. Virgil não queria pensar em como em um fluxo lento o catéter drenava a urina do corpo do pai e a levava a um recipiente de plástico embaixo da cama enquanto o acesso intravenoso pingava líquidos em suas veias como se fosse uma máquina mirabolante bizarra, criada para fazer as pessoas sorrirem perante — o quê? — a vaidade da existência humana, ou sua engenhosidade?

Ou o desespero.

*Por favor, não morra, papai. Não agora.*

Flores demais no quarto. Crisântemos cheios, envasados, e hidrângeas que pareciam tingidas no parapeito. Cestas de frutas cobertas de celofane crepitante em que ninguém tinha tocado. Cartões de *melhoras*. Por favor, não.

Mais bizarro ainda, pessoas que desejavam melhoras tinham levado presentes para o "convalescente" — livros de capa dura do tipo (*Efeito borboleta: por que sua vida é importante*; *Blink: a decisão em um piscar de olhos*; *Uma breve história do universo*) que Whitey McClaren vivia lendo ou tentando ler. Virgil achava muitíssimo irônico que tais livros fossem dados a uma vítima de derrame que teria dificuldade de reaprender a "ler" da forma mais elementar.

Na parede ao lado da porta, o gel antisséptico para as mãos. Todos os profissionais da saúde, todas as visitas eram orientadas a higienizar as mãos sempre que entrassem no quarto.

A primeira vez que entrou no quarto do pai na Terapia Intensiva, Virgil foi instruído (por Sophia) a higienizar as mãos:

— Aqui, Virgil. Não esquece!

Distraído como estava naquele momento, mal tinha reparado no gel antisséptico. Era típico de Virgil ter o pensamento, não inteiramente consciente, de que a conduta rotineira prescrita aos outros não lhe era inevitavelmente prescrita.

No entanto, tinha feito uma limpeza enérgica das mãos com o desinfetante. Sentira-se como um menino que lavava as mãos para agradar a mãe — *de novo um menino* — e, nesse sentido, seguro.

Mas somente nesse sentido. E, portanto, não *seguro* de fato.

— Não se esqueça, Virgil. Toda vez.

Aflita, Sophia gesticulou como se lavasse as mãos. Virgil tinha assentido — *É claro*.

Agora respirava fundo. Levava a flauta aos lábios. Posicionava os dedos e começava a tocar.

Notas sérias, arejadas — tão aeradas que seria impossível defini-las como sons tirados de uma flauta. (Na verdade, o instrumento era um análogo de flauta segundo Virgil, entalhado por ele a partir de madeira de sabugueiro.)

Virgil já tinha tentado explicar à família que não era música convencional o que queria tocar para o pai adoentado, ou não era exatamente música, mas outra coisa, um comunicado especial a Whitey vindo dele, de Virgil, pois temia que música de verdade fosse algo complexo demais para uma vítima de derrame assimilar, feito um olho ferido ao se deparar com estímulos demais.

Algo parecido com uma prece — *sua* prece por Whitey.

Jessalyn fizera questão de que Virgil passasse um tempo a sós com o pai todas as manhãs. Talvez os outros se ressentissem. Mas Jessalyn se mantivera firme: sabia que Virgil seria deixado de lado pelos irmãos mais velhos e jamais ousaria reivindicar seus direitos em relação ao pai. Pois este Virgil era grato à mãe — por isso e por tantas outras coisas! —, mas também ficava apreensivo porque a intimidade tornava todas as transações significativas demais, importantes demais, a intimidade era sempre uma aproximação. Sentia-se mais à vontade mantendo certa distância.

Tinha sido ele quem tinha afastado Sabine. Não Sabine quem o tinha afastado. Mas, fisicamente, *literalmente* talvez as pessoas interpretassem da forma oposta, como (possivelmente, mas não provavelmente) Sabine talvez se sentisse à vontade para interpretar a situação. Se.

Esses pensamentos passaram por sua cabeça enquanto tocava flauta para Whitey. A língua ainda parecia inchada, os dedos estavam sem jeito, mas os sons da flauta eram lindos (pelo menos aos ouvidos de Virgil) e (ele achava) causavam uma impressão no homem adoentado, cujas pálpebras machucadas tremulavam com uma nova urgência, e cujos lábios pareciam se esforçar para falar, enquanto, com a mão esquerda (contundida, cheia de feridas), bem devagarinho, sem força (evidente) para levantá-la, mas arrastando-a pela cama e abrindo os dedos como Virgil não o via abrir desde o derrame, e a boca se mexendo como em um espasmo, para sua perplexidade ele ouviu "Vir-gil" — era inequívoco, a primeira palavra coerente que Whitey McClaren dizia depois de alguns dias no hospital.

*Vir-gil.*

Virgil fitou o pai, petrificado. Não tinha certeza se tinha ouvido o que tinha ouvido. A flauta escapou por entre os dedos e caiu no chão.

Então ele caiu no choro.

# O retorno de Whitey

— Ei, você.

Era tudo o que conseguia dizer por enquanto. Mas sorria com metade do rosto e o olho esquerdo (vermelho, lacrimoso) estava focado e *enxergava*.

Por isso eles ficaram exultantes. O olho esquerdo *enxergava*.

E ele conseguia mexer a cabeça — podia *fazer que sim*. Com certo grau de cálculo, deliberação, intensidade — *fazer que sim*.

E podia mexer (não exatamente "usar") a mão esquerda quase normalmente ou (talvez) quase quase-normalmente e nada era mais arrebatador para eles do que se aproximar do quarto, e entrar no quarto, respirando fundo antes de entrar por conta da expectativa ou da apreensão pelo que poderiam ver (pois era sempre ao mesmo tempo uma revisita e uma visita completamente nova, aterrorizante), mas ali estava ele, o Whitey deles, quase-Whitey-outra-vez, recostado na cama levantada, travesseiros nas costas, a cabeça erguida segundo sua (aparente) vontade, (um certo grau de) coordenação motora recuperada, a "vigilância" que damos como certa em nós mesmos e nos outros, que constitui a "vida" — o "estar vivo" — a "consciência"; o mais incrível é quando chegam sem expectativa e veem que com a ajuda de uma auxiliar de enfermagem Whitey segura, ou parece segurar, com a mão esquerda trêmula, um copinho de suco de laranja e sorver o líquido pelo canudo.

Inconcebível calcular o esforço dos neurônios do cérebro (em chamas), a coordenação e uma miríade de nervos no braço e na mão esquerda, músculos e tecidos, articulações dos ossos, todos convocados juntos a executar *sorver o líquido pelo canudo*.

ELA O BEIJA, CHORA DE ALÍVIO.

Com o terrível peso do alívio, que parece uma luz ofuscante para o olho já adaptado ao breu.

# A bênção interrompida

Thom concluiu: o pai não se lembrava do que tinha lhe acontecido naquele dia. Não se lembrava do derrame e não se lembrava do que tinha acontecido antes e depois. Ao acordar no hospital, naquele quarto e naquela cama, ouvindo a flauta de Virgil, ficara totalmente desnorteado, atônito — *Como é que ele tinha ido parar* ali? Mas naquele instante não tinha a capacidade de expressar esse espanto.

Só depois de lhe contarem que estava voltando para casa depois de um almoço com os curadores da biblioteca quando sofrera o derrame foi que Whitey pensou que sim, ele se lembrava — de alguma coisa.

— Da biblioteca, pai? Você se lembra... que teve a reunião?

Indicou que *sim*. Mas não tinha certeza. Então Thom ficou propenso a pensar que na verdade o pai se lembrava de outra reunião, anterior, na biblioteca, não da última reunião, pouco antes do derrame.

Os curadores da Biblioteca Pública de Hammond almoçavam juntos mês sim, mês não. Era bem possível que Whitey estivesse confundindo as ocasiões.

A memória de longo prazo de Whitey não tinha sido muito afetada pelo derrame, pelo que conseguiam perceber: ele reconhecia rostos, parecia saber nomes, tinha entendido onde estava, no Hospital Geral de Hammond. Mas parecia não ter lembranças do que devia ter acontecido pouco antes do derrame, tal como entrar no carro, percorrer a Hennicott Expressway, frear o veículo...

Whitey não se lembrava de um "derrame" — é claro. Só o que conseguia dizer quando perguntavam do que se lembra era uma sílaba gaguejada:

— Pr-pr-pre.

— "Preto", pai?

— Ii. Pr-pr-pre.

O olho bom de Whitey, o esquerdo, tomado por lágrimas que a família interpretou como lágrimas triunfais, por enfim conseguir falar com eles.

Sem a família presente, tampouco ao alcance dos ouvidos dos profissionais de saúde, Thom perguntou a Whitey se ele se recordava de policiais de Hammond? Talvez que tivessem indicado a ele que parasse o carro?

Não. Não se recordava.

Uma sirene de polícia? Uma viatura parando atrás dele, ao lado dele?

Não. Não se recordava.

Parando na via expressa, freando o carro no acostamento da rodovia...

Não. Não se recordava.

Se Whitey se questionava por que Thom fazia essas perguntas, não demonstrou. Desde o derrame, não só falava devagar como demorava a ficar impaciente e até curioso. O velho Whitey teria indagado por que cargas-d'água Thom estava fazendo aquelas perguntas sobre policiais, mas o novo Whitey, pós-derrame, exalava um ar de confiança pueril e paciência infinita.

A sensação (Thom achava) era de que o pobre coitado implorava *Por favor não me abandone. Não sei como te responder, mas continuo sendo o Whitey, por favor não me abandone.*

Em geral, não ficava claro se Whitey de fato escutava ou compreendia o que lhe diziam. Mas tinha aprendido a sorrir com metade da boca, avidamente. Tinha aprendido a fazer que sim abaixando a cabeça um ou dois centímetros — *Sim.*

*Ou — não.*

Assim como, no auge da vida, Whitey McClaren nunca admitia estar doente se conseguisse evitar. Resfriados fortes, gripes, bronquite e até, em um inverno, uma pneumonia ambulatorial e febre alta. Seu estoicismo era envolto em orgulho masculino, em vaidade. *Nunca mostre fraqueza diante de seus inimigos* era seu mantra desde os tempos de futebol americano no Ensino Médio.

Os filhos riam do pai, Whitey se preocupava muito com o que os outros pensavam dele. Vaidade de macho, as meninas pensavam. Porém o amavam mesmo assim.

Thom entendia. É claro. Homens não mostram suas fraquezas a outros homens.

O que Virgil achava disso, Thom não sabia nem queria saber.

Várias vezes Thom havia conversado com os médicos do hospital sobre as feridas misteriosas do pai. Tinha uma grande desconfiança de que as marcas eram compatíveis com o uso de aparelho de choque, o que significava que o pai de sessenta e sete anos podia ter sido acertado com descargas elétricas de até cinquenta mil volts! — o bastante para derrubar um homem corpulento no auge da juventude.

O bastante para derrubar um boi antes do abate.

Mas as feridas iam sumindo em meio a uma miríade de hematomas causados pelos frequentes exames de sangue e remédios anticoagulantes. Só restavam as fotos que Thom tinha tirado com o celular, e seria difícil comprovar a veracidade delas. A Polícia de Hammond não tinha registro de que John Earle McClaren tivesse sido parado por policiais em 18 de outubro.

A família estava imensamente aliviada, porque Whitey tinha melhorado e estava melhorando mais a cada dia. Não era só isso que importava? Não era uma bênção ele não se lembrar do que tinha acontecido? Depois de cinco dias em estado crítico ele tinha sido transferido da UTI para a Telemetria, e seria transferido direto da Telemetria para a clínica de reabilitação do Centro Médico da Universidade de Rochester, talvez já na semana seguinte. Todas as notícias eram ótimas.

Exausto da vigília hospitalar, Thom não havia mencionado suas desconfianças a ninguém da família. Resistia à ideia de contatar um advogado. Whitey parecia já estar internado havia semanas, e não dias, e o suplício — a vigília — ainda não havia se encerrado. Talvez nunca se encerrasse por completo.

Thom não tinha incentivado a esposa a ir visitar o sogro em Hammond. Quanto mais visitas Whitey recebesse, maiores seriam a distração e a exaustão. Thom estava ansioso para retomar algo que se assemelhasse à sua vida em Rochester: tinha tentado se manter a par das atividades da editora por meio de telefonemas, e-mails. Tinha uma assistente em quem podia confiar. Mas estava ansioso para retornar, pois o que não faltava eram coisas que precisavam ser supervisionadas por ele, pessoalmente.

Talvez fosse melhor deixar as desconfianças de lado, por enquanto. Já que Whitey ficaria bem.

Pois era possível que Thom tivesse se enganado. Fazia um tempo que não pensava direito. Talvez Whitey tivesse se machucado freando o carro de repente. Tivesse batido com o rosto no volante, no para-brisa. Tivesse saltado do carro e desabado e cortado o rosto no cascalho.

De uma coisa Thom tinha certeza: Whitey relutaria muito em fazer qualquer tipo de alegação contrária à Polícia de Hammond, pois se vangloriava de sua relação com a polícia durante o mandato como prefeito. Sempre tomara o partido da polícia em conflitos com cidadãos mesmo quando (nas lembranças de Thom) fazia sentido supor que os policiais tivessem agido mal e violado os direitos civis.

*Eles têm um trabalho pesado. Estão nas ruas tomando decisões em frações de segundo. Que podem botar a vida deles em risco. Não é legal criticarmos nossos policiais, tão corajosos.*

Eram as palavras de Whitey, sem tirar nem pôr. E aquela implacável expressão truculenta. No linguajar da política, *dobrar a aposta*.

A pessoa adotava uma postura pública e fincava o pé. Adotava uma postura que lhe trazia uma força decorrente da força de um aliado a quem protegeria e defenderia, ele merecendo ou não, assim como, um dia, *quid pro quo*, o aliado o protegeria e defenderia, você merecendo ou não.

# A mão firme

— Sophia! Você tem a mão firme.
 Elogio em forma de gracejo. Ou talvez um gracejo em forma de elogio.
Elogio e gracejo misturados, em uma espécie de carinho.
Embora seja uma verdade inegável. Todo mundo no laboratório concordaria. Dos vários assistentes habilidosos e confiáveis de Alistair Means no Memorial Park Research Institute, era Sophia McClaren quem tinha a mão mais firme do laboratório: inoculando pequenos roedores, decapitando pequenos roedores, dissecando pequenos roedores.

E VOCÊ TEM AS MÃOS MAIS BONITAS, *Sophia. Mas disso você já sabe.*
*Você, a jovem pesquisadora assistente solteira e (pelo que todo mundo imagina) desimpedida que eu escolho para o tipo de elogio que ninguém consegue — totalmente — decodificar: (francamente sexual) (agradável, simpático, mas também sexual) (agradável, simpático e nada sexual) (todos esses) (nenhum desses).*

CÉREBROS EXTRAÍDOS DE PEQUENOS CRÂNIOS, examinados sob microscópios. Órgãos pequenos extraordinários "colhidos" — "isolados" — vertidos em "dados".
Tudo o que há é vertido em "dados".
O que não é "dado" não é.
Fervorosamente orgulhosa, desejosa de se orgulhar, Sophia McClaren tem a mão mais firme.
E sim, a mão é bonita — os dedos longos e finos, as unhas sempre limpíssimas, sem esmalte e bem cortadas.
Está ciente de que ele a observa. Os olhos dele a percorrem e se demoram. E aquela sensação de calor tenso que surge nela, da boca do estômago até

a região do coração, quando ele fala com ela, quando é gentil com ela, perguntando sobre a *emergência familiar* que a afastou do laboratório por quase uma semana.

Ela vai logo dizendo que a emergência acabou. A crise. A vigília hospitalar.

— O pai ou a mãe? — pergunta ele.

Ela hesita antes de responder que sim, o pai.

— Mas ele já está melhor?

— Sim, está melhor.

Há um silêncio. Cabe a Sophia (ela imagina) a decisão de dar mais informações.

Mas ela não quer dizer a palavra *derrame*. Pois aí seria obrigada a dar ainda mais informações — *derrame hemorrágico, afasia, paralisia parcial*.

Ele diz, sem jeito:

— Bom. Se precisar de alguma coisa... — Ele se cala como se não fizesse ideia do que falar depois.

Às vezes, seus modos com os assistentes são bruscos, jocosos. Não são uma conversa, mas uma zoação ligeira, perspicaz e tão desimportante quanto um voleio ágil de pingue-pongue, para tirar a conversa do meio do caminho, antes de se dedicarem aos assuntos sérios do dia.

Mas agora Means titubeia, encarando Sophia. Ele reparou nas olheiras que parecem hematomas embaixo de seus olhos, na palidez de sua pele, a euforia frenética na voz. *Ah, sim! Já está melhor. Nós todos estamos... muito aliviados.*

É atípico dele ficar tão perto dela. Como se não percebesse (será que percebe?) o que está fazendo.

Sophia muda de posição, mas só um pouquinho. Tem aquela sensação de calor tenso outra vez.

Ela se escuta dizendo ao supervisor que está muito contente em estar de volta. Estava com saudade do laboratório, com saudade do trabalho que faziam.

Sem querer dizer — *Estava com saudade de você! Com saudade da pessoa que eu sou quando você está perto.*

— Exatidão. É disso que nós temos saudade quando não estamos no laboratório e sim no "mundo".

O sotaque escocês dele é leve, mas inconfundível, embora more nos Estados Unidos há muitos anos.

— "Exatidão." Isso mesmo.

Sophia nunca ouviu um cientista falar desse jeito. Mas é verdade, Means acertou o nome. *Exatidão* — a precisão de reunir provas, acumular "dados" metodicamente — é o que falta na vida, no que chamam de mundo.

Em outro momento Means pergunta a Sophia se pode ajudá-la de alguma forma. Se (por exemplo) ela não precisa de alguém que a leve de carro — a qualquer lugar...
— Obrigada. Mas eu acho que... não. Eu tenho carro...
É uma declaração muito insípida. Sophia não faz ideia do que está dizendo. De repente, ficam muito desajeitados um com o outro. Não conseguem se olhar direito. Means mostra os dentes em um sorriso fugaz enquanto vira as costas fazendo um gesto com a mão.
É um diálogo extraordinário, naquelas circunstâncias. No entanto, é corriqueiro, banal. Sophia não deve dar importância demais a isso.
Ela está bamba de tanto alívio, porque não aconteceu algo terrível — ainda. Exausta das noites mal-dormidas e tomada de gratidão pela sorte que agora inclui a gentileza de Alistair Means com ela naquele momento complicado, Sophia pensa — *Eu vou amá-lo. Esse homem.*

NOSSA FILHA CAÇULA, SOPHIA, *é pesquisadora no Memorial Park, em uma equipe de primeira linha que está tentando encontrar a cura do câncer. Nossa, o orgulho que temos dela!*
Ela ouviu o pai se gabar dela sem pudor. Teve vontade de rir e teve vontade de tapar os ouvidos e sair correndo.
É claro que Whitey exagerou o cargo que ela ocupa no instituto. Exagerou (Sophia sempre achou) todas as conquistas dos filhos (menos as de Virgil, das quais mal parece tomar conhecimento). É quase de se imaginar que John Earle McClaren olhe para a família, os "rebentos", com algo como assombro. *Eles são... meus. Como foi que isso aconteceu?*
Verdade, Sophia McClaren é membro de uma equipe de pesquisadores que participa de um experimento enorme, mas é apenas a assistente do pesquisador principal, uma pessoa que segue ordens e não (por enquanto) a que ajuda a conceber a ciência extremamente complexa.
*Das crianças, é a mais inteligente e a mais aplicada, mas eu me preocupo com a Sophia, ela puxou à mãe, acha que todo mundo é bom e confia demais nos outros, não tem a mínima noção de como se proteger.*
Ao ouvir isso, Sophia quis protestar: não é verdade! Ela se protege à beça, segundo acredita. De formas que os queridos pais, inocentes, jamais imaginariam.
Nunca se permitiu se apaixonar, por exemplo. O próprio clichê — *apaixonar-se* — põe um sorriso em seus lábios.
Nunca se permitiu ficar *próxima demais* de qualquer pessoa, afora os parentes.

As amigas do Ensino Médio se afastaram. Talvez tenha sido culpa de Sophia, talvez não. A maioria se casou, virou mãe. O máximo que Sophia pode fazer é cultivar o interesse, e o afeto, pelos sobrinhos e sobrinhas, os netos dos pais por quem (às vezes) sente certa animosidade, só um pouquinho, ao observar os pais com eles; não tem interesse nenhum pelos filhos das amigas. Que tédio, os bebês! Tampouco as primas de quem Sophia era próxima durante a adolescência lhe interessam muito agora que embarcou em uma carreira científica.

Para essas primas, a seriedade e a sobriedade de Sophia são *chatas*.

No entanto, ela sempre buscou a admiração alheia. Buscou acima de tudo a admiração e a aprovação dos pais. O amor incondicional que têm por ela a manteve jovem, ela imagina. Talvez jovem demais.

Apesar de já não ser uma menina, ainda é uma filha.

É um alívio para Sophia que os McClaren não façam ideia do que sua pesquisa realmente engloba. Tampouco entendem que Sophia adiou o doutorado (em Cornell) para trabalhar no laboratório financiado por uma farmacêutica.

Talvez tenha sido um erro, Sophia não sabe bem. Adiar a vida adulta, em certo sentido. Sempre foi a melhor aluna, a estagiária mais valiosa, a assistente "indispensável". O papel lhe cai como uma luva. Aos vinte e oito anos, passaria facilmente por uma moça de vinte, de dezoito. Do ponto de vista emocional, não é tão jovem assim, mas é inexperiente, inocente.

Mesmo assim, Alistair Means já deixou claro que a tem em altíssima conta.

Sophia se encantou pelo projeto Lumex. Seu projeto de tese em Cornell é exageradamente teórico, ela acha. A pesquisa e as ideias não lhe são tão cativantes quanto as de outras pessoas com mais autoridade, na verdade ela tem medo (um pouco) da possibilidade de estar errada, de gastar meses e anos da vida em um projeto próprio, elaborando algo que pode muito bem (pois esta é a natureza da ciência!) não dar em nada. O projeto Lumex está aqui, agora. *Procurando a cura do câncer. Tipos específicos de câncer.*

Ela pode morar em Hammond, a poucos quilômetros da casa da Old Farm Road.

Em Ithaca, nos limites do imenso campus da Cornell, ela se sentia só, isolada. Ali, o trabalho não parecia bastar para ela, para dar à sua vida um sentido.

Sophia quer tanto que esses experimentos deem resultados! Componentes químicos potentes que diminuam tumores cancerosos ou matem células cancerosas antes que elas criem raízes. Drogas para combater os efeitos nocivos da quimioterapia. Tratamentos para o câncer adaptados a cada tipo...

O orgulho que Whitey sente dela será corroborado, um dia. Ela está disposta a esperar bastante.

É um alívio que Whitey melhore dia após dia. Ele recuperou (quase) o uso da mão esquerda e está recuperando (pouco a pouco) a capacidade de falar. Já consegue percorrer o caminho (a duras penas, com valentia), com ajuda, até o banheiro que fica perto do quarto, embora a perna direita ainda penda, inútil, assim como o braço direito. Na semana seguinte será transferido para o Departamento de Derrames do Centro Médico da Universidade de Rochester.

Ele fala titubeando. Fala com muita dificuldade. Baba nos lábios, um esforço corajoso que sobrecarrega o coração à medida que tenta mexer o braço direito (paralisado) que repousa, flácido, nas cobertas da cama.

— Bra mor... Fca paado li.

Dos observadores, somente Sophia consegue decifrar as palavras do pai:

— Braço morto. Fica parado ali.

Whitey não parece estar inconsolável, enunciando essas tentativas de formar palavras. Além do mais, seu rosto esgotado transmite um ar de resignação afável.

Os filhos dos McClaren retomaram suas vidas. Thom voltou para os braços da família e do trabalho em Rochester e está sempre em contato com Jessalyn. Lorene e Sophia retomaram o trabalho e passam no hospital todo dia no final da tarde. Jessalyn está sempre lá, na cabeceira da cama de Whitey, e geralmente Beverly está com ela. Virgil aparece em horários imprevisíveis para tocar sua flauta, de que Whitey gosta bastante.

Ninguém dorme na casa da Old Farm Road. Beverly se ofereceu para ficar com ela, mas Jessalyn insistiu que a filha voltasse para a própria casa à noite.

*Emergência familiar* era como Sophia chamava aquilo. Explicando por que tinha se afastado do laboratório durante o que pareceu um longo período e não apenas alguns dias.

Realmente é um choque, o retorno. Dirige pela interestadual na direção oposta, rumo ao norte e não ao sul, indo para o centro de Hammond. Saindo do sol claro de outubro e entrando na sala de luz fluorescente do laboratório, onde nenhum ventilador é potente o bastante para espantar o cheiro azedo dos detritos corporais, da desgraça e do terror animal, da morte.

Foi em uma manhã de decapitação e dissecação que ela regressou. Um teste para a mão firme de Sophia, no qual não pretende ser reprovada.

Paredes forradas de gaiolas. Roedores medrosos, trêmulos. Dentinhos batendo de nervosismo. Alguns dos espécimes estão inchados e carecas, alguns estão malnutridos, murchos. Alguns parecem robustos, até frenéticos. A maioria dos outros está debilitada. Os corpinhos de alguns estão repletos de tumores que talvez tenham encolhido e talvez não tenham encolhido. Tudo a ser descoberto justamente naquele dia e transformado em "dados".

Roedores pequenos, inoculados com diversas cepas de células cancerosas. Em etapas, segundo um algoritmo complexo elaborado por Alistair Means, os roedores recebem injeções de componentes farmacêuticos "anticancerígenos" e, com o tempo, em fases cuidadosamente calibradas, são dissecados para que se determine se os tumores cancerosos que enchem seus corpinhos diminuíram. Se há efeitos colaterais (é claro, há efeitos colaterais), eles são devidamente anotados. O projeto Lumex é uma sequência extremamente complicada de experimentos sobrepostos envolvendo milhares de animais de laboratório ao longo dos anos e que já estavam em andamento muito antes da contratação de Sophia McClaren como assistente.

Enfia as luvas de látex nas mãos. Justas-justas, irrespiráveis, as luvas que são sua vida, aprende-se a respirar dentro delas.

Alguns dos camundongos são decapitados com um instrumento pequenino, afiado como uma navalha. (Sophia se pergunta quem terá inventado o instrumento. Quem terá patenteado a engenhosa guilhotina, quem a fabrica e quem lucra com ela.) A maioria é morta com a injeção letal que passa por uma agulhinha finíssima.

Estranho, a criaturinha mal resiste. É consequência da *mão firme*, talvez.

No laboratório experimental, a precisão é a forma mais elevada de misericórdia.

Uma injeção rápida na barriga. Um último espasmo, um derradeiro guincho, inércia.

Agora, o bisturi...

Ela considera o trabalho emocionante. Pelo menos é emocionante percebê-lo de perto. *O fim justifica os meios, sim. Você precisa acreditar nisso.*

Pense na pilha de remédios que são parte do tratamento pós-derrame do pai. Todos aqueles remédios, aprovados pela FDA, tiveram que ser testados primeiro em animais. Derrames induzidos em primatas (micos, macacos), de minúsculos a enormes. Anticoagulantes, coagulantes.

Psicocirurgia: incisões em cérebros primatas, remoção de partes de cérebros, divisão do cérebro ao meio. Paralisia induzida, separação da medula espinhal. Um cérebro mutilado poderia "se reparar sozinho"? Células cerebrais poderiam passar por "neurogênese"?

Agora a legislação dos Estados Unidos proíbe experimentos em pessoas vivas sem o consentimento delas. Mas no passado era normal pesquisadores conduzirem tais experimentos em cativos de presídios, orfanatos, hospitais psiquiátricos. Os mais vulneráveis eram os portadores de doenças mentais ou problemas de desenvolvimento cujas famílias davam autorização aos pesquisadores por ingenuidade ou desespero.

Sophia McClaren jamais participaria de tais experimentos, caso fosse uma jovem cientista naquela época. É o que ela quer imaginar.
*Orgulho de você, querida. Que trabalho importante você está fazendo.*
Os olhos de Sophia se enchem de lágrimas de gratidão. Mãos apertadas em luvas que não titubeiam quando as criaturinhas têm espasmos e morrem entre seus dedos e o odor de suas pequenas mortes sobe às narinas.

— SOPHIA? — A VOZ É BAIXA, está inesperadamente próxima.
Ela olha ao redor, assustada. Sente a vermelhidão no rosto. Quanto tempo faz que Alistair Means está ali, a pouca distância dela, por que se aproximou sem fazer barulho...
— Perdão. Eu gostaria de verificar seus dados, se me der licença.
— Sim! É claro.
Ela dá um passo para o lado. Observa os dedos dele percorrendo depressa o teclado. A concentração dele se volta para a tela do computador, ele se curva para a frente, franzindo a testa.
É fim de tarde. As horas passaram rápido. Sophia mal se dá conta do cansaço que sente.
Tantos espasmos de morte em miniatura naquela bancada funcional, tantos órgãos tumorosos em miniatura "colhidos". Seus olhos doem de tanto se espremerem. A cabeça dói por causa do esforço de se debruçar para registrar os dados no computador, curvando os ombros.
Não sabe o que dr. Means vê na tela do computador, mas ele parece estar satisfeito (ao menos provisoriamente).
— Obrigado, Sophia.
Ele nem sempre chama as assistentes pelo nome, Sophia já reparou.
Seu jeito de enunciar o nome — *Soph-i-a*. Ela gosta de pensar que é um som afável.
Means não é como outros homens que Sophia conheceu, no instituto e fora dele. Homens que deixam claro que sentem atração por ela e que (portanto) a pressionam, embora indiretamente, embora cordialmente, a reagir ao interesse que têm por ela.
Ela não consegue decifrar Alistair Means. Talvez seja apenas fruto de sua imaginação, o "interesse" dele por ela. Talvez seja inteiramente inconsciente da parte dele e ele não faça ideia de com que frequência, quando ela está perto, parece olhar fixo para Sophia. Com seu temperamento menos emotivo, ela não consegue definir se realmente sente atração pelo homem ou se não sente nada além de admiração por sua inteligência, sua reputação e seu empenho como

cientista. Talvez ela sinta a esperança ignóbil dos subordinados de fazer sua carreira evoluir por meio dele. Não tem nem certeza de que confia nele.

Alistair Means é considerado um pesquisador "brilhante". No entanto, para sua equipe no instituto, Means é um mistério.

Às vezes é simpático, afável. Outras vezes é tão brusco que chega a ser grosseiro. É cavalheiro, cortês, paciente, bondoso. Não é paciente — os dedos tamborilam de irritação quando alguém tenta falar com ele. É de uma formalidade severa e raramente sorri. Ah, sim, ele sorri — quando menos se espera.

É generoso com jovens cientistas. Ele (às vezes) não é tão generoso assim com os colegas.

Tem olho bom para mulheres. *Ele raramente repara nas mulheres!*

Mas existe um fato incontestável: Alistair Means chega todos os dias de manhã no instituto de paletó esportivo, camisa branca, gravata; nem uma vez sequer foi visto de calça jeans ou cáqui ou qualquer peça de roupa casual. Do contra, nunca usa sapatos arrumados, só um par de mocassins bem gastos ou um par de tênis de corrida bem gastos. Com meias brancas.

No laboratório, usa um jaleco branco de clínico. Gasta uma caixa de luvas de látex em poucos dias. Aliás, o dr. Means é formado em Medicina, mas nunca praticou; fez doutorado em Biologia Molecular, em Harvard.

Já publicou mais de trezentos artigos em seu campo altamente especializado, pelo que Sophia ficou sabendo. Foi o mentor de vários jovens cientistas espalhados pelos centros de pesquisa mais célebres do país.

Também é conhecido por "demitir" jovens cientistas e funcionários sem explicação.

Ou talvez (pois tudo não passa de conjectura) sejam boatos espalhados pelos que foram despedidos por um motivo razoável e ficaram ressentidos.

Alistair Means tem quarenta e poucos anos, mas parece mais velho. O cabelo volumoso, ondulado, grisalho, começou a recuar da testa e há vincos nítidos, como fissuras se abrindo, em suas bochechas; o maxilar é recoberto por uma barba curta bem mais grisalha do que o cabelo. A postura é bem ereta, talvez por não ser um homem alto. Devido a uma urbanidade agressiva, ele se comporta como um homem de outra época, mais remota: nasceu em Edimburgo e se mudou para os Estados Unidos com a família quando era adolescente. O sotaque é leve, mas inegável, apesar de morar nos Estados Unidos há mais de trinta anos.

Aquele sotaque arrastado, melódico! — como um sotaque é *sutil*. Sophia se vê embevecida pela música peculiar da fala de seu supervisor, muito separada do que ele diz.

Antes de Memorial Park, Means lecionou biologia molecular nas universidades Columbia e Rockefeller; faz sete anos que chefia o Memorial Park Research Institute, que recebeu milhões de dólares de financiamento sob seus auspícios, boa parte deles de farmacêuticas como a Lumex Inc. Os boatos dizem que, apesar do salário altíssimo, Means é absolutamente frugal: dirige um Honda Civic que não é novo, mora em um apartamento de quarto e sala em um bairro sem graça de North Hammond. Às vezes até vai de bicicleta para o trabalho, uma distância de catorze quilômetros.

Quando Sophia era novata no laboratório, vez por outra Alistair Means mal parecia saber quem ela era. (Embora ele mesmo a tivesse contratado.) Ela havia sido condicionada a não sorrir para o supervisor e não dizer *Bom dia, dr. Means!* — pois ele parecia se assustar com esses desaforos da equipe e dificilmente reagia na mesma moeda.

Ele é casado? *Foi* casado? Em todo caso, há rumores de que Means não se dá bem com a esposa/ex-esposa e com os filhos (quase adultos) que vivem em uma cidade distante. Nunca era visto acompanhado de uma mulher, pelo menos no instituto. Se tem amigos homens, raramente é visto com eles: as pessoas com quem tem mais proximidade são seus pesquisadores de pós-doutorado, todos homens, herdeiros joviais.

Sophia já encontrou o supervisor nas dependências do instituto, por onde é mais provável que circule sozinho, olhando para o chão, distraído e de testa enrugada, absorto em pensamentos e alheio ao ambiente. Às vezes interrompe os passos para tomar notas. Sophia ficou surpresa ao vê-lo pedalando na estrada, na contramão do trânsito — não em uma bicicleta surrada feito Virgil, mas em uma bicicleta de corrida inglesa.

Ela o observou e sentiu uma onda de ternura pelo homem que parece tão sozinho, ignorante até de sua solidão.

No que ele estará pensando?, ela se pergunta. No trabalho, na vida? Na família dele?

Mas Alistair Means não tem família, tem? — Sophia imagina que seja esse o caso.

Sorri ao pensar — *Mas eu tenho família à beça, que dá para os dois e sobra!*

NO DIA SEGUINTE, NO HOSPITAL Geral de Hammond, visitando Whitey, ao ver um médico mais velho de jaleco branco indo de quarto em quarto, ela se pega pensando em Alistair Means.

É a primeira vez que pensa em Alistair Means fora do instituto.

Isso é um bom sinal ou um sinal não muito bom? Sophia não quer o estresse de ter mais *esperança* na vida.

Tentada a confiar à mãe que conheceu no instituto um homem pelo qual está "interessada" — mas não, seria um erro, pois Jessalyn ficaria feliz demais por ela e na verdade era pouco provável que tivesse futuro com Alistair Means.

Nos últimos anos, Sophia se tornou uma pessoa tão solitária que a ideia do amor brota em sua imaginação de um jeito que seria impossível na vida real. Cria raízes, emerge, brota e floresce. Pétalas caem no chão, machucadas.

Seus encontros verdadeiros com homens foram esquisitos. Ela é toda cotovelos, quase literalmente. A boca de um homem na dela — ela fica sem ar. Sente um golpe de empolgação, mas ao mesmo tempo um contragolpe, como a palma de uma mão apertando seu peito, com força. Dá risadas inadequadas e altas demais.

O mal-estar que sente dentro do próprio corpo parece ter começado quando tinha dez ou onze anos, muito atenta às meninas um pouco mais velhas, às irmãs mais velhas.

*Espera-se que eu tenha... essa aparência? Meu Deus.*

Sob um olhar neutro, Sophia McClaren é segura de si, pensativa. Tem um sorriso rápido, é tão graciosa quanto a mãe Jessalyn McClaren, com quem se parece um pouquinho.

É considerada uma moça bonita ou... não muito bonita? É muito vaidosa — o reflexo no espelho a faz estremecer, porque não tem a aparência que deseja ter. Fica acanhada ao se ver. Os olhos são grandes demais e encovados nas órbitas — a expressão é dura, assustada, encorujada, nostálgica. O cabelo é enrijecido pela estática, o tom parece queimado. As mãos se mexem com nervosismo como as criaturas de laboratório que sobem umas nas outras em um ato de desespero. As roupas ficam largas no corpo esguio, um ou dois tamanhos maiores do que o corpo pede. No entanto, é desprendida, distante. A ironia a entorpece feito novocaína.

Ah, impossível! Se o olhar de um homem passa por ela, Sophia tem vontade de esconder o rosto.

Melhor ainda, mostrar a língua. *Não olhe para mim! Por favor.*

Sabe que Jessalyn está preocupada com ela. Todos os lugares-comuns antiquados, gastos, a preocupação da mãe de que a filha encontre um companheiro, ou um namorado; de que seja encontrada por um companheiro, um namorado; de que se case, tenha filhos, perpetue a família — esses lugares-comuns vivem e prosperam em Jessalyn McClaren, assim como germes em uma placa de Petri.

*Mãe! — acho que eu estou me apaixonando.*

Mas não. Ridículo. Ela não é uma adolescente.

*Noite. Sono. Morte. Astro.* 131

Além do mais, todas as conversas entre os McClaren são sobre a situação de Whitey. A transferência para a clínica de reabilitação de Rochester, marcada para a terça-feira da semana seguinte. A terapia vai ser uma enorme reestruturação na vida de Jessalyn. Semanas em que Whitey será paciente da clínica de Rochester, seguidas por semanas — meses — em que será paciente ambulatorial. Enquanto Whitey estiver na clínica, Jessalyn ficará com Thom e sua família: a clínica fica a apenas seis quilômetros da casa deles. Quando Whitey voltar para casa, Jessalyn será sua cuidadora principal. Ela tem pesquisado na internet sobre a terapia pós-derrame que vão lhe recomendar, que é extenuante e implacável, mas é (quase) garantido que "faz milagres". Ela pretende fazer um curso na faculdade comunitária — Vida Após Derrame: Manual do Aprendiz. Pelo que os filhos se recordam, Jessalyn não ficava animada assim há anos.

— Mãe, você devia ter sido enfermeira! — comentou Beverly, admirada.

— Não. A mamãe devia ter sido *médica* — rebateu Sofia, em tom de reprovação.

Whitey recebe visitas, um fluxo constante de visitas, agora que está fora da lista de pacientes graves do hospital. O quarto está cheio de flores, cestas de presentes, livros, até mesmo bichinhos de pelúcia toscamente fofos, todas as superfícies ocupadas, partes do chão. As enfermeiras que não sabiam que John Earle McClaren já tinha sido prefeito de Hammond começaram a entender que o "sr. McClaren" — "Whitey" — é um homem muito popular.

(— Antes de seu pai ter alta, quem sabe ele não me dá um autógrafo? — pede uma das enfermeiras a Sophia.)

É um alívio para os filhos do casal McClaren a retomada de algo parecido com uma vida normal. Só Jessalyn fica no hospital da manhã até a noite; os outros dão uma passadinha quando podem, ou telefonam. Sophia se irrita porque, quando visita, Beverly está sempre presente; chega a comer com Whitey e Jessalyn, pois as visitas podem comprar refeições. Em tom alegre, Beverly diz:

— O Steve anda me acusando de ter "abandonado" a minha família... como se reparasse em mim quando eu estava à disposição dele.

Será que Beverly realmente gosta do marido? — Sophia se pergunta. Será que o ama, mas não gosta muito dele? Ressente-se dele? E não parece confiar nele. Por que alguns casamentos são tão *esquisitos*?

Ela não acha que gostaria de ser casada. Nem suas fantasias com Alistair Means incluem casamento. Não gostaria de se casar com um homem menos dedicado a ela do que Whitey é a Jessalyn; no entanto, ela francamente não conseguiria ser tão dedicada a um homem quanto Jessalyn é a Whitey.

*Na saúde e na doença. A morte nos separe.*

Mas espera, não está certo. *Que a morte nos separe.*

*A morte... que nos separe?*
É o juramento mais extraordinário que existe. Que pessoa sensata conceberia uma promessa tão extravagante...
Como se espremer em um saco de dormir com alguém e fechar o zíper. Para sempre!
Enquanto tiver os pais para a amarem, não precisa do amor de outra pessoa. Namorado nenhum, marido nenhum conseguiria competir com Jessalyn e Whitey, que pedem tão pouco dela, somente que continue sendo a filha deles.
Um cordão de fios de seda, de certo modo. Tão incrível ter uma família *unida* como a deles! Ela tinha dito a Virgil:
— Na verdade, a gente não tem que *crescer*. Fomos poupados da necessidade de termos nossas próprias famílias.
Virgil não acha graça. Uma expressão formal e palavras repreensivas.
— Bom. A mamãe e o papai não vão durar para sempre.
— "Para sempre" é tempo demais, Virgil. Eu não planejo meu futuro a esse ponto.
Sophia falou por impulso, como se suas palavras libertinas fossem mentirosas.

SEXTA-FEIRA À TARDE, ÀS CINCO. Alistair Means está dando uma palestra no instituto — "O papel evolutivo das mutações: uma teoria".
É claro que todos os membros do laboratório estarão presentes. Todos os colaboradores e funcionários de Means. É o primeiro dos três dias de conferência no instituto e Alistair Means é um dos palestrantes principais.
Professores visitantes, alunos de pós-graduação e pesquisadores de pós--doutorado estão no Memorial Park para a conferência. Há apresentações sobre Biologia Molecular, Neurociência, Psicologia. Sophia nunca viu tanta gente entrar no amplo auditório em que o dr. Means irá falar, onde cabem quinhentas pessoas.
Ele convidou Sophia para jantar depois da palestra, no refeitório do instituto:
— Um jantar em minha homenagem — declarou ele.
É a primeira vez que Alistair Means convida Sophia para qualquer coisa.
Ela está ciente da ocasião. De sua importância. (Talvez.)
Ela lhe diz que não pode ir jantar. Em seguida, vendo a expressão no rosto dele, de decepção e de mágoa à flor da pele, vai logo dizendo que sim, pode ir jantar, mas vai precisar sair cedo:
— Vão estar me esperando no hospital, tenho que ver o meu pai. Se eu conseguir chegar até as oito e meia...
Ela sente uma pontada de culpa, também chegou tarde no hospital na véspera. Ficara trabalhando até tarde no laboratório. Mas visitou o pai todos os dias daquela semana.

É uma alegria para Sophia, entrar correndo no quarto de Whitey e ver o rosto dele se iluminar ao notá-la. A boca se mexendo — S-*phi*.

Jessalyn sempre pula da cadeira para abraçá-la. Mãe e filha trocam um abraço apertado.

Sophia acha impressionante que a vida inteira tenha considerado o pai inabalável. Em alguns momentos, se exasperava com ele. Tinha vergonha dele. O *papai exagera muito. Ah, quem dera o papai não agisse assim!*

Agora, é uma preciosidade para ela ver que ele está vivo. Ver que ainda a reconhece e consegue pronunciar seu nome, ou quase pronunciar — S-phi.

Na véspera, ela e Jessalyn ajudaram Whitey a andar pelo quarto sob a supervisão de uma fisioterapeuta. Devagar, em uma vagarosidade laboriosa! — mas Whitey está decidido, vai recuperar o movimento das pernas.

Tem tido uma febre baixa nos últimos dois dias, mais ou menos. A pele fica corada como se estivesse animado, esperançoso. Os olhos têm um brilho amarelado. O bafo tem um odor químico.

São tantos os remédios que gotejam em suas veias. Sophia tem mantido um registro médico meticuloso.

Jessalyn diz que as enfermeiras garantiram que a febre não é motivo de preocupação. Mas é claro que está preocupada.

O tema de Alistair Means — mutações, DNA, "edição" genética — é fascinante para Sophia, pois sua tese também aborda esses assuntos. No quarto de hospital do pai, faz o download de artigos sobre esses tópicos, um deles de autoria de Alistair Means, publicado na *Science* alguns meses antes. É cômodo usar o laptop no quarto, mesmo com a TV fazendo barulho (o coitado do Whitey anseia por notícias, embora tenha dificuldade de entendê-las, as pessoas da TV falam muito rápido). Em geral, Jessalyn assiste à TV com Whitey, ou finge assistir. As pálpebras dela caem de exaustão, mas a expressão de cansaço e ansiedade extrema praticamente sumiu de seu rosto.

Na noite anterior, Whitey fez sinal para Sophia desligar a TV. Com algum esforço, ele lhe disse algo que soou como *Qui fando* — depois de várias repetições, Sophia decodificou a frase como "o que você está fazendo?". Ela tentou explicar, falando devagar e com clareza: a Lumex Inc. fabrica um remédio que, tomado até quarenta e oito horas depois da quimioterapia, mitiga alguns de seus efeitos colaterais mais fortes, como a queda das plaquetas no sangue. O laboratório do instituto está tentando aperfeiçoar essa medicação, caríssima e feita de um componente químico complexo, e Sophia está envolvida na "testagem".

Não hesita em falar de câncer com o pai porque (graças a Deus) não é de câncer que ele está sofrendo.

Tudo o que dizia a Whitey, ele parecia ávido para escutar. Seu jeito de se curvar para a frente, de fitá-la com atenção, a faz pensar no olhar intenso de um bebê para os adultos que se curvam sobre ele, tentando decifrar os sons misteriosos que irrompem de suas bocas com aparente facilidade e espontaneidade.

Mas Sophia ficou confusa com *Si, Si — quê*. Ela olhou para a mãe, que declarou:

— O Whitey está falando: "Sim, sim, por quê?".

*Por quê?* — o quê? Sophia não faz ideia.

— SEM MUTAÇÃO NÃO EXISTE EVOLUÇÃO. Sem erros fortuitos no DNA, não existe evolução. Porém, a maioria das mutações no DNA é nociva e dá em becos sem saída... a incapacidade do organismo de se reproduzir.

*Um paradoxo*, pensa Sophia. A aplicabilidade à vida humana é óbvia demais e, no entanto, como Whitey diria — *Por quê?*

É o fim da tarde de sexta-feira, final de outubro. Ainda não são seis horas, mas o céu já escureceu feito tinta inserida em solução transparente. Entre a plateia de algumas centenas do auditório do instituto, Sophia se acomoda, no meio da segunda fila, com os colegas de laboratório. Presta atenção em Alistair Means, que fala um pouco rápido demais, as palavras vez por outra se perdendo no sibilado escocês, como se pensasse alto, ponderasse sozinho de uma forma ao mesmo tempo confusa e empolgada. Existe um argumento ali, na verdade alguns argumentos, teorias postuladas a fim de explicar a ligação entre mutações e evolução — isto é, entre alterações do DNA e o sucesso (ou fracasso) com que organismos transmitem o DNA para a geração seguinte.

Sophia observa Alistair Means com ares de colegial atenta. É sua pose mais segura, mais confiável: deixa a mente livre para devanear sem que ninguém perceba.

Ele é velho demais para ela. É claro.

Whitey não aprovaria.

Entretanto: ela o acha atraente. Muito.

A precisão de sua fala, a forma de abanar os braços, como se estivesse fascinado com as descobertas e precisasse conter a animação, em certa medida. Há ali *exatidão*, mas também *vivacidade*. Nada causa tanta excitação sexual em Sophia quanto uma pessoa inteligente, com rigor intelectual, que diz coisas que ela jamais pensaria em dizer a si mesma, de um jeito totalmente único.

Que pena, o paletó de Means está amarrotado. A gravata é de tom neutro. As mangas da camisa branca não aparecem sob as mangas do paletó. Sophia sorri ao pensar na quantidade de vezes que Jessalyn parou Whitey quando ele estava saindo de casa, para ajeitar a gravata dele ou para sugerir que trocasse de camisa, que pusesse outro par de sapatos.

*Nossa, Jessy! O que seria de mim sem você.*

Sophia se pergunta se Alistair Means ficaria grato. É muito difícil imaginar alguém arrumando a manga daquele homem, sugerindo uma troca de gravata ou de camisa.

Sophia olha ao redor, para ver como os outros encaram o homem ilustre. Ela se pergunta se alguma outra mulher da plateia sente por Alistair Means algo mais do que admiração intelectual.

(Não existem muitas mulheres no instituto. Menos de dez por cento, a maioria em cargos subalternos.)

Em todo caso, membros do instituto que tivessem um envolvimento romântico fariam todo o possível para manter a relação em segredo. Pois o envolvimento de um supervisor com uma assistente seria antiético e arriscado.

Ela, Sophia, claramente sente alguma coisa por Alistair Means, ou pela ocasião, já que hoje está com uma roupa mais elegante, adequada a um jantar semiformal; não está com a calça jeans de praxe, nem a camiseta de algodão e o pulôver de sempre, mas com uma saia de lã roxa com uma camisa de tricô e botõezinhos de madeira. O cabelo ganhou um volume atraente. As sobrancelhas foram feitas e afinadas, ganhando um pequeno arqueado.

A mãe entenderia o que aquilo significava em um piscar de olhos.

*Ah, Sophia! Quem é ele?*

Parte do que Means diz Sophia reconhece, pois veio do laboratório. Que todas as criaturas podiam ser induzidas ao estresse, inclusive bactérias. Que ratos estressados têm um índice mais alto de mutação do que ratos não estressados, mas isso não parece (obviamente) decorrer da seleção natural, é mais provável que seja um epifenômeno de condições ambientais estressantes, como calor ou frio extremo, desidratação, trauma físico.

A grande variedade de espécies e adaptações na Terra no momento atual é consequência de erros fortuitos que aumentaram a propagação de cópias de genes; o paradoxo é que a seleção natural reduziria a frequência das mutações a zero, o que por sua vez reduziria a variação genética a zero e interromperia a evolução.

Quanto maior a mudança no ambiente, maior a pressão sobre o organismo para que ele se "adapte". O velho adágio *melhor prevenir do que remediar* não tem qualquer aplicabilidade para a evolução, e tampouco, Alistair Means declara, com um sorriso pesaroso, para a vida humana, embora o próprio adágio tenha sobrevivido.

Ele projeta slides em uma tela grande. Densamente específicos, com gráficos e estatísticas. A fala dele, espirituosa de modo geral, agora se concentra na precisão árida da biologia molecular, uma ciência computacional que não interessa muito a Sophia. Só em um ou outro instante ela consegue entender — onde o ambiente se transforma rapidamente, a seleção natural enseja um índice maior de mutações; não importa quantas sejam as mutações ruins, existe uma probabilidade maior de que haja mutações boas em número suficiente para garantir a sobrevivência da espécie em meio a outras que competem pelo mesmo alimento e território.

Já houve alguma espécie animal que tenha chegado a quase zero mutações? Se sim, foi extinta por não ter conseguido se adaptar às mudanças ambientais.

Sophia escuta com tamanha atenção que fica com torcicolo, sentada na beiradinha da cadeira. Quer muito entender — quer *entendê-lo*. Mas os pontos que Means levanta se tornam cada vez mais incompreensíveis para ela, assim como as estatísticas computacionais lhe são ilegíveis; está decepcionada com o rumo que a palestra tomou, que os outros conseguem acompanhar, mas Sophia, não. Sente uma pontada de consternação, como quem se debate em um mar bravio, tentando em vão se segurar ao bote salva-vidas, quebrando as unhas no processo. No bote salva-vidas estão os sobreviventes, e ela não é um deles.

*Esperem! Por favor, não me deixem para trás* — a súplica brota dela, em silêncio.

No entanto, ela vai ao jantar. Em homenagem a Alistair Means.

Como convidada dele, estará presente. No refeitório do instituto, onde nunca comeu, embora não possa ficar até o fim do jantar, como já explicou.

Será *o primeiro jantar deles juntos*. Sophia se pergunta se passará a ser, com o tempo, uma data comemorativa.

A palestra terminou. Muitos aplausos!

Perguntas são feitas. Sophia as ouve, franzindo a testa, ávida por entender. Em certa medida, ela entende. Está menos abatida. Está se sentindo, por enquanto, esperançosa. Ao longo de quarenta minutos Alistair Means enfrenta as questões — ponderado, cortês, brilhante. Esforça-se para não ser impaciente, mesmo diante de perguntas agressivas. Mesmo diante de perguntas pomposas, desconexas. Ela sente orgulho dele. Furtivamente, olha o celular, desligado há quase duas horas. Fica surpresa ao ver várias ligações.

Ela ouve — *Sophia? O papai está muito mal. Por favor, venha assim que puder.* É a voz de Beverly, agitada.

E outra, também de Beverly — *Sophia! Alguma coisa aconteceu, parece que o papai não vai aguentar. Cadê você? Você pode vir para cá?*

De pé, tonta. Ai, o que foi que ela fez? Por que foi à palestra de Means em vez de ir direto ao hospital? Passa pelo corredor a duras penas. *Licença! Licença!*

Alistair Means saiu de trás do púlpito para receber apertos de mãos. Vê Sophia no corredor. Na onda de bem-estar que sente após o sucesso da palestra, talvez Means imagine que Sophia McClaren corra ao seu encontro, com os outros, para apertar sua mão e lhe dar os parabéns; mas, para a surpresa dele, Sophia parece não o ver. Deu-lhe as costas para subir a escadinha.

— Sophia? Aconteceu alguma coisa? — chama Means, mas ela o ignora.

É indiferente, rude. É óbvio que está decidida a sair do auditório, do prédio do instituto, sair da vida dele.

# Indo para casa

Boas notícias! Vamos levar você para casa.
 Tão desesperado para se vestir que se atrapalha ao enfiar o pé no buraco da calça onde se põe a perna, perde o equilíbrio e a esposa querida ri dele — *Ah, meu bem! Deixe-me te ajudar.* Volta e meia ela o beija sem nenhum outro motivo além do fato de amá-lo. Passa o braço ao redor de sua cintura para escorá-lo.
 Ela o beija para acalmá-lo. Se o temperamento dele se inflama.
 Ele está tentando *descer*. É uma questão que exige cautela, *descer*.
 Tem medo de tropeçar nas coisas planas em que pisa, que descem, ele se esqueceu da palavra para o que são, não é *estrela*, não é *estrada*, você pisa nos degraus para descê-la, primeiro um pé e depois o outro, com muito cuidado.
 Ao *descer* ele pode segurar no corrimão. Pode se apoiar com força. Um pé e depois o outro.
 Ele se surpreende ao perceber que os pés estão descalços. Cadê as meias e os sapatos?
 Ele não entende muito bem o que está usando, que fica frouxo no corpo feito uma túnica. E as pernas à mostra, os pelos eriçados.
 Ele caiu aos pés das coisas-que-descem. Caiu de costas.
 Tem medo de se mexer, tem medo de que sua coluna tenha se estilhaçado.
 Eles o chamam — *Johnny! Johnny, venha cá!*
 É normal ele cair. É um menino tão pequeno! Suas pernas são muito curtas. Tem casquinhas de machucados nos dois joelhos. Cai, mas não com força, porque se levanta depressa. Arrasta-se apoiado nas mãos e nos joelhos. Dá latidos engraçados como se fosse um cachorrinho. Ele *é* um cachorrinho, abana o bumbum como se abanasse o rabo, os pais riem, cheios de amor por ele.
 Mas primeiro ele precisa doar aquelas malditas flores. O cheiro perfumado no quarto é como o de uma funerária. O que você pensa que é isto aqui, uma funerária?

Aquela porcaria de cama com manivela não é um caixão. Ainda não!
*Para o senhor, com a mais sincera gratidão. Obrigada.*
Sua enfermeira preferida. Garota polonesa. Olhos azuis. Sempre sorridente.
*Pode me chamar de Whitey, é esse o meu nome.*
Ele está imaginando que ela acaricia seu rosto? O rosto está vermelho e em carne viva. Os olhos são aquelas frutinhas que rodopiam nas máquinas caça-níqueis. Quando o rodopio cessa elas não ficam bem alinhadas, que porra é essa, por que não consegue *enxergar direito*?

Está muito cansado, doando aqueles vasos de flores. São de cores berrantes como em um livro de colorir. Tem muito o que doar — alguém vai precisar ajudá-lo.

Cestas de frutas que começam a apodrecer. Balões em forma de travesseiros achatados, voando até o teto.

Está imaginando que a garota polonesa enfiou a mão gelada debaixo da camisa de seu pijama? Acaricia o torso gordo, os mamilos duros, os tufos de pelos no peito e na virilha, onde ninguém poderia vê-los.

*Ela* não poderia ver. As pernas encolhidas debaixo do corpo, na cadeira com braços, uma coberta em cima dela.

Mas agora, nesta manhã, tem boas notícias. *Ele vai para casa.*

A esposa querida lhe trouxe a notícia. Os olhos dela reluzem com as lágrimas, está muito feliz.

Ele não sabe direito onde esteve. Mas agora, *ele vai para casa.*

Só tem uma coisa errada, que o entristece. Ele tinha prometido que iria protegê-la, mas agora não tem certeza disso.

Ela está tirando seus pertences do armário. Ele não sabia que havia um armário naquele lugar. Está pegando seu terno? — Não fazia ideia de que o terno estava ali naquele lugar. O terno listrado de três peças, justo na cintura, tinha custado mais do que qualquer outra peça de roupa que usava naquele dia.

Mas aquilo foi muito tempo antes. Não lembra quanto. Os raios atingindo seu corpo. O rosto. A explosão. O baque. Estava derrapando desde então. Na calçada cheia de gelo onde havia caído com força.

*Johnny?* — ela o chama, angustiada.

Ele não ouve essa voz faz tanto tempo que a princípio é entorpecido por uma felicidade tão gigantesca que não consegue entendê-la — confunde a sensação com medo, esse medo de escorregar, de cair com força, de *se machucar* — (pois ele volta e meia chora, o coração de criança é facilmente magoado, embora também [os pais ficam aliviados de ver] se cure fácil).

Só que seus pés estão enrolados naquelas porcarias de cobertas. Anzol no braço, na pele tenra da curva do cotovelo, ele arranca.

Aquela voz! É a *voz dela*.

Ele corre na direção dela, é um dia feliz e, claro, seus pés estão descalços nos tufos de grama. *Você é meu menino Johnny? Querido, venha cá.*

As pernas são muito curtas, ele vai cair. Morde o lábio para conter as lágrimas se cair, se for traído pelas pernas curtas, mas não cai porque a mãe o pega, o segura por baixo dos braços, cobre seu rosto de beijos rápidos e molhados feito peixinhos, que fazem cócegas. Agora ele não sente medo. Tão feliz que seu coração é tomado de um amor que estoura feito balão de criança inflado até ficar grande, esticado e com um brilho maravilhoso.

# II.

## O cerco

OUTUBRO DE 2010 — ABRIL DE 2011

# "O que foi que você fez com o papai?"

Em pânico, ela desperta. Cadê as crianças? Em um bando estabanado, estavam com ela um instante atrás, avançando e se curvando em volta de suas pernas. Crianças pequenas, falando com animação, devia fazer muitos anos. A mãe os arrebanhava por uma rua de paralelepípedos ampla, cheia de curvas, um bulevar em uma cidade estrangeira (tinha a impressão de ser um estatuário equestre de feiura singular) com o trânsito passando ao lado, em um borrão de escapamento.

O céu estava manchado. O ar era do tom de documentos antigos, desbotados.

Era uma época da vida da mãe em que estava quase sempre ansiosa. Pois era uma jovem mãe e entendia que o risco mais grave de todos era perder um filho.

Ao mesmo tempo, havia algo enrolado em volta de suas pernas (à mostra). O travesseiro debaixo da cabeça estava úmido. O cabelo estava embaraçado, grudento. Havia um lado obscuro na vida da mãe, que a atormentava.

Onde as crianças tinham ido, tão de repente? Escapulido dela quando tentava segurar suas mãozinhas e, com movimentos jeitosos dos cotovelos, arrebanhá-las e ao mesmo tempo abrigá-las debaixo dos braços.

O perigo é sempre esquecer um deles.

O horror é de que um deles *não nasça*.

Não muito preocupada com o filho mais velho — Thom. Pois é a única das crianças que recebeu *um nome*.

É fácil confundir as crianças mais novas. O rosto delas é de cera mole, maleável e indefinido.

Cadê o pai? — ela não sabe.

É importante esconder esse fato das crianças. Não devem saber que o papai sumiu. Não devem saber que a mamãe não tem ideia de onde está o papai nem de onde fica o hotel deles naquele país (sem nome) e que a mamãe perdeu a bolsa onde estavam os passaportes, documentos, cheques de viagem, carteira.

Sua esperança é que as crianças (que estão perdidas) (temporariamente) estejam no hotel quando ela voltar. Sua esperança é que o papai esteja lá, com as crianças. Aliás, está dizendo a si mesma que obviamente é lá que as crianças estão, pois se não for isso, não sabe onde estão.

Seu coração está dilacerado por conta das unhas pequenas, afiadas, que arranham o tecido fino da camisola, lavada inúmeras vezes.

O marido pegaria a camisola com os punhos cerrados, inalaria profundamente o cheiro suave de sabão da camisola, depois da lavagem, e o cheiro suave de sabão de seu cabelo, e choraria de alegria, apaixonado por ela. *Ela vai tentar se lembrar disso. As migalhas de sua única felicidade.*

Ah, o repique do sino da igreja! Sinos de igreja.

Uma catedral. A praça da catedral. O sol mosqueado, mas ainda assim o céu está borrado feito papel de jornal.

Sino de igreja, sino. Agitado pelo vento...

Ávida, ela pensa: *Mas ainda não tinha acontecido, na época.*

Então de repente estão em uma praça ao ar livre, abarrotada. Estão juntos em uma mesa pequena demais para eles. Não o papai, o papai não está presente, mas as crianças estão ali, cansadas e irritadas e brigando. Não é estranho para ela (na época) que as crianças tenham mais ou menos a mesma idade, menos Thom, o primogênito, cujo rosto ela distingue bem, que é o mais velho. Mas Thom está atormentando o irmão caçula, o que faz mal a ele, e as filhas mais velhas puxam o cabelo da mais nova porque é um lindo cabelo cacheado castanho-claro.

Ah, cadê o pai, para restabelecer a ordem?

Agora algo terrível aconteceu, a mesa foi derrubada. As crianças se escondem da mãe, embaixo da mesa. Suas vozes estão furiosas, imploram — *Mamãe, o que foi que você fez com o papai? CADÊ O PAPAI?*

Ela se dá conta de que as crianças têm o tamanho de bonecas — pequenas demais. Os mais novos são feitos daquele papel fino de embrulhar presentes. No entanto, seus berros acusatórios são ensurdecedores.

O coração acelera de pavor. As crianças estão furiosas com ela, jamais irão perdoá-la, o papai se perdeu e nunca mais vai voltar para casa.

# A forte

*É claro que você consegue, querida. Quem mais?*
   *Os meninos estão arrasados, sem entender nada. Você precisa cuidar deles.*
*Nunca perderam um pai.*
Sob o pretexto de consolar a mãe eles se aproximam dela, um a um, para serem consolados.
Pois era ela a pessoa forte. É claro.
Por Whitey. Todo o seu empenho, os movimentos desesperados de seu coração que a tiraram, aos trancos e barrancos, das cobertas ensopadas de suor da cama onde ela se enfiou e as horas intermináveis do dia feito um esgoto barulhento eram por *ele*.
Ela lhes parecia firme e ágil como uma flecha puxada no arco quando temiam que fosse ser frágil; forte, protetora, ela lhes parecia, os braços feito enormes asas emplumadas que os abrigavam; o batimento do coração consolador e não frenético como o batimento do coração deles. *Não dá para acreditar que o papai se foi. Não dá para acreditar que nunca mais vamos ver o papai.*
Nos braços dela, eles choravam. Segurando-os, consolando-os, ela não se permitiu chorar, não muito.
Eles não entendiam que ela (ainda) não era viúva. Pois Whitey ainda estava muito presente. Whitey ainda não a abandonaria.
Bem ao lado dela, observando, julgando. Os comentários sagazes de Whitey que ninguém mais escutava.
*A verdade é que os meninos dependem de você, Jess. É dureza para eles. Até para o Thom, não se engane.*
Estavam preocupados com a mãe, imaginando que fosse desmoronar. Como um objeto de papel, Beverly pensava. Feito algodão-doce.
Diáfana. Uma teia de aranha. Bela nos traços, mas carente de força. Ignorantes, acharam que eles é que iriam consolá-la. Vaidosos.

Quantas vezes ela não os abraçou, naqueles primeiros dias. Ela não falava muito. Não pronunciava palavras conhecidas. Não dizia: *Mas vamos todos nos reencontrar no Céu* — embora, na tristeza daquele momento, quase desejassem que ela dissesse algo assim, a título de consolo; assim como uma criança é consolada por palavras conhecidas desprovidas de sentido.

Mas só conseguia murmurar para eles o que soava como *Ah, eu entendo, eu entendo.* E abraçá-los com mais força.

Não havia necessidade de pensar em Whitey, por enquanto. Ele continuava bem perto, ao lado dela. Não a tinha abandonado. Assim como tinha sido mandão em vida (ela sorriu ao pensar), Whitey seria mandão na morte. É claro! Quem imaginaria o contrário, das pessoas que conheciam Whitey McClaren? Não era de ficar parado, passivo, enquanto outros tomavam decisões que diziam respeito *a ele.*

Whitey, que ficara arrasado com a morte do próprio pai, quando estavam casados havia poucos anos. Whitey, que precisara ser consolado pela jovem esposa.

E a jovem esposa chocada com a intensidade de seu sofrimento, a mistura de raiva e tristeza.

*Na hora em que perde o pai ou a mãe, o adulto nada mais é do que uma criança.*

Então teve certeza de algo de que só suspeitava: que o marido não era tão forte quanto parecia aos outros, não era tão seguro de si. Como uma árvore grande com raízes superficiais, em solo macio, suscetível a ventos fortes, vulnerável.

Ali estava Whitey, bem pertinho dela. Aquele jeito que Whitey tinha de se inclinar em direção a ela, de precisar estar próximo fisicamente.

Às vezes ela ficava (um bocadinho) incomodada com esse hábito dele, que parecia não ser totalmente consciente.

Cutucando-a agora. É claro, ele não abandonaria a esposa querida.

*Eu só sei que te amo. Enquanto tivermos um ao outro, vou estar bem.*

**JOHN EARLE MCCLAREN NASCEU** em *19 de fevereiro de 1943. Faleceu em 29 de outubro de 2010.*

Certidão de óbito. Papel grosso, uma única folha, carimbo do estado de Nova York.

— A senhora vai precisar tirar cópia disso inúmeras vezes, sra. McClaren.

Viraria um reflexo, se enrijecer ao ver o nome — *John Earle McClaren.*

Cada documento de morte, cada formulário entre os aparentemente infinitos formulários que foi obrigada a preencher e assinar.

*Jessalyn McClaren, esposa.*

Piscando para conter as lágrimas. Depressa, para ninguém ver.

Nada daquilo lhe parecia muito real. Esse era seu segredo — nada daquilo era real.

Para começo de conversa, o homem que ela conhecia era Whitey e não *John Earle McClaren*.

Pois não existia *John Earle McClaren*, na verdade. Os pais e parentes dele o chamavam de *Johnny*. Foi *Johnny* durante praticamente o Ensino Médio inteiro, mas depois, quando o cabelo começou a desbotar, a perder a cor, a ficar estranhamente branco, um dos treinadores passou a chamá-lo de *Whitey* e seus amigos (garotos, atletas) adotaram o apelido. O nome prevaleceria por décadas a fio.

Jessalyn tinha a impressão de que Whitey não adorava o nome depois que virou adulto. Estava crescido demais para ele, assim como estava crescido demais para os moletons do Colégio North Hammond e para a jaqueta do time da escola. *Ei, Whitey!* — um verdadeiro insulto se berrado de um carro de passagem pelo centro de Hammond.

Em uma época de tensão racial, não era o mais conveniente dos apelidos para um homem branco.

Porém *Johnny Earle* tampouco soava bem.

Melhor chamá-lo de *querido, amor. Papai, pai*.

Dias após o falecimento, ela não conseguia — ainda — falar nele no passado. Não conseguia dizer *partiu*, muito menos *morreu, faleceu*. Com a lógica de uma criança ou de alguém que ainda não despertou completamente de um sonho confuso, começara a pensar nele como *Whitey-que-não-está-aqui*.

Decodificado como *Whitey-que-está-em-algum-lugar-mas-não-(obviamente)--aqui*.

Como passos de bebê. Vacilantes, hesitantes. Procurando apoio — o que quer que fosse.

No entanto ela consolou as crianças, que estavam tão altas, os braços e pernas tão compridos, que já não tinha facilidade para abraçá-los. *Os meninos*, como Whitey os chamava.

Era desconcertante para eles que, depois da vigília no hospital, depois da batalha do pai, depois da reunião deles e do laço de pavor diante da possibilidade de que o pai querido morresse e do alívio (prematuro) por estar se recuperando, o pai querido afinal tivesse falecido; pois uma infecção hospitalar virulenta tinha destruído o homem já muito enfraquecido, fazendo a temperatura subir, subir — fazendo a pressão despencar —, e o coração parar, em fibrilação.

No início da noite do décimo segundo dia internado. Justamente a noite para a qual tinham feito um plano elaborado a fim de transferir Whitey para a clínica de Rochester.

A mudança chegara de repente. A febre o lambia feito chamas. Dava para sentir o calor terrível que sua pele emanava. Ficava cada vez mais doente, Jessalyn pediria socorro aos berros. Pouco depois, ele já estava delirante, inconsciente. Só Jessalyn e Beverly estavam com ele na hora. Em pouco tempo foram tiradas do quarto.

Outros chegariam naquela noite, mas ainda não estavam lá, e, quando chegassem, Whitey já não estaria mais.

Ela não conseguira segurar a mão dele, no fim. Não tinha entendido direito que aquele seria o fim. Achava que a crise era temporária e não final.

Sua esperança era que ele estivesse em um sono profundo. Em coma. Conforme garantiram a ela.

De que ele não soubesse que estava sozinho. Não tivesse noção de onde estava, do que estava acontecendo. Intubado, e o pobre coração extenuado forçado a bater após levar um choque, depois de ter parado de bater, mas que não soubesse que ela não estava ali.

A infecção hospitalar tinha tomado os pulmões dele tão rapidamente, entrado na corrente sanguínea, que não houve tempo para Friedland chegar ao hospital. Não houve Morton Kaplan.

Nem as enfermeiras preferidas de Whitey, que tanto o bajulavam, dizendo que ele era o paciente mais bonito, o melhor, estavam lá no fim.

Não teve noção, lhe garantiram. Seu marido não teria como ter noção do que lhe havia acontecido.

*Estafilococos. Bactérias que comem a carne. Agregadas nos pulmões. Não havia antibiótico eficaz. Não havia como parar.*

AGORA SE PERGUNTANDO onde Whitey *estava*. O que Whitey havia se tornado. Se Whitey tinha virado uma pontinha de alfinete, um pontinho de luz em algum lugar do cérebro dele, e agora o pontinho de luz tinha se apagado.

A não ser que: talvez a luzinha não tivesse se apagado, mas passado a outro estado? Invisível a olho nu?

FALECEU. ENQUANTO DORMIA.

*A morte mais misericordiosa que existe...*

*Mas espera: Whitey não estava melhorando? Whitey não ia começar o tratamento terapêutico em Rochester?*

*Que raios tinha acontecido com Whitey McClaren?*

— ∞ —

APARENTEMENTE O PAI TINHA FALECIDO assim que ele, Thom, voltara para casa.

Dê meia-volta e venha para Hammond — não havia alternativa.

Ajudando a planejar o passo seguinte: cremação.

Aconselhando a mãe, ela devia pedir uma autópsia do hospital antes que fosse tarde demais.

Insistindo com a mulher sofrida, ela precisava pedir uma autópsia.

Jessalyn estremeceu de repulsa, horror. Autópsia — ela não podia — *não*.

Em testamento, em todas suas diretrizes, Whitey tinha pedido para ser cremado. *Sem bobajada*, diria ele.

Na verdade, Whitey relutava em pensar nesses assuntos. Uma dessas pessoas (ocupadas, distraídas) que fingem não ter tempo para elaborar um testamento. Precisara ser convencido, enfim sucumbira em uma idade já avançada — quase sessenta anos.

Whitey não iria querer uma autópsia, Jessalyn tinha certeza.

Ela queria acatar os desejos dele. Ela disse.

Thom entendeu que a mãe estava em um choque profundo. E o próprio Thom, depois de voltar a Hammond em um atordoamento apavorado, não estava pensando direito.

Entretanto, (Thom acreditava) Jessalyn devia pedir uma autópsia. Estava convicto disso embora não quisesse (por ora) explicar suas razões.

Tentou recrutar as irmãs mais velhas, mas nenhuma delas o apoiou nas súplicas à mãe.

Sem muita convicção, apesar de ser pesquisadora científica, Sophia apoiava a ideia. Mas ela não insistiria — *Se isso chateia a mamãe...*

Até Virgil parecia agoniado com tal perspectiva. Como se a cremação não fosse mais radical do que uma autópsia!

Assim, Thom persistiu. Explicava à mãe que a autópsia seria necessária se houvesse algum processo...

Furiosa, Jessalyn tampou os ouvidos com as mãos. Não o ouviria, literalmente.

Dizendo a ele que não suportava a ideia do pobre Whitey submetido a uma autópsia depois de tudo o que havia enfrentado.

Seus (belos) olhos (vermelhos) estavam brancos nas beiradas. Os lábios estavam úmidos por algum motivo, talvez saliva. Sempre tão arrumada, nunca sem maquiagem em público, a mãe estava desalinhada, perturbada. Que choque seria para Whitey se visse a esposa naquele estado.

Para o espanto de Thom, Jessalyn começou a gritar com ele — *Não! Eu já disse que não! Você não pode fazer uma coisa dessas com o seu pai.*

— ∞ —

(QUAL TINHA SIDO A ÚLTIMA vez que Jessalyn McClaren tinha gritado com alguém? Não se lembrava. Era possível que jamais tivesse gritado com alguém.)

(Mais tarde, Jessalyn não se lembraria de ter gritado com Thom. Não se lembraria nem de Thom insistindo para que ela pedisse a autópsia.)

(Tampouco Thom se lembraria de Jessalyn gritando com ele.)

NEM DEPOIS DE SEMANAS, depois de meses, eles seriam capazes de enunciar a tenebrosa palavra *morreu*. Era simplesmente impossível.

Thom e Beverly, não. Nem mesmo Lorene, a mais pragmática/menos sentimental dos McClaren, conseguia se forçar a enunciar a palavra brusca, banal e tão definitiva *morreu*, dando preferência à mais delicada *partiu*.

Na verdade, Lorene abrandaria ainda mais a declaração — *Partiu dormindo*.

(Era verdade? Whitey tinha morrido *dormindo*? A rigor, deveria ser verdade, pois nas últimas horas antes de morrer não estava consciente. O sistema imunológico tinha sido tão devastado pela infecção que mergulhara em um profundo — "impassível" — estado comatoso.)

Sophia tinha muita dificuldade de falar da morte. Dos amigos, recebia telefonemas que mal ouvia. Na casa da Old Farm Road, ficava em silêncio enquanto as irmãs falavam sem parar. Na cozinha, fazendo comida para a mãe, Beverly e Lorene falavam como se o luto delas não fosse genuíno caso não o desabafassem em voz alta, não o demonstrassem. Como Jessalyn aguentava as duas? A antiga antipatia de Sophia pelas irmãs irrompeu e ela ficou trêmula.

— Vocês não conseguem parar de falar do papai? Ninguém está a fim de ouvir vocês duas.

As irmãs ficaram chocadas com o ataque. Sophia não conseguia olhar para a mãe.

— Pelo amor de Deus, a mamãe não está a fim de ouvir isso. Vocês poderiam *calar a boca*, para variar.

Saiu correndo da cozinha para se refugiar em seu antigo quarto.

NO MOMENTO DA MORTE, Virgil estava em outro lugar (é claro: Virgil era assim), mas no dia seguinte estava com a família e ao ver como a mãe sorria cegamente ele compreendeu — *Ainda não é verdade para a mamãe. Ainda não.*

Tinha medo dela. Medo pela mãe e medo da mãe.

Beverly deu um abraço nele, feroz e apertado. Chorou e umedeceu seu pescoço. Ele fez o possível para não se retrair, sentindo os seios da irmã contra o peito, como uma espuma de borracha que infla, *por favor, não.*

Pelo menos, Lorene não o abraçou. Apertou seu braço na altura do cotovelo, um gesto de comiseração, enérgico, direto, os olhos úmidos de lágrimas que podiam ser tanto de exasperação quanto de sofrimento. *Ah, Cristo. Ai, merda. Não era para ser assim.* Caramba.

Lorene, durona e assexuada feito um nabo. Até Virgil, que não sabia nada sobre moda feminina, via que o terninho de Lorene era desafiadoramente antiquado, em tons de cereja-escuro, de azeitona, de marrom-lama.

Em um fato improvável para uma diretora de Ensino Médio, seu cabelo era raspado, curto como o de um fuzileiro naval. O rosto raivoso era afiado como se entalhado com uma faca, mas a boca pequena tinha um brilho vermelho-sangue, só para tirar a pessoa do prumo.

Durante a adolescência, houve épocas em que Lorene tinha sido amiga de Virgil, aliados contra o irmão mais velho arrogante. Em outros momentos, ela azucrinava Virgil tanto quanto Thom fazia, o que o levava às lágrimas.

Ele tinha aprendido: é impossível confiar neles. Irmãos, irmãs mais velhos. É simplesmente impossível.

Desde aquela noite na cozinha, Virgil e Thom se evitavam. Depois da morte, Virgil percebeu, ou imaginou perceber, uma raiva *dele* no rosto obscuro de Thom.

Na cozinha, tomando o uísque de Whitey. Virgil sentiu uma leve emoção ao chegar à constatação de que o irmão era um *beberrão*.

Thom começara a beber no Ensino Médio. Junto com os amigos atletas, um se exibindo para o outro. Em Colgate, na fraternidade importantíssima de cujo nome, em letras gregas crípticas, Virgil nunca se lembrava, por desdém e reprovação. *Uns cachorros sexistas*, Lorene os chamara, mas Thom se revoltara: *Porra nenhuma. Você não sabe de merda nenhuma. Os caras são legais.*

Fazia muito tempo que Virgil deixara de se perguntar por que o irmão mais velho não gostava dele. No entanto, ainda era um mistério por que o pai parecia não gostar dele, a não ser no fim, no que seria o fim da vida do pai, na cama de hospital ouvindo Virgil tocar a flauta esboçando algo que parecia ser amor no rosto.

*É bm. Gst dis.*

Virgil chegara bem perto do pai para ouvir melhor. O que aqueles sons sussurrados diziam, enunciados com tamanho esforço?

Jessalyn geralmente conseguia decifrar o que Whitey tentava dizer. E Sophia. Mas não Virgil, em geral.

Em casa, após a morte, Virgil tinha se afastado dos outros. Ele se sentia — ai, o que ele *sentia*? — não sabia se estava indisposto por conta do luto, atordoado e confuso por conta da perda ou se (mas isso era inesperado) estava se sentindo *aéreo, aerado.*

Nunca mais veria o pai. Nunca mais aquela contração do canto dos olhos dele, o esgarçar do sorriso, a (quase palpável) hesitação antes de papai cumprimentá-lo. *Virgil. Como vão as coisas?*

No escritório de Whitey, em um canto da casa. Quando criança, Virgil não podia entrar naquele ambiente, a não ser que Whitey o convidasse, o que raramente acontecia, segundo Virgil se recordava. *Não quero vocês fazendo bagunça aqui. A porta fechada é um sinal para vocês não entrarem.*

A surpresa era que a mesa enorme de Whitey e a mesa adjacente estavam limpas. Muito bem-organizadas, como se ele já soubesse que não voltaria.

Na mesa estava o computador moderníssimo de Whitey, com a tela preta. À toa, Virgil ficou pensando qual seria a senha.

*Ele* jamais conseguiria invadir o computador do pai. Virgil não sabia mexer em computadores, Sabine era mais habilidosa do que ele.

Não que quisesse invadir a vida pessoal de Whitey. Se o pai tinha segredos, era melhor não saber.

Se Virgil tinha segredos, era melhor que ninguém soubesse.

Virgil mal ouvia a família em outro lugar da casa, as vozes das irmãs.

Não estavam perto. Não ficariam sabendo...

Virgil fez movimentos ágeis. Foi furtivo. Havia vinte anos, ou até mais, ele almejava fazer aquilo sem que ninguém visse. E agora — *Whitey jamais ficaria sabendo.*

Abriu as gavetas. Só para ver.

Nada de interesse aparente: documentos, pastas, envelopes, selos.

Na última gaveta, mais funda: extratos bancários, talões de cheques. Listas de ações.

Se tivesse mais tempo, poderia analisar aqueles documentos. Mas não queria saber quanto dinheiro o pai tinha, na verdade. Havia algo de repugnante nessa informação. E eram tantos documentos, teria que se debruçar sobre eles, o que seria humilhante.

Ele tinha pensado, ao receber a notícia da morte de Whitey — *Ele não vai se lembrar de mim no testamento. É claro.*

Estava determinado a não se importar. Ele *não se importava*.

No canto da bela mesa de Whitey havia um peso de papel. Uma pedra pesada, triangular, mais ou menos do tamanho de um punho, de brilho rosado, reluzente. Quartzo? Feldspato rosa? Devia ter sido um presente, com valor sentimental; era possível que o próprio Whitey o tivesse comprado, e portanto era claro que tinha valor sentimental.

Virgil enfiou a pedra no bolso. Ninguém daria falta.

*Noite. Sono. Morte. Astro.*

— ∞ —

— O VOVÔ TEVE UM PROBLEMA.

Os netos sabiam que vovô Whitey estava muito doente porque tinham sido levados para visitá-lo no hospital. Quase não reconheceram o homem arruinado na cama que respirava engraçado, e tinha um cheiro engraçado, e quando tentava falar com eles, falava engraçado e eles não conseguiam entendê-lo.

— O vovô se foi...

Eram palavras fracas, vacilantes, ditas aos netos mais novos, que não tinham uma ideia clara do que era a "morte". Mas os netos mais velhos também se assustaram. Era inquietante para eles, ver o rosto dos adultos tomado por lágrimas. Continuavam mordendo os lábios esperando a esquisitice cessar.

— O vovô pa... partiu... Ele amava muito vocês!

Isso fazia com que se sentissem mal. Como se fossem crianças más. Mas... não estava claro o que tinham feito de errado, exatamente.

Os netos mais velhos conheciam vovô Whitey havia mais tempo — a vida inteira! E portanto o conheciam muito melhor do que os mais novos.

Para eles, fazia muito tempo que vovô Whitey era a única pessoa "velha" que os fazia sorrir e rir, e não os repreendia nunca. Às vezes vovô Whitey se comportava feito criança, era mandão e imprevisível, às vezes era rabugento, mas sempre engraçado. Vovô Whitey era muito diferente dos outros avós, ele era *divertido*.

Mas, agora, vovô Whitey tinha partido. E *partir* não era divertido, mas assustador. E *partir* ficou chato depois de uns poucos minutos.

Pois não havia algo que os netos pudessem fazer ou dizer sobre *partir*. Não havia algo que pudessem observar em *partir*.

*Partir* era uma espécie de linguajar especial que só podia ser falado entre adultos. Os netos não podiam participar dessa conversa. Só os netos mais novinhos faziam perguntas bobas que eram irrespondíveis:

— Para onde o vovô *foi*?

Os netos mais velhos reviravam os olhos, atordoados.

Foi um momento triste, desanimado, na casa dos avós, na Old Farm Road, depois da "creme-ação" (um evento misterioso a que nenhum dos netos tinha comparecido e sobre o qual pouco lhes disseram). Os netos ficaram agitados porque tinham que ficar muito parados, muito quietos. Foram proibidos de correr na área externa. Foram proibidos de correr pela escada. A pele coçava, tinham sido obrigados a usar roupas "boas". As narinas entravam em comichão, querendo ser cutucadas. Mas *não se pode cutucar o nariz* em uma hora dessas. *Que nojo!*

Não podiam nem *rir*. Pois havia adultos por todos os lados e os adultos eram mais numerosos do que as crianças.

Era estranho para eles, aqueles adultos todos — sem vovô Whitey.

Demorariam um tempo para assimilar — sem vovô Whitey.

O que não faltava era comida, pois vovó Jessalyn cozinhava como ninguém, mas ainda assim, naquele momento triste, desanimado, eles eram avisados a não *se entupir de comida* nem *deixar cair comida na roupa boa e limpinha*.

Os netos mais velhos estavam reunidos junto à cabeceira do bufê. Esforçavam-se para falar de vovô Whitey sem adultos presentes. Era impossível falar de vovô Whitey e de como se sentiam mal porque ele tinha *partido* com algum adulto ouvindo, porque falar de vovô Whitey com algum adulto ouvindo, principalmente se fosse vovó Jess, ou Beverly, que não parava de assoar o nariz e fungar, era bem esquisito, e as palavras soavam erradas.

Ah, o que tinham para *dizer*? Até chorar era difícil, nada parecia real.

Vovô Whitey já estava do outro lado da ribanceira. Vovô Whitey se afastava. Mancava. Dava para ver suas costas — a parte de trás da cabeça. Tinham sido levados para visitar vovô Whitey no hospital e se assustaram com a mudança pela qual tinha passado, e portanto não queriam relembrar esse homem, que era (quase) um estranho para eles, mas, sim, o outro vovô Whitey, antes do hospital.

Eles nem sequer pronunciavam a palavra *derrame*. Não pensavam — *derrame*. Era um termo adulto, um termo clínico para velhos, jamais se aplicaria a eles.

Os netos eram todos primos! O mais velho tinha dezessete anos e o mais novo tinha seis.

Alguns dos netos eram aliados. Outros eram rivais.

Os filhos mais velhos de Beverly sabiam que precisavam se ressentir (mais ou menos) dos primos porque o pai dos primos (tio Thom) era mais importante para vovô Whitey do que a mãe deles; de todo modo, era nisso que a mãe deles acreditava, e *reclamava disso o tempo todo*. (Nas palavras de Brianna.) Pois tio Thom era meio que sócio de vovô Whitey, e Beverly não tinha laços com a empresa da família.

(Tio Thom e a família dele eram *mais ricos do que* Beverly e a família dela? Era isso?)

As alianças entre os netos/primos eram inconstantes. Os filhos mais velhos preferiam a companhia uns dos outros (embora nem sempre "gostassem" uns dos outros) porque inexiste alguém mais irritante do que um irmão ou irmã ou primo mais novo.

Os netos/primos mais velhos frequentavam escolas diferentes em regiões diferentes de North Hammond, à exceção de Brianna (Bender) e Kevin (McClaren), que estudavam no Colégio North Hammond, mas estavam em anos diferentes: segundo (Brianna) e último (Kevin).

Kevin, desengonçado e cabeludo, dizia agora que para, comemorar seu aniversário de dez anos, vovô Whitey o levara a um sebo no centro de Hammond onde havia uma parede inteira de histórias em quadrinhos embaladas em papel celofane; vovô Whitey parecia saber muito de histórias em quadrinhos, passara bastante tempo conversando com o dono da loja e comprara exemplares antigos de *Action Comics, Flash Comics, Batman, Super-Homem, Homem-Aranha* para dar a Kevin. Foi uma surpresa para ele que vovô Whitey soubesse tanta coisa sobre histórias em quadrinhos e se importasse com o assunto, e foi incrível ganhar aqueles quadrinhos "raros", embora (Kevin confessara) ele não soubesse muito bem o que tinha feito com as revistinhas, deviam estar no quarto dele, em algum canto; em uma gaveta ou no armário onde um dia, ao voltar da faculdade para passar uns dias na casa dos pais, as descobriria fechadas na embalagem de celofane, mas amareladas e rasgadas e uma onda de perda percorreria seu corpo como um chute no estômago — *Ah. Vovô Whitey.* Enxugando os olhos com a beirada da mão.

Furtivamente, Brianna olhou o celular mais uma vez. A mensagem que estava esperando o dia inteiro tinha enfim chegado? Não.

*Que merda.*

— GUARDA ESSE CELULAR. Que grosseria! — ralhou tia Lorene no ouvido da sobrinha malcriada.

Depressa, envergonhada, Brianna enfiou o celular no bolso. Como era possível alguém ter visto?

— Em uma hora dessas! Seu avô acabou de *partir* e você nessa porcaria de telefone. Que vergonha.

Os olhos de Brianna se encheram de lágrimas. Ela engoliu em seco e se encolheu de vergonha.

Kevin lhe lançou um olhar velado. *Antes você do que eu!*

Todos os netos tinham antipatia por tia Lorene e morriam medo dela, que percebia quando estavam fingindo se-comportar-na-frente-dos-adultos. Nem os sobrinhos mais novos eram poupados do olhar afiado da tia: ela sabia dos segredos das crianças e esses segredos a enojavam porque em geral tinham a ver com mentiras, dedos no nariz, idas ao banheiro sem atenção à higiene, a incapacidade de lavarem as mãos direito, manchas nas roupas íntimas, nos pijamas, nos lençóis.

*Manchas nos lençóis.* Meninos adolescentes, tia Lorene conhecia a fundo, com tanto asco, desdém, e no entanto estupefação, que era (quase) sem sentido cumprimentá-la com a voz normal, sorrir e dizer, tentando não gaguejar, *O-oi, tia Lorene...* Pois Lorene sabia, sabia de tudo, e não perdoava, pois sabia, possivelmente, ainda mais sobre meninas adolescentes e seu hábito imundo, nojento, de manchar cobertas, suas manchas *daqueles-dias-do-mês*, os cheiros, as cólicas *falsas* para escapar das aulas de educação física. Pior ainda, as roupas vulgares das meninas, a maquiagem, as unhas pintadas de cores lúridas — roxo-escuro, azul brilhante.

Lorene falou em tom sombrio, em voz baixa:

— O mínimo que vocês deveriam fazer, em um momento como esse, é fingir que estão sofrendo pelo avô... *pelo menos isso.*

Batendo na cabeça deles com uma vassoura, era essa a sensação. Até Kevin, com quase um metro e oitenta de altura, se encolhia.

Tia Lorene com olhos de laser. Olhava nos olhos e o que quer que a pessoa esperasse dissimular, que enganasse outros adultos, tia Lorene ignorava por completo, pois *via* a pessoa.

Brianna ousou gaguejar:

— Mas a gente está com sau-saudade do vovô... — A voz saiu tão baixa que tia Lorene pôde fingir que não havia escutado.

Era estranho, as crianças mais velhas se lembravam de quando a tia não era tão cruel com elas. Quando eram pequenos: os filhos de Beverly, os filhos de Thom. Dos sobrinhos pequenos ela parecia gostar de verdade. Tinha sido uma tia apaixonada quase-boba durante vários anos. Ela lhes dava de presente brinquedos "educativos" — livros à beça —, mas depois, mais ou menos na época em que entraram na escola, passou a ficar desconfiada; dizia que era o momento em que as crianças aprendiam a "dissimular" — não nasciam com essa habilidade, mas a adquiriam por volta dos seis anos. Era irônico que tivesse gostado tanto de Kevin e Brianna quando eram bebês, mas parecesse achar os dois insuportáveis agora que eram adolescentes.

(Teria a ver com sexo? — os netos mais velhos se perguntavam. Ou seria apenas o corpo das crianças, que Lorene achava repulsivo?)

E agora estava ainda pior. Hoje. Tia Lorene parecia aflita, zangada. O cabelo curto se arrepiava na cabeça feito a crista de um gaio-azul indignado. A boca cruel tremia. Como se vovô Whitey *ter partido* não fosse algo que a diretora do Colégio North Hammond esperasse e por isso não fizesse ideia de como equacionar esse fato com sua vida pragmática, como se descobrisse sujeira nas mãos em um espaço público e não tivesse onde limpá-las.

— ∞ —

**DE TIA SOPHIA ELES GOSTAVAM.** Tia Sophia era legal.

Apesar de não ser, Sophia parecia *jovem*. Via de regra, usava calça jeans, camiseta branca para fora da calça, sem cinto. O cabelo estava sempre preso para deixar à mostra o rosto comprido, pálido e sério. Nunca usava maquiagem, não botava cor na boca. Mesmo na casa da Old Farm Road, depois de o avô deles ter *partido*, tia Sophia estava sem enfeites, austera, pasma e sincera em seu sofrimento. Não sentiam, ao olhar para tia Sophia, que de repente ela se curvaria, os pegaria nos braços e começaria a berrar na cara apavorada deles.

Os netos mais velhos e mais espertos se impressionavam com a tia que era cientista, com a inteligência de Sophia (e não era uma inteligente zombeteira que nem Lorene), que parecia casual, como se todo mundo devesse saber o que era "mitose" — "seleção natural" — "matéria escura". Para qualquer pergunta de escola que tivessem, sobretudo de matemática ou ciência, Sophia sabia a resposta e a explicava de uma forma que eles entendiam, pelo menos no momento da explicação, e ela nunca ria deles nem demonstrava impaciência, mas às vezes murmurava *Ótimo! Agora você entendeu.*

Mas como foi que vovô Whitey *partiu*? Vovô Whitey não estava *se recuperando*? — Alice (McClaren), de treze anos, precisou perguntar à tia Sophia porque não tinha mais ninguém a quem perguntar que não fosse fazê-la se sentir péssima pela questão; e Sophia começou a explicar, sistema imunológico enfraquecido, influxo de bactérias fatais, infecção hospitalar, mas depois Sophia se calou e se engasgou, como se não pudesse continuar.

Então Sophia deu as costas. Alice ficou olhando fixo para ela, se sentindo *péssima*.

**QUANTOS ABRAÇOS DE VOVÓ JESS,** quantos sussurros — *O vovô amava você! O vovô vai ficar com saudade.*

**NÃO ERA A PRIMEIRA MORTE** de sua vida de mais de seis décadas. Nem de longe!

Ela estava cansada, sim. Estava exausta. Entretanto: a casa era dela e era uma bela casa, agora perfumada pelas flores mais lindas, e estava decidida a ser a *anfitriã*.

O dever da anfitriã é fazer com que todos os convidados fiquem à vontade e se sintam bem-vindos; deixar os convidados felizes por terem ido à sua casa e relutantes em ir embora.

— Ah, por favor, não vá embora ainda. Está cedo.

E:

— Você sabe como o Whitey adorava uma festa.

Isso não era uma festa, era? Apenas família, parentes, amigos muito próximos e muito antigos.

Estavam servindo as melhores bebidas de Whitey. Os melhores vinhos, cerveja normal e cerveja preta. Algumas das visitas estavam tão arrasadas que era quase impossível manter seus copos sempre cheios.

E as castanhas preferidas de Whitey, com ênfase na castanha-de-caju, e aquelas ervilhas de gosto horroroso que Whitey comia aos punhados — *wasabi*?

Um bufê com os pratos prediletos de Whitey — salmão com endro, salada provençal de massa com frango, as almôndegas apimentadas servidas em palitinhos. Biscoitinhos suecos, queijos.

A reunião improvisada na casa da Old Farm Road não era um funeral para o falecido (haveria um serviço de verdade em dezembro, em que centenas de pessoas estariam presentes para recordar, chorar e homenagear John Earle McClaren), mas uma ocasião para relembrar. Para aqueles que amavam Whitey McClaren e desejavam consolar a viúva e os filhos.

Não que Jessalyn McClaren fosse "viúva" — ainda não. No rosto de traços finos da mulher havia a expressão de quem levou um golpe forte e decisivo no crânio, o crânio foi estilhaçado, porém não se despedaçou, ainda não; os olhos marejados, levemente injetados, estão firmes, fixos.

— O Whitey ficaria tão feliz de ver você aqui! Por favor, deixe-me encher o seu copo...

Os filhos do casal McClaren, todos crescidos. Pareciam zonzos, desorientados. Até o mais velho — Thom. E a pobre Beverly, o rosto inchado de sofrimento. Embora fosse impossível que algum deles tivesse realmente se surpreendido com o fato de o pai, à beira dos setenta anos, ter falecido devido a complicações decorrentes de um derrame.

Pois era o que os obituários diziam: *Complicações decorrentes de um derrame.* (Bastava uma olhadela para perceber que Whitey McClaren tinha pressão alta. Estava pelo menos quinze quilos acima do peso ideal, bebia demais, comia muita carne vermelha e anéis de cebola fritos, fumava.)

(Porém, mesmo assim era chocante. Um cara tão incrível, generoso. Não existia ninguém igual a Whitey McClaren — um político honesto! Sempre tão *vivo*.)

— Por favor, não fiquem tristes. Vocês sabem o quanto o Whitey amava vocês...

Ela sorria. Estava decidida a sorrir. Os lábios estavam ressecados, com rachaduras finas. Mas tinha cometido um ato desesperado — tinha passado um batom vermelho na boca que, naquela palidez cerácea do rosto, estava tão bizarro quanto néon.

Além disso, o cabelo, que nunca estivera tão opaco e lambido e desbotado, estava grudado na cabeça, expondo o contorno gritante do crânio de um jeito sombrio e triste de se ver.

*Pobre Jessalyn! Como é que ela vai ficar sem o Whitey para cuidar dela...*
Porém em vozes altas harmoniosas eles se maravilhavam com sua "elegância" na roupa de seda preta, um xale de renda preto justo sobre os ombros, os sapatos cor de cimento. As pérolas de tom rosado que Whitey lhe dera em um aniversário, de duas voltas, subiam e desciam junto com sua respiração ofegante.

Ninguém sabia: ela havia emagrecido tanto em uma semana que precisava usar um alfinete na cintura para fechar a saia de seda preta que ia até o meio da panturrilha.

Ninguém sabia: desde a cremação, naquela manhã, quando chegara perto de desmaiar, ela estava tonta, nauseada, correndo para o banheiro de meia em meia hora, o intestino feito sebo escaldante...

*Fatos degradantes, que Whitey não precisava saber.*
*Grande parte de sua vida ultimamente, Whitey não precisava saber!*
No entanto, ela ficaria bem. Estava decidida.

Consolar os outros: era boa nisso.

Os parentes dos McClaren. Vizinhos da Old Farm Road. Os amigos de escola, com seus sessenta e tantos anos, setenta e poucos, abalados e esgotados e assustados feito mergulhadores em um trampolim, sem alternativa a não ser saltar após um mergulho desastroso — *Se tiver alguma coisa que eu possa fazer, Jessalyn. É só me dizer.*

Sr. Colwin, era assim que os meninos o chamavam. O sr. e a sra. Colwin, que eram vizinhos de porta dos McClaren na Old Farm Road até a sra. Colwin, uma senhora simpática, falecer e deixar o sr. Colwin sozinho, e Jessalyn e Whitey o convidavam para jantar, quantos jantares em família, Dias de Ação de Graças, Natais, incluíam Leo, o coitado do Leo Colwin, aposentado havia tanto tempo que ninguém lembrava mais qual tinha sido sua profissão, e agora ele vivia em uma vila de aposentados em East Hammond, usava um cardigã de velho verde-oliva cheio de buracos de traça, mocassins de velho com borlas, tão abatido com a notícia da morte de Whitey e segurando a mão de Jessalyn por tanto tempo que Virgil (que mal saiu do lado da mãe ao longo da noite) começou a achar que precisaria intervir.

*Se tiver alguma coisa que eu possa fazer, Jessalyn. É só me dizer.*
O sr. Colwin chegou esfomeado. Assombrava o bufê, era impossível evitá-lo.

Do outro lado da mesa de drinques a pergunta impertinente era feita: Jessalyn venderia a casa agora?

A bela casa antiga, da época da Guerra de Independência, com vários hectares de terra — oitocentos, novecentos mil, no mínimo. É claro que esse não era o momento ideal para falar do assunto — mas — se...

Com frieza, Thom disse que não, ele duvidava que a mãe fosse vender a casa tão cedo.

Com frieza, Beverly disse, Não! De jeito nenhum, a mãe não venderia a casa tão cedo. (E quando Jessalyn resolvesse vender a casa ela não seria posta "no mercado", mas vendida pessoalmente.)

*Se tiver alguma coisa que eu possa fazer. Por favor, é só me dizer.*

*Um imóvel como este aqui precisa ser vendido do jeito certo.*

Um choque terrível! — mas Jessalyn tinha os filhos, que eram muito dedicados a ela, que se reuniam em torno dela, era um consolo. Sem os filhos, inimaginável.

A cremação tinha acontecido de manhã cedinho. Não daria exatamente para chamar de "cerimônia".

Só a família estivera presente. Sem os filhos pequenos (é claro).

As cinzas (era impossível falar *as cinzas de Whitey*) estavam em uma urna que parecia uma obra de alvenaria antiga, mas era de um material sintético barato tipo papelão compensado, com uma tampa bem encaixada.

Era mais pesada do que seria de imaginar. Mas não era *pesada*.

Levariam a urna para enterrá-la no cemitério de North Hammond, que era ao mesmo tempo o quintal de uma igreja (ficava atrás da igreja presbiteriana) e o cemitério municipal onde os McClaren eram enterrados desde 1875.

Em um único jazigo cabiam duas urnas. Sem problemas.

Não. Ainda não tinham planejado o funeral.

Provavelmente em dezembro, antes do Natal.

Porém, a campainha da porta não parava de tocar. Por que as pessoas estavam chegando tão *tarde*?

Thom já estava cheio daquilo. Eram nove e vinte. O dia da família tinha começado às seis da manhã. (Metade daquelas pessoas não tinha sido convidada. Quem as tinha convidado? Sempre que a porcaria do telefone tocava, a mãe dele convidava mais alguém para ir à casa. O que Whitey diria — *Jessalyn! Tranque essa maldita porta e apague as luzes.*)

Em uma sala contígua à sala de estar, o sr. Colwin estava sentado em uma poltrona, as pernas abertas, pálido como se fosse desmaiar, e uma das senhoras da vizinhança alvoroçada em volta dele. *Quem o tinha convidado?*

Lá em cima, no banheiro de hóspedes cujo odor de sabonete de lavanda era tão forte que mal dava para respirar, Kevin tirava um baseado de um saquinho para dar a Brianna, os primos dando risadinhas juntos e a porta trancada.

Que tal abrir a janela? Ótimo.

Lá embaixo, continuavam atentos a Jessalyn.

Quantas vezes ouviam a mãe dizer em uma voz maravilhada que Whitey ficaria muito surpreso se visse todos juntos ali.

— Ele diria: "O que é isso? Festa em dia de semana? Por que eu não fui convidado?".

— SABE QUEM É DIÓGENES?

Virgil falou por impulso. Estavam na área externa, nos fundos da casa: a respiração criava um vapor em torno de sua boca.

— *É?* Você não está querendo dizer quem *foi*?

— *Foi*, então. Quem *foi* Diógenes.

— Um filósofo grego antigo que morreu há uns mil anos.

Thom falava com desleixo, com ares de desprezo. Mas Virgil insistiu:

— Está mais para uns dois mil anos. *Mais* de dois mil.

Estava tarde. O ar estava frio e úmido e com cheiro de folhas podres.

A última visita tinha enfim se retirado, mas por enquanto nenhum dos filhos do casal McClaren queria ir embora da casa da Old Farm Road.

Eles passeavam pelo gramado congelado atrás da casa, que, no escuro, lembrava um navio, pairando acima deles, só algumas luzes acesas.

Estavam embriagados. *Bêbados*. Mesmo Sophia, que nunca bebia, tinha tomado algumas taças do vinho branco de Whitey ao longo das horas e, teve que admitir, era *delicioso*.

Lorene disse, acendendo um cigarro que pegou de Thom (raro para Lorene, que riscou o fósforo de um jeito estressado, inexperiente):

— Diógenes foi um "estoico" de quem se contavam histórias apavorantes, como a de que tinha perambulado nu, usando só um barril, ou era uma banheira... — Ela se calou, pensando no que iria dizer. — Ou não, esse foi o cara do "Eureca!", na banheira, qual é mesmo o nome dele...

— Arquimedes.

— O quê?

— *Quem*. "Arquimedes"... O da banheira, que descobriu a lei da gravidade.

— Não. Espera aí — protestou Sophia, aos risos. Como os irmãos eram ignorantes! Ficou enternecida, de certo modo... Pareciam muito mais americanos do que ela, tão informais e relaxados a respeito das coisas que deviam ser relevantes mas obviamente não eram. — Era para vocês saberem que foi Newton quem descobriu a "lei da gravidade".

— Então o que foi que o Arquimedes descobriu?

— Várias coisas! Mas você está pensando no matemático que calculou que o volume de água deslocado por um objeto devia equivaler ao volume do objeto... provavelmente do corpo dele ao entrar na banheira.

— Não sei por que, mas isso me parece óbvio. — Beverly, que estava em silêncio, pensativa, falou de repente. Dentro de casa, havia se livrado dos sapatos de salto apertados assim que a última visita foi embora e agora usava um par de botas velhas de Whitey. A respiração criava uma fumacinha em volta da boca, como se ela arfasse. — Assim... você entra na banheira e a água transborda. Por que isso é uma grande descoberta?

Lorene disse, perplexa:

— Você acha que teria descoberto o que Arquimedes descobriu, Bev? Dois mil anos atrás?

Beverly insistiu:

— É como quando o Steve espalha água no chão do banheiro todo... não da banheira, mas do chuveiro. Como é que ele consegue? Tipo, o volume do corpo dele, em água. Apesar de o chuveiro ter cortina, é claro. Mas com o Steve, ela fica *dentro* da banheira... — A voz arrastada de Beverly se calou, pois ela parecia estar confusa com o que dizia.

— A gente estava falando de invenções, Bev. De descobertas.

— Pois bem. Eu não conseguiria descobrir nada *invisível*. Matemática, física, germes...

Mas *germes* eram uma gafe. Só se Beverly estivesse tentando, com seu jeito destrambelhado, ser divertida, engraçada.

Pois haviam sido os *germes* que tinham matado o pai deles. Embora chamados pelo nome mais sofisticado de *bactérias*.

Dos filhos do casal McClaren, só Lorene era considerada espirituosa, mesmo quando não era. Quando Beverly se esforçava para ser engraçada, os outros fechavam a cara, resistiam.

Sophia era a aluna séria, Lorene era a professora mordaz. Thom era o mandão, cujo sarcasmo podia ser percebido como engraçado por quem não fosse seu alvo. Virgil apenas *era*.

Nós sempre fomos assim? — Sophia ficou pensando. Ou esses são os papéis a que nos acomodamos quando estamos juntos?

Ao estilo de uma colegial, Sophia explicava que a descoberta de Arquimedes havia gerado uma nova maneira de medir volume. Por isso ela era importante. Mas a história da banheira — "Eureca!" — provavelmente era apócrifa.

— "Apócrifa"... "apocalíptica"... quem liga pra isso?

Lorene deu uma risada grosseira. Estava claro que tinha exagerado na bebida.

— Quem é que liga para essa merda? Sério.

Era discurso de colegial, *merda*. Qualquer tipo de palavrão, de obscenidade desmiolada. Lorene achava fascinante, e repugnante, o analfabetismo dos alunos quando conversavam entre si ou trocavam mensagens idiotas. Até os inteligentes. Desde que havia se tornado professora de escola pública e depois diretora, Lorene passara a se exprimir em uma espécie de patoá, não no seu jeito de falar, mas em um estilo mais rude, mais cruel, cujo intuito era divertir e assustar. Os outros detectavam na irmã, outrora sempre otimista e vigorosa, como uma manifestante que marchasse tão perto deles que a ponta da bota encostaria em seus calcanhares, um desespero raivoso que não queriam reconhecer.

— Epa!

Thom escorou Lorene quando ela tropeçou. Usava nos pés uma bota preta de couro que ia até o tornozelo.

— Vai se foder. Tira a mão de mim. — Lorene riu, expirando fumaça em jatos vaporosos.

Enquanto isso tudo acontecia, Virgil se afastava deles. Não por reprovação ou repulsa, mas por desatenção, a desatenção enlouquecedora de Virgil, como se estivesse sozinho.

Descia a colina correndo, a passos largos, rumo ao riacho que margeava o terreno dos McClaren, mais caudaloso por conta das chuvas recentes, reluzente e cintilante à luz suave da lua minguante.

Olhavam para ele. O que Virgil tinha que causava tanto *incômodo*?

— Vocês viram ele hoje? Agindo feito o fantasma de Hamlet.

— É tudo atuação. Ele não dá a mínima para o papai. Tudo não passa de "ilusão"... "mundo de sombras"... bobajada budista. As coisas passam pela vida dele feito... como é que se diz... óleo nas costas de um pato.

— "Óleo nas costas de um pato"? Qual é o sentido disso?

— Acho que as penas do pato estão oleosas. A água escorre das penas do pato feito óleo.

— Ele trouxe aquela maldita flauta. Ele realmente pretendia tocar.

Por que Virgil não havia tocado a flauta, eles não sabiam. Tinham visto Jessalyn conversando com ele, sem dúvida incentivando, pois Virgil era uma daquelas pessoas que tinham que ser estimuladas a fazer o que já tinham toda a intenção do mundo de fazer; no entanto, misteriosamente, talvez de forma perversa, Virgil não havia tocado a maldita flauta.

Sophia disse:

— Bom... até que não é ruim. É um som pungente...

— Caramba! Não é *flauta de verdade*. É um troço com buraquinhos cavados, e um flauteiro de verdade...
— Flautista.
— ...riria da cara dele. Tudo o que o Virgil faz é *amador*.
Isso era verdade. Era irrefutável. E tudo o que Thom fazia, tudo o que Lorene fazia, tudo o que Sophia fazia, era *profissional*.

Beverly, que se ressentia em igual medida de Virgil e dos outros, mas se magoou com o menosprezo deles pelo *amadorismo*, disse, em defesa do irmão:
— A verdade é que o papai gostava quando Virgil tocava flauta. Ou o que quer que seja aquilo. Já que eram os últimos dias do papai, foi meio incrível, não que alguém tenha percebido na hora, que ele estivesse curtindo a música do Virgil, que ele não aguentaria ouvir nem cinco segundos quando estava bem.
— O coitado do Whitey não teve escolha, ele foi plateia cativa.
— Não. O papai gostava. A mamãe ficou agradecida, foi ela quem falou.
— Conversa fiada. A mamãe é capaz de dizer *qualquer coisa*, você sabe muito bem disso.
— Como assim, "qualquer coisa"? A mamãe não mente.
— A mamãe não *mente*... levando-se em conta o ponto de vista dela. Mas muito do que a mamãe diz e muito daquilo em que ela acredita não é verdade.
— E como é que você sabe disso?

Beverly virou o rosto furioso para o irmão alto e arrogante. Meu Deus, estava de saco cheio de Thom! Desde que Whitey tinha sido internado, Thom assumira o posto de autoridade dentro da família; como chefe do departamento de livros escolares da McClaren Inc., era natural que Thom ficasse incumbido da empresa inteira.

Como acionista majoritário dos negócios da família. Nunca se esqueça disso!

No dia seguinte, o testamento de Whitey seria lido no escritório de advocacia. Beverly sentiu uma pontada de apreensão. Sabia que Whitey a amava muito, mais do que amava Lorene, por exemplo, e mais do que amava Virgil, obviamente; mas Thom era o primogênito e sempre tinha sido especial para o pai.

Quanto a Sophia, ela parecia muito *frágil*, de certo modo. Embora Beverly soubesse que Whitey se orgulhava da filha mais nova, não imaginava que Sophia tivesse para ele a mesma importância que ela, que dera a ele e a Jessalyn netos lindos.

(Pelo menos Whitey e Jessalyn achavam que as crianças da família Bender eram lindas, ou tinham sido, quando bebês.)

Acima deles, a lua pálida no céu retinto.

Ali embaixo, em um canto seguro da casa, as cinzas do pai estavam guardadas na urna de pedra falsa, com tampa justa, justa.

No riacho, onde brincavam muitos anos antes, quando crianças, Virgil estava agachado, de costas para eles. Do outro lado do riacho havia um bosque denso de coníferas e, mais além, um céu sem luz.

— Vocês *acham* que a mamãe vai vender a casa? Eu espero que não.

— Claro que vai, mais cedo ou mais tarde. O Whitey não aguentaria vender, mas a mamãe é mais prática. Ela vai tomar a atitude mais sensata...

— Qual? Dar a casa *para você*?

— Ninguém vai dar a casa para ninguém! Que ridículo. — Beverly ficou magoada, doída.

— E onde é que a mamãe viveria, se vendesse a casa?

— Ela pode comprar uma casa menor. Um apartamento. Ela tem amigas viúvas, todas enxugaram a vida delas. Tem uma bela comunidade de "aposentados", como é que se chama... Ten Acres. O sr. Colwin mora lá. Eles podem jogar bridge juntos! Isso estava para acontecer de qualquer jeito... a venda da casa, mesmo se o papai não... não tivesse sofrido o d-derrame...

— A mamãe poderia ir morar com a gente. Acho que a Brooke iria gostar.

— Para ajudar com as crianças? Com as tarefas domésticas? Claro, a Brooke iria adorar.

— Do que é que você está falando, Beverly? Eu não vou tratar a minha mãe feito uma serviçal. Nós temos empregadas.

*Nós temos empregadas.* Aquilo soava tão presunçoso! Com um sorriso afetado, Beverly não precisou dizer nada.

Ridículo mesmo assim: Thom e Brooke só tinham diaristas que iam à casa deles uma vez por semana, uma babá para ajudar com as crianças mais novas, com a comida e a faxina. Ele achava que aquilo eram *empregadas*?

Com jeitinho, Lorene interferiu:

— O que ele está fazendo lá? Entrando na água?

Fitaram o irmão, uma figura misteriosa a uns quinze metros de distância, que, caso não soubessem que era humana, poderia ser um abutre ou urubu, imóvel, encurvado à beira d'água.

— Vocês viram ele hoje? Agindo que nem o fantasma de Hamlet.

— Não é a primeira vez que você fala isso... mas Hamlet era um *fantasma*? Eu acho que o fantasma era o pai dele...

— Ele ficou o tempo todo grudado na mamãe. Não deixava ninguém chegar perto.

— Coitado do Virgil! Acho que foi um baque pra ele...

— Foi um baque pra todos nós. Caramba!

— É, por que "coitado do Virgil"? Ele não amava o papai. Ele vai vir morar com a mamãe.

— É claro! Ele vai vir morar com a mamãe. Você tem cem por cento de razão. Ele vai arrancar toda a grana do papai das mãos da mamãe e dar para as entidades ridículas dele...

— Ah, mas não vai, não. *Não vai mesmo.*

— Sabe como a mamãe é, ela não é...

— Ela não é...

— ...firme. Dura.

— Eu já falei: ela é uma facilitadora. Nosso irmão é tipo um viciado, um viciado em bobajada hippie, e a nossa querida mãe *facilita pra ele*.

— A gente pode conversar com ela. Podemos ser duros com ela. Deixar claro para ela quais seriam os desejos do Whitey.

Sophia estava meio afastada, não queria escutar as meias-vozes insistentes dos outros. Queria protestar — *Mas eu também poderia vir morar com a mamãe. O Virgil e eu. Por que não?*

Pouco depois, Virgil voltou trotando para perto deles, feito um galgo, os olhos furtivos e brilhantes. Com a voz arrebatada, disse:

— É como se eu conseguisse sentir a alma do papai... quase sentir. O "riacho", como ele dizia. É tão lindo, tão pacato...

Virgil usava uma jaqueta comprida de couro preto abotoada até o pescoço, bastante puída e rachada, que o fazia parecer um padre de outra época — Dostoiévski, ortodoxo russo, fervoroso e iludido. Assim como boa parte de suas roupas, a jaqueta de couro era ao mesmo tempo sensacional e boba, como um figurino. E, assim como um figurino, comprada em um brechó.

Com a jaqueta comprida abotoada, Virgil usava uma calça marrom de veludo cotelê como as que usava no Ensino Fundamental, as sandálias com meias pretas. Beverly percebeu, com um calafrio de repugnância, que as unhas dos dedões dos pés de Virgil começavam a furar as meias pretas.

Ele ficou ali, diante deles. Tremendo por conta da empolgação que escolhiam ignorar.

— Não é melhor um de nós ficar com a mamãe hoje à noite? Eu posso ficar.

— *Eu* posso ficar.

— A mamãe já disse que não quer que a gente trate ela "que nem criança", ela disse...

— Passar a noite em casa não é tratar ela "que nem criança". Ela não vai nem ficar sabendo, eu acho que ela já foi dormir.

— Sim, mas a mamãe consegue *dormir*?

A questão pairava como uma mariposa delicada, silenciosa. Nenhum deles *conseguia dormir* normalmente desde a internação do pai.

— Ela tem remédio pra dormir. Acho que ela tem tomado.

— Ela não quer a gente tratando ela "que nem criança"... foi o que ela disse.

— Você acha que a ficha dela já caiu?

— Não.

Beverly soltou um soluço breve, abafado.

— Meu Deus. O que é que a mamãe vai *fazer*? Eles eram... eles eram... casados há quarenta anos...

Sophia declarou, insegura:

— Bom... olha... Todo dia alguém morre e a família sobrevive. De uma forma ou de outra.

Não era o que pretendia dizer, nem o que estava sentindo.

— Quer dizer... a mamãe tem um bocado de amigas viúvas. Elas todas sobreviveram, de uma forma ou de outra.

De novo, não tinha se expressado bem. Sophia insistiu, tentando ser exata:

— É que aconteceu antes do que a gente esperava... e a gente... a gente está surpreso. Em experimentos relativos ao estresse, com animais de laboratório, alguns ficam arrasados e desmotivados com o estresse e desistem de cara, mas outros (é genético, é esse o objetivo do experimento) aprendem a se adaptar, conseguem sobreviver... em certa medida.

Sophia se calou, dominada pelo horror. O que estava dizendo? Os outros a encaravam com nojo e espanto? Prosseguiu sem conseguir se conter:

— Ainda não deu tempo de a gente se adaptar. A mamãe ainda não teve tempo. Tudo aconteceu rápido demais. A gente estava na expectativa de que o papai *se recuperasse*.

Quanta sensatez! Como Sophia falava bem para alguém cuja cabeça girava, e que otimismo, achando que os irmãos impacientes a levariam a sério, para variar, e não a menosprezariam por ser *a caçula*.

(Sophia era *virgem*? Beverly e Lorene volta e meia discutiam essa possibilidade. Beverly achava que sim, Lorene achava que não. As duas tinham argumentos sólidos que não convenciam a outra.)

(Os irmãos de Sophia não tinham opinião sobre o tema da virgindade e jamais o discutiriam com outra pessoa.)

Com uma satisfação implacável, Lorene disse:

— Bom. Estresse mata.

Virgil, com os olhos brilhantes e furtivos, disse:

— E o Diógenes?

— O que tem o "Diógenes"?

Todos eles torciam para que Virgil tivesse se esquecido do que pretendia lhes dizer. Simplesmente — *não*.

Porém: inacreditavelmente, então, sem ligar se suas palavras eram dolorosas, ofensivas, grosseiras, estúpidas, afrontosas e imperdoáveis para os irmãos enlutados:

— Diógenes tinha razão quanto à morte. O quanto a gente leva ela a sério. O *alarde*. O corpo é só "material"... uma coisa descartável. O cadáver humano é essencialmente lixo. Diógenes declarava que quando morresse queria que jogassem seu corpo por cima do muro da cidade para ser devorado por abutres.

Virgil se calou, sorridente. O sorriso os chocou como um jorro de ar frio rançoso.

— Virgil. Pelo amor de Deus...

— Babaca. Cai fora.

A expressão no rosto de Virgil, insincera, porém provocadora, arrogante, suscitava a vontade de arrancá-la a tapas, que falta de bom senso fazer aqueles comentários, o pai deles tinha acabado de *partir*.

O pai querido que tinha virado, em questão de minutos, um *corpo*.

Teimoso, Virgil insistiu:

— Qual foi o erro de Diógenes? Ele se dizia "cínico" (*cínico* é *cachorro* em grego), mas o que ele falou não tinha cinismo algum, é uma verdade absoluta. Para quem acredita em alma, como Diógenes acreditava, a alma é imortal... o corpo é lixo. A alma não se decompõe, o corpo se decompõe.

— Será que dá pra você calar a boca?

Thom ameaçou segurar Virgil. Enquanto as irmãs tentavam interceder, Thom o empurrava com força.

Virgil protestou, tentando se esquivar. Mas Thom era forte demais e, embora tivesse bebido e estivesse muito cansado, ágil demais para Virgil, a quem segurou em uma chave de braço, como fazia quando eram meninos, quando Thom era um menino grande e Virgil um menino miúdo.

Beverly berrou:

— Thom! Para! Que coisa de louco.

— *Ele* é louco. Não dá a mínima para as merdas que saem da boca dele.

Com um grunhido, Thom atirou Virgil no chão. Virgil desabou no gramado congelado, de lado, e por um instante não conseguia se mexer. A adrenalina corria nas veias de Thom feito chamas líquidas, deliciosas.

Virgil ficou deitado, perplexo, assustado. O irmão mais velho o tinha machucado. Os ouvidos zumbiam. Um filete de algo escuro e líquido escorria de uma das narinas e as lágrimas se acumulavam nos olhos arregalados.

Sophia implorou:

— Thom, deixa disso. O Virgil só estava falando...

— Ninguém quer ouvir as merdas que ele fala.

— E se a mamãe te escutar? Pelo amor de Deus...

Furioso, Thom se livrou das mãos das irmãs, que o continham. Virgil tinha conseguido se levantar e se encolhia diante dele.

— Não se preocupe. Não vou te machucar. Caramba! Eu seria capaz de te matar.

A fúria passou. Assim como havia se inflamado, ela se apaziguou.

Como um cachorro chutado, Virgil correu para casa mancando. Iria chorar para a mamãe, Thom imaginava. Que droga!

As irmãs também estavam com medo de Thom. Estavam um pouco afastadas dele, que estava de pé, de pernas abertas, ofegante, o coração batendo no peito feito louco.

Escondia a euforia quente em seu rosto dos olhares das irmãs.

**NO BOLSO, A PEDRA TRIANGULAR.**

*Ao cair estava tentando pegá-la. Tirá-la com certa dificuldade.*

*No chão, depois de joelhos. E de pé, segurando o irmão, que se avultava sobre ele de rosto vermelho e bruto em sua bebedeira, ira. E empunhando a pedra contra o valentão, batendo na lateral da cabeça do homem atônito, acima do olho esquerdo, tirando sangue, tirando um urro de dor, e saltando para longe do irmão no instante em que ele tropeçava — saltando para longe das mulheres que gritavam com ele...*

*Virgil, não! Virgil!*

**NA CAMA DELES,** no lado que era o dela.

Os pensamentos lhe vêm em monossílabos lentos que flutuam como nuvens rachadas.

Esta é a surpresa: ela ainda está viva.

É a primeira, a mais profunda das inúmeras surpresas que a viúva vai enfrentar. *Ainda viva.*

A vigília interminável feito o Saara cintilante e claro sob o sol quente ofuscante. Tantas pessoas se agarrando a ela, precisando de consolo.

Para escapar dessa vigília terrível a pessoa tomaria atitudes desesperadas.

No banheiro, na bancada branca radiante, ela dispôs os comprimidos. Alguns eram dela, alguns eram de Whitey. Alguns eram razoavelmente novos, alguns estavam velhos. O remédio mais antigo era de 1993.

Analgésicos fortes depois de um canal no dente (de Whitey). Comprimidos de cinquenta miligramas tão grandes que teria que cortá-los ao meio, talvez em três pedaços, com uma faca serrada, para poder engoli-los com água.

E eram tantos: o frasquinho de plástico estava quase cheio.

Do armário de remédios, do armário da pia do banheiro, quantos comprimidos? Cinquenta, oitenta, cem?

Vários tamanhos, cores. Uma visão fascinante.

*Talvez você não precise deles, Jess. Não hoje à noite.*

É verdade. Está muito cansada e acredita que irá conseguir dormir sem remédio.

Ela tomou uma, duas, talvez três taças de vinho esta noite. Todas as taças ela pegou, deixou em algum lugar e esqueceu com a empolgação de receber novas visitas, ser abraçada, beijada. O quanto tinha bebido de fato era impossível calcular.

*Venha cá, Jess. Deite-se aqui comigo.*

Como sempre, passa o braço em torno dela. Entrelaçam braços e pernas. O queixo dele está um pouco áspero, precisa se barbear.

Ele é um homem grande. Mesmo na horizontal, parece se avultar sobre ela.

Para sempre ele vai amá-la. Protegê-la. Ele jurou.

Não é exatamente a voz de Whitey, mas uma voz muito serena e consoladora que lhe garante: *A viúva é a intermediária entre o marido falecido e o mundo dos vivos. Sem ela, ele está perdido.*

# Testamento e últimos desejos de John Earle McClaren

*A minha esposa querida e meus filhos queridos, peço que meu espólio seja dividido adequadamente...*
 Bem, os *filhos queridos* ficaram pasmos. Ficaram indignados. *Não conseguiam acreditar no que Whitey tinha feito.*
 Tinha deixado heranças iguais para todos! Tinha deixado para Virgil tanto quanto havia deixado para *cada um deles.*
 Tinha deixado para Virgil tanto quanto deixara para Thom (que era seu braço direito) e deixado para Beverly (que basicamente nunca tinha trabalhado na vida e era casada com um alto funcionário de banco) tanto quanto havia deixado para Lorene e Sophia (que a vida inteira tinham precisado trabalhar).
 Como considerar justo, Beverly se encolerizava, que Whitey deixasse para suas irmãs (que não eram casadas, não tinham filhos, só precisavam sustentar elas mesmas) a mesma soma que deixava para ela, que era mãe? Será que Whitey não sabia, será que Whitey tinha esquecido que crianças custavam caro hoje em dia?
 Como considerar justo, Lorene se encolerizava, que Whitey deixasse para Thom (que já tinha assumido os negócios da família McClaren, com um aumento brusco de salário) uma herança idêntica àquela deixada *para ela* (que havia anos se sustentava com o salário de professora pública)? Como considerar justo que deixasse para Beverly, gorda e desmazelada, com um marido para bancá-la, qualquer quantia que fosse?
 Thom estava incrédulo que o pai tivesse deixado *alguma coisa* para Virgil.
 Sophia também estava atônita com as heranças deixadas pelo pai, mas por outras razões. Não imaginava que fosse lhe deixar tanto dinheiro, além de ações da McClaren Inc. — o equivalente a cinco anos do salário do instituto (antes da tributação).
 *Papai, eu não mereço tanto!* Ela não estava fazendo o doutorado em Cornell conforme a família acreditava. Não era uma cientista de verdade, era só uma

assistente de laboratório que seguia as instruções do supervisor. Não tinha *integridade*. O pobre pai ludibriado não fazia nem ideia.

Achava que Virgil, que não tinha praticamente nenhuma fonte de renda, deveria ter herdado mais do que qualquer outro. Mas esse não era um pensamento que ousaria exprimir em voz alta.

Dos filhos do casal McClaren, Virgil era o único que não tinha comparecido ao escritório do advogado. Para Sophia, ele disse:

— Eu vou para que, para ser humilhado? Eu sei o que o papai achava de mim.

Na última semana de vida, pós-derrame, Whitey tinha sido receptivo como nunca; mas Virgil sabia que o testamento do pai havia sido elaborado anos antes.

Sophia retrucou:

— Mas, Virgil, como é que você *sabe*?

E ele disse baixinho:

— Eu sei.

Sophia via a mágoa no olhar do irmão. Não quis prolongar o assunto. Mas pensava agora, após a leitura do testamento, que na renúncia budista ao desejo feita por Virgil, assim como em sua resignação perante algo parecido com uma derrota perpétua, havia um quê de complacência e até de presunção. E de equívoco.

— MAS POR QUE O PAPAI faria uma coisa dessas? "Fiduciário." *Por quê?*

A outra surpresa do testamento de Whitey não tinha a ver com heranças deixadas aos filhos, mas, sim, com cláusulas misteriosas de um fundo fiduciário criado para a viúva.

Além dos imóveis partilhados pelo sr. e pela sra. John Earle McClaren, que segundo a lei passavam a ser propriedades apenas da viúva depois de sua morte, Whitey parecia ter feito um planejamento financeiro complexo a fim de que grande parte de seu espólio ficasse em um "fundo" para Jessalyn. Mais surpreendente ainda era que Artie Barron, advogado de Whitey, que Thom e os outros só conheciam de vista, seria o testamenteiro.

— Perdão, sr. Barron... por que o papai fez isso? E por que *o senhor* é o testamenteiro?

— E quando foi que o papai fez isso? A gente não sabia de nada... Mamãe, você sabia?

Devagarinho, Jessalyn fez que não, como se não soubesse a resposta para a pergunta. Ou — será que não tinha ouvido a pergunta?

Desde que havia se sentado ao lado dele, de Artie Barron, à mesa de mogno envernizada, Jessalyn estava imóvel e muito silenciosa. Os filhos tinham reparado que parecia cansada e que seus olhos estavam avermelhados e irritados; se antes Jessalyn sorria sempre que cruzava o olhar com alguém, agora sorria sem olhar para ninguém, uma contração que se passava por sorriso, abatido e fugaz.

À medida que as cláusulas do testamento eram lidas por Barron em uma voz entrecortada, precisa, como um metrônomo falaria caso metrônomos falassem, Jessalyn escutava com a atenção bem-educada de uma pessoa surda com a esperança de que ninguém descobrisse que não conseguia ouvir o que se falava.

Barron perguntou se Jessalyn entendia os termos do fundo que o marido havia criado para ela. Como quem se dirige a um convalescente, ele se curvou para a frente, entrando no vacilante campo de visão de Jessalyn.

— Eu... eu acho que sim. — Em seguida, percebeu que todos a olhavam com preocupação e pena. — Sim. Claro que entendi.

Thom disse:

— Mãe? Você entende o que é "fundo fiduciário"?

— Não nos mínimos detalhes, não. Mas... de modo geral... eu sei o que é um "fundo"...

— Se você quiser, Jessalyn, posso explicar melhor. Ou agora ou em outro momento que lhe seja mais conveniente... Posso ir à sua casa, caso prefira assim. Eu não sabia que o seu marido não tinha informado à senhora, nem a ninguém da família, que estava criando um fundo...

— Nem que tinha escolhido o senhor como testamenteiro. Não. Ninguém avisou à gente.

— *Ninguém avisou à gente.*

Beverly foi ríspida ao falar, encarando Artie Barron, por quem sentia antipatia, como se (embora fosse uma injustiça, era bastante natural) botasse nele também a culpa pela natureza *equitativa* da herança deixada pelo pai aos filhos.

Jessalyn lembrava que, da última vez que estivera naquela sala de decoração suntuosa da Barron, Mills & McGee, tinha sido para assinar os testamentos de Whitey e dela, alguns anos antes. Tinha suplicado para que Whitey fosse à firma de advocacia; antes disso, para que nem sequer pensasse em elaborar um testamento.

Ele não tinha se recusado, esse era o problema. Whitey nunca tinha dito *não* a Jessalyn durante o casamento. (Ou quase nunca.) Ela sorriu ao relembrar o costume dele, de simplesmente se esquecer do que estavam falando. O esforço de lembrar recaía sobre *ela*.

Quantas vezes Whitey não tinha dito: *Ah, eu sei, querida — eu sei que eu deveria. Mas esta semana está sendo uma correria só, não vou ter tempo. Semana que vem...*

Na sala acarpetada, a voz de Whitey era quase audível. Jessalyn meio que se questionava se mais alguém a escutava.

...*você me lembra de novo, pode ser? Obrigado, minha querida.*

Mas o advogado (qual era mesmo o nome: Barron) continuava a falar em seu estilo tenaz, de quem quer cansar os outros, e não permitiria que ninguém o interrompesse. (*Seu medidor estava ligado e fazia tique-taque: "horas faturáveis"* — Whitey diria.) Era visível que Barron tinha experiência à beça no enfrentamento de surpresas indesejáveis e herdeiros decepcionados. Thom tinha perguntado qual seria seu salário como administrador do fundo e Barron dera uma resposta magistralmente evasiva.

Jessalyn sorriu. O que Whitey dissera quando finalizaram os testamentos e foram embora daquele escritório? — *Qual é a diferença entre um cardume de piranhas e um cardume de advogados?* Ela não se lembrava da resposta hilária, mas se lembrava de ter gargalhado; ela sempre ria das piadas de Whitey. Porém, se lembrava do gracejo desgostoso de Whitey — *A piada somos nós. Imagina quanto essas porcarias de testamento não vão nos custar.*

Ela pegara a mão dele. Foram de mãos dadas para o estacionamento.

Os dedos de Whitey estavam gelados? Talvez... Ou talvez estivesse lembrando errado.

As palavras voavam ao seu redor. *Fiduciário. Fundo fiduciário. Testamenteiro. Salário. Objetivo?* Ela percebia que as palavras eram tão perigosas quanto pedras atiradas. Dispostas em camadas feito pedras, pesadas e desencaixadas, frouxas e bambas assim que eram assentadas.

Sentia algo seco na boca, como a carapuça de uma coisa morta, velha: um besouro, parte da escama de uma cobra.

Estava quase vomitando e sentia o sangue se esvair de seu rosto.

Trêmula, se levantou da cadeira à mesa de mogno lustrada. Uma das filhas começou a se levantar junto, mas Jessalyn fez sinal para que continuasse sentada. *Por favor.*

Só ia ao banheiro, declarou. Não precisavam ir atrás.

Mas se levantou tão rápido que ficou tonta. Na sala vizinha, que era como uma sala de espera, algo similar a um carrinho velho veio da porta em sua direção, gerando caos. Um carrinho elétrico, acionado por trilhos acoplados ao teto, um alarido e clamor inacreditáveis, de cujos trilhos voavam faíscas brancas. Mas como era possível um carrinho daqueles *em ambiente fechado*? Arregalou os olhos, em pânico. Ela se encolheu, se abaixou. Mais tarde, a recepcionista alegaria que a sra. McClaren tinha se escondido feito uma pobre criatura com casco, uma tartaruga, encolhendo a cabeça, com pavor da aniquilação.

— ∞ —

— PELO QUE EU ENTENDO, o Whitey se preocupava com a possibilidade de sua mãe doar o dinheiro. Achava que ela tinha "coração mole"... não era "cética o bastante". — Aqui, Artie baixou a voz, em tom sigiloso, percorrendo a mesa com o olhar para garantir que não estivesse presente quem não deveria estar. — Ele se preocupava com a ideia de que o irmão de vocês, o Virgil, fosse pedir dinheiro a ela, para as organizações "hippies" de que ele faz parte, e de que ela não fosse conseguir dizer não. Não que o Whitey não confiasse nela, mas ele estava preocupado com o bem-estar dela. O montante que a Jessalyn vai receber mensalmente do fundo é generoso, e ela pode doar uma parte se quiser, mas não vai ficar tentada a doar uma quantia grande demais, já que vai precisar do dinheiro para se sustentar. Não existe a possibilidade de a mãe de vocês doar, por exemplo, noventa por cento dos investimentos do seu pai.

— A mamãe não é ingênua a ponto de doar "noventa por cento" de nada. Isso é uma afronta.

— É uma afronta mesmo. Coitada da mamãe! Só a gente insistindo muito é que ela compra coisas para ela mesma...

As irmãs falavam com emoção. Artie Barron mantinha o tom calmo, muito razoável, como um homem nivelando o cimento com uma espátula.

— Bom, parece que era isso o que o seu pai queria dizer. Ele pensou na questão por semanas a fio quando estávamos escrevendo as cláusulas. Ele me disse que tinha perdido o sono por causa disso. Achava que sua mãe era bondosa demais, que as pessoas se aproveitariam dela assim que... se... alguma coisa acontecesse com ele. — A voz de Barron falhou, como se por educação.

Agora Thom se recordava de uma conversa esquisita que tivera com o pai meses antes, um diálogo meio vago, na época confuso. Whitey declarara sua preocupação com a possibilidade de que "se aproveitassem" de Jessalyn caso alguma coisa lhe acontecesse.

Em suas conversas, a possibilidade da morte só era expressa em termos evasivos. *Se alguma coisa acontecesse comigo. Se a Jessalyn ficasse sozinha.*

Whitey tivera a extravagância de dizer que não estava muito preocupado com a McClaren Inc. — Thom já estava cuidando de mais da metade dos negócios, seria "fácil" assumir tudo; mas Whitey se preocupava com Jessalyn, a esposa querida.

Thom dissera que Jessalyn não ficaria sozinha: ele e as irmãs cuidariam dela, se precisasse de cuidados.

(Whitey parecera não ter notado que Thom não havia mencionado Virgil.)

Mas Whitey não se sentira seguro. Whitey parecera estranhamente obcecado com a ideia de que, se algo lhe acontecesse, Jessalyn precisaria de proteção.

— Vocês têm suas próprias vidas. Filhos. Eu tenho que sustentar a Jessalyn. Ela ficaria perdida se ficasse... sozinha.

Ele estava atordoado. Tinha alguma coisa em mente. Talvez tivesse ido ao médico, Thom pensara.

— Existe alguma vantagem em um "fundo"? — Sophia teve que perguntar, pois ninguém estava perguntando.

— Sim! Sem sombra de dúvida. A viúva é protegida contra o que se chamava de "caçadores de fortunas"... e fica protegida de processos espúrios contra seu espólio, abertos por pessoas inescrupulosas que queiram se aproveitar de uma mulher cujo marido acaba de morrer. O "fundo" é uma proteção jurídica contra saqueadores.

Parecia óbvio que Barron se referia à *viúva bem de vida*. Whitey se preocupava que a esposa querida não fosse capaz, em termos de temperamento, de lidar com uma herança abundante.

Beverly disse, irritada:

— Nós conseguiríamos proteger a nossa mãe de saqueadores. Não precisamos de um "fundo".

Lorene objetou:

— Chega desse papo de "proteger" a mamãe. Jessalyn McClaren não é uma inválida. Ela passou todos os anos de casamento cuidando do marido, francamente... foi *ela* que foi forte, não o papai. Nós todos estamos impressionados... ela está lidando muito bem com a morte do papai...

— Está bem normal, achamos.

— *Bem* normal.

— Só que...

— ...é, bom...

— ...está claro que ela parece não entender... exatamente... que o papai *faleceu*.

Houve uma pausa. Lorene estava surpresa com as próprias palavras — *papai faleceu*. O rosto singelo, pálido, de elfo valentão, se enrugou e de repente ela desatou a chorar.

Que imagem espantosa, Lorene, mandona, de costas eretas, caindo no choro no escritório da Barron, Mills & McGee; Beverly tampouco conseguiu conter o choro; e é claro que, nervosa como estava, Sophia também desabou.

*Caramba!* Thom e Artie Barron trocaram um olhar de consternação másculo.

A LEITURA DE UM TESTAMENTO é turbulência: depois que é *lido*, pequenos tremores e ondas perduram, como se fossem uma agitação do ar, da água ou da terra.

Precisava de uma bebida, precisava muito! Thom falava brincando, na expectativa de que um ou dois deles falassem *nossa, sim*, a caminho de casa, ótima ideia.

Beverly, de olhos inchados, lambeu os lábios. (Thom viu.) Mas não...

Lorene, não. Sophia, não. E Jessalyn, é claro — *não*.

Porra, ele teria que parar e tomar uma bebida sozinho, então. Talvez fosse melhor assim.

Estava bebendo *demais*? Sem alguém para medir, o que é *demais*?

No carro de Thom, levando Jessalyn de volta para a casa da Old Farm Road, eles tentaram avaliar como a mãe estava se sentindo.

(Mas Jessalyn tinha *sentimentos*? Era tão abnegada, estoica — se já era impossível saber o que estava pensando, imagine *sentindo*.)

Estaria chateada por conta do fundo? Tinha compreendido? Será (talvez) que Whitey havia lhe contado seus planos, mas ela não tinha prestado (de fato) atenção? (Pois Jessalyn tinha tão pouco interesse em finanças que às vezes tampava os ouvidos quando o assunto vinha à tona. Qualquer discussão sobre imposto de renda lhe causava taquicardia.)

Os McClaren nunca tinham levado uma vida extravagante, nem mesmo ostentosa, como outros, outros que não tinham tanto dinheiro quanto eles, e com isso tinham economizado um bocado sem nem se darem conta. Os investimentos de Whitey, assim como os riscos que corria nos negócios, eram conservadores, com baixa rentabilidade, mas até a baixa rentabilidade vai se somando com o tempo.

A não ser pelo fundo fiduciário, o testamento de Whitey era bastante convencional. Heranças iguais para os filhos, uma ou outra herança menor a indivíduos e instituições beneficentes às quais ele e Jessalyn faziam doações havia anos, nada extraordinário, ou era essa a impressão que se tinha.

Sem nomes misteriosos, sem beneficiários inesperados. Sem filhos ilegítimos nem uma segunda família! Nada que os desconcertasse nem os aborrecesse depois de sua partida.

Isso já era um alívio. (Não era?)

Quanto à questão do fundo, a viúva não parecia ter uma opinião. Qualquer coisa que o marido tivesse desejado, era a vontade dele: ela sempre cedera no que dizia respeito às finanças. O fato de não poder botar as mãos em centenas de milhares de dólares, milhões de dólares, com qualquer objetivo que fosse, não importava para Jessalyn: pensava nisso tanto quanto pensava em fugir para... a Tasmânia, a pontinha da Argentina, Galápagos ou a Antártida.

Ela não teve como conter o riso, os filhos pareciam tão indignados por ela. No entanto (imaginava) ficariam ainda mais indignados caso ela tivesse herdado uma quantia vultuosa e decidisse gastar tudo de uma vez.

— Não está chateada, mãe? Que bom.

— Já te falei, meu bem... *não estou.*

Por que não paravam de perguntar?! Como podiam ser tão insensíveis?! Investimentos, imóveis, seguros, McClaren Inc. — maldito "espólio" — "fundo" — o resto de sua vida — o que essas coisas significavam para ela, agora que o marido havia partido?

Fitando as próprias mãos, que doíam como se as tivesse esfregado com desinfetante, esfolando a pele macia.

EM CASA, ELES TERIAM ENTRADO com ela, mas Jessalyn disse, com um sorriso ligeiro, forçado, que estava muito cansada e achava melhor se deitar um pouquinho.

Mas... eles ficariam em casa com ela, se quisesse. Se quisesse companhia. Se quisesse discutir o testamento, mais tarde. O "fundo". O futuro.

Não, não!, insistia ela, estava bem.

— Se você tem certeza, mãe...

— ...certeza de que está se sentindo bem...

Todos suplicando. Coagindo. Tinham medo de que ela se ferisse caso ficasse a sós? Fizesse uma idiotice como cair da escada, quebrar o pescoço? Bebesse o resto do uísque de Whitey, caísse em um estupor?

A força com que isso lhe vinha, ela não queria mais aquilo.

Embora a *viuvez* mal tivesse começado, estava exausta e já não aguentava mais.

— Vão para casa. Por favor. Vocês têm as suas vidas. Eu posso me cuidar. Não me sinto sozinha... esta aqui é a casa do Whitey. Obrigada!

*Uma respiração de cada vez, querida. Você vai sobreviver.*

# Arma de choque

O pai de Thom já estava no chão e incapacitado, Azim Murthy dizia.
— Dispararam à queima-roupa. Seu pai não estava "resistindo". Não parecia nem estar consciente, já tinha parado de implorar...

Era começo de novembro. Do nada, e justamente na semana em que Thom McClaren resolvera prestar queixa à Ouvidoria Civil do Departamento de Polícia de Hammond, Azim Murthy apareceu na vida dele.

Ele ficara sabendo que o sr. McClaren havia falecido, o dr. Murthy explicou. Tinha visto o obituário no jornal de Hammond.

— Sou a única testemunha do que aconteceu.

Ao que constava, o dr. Murthy estivera no Hospital Geral de Hammond no final da tarde de 19 de outubro para saber se um homem — "sessenta e tantos anos, cabelo branco, parrudo, caucasiano" — tinha sido levado ao pronto-socorro depois de ser agredido por policiais com um aparelho de choque; no entanto, os contatos que tinha no hospital não conseguiram ajudá-lo, não de fato. Um paciente de nome John Earle McClaren, de sessenta e sete anos, tinha sido levado de ambulância para o pronto-socorro por volta daquele horário, vítima de um derrame após sofrer um acidente de carro e não de ter (evidentemente) sofrido uma agressão.

O dr. Murthy anotara as informações, entretanto. Desconfiara de que a "vítima de derrame" fosse na verdade o homem que tinha visto sendo agredido por policiais no acostamento da Hennicott Expressway.

— Foi por minha causa que o seu pai parou. Ele interveio porque os dois policiais estavam me batendo. Era um homem muito corajoso, salvou a minha vida. Mas a polícia o agrediu brutalmente quando ele intercedeu. Derrubaram ele no chão, chutaram, deram choques. Não pararam nem quando ele já estava inconsciente. Pareciam uns loucos. Antes disso também tinham me dado um choque... sem motivo nenhum. Eles me pararam na rodovia sob a alegação de que eu estava "dirigindo de forma perigosa"... "mudando de pista sem dar seta"... a razão era que eles acharam que eu fosse um jovem negro (foi o que o meu advogado me disse) e queriam revistar o meu carro em busca de drogas ou o que conseguissem achar, algo que eles pensavam que um jovem negro devia ter dentro do carro. Quando perceberam quem eu era... que eu não era "afro--americano"... ficaram furiosos. Não prestaram atenção quando eu tentei dizer que era médico e onde trabalhava. Nem olharam a minha identidade ou a minha carteira de motorista. Fingiram achar que eu estava "embriagado"... "dirigindo de forma perigosa". Como não acharam drogas no carro, ficaram com mais raiva ainda. Gritaram comigo, me mandaram pôr as mãos na cabeça e me deitar de barriga para baixo, no chão. Por mais que eu obedecesse, eles continuavam berrando comigo feito loucos. Tentei proteger o rosto e a cabeça... implorei para que eles não me machucassem... o que eles interpretaram como "resistência à prisão". Eles não paravam de gritar comigo. Por motivo nenhum, a não ser porque eu me contorcia de dor no chão, me deram choques com a arma. Choque elétrico é uma coisa horrível... é paralisante. Eu achei que fosse morrer. Achei que o meu coração fosse parar. Não conseguia respirar. Nunca senti dor igual na vida. É feito uma convulsão... morrer por conta de um choque. Você não consegue respirar. Foi mais ou menos nessa hora que o seu pai parou o carro no acostamento e berrou para que eles me deixassem em paz. Então a atenção deles se voltou para ele. A chegada dele salvou a minha vida. Não consegui ver tudo o que fizeram, mas vi que o jogaram no chão, deram chutes e choques à queima-roupa. Eles gritavam... não paravam de gritar. As mesmas duas ou três coisas... "no chão"... "no chão"... "seu filho da puta, deita no chão"... mesmo quando a pessoa já estava no chão. Eles me algemaram, me prenderam e me levaram para a delegacia, mas o seu pai foi deixado para trás, para a ambulância pegar... Eles viram que ele tinha infartado ou sofrido um derrame... Pareceram assustados com a possibilidade de terem matado ele. Eu estava com tanta dor e medo do que fariam comigo que não vi o que tinha acontecido com o meu "salvador" naquele momento. Não me orgulho quando lembro disso, eu estava tão mal que não consegui pensar em alguém além de mim... eu não estava pensando direito. Temia pela minha vida. Não nasci neste país, mas sou cidadão americano. Estava com medo de ser deportado por alguma razão. Nunca tinha sido preso... nunca tinha sido arrastado até uma delegacia. Meu carro nunca tinha sido parado pela polícia. Achei que eles fossem me matar... que morreria espancado ou por causa dos choques. Não foi como no cinema ou na TV, eu não tive direito a um telefonema. Mas teve uma hora, por volta das quatro da madrugada, sem que eu entendesse o motivo, que me soltaram. Eu não estava nada bem. Estava todo machucado, cheio de dores e hematomas e as feridas dos choques doíam à beça. Mas fiquei muito feliz de ser solto. Não havia acusações contra mim, eu estava "livre para ir embora". Alguém tinha se compadecido de mim, ou estava preocupado comigo, com a possibilidade de que eu morresse na prisão. Então me concederam o telefonema, e eu pedi ajuda, pedi que me buscassem e me levassem para o pronto-socorro do Hospital St. Vincent (onde eu trabalho), onde verificaram se eu tinha lesões no rosto e na cabeça e costelas quebradas e tiraram fotos dos meus ferimentos. Eles disseram: você foi espancado, vamos ligar para a polícia, mas eu implorei *não*! Eu só queria ir para casa. Mesmo agora, não estou bem de saúde, mas sei que é uma sorte e tanto eu estar vivo. Sou médico residente do St. Vincent e trabalho pra caramba. Não conto dos meus problemas para a minha família porque eles ficariam mais apavorados do que eu. Desde o ataque eu só durmo algumas horas por dia e sinto muitos incômodos e dores de cabeça. Já me disseram que fui "classificado" como homem negro... foi esse o motivo da prisão. Foi um pesadelo e foi pior ainda porque outro homem, um homem inocente... seu pai... foi assassinado por aqueles loucos. Prestei queixa contra eles. Sei o nome deles... vou te repassar todas as informações que o meu advogado conseguiu descobrir. Vou depor contra eles por me agredirem e por "prisão ilegal". Vou depor contra eles pelo que fizeram com o seu pai, que não resistiu às ordens deles e não estava armado. Eles são assassinos!

Thom ficou tão perplexo com essa torrente de palavras do jovem indiano, que nunca tinha visto antes e sobre o qual não sabia nada, que precisou pedir a Azim Murthy que repetisse o que tinha dito e que falasse mais devagar.

Era doloroso ouvir Murthy falar e pensar que o pobre Whitey tinha sofrido tantas agressões à beira da estrada, incapaz de se defender e sozinho. Era basicamente como Thom desconfiava: o pai não tinha morrido de morte natural, o pai tinha sido assassinado.

— VOCÊ TEM FUNDAMENTOS para prestar queixa contra os policiais e tem fundamentos para um processo civil multimilionário.

Thom estava reunido com um advogado de Hammond chamado Bud Hawley, colaborador antigo de Whitey. Hawley tinha feito consultas à Polícia de Hammond e descoberto que de fato policiais tinham detido "Azim Murthy" em 18 de outubro de 2010, sob a acusação de "direção perigosa", "conduta desordeira", "suspeitas", "desobediência às ordens de policiais" e "resistência à prisão". Depois as acusações foram retiradas.

Não havia registros de um segundo homem apreendido mais ou menos na mesma hora e na mesma altura da Hennicott Expressway. Não havia registros de um segundo homem contido à força, espancado e desmaiado após ser atacado com arma de choque; mas o Hospital Geral de Hammond tinha registros de que naquela tarde John Earle McClaren, de sessenta e sete anos, tinha chegado ao pronto-socorro de ambulância, depois do que se acreditava ser um derrame enquanto percorria a Hennicott Expressway e de ter se ferido ao bater o carro no muro de contenção.

Os nomes dos policiais eram Schultz e Gleeson. Ambos eram policiais de Hammond havia anos. Questionados pelo advogado de Azim Murthy a respeito de sua detenção sob alegações que o advogado caracterizou como "espúrias e infundadas" — resultantes de "perfilamento racial" —, os policiais insistiram que o jovem médico indiano dirigia de forma imprudente e era por isso que o tinham parado; não faltavam motivos para desconfiarem de que ele dirigia sob o efeito de drogas ou álcool; insistiram que *ele* tinha ameaçado *os dois*; apesar das advertências, avançara sobre eles e parecia estar pegando uma arma (do bolso do casaco); precisara ser contido à força porque representava um perigo claro e evidente à segurança dos policiais.

Como Murthy "continuava resistindo", a única opção que tiveram foi disparar choques contra ele uma quantidade "mínima" de vezes.

Essas declarações, que pareciam decoradas, foram dadas de mau humor e até com ar desafiador, sob orientação de um advogado do sindicato da Polícia de Hammond que insistia que os clientes não tinham de modo algum violado o protocolo da corporação.

— Usar uma arma de choque à queima-roupa, não uma, mas várias vezes, depois de ele ter sido derrubado no chão, algemado e estar obviamente desarmado... isso não é uma "violação" ao protocolo da Polícia de Hammond?

A resposta a isso foi a reiteração de *perigo claro e evidente à segurança dos policiais*.

A presença de um outro homem, posteriormente identificado como John Earle McClaren, foi comprovada só depois do longo interrogatório feito pelo advogado de Murthy. A princípio, Schultz e Gleeson negaram saber de McClaren, mas, confrontados com o depoimento de Murthy, admitiram que um segundo homem tinha aparecido na cena onde acontecia a detenção: McClaren tinha parado no acostamento da estrada com a intenção, segundo lhes parecia, de interferir na prisão de Murthy; os policiais acreditavam que McClaren era cúmplice de Murthy, portanto precisavam se defender dele.

McClaren também tinha "ameaçado" os policiais, avançado contra eles "apesar de várias advertências"; feito um gesto "ameaçador", levando a mão ao cós da calça, ou ao bolso; precisara ser "contido à força" com a arma de choque, disparada apenas duas ou três vezes.

Nessa época, a polícia ainda não usava câmeras. Ninguém havia gravado o(s) incidente(s). Somente Azim Murthy, de vinte e oito anos, ele mesmo traumatizado devido à agressão, poderia depor contra os policiais.

Uma audiência preliminar foi feita a pedido do advogado de Murthy em uma das menores salas de tribunal do Palácio de Justiça de Hammond. Foi presidida por um juiz municipal. Thom não estava: só ficaria sabendo do andamento do processo mais tarde. E, ao ouvir seu advogado explicar como ele percebia aquela situação jurídica, Thom ficava cada vez mais nervoso. *Mas eles mataram o meu pai. Eles causaram o derrame. Ele nunca se recuperou. Eles são os assassinos.*

NÃO FOI POSSÍVEL ENCONTRAR um registro feito pela Polícia de Hammond da detenção de John Earle McClaren em 18 de outubro de 2010. Se tivesse havido detenção, existiria registro; se tinha existido um registro inicial, fora destruído.

Hawley pediria uma intimação para poder verificar os registros computadorizados da polícia. Mas era bem provável que esses registros também tivessem sido alterados conforme as instruções de alguém do departamento.

Thom tinha indícios, na opinião dele mesmo, de queimaduras de arma de choque no rosto, no pescoço, nas mãos do pai. Havia tirado inúmeras fotos com o celular e enviado todas a Bud Hawley na mesma hora, para se garantir caso alguma coisa acontecesse com seu celular. Tinha uma cópia do laudo hospitalar que assinalava a presença de "marcas que pareciam de queimaduras" no rosto e no corpo do pai, que a princípio, erroneamente, tinham sido atribuídas a lacerações causadas pelo acidente de carro (acidente que não tinha de fato ocorrido).

Os policiais tinham mentido sobre o "acidente de carro". Tinham mentido sobre John Earle McClaren ter sofrido algo ao volante do carro, levando um solavanco ao parar de repente no acostamento da rodovia. O relato mais recente era de que McClaren havia parado o carro à beira da estrada com a "intenção manifesta" de interferir em uma detenção. Teriam que admitir que sim, tinham disparado armas de choque contra McClaren, derrubando-o, mas só com a finalidade de assegurar "a segurança dos policiais". Só tinham disparado os choques antes, não depois, de algemar McClaren.

Mudariam a história do que tinha acontecido com McClaren diversas vezes. Na versão final, depois de precisarem subjugar o homem caído e de algemá-lo, ele parecia ter tido "um ataque" — "tipo, um ataque elipético" — e eles ligaram para a emergência.

*Elipético? Epilético?*

*Ou talvez um infarto, um derrame.*

*Uma condição preexistente que ele tinha, que não foi causada pela prisão.*

Mas por que nenhuma acusação foi feita contra John Earle McClaren? Ou, se haviam sido feitas acusações, por que foram retiradas? (Anuladas pelo tenente da nona delegacia, o superior direto dos policiais.) Bud Hawley alegaria, representando Thom McClaren, que o homem "detido", o pai de Thom McClaren, tinha sido deixado no acostamento da via expressa desacordado, com dificuldade de respirar, após sofrer um derrame depois de ser brutalmente agredido pelos policiais; tinha sido transportado por profissionais de saúde para o pronto-socorro do Hospital Geral de Hammond, onde sua vida foi salva.

Com o tempo, as lesões de McClaren causaram sua morte. Complicações decorrentes do derrame provocado pelos policiais de Hammond em um ataque sem motivos a um homem de sessenta e sete anos desarmado e que não impôs resistência.

PRIMEIRO, UMA QUEIXA PRESTADA à Ouvidoria Civil do Departamento de Polícia de Hammond. Em seguida, um processo aberto contra os policiais Schultz e Gleeson e o Departamento de Polícia de Hammond pelo homicídio culposo decorrente de omissão de socorro a uma vida humana.

Homicídio doloso era uma acusação exagerada, Hawley sabia. Com a negociação, a acusação seria rebaixada a homicídio culposo. Haveria também acusações secundárias de uso excessivo da força, de má conduta policial.

Thom entendia: a justiça estava do seu lado. Mas Thom também sabia: promotores, juízes, jurados relutavam em declarar policiais culpados dos exemplos mais radicais de irregularidades.

Que humilhação Whitey sofreria! Ainda pior do que as lesões físicas, o golpe a seu orgulho. Pois se orgulhava de sua relação com o Departamento de Polícia de Hammond, que havia sido estabelecida com muito cuidado, muita diplomacia, quando ele fora prefeito, duas décadas antes.

Whitey teria gostado que os policiais fossem punidos, demitidos. Talvez fosse querer prestar queixa e mandá-los para a prisão. Mas não teria gostado de receber dinheiro dos cofres do município de Hammond, pois a indenização seria paga com os impostos dos cidadãos, não pelo Departamento de Polícia. Só se o processo criminal fosse cerceado, Thom cogitaria um processo civil.

Enquanto Whitey era prefeito de Hammond, um acordo vultuoso havia sido feito com a família de um jovem do Camboja baleado e morto por policiais ao final de uma perseguição em alta velocidade pelo condado. Três viaturas com seis policiais foram atrás dele em uma velocidade de mais de cento e trinta quilômetros por hora, atravessando as estradas do interior. O "suspeito" em fuga acabou em um milharal, dentro de um veículo capotado. Não encontraram drogas no carro, não havia armas nem qualquer tipo de contrabando, apenas brinquedos e roupas infantis. O "suspeito" tinha vinte e sete anos e era pai de crianças pequenas e acabou morrendo fuzilado por balas da Polícia de Hammond.

Não era um episódio do qual Whitey McClaren se orgulhava em seus dois mandatos como prefeito. Tinha tentado servir de mediador entre o chefe de polícia intransigente e o advogado sedento por publicidade da família enlutada.

Por fim, depois de mais de um ano, e com um infeliz alarde midiático, a cidade fez um acordo com os acusadores por uma quantia não divulgada (um milhão e quinhentos mil dólares); os policiais envolvidos na perseguição em alta velocidade e no fuzilamento foram afastados e puderam se aposentar mantendo os benefícios.

O processo criminal estava fora de questão. Não houve júri. O promotor não levara o caso adiante.

*Uma situação trágica. Não podemos correr o risco de que essa tragédia se repita.*

Whitey falara com o máximo de firmeza possível. Dera inúmeras coletivas de imprensa. Tinha censurado os policiais, mas nunca — exatamente — repreendido o Departamento de Polícia como um todo, e nunca tinha feito críticas diretas ao chefe de polícia que (preferia pensar assim) era seu amigo.

Não teria gostado que o filho levasse a acusação adiante, Thom supunha.

E não houvera autópsia. Thom deveria ter insistido quando Jessalyn se opôs. Deveria ter explicado por que queria a autópsia, por que autópsia era necessária, pois pretendia processar a Polícia de Hammond. Mas relutara em chatear a mãe ainda mais, cedera à emoção do momento.

— Se você achava que iria processar, deveria ter insistido em fazer a autópsia, Thom.

— Não consegui convencer a minha mãe. Eu tentei.

— Você deveria ter explicado à Jessalyn o quanto seria importante.

— Caramba! Eu tentei.

Na época, estava exausto demais. O cérebro não estava funcionando bem.

E agora, tarde demais. Não tinha indícios materiais, só um relatório médico inconclusivo que a defesa tentaria minar e o depoimento do jovem Azim Murthy.

NO ENTANTO, THOM NÃO HAVIA discutido a situação com as irmãs. Não desejava enfrentar suas emoções desenfreadas, imprevisíveis. Não tinha interesse em debater o assunto com Virgil.

Quando enfim conversou com Jessalyn, trazendo à baila, com muito cuidado, a agressão da polícia a Whitey, Thom percebeu que a mãe se enrijeceu, seus olhos transpareceram medo. Por um instante desvairado, um momento de pura emoção, compreendeu que a mãe estava pensando que tinha acontecido algum engano, uma confusão hospitalar, e Whitey não tinha falecido afinal.

*Ela não quer escutar. Não quer saber. Por que você a está atormentando?*

Mas ele não via alternativa. Esforçou-se para explicar: Whitey não tinha sofrido um acidente de carro, como tinham sido levados a crer, não tinha sofrido um ataque enquanto dirigia e se ferido em uma "colisão". Tinha sido ferido, provavelmente, por policiais que lhe deram choques, depois de ele parar na rodovia para intervir no espancamento de um jovem médico indiano-americano.

A agressão tinha provocado o derrame. Assim como o derrame, depois de uma semana de hospital, tinha enfraquecido o sistema imunológico e provocado a infecção que o levara embora.

*Levara embora.* As palavras surgiram para Thom como se viessem do ar.

Jessalyn pediu a Thom que repetisse o que tinha dito.

Ela parecia estar escutando, muito atenta. As pálpebras machucadas piscavam rápido como se ela tivesse dificuldade de enxergar o rosto de Thom.

— O derrame do papai foi causado pela polícia. Foi uma agressão sem motivo. Eles o atacaram. Temos uma testemunha. Vamos processar.

(O que Thom queria dizer com *nós*? Ele ainda não tinha recrutado os McClaren para a missão.)

Jessalyn disse, incrédula, gaguejando:

— Ah, mas... por que eles fariam uma coisa dessas? O seu pai era... o Whitey era... você sabe como ele era, o Whitey era tão... — Thom imaginava que ela estivesse tentando dizer *benquisto*.

Os olhos dela se encheram de lágrimas de choque e dor. A voz tremeu. Ele estava se odiando por ter aborrecido a mãe daquele jeito. Porém, não via alternativa.

— Porque eles são ignorantes, são burros. Porque são racistas. Pararam o médico indiano porque acharam que fosse um rapaz negro. Então, quando o papai tentou intervir, eles se voltaram contra ele.

Thom parou. Pegou a mão da mãe e a segurou com força. Que dedos gelados, finos! Não queria notar o quanto Jessalyn havia emagrecido naquelas últimas semanas.

— Eles não sabiam quem ele era, mãe. Não reconheceram Whitey McClaren. Ele não é... não era mais... prefeito fazia muitos anos, mãe.

— Ah, mas qual foi o motivo que você disse? Por que eles fizeram mal a ele?

Era como tentar discutir com uma criança. Com paciência, Thom repetiu que Whitey havia parado na via expressa para intervir. Tinha visto dois policiais espancando um jovem de pele escura no acostamento, tinha salvado a vida do rapaz.

— Ele é médico no St. Vincent... "Azim Murthy." Nasceu na Índia, em Cochin. Disse que vai depor a nosso favor. Se... quando... a gente abrir o processo.

O cabelo de Jessalyn, outrora macio e brilhante, de um belo tom castanho-avermelhado desbotado, agora estava opaco e sem brilho, penteado para trás, grudado à cabeça. O crânio tinha um contorno abrupto. Os olhos lacrimejantes eram largos demais para o rosto abatido. O filho sentiu uma onda de algo como medo da mulher, ou até repulsa, fugaz, terrível.

Ela suplicava, protestava.

— Mas... o Whitey não iria gostar de encrenca, Thom. Ficaria tão, tão feio nos jornais... na TV... ele vai ser tão *atacado*. Ele chamaria os policiais de "meninos de pavio curto"... vivia dando desculpas para o que faziam. Lembra? Coitado do Whitey! Ele se lamentava tanto de ter se deixado convencer a entrar para a política. Dizia ter sido manipulado por gente que acreditava ser amiga dele. Todo mundo dizia: "Whitey, a polícia tem que ser punida", e o Whitey dizia: "Estamos de mãos atadas. O sindicato é forte demais. Deixa os prefeitos de joelhos. Não tenho uma base política forte o suficiente para partir para o enfrentamento, senão, acredite, é isso o que eu faria". Às vezes ele chorava nos meus braços. Ai... o que é que eu estou falando? Seu pai era corajoso à beça. Se preocupava demais. As pessoas o achavam forte, mandão, não faziam ideia da importância que as coisas tinham para ele, do medo que ele tinha do fracasso, ele detestava aqueles processos que eram resolvidos com o dinheiro da população enquanto o Departamento de Polícia não pagava nada, nem um centavo...

Jessalyn falava sem freio, como Thom nunca tinha ouvido a mãe falar. Segurava a mão dele com tanta força que doía. Ele prestou atenção, mas não a ouviu dizer *não*.

**QUANDO BUD HAWLEY PERGUNTOU** a Thom se deveria levar o caso adiante, Thom respondeu:

— Sim.

Ponderou por um instante e disse:

— Porra, é claro que sim.

# O beneficiário

Em um bolso da jaqueta cáqui largona encardida pelo tempo ele carregava a morte do pai.
    Havia muitos bolsos na jaqueta cáqui (comprada por nove dólares em um bazar de igreja), alguns deles eram de zíper e outros, maiores, tinham botão de pressão.

Às vezes ele guardava a morte do pai no bolso vertical comprido na altura da coxa direita, onde a pessoa podia guardar ferramentas, talvez um martelinho, se fosse um carpinteiro. Às vezes botava a morte do pai no bolso esquerdo da cintura, onde podia enfiar a mão caso sentisse frio ou se sentisse só, e nesse caso a morte do pai lhe dava uma sacudida, servia de lembrete — *Sim. Aqui mesmo.*

Às vezes a morte ficava em um bolso interno, perto do coração. Nesse caso, era lembrado dela em uma frequência alta demais — *Sim. Aqui mesmo. Onde mais seria?*

Ele bem que teria gostado de deixar a morte do pai em outro lugar que não algum bolso da jaqueta cáqui, como (por exemplo) uma prateleira do guarda-roupa, uma gaveta de sua mesa de trabalho, em meio a pincéis e panos manchados. Teria gostado de deixar a morte do pai a uma certa distância, mas havia o medo (sentia esse medo como se estivesse fora dele, como uma pancada de chuva gelada) de que a morte fosse colocada no lugar errado, se perdesse.

Basicamente, a morte do pai era desajeitada, um aborrecimento. Não tinha onde deixá-la que não fosse de uma forma ou de outra um lugar errado.

AQUELA ÚLTIMA MANHÃ NO QUARTO de hospital de Whitey. Ele não sabia que seria a última.

O último dia. Tinha ido embora para o sítio no meio da tarde. Planejava voltar de manhã com a flauta de sabugueiro para tocar para o pai.

Pensava — *Se o papai se recuperar, vai se lembrar de mim assim? Ou... do jeito que ele pensava em mim antes?*

Havia muitas coisas não ditas entre eles. Que não foram faladas, não foram perguntadas. Ele (ainda) não tinha tido coragem de fazer perguntas cruciais sobre sua vida ao pai porque (ainda) não tinha tido coragem de compreender que perguntas seriam essas.

*Por que você não me amou, se me ama agora?*

*Você me ama agora, se não me amava antes?*

Abruptamente, então, rude como uma página arrancada de um livro, havia terminado. A notícia chegara a seus ouvidos: nunca mais veria o pai vivo.

Jamais faria essas perguntas. O pai jamais procuraria palavras para respondê-las.

FOI UMA ATITUDE COVARDE, FUGIR. Não uma atitude de liberdade, independência, "integridade artística". Mas ele tinha fugido.

E ao voltar para a cabana nos fundos do sítio na Bear Mountain Road, um dos amigos que morava na casa desceu a colina para lhe entregar um monte de correspondências.

Correio para *Virgil McClaren*! Parecia impossível.

Na verdade, à exceção de duas ou três, as cartas eram todas propagandas. Não tinha se incomodado em pedir que sua correspondência ficasse retida na agência nem providenciado que alguém a guardasse para ele.

Era típico de Virgil simplesmente desaparecer. Qualquer um que o conhecesse sabia disso. Não era questão de estar incomodado ou exasperado, muito menos de estar assustado. O amigo já conhecia Virgil havia anos, mas não declararia ser um amigo íntimo e não se surpreenderia se Virgil não lembrasse direito qual era seu nome.

De repente, após a morte do pai, Virgil foi embora. Depois da reunião de última hora na casa da Old Farm Road, quando viu família, parentes, vizinhos e amigos debaixo do teto dos pais pela primeira em sabe-se lá quanto tempo e (tinha certeza) última vez. E depois nos fundos da casa, quando os convidados foram embora, ele viu a expressão de puro ódio no rosto de Thom, ao segurá-lo em uma chave de braço e atirá-lo no chão enquanto as irmãs observavam, atônitas.

Ele se deu conta — *Agora que nosso pai foi embora não tem nada que o impeça de me matar.*

Ele fugiu. Pegou só algumas mudas de roupa, um outro par de botas. Pegou a pedra de feldspato rosa que achara na mesa do pai, cujos veios reluziam ao sol; colocou-a em cima do painel do carro, onde a veria sempre. Prometeu a si mesmo que nunca mais se encontraria com Thom.

A vigília hospitalar havia se encerrado. O que quer que tivesse acontecido entre eles havia acabado.

Ficou várias semanas viajando. Em um carro emprestado, dirigia praticamente sem rumo. Pelas Adirondacks e pelo norte de Vermont, New Hampshire, Maine. A primeira neve da estação caiu no Maine enquanto em Hammond os dias ainda tinham um calorzinho outonal, um ar irreal e precário. Não queria ligar para casa, não queria ouvir as vozes da família.

Sentia culpa por ter abandonado a mãe em um momento daqueles. Poderiam ter se lamentado juntos. Não havia dúvidas de que deveria ter ligado para a mãe e para Sophia. Aos outros, não fazia ideia do que diria.

Tinha certeza de ter dito a Sophia que o pai não se lembraria dele no testamento. Dos filhos do casal McClaren, Virgil era o menos estimado por Whitey porque (pelo que ele se lembrava) Whitey jamais tinha se orgulhado de algum feito dele.

*Virgil, que exagero! O papai te amava.*

Ele sabia que Jessalyn o tranquilizaria assim. Sophia o tranquilizaria.

Mas não queria ser tranquilizado por elas. Não queria ser paparicado feito uma criança.

Não tinha nenhuma vontade de ser humilhado na frente dos outros. É claro que tinha ficado longe da firma de advocacia no dia da leitura do testamento do pai, tinha ficado a centenas de quilômetros.

No meio das correspondências de quinta categoria havia uma única carta em papel timbrado grosso de cor creme. *Barron, Mills & McGee LLP.*

Ele tinha reparado no envelope de cara. Mas não abriu o envelope de cara.

Dizia a si mesmo que não tinha a ver com ele pessoalmente.

E, portanto, assim que passou os olhos pela carta, semicerrando-os ao se deparar com o jargão jurídico, e depois viu o número, surpreso, depois em choque — seu cérebro foi tomado por um branco.

— Virgil? Algum problema?

O amigo que tinha levado as correspondências para a cabana estava parado, olhando para ele.

*Algum problema?* Não tinha palavras para responder.

Virgil olhava fixo para o papel timbrado grosso que tremia em sua mão. Estava sentado no chão da cabana, ao lado de um forno a lenha onde, menos de uma hora antes, tinha colocado pedaços de madeira para acender uma fogueira, para aquecer a cabana gelada como uma geladeira — havia se sentado de supetão, como se as pernas cedessem. Parecia não estar entendendo direito onde estava, quando o cachorro do amigo, Sheffie, esfregou o focinho molhado em seu rosto.

— Virgil? É uma notícia ruim?

Ao ver o aviso da quantia que o pai havia lhe deixado, os muitos milhares de dólares, mais grana do que já tinha visto na vida, Virgil não conseguiu responder.

Meu Deus! O que quer que tivesse esperado, ou não esperado, certamente não era *aquilo*, de jeito nenhum.

— Não, não. Não é má notícia...

Estava com um nó na garganta. Não esperava nada e não queria nada. Havia se preparado para o nada.

Ficou quase alegre, tonto. Estando longe de Hammond e fora do alcance da família (enlutada). A expectativa do nada é uma liberdade e tanto.

*Das cinzas às cinzas, do pó ao pó. O nada.*

Daquele jeito (disse a si mesmo), não precisara viver o luto pela morte do pai. Tinham se separado, só isso. Na última semana da vida de Whitey tinham sido "próximos" — isso era verdade. Mas o pai apequenado na cama de hospital não era o verdadeiro pai de Virgil, ele sabia disso.

Mas agora a situação não era tão clara. Virgil não fazia ideia do que pensar, porque o testamento era anterior à internação, ao derrame, à derradeira doença do pai. Era impossível que o testamento não fosse do *verdadeiro pai*.

Agradeceu ao amigo por lhe trazer as correspondências. Brincou que fazia muitos anos que não recebia tantas cartas, e boa parte iria direto para o forno a lenha.

Menos a carta única, singular da *Barron, Mills & McGee LLP*. Ela, Virgil não queimaria.

Enfiou a carta no envelope depressa. Não conseguia — exatamente — tomar a iniciativa de contar ao amigo que o pai tinha se lembrado dele no testamento e tinha sido generoso. Não tinha palavras para isso.

O amigo (também artista, professor substituto do Ensino Fundamental) se ofereceu para fazer companhia a ele caso estivesse chateado com alguma coisa, mas Virgil insistiu que não era necessário.

O cachorro do amigo continuou lhe dando focinhadas molhadas. Que reconfortante era! Virgil abraçou o pastor mestiço de pelo grosso, passando o braço em volta de seu pescoço. Fechou os olhos com força para conter as lágrimas enquanto o cão batia o rabo nas tábuas do assoalho, se balançando de alegria.

— ∞ —

— É CLARO QUE O PAPAI TE AMAVA! O papai amava todos nós.
Teve que ligar para Sophia. Precisava falar com ela. Em um telefone emprestado, tinha que falar com a irmã que não o repreenderia nem gritaria com ele como merecia.
As palavras de Sophia eram uma crítica doce. Astutas, irrefutáveis.
— Você mistura as coisas: não é porque o papai não aprovava sua vida que ele não te amava. Já tentei te explicar isso, mas você nunca me deu ouvidos. Ah, Virgil!
Ele não protestou. Sentia um ardor pulsante estranho.
Ouvia aquele zumbido fraco, murmurante. No Maine, tinha se hospedado na casa de uma apicultora, uma amiga com uma dezena de colmeias das quais recolhia o mel, e o som das abelhas lhe vinha agora, misturado à pulsação empolgada de seu sangue.
*Amado você foi amado o tempo inteiro amado. Você.*
— O papai deixou a mesma quantia para todos nós, sabia? Exatamente a mesma. E deixou boa parte do espólio em um fundo, para a mamãe...
*Amava você tanto quanto amava os outros. O tempo inteiro?*
*Não era possível.*
*Possível?*
*Não.*
— Virgil? Você ainda está aí?
Sim. Ainda estou aqui.
— Você já ligou para a mamãe?
Ainda não.
— Ela vai querer notícias suas. Falo pra ela que você voltou?
Não. Sim. Obrigado.
— Quer vir jantar? Vir pra casa da mamãe? Eu te encontro lá?
Não. Ainda não.
— Ou... só nós dois? Posso ir à sua casa, levar alguma coisa pra gente comer?
Não. Ainda não.
Não estou preparado para ver vocês. Ainda.
— Bom. Seja bem-vindo de volta, de qualquer forma. De onde quer que você tenha chegado.
Sophia era cuidadosa ao falar. É claro que Sophia estava bem exasperada, era provável que estivesse indignada com o irmão irresponsável, mas não trairia tais sentimentos por telefone.
— Da próxima vez que você sumir, pelo menos me avise aonde você vai. Ou avise para a mamãe.
Ok. Vou dizer.

— Quer saber o que eles vão fazer com a herança deles?

*Eles* eram o irmão, as irmãs mais velhas. Entre Sophia e Virgil, *eles* dispensava explicação.

— O Thom vai "aplicar o dinheiro" na McClaren Inc. A Beverly vai usar a grana para fazer umas reformas... disse que a casa dela está caindo aos pedaços. A Lorene vai tirar umas férias "merecidíssimas" em dezembro. E eu... eu não decidi ainda.

Silêncio.

— Então... o que é que você vai fazer com o dinheiro do papai, Virgil? Doar? Doar.

OU TALVEZ GUARDAR PARA SI.

Ganancioso, egoísta. Glutão. O Virgil McClaren que ninguém conhecia, ninguém imaginava que existisse. Quem dirá o pai.

Guardar o dinheiro para si. Chega de porcaria de segunda mão comprada em bazares.

Materiais de arte, um lugar dele. Em vez de alugar, um *estúdio próprio*.

Em vez da bicicleta feia que nenhum moleque que se prezasse gostaria de roubar, uma picape. Em vez de pegar o carro dos outros emprestado como um pedinte, ter o dele.

(Por acaso sabia de uma picape Dodge que estava à venda, com um preço bem razoável. Perfeita para levar esculturas de sucata para as feiras de arte.)

(Ávido por viajar — para onde? O sudoeste. Desertos áridos, céus imensos que faziam os indivíduos e suas culpas parecem pequenos. Longe dali. Quando?)

Também: podia usar o dinheiro para pagar o que ficara devendo ao longo dos anos.

(Jessalyn? Pagar *a ela*? Jessalyn não aceitaria seu dinheiro. Principalmente o dinheiro que o pai lhe havia deixado. Que petulância seria! Ele só a aborreceria caso tentasse.)

Percebeu então: havia imposto sobre heranças.

É claro, não tinha pensado nisso. A verdadeira soma de dinheiro que receberia como beneficiário de John Earle McClaren seria bem menor do que a soma citada no testamento.

Não fazia imposto de renda havia anos. Estadual, federal. E, quando fazia, quando era professor adjunto da faculdade, sua renda era tão baixa que precisara pagar menos de quinhentos dólares.

Como Virgil era desligado do muito pomposo *mundo da realidade*.

Então lhe veio à cabeça, do nada, do cheiro de fumaça de lenha nas narinas: como exatamente o pai tinha morrido.

Ele, Virgil, nem sempre higienizava bem as mãos ao entrar no quarto de Whitey. Muitas vezes se esquecia — estava tão concentrado no pai, em tocar flauta para o pai. Com a cabeça distraída de um menino de doze anos, ignorava o gel antisséptico na parede. Nem sequer o via. Esses escrúpulos higiênicos se aplicavam às outras pessoas, mas não *a ele*.

Ou: ele acreditara que o pai era forte, resiliente, não fraco, não alguém que *adoecia fácil*.

Tinham chamado de infecção *hospitalar*. Virgil sabia de uma coisa chamada *E. coli*. Uma bactéria comum encontrada na terra, sobretudo em sítios, perto de adubo. Esterco animal. Esgoto. O solo fértil do sítio nas botas, nas sandálias de Virgil. Sempre um leve odor de esterco despertado e intensificado pelo clima úmido, embora já fizesse muitos anos que não tinham vacas. Havia rastros por todos os lados. E mutucas, por todos os lados. A *E. coli* é impotente para infectar os saudáveis, mas implacável com aqueles enfraquecidos por doenças.

Na primeira visita à UTI, mostraram a Virgil o gel antisséptico na parede, ao lado da porta do quarto do pai. *Assim. Não se esqueça de sempre higienizar bem as mãos.*

Como eram inflexíveis, como eram enérgicos, como eram determinados, todos eles — limpando as mãos com o desinfetante de cheiro forte.

No entanto, Virgil tinha sido desleixado. Mãos não muito limpas, sujeira debaixo das unhas. Jaqueta cáqui encardida. Botas com respingos de lama. Entrava no quarto do pai no hospital com a flauta debaixo do braço como um personagem de conto de fadas, privilegiado e livre de restrições ponderadas.

Assim ele havia infectado o pai.

Assim ele havia matado o pai.

E, sem saber disso, o pai o recompensara...

Terrível se dar conta disso. Submergiu no horror como em um banho de água suja. *Você, Virgil. Você é o culpado.*

Ao amanhecer, acordou com a fumaça sufocante da lenha na cabana.

— Meu Deus!

Precisava se salvar, um imprestável assassino, livrando-se das cobertas, tropeçando descalço rumo à porta e saindo no vento frio, salpicado de chuva, ao qual ele poderia clamar, caso não soubesse ser em vão, para que o perdoasse.

# A orgia da viúva

—Ai, mãe. Que droga foi essa que você *fez*?
Despejou tudo o que restara das garrafas abertas de uísque, gin, vodca, bourbon de primeira qualidade de Whitey na pia da cozinha, e horas depois o cômodo ainda fedia a uma orgia vertiginosa.

(Mas os comprimidos lá em cima, no armário do banheiro, que ainda são seu segredo mais valioso, ela guarda.)

# A mão trêmula

Corra! Não pode se atrasar.

Se antes já estava de pé e ávida para ir ao instituto sempre antes das sete e meia, agora mal consegue abrir os olhos com medo de ver aquela coisa que parece um sapo preto agachada em seu peito.

E o gosto de algo preto, úmido, parecido com um sapo, na boca.

E um peso como de chumbo nos braços e pernas. Aquele torpor que injetou nos animais de laboratório, para dessensibilizá-los para a dor que injetaria em seguida com sua mão admiravelmente firme.

No entanto, está ávida. Precisa muito retomar o trabalho de rigor minucioso do laboratório depois de muito tempo afastada.

O glamour da *exatidão*. Enquanto a vida real é macia, mole, disforme, imensurável.

Sua intenção era voltar logo após a morte do pai. No máximo três dias depois. Mas achara necessário passar um tempo com a mãe na casa da Old Farm Road, acompanhar Jessalyn até o escritório da Barron, Mills & McGee, à Vara de Família e Sucessões de Hammond, a outros compromissos que se enquadravam na rubrica indelicada e que soava como castigo das *tarefas da morte*.

Preocupada, Beverly dissera: *Fique de olho na mamãe*. Pois Beverly tinha uma família, para a qual precisava voltar.

E Lorene dissera: *Me ligue se alguma coisa parecer esquisita*. Pois Lorene tinha uma vida profissional, para a qual precisava voltar.

Thom também esperava que Sophia ficasse *de olho* na mãe. Como o novo presidente da McClaren Inc., estava muito distraído com o trabalho: a sede da empresa em Hammond, a casa e a família em Rochester, o trajeto exaustivo que fazia dia após dia.

E Virgil? — estava desaparecido havia quase três semanas.

(Por fim, Sophia tinha ido até o sítio da Bear Mountain Road para procurar o irmão, já que fazia alguns dias que ele não aparecia na casa da mãe. Sabia que

Virgil não tinha intenção de comparecer à reunião no escritório da Barron, Mills & McGee para a leitura do testamento, mas não tinha entendido que ele pretendia ir embora de Hammond. Amigos dele informaram que Virgil tinha pegado um carro emprestado para ir "para algum lugar no norte do estado", sem saber bem quando voltaria. O chocante foi que ela não ficou muito chocada.)

Quando disse a Jessalyn que Virgil tinha ido sozinho para algum lugar, a mãe pareceu entender. *Ah, sei como é! O Virgil precisa ficar a sós com o pai.*

VAI ATÉ O MEMORIAL PARK RESEARCH INSTITUTE por um caminho já conhecido.

Só que: a morte torna tudo o que é conhecido desconhecido.

Por exemplo: percorrer um caminho que, da última vez que o fez, lhe parecera muito normal, nada de mais; mas agora, sob a sombra da morte, você vê o caminho irrevogavelmente alterado. *Nunca mais você vai passar por esse caminho como ele era antes da morte.*

Tentava relembrar a última vez que tinha dirigido na Federal Road, que devia ter sido no dia da palestra de Alistair Means: o dia em que havia recebido a notícia.

Uma sensação de aperto no coração ao ver tantas ligações que foram para a caixa de mensagens.

— Ai, pai! Que saudade.

Dentro do carro se pode falar sozinho. Ninguém escuta, ninguém desconfia. Ninguém se importa.

Como Whitey gostava de falar enquanto dirigia! Às vezes tirava as duas mãos do volante para gesticular.

Para Whitey, falar *era* gesticular.

Sophia sorri ao relembrar. Os pelos na nuca se arrepiam quando ouve de novo a voz de Whitey se alternando entre a brincadeira e a seriedade, contando uma de suas longas histórias exageradas e confusas...

Sophia é tomada por um ímpeto forte: dar meia-volta, dirigir para a casa da Old Farm Road.

*Uma mãe é seu carinho. Uma mãe é os filhos, o marido.*

Queria imitar Jessalyn? Queria *ser* Jessalyn?

Os pais tinham um amor ideal. Um casamento ideal. Seria muito difícil imitar um casamento como esse, para os filhos.

É uma coisa linda, Sophia pensa. Viver pelos outros. Viver nos outros. Tem medo dessa propensão nela mesma, de venerar a mãe.

Em todas as criaturas o maior instinto é o da autopreservação. Porém, na mãe, outro instinto emerge: a proteção dos mais novos.

Ela quer ter filhos, um dia. Como Jessalyn teve.

Ou — será que quer mesmo?

Por enquanto, será uma filha carinhosa e protetora.

Sorri ao pensar que a mãe pretende separar as roupas de Whitey, doá-las à Legião da Boa Vontade. E também os sapatos.

Bom, ela vai precisar de ajuda! Whitey tinha a fama de relutar em jogar fora sapatos velhos, alegando que um dia poderia precisar deles.

*Depois que os sapatos cedem, são como amigos de longa data, não dá para jogá-los no lixo sem mais nem menos.*

E Jessalyn respondia: *Você não está querendo dizer que você jogaria seus amigos de longa data no lixo, né, Whitey?* E Whitey replicava: *Ah, se eu não jogaria.*

O que é terrível na morte: não há mais risadas.

Não há mais palavras. Não há mais Whitey. Apenas...

Se Jessalyn tentar separar as roupas sozinha, a tarefa nunca vai ser concluída.

Sophia vai perguntar a Jessalyn se ela não pode ficar com algumas das gravatas de Whitey. Suas favoritas. (Algumas das gravatas foram presentes que a própria Sophia dera ao pai.) Ela tem a vaga impressão de que talvez — um dia — dê essas gravatas ao homem pelo qual vai se apaixonar.

SOPHIA? É O ALISTAIR. *Só queria saber como você está.*

Quer retornar a ligação, mas não consegue. Por que, por que não, não consegue, é por medo, por quê?

*Me dê uma ligada para me dizer como você está. Por favor.*

A voz de um estranho, hipnotizante. Ela ouve repetidas vezes. Mas não poderia ligar...

Ávida por voltar ao laboratório e à vida real (como a chamaria: *não a vida de filha*), mas ao se aproximar do prédio da Lumex a sensação de chumbo volta aos braços e pernas. *Tão pesados!*

E, dentro do prédio, a surpresa do ar. Do odor.

Atravessa os corredores. Caminho conhecido, porém faz uma curva errada e entra em um beco sem saída com uma única porta agourenta. SOMENTE SAÍDA DE EMERGÊNCIA.

Abre a porta pesada do laboratório e uma sensação de tontura se espalha por seu corpo feito náusea.

— Sophia! Oi.

— Que bom te ver, Sophia...

Sorrisos para demonstrar que está bem. Sorrisos valentes.

Evita conversas. Não só agora. Os olhares dos colegas são solenes, compassivos. Curiosos.

A alguns desses, aqueles com quem ela trabalha de perto, Sophia mandou e-mails com explicações. *Morte na família, sinto muitíssimo. Vou pôr o trabalho em dia, prometo.*

(Imagina que eles saibam: o pai faleceu. É possível que saibam quem é o pai. Era.)

(Ela não sabe até que ponto sabem do interesse de Alistair Means por ela. Se sabem, vão ser mordazes, impiedosos.)

Faz tanto tempo que está longe do computador. A máquina desconfia dela e rejeita sua senha.

Em seguida, conseguindo entrar no programa, Sophia clica nas colunas de dados registrados. Tantas colunas! Tantas mortes em miniatura. Como uma lufada de éter vinda da tela, enchendo-a de náusea.

Outra surpresa desagradável: a mão firme não está muito firme esta manhã. Ela se atrapalha ao vestir a luva de látex. A pele grudenta do avesso, repulsiva ao tato.

Não muito longe da estação de trabalho de Sophia, paredes de gaiolas. Penúria animal. O tremor quase inaudível das criaturas (coalhadas de tumores, condenadas). Não existe desinfetante capaz de fazer frente ao odor deles.

Porém, está decidida a trabalhar. Vai *pôr o trabalho em dia*.

Só que: esteve tanto tempo longe do laboratório que ela parece ter se esquecido de como é. O rosto dos colegas, as luzes fluorescentes, o tremor dos condenados, o cheiro deles.

Não tem como evitar o supervisor, imagina ela. Assim que ele se der conta de que Sophia McClaren enfim voltou ao laboratório.

Se ele disser: *Por favor, aceite minhas condolências, Sophia. Lamento pela sua perda.*

Não vai conseguir aguentar as palavras. Não outra vez. Não!

É a verdade, ninguém sabe o que falar diante da morte, do luto. Viu até os mais velhos hesitarem, sem saberem direito o que falar sobre Whitey.

Prepara a solução (tóxica). Tantas vezes já a preparou, mas hoje algo parece errado. Como uma pianista que de repente percebe cada uma das notas e portanto se torna incapaz de tocar. Ela se atrapalhava com a seringa, a *mão firme* não tão *firme*.

Assustador para Sophia, tremer desse jeito. O cheiro é acachapante. Está tonta, mas não pode sucumbir. Prepara o primeiro dos animais de laboratório para ser inoculado e, em seguida, dissecado.

Aos poucos, gradualmente, como uma erosão, o destino dos animaizinhos de laboratório é sumir das gaiolas à medida que são convertidos em dados.

Em dados em gráficos, estatísticas. "Ciência."

E "ciência" em patentes farmacêuticas, vendas e lucros.

Lucros enormes para a Lumex. Bilhões.

*Que orgulho imenso de você, Sophia. Esse tipo de trabalho que você está fazendo — em prol da humanidade...*

Como é vívida a voz do pai! Mas os olhos, ela vê que os olhos dele estão fechados.

A mão treme. Isso nunca aconteceu.

Meu Deus — ela deixa a seringa cair com um baque que deve reverberar pelo laboratório. Em sua mão esquerda bem fechada, a criaturinha está imóvel como se essa imobilidade fosse um jeito comprovado de passar a perna na morte.

Devia ter dito a Whitey: *Não. Não se orgulhe de mim. Não mereço o seu orgulho. Eu te enganei.*

As luvas de látex cobrem a mão. Justas, justas.

Justo demais para respirar, as costelas apertadas, o coração apertado e espremido, mas ela vai triunfar, não vai decepcionar as pessoas mais velhas que a admiram.

O dr. Means também a elogiou. O olhar dele caloroso, porém calculista, no primeiro encontro, quando a contratou para assisti-lo nos experimentos da Lumex.

De repente, abruptamente, como se tomasse a decisão depois de examinar o currículo dela, de fazer algumas perguntas — *Está bem! Muito bom. "Sophia McClaren." Você pode começar na segunda-feira?*

Tão feliz que teve vontade de pegar a mão do homem e beijá-la.

Bem — foi quase isso.

E agora ela pensa: "Não".

Devolve à gaiola presa na parede a criatura, que agora se debate entre seus dedos, guincha com ânimo diante da possibilidade de vida, mais vida, mesmo que repleta de tumores, mesmo que fugaz, mais vida! *Todas as criaturas almejam continuar existindo* — Sophia se recorda de uma disciplina de filosofia.

É Espinosa quem fala. Fala com *ela*.

Arranca as luvas de látex, tão repugnantes. Joga-as no lixo.

Às pressas, arruma seus pertences. em uma caixa de papelão. Faz menos de uma hora que chegou ao laboratório, depois de muitos dias de ausência e agora — está indo embora? Para casa?

Se está arrumando as coisas, planeja não voltar?

O supervisor chega para falar com ela. Sob o sotaque escocês há uma voz de leve espanto, incredulidade, a confusão de um homem acostumado a ser tratado com o máximo de civilidade, se não deferência, obrigado a lidar com uma pessoa que o desconcerta.

Quer que ela o acompanhe para que possam conversar a sós. Na sala dele. Sophia se opõe, não quer acompanhá-lo e sim ir embora. Agora.

Mas por quê? Por que *agora*?

Porque é impossível respirar neste lugar. Impossível aguentar.

Ele insiste, ela precisa acompanhá-lo. Toca no braço dela.

Não com firmeza. Não com força. Não com alguma familiaridade ou plano — mas Sophia sente o toque, e com uma faísca de desagrado, recua.

E ele vê. (É claro que ele vê. Nada escapa ao escrutínio de Alistair Means!)

Sophia não presta atenção ao que ele diz. Está atenta aos gritinhos, aos tremores de pânico. Criaturas que sabem: este é o dia em que serão executadas.

Nos braços, sem jeito, segura a caixa de papelão com as coisas que pegou de seu cubículo, objetos muito banais, constrangedores, que Means deve ver — a caneca de café que precisa ser lavada, uma caixa amassada de lencinhos, um tubo quase vazio de pasta de dente, um tubinho azul de loção medicamentosa que ela esfrega nas mãos rachadas por causa das luvas de látex.

Tchau! Não consigo respirar neste lugar, preciso ir.

No estacionamento ele a alcança. A respiração dele é audível, vira vapor. A testa dele se enruga com a desaprovação da jovem teimosa que contratou para assisti-lo nessa série crucial de experimentos. Ela está de fato virando as costas para ele? Para o que ele lhe deu? *É isso mesmo o que ela está fazendo?*

Alistair Means nem lembra o palestrante fluente e genial no palco, absorto em materiais fascinantes, totalmente informado, seguro. O pesquisador que respondeu habilmente a perguntas, que foi gracioso ao receber os aplausos. Agora é um homem de meia-idade exaltado, que encara Sophia como se, caso tivesse a audácia, pudesse segurá-la como uma filha rebelde, para lhe dar uma boa chacoalhada.

— Pode ser que você se arrependa, Sophia, caso se demita. Imagino que você esteja se demitindo. Você pode tirar mais um tempo de folga se precisar... Tentei te ligar, sabia?

Ele está meio que suplicando e meio que acusando. Eles foram longe demais, Sophia pensa. Ele jamais vai perdoá-la.

— Escute, qual é o problema? Você não pode tomar uma decisão neste estado. Uma decisão que vai influenciar a sua carreira. Eu acho que a gente deveria conversar sobre o assunto...

Ah, virou uma cena cômica! Desastrada, Sophia conseguiu destrancar a porta do carro. Conseguiu enfiar a caixa no banco de trás. Ela percebe que o supervisor está chateado por ela e talvez também esteja irritado, zangado. Porque ela está se deixando levar pela emoção, ela perdeu o controle. A ciência da exatidão é hostil à perda de controle.

— Só não quero mais matar animais. Acho que já matei muitos para você.

É O FIM. QUE ALÍVIO!

Chega de experimentos da Lumex. Chega de mortes em miniatura na ponta dos dedos. E ela nunca soube, nunca fez perguntas, com vergonha de sequer cogitar perguntar, se Alistair Means é divorciado ou se ainda é casado; se tem esposa, filhos.

Se o interesse dele é genuíno, e não o de um predador sexual. Se o interesse dela é genuíno, e não o de uma jovem ambiciosa que calcula como progredir na carreira.

Na mesma noite, Means telefona e deixa a mensagem: *Sophia. Estou aqui em frente, na calçada. Eu acho que a gente precisa conversar direito. Seu futuro. O futuro. Posso entrar?*

É desse jeito que algo começa entre eles.

# Sonâmbula

Ela se tornou sonâmbula. O sono é sua vida, que ela atravessa entorpecida, sem enxergar e sem sentir, como uma espécie de vida marinha tão pequena que não está claro se está, de fato, "viva".
*Uma respiração de cada vez, Jess. Você consegue.*

O SONAMBULISMO COMEÇOU no quarto de hospital do marido. Quando enfim foi chamada. *Sra. McClaren, nós lamentamos muito.*
Viu Whitey totalmente imóvel. Os olhos não estavam fechados por completo (então dava para imaginar que estivesse espiando, às escondidas, pelo menos com o olho "bom") e a boca entreaberta (então dava para imaginar que estava prestes a falar), embora torta, um lado ligeiramente mais levantado do que o outro, um tique paralítico que ela acreditava não ter percebido antes (embora fosse óbvio que já devesse ter percebido — inúmeras vezes).
O choque era que tinham desligado as máquinas dele. Desligado Whitey das máquinas. O acesso intravenoso tinha sido retirado. Os monitores tinham sido desconectados. Ela sentiu intensamente o insulto, a ferida, por que eles tinham *desistido*?
Era este o choque: o que havia de diferente no cenário. O que faltava.
— Ah, Whitey...
O outro, isso também foi um choque. Que Whitey parecesse estar dormindo, mas não estivesse (dava para perceber) dormindo — não respirava.
Mas (o cérebro dela lutando para compreender assim como um animal luta, arranha a encosta rugosa pelo terror da queda) o choque mais profundo, o primeiro olhar, entrar no quarto e, naquele instante, o choque que foi a falta das máquinas, a falta do acesso intravenoso, porque eles tinham *desistido*.
Ela não conseguia entender. Depois de tantos dias, pareciam até semanas, meses... que ele estivera sob os cuidados deles, fora confiado a eles. E agora, tinham *desistido*.

Ela o beijou, tentando não sucumbir a um choro desamparado. Porque ele precisaria que ela fosse forte como sempre.

Curvou-se sobre Whitey. Sem jeito, se inclinou para encostar o rosto no dele. O choque foi, este foi o choque, o quão rápido a pele dele esfriava.

PORÉM VAI CHEGAR, DEZENAS DE vezes por dia, o carro do marido na garagem!

Esperando que ele entre pela porta dos fundos — *Jess! Querida! Cheguei.*

Como se (ela sorri ao lembrar) não fosse perceber que o marido havia chegado em casa. Ou que era ele, Whitey, quem tinha chegado *em casa*.

Trinta e sete anos! Era como espiar da beirada de um grande abismo, tentar ver o fundo do Grand Canyon, o começo do tempo.

Euforia, felicidade. Em geral, ela corria até o marido, mesmo se estivesse longe, lá em cima, ela corria até o marido, e se cumprimentavam com um beijo.

(Mas o que diziam? Tudo esquecido.)

Ela ouve o coração palpitar feito — o quê? — uma bola de tênis velha, encardida, sendo rebatida de qualquer jeito — no silêncio da casa que tem gosto de éter.

*Mulher egoísta! Pense no quão feliz você foi, você imaginava que duraria para sempre?*

*Que boba você é.*

A viúva fica impassível, petrificada. Não exatamente paralisada — mais entorpecida, chumbada — como um manequim que perdeu os membros inferiores, mas (ainda) não tombou.

Ouvindo uma voz que não é a de Whitey (é claro), mas a de um estranho que fala com calma, com desdém.

UMA DAS ENFERMEIRAS, TELEMETRIA. RHODA?

Ela fora tão gentil com eles. Tão atenciosa. Levara uma coberta para Jessalyn, que tremia, o quarto de hospital era um gelo. *Whitey é o nosso predileto, o seu marido é uma pessoa muito especial, dá para perceber.*

*Nós adoramos o sr. McClaren! Ele é um doce.*

Quando Whitey tivesse alta eles levariam um presente para Rhoda. Para as outras enfermeiras também (talvez), mas algo especial para Rhoda.

No entanto, Jessalyn viu como Rhoda destoava deles: paciente, família. Dava arrepios entender que Rhoda já tinha visto muitos pacientes morrendo, tinha testemunhado muito sofrimento, o definhamento, a sobrevivência, a esposa que por desespero se apega à mão sem reação do marido, os filhos (adultos) horrorizados diante do pai apequenado, agonizante, inexprimível, ninguém consegue falar disso. É nesse momento que as palavras não funcionam, insatisfatórias e tolas feito bolhas de sabão.

Quando, um dia, Beverly perguntou a Rhoda se havia a possibilidade de que dali a alguns meses o pai voltasse a dirigir, a enfermeira pareceu hesitar, se refrear antes de dizer, com seu sorriso radiante, bem-ensaiado:

— Ah, é possível. É, sim.

— O papai dirige muito bem. Ele adora dirigir...

Beverly falava à toa. Com tanta esperança e alto o suficiente para que Whitey, a poucos centímetros dali, não tivesse dificuldade de ouvir.

— ...todos nós aprendemos a dirigir com ele, a mamãe também... Não foi, mãe?

— Foi, sim! O Whitey foi um professor de direção maravilhoso...

Que conversas mais vazias. Quanta esperança.

Preenchendo o vácuo como aquelas sementes brancas etéreas — choupo? Salgueiro. A única coisa que temos para não sermos sugados pelo vácuo, esses diálogos. Segurando a mão uns dos outros.

Viu a enfermeira preferida fora do hospital, caminhando depressa em um estacionamento. Chamou-a, levantou a mão para acenar — *Oi!* E o olhar de Rhoda se voltou para ela, assim como o sorriso rápido, embora (mais tarde Jessalyn acharia óbvio) não fizesse ideia de quem ela era — *Oi! Olá!*

Quando Whitey morreu, a enfermeira preferida não estava por perto.

Quando Whitey morreu, é claro que se esqueceram da enfermeira preferida.

Nem se lembraram de levar presentes para as enfermeiras, todos esses planos foram encerrados de repente como se uma onda assassina colossal tivesse invadido a praia e varrido tudo que havia pelo caminho.

Agora, sob um trecho de sol invernal na casa silenciosa em seu transe de sonâmbula, Jessalyn relembra com uma pontada de remorso — a enfermeira que era tão gentil com eles, da telemetria, qual era mesmo o nome dela?

AH, O QUE VAI SER DE NÓS? — inúmeras vezes ela havia perguntado, suplicando, segurando a mão dele, quando não havia alguém por perto e o próprio Whitey estava dormindo e não podia ouvi-la, que dirá responder. *Ah, o quê?*

A vigília, então. Eles não tinham entendido que o cerco ainda viria.

EU ACHO QUE NÃO. NÃO.

*Por favor, não,* mas era possível que não tivesse falado em voz alta.

Rogava a eles *por favor, não, por favor, mais devagar* mas era a forma deles de viver o luto e era uma forma legítima de luto, ela entendia. Não era o jeito dela mas era o jeito deles e precisava ser respeitado. Movimento, movimentação, telefonemas e e-mails, mensagens de texto, um redemoinho de planos para o memorial em dezembro, feito uma tempestade de poeira em que ela não ousava respirar, porque as partículas em redemoinho se alojariam no fundo dos pulmões e a sufocariam.

John Earle McClaren — "Whitey" McClaren — tinha que ser reverenciado publicamente, como que por uma banda marcial. A viúva não conseguiria marchar na banda, mas não podia (ela sabia) fazer objeções à banda porque (ela imaginava) o próprio Whitey gostaria disso, porque Whitey não tinha, várias vezes na vida, participado de serviços memoriais de outras pessoas, amigos abatidos, camaradas, parentes? Ele havia marchado de modo bastante público. Tinha demonstrado seus sentimentos, seu luto. É claro que Whitey tinha agido assim.

É possível ser sincero em público. Não é falta de sinceridade (a viúva se repreende) sofrer em público.

Os filhos mais velhos: Thom, Beverly, Lorene. Eles marchariam na frente da banda.

Os parentes dos McClaren espalhados pelo estado de Nova York, Nova Inglaterra, o Meio-Oeste. Velhos amigos de Whitey, amigos mais recentes, companheiros de pôquer, colegas de classe no Ensino Médio e na faculdade, colaboradores e rivais nos negócios e diretores de instituições beneficentes para as quais Whitey tinha feito doações — todos tinham depoimentos enaltecedores a fazer a respeito do querido Whitey McClaren, e esses depoimentos foram feitos publicamente no púlpito da bela capela episcopal de St. John, com vitrais coloridos, posta à disposição da família McClaren para a ocasião solene.

Só a viúva não se manifestou. Sentada na primeira fileira da capela onde (caso desejasse) teria como se virar para olhar as muitas pessoas reunidas para celebrar publicamente o marido, apertadas nos quinhentos assentos da capela.

No órgão, tocaram uma seleção das canções prediletas de Whitey — "Battle Hymn of the Republic", "Oh Shenandoah", "If I Had a Hammer", "Blowin' in the Wind", "The Sound of Silence".

Como que embalsamada, a viúva suportou a cerimônia, a recepção que aconteceu em seguida e o jantar organizado pelos amigos mais antigos que Whitey tinha em Hammond. Pois a pessoa é obrigada a comer, mesmo em meio à tristeza. E ninguém gostava mais de comida do que Whitey McClaren. Comida e bebida.

Uma vez brincou que se tivesse sido um faraó egípcio ele teria insistido que incluíssem um estoque de ostras Rockefeller em sua "pirâmide".

*Que belo memorial. O memorial mais lindo que já vi. Que belo ser humano.*

Por fim, deixaram a viúva ir embora. Embora o jantar ainda não tivesse terminado.
*Coitada da Jessalyn! Passou a noite inteira sem mal abrir a boca.*
*Você acha que a ficha dela já caiu?*
Levada para casa pela filha e pelo marido da filha, que seriam capazes de acompanhá-la até lá em cima e tirar sua roupa e a botá-la na cama feito uma inválida, mas não, educadamente ela agradeceu, mas não, por favor, boa noite, obrigada, podem ir. Por favor.
E lá em cima, no quarto, sentindo a vida lhe voltar como se desatassem um torniquete.
*Por onde você andou, Jess querida? Eu estava esperando.*

A VIÚVA É A PESSOA a quem o pior aconteceu.
Mas, cruelmente, a viúva se exaure *esperando*.
Esperando que ele volte para casa.
Quantas vezes por dia. Uma hora.
Pensando no marido como *ele*. Não consegue pensar nele no pretérito, um ser que *era*.
Esperando a voz dele que lhe vem (somente) quando não é chamada.
De noite, no escuro, na cama em um torpor de exaustão, comprimido(s) para dormir, a viúva enfim é feliz como quem desceu escorregando um morro íngreme traiçoeiro cheio de pedras, ainda viva, mesmo que por um fio, mas não mais acordada, toda a consciência obliterada, que alívio, que alegria se afundar nos braços dele e ter o calor de seu abraço percorrendo o corpo.
*Jess, querida! Que saudade.*

BEVERLY RECLAMOU QUE, QUANDO JESSALYN ia jantar em sua casa, passava a maior parte do tempo distraída e não parava de revirar a bolsa para ver se não tinha perdido as chaves — as chaves do carro, as chaves de casa — ou a carteira — *que irritação!* E só parecia feliz quando chegava a hora de Steve levá-la para casa, *como se estivesse desesperada para voltar para aquela casa onde alguma coisa, alguém a espera.*

— SRA. MCCLAREN? ASSINE AQUI.
— ...assine aqui.
— Aqui, por favor...
— Assine aqui, sra. McClaren. Obrigado!
— Se possível, por favor... assine aqui...

— E aqui também, e aqui. Agora aqui…
— Sra. McClaren? Só mais umas folhinhas…
— E aqui… Obrigado!
— …mais uma, aqui…
— …aqui… Só uma rubrica, por favor!

Não estava claro se a viúva tinha realmente lido os documentos. Se tinha passado os olhos pelo portfólio de investimentos imobiliários, setenta e cinco páginas impressas cheias de texto.

Se tinha alguma noção do quanto *Jessalyn e John Earle McClaren* tinham em investimentos, imóveis, contas bancárias. Do quanto a empresa de impressão *McClaren Inc.* valia.

Parecia óbvio que a viúva não fazia ideia de que o marido tinha poupanças e contas no "mercado financeiro", em vários bancos, só no nome dele, cada uma delas com cerca de quinhentos mil dólares.

Como sabia pouco das contas dele. *Das contas deles.*

— Nada disso tem muita relevância. Mas obrigada.

Sam Hewett olhou para Jessalyn McClaren, surpreso. A viúva havia falado em tom de quem se desculpa, mas com ar de teimosia.

A "equipe" de Whitey McClaren (como ele os chamava) na Gestão Patrimonial Merrill Lynch ia à casa deles algumas vezes por ano. Faziam reuniões no escritório de Whitey e, a certa altura das negociações, Whitey chamava Jessalyn — *Jess? Preciso que você venha aqui um segundo para assinar, amor.*

Ela podia estar na cozinha ou no jardim. No quintal, no deque, regando os vasos de gerânios. Lá em cima, em um quarto ou outro, fazendo qualquer coisa que estivesse fazendo, a dona da casa.

*Jess? Querida? Por favor, venha cá.*

Se haviam explicado o que ela estava assinando, Jessalyn não escutara. Nunca lia o que estava assinando. Quinze, vinte páginas cheias de texto. Ela ria, sentia-se eufórica. Às vezes Whitey pegava a mão dela, indicando onde assinar.

— É só assinar aqui, sra. McClaren.

Abaixo de *John Earle McClaren*, *Jessalyn Hannah McClaren*.

Hewett não tinha certeza de que tinha escutado bem. A viúva falava tão baixinho.

— O que não tem muita relevância, sra. McClaren?

— Ah, bom. — Jessalyn parecia estar com vergonha de sequer ter falado alguma coisa. — Tudo.

Presa dentro de um tambor, a viúva consegue ouvir as marteladas na parte externa do instrumento, presa e lutando para respirar dentro do tambor, mas, se conseguir aguentar, não vai ser ferida pelo martelo e, mais cedo ou mais tarde (ela sabe: este é seu bálsamo), vai dormir.

Durante o sono, o marido a aguarda. *Jess querida! Venha cá.*

As pálpebras começaram a se fechar enquanto a mão continuava a assinar documentos.

— Sra. McClaren? Jessalyn? — Sam Hewett estava angustiado.

Ele era o contador pessoal de Whitey havia vinte anos. Assim como a equipe de gestão de patrimônio, ele ia à casa da Old Farm Road algumas vezes por ano e, nessas ocasiões, se encontrava com Jessalyn McClaren, ainda que brevemente.

Pensando bem, a pobre coitada provavelmente não estava dormindo bem à noite. Após um trauma, o cérebro pode ficar hiperativo. As substâncias químicas cerebrais necessárias para desligar a ativação neural e permitir o sono se esgotam e, portanto, os neurônios continuam ativos, feito luzes estroboscópicas piscando.

Sam Hewett sabia uma coisinha ou outra sobre luto. Mas não (ainda) como seria perder a pessoa com quem estava casado havia quase quarenta anos.

Era comovente para Hewett o esforço que Jessalyn McClaren estava fazendo para se comportar como sempre se comportara. Sorrindo para a visita, em um simulacro de sua antiga personalidade, de esposa, uma daquelas belas mulheres mais velhas que usam pérolas, suéter de caxemira, sem um fio de cabelo fora do lugar, embora, na verdade (Hewett ficou surpreso ao observar), a pobre Jessalyn não estivesse tão arrumada naquela tarde, com calça de lã amarrotada e um cardigã cinza tão frouxo no corpo que seria de se pensar (Hewett realmente pensou) que talvez o suéter tivesse sido de Whitey. O cabelo opaco, lambido, sem volume ou brilho. E sem pérolas. Sem maquiagem, nem sequer batom, a pele branca parecendo fina, as veias azuis nas têmporas, os olhos evasivos lacrimosos.

*Não quer que fiquem olhando para ela. Feito uma ferida aberta, horrível.*

*Pobre coitada! Já deve ter passado dos sessenta anos, e a vida dela acabou.*

Pálpebras se fechando, não consegue ficar acordada. A caneta escorrega dos dedos.

Hewett relataria: ouvimos falar em viúvas que adoecem e morrem depois do falecimento do marido. Foi o que aconteceu com minha avó depois que meu avô morreu. Fazia uns sessenta anos que estavam casados. A vovó definhou feito uma vela que queima e pinga, e as pessoas só percebem quando *se apaga*.

Espero que este não seja o caso da sra. McClaren.

Adormeceu na mesa onde estávamos cuidando da documentação das contas e dos impostos. Assinando a papelada. Assinando cheques para o Tesouro dos Estados Unidos, os impostos do estado de Nova York. Deitou a cabeça nos braços e fechou os olhos e tive dificuldade de acordá-la, foi assustador. Mas, quando propus que eu ligasse para uma das filhas, ela implorou que não, por favor, tinha medo de que as filhas, ou quem quer que fosse, a descobrisse.

Aquele dinheiro todo, aquele espólio, e a casa estava um gelo — o termostato devia estar nos dezenove graus.

Assim como a vovó, depois que meu avô morreu. Esperava economizar dinheiro poupando na calefação.

*DEIXE A GENTE AJUDAR VOCÊ, MÃE.*
Ela riu, eu não sou uma imprestável para precisar de *ajuda*.
Decidida a seguir em frente sozinha, até onde conseguisse. Descobrindo muitas coisas que não sabia, não imaginava. Solidão.
*Um de nós poderia vir morar com você. Dar uma mãozinha.*
Como explicar a eles, impossível explicar, ela não está exatamente sozinha. Uma viúva nunca está só.
Todo dia ela o esperava. Todo dia um lance íngreme de escadas para subir...
Quando o crepúsculo se aproxima, a espera se intensifica. Uma crise é iminente.
Faróis de veículos na Old Farm Road visíveis a quilômetros de distância quando se coloca diante de uma das janelas do andar de cima.
Fita ao longe. Até os olhos começarem a doer.
*Ali! Aquelas luzes...*
É dominada por uma empolgação infantil. Por um breve instante, pode pensar: *Whitey?*
É apenas um breve instante. Mas é um instante.
Animada pela esperança, mesmo sabendo que ela não existe. Uma pequena rolha na água suja, balançando no esgoto, insubmersível.

*VAI DEMORAR UM TEMPO. MAS você pode aguardar.*
*Estou aguardando. Ei — eu te amo.*

*DISSE A HILDA, QUE SEMPRE* vinha para faxinar a casa nas manhãs de segunda-feira, que passaria o resto do inverno longe, que ligaria quando voltasse.
(Whitey insistia que a casa fosse faxinada "de cima a baixo" toda semana. Insistia em dizer que não queria a "esposa querida" limpando suas sujeiras.)
(Jessalyn ria. *É claro* que uma esposa limparia a sujeira de um marido como aquele, esbanjador no uso da casa, alheio ao espaço que cruzava em dias normais.)
Ela pôs na mão de Hilda um cartão de agradecimento, que continha um cheque com o dobro do pagamento habitual:
— E o sr. McClaren também agradece.

— ∞ —

POR QUÊ? — ELA NUNCA TINHA se sentido à vontade dando ordens a ninguém.
Agora conheceria as minúcias da casa. Só a viúva e a casa.

É RARO A VIÚVA FICAR SOZINHA. Mesmo fora da segurança da casa, a viúva não está sozinha. Sente isso de forma aguçada, fica acanhada.
Procurando as chaves (perdidas) (colocadas no lugar errado). Chave do carro, chave de casa.
Virou uma obsessão, procurar essas chaves.
Ou carteira. Celular.
Ou, quando não está em casa, temer perder/colocar no lugar errado a bolsa onde estão as chaves, carteira, celular. Qualquer um desses objetos e todos eles.
Com medo de perder o carro. (Isto é, esquecer onde o estacionou.)
Observada no mercado. A futilidade de empurrar um carrinho pelos corredores. Uma atividade robótica e um rosto sorridente que a vigia.
Observada empurrando o carrinho até o estacionamento. Observada na chuva intensa e congelante.
Não está claro quem a observa. Quem a julga. De quem é a voz que a ataca.
*Por que você faria uma burrice dessas. Você não está pensando, por que você não está pensando.*
*Você se odeia tanto assim? Mas por quê?*
*Odiar/machucar a si mesma não vai trazê-lo de volta.*
Sacolas de produtos que ela levanta com dificuldade do carrinho para colocar no porta-malas do carro. Ela é teimosa, vai continuar até a última das várias sacolas estar encharcada e rasgada, produtos vazando no estacionamento em uma queda empapada: *Ah, Whitey, por favor, deixe-me morrer. Se você me ama*, mas se inclina na chuva gelada para pegar as compras e colocá-las no porta-malas, como cada produto é constrangedor, tangerinas, três bananas fora do cacho, potes de iogurte, potes de queijo cottage, um saco pequeno de pão de forma multigrãos, latas de sopa, cada produto um gesto de compaixão *Deve ser porque alguém quer viver. Alguém está desesperado para continuar vivo, se está se alimentando. Patético!* Pois é claro que você segue com a vida ridícula de viúva, uma fita de Möbius sem fim.
O rosto dela está molhado. O rosto da viúva está molhado com frequência. Mas, na chuva, a vantagem da viúva é que não dá para saber se ela está chorando.

— ∞ —

E NO CEMITÉRIO, ela se perdeu.

Um dia no começo do inverno, quando escurecia. Em um impulso, decidiu que era fundamental visitar o túmulo de Whitey.

Desesperada para chegar lá. Da primeira vez, quando as cinzas na urna foram enterradas, estava distraída demais para entender direito.

Whitey não os instruíra a espalhá-las em um lugar com apelo sentimental, como um rio, um lago, um cânion. Não queria pensar em um futuro tão distante e não era do tipo que se levava muito a sério.

A presunção o constrangia. A pior coisa que Whitey podia dizer de alguém — *Ele se acha o máximo. Nossa!*

Ele queria ser cremado. Não um enterro formal. Mas não tinha entrado em detalhes. *Já chega, vamos acabar logo com isso.*

E aí está o problema: o marcador (temporário) fornecido pelo crematório é muito pequeno e se parece tanto com outros marcadores funcionais do cemitério que a viúva fica confusa na luz minguante e se perde. Ela e os filhos encomendaram uma bela lápide de granito de proporções respeitosas que contará com as palavras pomposamente gravadas:

Amado marido e pai
John Earle McClaren

Mas a lápide ainda está na oficina do pedreiro. Enquanto isso, a viúva parece ter se enganado ao se lembrar de um marcador (temporário) maior do que é de fato, duas ou três vezes maior, e por isso não o acha. Os pés calçados com um sapato inconveniente afundam na terra esponjosa. As narinas ardem com o cheiro pungente de folhas empapadas podres e a banalidade de tais atos de desespero. Porque a viúva sempre procura algo que se perdeu, que *não-está-aqui*.

Tentando não entrar em pânico. Ai, como é possível que esteja *perdida*?!

Não é do feitio de Jessalyn McClaren, que sempre foi a pessoa que sabia o caminho, fazia questão de anotar o endereço, planejava onde estacionar, sabia exatamente quando. Sem dúvida sabe que o marcador está por perto. Tem certeza.

Desce uma colina lamacenta. Grama achatada pela chuva, lama escorregadia em tom de vísceras e de cheiro condizente.

Tenta atravessar uma trilha de grama enlameada, um atalho até uma passagem de cascalho. O tornozelo vira, ela cai de repente, pesadamente.

No lodo frio, aos soluços.

*Whitey! Por favor, me deixe te encontrar, estou tão cansada.*

Um outro visitante do cemitério, que está de saída, a avista. É possível (ela vai pensar mais tarde) que o homem tenha ponderado se vai deixar transparecer que tinha percebido sua presença, uma mulher que parecia embriagada, uma mulher confusa, uma mulher aos soluços, de coração partido, que escorregou na lama, caiu, tosca.

Mas ele não desaparece. Galantemente, se aproxima e a ajuda a se levantar. Esse toque — o súbito contato físico — de um estranho — é acachapante para Jessalyn, como um eclipse solar inesperado.

Um alívio, ele não parece ser alguém que a reconheça. Ninguém que ela deva conhecer.

— Aqui. Veja se isso aqui dá um jeito…

O estranho galante dá lencinhos a Jessalyn, para ela limpar as roupas enlameadas. Guardando uma distância bem-educada, ele não a ajuda.

Através dos olhos turvados pelas lágrimas, ela enxerga: é um homem que não é jovem, não é caucasiano, tem um rosto marrom enrugado e olhos bondosos, um bigode de palha de aço pendente. Usa um paletó de tweed com retalhos de couro nos cotovelos, e na cabeça um chapéu vistoso, como o usado por vaqueiros. É alto, anguloso, desconfiado e atento, como se temesse que Jessalyn fosse cair na lama outra vez e ele fosse ser obrigado a puxá-la.

Pergunta se ela está bem. Seu jeito é bizarramente formal, desconfiado — ele a chama de *madame*.

Jessalyn se pergunta: ele tem medo de que a senhora branca entre em pânico e comece a berrar? — tem medo *dela*?

Constrangido, ela garante ao bigodudo cavalheiresco que não se machucou — só está um pouco enlameada.

— Mas eu acho que… estou perdida…

— Perdida?

— É que… não consigo achar o t-túmulo que estou procurando.

Ela tenta rir, a situação é ridícula à beça.

Com algo parecido com pena, o homem fita Jessalyn. Uma mulher vagando perdida naquele cemitério pequeno, de não mais que uns oito mil metros quadrados?

Por educação, ele pergunta qual túmulo procura, e ela lhe diz:

— O túmulo de John Earle McClaren.

Pronto, está dito: O TÚMULO DE JOHN EARLE MCCLAREN.

O bigodudo parece não perceber o quão profunda a declaração é para Jessalyn. Parece não perceber que talvez a mulher enlameada à sua frente seja a viúva do falecido que se perdeu à procura do túmulo.

Tampouco parece atinar que *McClaren* é um sobrenome de relevância local. Não?

— Bem. Vamos ver como podemos ajudá-la, querida.

*Querida*. A viúva sente o solavanco dessa palavra descontraída como uma carícia inesperada, mas (talvez) não indesejada.

*Querida*. Como um cão chutado se sentiria ao ser acarinhado e não mais chutado.

O bigodudo carrega uma coisa que parece um embrulho, da qual tira uma lanterna. Uma daquelas lanternas finas como um lápis, com um feixe de luz de potência surpreendente.

— Como é? A lápide.

— Ah, não é, na verdade — responde Jessalyn em tom de quem pede desculpas —, é só um daqueles marcadores temporários que há por todo o cemitério. As funerárias providenciam esses marcadores, sabe, ou... o local de cremação. — Ela se cala, abatida.

É claro que Jessalyn conhece a palavra *crematório*, mas a palavra lhe parece pretensiosa naquele ambiente, dita ao bigodudo de chapéu de vaqueiro.

Será que ele está comovido por seu ar culpado, sua distração, que mal disfarça o desespero profundo? Acha graça de suas roupas enlameadas, as roupas caras de bom gosto, um casaco preto de caxemira, o inconveniente sapato de couro?

É claro, ele deve ter imaginado que Jessalyn é a viúva. *Viúva* se tornou sua essência.

Jogando o estreito feixe de luz no chão grumoso que leva Jessalyn a fileiras de lápides e marcadores de covas. Alguns são muito antigos — datas gravadas desbotadas que remontam à década de 1880. Alguns estão cobertos de um musgo que dá a impressão de ser áspero. Jessalyn tenta acompanhar o ritmo dele, ficar perto do bigodudo. Repara que ele é bem mais alto do que ela — mais alto do que Whitey. Sob o chapéu de vaqueiro enfiado na cabeça em um ângulo arrojado, o cabelo dele é um emaranhado de fios brancos e prateados, tão comprido quanto o de Virgil. Ela se pergunta se ele conhece Virgil: se eles se conhecem. (Mas ele pareceu desconhecer o sobrenome *McClaren*. Embora seja a pessoa menos vaidosa do mundo, Jessalyn fica um pouquinho magoada com isso.)

— Desculpe, querida... estou andando rápido demais?

— N-não. Estou bem.

*Querida*. Ninguém a chama de *querida* desde Whitey.

Não está bêbada, mas por que será que tropeça, parece incapaz de manter o equilíbrio no chão irregular, o ar úmido hostil a deixa zonza. Desde o martírio da vigília e da *partida* e suas consequências, perdeu a noção do que é necessário para ficar *de pé* — como andar sem oscilar e tropeçar.

Um problema neurológico, talvez. *Déficit* — a palavra temida.

Com que velocidade pode acontecer: *derrame, déficit*. Todas as manhãs, a viúva desperta perplexa e cheia de culpa porque (ainda) não aconteceu com ela.

O bigodudo oferece o braço a Jessalyn, mas ela finge não perceber. É dominada pela timidez, não quer ficar perto demais dele.

— Madame? Aqui? Já olhou aqui?

Serpenteante feito uma cobra, a luz se movimenta pelo chão. Os olhos de Jessalyn acompanham com uma espécie de pavor.

— Ali... é isso...

Como é pequeno o marcador da funerária, como é medíocre, de uma cor acinzentada insossa — JOHN EARLE MCCLAREN 1943-2010.

É só isso — *isso* — que existe, que ela procurava com tamanho desespero? Como se a vida dependesse disso?

Por um instante, tem vertigem. *Como tudo é pequeno.*

— A senhora vai ficar bem agora, madame? Não demore, daqui a pouco começa a escurecer.

O bigodudo fala com uma voz gentil, com um leve, levíssimo sotaque. Será que é... hispânico? Do Oriente Médio? Jessalyn achou impossível não reparar como ele olha ao redor como se procurasse alguém, talvez um acompanhante de Jessalyn, que se responsabilize por ela. Ela tem a sensação — ai, que constrangimento! — de que ele está louco para fugir dela.

— Obrigada. Foi muita gentileza sua. Mas agora estou bem... não vou me perder mais.

Que coisa boba de se dizer! — *não vou me perder mais.*

Jessalyn tenta rir, mas o som que emite não é convincente.

Não importa, o bigodudo alto e gentil lhe vira as costas e se afasta.

No área onde está o túmulo, terra revirada. Devem usar alguma máquina que escave a terra no cemitério, mas (possivelmente) a cova de Whitey é rasa, contendo apenas a urna: um coveiro de braços fortes não teria muita dificuldade de usar uma simples pá.

Há ali algo surpreendente: a cova de Whitey esbarra em outro túmulo, há pouco espaço entre eles.

Como foi que isso aconteceu? Será que foi erro de cálculo? O vizinho próximo de Whitey tem uma lápide grande e quadrada feita de uma pedra feia, gravada com o nome HIRAM J. HORSEMAN — sobre o qual Whitey sem dúvida faria um comentário sarcástico.

*Na verdade é Housman, e não Horseman. Olhe de novo, querida.*

Jessalyn olha com mais atenção: o sobrenome é *Housman*. Hiram Housman. Vizinhos de cemitério, mas estranhos na vida. Pelo que Jessalyn sabe.

— Ah, Whitey! É tudo tão... inútil. Não é?!

Bobagem ter ido até ali quando Whitey, seu Whitey, provavelmente está em casa, se estiver em algum lugar. Ele não está *ali*.

O espaço úmido e desagradável ao ar livre, habitado por estranhos — lápides de estranhos — não é um lugar amigável para Whitey nem para ela.

Porém Jessalyn se demora diante do túmulo. Não tem onde se sentar, não tem onde descansar ou se encostar, pois não pode se encostar nem se sentar na lápide de *Hiram Housman* — seria um desrespeito.

Tinha pensado em trazer flores. Ah, tinha deixado as flores no carro...

A cabeça lateja de decepção. A viúva é uma pessoa que se esquece, que deixa as flores no carro.

(Meu Deus — cadê as chaves? Na bolsa? Às cegas, em um frenesi, ela revira a bolsa em busca das chaves que estão enroladas em maços de lenços.)

(Por que nunca se lembra de tirar os lenços usados da bolsa? É verdade, nunca consegue se lembrar disso.)

Agora está ficando escuro. Escuro de verdade. Jessalyn se convence a sair do cemitério.

Uma coisa boa: é muito mais fácil sair de um cemitério do que entrar nele. Pequenas veredas levam a um caminho largo de cascalho no meio do cemitério, que dá no estacionamento atrás da igreja.

Ao sair do cemitério, a viúva hesita, pensa; volta a andar e de novo hesita — pois o que foi que ela perdeu? O que deixou para trás?

Revira a bolsa e examina os bolsos do casaco...

Perto do portão o bigodudo de chapéu de vaqueiro parece esperá-la. Ela sente vergonha ao vê-lo, imaginara que tivesse sumido. Ele é prestativo — cavalheiro — ao apontar o feixe de luz para o caminho de cascalho à medida que Jessalyn se aproxima. Ai, ela queria que ele a deixasse em paz!

Sente apenas um pouquinho de medo ao se aproximar dele. Diz a si mesma que não é por ele ser hispânico — ou seria mediterrâneo? —, *não é por causa disso*. Mas está sozinha e o bigodudo, apesar de parecer gentil, é um estranho. Não vê outra forma de sair do cemitério, a não ser que recue de repente (o que não tem como fazer, já que ele a observa) e atravesse uma distância considerável para voltar ao túmulo de Whitey, e ainda assim, no breu que se adensa — meu Deus, ela jamais encontraria a saída.

Por que o homem a aguarda? Ele ficou enrolando? Não tem mais ninguém no cemitério inteiro — ninguém? Jessalyn sente o coração bater em apreensão.

Ela já agradeceu ao homem, mas, nervosa, agradece de novo — diz que ele é *muito gentil*. Mas, ao passar correndo por ele rumo ao carro, ele se dirige a ela:

— Madame? — E seu coração pula de medo dele.

— Que foi? O que você quer?

— Sua luva, querida. Esta luva não é sua? Achei no caminho.

É a luva dela. De couro preto macio, enlameada. Com um agradecimento envergonhado, ela pega a luva da mão dele.

A caminho de casa, ela ouve a palavra suave, carinhosa — *querida*. Não é uma palavra em que possa confiar, pondera. Nunca mais.

— AH, MÃE! VOCÊ ESTÁ COM LARINGITE! Parece que está com um resfriado horrível.

Alívio. Tinham achado que a mãe havia parado de falar porque as palavras lhe doíam demais.

QUERIDA. DEDOS SEGURANDO SEU BRAÇO pelo cotovelo, não com força, mas com firmeza suficiente para levantá-la, escorá-la.

*Madame. A senhora está bem?*

Fica pensando por que o bigodudo alto estava no cemitério. Por que não tinha sido mais educada *com ele*.

Ele também devia estar visitando um túmulo. Provavelmente.

E àquela hora. E sozinho.

O TELEFONE TOCA! LEO COLWIN.

Leo Colwin não desiste quando Jessalyn McClaren não retorna suas ligações.

Leo enviou flores. *Para a querida Jessalyn, com carinho do amigo Leo.*

Desde aquele dia horrível de outubro, Leo Colwin fez a delicadeza de mandar flores a Jessalyn toda semana, em geral rosas, mas vez ou outra lírios, gardênias, às vezes tulipas e narcisos, cuja fragrância deixa Jessalyn tonta, é tão cheirosa e pode, como todas as fragrâncias doces, se confundir com algo mais duradouro e mais significativo.

*Para a querida Jessalyn, com carinho do amigo Leo.*

Sobre Leo Colwin, viúvo, um dos primeiros do círculo do casal McClaren a perder a cônjuge, diz-se sempre: *Que amorzinho! Que homem mais querido, mais solitário.*

*Comedido* era a descrição de Whitey quando queria ser educado. *Chato pra caralho* quando não queria.

Leo Colwin é aposentado, trabalhou em um negócio local administrado pela família, algo a ver com gestão de espólio. Vive bem, mas não é rico. Tem filhos adultos que moram longe. De ombros encurvados, cavalheiro, de voz macia e sempre de barba feita, bem-vestido (mas não elegante) — terno da English Shoppe, camisa branca, lenço de pano no bolso do paletó, sapatos bons. Sem esposa para esquadrinhá-lo, Leo tem que se arrumar sozinho e às vezes deixa passar detalhes cruciais.

Jessalyn vê e morde o lábio inferior. *Não vou fazer o papel de esposa para o Leo Colwin! Não vou.*

— Leo? Deixe que eu arrumo isso.

Ela endireita a gravata-borboleta de poá. Agora não parece tanto o comediante Red Buttons.

Mas o cabelo grisalho e ralo que parece um gorro torto na cabeça — *não*.

E, vendo que ele se cortou ao se barbear (às cegas) sob o queixo, um filete de sangue — *não*.

Leo Colwin chegou para acompanhar Jessalyn a uma festa de aniversário de casamento na casa de amigos. Jessalyn não se recorda de ter concordado em acompanhá-lo e desconfia de que as filhas tenham organizado tudo sem seu consentimento, imaginando que seria muita grosseria de Jessalyn se opor, e pode-se dar por certo que Jessalyn McClaren jamais seria grossa, e é verdade, a viúva está presa à afabilidade feito um inseto no mel, desmotivada demais para zumbir ou bater as asas em protesto.

— Jessalyn! É tão... tão... ver você é tão...

O cortês Leo Colwin, olhos detrás das lentes bifocais nadando em lágrimas. Em um gesto impulsivo, Leo pega a mão de Jessalyn, a mão fria e frouxa que não resiste, e a leva aos lábios para beijá-la.

(*Beijar?* — Jessalyn fica pasma.)

(*Beijar?* — Whitey apenas ri. Para ele, Leo Colwin é homem branco republicano à moda antiga, respeitável e confiável, um bom jogador de golfe, que não gosta de discussão. *Nossa! Que mala sem alça.*)

— Eu estou muito... muito comovido... agradecido... — gagueja Leo e se cala, que sorte.

Pobre coitada de Maudie, a esposa de Leo. Era alguns anos mais velha do que Jessalyn e não era uma amiga íntima, mas era muito admirada. Morte trágica, um dos cânceres indizíveis — cervical, uterino. A caminho da festa, no carro, Leo fala de Maudie em tom carinhoso e Jessalyn escuta, ou meio que escuta.

Basta inclinar a cabeça em certo ângulo que um homem como Leo Colwin se sente instigado a achar que a interlocutora o ouve atentamente.

Ela gostava de Maudie mais do que de Leo, que já era chato naquela época, anos atrás.

— Este ano a gente faria aniversário de cinquenta e dois anos, se a Maude tivesse sobrevivido. — Leo se cala para que a importância da declaração seja assimilada. — Eu nunca pensei em, sabe, me casar outra vez... — Leo para de novo, como se desse vez tivesse falado demais.

Ao entrar na casa já conhecida, a casa de amigos — há aquele momento em que, ao cruzar o limiar da porta, a pessoa tem um ímpeto desesperado de olhar para baixo, de ver se o vão do elevador não se abre à sua frente, rumo às entranhas da Terra.

— Ah, Jessalyn! Obrigado! Obrigado por ter vindo, não deve ser fácil...

Por ser o aniversário de cinquenta anos dos Bregman? Por Jessalyn e Whitey não terem chegado ao quinquagésimo aniversário? É por isso que *não deve ser fácil?*

(Whitey a cutuca — *Você dá conta, meu amor. Largue de ser ridícula.*)

No entanto: ver Jessalyn McClaren ao lado de Leo Colwin, sem Whitey McClaren por perto, bem... é chocante. A viúva sugere o marido ausente, o marido-que-desapareceu. A viúva pelo menos está muito bem-vestida — um vestido preto de seda, de corte simples, com mangas longas para esconder os braços e punhos finos, a saia longa que bate quase nos tornozelos, belos sapatos pretos e, no pescoço, um único colar de pérolas rosadas.

Ah, vejam! O cabelo de Jessalyn ficou *branco*.

Como aconteceu rápido, alguns meses depois da morte de Whitey todo o pigmento do cabelo de Jessalyn desbotou. De costas, seria impossível reconhecer a pobre coitada.

A viúva os assusta? Até os amigos mais íntimos? Principalmente os amigos mais íntimos? Uma viúva é sinal do que está por vir, o marido desaparecido, a própria mortalidade.

Qual marido vai seguir os passos do dela? Qual de vocês?

Jessalyn sente tamanha tristeza, tamanho desalento, tamanho desespero que não consegue cumprimentar os amigos, que parecem despreocupadamente alheios ao tormento que os aguarda.

É uma festa, uma *comemoração*. É claro que estão despreocupadamente alheios.

Whitey a cutuca. *Relaxe. Pegue um drinque. Dê um pé no Leo.*

Leo se apressa para buscar drinques. Fica um pouquinho mais fácil respirar sem Leo Colwin assomando sobre ela.

Em qualquer reunião, em qualquer lugar público, é inevitável haver pessoas que não veem a viúva desde a morte de seu marido e se sentem na obrigação de correr até ela para lhe segurar as mãos e declarar que se sentem péssimas, que tristeza, que choque e que perda.

Que tristeza (culpada) a viúva é forçada a sentir sendo a causa da tristeza alheia! Seria muito mais piedoso para todos se a viúva usasse uma máscara ou um saco na cabeça para poupar as emoções dos outros.

— Justamente ele! O Whitey era tão cheio, cheio de... *vida*...

Em pouco tempo, tem-se a impressão de que Jessalyn McClaren desapareceu.

A expressão no rosto do pobre Leo! Leo Colwin deve estar apaixonado por Jessalyn.

Você acha? Rápido assim?

Não é rápido para Leo. Quantos anos faz que Maude se foi — cinco, seis...

Bem, é rápido para Jessalyn.

Ah, Jessalyn. Essa jamais vai se casar de novo.

*Ela estava parada ali. No cantinho do hall, naquele ambiente extra. Havia um espelho, mas ela não olhava para ele. Não parecia olhar para nada. Seu rosto era como uma máscara, que mulher bonita é Jessalyn, para a idade que tem, ou qualquer idade, a bem da verdade, e o cabelo branco está lindíssimo, tomara que o dia que eu tiver cabelo branco ele fique igual ao de Jessalyn McClaren. Mas o rosto está pálido, sim. Dá para ver que ela não está bem. Às vezes, depois de um trauma como a perda do marido, a mulher adoece — tem herpes-zóster ou até câncer. Os primeiros sinais aparecem uns meses depois da morte. Foi estranho mesmo, ela pareceu não me ver. Eu não quis assustá-la, então falei baixinho com ela — "Jess? Você está se sentindo bem?" — e o olhar dela se movimentou pelo meu rosto como os olhos de uma sonâmbula que não faz ideia de onde está.*

*Então ela teve um calafrio, e riu, deu uma desculpa qualquer, de que tinha se perdido procurando o toalete, ou de que estava procurando o casaco e não queria interromper nem se intrometer. A voz dela estava rouca e falha, como se doesse falar, como se estivesse perdendo a voz, e eu disse: "Você quer voltar para a festa ou prefere ficar aqui e eu posso ficar com você, ou posso não ficar se você preferir assim", e Jessalyn sorria e parecia não me escutar, foi esquisito e perturbador. A única coisa que me passou pela cabeça foi que era melhor eu ir correndo atrás de Whitey, Whitey precisa saber que o comportamento de Jessalyn está estranho, mas aí me dei conta de que Whitey não estava conosco, de que nunca mais veríamos Whitey McClaren; e por fim Jessalyn disse, sem noção do que dizia, mas querendo ser simpática: "Ah, obrigada. Sim".*

— ∞ —

— ÀS VEZES EU ME ESQUEÇO, Whitey... nós todos continuamos vivos aqui.

PRONTAMENTE, NA MANHÃ DA SEGUNDA-FEIRA seguinte, o entregador chega com um buquê luxuoso em celofane amassado, duas dúzias de rosas vermelhas e brancas com um bilhete escrito à mão por Leo:
*Para a querida Jessalyn, com carinho do amigo Leo.*

(É GROSSERIA DE JESSALYN ter parado de agradecer a Leo pelas flores? A princípio, mandava um e-mail com um sucinto *Obrigada!* depois de cada buquê, mas isso só servia de incentivo para Leo lhe responder e mandar mais flores.)

AS FILHAS (MAIS VELHAS) estão indignadas! A amada mãe viúva não se comporta como esperam que se comporte.
Beverly reclama que Jessalyn não atende o telefone quando ela liga, que precisa ligar três, quatro vezes — *Mãe, atende! Por favor.*
Lorene reclama que Jessalyn se comporta feito uma boba, uma pessoa sem visão — tinha dito a Hilda que não fosse mais faxinar a casa, como se ela, Jessalyn, conseguisse manter a casa sozinha. *O papai ficaria desgostoso, não queria a esposa dele agindo como uma empregada.* As duas irmãs estão aflitas com o que isso causa à imagem delas, se as pessoas de North Hammond descobrirem que a viúva de Whitey McClaren cancelou a manutenção da propriedade como se (seria isso?) estivesse preocupada com dinheiro.
Mas ainda mais incômodo para as filhas é que consta que a mãe está recusando convites para eventos (jantares, recepções, inaugurações de exposições, concertos, noites de bridge) aos quais o doce viúvo solitário Leo Colwin poderia acompanhá-la.
*O que você acha que a mamãe fica fazendo em casa, sozinha o dia inteiro?*
*Vai ver a mamãe não está sozinha. Vai ver o papai está lá.*

ENTENDO QUE VOCÊ QUEIRA SER GENTIL, *mas, por favor, não me convide para jantar.*
Não fica à vontade comendo com os outros (e não só porque prefere ficar em casa com Whitey), mas porque, e considera isso algo constrangedor, e é algo que Jessalyn não disse a ninguém, nem mesmo às filhas, quando ela tenta fazer uma refeição de verdade, e não, ao longo do dia, ingerir uns bocados intermitentes de iogurtes, frutas, cereais e torradas, ela geralmente é acometida por uma cólica estomacal que parece desinteria e seu intestino a transforma em fezes aguadas escaldantes.

*Não é muito romântico. Não é o que se imagina da vida de uma viúva. Nada de que Whitey precise saber, também! Vamos poupar o coitado do Whitey.*

É VERDADE, A VIÚVA TEM que guardar certos segredos do (falecido) marido.

O casamento é baseado em revelações e segredos bem calibrados: para cada revelação, um segredo.

Antes de se casarem, Jessalyn havia entendido: Whitey precisava ser poupado.

Fatos aleatórios ou especulações que pudessem preocupá-lo, inquietá-lo, deixá-lo aflito por Jessalyn, ou com raiva, ou consternado — isso Jessalyn tomava o cuidado de esconder de Whitey.

Complicações na gravidez, ela escondia dele. Não era preciso que o marido soubesse, a não ser que fosse necessário saber. (A obstetra, também mulher, concordava.)

O falso positivo de poucos anos atrás, na mamografia.

Infelizmente, o radiologista tinha ligado para a casa e deixado um recado que Whitey ouvira. *Por favor, ligue para marcar horário, mamografia diagnóstica.*

Quando Jessalyn entrou em casa, viu o rosto pálido de Whitey, que suava frio. Ouviu o recado e lhe garantiu que a mamografia "diagnóstica" era algo comum, pelo menos trinta por cento das mamografias tinham que ser refeitas, todas as mulheres sabiam disso, ele realmente não tinha por que se assustar.

(Era verdade? Trinta por cento? Jessalyn não fazia ideia, tinha inventado a estatística.)

Mas Whitey não seria facilmente reconfortado. Whitey ficou assustado, porque — *E se?*

Ela precisara tranquilizá-lo. Não tivera tempo de pensar em si mesma e realmente não estava muito preocupada.

— Preciso poupar o Whitey. Do que quer que seja.

Ela conversou com as filhas mais velhas. Faria uma biópsia assim que possível, se a mamografia indicasse que era necessária, e, nesse caso, precisavam esconder a informação de Whitey; se a biópsia desse negativo, Whitey jamais precisaria saber que ela a tinha feito.

— Ele só ficaria inquieto, ficaria distraído no trabalho.

Se a biópsia fosse positiva e Jessalyn realmente tivesse câncer, pensariam em como dar a notícia a Whitey, ou em como poupá-lo de saber exatamente o que havia de errado.

— Mas como? — Beverly estava em choque.

— Bem... a gente consegue.

Também seria desnecessário contar a mais alguém — Thom, Sophia, Virgil. Se precisassem saber, contariam a eles, mas, se não fosse preciso, para quê?

— Quanto menos informação as pessoas tiverem, melhor, de modo geral — disse Lorene, sendo muito prática; pois, como diretora de colégio, Lorene não acreditava em "transparência" e tinha propensão, desde os últimos anos do Ensino Fundamental, a conspirações e a guardar informações com muita artimanha. Achava que não era má ideia deixar Whitey *sem saber*. — Se você estiver doente de verdade, é claro que o Whitey vai ter que saber. Mas, até lá, até ter uma cirurgia de verdade, radiação ou qualquer coisa assim, é melhor que ele não saiba... ninguém deveria pronunciar a palavra "câncer". Ele só vai ficar angustiado e deixar todo mundo angustiado com ele.

— Bem, eu contaria ao Steve... Eu gostaria que o meu marido soubesse — falava Beverly com uma complacência meio implacável, uma ênfase quase imperceptível em *meu,* cujo intuito era indicar (Lorene não tinha dúvida) que a irmã não podia reivindicar nenhum *meu*.

— Você gostaria que o seu marido ficasse aflito... infeliz.

— O que isso quer dizer? — Beverly ficou com raiva.

— O que eu disse. Você gostaria que o Steve ficasse aflito... infeliz por sua culpa. Mas a mamãe não é assim, a mamãe ama o papai. — Aqui, a ênfase foi em *ama*.

Às pressas, Jessalyn interveio: nada era mais desolador para ela do que ver as irmãs batendo boca como faziam (constantemente!) quando eram adolescentes.

Na verdade, a mamografia diagnóstica tinha mostrado uma sombra, algo do tamanho de uma ervilha no seio esquerdo de Jessalyn. Tinham feito biópsia no mesmo dia e um cisto (benigno) havia sido removido. A única coisa que Whitey ficara sabendo era que o resultado da mamografia tinha dado "negativo".

— Nunca existiu a possibilidade de que fosse maligno. Foi só um erro no raio-X, que vive acontecendo.

O alívio de Whitey foi visível. O rosto enrijecido pareceu derreter e os olhos se encheram de lágrimas.

Teve que sair às pressas da sala, para esconder dela a emoção que sentia, mas logo depois ela o ouviu assobiar, e depois ao telefone, conversando e rindo com um amigo.

Como era frágil o mundo do homem. Ele o construíra com ela no centro. Ela não podia traí-lo. Não podia solapá-lo com uma verdade que falasse sem pensar.

Até o estado de saúde do próprio Whitey após o derrame ela teve que apresentar a ele da forma mais distorcida possível.

— Seu marido quer saber até que ponto? — perguntara o neurologista.

E Jessalyn respondera:
— Ele não quer saber mais do que o necessário, doutor. Mas o senhor pode falar para mim.

O PAVOR QUE TINHA PASSADO a sentir do telefone tocando!
*Não importa quem seja, não é a pessoa.*
*Não importa a voz, não vai ser a voz.*
O barulho metálico demais do celular não a incomoda tanto porque Whitey raramente ligava para seu celular; Whitey não gostava de celulares e "apetrechos" eletrônicos com teclados pequenos demais para seus dedos grossos.

(Jessalyn nunca sabe onde está o celular. Fica dias a fio perdido em algum canto da casa.)

*Mãe, me ligue de volta, por favor!*
*Mãe, você está bem? Cadê você?*
*Mãe, se você não me ligar, vou ter que ir aí...*
Então Jessalyn retorna a ligação às pressas. Passou a ter pavor dos filhos (adultos) passando em casa só "para ver como você está...".

A qualquer um que se disponha a ouvi-la, Beverly fala que se preocupa com a adaptação de Jessalyn à vida sem Whitey. *Ela* mesma está achando difícil se adaptar à vida sem Whitey.

É incômodo para Beverly que Jessalyn pareça retraída, até mesmo reclusa. Não demonstra muito entusiasmo quanto a passar tempo com os netos mais novos como demonstrava *antes*.

Lorene diz, Você só quer que a mamãe fique de babá para você, de graça.
Beverly diz, Não é verdade! A mamãe adora as crianças, sempre adorou.
Lorene diz, Hmmm.
Beverly diz, Ei o que é que você está tentando insinuar com esse *hmmm*?
Quando Lorene não responde, acrescentando, com veemência, É claro que a mamãe já ficou de babá para a gente, *de graça*. Você imagina a mamãe aceitando dinheiro para passar um tempo com os netos?

Do jeito enlouquecedor de uma irmã mais nova, Lorene dá uma risada sarcástica ao desligar o telefone.

— WHITEY? VENHA VER!
No comedouro, com as asas batendo, um passarinho lindo de peito vermelho-claro. Plumas cinzentas, pardas. Um passarinho modesto que ela sabia que agradaria a Whitey se ele tirasse um tempo para reparar nele.
— Acho que é um tentilhão doméstico...

Se ele estivesse em casa, se estivesse em casa e não estivesse ao telefone, se estivesse em casa, não ao telefone e não ocupado no escritório, talvez Whitey viesse quando ela o chamava. *Ah, Whitey, venha ver!*

Porém (às escondidas: ela sabia) Whitey não ligava muito para passarinhos. Ele se fingia de interessado havia quantos anos, confundindo chapins com pardais, azulões com tordos, abelharucos, tordos-americanos, cambaxirras, canoros... Conseguia identificar um cardeal (vermelho), um gaio-azul, "um melro qualquer" e aquelas aves aquáticas estranhamente imponentes, de aspecto pré-histórico, que ficavam nos pântanos do outro lado do riacho — "garça-azul-grande".

Fingia-se de interessado embora (provavelmente) achasse aquilo uma perda de tempo, ou uma bobagem, uma excentricidade. Ela o tinha ouvido comentar com um amigo que a esposa "levava muitas coisas a sério, coisas para as quais ninguém dava a mínima".

Ele rira, afetuoso. A resposta murmurada pelo amigo, fosse qual fosse, Jessalyn não queria ouvir, então se afastou depressa.

Na janela, ela faz um movimento que assusta os passarinhos do comedouro do deque. Como a sombra de uma garça predadora, a mão levantada.

AGORA NÃO HÁ ALGUÉM para fingir interesse.

Bem, há os filhos (adultos). Os netos.

Vê nos olhos deles a pena e o medo que sentem dela. O vazio que há nela. O olhar nervoso que lançam para além dela, para o lado — *Está faltando alguém? Aonde foi?*

Amigos que ela conhece há mais tempo do que conhece os filhos. Principalmente amigas mulheres, com quem cresceu. E várias delas viúvas como ela — viúvas "jovens". É fascinante para Jessalyn, e estarrecedor, que algumas dessas mulheres tenham aprendido a se referir aos (finados) maridos como *mortos* — uma palavra enunciada em tom casual, seria de se imaginar que estivessem se referindo a uma planta que tivesse *morrido*.

Quase sofregamente seus olhos se voltam para ela — *Agora você é uma de nós.* Mãos segurando as dela — *Sim, é horrível agora, Jessalyn. Mas vai melhorar.*

E Jessalyn se enrijece pensando — *Mas eu não quero que melhore!*

Como se Whitey estivesse ouvindo. (Sim, Whitey se magoa fácil, é sensível.)

Jessalyn vai continuar morando em sua "linda" casa? — ou Jessalyn vai vender a casa? Jessalyn se esquiva dessas perguntas com a destreza de um jogador de pingue-pongue medíocre.

O objetivo não é vencer, é só jogar a bolinha para o outro lado.

Em um cochicho, uma amiga, uma irmã-viúva, lhe diz para não dar atenção ao que as pessoas dizem, para continuar com a casa, ficar com as coisas exatamente como estão, sobretudo não doar nada, ela vai se arrepender.

Em um cochicho, outra irmã-viúva lhe diz para se mudar da casa, lembranças demais. Vá viajar, passar uma semana de fevereiro no Caribe, na República Dominicana. ("Venha comigo, minha filha e meu genro alugam uma casa, uma casa grande de frente para a praia, ninguém vai te incomodar, você só descansa, se recupera tomando sol, o Whitey gostaria disso.")

É verdade, Whitey iria querer que ela fosse feliz. Mas... como?

As amigas de Jessalyn mal esperam ela estar longe, pedir licença para ir ao toalete, antes de falarem dela em voz baixa.

*Ela era tão linda! Coitada da Jessalyn.*

*Ela está com uma expressão tão cansada...*

*Sério? Eu não acho — acho que ela parece surpreendentemente bem.*

*Mas o cabelo dela ficou branco! Praticamente da noite para o dia...*

*Um branco tão bonito, ela não precisa fazer nada nele, eu morro de inveja.*

*Ela emagreceu demais. Não combina com ela. O Whitey ficaria consternado, ele não gostava de mulher magricela — ele diria isso...*

*Ela não consegue comer. Você viu? Ficou só mexendo na comida que estava no prato.*

*Eu fiquei igualzinha, durante um tempo... Devo ter perdido uns dez quilos...*

*Disso eu sinto inveja. Mas...*

*Ela não está bebendo. Isso é bom.*

*Mas está parecendo tão cansada! E as unhas...*

*O que tem as unhas?*

*Você não viu? Estão quebradas e descascadas.*

*Isso é sintoma de desnutrição. Eu fiquei igualzinha...*

*Você soube... que o Whitey não deixou muito dinheiro para ela? Um tal de "fundo" complicado...*

*Ah, mas por que o Whitey faria uma coisa dessas, ele adorava a Jessalyn...*

*...mas ela herdou a casa, não foi? — não é o que manda a lei...?*

*...metade do espólio do marido, geralmente...*

*Vai ver que o Whitey tinha dinheiro escondido em algum lugar, sabe — em bancos estrangeiros...*

*...o Whitey faz bem esse gênero! Tão sagaz...*

*Mas ele venerava a Jessalyn, eu sempre achei isso — você não achava?*

*Bom... o Whitey era do tipo discreto, basicamente.*

*Não! O Whitey McClaren?*

*Não é "as aparências enganam", mas homens simpáticos e mandões como o Whitey McClaren que realmente "enganam" — você acha que eles são só o que aparentam ser, mas não são.*

*E como é que você sabe disso?*

*Digamos que eu conhecia o Whitey McClaren. Tem coisa de cinquenta anos.*

— SRA. MCCLAREN? OBRIGADO.

Avidamente, ela entrega o cartão ao manobrista do estacionamento. Que vontade enorme de ir embora desse lugar e voltar para a segurança da casa da Old Farm Road!

Deixou as amigas no restaurante. Nunca (ousou) voltar do toalete onde escapou por um triz de uma rodada de vômito e diarreia.

Em um trote, o menino some no enorme estacionamento anexo ao Riverside Hammond Hilton, que tanto se eleva sobre a superfície de concreto quando entra por baixo dela.

No vento frio ela aguarda. *A viúva é quem espera algo que aconteceu desacontecer.*

Ela treme, aguarda. Em um casaco de tecido fino demais para o vento abaixo de zero que vem do rio Chautauqua.

(Cadê seu carro? Onde foi o menino de uniforme? Será que se esqueceu dela? Será que desapareceu com seu carro?)

Desde que Whitey *se foi* tais quebras de civilidade se tornaram frequentes. Se a viúva fecha os olhos, pode ser que os abra em outro momento, minutos depois, ou horas ou dias depois. Volta e meia — quando deixa para trás a segurança de sua casa — ela se vê abandonada.

Não conseguia encará-las, sabendo que falavam dela: a viúva mais recente do círculo.

Temerosa da pena que sentiam dela, feito uma cola fria. No entanto, a solidariedade bem-intencionada parecia algo à espreita debaixo de suas unhas, da qual só queria fugir.

Ela sabia: as mulheres falavam de seu marido em tom casual, com familiaridade, como se tivessem direito a ele. Conheciam Whitey McClaren (era inescapável, ela imagina: Whitey tinha sido criado em Hammond e ela, não) de formas que ela não conhecia, ou que Whitey não se deixava conhecer.

Sente uma espécie vacilante de triunfo por ter conseguido evitar um ataque físico humilhante no banheiro com papel de parede rosado. Recusa-se a reconhecer o rosto de palidez doentia que nada no espelho, que não deseja enfrentar longe da segurança de casa, onde (caso a procurasse) Whitey teria dificuldade de achá-la.

Já que o manobrista não volta com seu carro, a viúva o procura sozinha no imenso estacionamento ecoante e cheio de correntes de ar que parece estar deserto.

Fileiras de veículos e nada de seres humanos.

— Whitey? Me ajude...

À frente, ela vê algo: não humano, não de pé e na vertical, mas algo sub-humano, horizontal: um cachorro de tamanho médio, ou um gato grande de pelagem densa, uma criatura selvagem, se afastando dela com uma lentidão zombeteira, não correndo em pânico... Meu Deus: é *um rato*?

Ele desaparece debaixo de um carro. O coração dela acelera absurdamente, com medo da criatura que *é um rato*.

Por um instante ela fica paralisada. A sensação de que não deve rogar *Whitey? Me ajude* de novo tão cedo, é um sinal de sua demência, Whitey ficaria consternado.

Vê então, a certa distância, uma figura que talvez fosse mesmo Whitey: mais ou menos da mesma altura, largura, não corpulento, mas atarracado, um homem já no final da meia-idade, usando um corta-vento parecido com um corta-vento azul-marinho de Whitey, indo na direção oposta a ela e (ao que parece) ignorante de sua presença. O cabelo dele parece destruído e é branco-acinzentado, não tão branco quanto era o de Whitey. Mas o cabelo de Whitey estava sempre cortado, aparado.

(É o manobrista, envelhecido? Sem o uniforme?)

(É o Whitey, em uma lembrança confusa da qual ela se esqueceu, se intrometendo em seu consciente feito uma escultura de madeira que, forçada a ficar debaixo da água turbulenta, não tem como não vir à tona?)

Ela segue o homem de corta-vento azul-marinho. Não vai deixá-lo escapar de vista. No salto alto inconveniente, os belos sapatos caros e ridículos que Whitey gostava que ela usasse, e de cabeça descoberta, tremendo, os olhos úmidos, mas decidida a não perder a figura que oscila à frente dela e que (ela agora vê) a olha por cima do ombro, com uma expressão impenetrável.

Desvairada, ela pensa: *Esse é o Whitey, sabe-se lá como?*

Se não for Whitey, é um emissário dele. Porque, em vida, Whitey era incapaz de agir sem assistentes, ajudantes, braços direitos que trabalhavam para ele, muito leais, aos quais Whitey também era leal, lembrando-se de muitos deles no testamento.

Ela havia brincado com ele, dizendo que ele tinha transformado a esposa em uma assistente. A princípio, Whitey não rira. Ele volta e meia se magoava fácil, era de uma sensibilidade notória. Mas depois viu a graça do comentário de Jessalyn, e a verdade.

*A esposa é a assistente com quem o homem se casou.*

O homem de corta-vento foi embora do estacionamento. Ela percebe que ele anda mancando. Vai atrás dele no terreno baldio cheio de entulho, caminhando entre paredes que desmoronam, concreto rachado, os saltos ficam presos na terra, ela corre o risco de torcer o tornozelo e se machucar...

Por fim, o homem se vira, agachando-se em uma parede meio desmoronada onde o vento não é tão forte.

— Madame? Está precisando de ajuda?

Um sem-teto. É mais velho do que ela havia imaginado. O rosto dele parece manchado, os olhos amarelados. Na arcada inferior faltam dentes. A não ser pelo fato de estar todo sujo e de não ter mais o zíper, o corta-vento lembra o velho corta-vento de Whitey, encomendado na L. L. Bean. A calça imunda é comprida demais, fica sobrando nos tornozelos como se ele tivesse emagrecido, como se estivesse doente.

Ao vê-lo, tamanha tristeza no rosto, o maxilar coberto de pelos eriçados, Jessalyn cai no choro.

É UM CERCO. Ela é atacada por todos os lados, não pode baixar a guarda, não ousa dormir. Mesmo se Whitey dorme, segurando-a em seus braços fortes, deixando o peso cair sobre ela como uma chapa morna de terra, ela não ousa dormir.

ELA LEVOU UM SEM-TETO PARA CASA! — para a casa valiosa onde tinham crescido. Os filhos do casal McClaren ficaram perplexos e assustados.

A mãe pedia desculpas, subjugada. Ela admitiria: tinha conhecido o homem no centro da cidade, perto do Riverside Hilton, onde tinha ido almoçar com amigas; tinha levado o homem para casa a fim de alimentá-lo, de deixar que tomasse um banho porque estava "imundo" e "não parecia bem" e sabe-se lá como aconteceu (ela tentava entender o porquê) de essa pessoa carente que parecia falar manso, ser calma e sentir gratidão por sua bondade se tornar agressiva e ficar com um olhar desvairado, e começar a falar de forma incoerente sobre religião, o governo federal, "gente rica" — ao que Jessalyn se deu conta de que ele poderia ser perigoso e se trancou no escritório de Whitey para pedir ajuda.

Foi para o número de Beverly e Steve que Jessalyn telefonou, depois de raciocinar que eram eles que moravam mais perto; não queria ligar para a polícia porque não queria que o sem-teto fosse preso. Quando Beverly e Steve chegaram, o homem tinha fugido da casa levando um monte de coisas: um par de botas de inverno que pegou do closet de Whitey, um BlackBerry antigo achado em uma gaveta da cozinha, um punhado de trocados que estavam em um pratinho de estanho em cima da bancada da cozinha, onde por anos a fio Whitey colocava as moedas soltas tiradas do bolso.

(Jessalyn ia pegando essas moedas à medida que se acumulavam. Mas, depois da morte de Whitey, ela não tinha tocado no pratinho de estanho que o sem-teto esvaziara no bolso.)

Com uma lanterna, Steve vasculhou o terreno, inclusive a garagem para três carros anexa à casa e o celeiro de pedras que já tinha sido um estábulo, e não achou ninguém, nada.

Porém, assim que ela pisou na casa, Beverly soube que um intruso estivera ali, pelo *cheiro*.

Queria ligar para a emergência e prestar queixa do roubo:

— Uma pessoa perigosa à solta na vizinhança.

Jessalyn insistiu que na verdade o sem-teto não representava perigo, tinha só se exaltado e ficado confuso. Convidá-lo para ir à casa tinha sido ideia dela, não dele:

— Não quero que o pobre coitado seja punido por um erro meu. Com certeza a esta altura ele já está bem longe daqui...

— Mãe, como pode dizer uma coisa dessas? Você não faz ideia de onde essa pessoa está. Você disse que ele estava "delirando, falando sem parar"...

— Eu já falei, o erro foi meu. Se a gente ligar para a polícia, ele pode ser preso ou... coisa pior...

— Ele deveria ser preso! Se é um louco...

— Ele é um *sem-teto*. Acho que isso deixaria qualquer um louco.

— Ai, mãe, o que é que você está dizendo? *O que o Whitey iria pensar disso?*

No fim das contas, não ligaram para a polícia. Steve insistiu em passar a noite com a sogra para o caso de o sem-teto voltar, e Beverly retornou para casa, indignada e transtornada demais para conseguir dormir, conforme se queixaria no dia seguinte.

O mais preocupante, Beverly dizia a todo mundo que lhe desse ouvidos, mas principalmente à irmã Lorene e ao irmão Thom, era que a mãe não parecia entender a gravidade da situação, a temeridade de sua atitude.

— A mamãe parecia estar com vergonha, não parava de pedir desculpas... como se fosse essa a questão, não o fato de ela ter levado para casa um louco capaz de matá-la, mas sim o de ter cometido um erro, atrapalhando a gente, que tinha acabado de ir para a cama. Foi *por isso* que ela se sentiu mal.

— Você viu esse "louco"? — quis saber Lorene.

— Eu senti o cheiro dele! Eu chamaria de *cheiro selvagem*.

Era instintivo para Lorene discordar da irmã mais velha irascível, mas, nesse caso, era possível que Beverly tivesse razão.

— Pois bem. É melhor a gente ficar de olho na mamãe.

— A gente? Sou eu que ligo para ela duas ou três vezes por dia... Sou eu que passo lá quando fico sem notícias dela. Você é ocupada demais para dar importância a isso...

Beverly falou em tom exaltado por alguns instantes, até se dar conta de que a irritante irmã mais nova tinha desligado o telefone.

Quando Thom ficou sabendo do sem-teto, foi imediatamente à casa de Jessalyn para vistoriar o terreno inteiro com um taco de beisebol. Jessalyn o saudou em tom de desculpas e o acompanhou na varredura da casa, da garagem, do antigo celeiro e de todos os cantos da propriedade onde o intruso poderia estar à espreita.

— Thom, me perdoe! Foi um equívoco... meu. A culpa não foi do pobre coitado. — Jessalyn estava esbaforida por tentar acompanhar o ritmo do primogênito colérico que brandia o taco de beisebol como se quisesse usá-lo. — Isso não vai se repetir, eu juro.

No limite do terreno dos McClaren, no gramado alto e malcuidado à beira do riacho, Thom descobriu o que pareciam ser os restos de um acampamento rudimentar, onde talvez alguém estivesse dormindo.

— Caramba, mãe! O que o papai pensaria disso?! Você sabe como ele ficava irritado com a ideia de alguém invadir a propriedade dele, mesmo se fossem gansos.

E no fim da tarde seguinte Thom voltou para vistoriar o terreno com uma lanterna e depois patrulhar a Old Farm Road enquanto a noite caía, sem achar qualquer suspeito nos arredores, a não ser, no cruzamento com a Mill Run, a um quilômetro e meio dali, uma figura solitária, um indivíduo desgrenhado caminhando com uma bolsa de lona no ombro, que talvez se encaixasse na vaga descrição que Jessalyn tinha feito do sem-teto.

Era uma raridade ver alguém a pé naquela área de North Hammond, andando à beira da estrada, que não fosse claramente um corredor ou um jovem. Sem dúvida era o *homem sem-teto*.

Thom pisou no freio do carro, baixou a janela e disse ao homem atônito que era melhor ele dar o fora daquela área e nunca mais voltar, senão ele se arrependeria.

— Pegue aquele caminho. O caminho até os limites da cidade. Pode ir... caia fora. Volte para o inferno de onde você veio.

Thom apontava com o taco de beisebol. Estava ofegante, os olhos arregalados nas órbitas. Ao ver seu rosto, o homem desgrenhado não fez perguntas, só recuou, se virou e correu, mancando, noite adentro, até sair do campo de visão de Thom.

*O MARIDO (FALECIDO) DESEJA VOLTAR para a esposa (ainda viva), mas não tem o corpo adequado, pois seu corpo foi cremado. É uma possibilidade, se não uma probabilidade, de que por conveniência use outro corpo (masculino) que guarde alguma semelhança com o dele?*

Antes que a resposta seja revelada, ela é despertada por algo que estapeia seu rosto: a grama alta e úmida, afiada como uma lâmina.

O EXEMPLAR MUITO SURRADO de *Os sonâmbulos: história das ideias do homem sobre o universo*, de Arthur Koestler, que era de Whitey, Jessalyn levou para a cama que transformou em um ninho de cobertas, manta de lã, colcha. Um dos livros mais importantes da vida de Whitey (ouvi-lo falar sobre ele!), ao qual volta e meia fazia referência; ele gostava de citar a primeira frase do livro cheio de texto: "Podemos acrescentar alguma coisa ao nosso conhecimento, mas não podemos subtrair nada".

Seria uma perspectiva otimista ou... não? Jessalyn nunca havia questionado a veracidade das palavras proféticas (de 1959) conforme Whitey as declamava. Agora não tinha tanta certeza. Um único derrame no cérebro podia subtrair praticamente o conhecimento de uma vida inteira, adquirido com muita paciência. E o conhecimento é subtraído em uma velocidade muito maior do que é adquirido.

Jessalyn pensa: não é difícil imaginar que sociedades inteiras, civilizações, possam sofrer um outro tipo de derrame, apagando a história, o conhecimento, a memória como em um cataclisma da Era do Gelo. Nunca tinha falado desses assuntos com Whitey, que não parecia ficar à vontade em discutir questões "sérias" com ela, a esposa querida; embora volta e meia o ouvisse falando dessas questões com amigos homens e conhecidos.

Se Whitey tinha lido as mais de quinhentas páginas de *Os sonâmbulos*, Jessalyn não sabia. Jamais perguntaria, pois seria uma pergunta invasiva demais, fuxiqueira.

As estantes do escritório de Whitey eram abarrotadas de livros de referência: enciclopédias, livros de história, história da ciência, filosofia e crítica cultural, títulos como *Cosmos*, *Uma breve história do tempo*, *A tempestade perfeita*, *A sabedoria do mundo*, *A batalha por Deus*, *A grande geração*, *Equipe de rivais: o gênio político de Abraham Lincoln*, *O gene egoísta*, *Uma vida com propósito*, *A arte de viver*, *Uma breve história de quase tudo*, *Caos: a criação de uma nova ciência*. Todo ano, Whitey falava em tirar o mês de agosto inteiro para ficar lendo na rede de casa, que se danem os negócios, que se dane o esforço para ganhar dinheiro... De qualquer forma, nunca tinha conseguido fazer isso. Depois de poucos dias afastado do escritório, ficava inquieto, entediado e irritado, e tinha que voltar ao trabalho.

Riam dele, o querido Whitey. Agora Jessalyn acha que não era engraçado, mas triste.

Ela já tinha tentado ler *Os sonâmbulos*, de Koestler, pelo menos uma vez, mas nunca tinha passado dos primeiros capítulos ("A Era Heroica"). O empenho da primeira leitura, quando era jovem, com crianças pequenas subindo nela, em uma casa (quase caótica) lhe volta agora, quando se deita sob o feixe de luz dentro da escuridão da casa (vazia) tentando ler *como se ler fosse salvá-la*.

O tema de *Os sonâmbulos* realmente é interessante: grandes avanços científicos são feitos como que por intuição, mais do que "pela razão" — pelo menos é esse que Jessalyn imagina ser o tema do livro cheio de texto. É uma visão da história em que o indivíduo canaliza forças muito maiores do que é capaz de compreender. Ele não sabia o que estava fazendo cem por cento do tempo (Whitey gostava de dizer), mas sabia o que era preciso fazer, qual era *a atitude certa*.

Mas Jessalyn tem dificuldade de se concentrar. A euforia que sente por ter sobrevivido a mais um dia interminável está se dissipando. A insônia a deixa com receio de ficar deitada na cama, embora a cama seja o único lugar onde se sente segura; seu cérebro parece devastado, hiperalerta, como se estivesse diante de um perigo verdadeiro. (Seria possível que as paredes daquele quarto tão conhecido derretessem? Havia uma escuridão infinita para além delas, da qual Whitey a tinha protegido?) No entanto, cruelmente, está muito cansada e se pega lendo e relendo as mesmas frases sem entendê-las.

Por fim, suas pálpebras estão fechadas. Não tem forças para abri-las. O livro grosso cai das mãos em uma espécie de abismo, uma bela escuridão.

*Querida.* Os braços dele se fecham em volta dela, para protegê-la.

— EU GOSTO DE VOCÊ, Jessalyn. Muito.

Cavalheiresco, Leo Colwin tem um leve tremor na mão esquerda, que tenta esconder. Jessalyn tem o ímpeto de pegá-la e segurá-la entre as suas, para consolar o homem, para confortá-lo.

— Espero que você saiba... Espero que não esteja surpresa, nem... desgostosa.

*Desgostosa.* Que palavra boba, Whitey zomba.

Jessalyn não faz ideia de como responder a Leo Colwin. Seu rosto arde de vergonha.

*Pobre coitado. Diga alguma coisa. Não o deixe esperando.*

— Eu... eu não sabia, Leo. — Hesitação constrangida. (Existem hesitações, Jessalyn se pergunta, que *não sejam constrangedoras*?) Ela percebe que a mão de Leo treme e desvia o olhar. (O que dizer ao homem que não seja nem desanimador nem animador?) — Obrigada.

*Obrigada!* Whitey ri.

Mas Leo Colwin parece se animar. Leo Colwin não é do tipo que se desanima com a resposta emudecida de alguém.

Com seu jeito doce, sorridente, Leo relembra o "primeiro encontro" dos dois — "quantos anos faz" — apresentados por amigos em comum "já falecidos...". Jessalyn não está prestando atenção. Está se lembrando de Maude Colwin, com quem era cordial, mas de quem não era exatamente amiga: Maude, uma mulher um pouco mais velha, bonita e talentosa, que segundo se dizia abrira mão de uma carreira promissora de advogada para criar uma família na suburbana Hammond e que um dia, inesperadamente, confidenciara a Jessalyn:

— Por favor, se acontecer alguma coisa comigo, seja legal com o Leo. Ele vai ficar totalmente perdido sem uma esposa.

Os McClaren tinham incluído Leo em tantos jantares de família que os netos acreditavam que fosse um parente. *Por favor, não me ponha do lado do tio Leo, ele sempre faz as mesmas perguntas idiotas sobre a escola que ele não se lembra que pergunta sempre.*

Jessalyn tem a ideia inquietante de que as filhas, Beverly e Lorene, mas talvez não Sophia, estão torcendo para que ela e Leo Colwin virem *um casal*. Que praticidade, que conveniente, que alívio para os filhos (adultos) de ambos, saber que os pais sobreviventes estão bem cuidados e não serão uma dor de cabeça para eles, pelo menos por um tempo. Jessalyn tem certeza de que já entreouviu Beverly e Lorene cochichando sobre Leo Colwin — *Um perfeito cavalheiro. O papai ficaria aliviado.*

(Mas como Whitey se sentiria, de verdade? Jessalyn não gostaria de saber.)

Está subentendido para os jovens que alguém da idade dela e de Leo Colwin já não pode ter desejos sexuais. Mal tem desejos românticos. Os filhos (adultos) ficariam arrepiados só de pensar, tão sensual quanto a proverbial unha arranhando uma lousa.

Ela mesma se sente um abajur arrancado da tomada. Simplesmente... não havia algo ali, anestesiada e entorpecida.

Às vezes, dormindo ou no lusco-fusco que prenuncia o sono, sem se dar conta, ela sente um súbito sobressalto de desejo, ou de esperança, na boca do estômago — *Whitey! Eu te amo...*

Fugaz como um fósforo que é riscado e se apaga quase de imediato.

— Bem, Jessalyn! Você pensou melhor no...

Um evento próximo ao qual Leo poderia levar Jessalyn. Será que ela se esqueceu?

Leo não é uma pessoa agressiva — ele é, como todos dizem, uma pessoa muito gentil, muito atenciosa —, porém Jessalyn se sente oprimida por sua seriedade como se sentiria por uma enorme esponja que chegasse perto demais. O sorriso persistente, o olhar míope, os ombros arredondados e a voz monótona sugam a energia já escassa da viúva. Sempre que se encontram, ele tem uma piada decorada para lhe contar, como se "alegrar" a viúva fosse uma tarefa que levasse muito a sério.

— O que dá o cruzamento de um disléxico, um insone e um agnóstico? — (Leo espera Jessalyn responder, mas ela apenas sorri para dar a entender que não faz ideia.) — Alguém que passa a noite em claro pensando se Zeus existe.

Jessalyn não sabe se ouviu a piada direito ou se é uma charada, a palavra *disléxico* chamou sua atenção, pois Whitey volta e meia dizia que era disléxico quando criança, em certa medida, o que causava nos professores a impressão de que não era muito inteligente, ou de que não era muito esforçado, ou de que era naturalmente irrequieto, impaciente — *transtorno de atenção deficitária antes de isso virar moda.*

Ou: seria *transtorno de déficit de atenção?*

Jessalyn dá um sorriso inexpressivo. Leo ri e repete a resposta:

— Alguém que passa a noite em claro pensando se *Zeus* existe.

— Ah, entendi. "Zeus."

Jessalyn não entende muito bem, mas ri por consideração.

— Você soube da divisão disléxica da KKK? Ela sai por aí matando pratos.

Jessalyn se espanta. É engraçado? *Pratos?*

Leo acha a "piada" engraçada, mostrando os dentes em uma risada rouca, ondulada.

É tarde: são quase onze da noite. Leo levou Jessalyn para casa depois de um jantar dado por amigos em comum (será que existe uma trama coletiva, Jessalyn se pergunta, juntando a viúva e o viúvo quase todo fim de semana?) e Jessalyn parece tê-lo convidado a entrar por educação, já que Leo sempre reluta em se despedir dela — "Sozinha naquele casarão".

*Será que ele pretende se mudar para cá? Coitado.*

Mas Whitey acha graça, não está preocupado. Para Whitey, que foi, durante boa parte da vida, o que se chamaria de um *macho alfa de sangue forte*, um ectomorfo tímido como Leo Colwin não é um rival digno de nota.

Realmente está na hora de (Leo) ir embora. É comum ele mencionar que em geral já está "na cama às nove e meia — e às seis já está de pé". (Por que as pessoas acham que seus hábitos noturnos interessam aos outros? — Jessalyn já se questionou.) Ela está ciente de que é rude não oferecer ao convidado uma "saideira" (que termo bobo! significa o quê?), mas (caso seja forçada a lhe explicar), em um momento de pânico pouco depois do falecimento de Whitey, havia despejado todas as bebidas alcoólicas dele na pia por medo de que em sua loucura ela começasse a beber e sucumbisse a uma morte desmazelada e digna de pena. (Na coleção de vinhos bons, razoavelmente caros de Whitey, guardada no porão, Jessalyn não encostou: Whitey ficaria arrasado caso ela se comportasse de modo tão impetuoso, e jamais a perdoaria. Ela quer imaginar que um dia dará um jantar e precisará de vinho; sem dúvida vai fazer jantares em família no Dia de Ação de Graças e no Natal, e, de qualquer modo, é esforço demais abrir uma garrafa de vinho para tomá-la sozinha.)

Mas Leo ainda não dá sinal de que vai embora. Começa a recontar a Jessalyn seu histórico "na política" — a candidatura ao grêmio estudantil no Ensino Médio e na faculdade — ("quase venci a eleição para presidente de classe no meu último ano na Colgate, e fui eleito vice-presidente da nossa seção da Sigma Nu"); sua passagem pelo Exército Americano ("Inteligência dos EUA"); suas primeiras experiências de trabalho ("pensei em tentar a vida em Nova York antes de montar nosso negócio lá, mas não deu muito certo"). O casamento de Leo, os filhos, os netos, são suprimidos, vislumbrados como uma paisagem da janela por um trem em alta velocidade.

Jessalyn se pergunta se Leo está tentando se firmar como um rival à altura de Whitey. Ou talvez Leo sinta a presença de Whitey na casa e esteja querendo se mostrar para ele.

*Chato feito um sapato velho.*

*Neste caso, um mocassim velho.*

(Que crueldade: Leo Colwin adora mocassins com borlas. Pelo que Jessalyn sabe, tem diversos pares, todos muito gastos.)

Jessalyn pondera que não é exatamente verdade, como Maude previra, que Leo seja indefeso sem ela. Ele joga golfe no mínimo duas vezes por semana, com amigos também mais velhos, no East Hammond Hills Golf Club; é "sempre bem-vindo" (ele alega) na casa dos filhos; é "diácono" de sua igreja, a Primeira Igreja Episcopal de North Hammond; comparece aos eventos da cidade — concertos, exposições, festas de arrecadação de fundos. Assim como o casal McClaren, faz doações às organizações beneficentes e artísticas locais: vê-se seu nome, assim como o deles, listado nos programas, nas colunas impressas intituladas *Patrocinadores*. Mas, desde o falecimento da esposa, Leo se tornou um veleiro parado devido à calmaria. *O vento não sopra mais as velas dele, sem sombra de dúvida!* — uma expressão jocosa que Whitey volta e meia dizia.

— Bom... Eu acho...

— É, bom...

Hora de Leo Colwin ir embora! Jessalyn se enche de alegria.

Leva o convidado até a porta. (Será que é sua imaginação ou Leo está tão aliviado de ir embora quanto ela está com sua partida?) À porta, ele hesita como se tivesse algo mais a dizer, ou como se estivesse prestes a beijá-la. Jessalyn se enrijece, pois esqueceu como se "beija" — até seus apertos de mão se tornaram rápidos, ineficazes. *Não encoste em mim, por favor! Vá embora.*

Porém, ela dá um sorriso amarelo. Desde menina Jessalyn é covarde demais para não sorrir nessas situações.

As boas maneiras têm que sempre falar mais alto do que a repulsa instintiva: essa é a premissa principal da sociedade.

— Jessalyn, eu... eu espero que você não tenha ficado ofendida com... o que eu disse antes...

*Não. Sim. Por favor, só vá embora.*

— É que eu acho que sempre existiu uma "afinidade" entre nós... desde o momento em que nos conhecemos... nossos companheiros eram tão sociáveis, tão gregários... *nós* somos mais introvertidos... somos iguaizinhos. Eu sempre achei isso.

— Sim.

— Sim? Você também acha isso?

Jessalyn não faz ideia de qual é o tema da conversa. Está tão ansiosa para que Leo vá embora que é capaz de concordar com qualquer coisa.

— Bem... Boa noite! Querida Jessalyn.

No último instante, Leo desvia, ou Jessalyn desvia, e os lábios dele encostam de leve na testa dela.

— Obrigada, Leo. Boa noite!

QUE ALEGRIA A VIÚVA sente de estar sozinha!

A euforia percorre seu corpo. Sozinha. Está *sozinha*.

Nesta casa, neste quarto que é seu santuário. Nesta cama que é seu ninho. Ninguém para falar com ela como se estivesse convalescente. Como se, sendo viúva, ela fosse uma *coisa outra*.

Ninguém para fitá-la com o olhar de veneração de um cachorro. Ninguém que espere dela atitudes sensatas.

Whitey diria: *Mande todo mundo para o diabo que os carregue.*

Na mesa de cabeceira, uma pilha dos livros "de sabedoria" de Whitey. Junto com *Os sonâmbulos* estão *No ar rarefeito*, *O ponto da virada: como pequenas coisas podem fazer uma grande diferença*, *Uma breve história do universo*.

Mas Jessalyn ainda não está pronta para se deitar. Depois de conduzir o pretendente cavalheiro porta afora, fechar e trancar a porta de casa, mal esperando que ele estivesse dentro do carro para apagar todas as luzes da área externa da casa — ela está exultante demais.

Vai até o closet de Whitey, que (ainda) não esvaziou. As filhas se ofereceram para ajudá-la a separar as roupas para doar à Legião da Boa Vontade, o que Jessalyn acha uma ótima ideia, sem dúvida uma ideia conveniente, mas que ainda não pôs em prática.

*Ainda não, ainda não. Em breve.*

*Não em breve. Mas... em algum momento.*

Encosta o rosto em um dos casacos esportivos de Whitey. Um casaco velho de pelo de camelo, bem puído, de cotovelos gastos.

Acha as roupas dele lindas. Como vai aguentar se separar delas?!

No banheiro, no armário, os frascos de comprimidos, enfileirados. A viúva os verifica não uma nem duas vezes, mas várias vezes por dia. Seu tesouro secreto! Eles são seu rosário. Seu consolo. Ela sacudiria uma dezena de comprimidos na palma da mão naquele instante e engoliria todos com bocados de água morna, mas Whitey ficaria chateado com ela.

*Ainda não, ainda não. Mas... em breve.*

— VOU, SIM. HOJE.

(Uma viúva fala sozinha não só para ter companhia, mas também para dar ordens claras. É mais provável que seja executado aquilo que é expresso com clareza.)

Tomada de coragem, Jessalyn decidiu separar as roupas de Whitey.

Não com as filhas, mas sozinha. Pois a viúva é mais feliz sozinha.

*Sim eu amo minhas filhas mas elas falam, falam. Não param de falar nunca, têm pavor de silêncio.*

O closet de Whitey abarrotado de roupas. São tantas!

Desde que ele *foi embora*, Jessalyn não teve forças para examinar os pertences do marido. Thom tinha localizado para ela a documentação relevante nos arquivos de Whitey, inclusive as declarações de imposto de renda à Receita Federal e outros registros financeiros, numerando suas centenas de páginas, mas Jessalyn não teve vontade de revirar as gavetas da mesa de Whitey, suas prateleiras, as caixas no escritório e no porão — não são atitudes que a esposa de Whitey McClaren tomaria quando ele estava por perto, então ela não fica à vontade de tomá-las agora.

*A privacidade dele. A vida dele. Não se deve invadir. Não.*

(E também: Jessalyn está [talvez] com medo de algo que a aborreça. Em meio ao acúmulo de quase quatro décadas, deve existir alguma coisa.)

Beverly e Lorene estão loucas para assumir a tarefa junto com ela. Sophia também participaria. Mas não.

*Emoção demais. Se abrir a torneira, vai ficar difícil fechá-la.*

*Entendam, por favor. Não estou pronta.*

Pouco depois da *partida* de Whitey, ela tinha folheado álbuns de fotos em um transe incrédulo: que aquilo que existia tão naturalmente no mundo já não existisse mais e fosse irrecuperável. É claro que sempre havia sido Jessalyn a cuidar dos álbuns de família, assim como cuidava do quadro de cortiça da cozinha — os outros eram interessados e ajudavam, mas só temporariamente; a esposa e mãe da família entende que ela sozinha é a dona das memórias, ninguém se apega a elas tanto quanto ela, e ninguém tem tanta compreensão do quanto são perecíveis.

Em seu estado entorpecido, ela levara os álbuns para a cama, para o ninho de cobertas, travesseiros, manta, onde poderia se perder na contemplação dos muitos anos em que (ali está a prova!) todos tinham sido felizes... E Whitey era *tão bonito,* mesmo quando fazia palhaçadas para a câmera, ou de cara amarrada, ela o fitava e sentia vontade de nunca mais desviar o olhar.

O espanto de sua vida, se avaliasse a vida da perspectiva de um aviãozinho monomotor que a sobrevoasse: que Whitey McClaren *a* tivesse amado.

Do mundo inteiro — *ela.*

Incluídos nos álbuns de fotos, ao acaso, havia cartões que ela e Whitey haviam trocado, cartões de aniversário, de Dia dos Namorados, alguns feitos à mão por Jessalyn em sua fase de jovem-esposa, inúmeros cartões ao longo dos anos, *feliz aniversário, esposa mais querida; feliz aniversário, ao meu marido queridíssimo; com amor, à minha esposa querida; com amor, ao meu marido querido* — alguns remontavam a uma época em que a letra de Jessalyn era tão diferente de sua letra atual que seria bem possível que os cartões fossem de outra pessoa chamada *Jess.*

*Com amor, da sua Jess.*

*Com amor, da sua esposinha Jessie.*

Também havia se esquecido de que Whitey assinava os cartões só com a inicial — W. Como se não gostasse de seu nome — "White-y" — (realmente soava ridículo, frívolo), mas estivesse preso dentro dele. Pobre Whitey!

(E ela era *Jess* ou *Jessalyn? Jessie?* Ela gostava bastante do próprio nome, mas no fim da adolescência se perguntava se, caso se chamasse *Hilda, Hulga, Mick* ou *Brett,* talvez se sentisse menos obrigada a ser "feminina".)

Ela não contou a ninguém que por acaso achou, no bolso de um dos casacos de Whitey, alguns dias depois de sua morte, um cartão de aniversário que ele tinha comprado para ela, mas ainda não tinha assinado: um de seus cartões tipicamente grandes, luxuosos, caros, com um *feliz aniversário a uma esposa maravilhosa* em rosa brilhante. (Bastava uma olhadela para ver quais cartões eram de Whitey e quais eram de Jessalyn — estes eram menores, menos espalhafatosos e menos caros, feitos de papel reciclado.)

Esse cartão animado a uma *esposa maravilhosa*, Jessalyn tinha deixado em cima da cômoda do quarto. Também na cômoda ficavam fotos emolduradas de Whitey: jovem, não tão jovem, na meia-idade; de sorriso desconfiado, de sorriso largo; sozinho, com Jessalyn e/ou as crianças em diversas idades. (Não era sua intenção, mas não tinha incluído nenhuma foto de Whitey no trabalho, de Whitey na modalidade profissional, de Whitey McClaren como prefeito de Hammond. Como se nunca tivesse vivido essa vida que ele chamaria, com uma mistura de tristeza e orgulho, de sua *vida pública*.)

Até essa manhã, Jessalyn não fez muito mais do que dar uma olhada no closet de Whitey. É um closet amplo — maior do que o dela, no outro canto do quarto. Uma névoa cobre seus olhos quando ela abre a porta e uma luz se acende como um olho se abrindo.

Era tão comum ele dizer: *Jess, você viu meu...?* Sinceramente arrasado, confuso, revirando o closet sem conseguir achar a camisa preferida, o suéter, só Jessalyn poderia encontrá-lo.

Ela sorri agora, se recordando. Pois não houve uma vez sequer (ela tem certeza) que não tivesse conseguido achar a peça de roupa que lhe escapava.

Roupas mais novas, roupas prediletas, ficam ao alcance das mãos. Casacos esportivos, camisas, cabides com gravatas... Whitey tinha uma relutância notória a descartar qualquer coisa, inclusive aquelas gravatas finíssimas ridículas que os homens usavam décadas atrás. Ele nunca queria tirar nada que pudesse "voltar a ser moda um dia" — tampouco conseguia admitir que nunca mais caberia nas roupas de quando era um jovem mais esbelto — o smoking, o terno de risca de giz de três peças corroído por traças, as camisas de estampa floral, os casacos de pura lã escocesa nos quais não cabia havia anos.

*Você acha que está justo demais, Jessalyn?*
*Está, sim, Whitey. Lamento dizer.*
*Bom — está justo demais? O que você acha?*
*Está, eu acho que está justo demais, querido.*
*Mas, bem... está justo demais ou curto demais?*
*Pequeno demais, Whitey.*
*Você acha que encolheu? Na lavanderia?*
*Foi. Encolheu.*
*Que droga de lavanderia! Eu deveria era processar.*
Jessalyn enxuga os olhos, se recordando.

Ali está o terno mais recente de Whitey, que eles tinham trazido do hospital: o xadrez da Guarda Negra Escocesa, de lã leve, com colete. Não era o preferido de Jessalyn, mas Whitey, que via de regra relutava em comprar roupas, tinha se entusiasmado com a peça, portanto, Jessalyn lhe garantira que estava "lindo" — "extraordinário" —, ainda que tivesse trocado olhares com o vendedor pelo espelho triplo.

— A única coisa que eu não quero — disse Whitey — é um terno convencional. "Tradicional." Um de risca de giz de três botões ou um cinza de flanela.

— Acho que não se vendem mais os de três botões — comentou Jessalyn.

— Esse risco você não corre.

Whitey dissera ao vendedor que tinha ancestrais escoceses e que o tartan dos McClaren não era o da Guarda Negra, mas que não era sentimental nem patriota, gostava de qualquer tipo de xadrez contanto que fosse mais escuro e "nobre".

Jessalyn e o vendedor riram juntos em silêncio. Whitey não tinha reparado. Como ela o amava, o marido, sua vaidade inocente e sua desatenção.

O terno, muito rasgado, imundo, ensanguentado, avariado, estava no closet de Whitey, em um saco plástico, conforme Thom havia instruído.

— Não mande para a lavanderia e não jogue fora — ordenara a Jessalyn.

Pois as avarias ao terno não tinham sido causadas (Thom disse) por um acidente com o veículo de Whitey, mas pela agressão dos policiais.

(Faz semanas que Jessalyn não ouve Thom falar das medidas judiciais que pretendia tomar contra o Departamento de Polícia de Hammond; ela não sabe direito se chegou a entender o que Thom está, ou estava, planejando, junto com o amigo-advogado de Whitey, Bud Hawley. *Má conduta? Força excessiva? Agressão? Homicídio culposo?* Não vai ser bom para eles — para nenhum dos McClaren. A cabeça dela recua diante dessas ideias incômodas assim como os olhos sensíveis recuam diante de um sol forte demais.)

De qualquer modo, Jessalyn não doaria o terno preferido de Whitey. Whitey tinha usado o terno com altivez em ocasiões especiais, apesar da cintura meio apertada e das calças um pouco compridas:

— Eu estou encolhendo, Jess? Caramba! Acho que está cedo demais para isso.

— Meu querido, lindo marido — tinha dito ela, aos risos. Na ponta dos pés para lhe dar um beijo na bochecha. — Meu marido da Guarda Negra.

Ele o usara naquele dia. O último de sua vida como Whitey McClaren.

Quanta vaidade! Dele e também dela.

Enfraquecida, ela fecha a porta do closet. Afinal, não é forte o bastante para as tarefas que a aguardam.

— ∞ —

*POR MIM, VOCÊ TEM que continuar vivendo.*
*Se você desistir eu estou totalmente perdido.*
Ela não desistiria. Não abandonaria o marido uma segunda vez.

(TELEFONE TOCANDO: A VOZ PETULANTE de Beverly: *Mãe? Mãe! Eu sei que você está em casa, POR FAVOR, atenda.*)

(*Mãe, se você não atender nem me ligar de volta em dez minutos, eu vou pegar o meu carro e VOU AÍ.*)

(Às pressas, Jessalyn retorna a ligação da filha com uma desculpa boba, ela estava lá fora e não tinha ouvido o telefone tocar, estava passando o aspirador de pó... *Sim, estou bem, querida. Não precisa vir para cá agora.*)

TODA SEMANA, FLORES DE LEO COLWIN.
Sempre na segunda-feira, por volta das onze da manhã. A caminhonete de entregas já conhecida sobe a trilha comprida, o entregador corpulento já familiar toca a campainha, Jessalyn permanece no segundo andar observando detrás da cortina até o entregador ir embora depois de deixar o buquê na entrada da casa.

Ela vai pegar as flores, mais cedo ou mais tarde. Embora às vezes se esqueça.

— Mãe? Tem flores aqui fora, vou levar para dentro... O que diz o cartão? *Para minha querida Jessalyn, com carinho, do Leo.* Que amor!

Em geral, as flores da semana anterior ainda estão na mesa da cozinha, em um vaso de vidro idêntico da floricultura. Ao longo das semanas, agora meses, as flores foram de rosas, crisântemos e cravos a açucenas, narcisos, tulipas, margaridas, jacintos e lírios (de Páscoa).

Que doce de homem, o Leo Colwin. Tão maravilhoso, eles dois (viúva, viúvo), amigos de longa data, saindo juntos, se confortando.

— Eu acho que o papai ficaria contente.

A isso Jessalyn não responde. Vê as mãos se mexendo como se mexem as mãos da dona de casa, familiares e reconfortantes (para a filha, se não para a mãe), atarantadas com as flores da semana anterior que (ela admite) já passaram da fase de floração, as pétalas feias começando a cair na bancada e no chão, quebrando os caules ao meio para botá-las na lixeira com certo entusiasmo contido; jogando a água velha, agora fedorenta, na pia. Sente a boca se repuxar em um sorrisinho triunfante. Pronto! Acabou.

— Eu acho que... o papai ficaria contente... Com o Leo...

Mas agora Beverly não tem tanta certeza. Olha ao redor como se (Jessalyn entende, olha ao redor centenas de vezes por dia naquela casa) Whitey estivesse justamente ali lhe lançando um olhar furioso.

— Ele sempre adorou... gente... Sair, ver os amigos, fazer novas amizades, até de gente que ele não gostava... o papai meio que *gostava*. Sabe? Aquelas rixas dele, que se estendiam por anos, lembra-se de como o papai ficou contrariado e triste quando um velho inimigo — Beverly hesita — *partiu*...

Beverly fala com uma energia um pouquinho excessiva. O silêncio na casa da viúva é palpável como um gás de cheiro adocicado.

Nesses momentos (visitas de última hora, *aparecer para ver como a mãe está*, como uma assistente social verificando um cliente suspeito), Beverly é alegre demais, ruidosa demais, inquisitiva demais, vigilante demais, reparando (por exemplo) nas pilhas de correspondências não lidas/não abertas (cartões e cartas de gente se solidarizando) na cesta de vime que fica na mesa da cozinha, intocadas por semanas a fio, que já serviram de motivo para recriminar Jessalyn:

— A gente podia abrir junto, mãe. Eu acho que te faria bem, ver o... o amor que as pessoas tinham pelo papai...

Jessalyn olha para a filha e pisca. *Por que cargas-d'água* — sua expressão parece inquirir — *isso me faria bem?*

— Seria educado pelo menos ver o que os seus amigos escreveram. Tem viúvas... pessoas... que respondem aos cartões de solidariedade...

Beverly fala titubeando, como quem está com algo esquisito na boca, sementinhas ou urtigas. Cada palavra desajeitada é uma surpresa para ela, mas ela parece incapaz de parar de falar.

Beverly torce para que Jessalyn a convide a passar o resto do dia ali. Ou quem sabe... a noite. O conforto da casa da Old Farm Road ela não encontra em outro lugar do mundo.

O marido começou a se impacientar com seus humores. Os filhos estão impacientes, envergonhados. *Nossa, mãe. Segure a onda.*

Ela vai fugir para a casa de antigamente! O quarto da infância ainda tem uma cama, uma cômoda e um espelho que já foi seu maior companheiro.

É fato: ninguém tem tanto *interesse em você* quanto o reflexo no espelho.

— Sobrou alguma coisa do Whitey? De bebida? Ou você jogou tudo fora?

Sim. Tudo fora.

— Ah, mãe!

*Mas eu não sou a mãe, neste momento. Entenda, por favor.*

Beverly vai se retirar da casa na Old Farm Road magoada, irritada; desgostosa de si mesma, queria muito tomar uma bebida! — e aborrecida com Jessalyn, ou decepcionada com a mãe, por se livrar dos restos dos uísques caros de Whitey com um motivo desesperado que Beverly não quer levar em conta. Cinco minutos depois de ir embora da casa, ela para no acostamento da pista, ávida para ligar para Lorene e deixar um recado com uma queixa martirizada: *Eu tentei te dizer, nossa mãe enlouqueceu com o luto, faz meses que ela parece outra pessoa, ela é quase rude comigo, o papai não reconheceria essa mulher de roupa velha, roupa que nem limpa está, o cabelo dela está desgrenhado, descabelado,* branco — *o papai ficaria chocado de ela ter deixado o cabelo* branco, *ele sempre se orgulhou tanto de como a mamãe parecia jovem. Era meio-dia e a mamãe ainda não tinha se maquiado, não tinha calçado um sapato de verdade* — *estava de pantufa. Ela não me deixa ajudar com os cartões nem com as roupas do Whitey. Ela não quis sair para ir ao supermercado. Ficou sem expressão quando a chamei para o jantar de domingo com as crianças. Já passou dos limites do luto normal, o luto normal é compartilhado. E ela parece nem ligar que o coitado do Leo Colwin esteja apaixonado por ela, um cara tão doce, um cavalheiro, e o Leo tem dinheiro, não está atrás do dinheiro dela que nem outros homens estariam, as amigas dela andam me ligando para dizer que acham a mesmíssima coisa, a mamãe não tem tempo para elas, a mamãe não atende aquele telefone maldito, a mamãe não dá o devido valor ao Leo Colwin, o comportamento dela vai afastá-lo, e aí o quê? A mamãe está virando uma senhora excêntrica de cabelo branco desgrenhado! Imagine só, justamente a Jessalyn McClaren! Eu acho que a gente precisa intervir, poxa, Lorene, a situação é séria! Você não tenha a audácia de não me ligar de volta.*

NEVE. E, DE MANHÃ, pegadas de animal bem perto da casa.

Jessalyn as descobre quando vai à área externa, ao deque do quintal, para pôr sementes nos comedouros. Não é uma miríade de animais, mas uma criatura única, singular (mais ou menos do tamanho de um cachorro) que subiu os degraus e cruzou o deque, se aproximando da casa como que para espiar através das portas de correr envidraçadas.

E, em outro canto, na neve quebradiça das laterais da casa, como se a criatura buscasse uma entrada, às cegas.

ULTIMAMENTE, O TREMOR DA MÃO esquerda de Leo Colwin está mais pronunciado. Jessalyn sente pena dele, está mais disposta a ser gentil. Esperava estar cuidando de Whitey depois da alta hospitalar e havia se preparado emocionalmente para um período de reabilitação; então, agora, impedida de ter essa experiência, que imaginara como uma aventura romântica, está mais propensa a ficar observando homens mais velhos presos a cadeiras de rodas ou obviamente incapacitados quando os vê, com um ar de saudade. Infelizmente, esses homens são invariavelmente cuidados pelas esposas que não gostariam (ou gostariam?) de abrir mão deles.

*Melhor assim, meu bem. Eu viraria um imbecil insuportável se ficasse em uma cadeira de rodas, você acabaria me odiando.*

— Ah, Whitey! Não...

Jessalyn fica pesarosa com a ideia. Não, não, *não*.

Ela havia arrumado folhetos, livros com títulos utilitaristas, bem práticos, como *Manual do cuidador da vítima de derrame, Depois do derrame: apoio a pacientes e cuidadores, Recuperação pós-derrame: dicas para o cuidador.* Tinha pesquisado cursos noturnos no departamento de enfermagem da faculdade comunitária.

E Leo Colwin realmente é muito legal. Embora ela não tenha mais sentimentos por ele do que (por exemplo) teria por um manequim jogado no lixo, percebe que é um homem atraente para a idade, um homem generoso, às vezes "espirituoso" — como as filhas vivem dizendo, *um cavalheiro*. E que comovente é que ele goste *dela*.

Volta e meia Leo fala de suas "residências". Um apartamento de dois quartos no condomínio de aposentados mais prestigioso de Hammond, com vista para o rio Chautauqua; uma "cabana" em Keene Valley, nas Adirondacks; um apartamento "quase de frente para o golfo" em Sarasota, na Flórida. Leo é um daqueles moradores da cidade que se interessam pela história da região durante a Guerra Revolucionária e, portanto, admiram a Casa Forrester — como ele a chama; está claro que Leo gostaria de morar em uma casa daquelas, ligada ao general George Washington.

Enquanto outros perguntam à viúva, por curiosidade boba, cruel, se ela planeja vender a casa, Leo Colwin pergunta com uma expressão apreensiva, dolorida:

— Você não está planejando vender sua casa, está, Jessalyn? Espero que não.

Nervoso, ele junta as mãos para impedi-las de tremer.

Jessalyn se pergunta se Leo tem doença de Parkinson. Ou se o tremor é apenas "benigno" — não um sintoma de algo mais. Sente-se mais disposta a ser gentil com ele; dali a um ou dois anos, talvez ele precise dos cuidados de uma esposa.

*Viúva, viúvo.* Um casal formado por Hades!

É comovente para Jessalyn que Leo se vista com um esmero aparente nas noites que passam juntos em jantares dos amigos em comum, sempre sentados lado a lado:

— Aqui, Jessalyn! O cartão com o seu nome está aqui, do meu lado.

(Com um olhar míope, examina os cartões como se houvesse um grande erro ou confusão, como se Jessalyn pudesse ficar na outra ponta da mesa, assim como uma esposa talvez fosse acomodada, longe do alcance dos ouvidos.) Que Leo use paletós de flanela da J. Press outrora elegantes e agora cheio de buraquinhos feitos por traças, gravata-borboleta de poá (da qual Whitey, que detestava a maioria das gravatas, zombaria), calças um bocado amassadas que combinam, ou quase combinam, com o paletó. Nos pés, nem sempre, mas em geral, mocassins com borlas e meias pretas. Ele sempre usa um lenço enfiado no bolso do paletó e, na lapela, um brochezinho misterioso de triângulos entrelaçados (pirâmides?) que identificam seu portador como membro de uma ordem fraternal secreta da qual (pelo que Jessalyn sabe) John Earle McClaren não fazia parte. (Embora Whitey, desdenhoso de todas essas organizações "secretas", à exceção da Ordem da Flecha, que comemorou seu status de Eagle Scout quando era um menino de quinze anos, fosse capaz de ingressar na organização de Leo por razões puramente profissionais e se desfazer do broche sem nem comentar o assunto com a família.)

O cabelo liso e sem cor de Leo é ralo, mas meticulosamente cortado. Ele tem um leve cheiro adstringente de creme de barbear, de colônia. Sempre foi republicano, Jessalyn sabe, mas não um republicano flexível como Whitey (que tinha votado em Obama), que gostava de alfinetar Leo Colwin e outros dizendo:

— Republicano é quem contrata alguém para fazer o trabalho sujo por ele: policiais, militares, advogados.

Leo acredita piamente que quanto menos governo, melhor. Regular negócios respeitáveis, de família? — para quê? Reprovava os Clinton. Reprovava a "incitação" de todos os políticos. Tinha "dúvidas" quanto a mulheres em altos cargos públicos ou no judiciário. Uma vez, Whitey o descrevera como "um branco protestante anglo-saxão à moda antiga, um republicano vintage anos 1950". Leo gargalhara, lisonjeado.

Agora Leo diz a Jessalyn, na voz hesitante que é usada para falar com convalescentes:

— Querida Jessalyn, eu... eu fico me perguntando se você pensou melhor no... no que eu sugeri...

O que Leo tinha sugerido? Jessalyn não faz ideia.

— ...nossas perdas, nossas vidas... tanto em comum, "afinidade" de tantos anos... doação para a campanha de Whitey à prefeitura... Meus filhos te admiram tanto, Jessalyn! Estão contentíssimos porque estamos "nos vendo"... os dois dizem: "Por favor, mande lembranças à sra. McClaren!".

Enquanto Leo fala em uma voz animada e rápida, Jessalyn tem uma visão dos filhos (adultos) dos Colwin, de quem mal se lembra, que não vê há anos, fitando Leo e ela com um enorme interesse. *Por favor! Por favor, se encarregue dos cuidados e da alimentação do nosso querido pai solitário.*

Para refrear o interesse do pretendente, Jessalyn diz a Leo que não vai exatamente herdar o espólio de Whitey. Isto é, o marido lhe deixou dinheiro em um "fundo" que paga uma quantia fixa a cada trimestre; caso peça mais dinheiro, a aceitação fica a critério do testamenteiro, um advogado-amigo dele.

Não seria fácil, ela avisa, conseguir um milhão de dólares, quem dirá cinco, dez milhões:

— O Whitey fez questão disso. Uma das minhas filhas diz que o testamento dele é como ter os "pés amarrados".

O comentário irônico foi de Lorene, e havia sido recebido com consternação por todos que o ouviram. Jessalyn fica espantada de tê-lo repetido agora.

Leo inspira. Está surpreso? Em choque? Com a imagem apavorante de *pés amarrados* ou com as cláusulas do testamento de Whitey?

Está decepcionado porque Jessalyn não tem acesso a enormes quantias de dinheiro, ou é solidário e se constrange por ela, porque o marido não tinha muita confiança em seu juízo?

— Ah, querida Jessalyn. Isso é... uma pena...

Leo pega a mão dela, para reconfortá-la.

Leo passa um tempo calado, pensando. Então:

— Um fundo pode ser desfeito, Jessalyn. Eu não consideraria esse fundo uma amarra, com o advogado certo é só algo temporário — declara Leo com uma firmeza, uma quase alegria, que Jessalyn raramente ouve em sua voz.

*Ele quer que o Whitey escute. Está provocando o Whitey!*

Em vida, os dois não eram competitivos. Leo estava tão aquém de Whitey que um não consideraria o outro um rival digno de nota. E, portanto, essa provocação (tardia) é um pouco atípica de Leo.

Esta noite, quando está prestes a ir embora da casa de Jessalyn, Leo a segura pelos ombros e se curva, desajeitado, para beijar seus lábios — um beijo morno borrachudo que a deixa com vontade de soltar uma risada estridente feito uma menina de doze anos.

— Boa noite, querida Jessalyn!

— Boa noite... Leo...

Às pressas ela fecha a porta, tranca. O que foi que ela fez? O que está acontecendo com ela? Espera que nada tenha sido resolvido tacitamente entre ela e Leo, de que mal tenha consciência. Esfrega os lábios, que parecem dormentes. Tem a visão de um torvelinho de água, com espuma na superfície, e algo levado pela correnteza, uma coisa viva, um corpo, indefeso ao ser carregado — para onde?

Esta noite, fica deitada sem dormir, esperando o comentário irônico e espirituoso de Whitey para encerrar a noite. Mas não vem nada.

— ∞ —

— ABÓBORA DE INVERNO.

— É abóbora-*manteiga*.

Virgil lhe trouxe uma enorme abóbora-manteiga, de formato oblongo, feito um taco indiano, desenxabida, de casca dura, cor de creme sujo. Em suas mãos, pesa feito um coração.

— Ah, Virgil! Obrigada. É linda...

Virgil ri dela, é uma mentira deslavada. A mãe também se vê obrigada a rir de si mesma.

Jessalyn McClaren, famosa pela graciosidade. Confrontada com um vegetal enorme de feiura peculiar, assim como faria com um bebê de feiura peculiar, Jessalyn só consegue exclamar: *Lindo!*

— Você não precisa cozinhar ela, mãe. Não precisa fazer nada com ela. É do nosso sítio, acho que daria para dizer que é "ornamental".

— Eu sei muito bem o que é uma abóbora-manteiga, Virgil. Eu fazia abóbora-manteiga assada com amêndoas, canela e açúcar mascavo. Vocês adoravam. O Whitey também.

Com *vocês* Jessalyn se refere aos filhos. O *vocês* coletivo.

— Bem. Não posso ficar para jantar, de qualquer forma...

— E por acaso eu te convidei? — Jessalyn dá uma beliscadinha em Virgil.

Virgil sorri, mas agora está inseguro. Ele quer ir embora ou... quer ficar? Todas as horas da vida de Virgil parecem extremamente mediadas.

O filho mais novo de Jessalyn, o filho que faz seu coração se agitar (de preocupação? exasperação? medo? amor?) está na cozinha, não tirou o casaco largo nem o gorro de tricô da cabeça, que parece ter sido comprado em um bazar. (Foi mesmo.) A pele ainda adolescente de Virgil tem manchas vermelhas irregulares por conta do frio, os olhos estão úmidos e evasivos. A barba castanho-clara é esparsa, rala, mas está maior do que nas lembranças de Jessalyn; o cabelo (mais escuro) está embaraçado e bagunçado em volta da gola (puída, não muito limpa). Embora Virgil more a alguns quilômetros da casa da família, fazia algum tempo que não visitava Jessalyn.

*Por quê?* — não tem motivo algum. Jessalyn sabe que não deve perguntar.

Não dá para ligar para Virgil, os irmãos dele reclamam. Virgil não tem como ligar *para eles.*

(É claro que, se Virgil quisesse ligar, ele teria como. Pegar um telefone emprestado não era problema. Mas Virgil tivera a falta de consideração de relutar em ter um telefone, pois assim ficaria acessível à família.)

Desde que tinha saído da casa dos pais, aos dezenove anos, tinha o hábito de aparecer lá em momentos imprevisíveis. É claro que, sendo Virgil, ele deixaria de aparecer se tivesse prometido (vagamente) aparecer. Whitey ficava tão irritado com o comportamento "hippie" do filho que Jessalyn raramente lhe dizia quando Virgil tinha visitado a casa ou deixado de visitar. Não considerava essa atitude exatamente uma enganação, mas uma forma de proteger tanto Virgil quanto Whitey.

Uma mãe protege um filho do pai. Seria isso, Jessalyn se pergunta, algo *clássico*?

Ela já abriu mão da esperança de que Virgil se emende — a "emenda" seria um esforço considerável para Virgil, como um pretzel se desenrolar sozinho.

Só que hoje Virgil surpreendeu a mãe. Ao olhar da janela no final da manhã, Jessalyn avistou o que parecia ser um Jeep percorrendo a via de acesso congelada e ficou confusa: quem ela conhece que tem um Jeep?

Nem Thom tem um Jeep. E Thom é, imagina Jessalyn, do tipo que teria um Jeep.

Mas é de Virgil, ao mesmo tempo envergonhado e (veladamente) orgulhoso.

— Ei, é usado, mãe. Foi uma pechincha. Assim eu posso circular no inverno sem ter que pegar o carro de alguém emprestado.

Como se esperasse que Jessalyn fosse acusá-lo de alguma coisa. De quê?

Jessalyn acha a compra bastante prática. Sensata. Bom para Virgil, usar o dinheiro deixado pelo pai em uma boa causa. Em seguida, talvez comprasse um celular. Marcasse uma consulta no dentista. *Maduro*.

Virgil vive constrangido no que diz respeito a dinheiro. Parece ter poucas necessidades pessoais; mas volta e meia dá fortes indiretas de que "precisa" de dinheiro para uma ou outra organização beneficente — Espaço Verde, Compaixão pelos Animais, Salvem Nossos Grandes Lagos —, que geralmente Jessalyn dava.

(Sem contar a Whitey, é claro. Isso incluía transferências monetárias estratégicas da conta conjunta.)

— Como você está, Virgil? — indaga Jessalyn em tom tranquilo. (Pois essa é uma pergunta que deve ser feita com tranquilidade pela mãe, se dirigida a um filho adulto.)

Virgil estremece, ou quase. Deseja dizer, Jessalyn imagina, *Ah, quem liga para mim? O Virgil não "existe"*.

— Tem certeza de que você não pode ficar para jantar, Virgil? Eu poderia fazer essa abóbora-manteiga.

— Bom. Eu acho... que não.

A boca se contorce como se sua vontade fosse dizer *sim*.

(Mas por que cargas-d'água não pode dizer *sim*? Isso é típico de Virgil!)

Jessalyn não insiste como faria em outras épocas — *Tem certeza? Que motivo você tem para sair correndo?* Era muito comum ver a expressão assoberbada do filho. Ele é como um animal selvagem que foi só parcialmente domado, desconfiado da gola em volta do pescoço, uma coleira apertada.

Depois que Virgil deixa claro que não vai ficar para jantar — depois que a mãe aceita isso —, é visível que fica mais à vontade. Ele abre o zíper do casaco, deixa-o na cadeira. Por baixo dele usa um macacão manchado de tinta sobre uma camisa de flanela de manga comprida com os punhos sujos. Mas mesmo o cheiro bolorento do filho é precioso para Jessalyn, inundando-a de prazer, de alívio.

Virgil é acanhado demais para perguntar como a mãe tem passado. Teme ouvir a resposta óbvia.

*Estou desesperada. Respirar é sentir dor. Você pode me libertar, me deixar ir embora? Estou tão só sem ele.*

Não, Virgil não poderia fazer essa pergunta. Seu coração se comporta de um jeito estranho quando ele pensa nas palavras *pai, papai. Partida.*

Jessalyn diz a Virgil que é bom vê-lo! Andava pensando nele.

Bem. Virgil andava pensando *nela*.

Em um gesto impulsivo, Jessalyn abraça o filho. A enxurrada de prazer é forte demais para resistir. Como um garoto adolescente, Virgil se tensiona um pouquinho; abre os braços, moles e alheios como braços de espantalho. Mas (para o alívio de Jessalyn) não se encolhe.

Como ele se tornou ossudo! E como ficou alto, mais alto do que ela se lembrava. Ele tem pavor de que ela fale de Whitey, ela entende.

Às pressas, antes de Virgil murmurar um pedido de desculpas pelo tempo que ficou afastado, ela diz:

— Eu acho que estou muito bem. Estou retomando o trabalho como voluntária na biblioteca. E no hospital, na próxima segunda-feira. Acho que já está na hora.

Há uma pausa. (É verdade, o trabalho voluntário? Jessalyn voltou a ficar meio período na seção local da biblioteca municipal, onde cuida da retirada de livros e DVDs e, de vez em quando, lê para crianças em idade pré-escolar na Hora da História. Mas é provável que não volte tão cedo ao Hospital Geral de Hammond, onde atua como voluntária na recepção e onde cada minuto de cada hora vai lhe trazer a lembrança de ter entrado em um quarto do quinto andar e visto o corpo inerte de Whitey já morto. Os olhos não inteiramente fechados, a boca entreaberta. *Meu Deus do céu.*)

— Amanhã vou separar as roupas do papai e os sapatos dele. Acho que está na hora. — (É verdade? Talvez.)

Virgil pergunta se ela quer ajuda.

*Por favor, diga que não* — os olhos dele suplicam.

— Obrigada, mas acho que não. É que... não sei direito quando vou conseguir...

Ela tem um branco. Sente como se tivesse sido sacudida — literalmente: suspendida, sacudida feito uma boneca, fazendo seus dentes baterem e o cérebro se chocar contra o crânio. (No que estava pensando segundos antes? — sumiu.)

Nesse silêncio esquisito, Virgil pergunta se pode tomar alguma coisa. Ele se serve do suco de toranja que está na geladeira, que põe em seu copo preferido, turquesa, o último remanescente de um conjunto de doze copos comprados na Target.

(Whitey sempre insistia que Jessalyn comprasse coisas para a casa nas melhores lojas. Jessalyn nunca discordava, mas fazia muitas compras na Target, na Home Depot, na JCPenney, das quais Whitey nunca tomou conhecimento. *Que copos ótimos!* — ele sempre exclamava.)

Com uma colher, Jessalyn põe iogurte (natural, desnatado) em uma tigela. Corta uma banana, salpica o iogurte com granola e canela, põe a tigela na frente de Virgil, que começa a devorar tudo.

Ela lhe entrega um guardanapo de papel. Distraído, ele o enfia na gola da camisa.

Cuidado e alimentação do filho. Um menino.

Tímido, apalermado, Virgil vai achar difícil agradecer à mãe. *Por que* ele é tão esquisito? O coração de Jessalyn é inundado de amor e de medo por ele. Parece suplicar afeto — e cuidados —, embora se encolha diante dessas coisas; mesmo quando criança já era assim, em meio à família (geralmente) amorosa dos McClaren. Virgil é charmoso, até mesmo sedutor, com mulheres e com homens, pelos quais é pouco provável que sinta muita coisa — consegue ser muito brincalhão, extravagante. Ela já viu mulheres e meninas olhando fixo para ele em espaços públicos, seu rosto singelo e bonito radiante de emoção, a energia vibrando nos braços e pernas. Também já viu homens olhando fixo para Virgil.

Ela havia se questionado — de vez em quando. Quando Virgil estava no Ensino Médio. Seu claro desinteresse em meninas, em sexo.

A não ser que o interesse de Virgil fosse escondido dela. Sorrateiro.

Na maior parte do tempo, Virgil dá a impressão de contenção (ressentida). Como quem capenga em um sapato que não cabe nos pés e ainda assim insiste em usar o maldito sapato para humilhar — o quê? — o sapato, ou o eu-que--usa-o-sapato?

Ou a autoridade do responsável que lhe impôs o sapato?

Jessalyn pergunta se Virgil quer comer mais um pouco e Virgil hesita — *não? sim?* — como se a decisão não coubesse a ele. Ela ri e lhe serve mais um pouco da mistura de iogurte com granola.

É verdade, a mãe "facilitou" para que o filho insistisse nesse comportamento — Lorene tem bastante razão. (Sem pensar que a personalidade irascível, ríspida de Lorene também deve ser consequência de "facilitação" da parte do pai e da mãe.) Mas qual seria a alternativa, exatamente? Jessalyn nunca entendeu.

Se Whitey tivesse aceitado mais Virgil, tivesse sido menos crítico — isso teria feito diferença. Jessalyn não poderia deixar que Virgil se sentisse *menos amado* do que os outros filhos.

Não havia necessidade de mimar Thom, por exemplo. Thom era plenamente capaz de mimar a si mesmo.

É um prazer para Jessalyn ver Virgil comer na cozinha de casa. Ela acredita não querer "companhia" — prefere ficar a sós com Whitey, isto é, com seu luto. Mas é claro que Virgil é a exceção.

Ele havia fugido de Hammond após a morte do pai — Jessalyn entendera completamente.

Os outros filhos, as meninas sem dúvida alguma, Thom com certeza, pensariam em perguntar a Jessalyn o que ela andava comendo; ela preparava pratos ou só comia de pouquinho em pouquinho (do pote de iogurte, por exemplo, com uma colherada de granola dentro) —, mas nunca passaria pela cabeça de Virgil a ideia de perguntar.

*A mãe é força. Não se põe a força em dúvida.*

— E como vai a... é "Sabine"?

Virgil dá de ombros, franze a testa. Como se ele soubesse muito bem que Jessalyn sabe muito bem que o nome é "Sabine".

— Bem. Ela está bem. Pelo que eu sei.

— Ela ainda mora no sítio?

— De vez em quando.

Jessalyn tem vontade de perguntar — *Mas você ainda a vê? Vocês são... um casal?*

Jessalyn não abriu mão da fantasia de que Virgil vai se apaixonar, se casar. Encontrar alguém (ah, quase qualquer um!) que o ame e que cuide dele como a mãe cuida. *Para eu poder morrer feliz.*

(Mas que ideia boba! Whitey ficaria furioso se ouvisse isso. A ideia boba de ligar sua felicidade ao bem-estar alheio e de sentir que sua vida teria sido empregada de forma satisfatória se assim fosse.)

*Não pense assim* — Jessalyn consegue ouvir Whitey murmurar.

— Você nunca trouxe ela para jantar... Teria sido divertido.

— Duvido, mãe. A Sabine não curte o que você acha "divertido".

Virgil ri com uma alegria vingativa.

Jessalyn imagina que seja verdade. Ela se lembra de outra das namoradas de Virgil, ou melhor, de meninas que eram amigas — qual era o nome dela...
— Polly. — Virgil diz o nome com tristeza.
— Ah, sim, "Polly". O que foi que aconteceu *com ela*?
Polly era uma menina gordinha e feia, de rosto sério, difícil. Era uma auxiliar de veterinária de cabelo raspado, de calça jeans e botas de caminhada e com uma tatuagem de águia no punho esquerdo, que, durante um jantar esquisito de domingo, Whitey encarou com espanto (conforme explicou mais tarde), não tanto pela tatuagem, mas pelo tamanho do punho, grande como o dele. *Caramba. Aquela moça era grandalhona.*
Virgil e Jessalyn riem juntos, lembrando. O jantar de domingo está tão distante que dá para rir dele, do jeito afetado com que Polly recriminara os McClaren por comerem carne:
— Vocês estão pondo na boca uma coisa que *já esteve viva*. Assim como *vocês estão vivos agora*. — Polly os olhava como se fossem monstros.
Virgil pedira desculpas à convidada:
— Eu devia ter te avisado, Polly. Acho que esqueci.
*Polly!* Os McClaren precisaram abafar as risadas, essa era a última coisa que esperavam de uma moça chamada *Polly*.
Sentindo-se responsável como anfitriã, e responsável também como mãe de Virgil, Jessalyn gaguejara para a moça que a olhava com raiva, em tom de desculpa:
— Nós somos... só... pessoas... pessoas comuns...
Que tola ela soara! A voz de Jessalyn tinha diminuído, culpada.
— Não peça desculpa, não, mãe. Ela que é grossa.
Vibrando com uma discussão à mesa de jantar pela qual não poderia ser responsabilizada, Lorene interferira com uma voz ríspida e irônica.
Polly retrucara para Lorene:
— Melhor ser *grossa* do que *carnívora*.
— Bom. Eu prefiro ser *carnívora* a ser *grossa*.
Polly se levantou da mesa, indignada. Apesar da briga (que tinha irrompido nos primeiros minutos da refeição), Polly conseguira comer um pão amanteigado quente e uma porção grande de inhame e cogumelos assados: seu maxilar não cessava de triturar, mesmo no instante em que saiu correndo da sala. Virgil não tivera alternativa (ele explicaria depois) senão correr atrás dela.
Isso enquanto, da outra ponta da mesa, Whitey olhava tudo mais surpreso do que ofendido. Não disse nem uma palavra à convidada arrogante, o que não era típico dele, mas, depois que Polly saiu correndo da sala e Virgil foi atrás, ele não resistiu a uma risada divertida:

— Tem gente que deveria fazer umas aulas de etiqueta à moda antiga.

Acabou que a garota gordinha não era uma menina, mas uma mulher mais velha do que Virgil, que na época tinha vinte e seis anos. Trabalhava com ele na Fazenda Chautauqua e era a responsável, segundo Virgil, pelos porcos e bois.

Jessalyn e Virgil riem juntos, relembrando Polly. Jessalyn acha cruel estreitarem seus laços falando da coitada feiosa da Polly — mas estreitar os laços com o filho é crucial.

Imitando as palavras melancólicas de Jessalyn, que por anos foram alvo das zombarias de Whitey e dos outros, Virgil diz em falsete:

— Nós somos... só... pessoas... pessoas comuns... Nos perdoe.

Aquela voz hilária! Jessalyn se pergunta se é assim que Virgil a ouve.

— Eu não disse "nos perdoe".

— Disse, sim. Não disse?

— Não. O Whitey inventou essa parte.

Whitey vivia *inventando coisas*. Metade das histórias de família surgia da apropriação de um acontecimento normal por Whitey e do verniz grandioso que ele lhe dava.

Mas depois que Whitey havia se apropriado de um acontecimento, ficava complicadíssimo restabelecê-lo à normalidade.

— Que engraçado, ser a responsável pelos porcos e bois. Mas se fosse para escolher alguém para cuidar desses bichos, ninguém melhor do que a Polly.

(Jessalyn faz Virgil rir de Polly outra vez. Seria uma traição à irmandade?) Ela pergunta o que aconteceu com a menina, mas Virgil dá de ombros de um jeito sinistro, como fez quando ela perguntou sobre Sabine.

Não faço ideia, mãe!

Por um bom tempo ficam em silêncio. Mãe e filho pensando nas moças e mulheres amigas de Virgil de muito tempo atrás.

Virgil pergunta a Jessalyn se ela tem algum serviço para ele hoje, algum conserto a fazer na casa, ele tem ferramentas no Jeep. É costumeiro que Virgil arrume coisas na casa e no terreno, quando sabe fazê-lo, sempre que aparece por lá. Jessalyn acha comovente o filho se empenhar nessas tarefas por ela, contanto que não se espere que ele as execute; como Whitey, ela desejava que Virgil se sustentasse pelo menos em certa medida como faz-tudo ou carpinteiro, atividade para a qual tem um talento surpreendente. Mas não, Virgil é um *artiste* e é budista, não trabalha por dinheiro e boa parte das horas de sua vida que passa acordado são reservadas, como ele diz devotamente, à arte e à meditação.

O talento de Virgil para consertar coisas da casa havia impressionado Whitey, que não era muito jeitoso. Mas era raro que elogiasse sem dar um toque de ironia às suas palavras — *Nosso filho, o faz-tudo. Que bom que ele tem como se sustentar se um dia precisar.*

Virgil se orgulha de suas tarefas de faz-tudo/carpinteiro. Aparafusa o puxador da gaveta que caiu, conserta um vazamento na pia, troca uma lâmpada queimada do teto, alta demais para Jessalyn se arriscar a trocá-la sozinha usando a escada — agora ele está pronto para ir embora, e no entanto faz hora na cozinha, olhando para o quadro de cortiça. (Jessalyn percebeu: não sobrou nem uma fotinho de Virgil no quadro. Que triste, isso! Mas está decidida a não falar nada.)

Virgil analisa uma fotografia de Whitey tirada de um jornal, um dos recortes mais antigos, desgastados. Jessalyn não tem coragem de se aproximar, de ver qual dos recortes é.

Mas na verdade ela memorizou o quadro de cortiça. Se fechar os olhos, consegue reproduzi-lo pedaço por pedaço e ano a ano.

— Tem certeza de que não precisa de ajuda para separar as coisas do papai?

— Sim! Ou melhor, tenho certeza.

Jessalyn estremece com a ideia de dividir um momento tão íntimo, mesmo que seja com um filho.

Ela se pergunta se é isto: ela não quer dividir Whitey com ninguém. Cada peça de roupa que tocar, acariciar, contemplar...

*Ah, o que aconteceu com a gente?*

Virgil circula, inquieto, pelo primeiro andar da casa. Já pôs o casaco, mas ainda não fechou o zíper. O gorro de tricô foi enfiado no bolso. Uma criança que não sabe se quer sair ou continuar dentro de casa.

Ela não vai implorar que ele fique. Ela não está solitária!

(Quase) torce para que Virgil vá embora. Pois é sempre um alívio quando os filhos (adultos) vão embora, você não precisa mais suplicar (secretamente) para que não vão.

É mais fácil para eles e mais fácil para a viúva.

No vestíbulo, Virgil descobre o buquê mais recente enviado por Leo Colwin. Um dos mais opulentos, uma dúzia de rosas brancas e amarelas, que começam a murchar. Jessalyn pôs as flores na mesa e se esqueceu delas, não troca a água do vaso há dias.

— As pessoas continuam mandando flores pelo papai? Acho que elas realmente g-gostavam... amavam ele...

Jessalyn responde que sim. Ah, sim.

Virgil pergunta quem mandou essas — Jessalyn diz que não sabe direito.

(Desnecessário contar a Virgil sobre Leo Colwin. Jessalyn não se orgulha de sua relação com o homem. Tem muito medo de ferir os sentimentos do sujeito,

Deus sabe que é bem capaz de terminar casada com ele só por letargia e covardia, um desejo vago de apaziguar e agradar. É provável que Virgil não tenha ouvido falar desse impasse vergonhoso, as irmãs não lhe fazem confidências. Que sorte!)

Virgil passou à sala de estar, que ultimamente se tornou um deserto. Até as partículas de pó no ar parecem mais densas.

Da janela mais afastada, Virgil afirma que tem um animal junto ao riacho, perto da doca:

— Parece um filhote de raposa.

As raposas não são incomuns na área, e devem ser bem corriqueiras na Bear Mountain Road, onde Virgil mora. Mas Virgil parece animado, como um menino.

Quando Jessalyn corre para a janela, o animal já está distante demais para que o enxergue com nitidez. Aos olhos dela, não tem o trote desajeitado e esquisito de uma raposa.

Um coiote? Um gato selvagem — lince?

Às pressas, ele some no terreno dos vizinhos, cheio de pinheiros.

— Eu ficava na janela do meu quarto à noite, olhando o riacho. Lembra dos arrulhos das corujas? Pareciam bebês berrando. O meu sangue gelava quando eu as ouvia caçando durante a noite e de manhã cedinho. Coelhos e outras aves, a gente via só os pelos e as plumas embolados, as penas ensanguentadas, alguns ossinhos...

É assim que ele se lembra da casa onde passou a infância? — questiona-se Jessalyn, estarrecida.

Virgil confidencia à mãe que tem tido dificuldade de dormir:

— Pensando nas coisas. É como se o meu cérebro estivesse pegando fogo.

Jessalyn não quer dizer: *Eu sei.* Não quer se apropriar da insônia do filho como se fosse uma variante da sua.

— Quando estou acordado, fico bem. Quando me deito, tento dormir, é como um filme da Segunda Guerra, um bombardeio aéreo... Estava pensando que talvez eu conseguisse dormir melhor no meu quarto aqui em casa. É como voltar no tempo, entrar em um lugar vazio tipo um poço de elevador sem o elevador, voltar para esta casa. Mas acho que não é uma boa ideia. Aliás, eu sei que não é.

As pálpebras de Virgil pesam. Suas palavras estão mais arrastadas. Em um canto do sofá, ele se encolhe como uma criança, encosta a cabeça nos braços, adormece em um ou dois minutos, como se estivesse exausto. Quando Jessalyn o escuta no banheiro do corredor, já se passaram horas, a noite já está quase caindo.

Virgil surge na cozinha, o cômodo mais quente da casa gelada. Parece animado, a voz treme de urgência.

Durante o sono, ele conta a Jessalyn, Whitey apareceu para ele! Foi a primeira vez que isso aconteceu.

Abrira os olhos (no sonho: ele continuava dormindo) e Whitey estava ali, sentado no sofá, olhando para ele.

— Eu disse: "Oi, pai, o que você está fazendo aqui?", em uma voz que parecia de criança, para disfarçar o meu espanto, porque eu não queria que o papai soubesse que ele não está vivo; pelo que o papai sabia, ele estava vivo, como sempre. Você sabe como o papai é... só gosta de surpresas quando são as dele! Mas o que ele me falou eu não consegui ouvir. Era como se falasse, mas as palavras se perdessem. Eu via a boca se mexendo e ouvia alguma coisa, mas não eram palavras. Então eu disse: "A gente estava se perguntando onde você estava, pai", e eu estava com um nó na garganta. Eu tentava não chorar porque ele poderia tomar isso como um sinal de que estava morto; era importante que o papai não ficasse sabendo, para não se sentir humilhado. E, quando eu acordei, passei um bom tempo sem conseguir me mexer. Foi um paradoxo ontológico, mãe... essa compreensão me foi dada. Esse era o sentido do sonho, que eu compreendesse... O papai me explicou, mas não em palavras, e sim em sensações, como na música. O tipo de música que eu tocava para o papai. Você ouviu? Ouviu! Não era música, e, sim, respiração, ondas aéreas. Vibrações. Se uma alma pudesse atravessar o espaço, atravessaria assim... em ondas. O papai me explicou, sem precisar dizer uma palavra sequer. Acho que isso deve ser de um dos livros do papai, um daqueles que ele vivia lendo, sabe? Lá na rede, e a gente chegava de fininho e ele estava cochilando. Mas o papai tentava, entende? A maioria das pessoas não tenta. Ele às vezes dava uma folheada nos meus livros de faculdade, eu via. Mas ele não perguntava nada. Platão, Aristóteles, Espinosa... ele queria saber. Não era um homem comum, mas se fazia de homem comum, o papai era assim. Ele nunca quis ser empresário, dizia. Não para mim, não pessoalmente, mas eu sabia. O Thom era o ungido... o Thom *é*. Mas foi comigo que o papai falou agora há pouco. Me contou o que a gente precisa saber. Se eu e você estamos *aqui*, mãe, não é impossível que o papai também esteja em algum lugar que, para ele, é *aqui*. — Virgil falava com entusiasmo, Jessalyn não conseguiu acompanhar. Ele acrescenta: — Ou, como nós chamaríamos o *aqui*, *lá*.

O que o filho está dizendo? Nunca falou com ela na vida, não desse jeito. (Será que Whitey está falando através dele? Seria possível?) Jessalyn escuta com todas as forças.

— Os ausentes estão *lá* e nós estamos *aqui*. O *aqui* dos ausentes é descrito como *lá*, mas só do nosso ponto de vista. Pensa no papai viajando. Ele poderia estar na Austrália, ele não está *aqui*. Se ele está no Japão, você não o encontra *aqui*. Esse *lá* é uma peculiaridade de ele estar em algum lugar relativo a você, que está *aqui*. Mas, se ele estivesse *lá*, você não o veria *aqui*. E, portanto, o papai não estar *aqui* não é uma qualidade inerente à existência dele, mas apenas a experiência que você tem quanto à existência dele. Entendeu, mãe?

Jessalyn olha fixo para o filho, cujo rosto está tomado pela emoção, como quem recebeu uma visão grandiosa, profunda, que se espremeu no espacinho apertado demais de seu cérebro.

Ele a deixa atônita, confusa. Mas existe um toque reconfortante na cascata desvairada das palavras do filho, que ela vai acalentar por muito tempo.

Com um sorriso pálido, faz que não.

— Não. Mas vou tentar.

E acontece que Virgil acaba ficando para o jantar. Talvez passe a noite.

Com muito prazer, já que faz um tempo que não prepara uma refeição em que use pelo menos o fogão ou o forno, Jessalyn faz abóbora-manteiga assada, sopa de tomate. No forninho elétrico, Virgil descongela e torra algumas fatias de pão multigrãos de um pacote que está no congelador desde outubro. Comem juntos na cozinha quente cujas janelas dão vista para a noite, vívida pela luz refletida, brincalhona. Jessalyn quase pensa, a julgar pelos reflexos na janela, que está havendo uma reunião de família, um evento festivo.

— Se estivesse comendo carne, a gente poderia pôr os restos lá no deque, para a raposa ou sei lá que bicho era aquele — diz Virgil, com um estranho ar melancólico.

Jessalyn não faz ideia de como responder a um comentário tão curioso, que surge do nada e se dissipa no nada, inexplicavelmente.

— É UMA JOIA DE FAMÍLIA, sim. Mas não era *dela*.

Só em uma voz sussurrada Leo Colwin fala *ela, dela*.

No sentido de *Minha finada esposa. Maude*.

Ele a colocou na mesa, diante de Jessalyn. De um jeito que torna impossível para ela não olhar.

— ...safira, rodeada de diamantes pequenininhos. Ouro branco um pouco gasto pelo uso. O joalheiro consegue mudar o tamanho do anel, sabe...

É claro que Jessalyn sabe. Olha fixo para o anel refinado — nunca tinha visto uma safira tão grande de perto. Tem que segurar o impulso de empurrá-lo de volta para Leo às pressas.

*Eu deveria pôr isso no dedo?* — questiona-se Jessalyn.

— Você... você não quer... provar? Só para ver se...

Leo Colwin está tenso, as duas mãos tremem. Jessalyn sente um tremor surgir nos braços e nas pernas.

— Eu... eu acho que não, Leo... eu...

Mas Jessalyn fala em voz baixa, e Leo não escuta bem.

Ele enfia o anel no dedo dela, no dedo médio da mão direita, não no anelar da mão esquerda. Fica olhando em um paroxismo de constrangimento.

(Mas onde *está* Whitey? Ela vinha temendo esse escárnio desde que Leo Colwin chegara pela primeira vez com o paletó esportivo azul-marinho com botões de latão, os mocassins com borla, a gravata borboleta e o broche na lapela, para acompanhá-la a um jantar.)

— Lindo! Achei mesmo que ficaria.

Os dedos de Jessalyn se tornaram tão finos que ela teve que tirar os anéis, que tinham sido presentes de Whitey, para não perdê-los. E agora suas mãos parecem magras, nuas, despojadas; não é espanto algum que Leo Colwin tenha pensado em lhe empurrar aquele anel.

Ela o tira do dedo e o empurra na direção dele.

— Mas é para você, Jessalyn. Em sinal da nossa amizade...

— Acho que não quero. É muito...

— ...uma lembrancinha. Para você.

— Não, Leo. Não seria correto.

— "Correto..." Por que não? O que mais eu faria com o anel? — lastima Leo, como se Jessalyn estivesse se tornando irracional.

Jessalyn só consegue repetir que não lhe parece correto, ainda não.

— "Ainda não"? Então talvez em outro momento?

— Bem...

— Daqui a alguns meses? Seria mais adequado?

— Eu... eu não sei, Leo...

Com ternura, ele pega o anel. É realmente um belo objeto, que só inspira em Jessalyn uma admiração fria, desapegada — nem interesse nem desejo.

Leo guarda o anel de volta na caixinha revestida de feltro que enfia no bolso interno do paletó de botões de latão.

— Você tem razão, Jessalyn. Talvez seja cedo demais... para você.

É março. Jessalyn teme as goteiras, os primeiros crocos e as flores que brotam da neve empurrando a terra dura nas redondezas da casa da Old Farm Road.

**Só se pode ser tão** *feliz quanto seu filho menos feliz.*

*Seria* verdade? Jessalyn se pergunta se essa é uma declaração de resignação e derrota ou um estímulo à ação e à mudança.

Se significa que a pessoa jamais será feliz se um dos filhos não estiver feliz; ou se é preciso fazer de tudo para garantir que nenhum dos dois esteja infeliz.

— BEM. EU ME DEMITI.

Sophia faz essa declaração abismada, rude e brutal assim que entra em casa. Sua pele branca reluz, os olhos piscam rápido, com uma espécie de desafio acanhado.

— Ah, Sophie! Por quê?

Mãe e filha se abraçam. É sempre uma surpresa para Jessalyn, os filhos são tão *altos*. Até a caçula.

Sophia tenta não chorar, Jessalyn sabe. Porque Jessalyn também tenta não chorar.

Sempre que os filhos entram em casa a primeira coisa que lhes passa pela cabeça é: *Cadê o Whitey? Por que só a mamãe está em casa?* — ela percebe isso na expressão deles. Na rapidez com que sorriem para disfarçar o terrível mal-estar.

Sophia está tensa, nervosa. Também está muito animada. Tem muito a contar para Jessalyn e vai dosar as palavras ao longo de várias horas com a exatidão de uma cientista. Dos filhos, Sophia sempre foi a *esforçada*.

— Ai, mãe. Olhe só pra *você*.

Na verdade, a mãe raramente olha. Se puder evitar.

Sophia ri, Jessalyn ri. O que há a dizer sobre uma viúva que *se entregou ao luto*.

— Mas o seu cabelo está lindo. Se você passasse um pente. É um branco tão *perfeito*.

Jessalyn pega o cabelo perfeitamente branco com as mãos, desgrenhado nos ombros, partido de qualquer forma no meio da cabeça para ser mais rápido, um cabelo que virou assunto de debates muito animados entre as irmãs de Sophia e parentes (mulheres). Algumas acham que Jessalyn deveria "passar tinta" no cabelo — do tom suave, castanho-prateado que era antes de outubro passado; outras, um grupo menor, são da opinião de que deveria deixá-lo branco. *O que Whitey diria?* — é a pergunta.

Em geral, a pergunta não é verbalizada. Mas Beverly e Lorene a verbalizaram, e Jessalyn acha que lhes faltou tato.

— Você parece ter encolhido, mãe! O que é isso que está calçando? — Sophia, há tanto tempo indiferente a roupas e sapatos, com um desdém intelectual meio aristocrata, fita os chinelos baixos e gastos nos pés azulados da mãe com uma expressão de horror. — Está um gelo aqui dentro. Você deveria estar pelo menos de meia de lã, como eu.

Os pés de Jessalyn estão nus, mas foi apenas um descuido. Ela se esqueceu de meias ou meias-calças horas atrás, ao amanhecer, e com a falta de clareza de uma sonâmbula vestiu uma calça de lã que vinha usando todos os dias da última semana, o suéter rosa de caxemira cujos punhos começavam a puir, o cardigã cinza de Whitey que era vários tamanhos acima do dela com as mangas dobradas.

— Vou pôr, minha querida. Eu ia pôr. Estou com a cabeça tão cheia que me distraio fácil.

Sophia olha para ela, assustada. *Cabeça tão cheia? Depois de tantas semanas?*

Ela presume que a vida da viúva acabou, talvez. Até Sophia, que Jessalyn adora. É claro, a viúva entende: para todos os outros, uma viúva é *dispensável*.

— Tem sido um cerco — explica Jessalyn. — Eu preciso me defender, é tanta coisa me atacando. — Ao ver que Sophia continua com uma expressão assustada, perplexa, Jessalyn vai logo completando: — Mas está tudo sob controle, é sério. Não se preocupe, por favor. Não fique com essa cara *aflita*. Acho que eu já preenchi todos os formulários... vara de família e sucessões, "deveres da morte". Já me reuni com a equipe do Whitey e com o Sam Hewett e assinei a papelada e os cheques. Tenho dezenas de cópias da certidão de óbito. Eu só preciso (o Sam Hewett disse que não é urgente) passar o Toyota Highlander do Whitey para o meu nome e terminar de separar as roupas e os sapatos do Whitey para mandar para a Legião da Boa Vontade.

— Ah, entendi. Bom... eu posso te ajudar, mãe. A gente poderia começar a ver as roupas do papai hoje à noite.

— Talvez não hoje à noite. Mas em breve.

— Enquanto eu estiver aqui...

— Em breve.

Desde o início da adolescência Sophia tem uma leve sombra azulada sob os olhos. Sua beleza é estranha, meio angulosa, como se vista por uma lente com sutil distorção. Era comum estar tensa demais, agitada demais, para dormir: preparando-se para as provas do Ensino Médio, escrevendo artigos que exigiam uma dose extraordinária de concentração. De madrugada, Jessalyn descobria uma réstia de luz sob a porta de Sophia e ficava parada no corredor, sem saber se batia ou se fingia não ter visto. (Em geral, fingia não ter visto. Whitey mandaria Sophia apagar a luz e ir dormir como uma boa menina caso ficasse sabendo.)

Mãe e filha preparam juntas uma refeição na cozinha de luz quente como (na verdade) raramente fizeram no passado. Nos jantares em família, fazia muito tempo que Beverly tinha assumido a função de auxiliar principal da mãe.

Restos da enorme abóbora-manteiga que Virgil tinha deixado, que Jessalyn requenta no micro-ondas. Sophia comenta que delícia está, com canela, açúcar mascavo, um montão de iogurte:

— Você fazia abóbora assim, né? Quando a gente era criança?

Durante a refeição, Sophia conta a Jessalyn que resolveu largar o Memorial Park. Arrumou um trabalho temporário em outro laboratório de biologia de Hammond:

— Bem menor, e o meu salário diminuiu. Acho que o papai não iria gostar disso.

— Mas por que você largou o Memorial Park, Sophie? A gente achava que você estava feliz...

— Eu estava, durante um tempo. Eu acho. Me senti muito orgulhosa de ser contratada pelo... pelo diretor de testagem da Lumex. Mas aí o papai se foi e de repente ficou impossível... eu não conseguia voltar.

— Mas por quê?

— Bem, eu acho que... perdi a minha destreza laboratorial.

— "Destreza laboratorial"...?

— Eu não conseguia mais torturar e matar animais.

Jessalyn fica inexpressiva. Sophia repara que o cabelo fino, agora branco, da mãe não foi bem partido no meio da cabeça, como se ela tivesse passado o pente depressa, sem olhar no espelho. (E seus olhos parecem estar cronicamente úmidos, uma condição que Sophia diagnostica como "olho seco" — sempre marejados, os canais lacrimais deixam de funcionar normalmente.)

— Animais de laboratório. Usados em pesquisas. Eles são criados para os experimentos. Não têm vida fora dali. Achei que você soubesse, mãe. Tenho certeza de que o papai sabia.

Ela sabia? — Jessalyn não faz ideia. Assim como a documentação financeira de Whitey, os formulários da Gestão de Riquezas e da Receita Federal que assinou sem ler, desviando o olhar.

O que Whitey sabia, ou não sabia, nunca lhe foi claro. Tinha a vaga impressão (como seria diferente?) de que Beverly havia pressionado Steve a se casarem antes do planejado, pois (é óbvio) Beverly tinha engravidado antes do planejado; tinha a vaga impressão de que Lorene tinha surtado no fim de semana de Ação de Graças, no último ano de Binghamton, quando tinha se recusado a ir para casa e chorado ao telefone. (Lorene! Chorando! Lorene mal chorava desde então.) Thom tinha se metido em alguma encrenca na Colgate, talvez não Thom em pessoa, mas a fraternidade, Delta Kappa Epsilon, e Whitey tinha sido um dos pais a contribuir com os honorários dos advogados — a quantia exata, o motivo exato, Jessalyn não ficou sabendo, pois Whitey não queria que ela se preocupasse.

*O dinheiro é a solução para a maioria dos problemas. A preocupação só atrapalha.* De modo geral, ele queria se orgulhar. O orgulho às vezes depende de manter certa distância.

— Os animais de laboratório são "sacrificados". Em prol da ciência. Não existiria medicina moderna sem isso. Eu entendo, mas... não dou mais conta.

*Sacrificados.* Jessalyn parece ponderar a palavra.

— Não são cachorros nem gatos, mãe. Nem macacos. Ratos, camundongos. Como se ratos e camundongos não sofressem na mesma medida que os animais maiores, grama por grama! Sophia dá uma risada melancólica.

— O tratamento de vítimas de derrame não seria possível sem experimentos com animais. A Neurociência em geral trabalha com primatas... com cérebros muito parecidos com o cérebro humano. Coagulação, hemorragia. Cirurgia cerebral. Pelo menos eu nunca mexi com isso... não tenho formação para isso. Nunca abri o crânio de um macaco para fazer lâminas.

Sophia fala com um pavor fascinado, como se pensasse em alguém que fizesse exatamente isso. Torna a rir, uma risada dissonante, e seus olhos miram Jessalyn com um ar desafiador.

— Minha vida parou de certa forma. Depois do papai. Agora eu tenho que... eu estou tentando... trilhar um novo caminho...

*Ela está apaixonada por alguém. Alguém apareceu na vida dela.*

Jessalyn lhe dá um sorriso encorajador. Mas Sophia vai dosar as novidades de sua vida de forma metódica, cuidadosa.

É prerrogativa da mãe tocar nos filhos: Jessalyn usa essa prerrogativa com moderação e discrição. Com delicadeza, tira mechas de cabelo da testa de Sophia, que está quente, um pouquinho úmida. *Sua filha está febril. Louca de paixão.*

Desde os onze anos Sophia tem o hábito de franzir a testa. Enrugar a bela testa. Os vincos finos desaparecem agora, ou quase; mas não vão desaparecer para sempre.

Vincos finos na testa de Jessalyn, que os percebeu mais proeminentes nos últimos meses.

O coração de Jessalyn dói de nostalgia, ela queria poder absorver a empolgação e a ansiedade da filha, amenizá-las, anulá-las.

Depois de limpar a cozinha, elas decidem vestir casacos grossos e dar uma volta pelo terreno. Ao luar!

Jessalyn pega uma lanterna. A velha lanterna de Whitey, que há décadas fica em uma prateleira ao lado da porta da cozinha.

A neve do fim do inverno derreteu um pouco e voltou a congelar. O ar é de um frio cortante e está parado. Jessalyn não se lembra de ter dado voltas com a filha caçula, sua filha querida, a mais amada, assim, nos últimos anos, ou talvez nunca: só as duas, por impulso agarrando as mãos enluvadas.

Uma caminhada na crosta de neve. Descendo a colina rumo ao riacho parcialmente congelado. Em direção à pequena doca que Whitey insistia em chamar de "doca nova", embora tivesse pelo menos dez anos.

— O Thom achou que tivesse alguém acampado aqui algumas semanas atrás. Não dá para ver nada com essa neve toda, mas o Thom acredita ter visto.

— Por que alguém acamparia *aqui*? Eu duvido muito.

Sophia, com o olhar aguçado, com o ceticismo de cientista! Jessalyn a adora.

A filha pega a lanterna da mão de Jessalyn para examinar melhor a margem do riacho congelada. Há pegadas leves, pisoteadas, ali e também na doca. Pegadas espalhadas de algum animal. A pouca distância dali, em um emaranhado de gelo revirado, o que parece ser um bloco de penas ou pelos ensanguentados, os resquícios da presa de um predador.

Sophia fala para Jessalyn do trabalho que vinha fazendo no instituto de pesquisa nos últimos dois anos: injetar células cancerosas em camundongos e depois uma série de substâncias químicas para bloquear as células cancerosas, impedir seu crescimento, reduzir tumores.

— Não sinto saudade do projeto Lumex, mas sinto saudade de alguns colegas de trabalho. Acho que todo mundo odeia o que está fazendo... mas é "ciência". Ciência séria, que vai dar resultado. Fico feliz de ter conseguido outro emprego, que até que paga bem. Estou pensando em retomar a pós-graduação... A minha área está evoluindo muito rápido, eu preciso evoluir junto para não ficar para trás.

— Como é que você ficaria "para trás"... na sua idade? Parece impossível.

— O tempo corre mais rápido em algumas áreas da ciência do que em outras. O campo pode mudar em poucos meses e até semanas. É muito fácil ficar para trás, em qualquer idade.

É, Jessalyn pondera. É muito fácil ficar para trás, em qualquer idade.

Sophia está falando sem prestar muita atenção. Como se pensasse em outro assunto.

Tem vontade de perguntar a Sophia o que foi, o que aconteceu na vida dela, mas não. Não é esse o estilo de Jessalyn, se intrometer.

— Seu pai ficaria muito feliz em ver você retomar os estudos. Seria uma ótima forma de usar o dinheiro que ele te deixou.

Não deveria ter dito isso. *Ótima forma de usar o dinheiro* soa grosseiro, íntimo demais.

— Você acha que o papai queria isso? Que eu voltasse para a Cornell?
— Sim. Provavelmente.

É uma resposta para incentivar Sophia. Não é exatamente mentira, porque Jessalyn não mente para os filhos nem para ninguém.

Mas pensa em como Whitey (obviamente) dividiu a quantia em cinco partes iguais para os cinco filhos, metódico e imparcial e sem nenhuma intenção específica para o uso do dinheiro. Dizendo a Artie Barton o equivalente a *Dane-se. Divida tudo. Vamos acabar logo com isso.*

Os testamentos deles tinham sido elaborados juntos. Como ir a um dentista juntos, tratar um canal — Whitey ficara nervoso, sério. Jessalyn não ficara sabendo das minúcias do testamento de Whitey e as minúcias do dela próprio se tornaram vagas.

*Não dou conta de pensar nisso. Não consigo imaginar uma época em que você não exista.*

*Não faz sentido tentar, então. Foda-se!* (Whitey rindo. Whitey pegando sua mão.)

Sophia aponta o feixe da lanterna para o riacho. A água que corre preta carrega cacos de gelo na superfície. Entram e saem do luar borrado. (Que barulhinho é esse? Uma coruja ao longe?) Jessalyn tem que despertar para entender onde está, trêmula no frio, com um dos casacos antigos de Whitey.

A viúva acorda e se percebe em lugares inesperados.

— O que o papai achava de mim? — pergunta Sophia.
— O que ele achava *de você*? O seu pai te amava.
— Mas... o que ele achava de mim? Tirando o fato de eu ser filha dele?

Jessalyn está um pouco chocada. Não faz ideia de como responder. Sophia é esperta demais para aceitar os mesmo elogios que Jessalyn faria aos outros.

— Ele te achava muito inteligente e linda. Ficava preocupado porque achava que você trabalhava demais e não tinha tempo para viver.

Naquele verão, Sophia permanecera em Ithaca, como auxiliar no laboratório de seu professor, voltando para a casa dos pais só uma ou duas vezes, por períodos curtos. *É como se ela tivesse se casado com alguém que nos detestasse.* Whitey se sentira menosprezado.

Não era bom especular o que um membro da família pensava dos outros, ou o que acharia caso não fossem parentes. Era pouco provável que Sophia visitasse uma viúva de sessenta e um anos que morava sozinha na Old Farm Road, uma mulher sem doutorado, com um desconhecimento constrangedor da ciência que é a vida de Sophia; uma mulher cuja educação está em frangalhos, um tecido precioso destruído por traças. Aliás, Jessalyn McClaren é rodeada, em Hammond, por indivíduos como ela, ricos, bem-intencionados, alheios ao fato de que estão cobertos pelos restos esfarrapados de sua educação de muito tempo antes.

No cerco, ela perdeu tudo, pondera. Atravessa cada dia como que em um esquife, em uma correnteza traiçoeira.

*Você dá conta, Jess. Aguente firme!*

*Mas, Whitey, estou tão cansada.*

*Sua filha está aqui, pelo amor de Deus. Não é a Sophia?*

*Tão cansada, Whitey.*

*Jess. Caramba!*

— Mãe? Você está bem?

— Estou... estou. Estou, sim.

Não está escutando Sophia. (Quase) se esqueceu de que Sophia está aqui enquanto a filha lhe conta questões de extrema importância.

(Do que elas estavam falando? Jessalyn não se lembra.)

— É melhor a gente voltar, mãe. Virou tudo gelo. Cuidado para não escorregar.

Iluminando com a luz da lanterna o caminho que tinham tomado para sair de casa, na neve.

E no deque nos fundos da casa, pegadas de animal feito hieróglifos que é imperioso que a viúva desvende.

Dentro de casa, se preparando para ir embora, Sophia enfim pergunta por Leo Colwin. Não está tão feliz com Leo na vida da mãe quanto as irmãs: para ela, a memória de Whitey tem primazia sobre questões mais práticas.

— O Leo é um amigo. Ele tem sido muito gentil, mas me deixa com a sensação de que sou uma convalescente ou alguém que perdeu um braço ou uma perna...

A voz de Jessalyn vai perdendo a força.

— A Beverly disse que ele está apaixonado por você.

Jessalyn gagueja um não, ela acha que não.

*Apaixonado!* Que piada.

Como se ela pudesse se *apaixonar* por alguém que não o marido.

— O que mais me lembro do Leo Colwin é de quando ele vinha aos nossos jantares em família, ficava ali sentadinho, sorridente. Ele vivia dizendo "obrigado" quando a gente passava as travessas de comida... como se tivesse que dizer "obrigado" toda vez... ele era tão *agradecido*. Você e o papai foram muito generosos depois que ele perdeu a esposa. A Beverly diz que era óbvio que o pobre coitado era apaixonado por você.

— Que bobagem. Como é que seria "óbvio" se ninguém percebeu?

— A Beverly percebeu. Eu também achava... O olhar dele para você, no Dia de Ação de Graças.

Jessalyn fica envergonhada. Tem vontade de perguntar: o Whitey percebeu? — mas é claro que o marido jamais perceberia.

Jessalyn ri. E Sophia também, gargalha até lágrimas brotarem dos olhos.

Em seguida, Sophia está nos braços da mãe, chorando.

— Meu amor, o que houve? Tem alguém... você está...

Jessalyn só consegue abraçar a filha. Até os soluços cessarem e Sophia enxugar os olhos com um lenço de papel.

Seria de se imaginar que o coração de Sophia estivesse partido, mas não. Sophia surpreende Jessalyn declarando estar feliz.

— Tão feliz, mãe... que dá medo.

Jessalyn pensa: *Meu Deus, que ele não seja casado.*

Esse pensamento lhe vem tão depressa que é como se estivesse pairando no ar, um pensamento de mãe, como uma mariposa grande e desajeitada.

Sophia sente vergonha de ter falado tanto e não diz mais nem uma palavra. O que quer que tenha acontecido em sua vida, quem quer que tenha entrado nela, agora a afasta dali. Está feliz em ficar com a mãe por algumas horas e agora é a vez de retornar para o outro, que também vai fazê-la feliz, talvez mais ainda. O outro que ainda não foi nomeado.

— Boa noite, mãe. De manhã eu te ligo...

Jessalyn acompanha Sophia até a porta. Ainda não quer que a filha vá embora.

Se por enquanto Sophia não vai lhe fazer confidências, ela vai fazer confidências à filha.

Com delicadeza, Jessalyn pega a mão de Sophia. Diz que tem algo que Whitey gostaria que eles soubessem.

— Não sei bem se eu sou capaz de explicar. Não sei se eu mesma entendo. O Whitey quer que a gente o ame, mas não que sinta saudade dele. Que a gente não se enlute por ele. *Isso* ele não quer de jeito algum. Você lembra que o Whitey vivia dizendo "... como botar dinheiro em uma toca de rato". Ou seja, é perda de tempo.

Sophia olha para Jessalyn com um ar assustado. O que a mãe está dizendo? No momento em que está de saída? E com aquela voz séria, ávida que lhe é totalmente atípica.

— Sabe, Sophia, se eu estou *aqui*... nesta casa... e não em outro lugar... eu estou ausente de todos os outros lugares... e as pessoas diriam: cadê a Jessalyn? No entanto, eu estou *aqui*. Então não é impossível pensar que o Whitey também está em algum lugar que, para ele, é *aqui*.

—Ai, mãe. O que você está tentando dizer?

— O Whitey ficava muito tempo longe de casa. Durante essas horas, ele não estava *aqui*: estava *lá*... no escritório, ou... sei lá. E, se eu estava *aqui*, ele *não estava aqui*. Então agora eu estou *aqui* e ele está ausente *daqui*. Só que às vezes, é claro... o Whitey *está aqui*.

Sophia acharia que Jessalyn andava bebendo, mas sabe que a mãe não andou bebendo. É pior, Jessalyn anda *pensando* — tropeçando na falta de lógica de um filósofo primitivo que acaba de descobrir os quase paradoxos do ser, da existência, do nada e da capacidade (limitada) da linguagem de exprimi-los.

— Só o que nos é dado saber sobre o Whitey, em determinado momento, é que ele *não está aqui*.

Sophia não quer dizer: *Sim. O papai foi cremado, as cinzas foram enterradas.*

Sophia diz a Jessalyn que vai ligar para ela de manhã. Enquanto isso, Jessalyn deveria dormir.

— Boa noite, mãe! Te amo.

De trás do volante, ela vê a silhueta de Jessalyn na porta, acenando enquanto o carro se afasta.

À medida que Sophia vai se aproximando de seu apartamento, a alguns quilômetros de distância, vai ficando cada vez mais incomodada. Achava que a mãe estava bem até ela de repente começar a falar coisas esquisitas sobre Whitey. Apesar de que algumas vezes, antes, Jessalyn parecera distraída, como se alguém (invisível) estivesse por perto, atraindo sua atenção...

— Estou tão preocupada... acho que a minha mãe está surtando. Ela disse umas coisas estranhas hoje. Ela nunca tinha falado desse jeito na vida... sempre foi de *ouvir*. Ela parece estar virando outra pessoa.

Alistair Means escuta com empatia. Tem sido inspirador para Sophia, o namorado geralmente ser empático, ainda que imponha a ela uma espécie de determinação firme: tão teimoso (ela acha) quanto o pai foi com a mãe e igualmente (via de regra) discreto, hesitante.

— Isso é necessariamente ruim?

— É! Se a minha mãe virar outra pessoa, todos nós vamos deixar de saber quem somos.

UMA VIÚVA DESPERTA E SE percebe em lugares inesperados.

Uma reunião abarrotada. Música, flores. Uma algazarra de vozes animadas.

(Festa à fantasia? Não.)

(Casamento? A filha de alguém está se casando — deve ser isso.)

— Sra. McClaren! Oi.

— ...algo para beber, Jessalyn?

(Água com gás. Obrigada!)

Ninguém imagina, a viúva decidiu ficar de pé, assim como se infla um balão vazio, caso contrário estaria repousada feito um balão murcho, apenas uma pele no chão.

Ninguém imagina o esforço que a viúva fez. Naquela manhã, levantando-se como se ergueria um corpo (inchado, flácido) de dentro de um pântano com várias mãos puxando a corda, enfim de pé sobre as pernas (bambas). Esbaforida com o esforço e o cabelo grudado na testa suada e no crânio. A enxaqueca ameaçando chegar, dor nos maxilares. Não consegue entender por que de noite Whitey parece tê-la abandonado (ele está irritado? por causa de Leo Colwin?).

Acordou com muito frio, os maxilares trêmulos. Os dentes estalando.

Assim como um esqueleto "estalaria" — se sacudido.

— Whitey? Por favor.

Silêncio.

— Estou tão sozinha, Whitey.

Silêncio. (Isso não é do feitio de Whitey!)

— Estou tão cansada…

(Verdade, Whitey era um homem genioso. Não que ficasse bravo com Jessalyn, mas a raiva se alojava nele, fazia-o remoer as coisas, descontá-las com irritação. Jessalyn sabia como tratá-lo, como ter cuidado, sempre respeitando o que ela aprendera a chamar de A Raiva.)

No entanto, ela fez o esforço porque a viúva é alguém que *faz o esforço*.

Festa de casamento, amigos de longa data da família. Filhos que cresceram juntos, ou quase isso.

A filha é da idade de Sophia. (Eram amigas de Ensino Médio? A viúva não se lembra direito.)

Água com gás não, vinho branco. Ela vê a própria mão pegar a taça.

Nesse espaço bem iluminado, em meio a música, vozes altas e risadas, espelhos verticais nas paredes refletindo a viúva de cabelo branquíssimo vezes demais, a viúva é alguém que *faz o esforço*.

*Ali está ela, a esposa do Whitey McClaren. A viúva.*

*Caramba! O que essa mulher está fazendo aqui, viva?*

*Por que ela não está junto com o Whitey?*

*Devia ter vergonha, ainda viva.*

É verdade, a viúva morre de vergonha de si mesma. A viúva é alguém que aprendeu que sobrevivência é vergonha. *Viva* depois de tantos meses.

Tem vontade de protestar: *Mas eu tentei! Tentei acabar com essa desgraça, mas o Whitey não deixou.*

Esconde-se no banheiro. Na cabine do banheiro. Olho nenhum pode vigiá-la ali.

Para esta ignominia, a viúva se arrumou com esmero, vestindo-se com bom gosto, com um vestido de seda preto, sapatos de salto alto pretos, um xale fino de seda sem cor discernível (presente de Whitey) no pescoço. Batom vermelho-sangue contra a pele branca do rosto. Maçãs proeminentes, ela emagreceu. A mais elegante das viúvas, muito bem-vestida, vejam aquele cabelo branquíssimo caindo nos ombros. Escondida.

*Ainda viva ainda vida ainda viva. Por quê?*

— EU TENHO PORTE. NÃO É ILEGAL.

Jessalyn fica chocada ao descobrir uma arma no porta-luvas do carro de Leo Colwin. Ele tinha pedido para ela pegar um pano que usaria para enxugar o vapor no para-brisa e, em vez do pano, Jessalyn sentiu algo duro e frio.

Ao ver a expressão no rosto da acompanhante, Leo diz, em tom defensivo:

— Posso te mostrar a autorização de porte, Jessalyn, se você não acredita em mim. A arma é para me defender e defender a minha família e os meus amigos.

Jessalyn fita o revólver no porta-luvas, surpresa demais para reagir. O primeiro pensamento é: isso é de verdade?

Com um pouco de atraso, enquanto Leo continua a defender sua posse de armas, Jessalyn fecha a porta do compartimento.

— ...agitação cívica. Traficantes de drogas. Gangues. Você se lembra de Pitcairn Boulevard, onde vagabundos negros jogavam pedras nos nossos carros? Macacos, era como o meu pai os chamava.

Jessalyn fica estarrecida.

— "Macacos"...?

— Negros, sabe?

Leo faz beicinho para deixar os lábios mais carnudos. Jessalyn o encara, sem entender que ele pretende ser "engraçado" — ele espera que ela ria.

— *Você* sabe... "Crioulos".

— Não estou achando graça, Leo. Por favor.

— Bom. Desculpe-me, mas *eu acho.*

Leo está corado, franze a testa. É a primeira desavença dos dois.

Ele já está de saco cheio dela, Jessalyn pensa. E ela dele.

Leo pisa no acelerador e impele o carro para a frente. O velho Cadillac retangular, que por dentro é cinzento e felpudo como o interior de um caixão. Jessalyn esqueceu aonde estão indo — aonde ela concordou em ir com Leo Colwin —, um jantar, uma recepção, um espetáculo de arrecadação de fundos em um teatro ou no salão de baile de um hotel onde balões de cores festivas balançam no teto e uma loira de voz macia conduz um "leilão silencioso" enquanto a mente da viúva passeia pelos respiradouros e pelos tubos do aquecedor nas paredes, buscando extinção e esquecimento.

*Whitey, cadê você?*
*Não aguento mais isso.*
*Por favor, me deixe ir com você...*
Em breve ele vai se apiedar dela. É essa a promessa?

Acompanhada de Leo Colwin ela fica abobalhada, sem nada a dizer. Quando em geral Jessalyn McClaren consegue, com sua voz calorosa e tranquilizante, ao menos dizer *alguma coisa*.

Leo dirige de modo descuidado. Está muito chateado. Esse lado de Leo Colwin, sensível, defensivo e indignado, ficara escondido de Jessalyn até agora. Que alívio ela sente! Tem certeza de que Leo também se sente assim.

Ele vira no acesso de uma garagem e freia bruscamente, e Jessalyn abre a porta às pressas para descer. Quase feliz, fala aturdida com o homem perplexo:

— Tchau, Leo. E obrigada.

LEO COLWIN NÃO MANDA MAIS FLORES. Aliviada, Jessalyn joga fora pedaços triturados do buquê da semana anterior, pétalas amarronzadas deixam um rastro até o lixo, mas ela se abstém de jogar fora o vaso sujo.

Em vez de jogá-lo fora, lava bem o vaso e o esconde em um armário obscuro.

*É uma coisa que eu não tinha visto antes. Esse vaso.*

Sente um estranho aumento de energia, uma onda de felicidade, ela enfim vai começar a separar as roupas e os sapatos de Whitey. De manhã.

O TELEFONE TOCA. É BEVERLY, com uma voz ressentida.

*Mãe? O que foi que você fez?*
*Mãe? Atende, por favor!*
*O coitado do Leo Colwin está chateadíssimo, você foi muito grossa com ele.*
*Isso não é do seu feitio, mãe.*
*É desconcertante para a gente, mãe.*
*Mãe, pode atender, por favor?*
*Mãe, você pode atender, POR FAVOR?*

— SRA. MCCLAREN?
— Pois não. Eu sou a "sra. McClaren".

É um novo entregador. Ou melhor, é a van de uma nova floricultura na entrada da garagem — *Hercules Flowers & Floral Designs*.

Por um instante o jovem entregador que parece ser latino está em dúvida. É *essa* a dona da casa? — da Old Farm Road, número 99? De cabelo branco desgrenhado caindo nos ombros, calça amarrotada, pulôver cinza disforme com mangas sujas, sem maquiagem, descalça no limiar de uma dessas majestosas casas antigas de pedra?

*Ele está achando que você é a empregada, querida.*

— Eu te garanto que sou a "sra. McClaren". Obrigada!

Sem ter certeza se quer receber mais flores, Jessalyn assina. Embora (ela imagina) essas não sejam de Leo Colwin.

Um único lírio branco, um copo-de-leite. Uma bela flor branca com um longo caule fino verde-claro que parece uma escultura. No papel celofane crepitante que Jessalyn desembala com ternura na cozinha…

EM AGRADECIMENTO,
SEU AMIGO, HUGO

Hugo? Ela não faz ideia de quem seja.

Condolências atrasadas de um amigo de Whitey, deve ser. Alguém que acabou de saber da *partida* de Whitey.

(Mas: por que *em agradecimento*? A cabeça de Jessalyn ignora essa informação.)

Pensa que Hugo deve ser um dos inúmeros amigos, conhecidos, parceiros de negócios de Whitey. Alguém que sem dúvida a viúva conheceu, encontrou mais de uma vez, deveria conhecer, conhece, reconheceria caso o visse; se, por exemplo, ela encontrar esse "Hugo" em um lugar público, um desses indivíduos que, ao avistar Jessalyn McClaren, vem correndo para segurar sua mão e garantir que ficou em choque ao saber da morte de Whitey, que falta Whitey McClaren vai fazer.

Um desses. É o que a viúva quer imaginar.

**JESSALYN PÕE O CAULE** de noventa centímetros no vaso comprido de cristal em cima da bancada da cozinha, onde o verá com frequência; pois a viúva agora vive principalmente no quarto (no segundo andar) e na cozinha (no térreo) da casa da Old Farm Road.

O copo-de-leite deve ser muito especial. Exala um aroma fragrante, suave, indescritível, como uma leve lembrança — um sussurro, uma carícia.

— ∞ —

— WHITEY? CHEGA.

Com um dos casacos dele, ela sai de casa para descer a colina rumo ao riacho. Não tinha planejado isso, ela se observa a certa distância.

Surpreendendo a si mesma, a viúva se tornou assertiva. E, com as pernas não tão bambas quanto havia previsto, anda com botas condizentes pelo gramado molhado, em meio a uma leve bruma que parece respiração.

É uma manhã tempestuosa no começo de abril, que se segue a uma noite açoitada pela chuva. Embora o ar esteja bem frio a esta hora, o céu está clareando — empurrando filas de nuvens carregadas. Como um ovo examinado sob a luz, ela pensa. Nada pode permanecer opaco, tudo é transparente e fica exposto se a luz for forte o bastante.

Do riacho, coaxos de tanoeiros — pererecas minúsculas. Que novidade, Jessalyn tem certeza de que é a primeira manhã de vida delas.

*Coisinhas doidas que ficam coaxando, eu nunca vi uma.*

Jessalyn cobriu a cabeça com o capuz do casaco de Whitey. Uma mecha de cabelo branco enganchou no zíper. Não sabe muito bem por que foi ali, por que saiu sob aqueles jorros de vento cortante.

Não foi uma noite boa, a noite anterior. Que horror e ódio a viúva passou a ter dos primeiros pios hesitantes dos pássaros, no lusco-fusco que antecede o amanhecer!

O riacho estreito ao pé da colina corre com sua água cor de barro, que desemboca em um lago a quatrocentos metros dali. Algo exuberante nele rodopia, ondula, se encrespa, serpenteia — como fios de seda sendo entrelaçados, reluzentes —, há uma alegria lunática nas ondas espumosas inconstantes.

Vê, ou imagina ver, um corpinho de animal encharcado no meio dos escombros da tempestade, que passa correndo. E some.

— Whitey? Acho que chegou a hora.

Não deveria esperar que ela aguentasse a primavera sem ele.

O inverno ela aguentou. A paralisia do inverno. O torpor da neve, reconfortante.

Acha uma traição que o tempo não tenha estacionado. A forsítia floresce junto à cerca que ela plantou anos atrás, que Whitey adorava — que dor ela sente por poder vê-la e Whitey, não.

Ela não esperava (de alguma forma) que a neve enfim derretesse, o gelo nas beiradas do telhado pinga com tamanha ferocidade e desaparece. Narcisos, junquilhos, jacintos plantados por ela, tulipas ao longo da entrada, tulipas de um vermelho agudo que machucam os olhos, que tinha plantado (ela agora entende) para *ele*.

O coaxar de pererecas, que outrora agitava seu coração, agora lhe soa estridente, irritante. É coisa demais, cedo demais.

No riacho, ela fica insegura. Enfia as mãos geladas pelo vento no bolso do casaco de Whitey. Observa a água lamacenta revolta por onde passam pequenos corpos anônimos antes de sumirem.

Logo que se mudaram para a casa da Old Farm Road, Whitey construíra uma doca ali. Ele tinha um barco a remo e uma canoa que raramente colocava na água, pois (alegava) era ocupado demais para usá-los; tinha levado Jessalyn para passear no lago algumas vezes, tanto de remo como de canoa, embora a canoa a amedrontasse porque a achava frágil. (É só ficar parada quietinha, Jess! — Whitey rira dela. Eu juro que não vai virar.) Dos filhos, era Thom quem mais usava a canoa, sozinho ou com os amigos; tinha onze anos quando foi para o lago sozinho apesar dos alertas de tempestade, e estava no lago, fora do campo de visão de quem estava na doca, quando a tempestade caiu. Whitey saíra para procurar Thom, tropeçando nas margens — "Thom! Thom!". Em um transe de pavor, Jessalyn fora atrás do marido. Pancadas de chuva, raios. Sem visibilidade. O pânico era de que a canoa tivesse virado, e Thom, se afogado, mas — ficaram sabendo depois — ele tinha chegado às margens a um quilômetro e meio dali, arrastado a canoa para a terra firme e esperado o aguaceiro cessar debaixo de umas árvores.

Por que não tinha ido à casa de alguém e ligado para casa, para avisar que estava bem? — Whitey vociferaria depois, pois é claro que tinham imaginado o pior e ligado para a polícia para pedir ajuda.

Quando Thom enfim foi levado para casa pelos socorristas, encharcado e desgrenhado, Jessalyn lhe dera um abraço, soluçando de alívio, enquanto Whitey o repreendia pelo descuido e pela irresponsabilidade.

(É claro que Whitey também sentira um alívio imenso. E abraçara Thom, depois de um tempo. Mas é do sermão que Jessalyn se recorda com mais vividez, além do pedido de desculpas gaguejado do filho.)

Quanto tempo fazia! Jessalyn mal se lembra de si mesma naquela idade (trinta e poucos anos), embora se lembre nitidamente das palavras mordazes de Whitey e da expressão envergonhada e culpada de Thom.

*Morrendo de preocupação. E se você se afogasse...*

Era uma lembrança que Whitey não dividia com Jessalyn, pois tinha sido sofrida demais para ele.

Em um furacão não muito tempo depois, boa parte da doca tinha sido destruída. Whitey mandara consertá-la, mas outra tempestade forte anos depois também a destruíra quase por completo, e de novo Whitey mandara arrumar a doca, porém dessa vez as crianças estavam mais velhas e já não tinham muito interesse em remar ou ir de canoa até o lago.

*Mas nem por um decreto eu vou desistir!* — Whitey rira, desanimado.

Agora a doca parece maltratada, mas (ela espera!) ainda é bem resistente. Hesitante, Jessalyn vai até lá, pois a água cor de barro que corre abaixo está muito alta.

À distância, o lago é encoberto por uma bruma. Fazia anos que Whitey nem cogitava levá-la para passear de barco a remo, que dirá de canoa, para verem o pôr do sol no lago.

*Como éramos felizes. Mesmo na nossa fúria e no nosso terror.*

Alta, cada vez mais alta a correnteza em seus ouvidos. Tamborila em seus ouvidos. Uma dor de cabeça está à espreita, ela a previra quando estava deitada na cama, na paralisia do despertar matutino, com um solavanco no breu apenas minutos (parecia) depois de enfim adormecer nos braços de Whitey como no mais clemente dos esquecimentos.

Com cuidado, levanta a cabeça do travesseiro úmido de suor, atenta para não desprender as lascas de gelo afiadas que congelaram em seu cérebro durante a noite, a água fria derretida feito sangue descoagulado.

*Querida, nem pense nisso. Dê um passo para trás.*

Whitey está atento à possibilidade antes de Jessalyn.

*A doca não é segura. As tábuas estão podres. Você pode cair, pode acabar perfurando uma das pernas. Você iria sofrer, talvez morrer de tanto sangrar. Não.*

*Você não quer se machucar. Os meninos precisam de você. Eles ainda são nossos filhos. Nós todos precisamos de você. Querida?*

Sim, é claro. Ela entende.

A dor de cabeça está chegando. À espera nas árvores altas, o céu que clareia aos poucos, as nuvens como um torno segurando sua cabeça. E as pererecas minúsculas, um barulho ensurdecedor.

— Ai, por que você não me deixa ir, Whitey! Estou perdida sem você. Não tenho rumo sem você.

Protege os olhos, pois a dor atordoante começou.

# III.

## Sem título: viúva

ABRIL DE 2011 — JUNHO DE 2011

# Mack the Knife

Ele era um gato vesgo. Era veterano de guerra, tinha as orelhas cheias de cicatrizes e era progenitor de 14.288 filhotes.

A pelagem já tinha sido preta como uma obsidiana lisa, mas agora estava emaranhada e de um tom cinzento opaco como se ele tivesse rolado na terra com uma despreocupação vibrante. O rabo volumoso e eriçado parecia estar com a ponta quebrada. Os pelos que brotavam das orelhas eram cerdas pretas, mas os bigodes que brotavam abaixo do nariz eram cerdas brancas, quebradas e assimétricas. O olho "bom", o esquerdo, era castanho-amarelado e furioso. A barriga tinha começado a diminuir, virando uma bolsinha de gordura contígua à virilha, mas o corpo, de modo geral, era saudável, firme, musculoso, resistente como borracha.

Ele era grande, corpulento, do tamanho de um leitão, pesava quase dez quilos. A cabeça e as patas eram desproporcionais ao corpo, assim como o pênis quando ereto tinha vários centímetros e era grosso e (um pouquinho) tenaz, farpado na ponta, com centenas de pequenas protuberâncias feito pregos. Três de suas patas de coxins grossos eram brancas, a quarta era preta. As garras ainda estavam afiadas, mas algumas tinham se quebrado no sabugo. A ponta do rabo era branca. A barriga era branco-cinzenta. Ele soltava miados em silêncio, afastando os lábios dos dentes manchados, pontudos, que poderiam ser confundidos com sibilos. Seu outro miado era percussivo, soava assustado e interrogativo — *Miiir? Miiir?* O rosnado era feroz como o de um lince, mas o ronronado era uma canção gutural tamborilada que vinha do fundo de seu ser, de sua alma felina castigada.

Esse ronronado, espantoso para a mulher quando o ouviu pela primeira vez. Sem entender de imediato de onde o som vinha e o que significava.

Astuciosamente, com muita paciência, o gato preto vesgo foi cortejado pela mulher. Ela lhe deixou comida no deque no quintal da casa, em dois potes — carnosa e úmida, seca e crocante —, e água em um enorme prato de plástico em que (caso quisesse) ele poderia enfiar as patas, lavar os bigodes e a cabeça com uma delicadeza estranha para um ser tão grande. Ele volta e meia estava morto de sede, pois o sangue de sua presa (habitual) era salgado: a sede competia com a cautela. É claro que nem sempre tinha fome, mas comer até a barriga inchar, como se famélico, era algo instintivo, não uma questão frívola de escolha.

Depois de comer, beber, lavar os bigodes, a cabeça e boa parte da pelagem, ele se recolhia para tirar um cochilo pesado, profundo, no matagal perto do riacho ou, nos momentos de maior ousadia, nos arbustos ao lado da casa; com o tempo, era visto dormindo no deque, perto dos degraus, dos quais podia se lançar em segundos se percebesse algum perigo, um passo no deque.

Aos poucos o gato vesgo deixou a mulher se aproximar. Seu jeito era majestoso, cético. Não era uma criatura espantadiça que "se amedrontava" por bobagens, tampouco se acovardava, mostrava os dentes e sibilava em advertência. Mostrava-se destemido — tufos de pelos no pescoço se arrepiavam e ampliavam seu tamanho. O olho castanho-amarelado estava atento, implacável. Às vezes, um rosnado suave vinha de sua garganta, sobre a qual (parecia) ele não tinha controle; porém, em geral, o que vinha era o miado silencioso. Um balançar do rabo eriçado que poderia ser interpretado (pois era assim que a mulher escolhia interpretá-lo) como inquisitivo, não inteiramente hostil.

— Gatinho! Aqui, gatinho! — A voz calma murmurada despertou nele a lembrança de uma época em que confiava em seres como ela.

Seu corpo robusto tremeu, relembrando a mão carinhosa. Estava indeciso, ambivalente. A mulher sabia que não deveria assustá-lo com afeto, então emanava um ar de cautela respeitosa assim como a dele.

Por fim, depois de semanas de cortejo, o gato vesgo deixou que a mulher tocasse — com muita delicadeza — em sua cabeça. Seu corpo vibrou, o rabo balançou, mas ele não sibilou. Não rosnou. Não mostrou os dentes manchados nem exibiu as garras afiadas. Bravamente, manteve a postura e não saiu correndo.

Não nesse momento, mas pouco depois, o ronronado vibratório e gutural começou. A mulher ficou comovidíssima. Ela convidaria o gato vesgo a entrar na casa se tivesse essa audácia.

*Mack the Knife.* Era esse o nome dele?

# A provocação

Anos atrás, quando eram jovens e crédulos, ele os provocara dizendo que quando morresse — "o que está muito, muito longe de acontecer, meninos" —, ele seguiria o exemplo do Grande Houdini.
É claro que eles perguntaram: o que Houdini fez?
Ele lhes contou que Houdini tinha prometido que, caso existisse vida após a morte, escaparia dela e voltaria a este mundo para que as pessoas ficassem sabendo que existe vida após a morte.
E ele fez isso? — Houdini voltou a este mundo? (Eles precisaram perguntar.)
Whitey rira deles. Mas não zombando.
— Não, meninos. O Houdini não "voltou a este mundo". Ele morreu e pronto.
Só então eles lhe perguntaram:
— Quem foi Houdini?

# A raiva

Abatida, Beverly ligou para a irmã. *Porra, atenda essa merda desse telefone. Tenho notícias sérias sobre a mamãe.*
Uma raiva violenta fervia dentro dela como a agitação da (maldita) máquina de lavar no porão de casa. A bile subia à boca, preta e viscosa.

Pressionou as duas mãos contra a superfície branca e morna da lavadora que vibrava, estremecia com uma energia idiota. O que tinha feito, que merda, tinha enfiado cobertas demais, toalhas, as calças jeans imundas das crianças na máquina e a tinha tirado do prumo, entortado o mecanismo. Já tinha acontecido antes, seria de se imaginar que ela tivesse aprendido, mas caramba, ela estava sem paciência, louca para *enfiar* todas as roupas fedidas ali para poder *tirar* tudo logo e colocar na secadora. Que merda de lavadora, ela odiava cada segundo de sua vida.

*Foda-se, "dra. McClaren"! Quem você pensa que é para não me ligar de volta quando eu ligo para você?!*

As palavras que saíam da boca de Beverly! Piores que as dos filhos adolescentes! Palavras que chamuscavam e estouravam e soltavam um fedor pungente, que a surpreendia, estonteante.

Quem seria capaz de imaginar que a mãe suburbana de sorriso doce fosse tão obstruída por sua fúria e asco? Depois de começar, era mais fácil continuar do que parar, feito tentar parar a explosão de uma diarreia.

*Mas nem pensar*, como as crianças petulantes diriam.

Ela se serviu outra taça de vinho. Porra, ela merecia: quem mais do que ela?

Era quinta-feira. As empregadas (jovens irmãs, guatemaltecas, que mal entendiam inglês, a serviço de uma guatemalteca mais velha de sobrancelha desenhada de uma forma atroz que descontava seus cheques) só voltariam na segunda de manhã.

O que uma família *é é roupa suja*. E a mãe suburbana estava *de saco cheio*.

Do dinheiro que Whitey havia lhe deixado, boa parte já tinha sido gasto ou estava onde ela não podia acessá-lo — certificados de depósito no banco de Steve, nos quais ele a convencera a investir, uma renda de três vírgula um por cento de juros que ele declarara ser "excelente".

Ele que fosse à merda, ela queria usar o dinheiro para a casa que praticamente desmoronava sobre a cabeça deles. Pintar a fachada, reformar a cozinha, os banheiros — *o dinheiro era dela*. Whitey queria que fosse dela. Talvez gastasse um pouquinho nela mesma: cabelo, rosto. (Botox? Se não doesse muito.) Sim, sem dúvida, uma boa parte da grana precisava ser investida, a mensalidade das faculdades dos filhos, só Deus sabia quanto seria, como um torno apertando seu coração. CDBs — certificados de depósito bancário — do Banco de Chautauqua, fossem lá o que fossem, Beverly não sabia direito. O cérebro desligava quando alguém começava a falar de dinheiro, matemática, taxas de juros — imposto de renda, tributações.

Riram de Jessalyn porque ela não sabia como desbloquear um cartão de crédito novo, Whitey tinha que fazer isso para ela, um simples telefonema. Riram de Jessalyn com carinho, ternura (todos eles: até Beverly, incapaz de somar uma coluna de números), mas ninguém ria de Beverly assim, as crianças mais velhas eram implacáveis e Steve beirava o sarcasmo.

*Mãe, que tal você criar uns neurônios?* (Será que um dos filhos tinha de fato ousado dizer isso a ela?)

Isto a assustava: acabar como Jessalyn, perdida e desamparada desde a morte de Whitey. Uma mulher que tinha sido a esposa ideal, uma esposa e mãe genuinamente amada. Adorada. Inteligente, completamente sã. Nenhum dos filhos jamais ofendera Jessalyn ou deixara de amá-la nem por uma fração de segundo. Nem um! E agora: não atendia aos telefonemas, não via os amigos e nem mesmo a família, tinha um desinteresse chocante pelos netos, que sempre havia adorado. Dizia a Beverly, em tom de desculpa: *Acho que eu ando cansada, Beverly. Acho que não dou conta de ser a vovó Jess neste momento, espero que você entenda.*

Bem, Beverly não entendia! Beverly nunca tinha ouvido algo parecido.

Não era natural e não era normal. A viúva se tornava mais dedicada do que nunca à família, não menos. As mulheres da idade de Jessalyn geralmente viviam pelos netos, praticamente imploravam para passar mais tempo com eles, mesmo se o marido ainda estivesse vivo.

*Acho que eu ando cansada.* Assustador ouvir justamente Jessalyn McClaren dizer uma coisa dessas. Se depois da morte de Whitey ela havia sido *tão forte.*

Desde que Beverly se entendia por gente a mãe nunca falava de si mesma em tom de reclamação. Não a mamãe!

— Que merda. Merda, *merda*.

A maldita máquina de lavar convulsionou, berrou feito um ser vivo estrangulado, estremeceu até parar. Ainda no primeiro ciclo. Se abrisse a tampa, veria a água quente ensaboada formando uma poça em meio às peças de roupa empapadas, então, caramba, ela não iria abrir a tampa.

*Os próprios netos, a mamãe já não tem mais tempo para eles. Dane-se que ela está "cansada"* — *está todo mundo cansado nessa porra!*

Não o vinho barato de doze dólares que Steve servia para a maioria dos convidados, mas o Chardonnay francês, mais caro, que deixava guardado em um armário do porão, era o que Beverly merecia.

Babaca. Teve que rir com a surpresa que ele teria ao descobrir que várias garrafas tinham sumido.

Puto para caramba, desconfiaria dela (desconfiaria?), mas, se ela negasse... o quê? *Você acha que eu não conheço seu coração lúbrico, seu babaca.*

Desde outubro passado, quando Whitey havia falecido, Beverly ficava cada vez mais raivosa.

No começo, estava de luto. Exausta, mal conseguia sair da cama. Chorava o tempo inteiro. Depois, irritadiça. Ficava furiosa com as porras dos problemas banais dos outros.

Nas lojas, esperando na fila, ouvia as pessoas reclamarem de besteira — tinha vontade de berrar na cara delas. *Você está falando sério? O que é que você acha que sabe da vida? Vocês vão acabar aprendendo, seus imbecis.*

Vendedoras convencidas no shopping que pareciam uma versão pobre de Britney Spears, essas eram as piores. De olho nela, naquele vinco entre as pernas de suas calças.

Revidando aos filhos que eram bastante condescendentes com ela.

*Sua piranha. É bom você tomar cuidado com essa sua boca.*

Abismados com a mãe, que havia tanto tempo sofria. Chega de ser bonzinho! — queria caçoar deles.

— O papai era um cara bonzinho. Um puta cara bonzinho. E ele morreu.

(Whitey McClaren era realmente um *cara bonzinho*? Não o tempo todo, e não com todo mundo. Mas em geral, sim, porra, *ele era, sim.*)

(Parou para ajudar o médico indiano, qual era o nome dele — "Murtha"? Parou para impedir que "Murtha" fosse espancado pela polícia e por isso ele mesmo tinha sido espancado pela polícia, só que de forma ainda pior. O que acontece com os "caras bonzinhos".)

Não era espanto algum que estivesse com raiva. Caramba!

Steve estava ficando com medo dela. Havia muito tempo que era ele quem a fazia se sentir insuficiente, tosca e feia, e agora era:

— Bev, o que foi? Por que você está com raiva *de mim*?

*Bev*. Odiava o apelido, quase não era um apelido, ofensivo, insuportável. *Querida*, ele a chamava. Agora, se era *querida*, sabia que ele estava sendo sarcástico.

Ela o olhara feio. Ficara firme. Que ótima pergunta o marido tinha feito, por que a esposa estava com raiva *dele*, bem:

— Você sabe por que, Steve. — A voz dela estava carregada de sarcasmo.

*Acha que eu não vejo você olhando para as meninas mais novas. Caramba! De boca aberta, quase babando. Como se alguma mulher com menos de trinta fosse olhar para você, seu babaca. A não ser que você pagasse.*

Isso Beverly não queria cogitar. *A não ser que você pagasse.*

Furiosa com o marido e os filhos mais velhos. Raiva se acumulando havia anos. Mas os filhos mais novos também começavam a se afastar dela.

— Ei, amores... a mamãe ama vocês.

Abaixava-se para lhes dar um beijo, e ainda assim eles se encolhiam. (Sentindo o vinho em seu bafo? Seria isso?)

Estava de saco cheio de todos eles, sinceramente. Agarrando-se a ela feito filhotes de macaco, crianças demais, não era espanto algum que os seios estivessem caídos feito úberes, e ela com apenas trinta e seis, ou já estava com trinta e sete — *não era velha, porra.*

Nem fodendo que ele ajudava dentro de casa. *Não é a minha jurisdição*, ele tinha dito, ela precisara perguntar o que era *jurisdição*. Mansa pra caralho por tempo demais. Agora, as crostas tinham caído de seus olhos.

Mas estava com mais raiva de Thom. Outro babaca presunçoso assim como o marido. Agia como se fosse superior, mandão. Vai processar a Polícia de Hammond pela morte do pai deles? E *ela*? E a opinião dela? Processo, publicidade, ameaças de morte, seus filhos na escola, o que Whitey diria? — *Você sabe muitíssimo bem o que Whitey diria.*

Ele conseguiria a demissão dos policiais responsáveis, que seriam expulsos aos chutes. Mas não procuraria a imprensa. Não processaria. Trabalharia nos bastidores, ele tinha conexões. Thom queria fazer disso uma questão pública — "violência policial" — "racismo" —, ao contrário de Whitey, que era muito prático.

O processo estava avançando, Thom dissera a Beverly. Mas não na velocidade que ele esperava.

Primeiro, estavam prestando queixas formais junto à promotoria. Mais tarde, quando o processo penal fosse julgado, abririam um processo civil.

O que significava... o quê? Processar em busca de uma indenização de quanto? *Milhões?*

É isso mesmo, Thom dissera, fechando a cara. Pode acreditar.

Beverly perguntara se os dois policiais que tinham batido e dado choques em Whitey ainda estavam na ativa, e Thom deu uma resposta evasiva, disse que não sabia direito.

Não sabia direito? Não conseguira descobrir?

Thom não gostara dessa linha de questionamento. Thom não gostava de qualquer questionamento.

Beverly tinha a impressão de que os policiais não tinham sido suspensos. Provavelmente não tinham sido nem punidos. Ela havia desistido de olhar o jornal à procura de manchetes — POLICIAIS DE HAMMOND VIRAM RÉUS EM PROCESSO POR ESPANCAMENTO E MORTE DE McCLAREN.

Temia ver uma foto de John Earle McClaren no jornal, na TV. Que choque todo mundo levaria, que escândalo, que Whitey tivesse sido espancado por policiais de Hammond, ignorantes de quem ele era ou quem tinha sido.

Whitey detestava as pessoas que processavam o município, faziam alarde de serem vítimas. *Que diferença uma indenização polpuda vai fazer para mim, eu já estou morto e enterrado. E vocês não precisam de mais dinheiro.*

Beverly achava fascinante ouvir a voz de Whitey como se ele estivesse ali com ela — quase.

— Pai? O Steve pegou o meu dinheiro. Ele me forçou. CDBs naquela merda de banco dele. O dinheiro era *meu*.

*Por que você cedeu a ele, meu amor? Deveria ter dito não.*

— Ah, pai. Porra, não é *fácil* assim.

Era errado. Não era correto. Na vida, Beverly jamais diria *porra* na frente de Whitey, ele ficaria perplexo.

Perto de mulheres, Whitey era um cavalheiro no modo de falar. Whitey jamais pronunciaria *porra* na frente de Jessalyn.

Essa geração. Afundando, caindo. Whitey tinha brincado que não se dava ao trabalho de aprender sobre computadores, celulares, "aparelhos eletrônicos", ele tinha certeza de que isso tudo era apenas uma moda passageira, que não duraria.

Bem, Beverly não se saía muito melhor. Não sabia porra nenhuma sobre a TV nova, aqueles malditos controles remotos, DVDs e tal, até os filhos mais novos arrancavam os aparelhos de sua mão — *Ma-nhê! É assim, olha.*

Tanta raiva! A bile subindo no fundo da boca.

Que o diabo carregasse a merda da lavadora. Não queria lidar com isso agora.

No andar de cima, enxaguou a boca, cuspiu na pia. Seria capaz de jurar que tinha saído alguma coisa preta.

Outra taça de vinho. Acalmar os nervos.

Desde Whitey, ela vinha se consultando com um psicofarmacologista de Rochester. Receitara um novo antidepressivo "sem efeitos colaterais" — o problema era que o álcool era proibido.

Não podia parar de tomar os comprimidos, teria pensamentos suicidas. Iria apenas se deitar na cama e chorar e chorar e, quando se levantasse, exageraria na comida e engordaria — tinha ganhado quatro quilos em uma única semana em dezembro. Mas não pararia de beber: o gosto do vinho era um bálsamo, não só o efeito do álcool.

Primeiro foi *eu preciso*. Depois, *eu mereço*.

— Lorene? Preciso falar com você. Me ligue.

Tentando manter a calma. No andar de cima, no quarto, a porta fechada. Estirada na cama, a garrafa na mesa de cabeceira e a taça e o celular na mão. (Quanto tempo faltava para que as crianças chegassem da escola? Algumas horas.)

O que a enfurecia era que Lorene nunca retornava a ligação. Fingia estar ocupadíssima.

*Ela* estava planejando uma viagem para Bali depois que o semestre letivo terminasse. Já tinha comprado um carro novo com parte do dinheiro deixado por Whitey e estava falando em dar entrada em um apartamento no novo arranha-céu com vista para o rio. Não havia nada de que Lorene gostasse mais do que ostentar para cima dos docentes do colégio, principalmente os professores mais velhos que ela havia ultrapassado ao ser promovida a diretora.

— Piranha egoísta. *Egoísta*.

Desde que eram meninas, Lorene era *a egoísta*.

Tudo o que pudesse fazer para conseguir as notas mais altas — bajular os professores, plagiar uma ideia, copiar um livro e "traduzir" para sua própria prosa — Lorene fazia. Tão sem graça quanto um hidrante (um dos namorados de Beverly tinha feito essa observação espirituosa), mas nada parecia detê-la: Lorene tinha amigos, bem como um grupo de amigas que disputavam sua atenção (muitas vezes com sarcasmo). Apesar de seu tamanho, tinha sido uma atleta competitiva — capitã do time de vôlei feminino e hóquei em campo comum. Vice-presidente da turma de formandos. Com a mesma dose de cuidado que qualquer outra garota tomaria para não contrair herpes ou (pior ainda) engravidar, Lorene tinha conduzido sua trajetória pela graduação e pós-graduação evitando, como ela confessava, os professores mais difíceis e desafiadores que poderiam lhe dar notas menores que A. Acabou, sabe-se lá como, com um doutorado em algo chamado Psicologia Educacional pela Universidade do Estado de Nova York, em Albany.

Estremeceu ao se lembrar do orgulho que Whitey sentira. *Agora eu posso chamar a minha garotinha de "doutora"?*

Como se a maquinadora Lorene tivesse um dia sido uma *garotinha*.

— Lorene? Por favor, me ligue de volta, senão, caramba, eu vou até aí, entro no seu escritório e desmascaro a "dra. McClaren" para o mundo como uma hipócrita e uma filha negligente. Vou te desmascarar como impostora porque você é uma merda de uma "educadora" que não dá a mínima para o corpo docente, os alunos e a porra da escola.

Pronto! Os dedos do pé de Beverly, à mostra, se contorcem de deleite. Teve que rir ao imaginar a expressão na cara de pug de Lorene ao ouvir o recado.

Lorene telefonou poucos minutos depois. Para variar, quieta, preocupada.

— Bev, o que houve? Você pareceu estar tão... raivosa...

— Foda-se a "raiva". A primeira coisa que você fala, *me* atacando... atacando *a vítima*, porra.

Beverly estava tão furiosa e Lorene ficou tão pasma que, por um instante, as duas não conseguiram falar uma palavra sequer. Então Beverly sibilou:

— Já faz muito tempo que sou a vítima. Desde que virei adulta. Tentando fazer o que é certo, o que é decoroso, lembrando os aniversários, tirando um tempo para comprar presentes, fazendo a minha parte nas comemorações em família, ou mais do que a minha parte... e todo mundo pouco se lixando. *Você* pouco se lixando... ocupada demais. A Sophia e o Virgil nem se preocupam... nem pensariam no assunto. A puritana da mulher do Thom faz aquilo no automático a cada dois ou três anos... dá um festão no Natal para os amigos e convida *a gente*. E é para ficarmos agradecidos. Por que Brooke acha que pode nos tratar com esse ar de superioridade eu não faço a menor ideia. Quem é *ela*? Quem é a família dela?

— Perdão, Bev? Estou no meu escritório, na escola. Não estou com muito tempo. Do que exatamente você está falando?

— Porra, você não seja condescendente comigo, Lorene. Não sou um dos seus professores assustados. Estou falando das responsabilidades da nossa família. Estou falando de você, Lorene. Primeiro você disse que precisava trabalhar muito para conseguir uma promoção... depois você disse que precisava trabalhar muito porque tinha conseguido essa merda de promoção. Desde que o papai morreu você não faz a sua parte nos cuidados com a mamãe.

—A minha impressão é de que a mamãe está ótima. Quando eu falo com ela...

— Pelo telefone. Mas quando é que você vai vê-la?

— Eu... eu vi a mamãe... não tem muito tempo... Tem sido difícil entrar em contato com ela, ela tem ido como voluntária à biblioteca. Acho que ela disse... Beverly soltou uma risada ríspida.
— Não. Pare. Pode *parar*. Vou te contar qual é a situação.
— Que... que situação? Do que é que você está falando?
— Ontem eu fui até a casa dela. A mamãe não estava atendendo o telefone, então achei melhor ir dar uma olhada nela. Foi chocante ver galhos de árvores e escombros da tempestade espalhados na entrada da garagem... depois da ventania da semana passada, a mamãe não arrumou nada. O papai teria arrumado tudo no dia seguinte... teria limpado com as próprias mãos. Lembra que eu te disse... que a mamãe não está mais chamando a Hilda? Depois de vinte anos ela diz que quer cuidar da casa sozinha... uma casa daquele tamanho! O papai ficaria chocado. A mamãe sempre foi tão *leal*. — Beverly faz uma pausa. Era uma raridade que Lorene se calasse para escutar; queria curtir a situação. — Então... eu entrei na casa... abri a porta... e chamei: "Mãe? Sou eu, a Beverly"... E não tive resposta. Eu só ouvia os sinos dos ventos, e o vento... mais nada. E a casa estava um gelo... eu tremia sem parar. A cozinha não estava tão limpa quanto a mamãe a deixava antes... tinha pratos na prateleira em que ela devia ter passado uma água, mas não lavado: a lava-louças estava vazia! (Eu olhei.) (Por que cargas--d'água a lava-louças estaria *vazia*?) Havia um cheiro estranho... meio que de carne rançosa. E no chão, em cima de folhas sujas de jornal, tigelas de plástico para um animal comer, que não pareciam muito limpas.
— Um *animal*? Ou seja, um gato ou um cachorro que pode ser que a mamãe tenha adotado?
— Espere! Vou te contar. — Sem pressa, Beverly despejou mais vinho na taça. Lorene protestou de forma inútil:
— Ela não falou para a gente que estava pensando em...
— A mamãe não *adotou* esse bicho, ele é de rua. É um gato selvagem enorme que é caolho, deve pesar uns treze quilos. É imenso, de pelagem preta emaranhada, e ele *rosna*.
— Gatos selvagens têm um monte de doença. Meu Deus.
— Na verdade, eu não vi o gato logo de cara. Estava na cozinha chamando a mamãe e ninguém respondeu. (Eu sabia que ela estava em casa, os dois carros estavam na garagem.) Já estava ficando com medo, imaginando que a mamãe tivesse desmaiado ou tentado alguma coisa, então subi gritando: "Mãe?... Mãe, sou eu...". Eu tive uma visão tenebrosa da Jessalyn lá em cima, no chão... no banheiro... depois de uma overdose de remédios ou... caramba!... de cortar os pulsos...

— Que bobagem. A mamãe não faria uma coisa dessas. Jamais. Nem de tomar remédios e muito menos de cortar os pulsos. Você conhece a mamãe... ela *jamais* faria bagunça para alguém ter que arrumar depois.

— É. Quer dizer, não... tem razão. Normalmente. Mas talvez a mamãe esteja perdendo o controle de si. Ela já disse que está "perdida" sem o Whitey e eu acho que ela estava sendo literal. Lembra da grosseria dela com o Leo Colwin? Ele continua falando disso por aí. Ele reclamou pra todo mundo. A Ginny Colwin não fala nem *comigo*, de tão ofendida que ficou. Então... eu estava no corredor lá de cima chamando a mamãe, e essa... essa coisa... apareceu na minha frente, do nada. Rosnava e sibilava... poderia muito bem ser um guaxinim... um lince... veio correndo como se fosse me atacar... eu gritei e abri caminho, mas a coisa não estava me atacando, estava só passando por mim correndo, fugindo escada abaixo. Mas eu quase desmaiei ou tive um infarto. Se tivesse topado comigo, não tenho nem dúvida de que teria usado as garras para me arranhar, de que teria me mordido... pode ser que tenha raiva...

— Espere aí. Que bicho era?

— Um gato selvagem. "Mack the Knife".

— "Mack the Knife"? Como assim?

— É o nome do gato. A mamãe chama ele de "Mackie".

— Beverly, eu não estou entendendo. De onde a mamãe tirou esse nome?

— De onde? Francamente... acho que foi do Whitey. — Beverly baixou a voz, embora ninguém pudesse ouvi-la.

— Como assim, "do Whitey"?

— Quando eu perguntei para a mamãe sobre o nome do gato, ela disse: "O nome dele é esse. Simplesmente me veio". Eu não quis pressionar, mas fiquei com a impressão de que... bom, "Mack the Knife" é o nome que o Whitey deu ao gato, porque é exatamente o tipo de nome que o Whitey inventaria justamente para aquele gato.

— O papai não deixaria que um gato selvagem, feroz, entrasse em casa! Você sabe disso.

— A mamãe falou que o gato "simplesmente apareceu" no quintal de casa, no deque... na neve. Ela disse que começou a deixar comida e ele foi ficando "manso".

— Meu Deus. A gente não tem como tirar ele dela?

— "A gente"? Quem é "a gente"? Se tem alguém que ajuda a mamãe, esse alguém sou *eu*... é pouco provável que seja *a gente* — falava Beverly com uma veemência renovada. Ouvia a respiração abafada de Lorene pelo telefone.

— Bom, eu... eu espero que a mamãe tenha levado ele ao veterinário para examinar...

— Toda essa questão dessa merda desse gato veio depois. A gente nem falou do "Mackie" de cara. Porque, quando eu encontrei a mamãe, ela estava no quarto, com aquele robe creme velho, com o cabelo opaco e embaraçado e os olhos dilatados e desvairados, e ela estava esbaforida como um animal selvagem. E ficou piscando, me encarando, como se não estivesse me reconhecendo... "Ah, Beverly. É *você*."

Beverly se calou, relembrando. O coração batia com rancor, ela tivera que viver aquela experiência terrível sozinha.

— Era meio que uma cena insana... roupas em montes espalhados pelo chão.

— Ah, finalmente! São as roupas do Whitey que vão para a Legião da Boa Vontade.

— Não. Não eram as roupas do Whitey. Eram as roupas da mamãe. Ela ainda não tirou as roupas do papai do armário. Na verdade, ela anda colocando bolinhas de naftalina nas peças de lã dele. As roupas que ela estava separando para doar eram as dela. Dá para acreditar, Lorene...? Aqueles vestidos lindos da mamãe, os sapatos e casacos, o *casaco de visom*.

— O quê? O casaco de visom que o papai deu pra ela?

— Todas essas coisas lindas amontoadas! No chão! As joias também. Luvas! Vestidos de festa de seda preta, de seda vermelha, o vestido longo de tecido levíssimo, verde-menta, que ela usou no casamento dos McCormick, o vestido branco plissado, um bando de sapatos de salto alto... "A minha vida acabou. O Whitey queria 'tudo de melhor para a esposa'... que era eu. Mas agora o Whitey não está mais aqui. Casaco de pele é ridículo... é uma abominação. Eu nunca mais vou usar essa abominação." Eu não conseguia acreditar no que estava ouvindo... da boca da Jessalyn! "Minha vida acabou." Em um tom triste, calmo, pragmático. Em uma voz que não era nem de autocomiseração! Eu supliquei a ela: "Mãe, você não pode doar um *casaco de visom*". E a mamãe disse: "Não tenho escolha, Beverly. É uma abominação, eu preciso doar".

— Nossa! Se o Whitey ouvisse isso.

— Nós batemos boca de verdade. Não só o casaco de visom, mas também outros casacos. O único que ela estava disposta a guardar era o preto de caxemira, que por algum motivo estava enlameado... a impressão era de que ela não tinha nem percebido. Foi desconcertante. Como é que a mamãe vai doar aquelas coisas lindas dela? E por quê? Eu acho que eu nunca tinha brigado com a mamãe por qualquer motivo... só coisas bobas, quando eu era pequena. Nada sério e nada ideológico. Ela enfiou na cabeça que pele é "pecado"... deve ter sido papo daquele maldito do Virgil. Mas também ficou falando que a vida dela tinha acabado e ela não precisava mais de roupa. O mais aflitivo é que o corpo da mamãe estava *fedendo*... com o cheiro do bicho. Ela não lavava o cabelo fazia dias. Ela sempre foi tão arrumada e meticulosa, lembra que ela ensinou que a gente tem que escovar os dentes depois de todas as refeições e lavar a mão *com sabão* depois de ir ao banheiro... Ah, outra coisa que a mamãe disse foi: "Eu odeio salto alto! Eu só usava para agradar ao Whitey".

Lorene ficou calada, como se estivesse sofrendo. Maldita seja ela, Beverly pensou, se *desligar*.

Mas Lorene não desligou. Estava prestando atenção e tinha ficado chateada. Estava dizendo:

— Eu espero que você não tenha feito isso, Bev. Estou torcendo para ouvir que você *não fez isso*.

— "Não fez isso" o quê?

— Pegou o casaco para você. O casaco de visom que o papai deu para a mamãe. Não venha me dizer que você pegou aquele casaco lindo.

— Eu... eu disse para a mamãe que... bom, sim... se ela não quisesse...

— Não! Você não vai ficar com o casaco de visom da mamãe. Caramba, Beverly, foi pra isso que você me ligou... pra me contar que você pôs as mãos no visom da mamãe. Um casaco que custou, digamos, uns quinze mil dólares... não venha me dizer que a mamãe deu ele pra você. Ela não o *deu pra você*. Ela não está batendo bem e é incapaz de consentir. Caramba, Beverly... foi pra isso que você me ligou, pra se gabar disso?

— Não... não. Não foi isso.

— Foi, sim! Foi exatamente pra isso. Você pegou todas as coisas boas da mamãe, foi isso o que você fez, as roupas boas, as joias boas, pelo menos os sapatos dela não cabem no seu pé enorme... pelo menos isso. — Agora Lorene estava furiosa, gaguejando.

Beverly protestou:

— As coisas da mamãe estão guardadas comigo.

— É assim que você chama... "guardar". Que eufemismo!

*Eufemismo*. Beverly não fazia ideia do que aquela porra queria dizer, só sabia que a irmã hipócrita usava seu vocabulário pretensioso como pequenos mísseis. Ela protestou:

— Eu tive que implorar para a mamãe. Ela estava ficando muito emotiva. Ela não é a Jessalyn que a gente conhece, ou que a gente acha que conhece... é como se tivesse sido contaminada, como se fosse uma loucura. Se eu não tivesse chegado na hora que cheguei, ela teria colocado tudo em caixas de papelão e deixado na calçada. A esta altura, já teriam levado tudo, inclusive o casaco de visom. Porra, onde é que *você* estava, Lorene?! Você não se atreva a *me* julgar.

A declaração calou Lorene. Beverly ouviu a irmã respirar alto do outro lado da linha.

— E outra coisa: as mãos e os braços da mamãe estavam arranhados. Quando eu vi, ela tentou esconder os machucados com a manga do robe. No começo eu entrei em pânico achando que ela tinha se cortado com uma lâmina, mas depois me dei conta de que deve ter sido aquele bicho asqueroso. Uma dezena de arranhões e cortes, no mínimo, não abertos, sangrando, mas com crostas, horríveis. Eu perguntei a ela o que tinha acontecido e ela recuou, ficou calada, tinha sido só um acidente, e eu rebati: "Acidente! Impossível uma coisa dessas ser acidente! Esse tipo de ferida infecciona". E a mamãe disse, com uma voz suplicante: "Ah, Beverly... não dói. Me deixe em paz, por favor". Como se fosse uma resposta sensata, ajuizada!

Enquanto isso, Lorene ouvia, Beverly imaginava que com uma preocupação crescente tanto com a mãe como com *ela*. Mas, agora, Lorene estava quieta.

Beverly ficou escutando. Será que ela estava ouvindo? Havia vozes em segundo plano, palavras indecifráveis. Depois a voz de Lorene, que se dirigia a alguém *Perdão, você poderia...*

Um barulho mais brusco, como o de uma gaveta de arquivo sendo empurrada. E Lorene de novo na linha, de repente falando alto no ouvido de Beverly:

— Desculpe! Aconteceu uma coisa aqui. Eu estou ouvindo, mas... preciso desligar... vou fazer o seguinte, eu prometo que vou dar uma passada na casa da mamãe hoje à noite, quando sair do trabalho. O problema é que vamos ter uma reunião mais tarde. As novas diretrizes de Albany são inacreditáveis... uma bateria de provas monitoradas pelo estado... é uma crise se formando na hora errada.

Beverly desligou. Atirou o celular no chão como se fosse radioativo.

— Merda, merda, merda, *vai à merda*.

Mas agora estava cansada. Murcha. A euforia da raiva tinha vazado dela como o ar de um balão, deixando-a estirada e mole na cama que ainda não tinha arrumado naquele dia, a cama que dividia com qual-era-o-nome-dele, o babaca que a traía (ela sabia) dezenas de vezes por dia na cabeça dele, se não com o calombo borrachudo que era seu pênis, e ele que fosse à merda também — *foda-se o marido*.

(Estava esperando Lorene telefonar de volta, para pedir desculpas? De jeito nenhum!)

(O celular tinha caído no chão, de toda forma. Até parece que tinha forças para se inclinar, esticar o braço e pegá-lo. Porra nenhuma.)

O vinho tinha acabado. A cabeça começava a doer.

Chorava agora. O tipo de choro que não gostaria que ninguém ouvisse. Não de tristeza pela querida mãe viúva, nem mesmo pelo querido pai falecido, mas por ela mesma, perdida, exilada da casa da Old Farm Road, de que agora precisava se afastar permanentemente.

*Me deixe em paz, por favor.*

# A onda

E então, em uma manhã no início de maio, tinha voltado a ser ela mesma (de novo). (Ou quase.)
Ondas que havia meses a suspendiam, atirando-a para baixo, jogando-a contra a areia molhada e compacta, pareciam ter recuado. Tonta, ficou deitada, mal se atrevendo a respirar. Teria acabado? O terrível mal-estar, a doença que parecia a morte, o luto inflamado da viúva, feito um toco moído? *Era ela mesma de novo?* Uma luz estrelada, deslumbrante, reverberou terra afora. Chapins e abelharucos no comedouro trocando pios animados.
*Novo dia! Novo, novo, novo, dia, dia.*
E o gato preto vesgo esfregando a cabeçorra nas pernas dela, ronronando alto como um motor com defeito: *Novo dia! Agora! Me dê comida!*
Cheia de força. Sua antiga força. Outra vez o torniquete apertado jogado fora e o sangue voltando correndo para reclamar o que estava dormente, paralisado em todos os seus membros, a barriga, a garganta e o coração.
Naquela manhã, leu uma história do dr. Seuss para criancinhas fascinadas na biblioteca de Huron, onde já era voluntária antes de Whitey sofrer o derrame; no dia seguinte, retomou seu posto de voluntária no Hospital Geral de Hammond, pisando na recepção como quem pisa em ovos, ela mesma frágil como casca de ovo — e não desmaiou, não desatou a chorar, espantada, se viu cumprimentando os amigos do balcão de informações, aceitando um abraço ou outro, um beijo lambuzado na bochecha — *Obrigada. Também fiquei com saudade de você. Mas agora estou ótima. E você?*
Respirou fundo. Ligou para Thom, Beverly, Lorene, Sophia — deixou recados. *Só dando um oi. Estou me sentindo bem melhor. Desculpe-me por ter me distanciado. Agora estou colocando tudo em dia — mas aos poucos.*
Na mesma semana, pegou o carro para visitar uma parente idosa, doente, em uma clínica de repouso, que vinha negligenciando desde outubro pas-

sado, e que não tinha sido informada (para ser poupada da tristeza) da morte de Whitey.
*Me perdoe, por favor. Muita coisa aconteceu. Andei distraída.*

DOIS PONTOS EM QUE HAVIA reparado (pois Jessalyn McClaren era uma pessoa que examinava os quadros de avisos públicos com muita atenção) no quadro de avisos do hospital: a 11ª Feira Anual de Artesanato de Chautauqua seria em 29 de maio, e no mesmo dia, à noite, haveria uma reunião na Igreja Batista Hope (da Armory Street), organizada pelo comitê da SalveNossasVidas, aberta a "todos os cidadãos preocupados com o racismo, a violência e a injustiça da Polícia de Hammond".

Existia a possibilidade de que Virgil apresentasse obras novas na feira de artesanato, mas jamais a avisaria de antemão; ela teria que ir lá ver com os próprios olhos. E a reunião na igreja batista, na Armory Street — parecia a Jessalyn, em seu estado de força e propósito renovados, no jorro de otimismo que percorria suas veias feito adrenalina, um evento a que devia comparecer como cidadã preocupada.

(Devia ligar para Thom? Será que Thom iria querer acompanhá-la? Jessalyn tinha a sensação de que o processo contra a Polícia de Hammond não estava indo bem — em todas as ocasiões o advogado dos réus "protelava" — "obstruía". Relatórios eram preparados e entregues, depoimentos eram marcados pelo tribunal de Hammond e adiados. Se tocasse no assunto com Thom, arriscava despertar sua fúria.)

(Será que Whitey se sentiria à vontade para comparecer a uma reunião dessas, na área pobre de Hammond? Jessalyn não conseguia imaginar que ele aprovasse, embora ela fosse marcar presença somente por causa dele.)

E portanto, naquela noite, uma única mulher branca apareceu, acanhada, nos fundos da igrejinha de tijolos vermelhos da Armory Street. Ela se acomodou no último banco. Já havia pelo menos umas quarenta pessoas nos primeiros bancos e no corredor central, em conversas animadas. Todo mundo parecia se conhecer: é claro. A única mulher branca entendeu que era (talvez) uma raridade para eles: não só uma mulher branca acompanhada de (majoritariamente? somente?) pessoas de cor, mas uma mulher de pele alvíssima, uma palidez de porcelana, e cabelo branquinho caído nos ombros, de um tamanho incomum para mulheres de sua idade. E apesar de a mulher estar com uma roupa discreta, era evidente que as peças que usava não eram baratas e que seus modos não tinham a naturalidade e a camaradagem dos brancos acostumados a eventos de ativismo negro. Essa mulher de pele branca sorria para saudar todo mundo que reconhecia sua presença, mas seu sorriso era ávido demais, tímido.

Ela havia ensaiado como se apresentaria se alguém perguntasse. Não *Jessalyn McClaren* (pois o sobrenome *McClaren* poderia ser reconhecido de formas imprevistas), mas *Jessalyn Sewell*. Seria um alívio para ela, mas também uma decepção, quando ninguém perguntasse seu nome.

Sozinha no último banco da igrejinha, ela ouvia os discursos fervorosos do púlpito com um temor crescente. Não fazia ideia de que tantos indivíduos desarmados e indefesos na região pobre de Hammond, que em idade iam de um menino de oito anos a uma senhora de oitenta e seis, tinham sido baleados por policiais na última década. Tantas mortes e nem uma condenação sequer de um policial! Na verdade, nem uma única acusação.

Nem um pedido de desculpas da Polícia de Hammond.

O pastor da Hope falou, em tom sério e altivo. O chefe do programa de formação de jovens do estado de Nova York falou, com veemência. Um jovem advogado negro falou, a voz trêmula de emoção. Mães falaram, segurando fotos dos filhos assassinados. Algumas estavam chorosas e trêmulas, outras furiosas e resolutas. A voz de algumas era apenas um sussurro, e outras erguiam a voz como se cantassem um lamento fúnebre. Rapazes e meninos de pele escura eram os que mais sofriam agressões da Polícia de Hammond, mas ninguém estava imune à violência policial — mulheres, meninas, idosos e até pessoas com deficiência —, um veterano da guerra do Iraque, de dezenove anos, que usava cadeira de rodas, tinha sido baleado e morto por policiais porque parecia "brandir" uma arma; um menino de doze anos tinha desmaiado depois de levar choques dos policiais por "comportamento suspeito" — não havia algo mais criminoso do que fugir de uma viatura que freasse na rua.

Jessalyn escutou, estarrecida. Gostaria de acrescentar sua voz àquele coro, mas não conseguia falar.

Não estava se sentindo tão forte assim, afinal. Havia tanta tristeza nessa reunião que ela não conseguia contribuir para aumentá-la. Sua perda não parecia singular, mas uma dentre muitas, desconhecidas.

Os olhares sobre ela eram curiosos, inquisitivos; não hostis, ainda que não (evidentemente) simpáticos. O pastor tinha sorrido em sua direção, mas de um jeito duro, resguardado. *Uma senhora branca? O que ela está fazendo aqui?*

No final das contas, havia alguns indivíduos brancos ou de pele bem clara na reunião. Um deles era um magricela de cabelo amarrado em um rabo desleixado — por um instante Jessalyn pensou que fosse Virgil. (Não era.) Outro era um homem alto de bigode grisalho e chapéu de caubói que usava uma camisa com bordado rosa-escuro e uma gravata preta fina, que Jessalyn se pegou encarando — sentiu o coração bater forte no peito e as mãos sofrerem espasmos com o sangue correndo.

*Ele. O homem do cemitério.*

*O homem que tinha achado sua luva. Que a chamara de "querida"...*

Mas o bigodudo alto estava absorto em uma conversa intensa com vários outros e não percebeu a mulher (branca) nos fundos da igreja.

Uma mulher branca de voz estridente com uma cabeleira loira-escura, com roupas espalhafatosas que pareciam feitas de retalhos, se virou para encarar Jessalyn e lhe fazer cara feia; era uma ativista hippie caucasiana de meia-idade, desdenhosa da mulher branca acanhada de origem diferente da sua.

A acompanhante dessa mulher na reunião era uma mulher negra enorme de rosto sério que parecia uma cabeça da Ilha de Páscoa, que se virou para encarar Jessalyn com ares de incredulidade ultrajada. Ela havia subido ao púlpito para denunciar, em uma voz feroz, a "consagrada tradição cristã" do racismo branco e da indiferença dos brancos quanto a vítimas negras desde antes da Guerra Civil, e ali, como que para provocá-la, estava uma representante desses cristãos que promoviam o racismo.

Jessalyn nunca tinha visto uma mulher tão grandalhona pessoalmente e nunca tinha visto alguém encará-la com tamanha hostilidade. A mulher devia ter quarenta e poucos anos e pesar uns cento e quarenta quilos; tinha pelo menos um metro e oitenta de altura e usava uma roupa que parecia um saco, frouxa no corpo; as pernas eram colunas, e os braços (à mostra) eram blocos de carne mole, marcada, enormes. O rosto também era imenso, mas ossudo. O olhar era acusador.

— Pois não? Madame? O que é que a senhora quer com a gente, madame? — Com uma voz zombeteira alta e segura como um clarim, ela se dirigiu a Jessalyn nos fundos da igreja.

Jessalyn se encolheu de vergonha e incômodo. Por que tinha ido à Igreja Batista Hope, para se intrometer no meio daquelas pessoas que se conheciam muito bem e não tinham necessidade *dela*? Queria muito poder fugir, mas com a voz rouca conseguiu gaguejar que queria contribuir com a SalveNossasVidas, mas falou tão baixo que ninguém pareceu tê-la ouvido.

Por sorte, a mulher enorme com cabeça de Ilha de Páscoa e a amiga de cabelo loiro-escuro perderam o interesse em Jessalyn quase imediatamente. Ninguém mais reparou em Jessalyn, à exceção, talvez por educação, do pastor da igreja, que lançava sorrisos preocupados em sua direção, sem saber se deveria se aproximar, apiedar-se ou ignorá-la.

Que insensível e boba tinha sido, Jessalyn ponderou. Uma branca abastada, moradora da suburbana Old Farm Road, querendo se alinhar aos moradores de áreas pobres da cidade que tinham sofrido nas mãos de policiais brancos e aguentado a indiferença branca, não uma vez só, mas inúmeras vezes. O que estava passando por sua cabeça? Lorene a acusaria de *paternalismo branco liberal*. Beverly a acusaria de imprudência lunática. Thom ficaria furioso, e Whitey ficaria atônito, tão chocado com o comportamento de Jessalyn quanto se ela tivesse se proposto a traí-lo e aborrecê-lo. Indo de carro à região pobre da cidade, sozinha! — justamente Jessalyn McClaren.

De tão intimidada com a situação, Jessalyn não se atreveu nem a revelar que o marido tinha morrido devido à brutalidade policial, ninguém queria uma contribuição dessas da parte dela, aliás, não queriam nada *dela*.

No entanto, o pastor decidiu ir conversar com ela. Tinha um rosto abatido, cansado, um olhar gentil, a impaciência com a mulher branca desajeitada rivalizava com sua urbanidade natural. Ela percebeu que ele era mais velho do que parecera no púlpito, tinha no mínimo a mesma idade que Whitey. *Talvez ele tenha conhecido Whitey McClaren quando Whitey foi prefeito. Talvez tenham trabalhado juntos e fossem amigos.*

Era a mais frágil, a mais patética das esperanças. Mas ela não ousou sugeri-la. Tinha a sensação de que não havia palavra que pudesse oferecer na igrejinha de tijolos, não havia atitude que não fosse de alguma forma paternalista ou inconveniente; ridícula, egoísta e (inevitavelmente) racista. A mulher imensa de expressão séria tinha perscrutado sua alma branca e rasa e a aniquilado.

Sem pensar muito na questão, Jessalyn fora com a intenção de doar dinheiro para a SalveNossasVidas. Por esse motivo tinha levado o talão de cheques. Não fazia ideia de que quantia doar: mil dólares? Mas estava pensando que a soma seria grande demais, que poderia surpreender e ofender aquelas pessoas; a mulher corpulenta zombaria dela, e a mulher de cabelo loiro-escuro zombaria dela, imaginando que a branca rica queria ser absolvida da culpa racial dando dinheiro. Mas quinhentos dólares era pouco? Quinhentos dólares era ao mesmo tempo *muito* e *pouco*?

Em testamento, Whitey deixara milhares de dólares para instituições beneficentes de Hammond vinculadas à comunidade negra e pobre; ele e Jessalyn faziam doações a elas, bem como à Associação Nacional para o Progresso de Pessoas de Cor, havia anos. Mas as doações eram impessoais, intermediadas. Ali, Jessalyn estava exposta. Sua generosidade, ou falta de generosidade, não ficaria escondida. Ela ficou pensando quanto os outros visitantes estariam dando — o homem bigodudo com chapéu de caubói, por exemplo.

O simpático pastor se curvou em direção a Jessalyn, se apresentou e lhe deu um aperto de mão. Não perguntou seu nome, mas agradeceu com seriedade por sua presença. Porém, perguntou se o carro dela estava estacionado perto da igreja. Acelerada, a cabeça de Jessalyn funcionava: deveria dar um cheque de setecentos dólares? (Não era muito, mas nada que pudesse dar valeria muito. A situação racial da cidade lhe parecia quase perdida, e justamente durante o mandato do primeiro presidente negro dos Estados Unidos.) Jessalyn quis se desculpar com o cavalheiresco pastor por ter tão pouco a dar: o marido tinha restringido a quantia de dinheiro que recebia trimestralmente para impedi-la de ser extravagante ao doar dinheiro a causas como a SalveNossasVidas... Mas é claro que não poderia dar essa desculpa: pareceria estar jogando a culpa em Whitey, o mais generoso dos homens.

No fim, enquanto o pastor observava com certo constrangimento, Jessalyn se apressou em fazer um cheque de mil e quinhentos dólares à SalveNossasVidas. Era mais do que poderia doar naquele mês, mas não tinha como dar essa explicação. Seu rosto ardia de vergonha, de mal-estar.

— Senhora, obrigado!

O pastor sorriu, piscou os olhos com uma surpresa genuína e apertou a mão dela mais uma vez.

*Ele* parecia gostar dela, pelo menos. Os outros, na parte da frente da igreja, falando sem parar, tinham se esquecido completamente de Jessalyn.

O pastor a acompanhou até a porta da igreja. Em um passe de mágica, talvez estalando seus dedos habilidosos, tinha chamado um menino chamado Leander para "acompanhar essa senhora até o carro, por favor" — que, por acaso, estava no estacionamento da Biblioteca Pública de Hammond, a três quarteirões de distância.

Leander, alto e esguio, era educado e taciturno com Jessalyn. Não tinha hesitado diante do pedido do pastor, embora não parecesse estar muito feliz com a tarefa. Enquanto ele a escoltava até o carro, Jessalyn tentava entabular uma conversa, mas ele respondia com murmúrios — *Sim, senhora. Não, senhora.* Uma ideia aflitiva lhe passou pela cabeça — *Devo dar alguma coisa ao Leander? Mas... é claro que não. Não devo.*

No carro, Jessalyn agradeceu a Leander pela gentileza, e ele murmurou: *Sim, senhó*, e se afastou às pressas.

Ela poderia chamá-lo — mas não chamou.

É claro, ela *não devia*.

Na volta para casa, ela sentiu o coração bater na caixa torácica como se tivesse escapado por um triz de um perigo terrível.

Poderia muito bem ter dado uma nota de vinte dólares a Leander — ele teria gostado.

Contudo, Leander poderia ter ficado ofendido com a gorjeta. (Ele tinha feito aquele gesto por gentileza, não em troca de dinheiro.) (Ela sabia disso: no entanto, sabendo disso, não poderia mesmo assim ter dado uma nota de vinte dólares como um reconhecimento pela gentileza, e *não como gorjeta?*)

— Mas quando é que uma gorjeta não é uma gorjeta? A gorjeta é sempre uma gorjeta? Não existe forma de escapar... *da gorjeta?* Para quem é *branco?*

Havia um toque aviltante na palavra *gorjeta*. Petulante, insultante. Ninguém quer *gorjeta*.

O homem de chapéu de caubói, que parecia tão à vontade entre os membros da SalveNossasVidas, saberia o que dizer. Mesmo se risse de Jessalyn, não a trataria com desprezo por perguntar.

Quando Jessalyn chegou à casa da Old Farm Road, já estava exausta. A repulsa e a depressão se misturavam em um gosto cinéreo no fundo da boca. O percurso da Armory Street até o centro de Hammond não deveria demorar mais do que vinte minutos, mas tinha levado quarenta, porque Jessalyn ficava olhando a estrada pelo para-brisa como se jamais a tivesse visto e tinha ficado com pânico de pegar a saída errada e perder-se totalmente na cidade em que passara a maior parte da vida. Era raro ela dirigir até Hammond, ainda mais à noite, voltando para casa: Whitey sempre dirigia.

Se Whitey estivesse em qualquer carro, era ele que o dirigia. Ninguém queria Whitey McClaren no banco do carona reagindo à sua condução com resmungos de surpresa, sobressalto, reprovação e divertimento, simulando frear com o pé direito no assoalho.

E como estava escura a Old Farm Road, sem postes de luz! *É claro, isso aqui é um enclave branco. Estranhos não são bem-vindos depois do anoitecer ou antes.*

Tardiamente, Jessalyn se deu conta de que o pastor reconheceria seu nome no cheque: *McClaren*. Não tinha se disfarçado, afinal; e se tivesse, com qual propósito seria? Quem daria a mínima para ela ou para John Earle McClaren?

A força que tinha se apossado dela alguns dias antes e lhe dado tanta esperança, tanto otimismo, agora havia sumido por completo.

Seu sangue estava plúmbeo. Os olhos doíam como se tivesse chorado. Foi dominada por uma onda de sofrimento amargurado.

O que tinha feito? — Por que tinha feito aquilo? Ir para tão longe de casa, se comportar de um jeito que Whitey jamais aprovaria, a bem da verdade de um jeito que Whitey reprovaria energicamente?

Com as pernas bambas, a viúva entrou no casarão escuro do qual (tinha a sensação) saíra muito tempo antes. O primeiro choque foi — tinha se esquecido de trancar a porta: a maçaneta girou prontamente em sua mão.

(Que sermão Whitey lhe daria por deixar a porcaria da porta destrancada! Fazia anos que tinha esse hábito, desleixado, negligente, complacente, de acreditar que a casa da Old Farm Road era inviolável. E desde que havia enviuvado andava muito esquecida.)

Ela acendeu as luzes, as da cozinha. Havia algo errado? O que estava errado? Sua visão se embaralhou, ela ficou à beira do desmaio.

A sensação do sangue vibrando nos ouvidos. O batimento cardíaco da viúva.

O segundo choque foi: Whitey estava morto. Seria possível que tivesse esquecido? Uma onda de água imunda correu em sua direção — *Whitey morreu e Whitey está morto. O que é que você está fazendo ainda viva?!*

É inacreditável para ela, mas tinha se esquecido desse fato. Estava circulando por aí como se sua vida não tivesse desmoronado e acabado, como era possível?

Ela seria castigada. Precisava ser castigada. Era possível que o castigo já tivesse começado.

— Meu Deus. Ajude-me, Whitey...

Alguém, alguma coisa, estava na casa. Sentia o cheiro rançoso de bicho. O próprio corpo suado, e no entanto era mais do que seu corpo — o corpo de outro.

Mal teve tempo de se apavorar, porque a criatura correu até ela, derrapando pelo chão da cozinha sobre as unhas ou garras — a pelagem preta emaranhada, o cabeção, os olhos castanho-amarelados vesgos, os lábios afastados dos dentes afiados cintilantes em um petulante *mirrr?* —, ela deu um grito e se encolheu; mas era apenas o gato, o gato que tinha acolhido, Mack the Knife.

— Mackie.

Durante sua ausência, ele tinha devorado todas as migalhas de comida que havia nos potes. Tinha tomado a água toda ou derramado a água ao entrar na tigela de plástico.

Ela havia deixado a porta dos fundos entreaberta para que o gato selvagem pudesse entrar e sair quando quisesse, pois Mackie tinha ficado exigente nas semanas desde que passara a viver com ela, e miava alto e com insistência para poder *sair* e *entrar*; e *sair* de novo e *entrar*. Não gostava de ficar confinado: não suportava portas fechadas. Se Jessalyn não o alimentasse prontamente, soltava um miado ressentido; se não lhe servia exatamente a comida (enlatada, úmida) que preferia, esfregava a cabeça nas pernas dela com tanta força que a fazia cambalear. Às vezes, ronronando alto e em tom abrasivo, com suas patas enormes

Mackie amassava as pernas, as mãos ou os braços dela; às vezes, ela esperava que sem querer, ele passava as garras em sua pele e lhe tirava sangue.

Não bastava repreendê-lo:

— Mackie, não! Não pode me machucar, sou sua amiga.

Pois Mackie apenas olhava e piscava para ela com seu olho bom como se nunca tivesse visto uma pessoa tão ingênua a ponto de argumentar com um gato.

Ele agora estava com fome. Não parecia tão sensível aos nervos da viúva, ao seu rosto sofrido e ao ar de desolação, de derrota. Quando ela conseguiu abrir uma lata de comida para gatos, ele focinhou as pernas dela e quase a derrubou. Quando ela colocou o peixe na tigela, Mackie já tinha tirado sangue das costas de suas mãos enquanto soltava miados ranzinzas.

Ela subiu a escada cambaleando. A onda de luto a esmurrava, era quase sufocante. Era difícil respirar. Além disso, a inutilidade da respiração zombava dela. Mal tropeçou quarto adentro, onde tateou para acender a luz, mas não havia luz (a lâmpada tinha queimado?); em um desfalecimento de pânico, de desespero, caiu na cama.

*Meu bem, eu estava com saudade. Não me deixe nunca mais.*

DE MANHÃ, RECOBROU A CONSCIÊNCIA DEVAGARINHO. Como alguém que foi jogado na costa quase sem vida.

Não conseguia se mexer, exausta. Exausta demais para ter tirado a roupa, até os sapatos.

Durante a noite a onda tinha batido nela. Batia, batia sem piedade. Teve dificuldade de abrir os olhos, as pálpebras estavam plúmbeas. *Por que você achou que poderia me deixar? Me trair?*

As narinas se comprimiam: em algum lugar ali perto havia um cheiro pungente de bicho. A criatura estava no quarto com ela, tinha pulado em sua cama durante a noite. Ela o incentivara a fazer um ninho ao pé da cama, e ele estava lá agora. Ela ouvia sua respiração profunda que era uma espécie de ronronar sonolento. E, enquanto ele dormia, o rabo espesso tremia. Todas as pernas, as patas grandes, se contorciam com a emoção da caçada, da presa. Havia levado para a cama os restos de alguma coisa que caçara à noite, uma pata peluda ensanguentada, parte da pata de um coelho ou parte de sua cabeça.

# Demônio Rakshasa

Ele tinha visto pelo retrovisor do carro. Tinha certeza.
A viatura se aproximando. A um triz de encostar no para-choque traseiro.
*Vamos te tirar da pista.*
*Dessa vez, vamos terminar o serviço que começamos.*

TÃO NERVOSO QUE NÃO CONSEGUIA DORMIR. Não conseguia parar quieto. Não conseguia achar uma posição confortável.

Pernas inquietas: meio que uma piada e, no entanto, não era piada. Pois a perna (esquerda) se mexia sem parar. A perna corria. Contraía-se. Tinha cãibras no pé. Todos os ossos do pé doíam, se arqueavam.

Dor súbita! Cãibra na perna, no pé. Arrancando-o da cama, ele precisava andar, pôr os pés com força no chão, esticados. Os pés descalços. Apesar de ser apenas "cãibra", a dor era lancinante.

Aguda e rápida feito eletricidade. *Choques.*

Como havia convulsionado, no chão ao lado da via expressa. Descargas fortes de eletricidade lançadas em seu corpo debruçado (que não resistia, não se defendia) no asfalto imundo.

Os gritos dos policiais (brancos), berros de fúria, raiva. Pelo que, por que, como era possível uma coisa dessas acontecer com *ele* — tão desconcertante meses depois quanto havia sido no momento da agressão.

*Por que esses estranhos querem me matar? Se for para encobrir o erro deles, não tenho a menor chance.*

Tudo que ele conseguia tirar da cabeça durante o dia, no hospital, na agitação de seu trabalho, na necessidade alheia e na determinação do dr. Azim Murthy de estar disponível para qualquer um que precisasse dele, voltava a inundá-lo à noite.

À noite, vulnerável como um crânio aberto, a derma perfurada, o cérebro úmido retorcido à mostra. Vulnerável como uma vítima de queimaduras de terceiro grau. Uma pessoa daquelas cujo sistema imunológico tivesse decaído e virado um pontinho.

Onze dias sem dormir é o limite para seres humanos registrado pela medicina. Depois disso, alucinações, demência e morte.

É claro que Azim não tem estado totalmente *insone*. O que acontece é que, assim que adormece, seus sonhos são tão perturbadores que ele acorda na mesma hora, encharcado de suor e com o coração batendo feito uma criaturinha presa.

O terror que sentiu. De que os policiais (brancos) fossem-no matar.

Que não o tivessem feito era o grande mistério. Que se arrependiam de não o terem matado quando tiveram a oportunidade era uma ideia que tinha passado por sua cabeça muitas vezes.

Na cabeça dele o rolo se enrola, se desenrola. Começa com a sirene de repente tão próxima de seu veículo na Hennicott Expressway e depois ao lado de seu carro, no lado do motorista.

*Ele?* A polícia estava forçando *ele* a sair da pista? Parando *ele?*

*Saia do carro. Saia do carro. SAIA DO CARRO!*

*Sua habilitação. Documento do carro. Mãos sempre à vista! Põe as mãos na cabeça! Deite-se no chão! DEITE-SE NO CHÃO!*

Por mais que obedecesse, que protestasse, por mais que se arrastasse diante dos homens que gritavam, não conseguiria evitar os murros terríveis que viriam e as armas das quais dardos afiados saltavam e se afundavam em sua pele e o faziam convulsionar feito uma boneca de pano sacudida com violência.

E em meio a tudo isso a convicção — *Como era possível essas coisas acontecerem com* ele?

Salvo do espancamento fatal (está convencido) somente pelo estranho de cabelo branco que se atreveu a parar o carro no acostamento e intervir.

SEU CRIME, QUAL ERA SEU CRIME, ainda é crime? — pele escura. Cabelo, olhos muito pretos.

A pele é escura, de fato. É, ou já foi, uma pele macia e sem marcas, uma pele saudável, não era "preta", mas (é claro) não era "branca". Basta um olhar para ver que Azim Murthy é *indiano*, do grande subcontinente da Índia.

Porém, mesmo vendo a vítima de perto, percebendo que não era bandido, não era traficante de drogas, não era nem usuário, os policiais (brancos) não interromperam o ataque.

Furiosos com a vítima por não ser o que esperavam, haviam se tornado ainda mais violentos.

E a violência deles havia sido despejada sobre o salvador de Azim, que tinha corajosa/temerariamente interferido na agressão.

Tudo isso Azim Murthy vai dizer em depoimento ao júri de instrução quando for convocado. Não vai ser intimidado, ameaçado.

Prometeu ao filho do homem falecido — McClaren. Não vai voltar atrás na promessa.

Na véspera do depoimento, no escritório do promotor do distrito de Hammond, Azim Murthy jura.

MAS ESTE TERROR. Ele o conhece de longa data.

No templo Bhagavathi em Kerala, ao qual os pais tinham levado tanto ele como as irmãs durante uma visita à família paterna em Cochin. O demônio Rakshasa, de mais de dois metros — os caninos eram dentes salientes monstruosos reluzentes e afiados, os olhos enlouquecidos, os vários braços como patas de aranha, o corpo disforme e barrigudo. De uma feiura indizível, horrendo — o Azim de sete anos queria esconder o rosto, esconder os olhos, mas ficara paralisado de medo.

Pior ainda, o demônio é canibal. Rakshasa devora homens, mulheres, crianças, idosos. Come babando. É insaciável, o estômago é um saco sem fundo. Com as mãos, ele bebe sangue. Com os lábios carnudos, chupa um crânio. As unhas são garras. Mas parece ser um demônio feliz. Rakshasa não está espumando, ou ralhando, como ralharia um pai ou uma mãe. A alegria desse demônio é o tormento alheio, o choro e berro das vítimas. Pois todos que o demônio encontra são suas vítimas. Todos, todos são indefesos diante dele. Pilhas de ossos, crânios. Devorados até o talo. Rakshasa é meio que um abutre também, como um urubu, uma hiena.

É a *eficiência* de Rakshasa que mais causa horror na criança que é prática e inteligente, que tira notas altas em todas as provas escritas e cujos professores nos Estados Unidos elogiam. Uma criança americana, de fato, não "indiana" — o "indiano" é superficial (aos sete anos Azim já tem certeza).

*Mãos sempre à vista! Deite-se no chão!*

Encharcado de suor. Acorda de sobressalto. A criatura o tem sob os dedos de garras grossas.

COMO HINDUÍSTA (MAS AZIM MURTHY mal pode ser chamado de *hinduísta*: é completamente secular), a pessoa descobria que os monstros mais horrendos não passavam de encarnações do único deus que é o deus do amor. Pois como não seria assim se tudo é tudo, um é tudo, a deidade habita tudo o que é consciente, *você mesmo é a deidade*.

Para os adultos, os ídolos do Bhagavathi eram "exóticos" — não deveriam ser levados a sério. Não mais do que, no país de adoção, os demônios, as bruxas e os vampiros de Halloween deveriam ser levados a sério.

É claro, os ídolos dos templos hinduístas eram de um detalhismo extraordinário. Entalhados, pintados. Não como pessoas vivas, mas mais magníficos do que pessoas vivas, porque eram muito maiores, muito mais monstruosos. O próprio templo era assustador para uma criança, com seus cheiros fortes, estonteantes, de coisas podres, de urina de cavalo. Canções encantatórias, longas filas de peregrinos de expressão, olhos vidrados.

Por que os Murthy tinham levado os filhos a um lugar desses? Para imunizá-los? Para infectá-los? Para tirar fotos deles de olhos arregalados, boquiabertos diante dos ídolos? Eles se orgulhavam de se considerarem totalmente seculares, céticos — "modernos". Ambos tinha estudado em universidades dos Estados Unidos e ambos exaltavam a maioria das coisas americanas.

O sonho que tinham para o filho, que ele havia cumprido. Faculdade de Medicina, médico residente do Hospital Pediátrico St. Vincent, em Hammond, Nova York.

A residência no norte do estado não era a primeira opção de Azim. Mas não era uma escolha vergonhosa. Cairia bem como primeiro emprego depois da formatura em Medicina pela Universidade de Columbia.

Só que, na alma, os Murthy continuam sendo indianos. A noiva dele e a família dela, moradores do subúrbio de Buffalo, são indianos. Batalha, muito trabalho, mas em caso de fracasso, passividade, destino. Assim como, presa entre as mandíbulas de uma víbora, a criaturinha peluda desiste de lutar, seus olhos vidrados no êxtase do alheamento.

Quem é o Senhor Vishnu? Vishnu é a suma, todas as encarnações de Vishnu contêm todas as encarnações.

Rakshasa é o demônio que jamais cessará. Deus se esconde dentro do demônio. Por quê? — esta é sua resposta.

Por vontade própria, Azim havia procurado o filho de McClaren. Tinha concordado em deixar que o advogado do filho, sr. Hawley, gravasse suas palavras acusatórias. *Eu fui a razão pela qual o sr. McClaren parou no acostamento da via expressa. Ele protestou contra dois policiais que estavam me espancando. Ele era um homem muito corajoso, salvou a minha vida. Os policiais foram brutais ao baterem nele quando ele interferiu. Derrubaram-no no chão, chutaram-no e dispararam armas de choque várias vezes, apesar da idade e do fato de ele não representar perigo para eles. Mesmo quando ele já estava desmaiado, eles não pararam de disparar a arma, feito loucos — como se quisessem matá-lo.*

Ele juraria. Ele era testemunha. Tinha sido espancado por eles e no fim tinham "retirado as acusações" — nenhum crime havia sido cometido, tudo não passara de um ardil. Buscaria justiça por si, mas era ainda mais urgente buscá-la pelo valente John Earle McClaren, que tinha morrido para protegê-lo.

A Polícia de Hammond havia divulgado apenas a declaração sucinta de que a "suposta agressão" cometida pelos policiais estava "sob investigação".

Os policiais sob investigação não tinham sido suspensos, mas estavam fazendo "trabalhos burocráticos".

Os salários não tinham sido alterados.

Azim Murthy não vai se amedrontar por suas ameaças. Não será intimidado. Prestou queixa na Ouvidoria Civil. Vai depor ao promotor do distrito a favor da alegação de McClaren. Ele admira muito o filho de McClaren — Thomas. Já falou com Thomas algumas vezes. Não pretende traí-lo. A perda de McClaren é maior do que a dele, pois ele, Azim Murthy, não morreu.

*Da próxima vez vamos terminar o serviço.*

ELE ESTÁ CIENTE: METADE DE seu cérebro continua alerta, atenta, enquanto a outra dorme. Pois metade de seu cérebro é galvanizada pelo medo de que seja assassinado durante o sono caso se atreva a dormir.

Como foi que isso aconteceu, seu peito não é um peito viril, mas de pele fina, ossudo, os pelos que o cobrem são esparsos e precocemente grisalhos. Que tipo lamentável Azim Murthy se tornou — e era para ele ser um *homem*! Em seis meses virou um sujeito de meia-idade. Tem só vinte e nove anos, parte de sua vida se encerrou. Chutado, golpeado pelos pés calçados com botas, atingido por choques. Ele não contou à noiva. Não contou à família — é claro. Para explicar as lesões, o rosto machucado, a manqueira, as marcas da arma de choque, havia bolado uma história inverossímil de tropeço e queda nas escadas do hospital, ao descer correndo um lance de escadas quando o elevador não estava funcionando direito. Pareciam ter acreditado. Eles o veneravam; dos vários filhos, era o único homem. Embora fossem hinduístas seculares, não conseguiam não venerar o filho mais do que as filhas. Que culpa Azim tem? A culpa não é dele. Não vai aceitar essa culpa. Os pais não o interrogam com afinco, pois entendem que sua vida como médico em ascensão foge à compreensão dos dois, assim como foge a seu julgamento.

Impossível contar para eles. Se descobrissem o que a Polícia de Hammond tinha feito, ficariam muito receosos pela vida dele. Eles sabem de agitações religiosas, massacres ligeiros como inundações repentinas, templos isolados com cordões, trens bloqueados, explosivos, incêndios, armas automáticas. Guerras sangrentas primitivas disfarçadas de guerras religiosas. Militantes hinduístas, sikhs. Não dá para confiar na polícia — não dá para confiar em homens fardados. Encarnações de Rakshasa. Os Murthy não falam dessas coisas. Tapam os olhos diante de tiroteios na TV. Ficam confusos e sentem repulsa pelos filmes americanos. Insistiriam em mandar o filho-médico tão precioso de volta para a Índia, para viver com o irmão do pai, que tem uma clínica de radiologia em Cochin. Azim seria médico na bela cidade, seu diploma de Columbia seria valoroso. Teria uma vida boa lá. Não vai ter uma vida boa em Hammond, Nova York.

Em meio à angústia, não tem tempo de pensar no futuro para além da semana seguinte. É claro que é hora de se casar, a mãe insistiu. Ele não é jovem: precisa reparar o erro da demora. A noiva não pode saber do depoimento. Ela não está ciente da agressão da polícia, ele escolheu não lhe confidenciar o caso. Ela é uma moça nervosa. Não é jovem, é quase dois anos mais velha do que Azim: para uma mulher, velha. Tem um bom emprego como auxiliar de laboratório na farmacêutica Squibb. Afina as sobrancelhas grossas para evitar que se juntem acima do osso do nariz. Azim não deveria saber que ela fica louca de inveja e ciúme de meninas indianas lindas, das esbeltas adolescentes americanas de ascendência indiana, da beleza espantosa que têm, da pele perfeita, das bocas de peônia. Todas elas tão miudinhas — nunca pesam mais de quarenta e cinco quilos. Seu nome é Naya, um nome que não soa bonito aos próprios ouvidos. Gostaria de ter um nome mais americano: Susan, Sarah, Melanie, Brook. Está morta de preocupação: quando ficar nua na frente do noivo ele não vai gostar dela. Maquia o rosto com bastante cuidado. Seus lábios são uma gordura roxa. As sobrancelhas ganharam um arco delicado. Os olhos são contornados por tinta preta. Os seios são robustos. O quadril também. Ela é (é?) mais pesada do que Azim, com seus sessenta e sete quilos — esse é seu segredo, que tem pavor de que ele descubra.

Azim quase não pensa em Naya sem uma pontada de apreensão, de arrependimento. Culpa. Não sente desejo por ela. Não consegue sustentar o desejo, os rostos (brancos) zombeteiros interferem. A voltagem da arma, os choques elétricos tenebrosos fazendo seu corpo convulsionar com mais violência do que qualquer orgasmo.

— CARRO NOVO É ESPERANÇA RENOVADA.

Uma máxima boba, que ele não sabe se é específica de sua família (o pai repetindo palavras de pai) ou se é bem conhecida, pertencente à "posteridade".

Carro novo, esperança renovada. É preciso ter *esperança*.

É claro que comprou um carro novo. Logo depois do ultraje de outubro, ele trocou o Honda Civic por outro carro compacto, um Nissan. Se o Honda Civic era branco, um tom bobo, chamativo, o Nissan é um discreto cinza-prateado, como tantos outros veículos, para se misturar ao ambiente feito a camuflagem de uma presa.

Seu raciocínio é o raciocínio de um homem desesperado, quase supersticioso
— *Não vão reconhecer o carro novo tão rápido.*

(Mas e a placa do carro? A placa antiga está no carro novo.)

Os policiais de Hammond não vão ter dificuldade de identificar o carro recém-comprado do dr. Murthy como o carro *dele*. Em breve, uma viatura vai bater na lateral do carro. É questão de tempo. Quando ele sair do St. Vincent e entrar na via expressa na altura da Fourth Street, a viatura vai se aproximar depressa e infalivelmente por trás. Ninguém vai saber, ninguém será testemunha. Ninguém ousa prestar depoimento contra a Polícia de Hammond.

No estacionamento ele os viu a pé (ele acha). Um único tiro na cabeça, por trás. Um único tiro no rosto, disparado de dentro da viatura quando ela passar ao lado de seu carro. Quem ficaria sabendo? Quem se importaria? A comunidade indiana não é grande em Hammond, formada só por cidadãos cumpridores das leis que evitam publicidade e não querem ser associados a causas radicais. Acima de tudo, não querem ser associados aos muçulmanos.

Balas perdidas naquela área de Hammond. No que chamam de *área pobre*, que se esvazia rapidamente antes das seis da tarde.

Pelo espelho retrovisor ele vê a viatura se aproximando.

Seus olhos marejam, sente muito medo. É bem o rosto do demônio Rakshasa, visível através do para-brisa da viatura. Em mais um ou dois segundos, o demônio vai raspar o para-choque de seu carro contra o para-choque traseiro do Nissan...

Ensopado de suor, Azim pega a saída da Twenty-Second Street. A viatura não o segue.

Tremendo muito, Azim fica agradecido pelo tráfego parado na estrada, que anda, para e se sacode como uma peristalse infernal.

É A VÉSPERA DE SEU DEPOIMENTO na Center Street. Durante o expediente inteiro no hospital, sua cabeça está obcecada por esse fato. Fitando telas de computadores, decifrando exames de sangue. *Dr. Murthy? Perdão?*

Não. Espere. Ainda não é a véspera, é na semana que vem. Ainda não é agora que os policiais sorridentes vão aparecer para matá-lo.

Pois todos os policiais de Hammond são seus inimigos. Ele está no computador deles. Nome, placa do carro, aprisionado no computador deles como uma presa aos berros na boca do demônio Rakshasa.

Azim jamais sairá da Center Street, número 11 — ele agora sabe disso. Não vai se atrever a ir até a área pobre com tal missão. Jamais vai chegar ao tribunal, onde é esperado às nove da manhã de 11 de maio.

Se Azim Murthy não der o depoimento, talvez seja intimado. Será preso? É uma ameaça menor que a ameaça de violência policial.

Se disser que não viu nada às margens da Hennicott Expressway, não sabe de nada e não tem nenhum testemunho a dar, não vão lhe fazer mal. É o único jeito.

*Deite-se no chão, seu filho da puta! DEITE-SE NO CHÃO.*

Acorda encharcado de suor. Outra vez.

**NA HORA SOMBRIA QUE ANTECEDE** o amanhecer, encarando seu reflexo fantasmagórico no espelho do banheiro, ele ensaia com a voz de colegial inteligente que pretende adotar:

— Acho que vou voltar a estudar Medicina, mas em Buffalo. Vou me especializar em leucemia. Vou aprofundar minha formação. Tem residentes demais. Já estou endividado, não tem importância se eu aumentar essa dívida. A família da minha noiva prometeu ajudar. Eles vão ajudar, sem sombra de dúvida. A Naya vai fazer questão. Ela praticamente jurou. Leucemia dá muito dinheiro. Leucemia dá um futuro brilhante.

# Sonhos recorrentes dos filhos dos McClaren

Passados sete meses, eles ainda sonhavam com Whitey.
Depois de sete meses, todas as noites ainda eram uma jornada difícil da qual não tinham mais proteção do que crianças presas em um vagão de gado sacolejante.

Thom dizia que em sonho tinha recebido a notícia de que Whitey fora transferido para outro hospital:

— Acho que era em Buffalo. No sonho eu dirigia até Buffalo por uma estrada com pedágio, mas a viagem era bem complicada e dava uma trabalheira. E o carro que eu dirigia era aberto... não tinha teto. Parecia um trator, com pneus enormes. E a estrada estava em construção, ou uma ponte tinha desmoronado, e eu fiquei preso no trânsito como se fosse o fim do mundo, era perigoso... as pessoas tinham que se proteger com armas... um revólver, um taco de beisebol. Mas eu não tinha uma arma, e o carro que eu estava dirigindo não tinha teto. E eu chorava muito... feito uma criança grande, indefesa... não faço a menor ideia de onde eu estava, do que estava acontecendo, por que eu estava sendo castigado, o que eu podia fazer para ver o papai antes que fosse tarde demais...

Lorene dizia que andava tendo essencialmente o mesmo sonho horrível:

— O papai está em um hospital em outra cidade. Vocês todos foram embora sem mim, então eu tenho que pegar um ônibus. Um ônibus! Não pego ônibus há séculos. E quando eu desço do ônibus, não sei onde fica o hospital. E quando eu enfim chego ao hospital, ele é gigantesco, feito uma estação de trem enorme, do tamanho de um quarteirão inteiro. Não consigo achar a entrada e fico dando voltas no prédio, tentando achar uma porta, e tem gente vindo de algum lugar subterrâneo, uma estação de metrô, com o rosto inexpressivo, horrível, e eu fico pensando: "Um desses é para ser o papai? Ou... é para ser quem?". Ao mesmo tempo, era para eu estar na escola... tem uma reunião, eu preciso fazer um anúncio... o auditório está cheio e está todo mundo esperando, mas primeiro eu tenho que ver o papai (nessa outra cidade, mas eu não sei qual é o nome dessa cidade nem a que distância fica da escola) e tenho que garantir que o papai está bem, porque houve algum erro no tratamento dele e nenhum de vocês está lá... nem a mamãe. E eu estou me sentindo... simplesmente... péssima...

Beverly dizia que o sonho dela era parecido, mas era mais esquisito e assustador, porque nele ela estava de fato no hospital de Hammond, mas no quarto de Whitey havia um desconhecido que diziam ser John Earle McClaren, mas não era:

— O rosto dele estava borrado, mas dava para ver que não era o papai. Não era mesmo! Mas eu tinha que agir como se ele fosse o papai... a ideia era que eu não podia ofender aquela pessoa porque ela podia acabar sendo o papai de verdade... esse era o ponto principal. Ou, se era o papai, ele tinha mudado porque tinha *partido* e cabia a nós impedir que ele ficasse sabendo, porque seria devastador para ele, seria terrível. E a mamãe estava lá... (mas ela não parecia a mamãe)... nos implorando: "Não deixem ele descobrir! Não deixem ele descobrir!". (Então imagino que vocês também estivessem lá. Mas eu não via seus rostos claramente e vocês não davam um pio.) Eu tive que chegar mais perto da cama, de onde o homem esticava a mão e tentava falar comigo... do jeito que o papai tentou, a boca toda torta... e ele tocou em mim... no meu braço... e eu fiquei tão assustada que não consegui nem gritar... E então o Steve me sacudiu para eu acordar e estava irritado porque eu tinha acordado *ele*.

Sophia dizia que ela não sonhava. Seu sono era sossegado feito areia lisa. Mas volta e meia estava no fundo de um poço de areia e, quando tentava sair, as paredes de areia desmoronavam e cascateavam em cima dela e ela corria o risco de sufocamento:

— Esse sonho substitui um sonho com o papai. Não sei como, mas eu entendi isso. Uma voz como a de um alto-falante: "Porque o seu pai não está aqui, este é o sonho que substitui o sonho com o seu pai". Quando eu tento acordar é o sonho que cai em cima de mim feito areia. Mas não consigo acordar, então o sonho nunca acaba, apesar de não ser... realmente... um sonho...

Virgil dizia que sonhos pessoais não atraíam muito seu interesse. Um sonho meramente pessoal era de pouco significado ou valia para qualquer outra pessoa que não o sonhador aprisionado no atoleiro da alma pequena.

No entanto (Virgil confessou) desde outubro passado ele sonhava com Whitey, ou para ser mais exato com a possibilidade de Whitey:

— Tendo como cenário um prédio grande como o de um hospital, mas que não é o hospital de Hammond. E eu tenho que encontrar alguém nesse prédio, para me "reportar" a essa pessoa. Mas eu não consigo achar o andar certo. Não sei qual é o andar certo. Estou no elevador e me arrastando por uma passagem subterrânea na qual eu mal consigo respirar, com um ar repugnante. E tem umas pessoas, estranhos... em camisolas brancas de hospital, ou mortalhas... e o rosto de todos esses estranhos é vívido para mim, como se eu já tivesse visto e conhecesse todos eles... são pessoas importantes na minha vida... mas eu nunca vi essa gente, tenho certeza disso. E o papai deveria estar entre essas pessoas, em algum canto, mas nunca o vejo. Se vejo, não o reconheço. Estou sendo derrubado, de joelhos, tem gente agressiva ali. Mas aí eu acho um esconderijo embaixo da escada. E existe uma saída, se eu andar apoiado nas mãos e nos pés... uma saída para a luz do dia, para o ar fresco. E então eu penso: "Ele também não está me vendo. Não está me vigiando". E eu fico cada vez mais feliz, como ar soprado dentro de um balão. Hélio... gás hilariante! E quando eu acordo estou rindo e o meu rosto está coberto de lágrimas.

# Calor de maio

A fúria se acumulava dentro dele como mercúrio em um termômetro no calor crescente.
Mercúrio vermelho quente, em Thom era sangue vermelho quente.
Às vezes tinha vontade de matar. Assassinar com as próprias mãos.
No carro, percorrendo a via expressa. O CD em um volume bem alto. Ensurdecedor. O ritmo quente frenético pulsante do Metallica.
*Thom, por favor, diminua essa música, por favor, Thom, a gente precisa conversar.* Fingindo estar preocupada com ele. Com medo por ele e com medo dele.
Em breve, a esposa não precisaria mais fingir.

NO CALOR DE MAIO. Cedo demais. Aquilo o deixou nauseado.
Feito uma menina que você acha que é só uma criança, uma criança pequena, doze anos, menos de doze, só uma criança e você descobre que *a Holly menstruou pela primeira vez* e isso é espantoso, é repugnante.
Não a filha de Thom, mas uma das sobrinhas. Ouviu Brooke conversar com a irmã Maxine sobre a menina que tinha só onze anos e meu Deus! — ele ficara chocado, estarrecido. Na vez seguinte em que viu Holly não conseguia tirar os olhos dela, que lhe perguntara: o que foi, tio Thom? Ele não estava sorrindo.

LAMENTO. INFELIZMENTE, *vou ter que te dispensar.*
Mas era uma forma esquisita de falar. O que ele queria dizer era: *Lamento. Infelizmente, tenho que te dispensar.*
Melhor ainda: *Lamento. Tenho que te dispensar.*
Ainda melhor: *Estou te dispensando. Aviso prévio de três semanas. Lamento.*

— ∞ —

NÃO ERA VERDADE, NO ENTANTO. Não lamentava.

A cada dia desde que Whitey havia falecido e os restos mortais dele tinham sido consumidos pelas chamas a novecentos e oitenta graus celsius, virando um pó fino, arenoso, ficava mais difícil para Thom fingir que *lamentava*, que era *paciente, clemente, gentil.*

Sempre tinha sido admirado. Mesmo quando menino. Um daqueles garotos altos vigorosos com olhar franco em quem os adultos confiam em um piscar de olhos. Era o que chamavam de *robusto.*

Agora era *foda-se robusto. Foda-se Thom.*

Essas palavras feito golpes de eletricidade atravessando seu cérebro, não conseguia se livrar delas.

*Foda-se tudo, eles mataram nosso pai.*

Ouvia comentaristas presunçosos discutindo política na TV. Preço da gasolina, um time esportivo, o clima.

O clima! Puta que pariu.

Os mortos amariam reclamar da chuva, da neve. Os mortos amariam reclamar do que fosse.

Ouvia os filhos brigando, choramingando. A esposa Brooke. A irmã Beverly deixando recado com a voz sussurrada de menina: *Thom! Por favor, ligue para a mamãe hoje à noite. Não que ela vá admitir, mas ela anda muito deprimida! E aquele gato selvagem horrível que ela adotou — alguém tem que sumir com ele...*

— Vá se foder, Bev. Você que suma com o gato da mamãe sozinha.

Aos risos. Em fúria, ele apaga o recado.

E Lorene também o irritava. Enviava e-mails cifrados perguntando do processo contra a Polícia de Hammond: "Como está indo, ou não está indo? Quanto vai custar para a gente?".

Pensar no processo fazia o sangue de Thom ferver. Tinha que lembrar a si mesmo de que não tinha visto Whitey sendo espancado por dois policiais tão jovens que poderiam ser filhos dele, não tinha visto os policiais dispararem descargas elétricas no corpo caído do pai — esse era o testemunho do jovem médico indiano. Mas a imagem atacava Thom como se tivesse sido testemunha. Ela o assombrava, dava vontade de matar.

— Com as minhas próprias mãos. — (Mas por que alguém que premeditasse um assassinato usaria *as mãos*?)

No início de maio o processo estava parado. Thom estava insone, pensando na alegação do advogado da instituição, de que John Earle McClaren, de sessenta e sete anos, tinha um histórico médico de pressão alta e era uma "bomba-relógio ambulante" no momento do (suposto) ataque da polícia em outubro.

Como provar que os policiais tinham sido os responsáveis pela morte de Whitey no hospital? Pela queda dele? No processo civil, a probabilidade de convencer um júri ou um juiz de que os policiais eram os responsáveis era alta; em um processo penal, que exigia um veredicto unânime do júri, não tão alta. Afora o depoimento de Azim Murthy, tinham pouco o que apresentar como prova ao promotor.

Ninguém mais tinha perguntado sobre o processo. Muito menos Jessalyn — é claro. Beverly evitava o assunto como quem evitaria discutir uma doença terminal. Sophia e Virgil não teriam perguntado nem se soubessem melhor quais eram os planos de Thom.

*Não veja o mal, não ouça o mal, não fale o mal.* Não era essa a lógica mística do macaco em que Virgil acreditava? A passividade da religião oriental em que nada importa a não ser a superação do desejo humano de que nada importe.

Thom não conseguia pensar no irmão sem sentir uma pontada de repulsa e reprovação. Que raiva lhe dava que o pai tivesse deixado para Virgil a mesma quantia deixada para Thom, o pai dos netos e o braço direito de Whitey na empresa. *Como se desse igual valor aos dois filhos.*

Desde que Whitey falecera, os filhos haviam guardado distância um do outro. Thom achava que não via Virgil desde a leitura do testamento na firma de advocacia. Na verdade, não tinha visto Virgil lá.

Lorene o atualizava:

— O Virgil comprou uma picape chique. Ele provavelmente vai acabar comprando o sítio para os amigos de comuna.

— Foda-se o Virgil. Por que eu iria querer saber o que ele faz com a grana dele?

— Porque é a grana do papai. Ou era.

Thom ficava admirado porque a irmã conseguia tirar um tempo de sua rotina agitada na escola para alfinetá-lo falando do irmão mais novo e do processo contra a Polícia de Hammond. Era isso o que Lorene fazia para dar um tempo do trabalho? Seu divertimento? Será que não tinha amigos, nem mesmo companhias de crueldade na internet? Beverly tinha contado a Thom que Lorene tinha arranca-rabos com certos docentes que a temiam e se ressentiam dela e estavam só esperando um passo em falso para se rebelarem e causarem sua derrocada.

Porém Lorene havia confidenciado a Thom, em um momento de imprudência, que tinha saudade de Whitey:

— Tipo, o tempo todo. Sinto saudade do papai só *existindo*. Ele ficou tão orgulhoso de mim quando fui promovida, e eu tento pensar nisso agora que ele partiu. — Ela havia se calado, ponderando. — Quer dizer, no começo parecia que o papai estava só viajando, mas que ele voltaria e a gente tinha que seguir com as coisas do jeito que elas estavam. Mas agora a ficha está caindo, ele não vai voltar. Então a gente fica... como?

— SR. MCCLAREN...

— Thom. Por favor, me chame de Thom. "Sr. McClaren" só existiu um.

— T-Thom. — O nome soava estranho na voz da mulher, como um eco em um ambiente apertado.

Parte dos funcionários da McClaren Inc. conhecia Thom de quando ele era menino. Os funcionários mais novos o conheciam como o filho adulto, mais velho, de Whitey, que tinha assumido a Searchlight Books e se mudado para Rochester. Agora, Thom havia voltado para Hammond e estava levando a equipe (pequena, toda feminina) da Searchlight para a cidade, como o novo presidente da McClaren Inc.

Whitey torcia muito, ele dizia, para sobreviver a alguns de seus funcionários, assim poderia contratar substitutos melhores. Visto que não tinha coragem de "fazer cortes".

O novo presidente não teria esse problema. Uma semana depois de se instalar no antigo escritório do pai, Thom preparava a lista de demissões.

Examinava os livros contábeis. Whitey nunca os mostrara ao filho.

Último trimestre. Entradas, despesas. Custos operacionais durante a maior alta de todos os tempos, custos projetados que se esperava que fossem ainda mais altos. Seguro, manutenção predial, benefícios empregatícios.

Fitava o computador Dell antigo de Whitey, que deveria ter sido substituído anos antes. Lento como (é de se imaginar) um daqueles dinossauros com rabo enorme e cabeça pequena — *brontossauros*. (Em seu quarto, quando era pequeno, Thom tinha bonecos de dinossauros pendurados no teto com cordas. Por que amava tanto dinossauros? Mesmo adulto, ficara arrasado ao descobrir que a autenticidade do *brontossauro* tinha sido questionada por paleontólogos e ficara só um pouquinho comovido ao saber que os céticos tinham se enganado, talvez.) Girando na cadeira velha e rangente de Whitey — o assento amaciado para alojar as nádegas dele — para olhar da janela em direção ao rio Chautauqua, que é encoberto pelos terraços e as cisternas enferrujadas e o emaranhado de linhas telefônicas. Era o *cenário do centro da cidade* como uma pintura de Edward Hopper a que o pai de Thom era tão apegado que jamais queria ir embora.

Quando Whitey McClaren não era nem nascido, a McClaren Printing Inc. ocupava um conjunto de salas no décimo primeiro andar, o último de um nobre edifício de tijolinhos conhecido pelos locais como Brisbane. Construído em 1926, fazia muito tempo que o Brisbane era o prédio comercial mais prestigioso de Hammond, bem como o mais alto. Agora, muitos edifícios do centro eram mais altos, inclusive o novo Marriott, de mais de vinte andares, espalhafatoso e de aparência grosseira, que obstruía parte da vista que se tinha da McClaren Inc.

Ao assumir o comando da Searchlight Books, Thom insistira em transferir a empresa subsidiária para Rochester; a McClaren Inc. tinha ficado grande demais para suas salas singulares ao estilo Edward Hopper e ele não tinha interesse em manter um escritório em um andar inferior do mesmo prédio, tão próximo de Whitey, que iria querer almoçar com Thom cinco dias por semana e insistiria em levá-lo a reuniões da câmara do comércio, a jantares com clientes, a recepções no Marriott. Já se sentia pressionado o suficiente recebendo um telefonema de Whitey uma, às vezes duas vezes por dia, e ouvindo aquele ar de impaciência maldisfarçada, de exasperação na voz do pai.

Pior era o costume que Whitey tinha de elogiar Thom do mesmo jeito que elogiava todo mundo, com profusão, promiscuidade, paternalismo:

— Ótimo trabalho! Obrigado.

Era assim que Whitey manipulava os outros, Thom sabia. A pessoa percebia logo quando era um dos filhos de Whitey.

Entretanto, causavam mesmo uma espécie de emoção, aquelas palavras celebratórias:

— Ótimo trabalho! Ótimo trabalho *mesmo*! Obrigado.

Whitey se impressionara com o trabalho de Thom na Searchlight Books. Tinha dado um bocado de responsabilidade a Thom bem rápido como que para ver (mas sem dúvida isso era fruto da imaginação dele) se desmoronaria sob pressão. Tinha que ficar satisfeito, Whitey sentia mais orgulho de Thom, esperava o máximo do filho.

Whitey tinha um olhar afiado para falhas, erros de ortografia, infelicidades de design. Com cuidado, revisava cada página, cada parágrafo de prosa a ser impresso pela McClaren Inc., de folhetos de algumas páginas a manuais de centenas:

— A responsabilidade é do presidente. — Gostava de se gabar.

Sempre lia os livros que Thom publicava, ou passava os olhos, até os romances emocionantes para jovens adultos em que meninas cristãs ficavam divididas entre garotos que acreditavam em Cristo e garotos que (ainda) não acreditavam. Nas estantes de sua sala, colocava os livros da Searchlight em ordem cronológica de lançamento, e Thom achava comovente perceber que eram exibidos com certo orgulho.

Alguns dos livros escolares tinham marcadores de páginas. Quando Thom os abria, descobria poemas de que Whitey devia gostar — trechos de *O povo, sim*, de Carl Sandburg, "Parado no bosque em uma noite de neve" e "A morte do empregado", de Robert Frost. Em uma antologia feita para o Ensino Médio, ele havia destacado um trecho de Henry David Thoreau:

> Muitos homens saem para pescar a vida inteira
> Sabendo que não estão atrás dos peixes.

(Do que, então? Estavam atrás do quê? Thom detestava enigmas.)
(Não que Whitey soubesse muita coisa sobre pescaria. Pelas histórias que contava, tinha sido levado pelos parentes quando era menino para pescar perca-negra no lago Chippewa, mas nunca tinha pegado nem um peixinho sequer, e nisso se incluía a pesca no gelo.)

O pai não queria que Thom se mudasse com a família e transferisse a Searchlight Books para Rochester, mas acabara cedendo. Whitey era um empresário astuto, além de ser o proprietário e um pai um tanto possessivo, e tinha entendido que a Searchlight Books poderia se tornar muito rentável caso se desenvolvesse da forma certa.

Ele havia ficado francamente surpreso com o sucesso da subsidiária de Thom. A cada trimestre, o lucro aumentava. Os romances para jovens adultos eram escritos de acordo com uma fórmula por mulheres sérias de meia-idade, ávidas por assinar contratos para vários livros em troca de adiantamentos e direitos autorais modestos; os livros escolares eram organizados por acadêmicos de universidades pequenas e faculdades comunitárias, também loucos para serem publicados.

Whitey não queria admitir que o Brisbane já não era mais um endereço prestigioso e que o prédio estava castigado, decadente. Que relevância tinha se o saguão era ladrilhado com octógonos pretos e brancos (agora encardidos) e as portas maciças de carvalho de cada conjunto de salas eram cobertas por um vidro fosco? Que relevância tinha se o (único) elevador se movimentava com uma lentidão elefantina? Se havia (Thom se lembrava de tremer com o barulho quando criança) um *eco* quando alguém gritava na escada? Whitey considerava o Brisbane um vilarejo vertical povoado por médicos, dentistas, empresários como ele: sempre tivera pavor de ficar sozinho.

Ele não quisera admitir que Hammond aos poucos se esvaziava, assim como muitas cidades americanas rodeadas por subúrbios de brancos. Não cogitava se mudar, odiava a aparência dos prédios comerciais de estilo corporativo, suavemente afluentes, dos subúrbios de Hammond, que não tinham alma.

*Alma*. Uma palavra curiosa, pois Whitey se orgulhava de não ser religioso de um jeito convencional.

A piada que fizera sobre Houdini. Que prometera voltar dos mortos para confirmar a existência de vida após a morte, mas — é claro — Houdini nunca voltara.

A piada, se era isso que era, havia inquietado os filhos de Whitey. Como isso seria engraçado, o papai dizendo as palavras horríveis *quando eu morrer*? Sophia, que na época tinha cinco anos, parecera estar prestes a chorar.

Nenhum deles sabia direito quem era Houdini. Lorene achava que era um marinheiro famoso. Thom sabia que era um mágico, mas não fazia ideia de que era tão famoso e de quão engenhosas eram suas apresentações.

Ao virar pai, Thom resolvera jamais fazer comentários enigmáticos, muito menos piadas sem graça, sobre morte, morrer, nada que incomodasse um filho. *Jamais faria isso.*

— SR. MCCLAREN...
— Por favor, me chame de Thom. "Sr. McClaren" só existiu um.
— T-Thom.

Voz sussurrada. Cabelo raiado e seco como palha. Fitava de olhos arregalados o novo presidente na velha cadeira giratória de Whitey McClaren, como se hipnotizada.

*Você sabe, "Tanya". Sabe o que é. Não dá para você facilitar para nós dois?*

Naqueles meses, Thom havia se tornado irascível, tenso. Não tinha desmoronado para chorar pelo pai (ou, se tinha, não se recordava; e ninguém havia visto), mas chegara perto de chorar por outras razões, frustração, desalento, desespero. Fúria. Tinha a sensação de ter sido trancafiado em uma caixa (exatamente do tamanho da antiga sala de Whitey) de onde o oxigênio se esvaía aos poucos.

Via nos olhos da fiel equipe de Whitey o desassossego com Thom, em quem não confiavam, que mal conheciam. Ainda não os tinha elogiado como o pai elogiava, daquele jeito majestoso, negligente — *Ótimo trabalho! Obrigado.*

Catorze funcionários de tempo integral, a maioria de longa data. Só alguns eram relativamente novos, jovens, com educação digital, habilidosos com computadores e vendas online, da idade de Thom ou mais novos.

Esses jovens funcionários Thom pretendia promover, dando-lhes aumentos substanciais. Eram o futuro da McClaren Inc.

Os mais velhos, que tinham trabalhado para Whitey McClaren quase a vida inteira, Thom esperava não demitir, pelo menos no primeiro ano; mas planejava mudar suas responsabilidades, dar-lhes tarefas que fossem capazes de cumprir. Monitoraria atentamente o trabalho deles. Congelaria seus salários.

(Hora de se aposentar? O funcionário mais velho tinha setenta e um anos.)

(A McClaren Inc. tinha um plano de aposentadoria com benefícios excelentes, de que Whitey se orgulhava muito.)

Uma das funcionárias mais novas que não impressionava muito Thom era uma moça chamada Tanya Gaylin, formada pela faculdade comunitária local em Comunicação e Design Gráfico. Tanya usava roupas que atraíam o olhar (masculino), saias bem curtinhas e blusas decotadas; lançava olhares velados para Thom que (de modo geral) ele fingia não perceber. O cubículo dela na sala aberta, apertado feito um closet, era enfeitado com flores berrantes e fotos instantâneas. Irritado com seu trabalho, que vira e mexe era desleixado e relaxado como se feito às pressas, Thom não criticava Gaylin na frente dos outros, mas sim a convidava para ir à sua sala para terem uma conversa a sós.

Toda vez ela parecia surpresa, como se ninguém nunca tivesse visto defeito em seu trabalho; sempre ficava calada e mal-humorada. Nos olhos, via-se incredulidade e ressentimento, já que era obrigada a entender que Thom McClaren não ficava tão encantado com ela quanto o pai dele havia ficado.

Seguindo as sugestões de Thom, ela havia revisado seu trabalho, até certo ponto.

Mas, no fim, colegas mais experientes teriam que terminá-lo.

Hoje, Thom convidou Tanya Gaylin para ir à sua sala conversar com ele, no final da tarde, quando a maioria dos funcionários já tinha ido embora para casa. Seria o último dia dela na McClaren Inc., ele estava decidido.

— Senhorita Gaylin. "Tanya." Infelizmente... espero que isso não seja uma surpresa... vou ter que te dispensar.

Não era isso que tinha ensaiado. Pomposo, desajeitado. Ele se sentiu um dentista extraindo um dente com alicate.

Tanya, de olhos arregalados, pareceu não entender. *Ter que te dispensar* — o que essas palavras queriam dizer?

Ela abriu um sorriso largo com os lábios carmesim bem-definidos. Não era tão jovem quanto parecia ser com suas minissaias e sapatos de salto alto: tinha trinta e poucos anos. O suéter de algodão decotado caiu para a frente e expôs a parte de cima dos seios estufados, dos quais Thom desviou os olhos, franzindo a testa.

Ele havia descoberto, para sua surpresa, que, apesar de Tanya Gaylin ser uma funcionária relativamente nova da McClaren Inc., seu salário era desproporcionalmente alto. Como assistente da designer gráfica, ganhava quase a mesma coisa que a designer. Seus olhos com rímel fitavam Thom, e sua respiração se intensificou.

— Eu... eu... eu não estou entendendo. O sr. McClaren... o Whitey... seu pai... dizia gostar do meu trabalho. Foi ele mesmo quem me contratou, e ele sempre elogiou o meu trabalho. Existia, tipo — Tanya fez uma pausa antes de mergulhar de cabeça —, um acordo entre nós.

— Existia? Que tipo de acordo? — Thom tomou o cuidado de ser educado ao falar.

— Um... um... acordo. Entre o Whitey e eu.

*Whitey. Você não se atreva a chamar meu pai de "Whitey".*

Tanya lambeu os lábios. Com muita ponderação, declarou que, às vezes, Whitey pedia que ela ficasse no escritório após o expediente:

— Para revisar o design de um folheto, quando havia, sabe como é... um prazo. — Havia um toque sugestivo na expressão *ficar no escritório após o expediente*, que Thom não se deu ao trabalho de analisar. — E... o Whitey dizia: "Eu gosto do seu jeito de fazer as coisas, Tanya".

— Ele gostava! Bom.

— Pouco antes de o seu pai ficar doente, a gente recebeu a encomenda urgente de um folheto da Squibb... estávamos trabalhando nele juntos... e... quando ficou muito tarde — disse Tanya, piscando os olhos e ousando pular de cabeça —, o Whitey falou para irmos jantar juntos, e então... no Lorenzo's...

A voz de Tanya sumiu, inconclusiva. Seus olhos estavam apavorados e desafiadores, fixos no rosto de Thom.

— Esse é só um exemplo! O Whitey me levou para jantar mais de uma vez... ele às vezes me dava carona até em casa. Ele sempre gostou do meu trabalho, desde o começo... dos meus designs e do meu texto. Ele mandava um dos editores revisar os meus textos para consertar os errinhos, mas de modo geral nunca era crítico... Ele dizia: "Ótimo trabalho, Tanya! Eu gosto do seu estilo". Ele era *um cavalheiro*.

Thom deixou que ela falasse. Quanto mais silêncio o homem faz, mais a mulher fala, insensata, impulsiva. Os olhos carregados de maquiagem de Tanya estavam marejados. Não eram lágrimas de mágoa ou susto, mas (Thom imaginava) de ressentimento, de antipatia.

Ele enfim teve que se pronunciar:

— Infelizmente, Tanya, eu não compartilho do apreço que o meu pai tinha pelo seu "estilo". Acho que o seu trabalho está aquém dos padrões da McClaren Inc. e que você já teve bastante tempo para se adaptar a eles. E, portanto, como eu falei... tenho que te dispensar.

Tanya ainda olhava para Thom com uma expressão de mágoa atônita.

— Você tem três semanas de aviso prévio. Mas não se sinta obrigada a vir ao escritório nesse período.

Thom não estava sentindo prazer com isso. Não estava!

*Vá embora agora, pelo amor de Deus. Por favor.*

Tanya protestou, como ele já sabia que seria o caso:

— Mas... o Whitey era um amigo. Ele não era só o meu chefe, era um amigo. Ele se importava comigo. Nós tínhamos um acordo. Ele perguntava da minha vida... do meu divórcio. Ele era muito, muito gentil e solidário. Foi um grande choque... quando eu soube dele no hospital. Eu fui visitar. Levei flores... ele me trazia flores aqui, às vezes... no Dia dos Namorados, por exemplo... meio que de brincadeira... mas eram flores lindas. É verdade! Ele era um amigo maravilhoso e eu morro de saudade dele! Fiquei de coração partido quando eu soube... soube do que aconteceu. O seu pai nunca, jamais me demitiria como você está fazendo... ele ficaria muito bravo com isso, se ele soubesse... como você está me tratando... você não está me dando uma chance... "Thom"... seu pai ficaria muito chateado com isso, ele era um cavalheiro e era gentil como todo mundo, com os sentimentos alheios, ele não iria gostar *nem um pouco* do seu comportamento.

Thom resistiu ao ímpeto de fechar os olhos. Se a mulher tornasse a pronunciar as palavras repreensivas *seu pai*, ele não sabia o que era capaz de fazer.

— Eu... eu conheci a sua mãe uma vez. Ela não sabia quem eu era... é claro, não fazia ideia de quem eu era. "Jessalyn" ficaria surpresa se me visse agora, acho eu... se eu fizesse uma visita a ela...

Tanya estava sendo audaciosa, imprudente. Um rubor afrontoso tinha tomado seu rosto, e agora já não estava mais tão bonita.

— Isso é uma ameaça, senhorita Gaylin? É assim que devo interpretar o que você está dizendo?

Thom falava com calma. Estava decidido, não perderia a cabeça assim como vinha acontecendo ultimamente, com a família, com estranhos.

— É... é... o que você quiser pensar que é! O Whitey ficaria muito, muito chateado... se soubesse como você está me tratando...

— É uma ameaça? Você está insinuando que pretende se intrometer na privacidade da minha mãe?

— N-não. Não foi isso que eu disse.

— Mas foi o que você insinuou. Não foi?

— Eu... eu não fiz isso. Não.

— Você não está tentando me chantagear, está? "Se eu visitasse a sua mãe..."

— Não...

— Ah, que bom. Que bom. Porque se um dia você tentar ver a minha mãe, ou se comunicar com ela, se um dia você falar do meu pai com a minha mãe... você vai se arrepender, Tanya. Deu para entender?

Os lábios de Tanya tremiam. No entanto, como uma criança imprudente, ela insistiu:

— Por que *ela* é tão especial? "Jessalyn." Me ignorando como se eu não *existisse*.

Ao ver a cara dele, Tanya recuou. Era uma cara diante da qual os filhos adolescentes provocadores recuavam depressa.

— Bom, sinto muito. Eu acho! É que eu sinto muita saudade do seu pai. Teve algumas... você pode chamar de "promessas"... que o Whitey me fez... as coisas não são iguais sem ele. Todo mundo diz isso.

— Então você não vai ligar muito de ir embora.

Tanya parecia estar prestes a cair no choro. Nenhuma de suas estratégias tinha funcionado contra Thom McClaren.

Seria possível, Thom se perguntava, que a mulher gostasse de Whitey de verdade? Que o *amasse*?

Ele havia endurecido o coração contra ela. Jamais a perdoaria pelas coisas que tinha falado, sobretudo sobre sua mãe.

— Boa noite. Tchau.

Ele estava de pé. A conversa estava encerrada. Ele tremia muito de vontade de segurar a mulher e sacudi-la até seus dentes baterem e as lágrimas escorrerem pelas bochechas empoadas com um brilho damasco.

Eram quase seis da tarde. O escritório estava deserto. Todo mundo já tinha ido embora. Só Tanya Gaylin ainda estava ali, além de Thom McClaren. Se Tanya se demorou em seu cubículo, enxugando os olhos, arfante e sussurrante, aos soluços, Thom manteve distância e não a ouviu, e quando por fim saiu da sala, meia hora depois, para trancar o escritório, Tanya Gaylin já tinha ido embora e as bobajadas alegres com que decorava o espaço de trabalho haviam sumido.

Ele já tinha contratado um bacharel de vinte e três anos formado em Comunicação pela Faculdade Newhouse da Universidade de Syracuse para assumir a vaga de Tanya Gaylin. Pagaria a Donnie Huang quase o mesmo que Whitey pagava a ela, mas esperaria mais de Donnie Huang do que tinha esperado de Tanya de mechas loiras e minissaia.

**UM ACORDO ENTRE NÓS.** *Whitey e eu.*

*Conheci sua mãe. Por que ela é tão especial...*

*"Eu gosto do seu estilo."*

Misturadas ao ar-condicionado do carro, bem forte. Palavras insinuantes, insidiosas, que ele sabia que era melhor se esforçar para esquecer.

— **POR FAVOR, THOM. NÃO.**

— Pai, *não*.

A esposa não queria se mudar de Rochester para Hammond. Os filhos não queriam se mudar de Rochester para Hammond. Os filhos nunca tinham morado em Hammond e sabiam que não queriam morar lá, onde viviam os avós e primos e aonde iam algumas vezes por ano para as reuniões de família. O rio que atravessava Hammond — o Chautauqua — não era feito o rio ligeiro, turbulento, que atravessava Rochester — o Genesee. Os prédios do centro de Hammond não eram feito os prédios do centro de Rochester. Os filhos estavam no Ensino Médio, no Fundamental. A vida deles era os amigos — como viver sem os *amigos*? O susto não seria tão grande se o pai lhes apresentasse a decisão estranha e inexplicável de se mudarem para Marte.

Em tom ameno, o pai disse que respeitava os desejos deles, mas agora era o presidente da McClaren Inc, e a sede da empresa ficava em Hammond. E a sede não sairia de Hammond. Então o pai se mudaria para a cidade, e eles poderiam escolher entre ir junto ou permanecer onde estavam.

Corajosa, Brooke insinuou, talvez sim. Talvez continuassem em Rochester, pelo menos por enquanto.

(Brooke estava falando sério? Pela boca trêmula, pelos olhos evasivos, pelo jeito como a voz se esganiçou como o berro suave, espantado de um animal cuja pata foi pisada, não exatamente sem querer... Thom imaginava que não.)

Disse a ela, com sua voz mais agradável de papai, que sem dúvida essa era uma possibilidade para ela e os filhos. Pelo menos por enquanto.

— Vocês podem ficar em Rochester, mas vai ter que ser em outro lugar, menor. Não consigo bancar duas casas. Tem um imóvel em Hammond que acabou de entrar no mercado, na Stuyvesant Road, perto da casa dos meus pais, que eu gostaria de levar em consideração. Você pode achar um apartamento, se quiser continuar aqui. As crianças não vão precisar mudar de escola. Eu posso ver vocês no fim de semana. A gente dá um jeito. O que chamam por aí de "visitas".

O marido de Brooke falava em uma voz tão afável que seria improvável alguém perceber a fúria em seu coração.

E ENTÃO, O MAIOR DOS CHOQUES.

Um telefonema de Bud Hawley informando a Thom que a testemunha Azim Murthy não estava retornando suas ligações ou e-mails. O júri estava no tribunal e o promotor tinha planejado apresentar o caso dos McClaren na semana seguinte.

Thom ficou atônito, incrédulo. Como era possível? *Murthy* o tinha procurado para se oferecer para depor contra os policiais. E Hawley havia gravado o depoimento.

Hawley explicara ao jovem médico indiano — a única "testemunha" que tinham — que ele não estava sob juramento. Não tinham como forçá-lo a colaborar. Quando a testemunha hesita, via de regra alguém mexeu com sua cabeça, para intimidá-la. Nesse caso seria a Polícia de Hammond.

— A gente pode insistir para conseguir uma intimação. Mas o Murthy pode alegar que não se lembra... ele foi ferido pelos policiais, a memória foi afetada. Se foi ameaçado pelos policiais, não temos como provar.

— Mas... a gente não pode usar o depoimento dele? Ele procurou a gente porque soube do Whitey. Ele se ofereceu...

— A gente não pode usar o depoimento de uma testemunha se ela voltar atrás no que disse. Não.

— Mas por que não? Só existe uma razão para uma testemunha voltar atrás: ela estar sofrendo ameaças. O promotor sabe disso, ele ouviu o depoimento. O que os promotores fazem nesses casos?

— Oferecem proteção policial. Mas, nesse caso, é da polícia que a nossa testemunha precisa ser protegida.

Era nauseante para Thom a ironia desse impasse. Pois havia complacência na ironia, resignação diante do intolerável. O coração de Thom acelerou de repulsa.

Gleeson, Schultz. Thom sabia muito bem quais eram seus nomes.

Assassinos, racistas. Ainda estavam na folha de pagamento da Polícia de Hammond, embora no momento não tivessem porte de armas.

Nunca tinham sido detidos. Nunca tinham sido obrigados a responder publicamente por seus atos. Uma investigação interna estava "em andamento". Por meio do advogado da corporação, tinham divulgado suas declarações insípidas, mentirosas: seus atos contra John Earle McClaren e Azim Murthy não tinham sido excessivos, mas justificáveis naquelas circunstâncias, pois temiam pelas próprias vidas em um encontro com homens "violentos" que, não sem motivos, acreditavam estar armados.

Nada abalaria essa linha de defesa. Além do depoimento de Azim Murthy, não havia outro. Os restos de Whitey terem sido cremados sem autópsia enfraquecia o caso, que teria de ser baseado nos prontuários médicos e nas fotos que Thom tirara do pai com o celular, abertas a interpretações divergentes. Thom lembrou que havia suplicado à mãe que deixasse o corpo do pai passar por uma autópsia, mas Jessalyn ficara emotiva e se recusara. Ficara estarrecido com ela, e ainda estava. A mãe querida, ao agir com um sentimentalismo ingênuo e impensado, havia minado o caso deles, que era o caso de Whitey — por que ela não tentara entender, pelo menos? Mas Thom achava que a culpa era dele mesmo, que não quisera brigar com ela. Não quisera deixá-la ainda mais transtornada do que já estava.

Hawley o avisara na época que ele estava cometendo um erro. E Thom sabia. No entanto, tinha evitado o confronto com Jessalyn. Não criticaria a mãe agora, permitindo que ela ficasse sabendo que o caso tinha sido sabotado por seus escrúpulos de esposa. Se discutisse o assunto com ela, coisa que raramente acontecia, contaria da deserção de Azim Murthy. E era verdade, era decepcionante.

Um processo era como um atoleiro, ou melhor, *era* um atoleiro: a pessoa entrava nele por escolha própria, mas, depois de entrar, perdia a capacidade de escolha, era arrastada e tragada e ficava empacada.

Ele sabia disso, Thom não era bobo. Tinha lidado com advogados durante a vida profissional inteira. E Whitey tinha lidado com advogados durante a vida profissional inteira. Era impossível administrar um negócio sem a proteção de uma equipe de advogados, e não dava para ter uma equipe de advogados sem lhes pagar honorários exorbitantes.

No entanto, Thom não conseguia não pensar que o caso seria apresentado ao júri, e que o júri, formado por cidadãos de Hammond, pessoas feito Whitey, seria solidário: votaria pela acusação dos assassinos e haveria julgamento.

Para além disso, Thom não conseguia pensar. Parte de sua cabeça se regozijava porque Gleeson e Schultz seriam considerados culpados de homicídio culposo e mandados para a cadeia; outra parte, mais sóbria, calada, duvidava que isso um dia fosse acontecer.

O objetivo do processo penal era obter uma espécie de justiça póstuma para o pai, além de expor e punir a violência e o racismo da Polícia de Hammond. Se houvesse um processo civil, seu objetivo não seria ganhar uma indenização polpuda, mas deixar a Polícia de Hammond de joelhos.

— Não quero dinheiro, quero justiça pelo Whitey.

Quantas vezes nos últimos meses Thom havia pronunciado essas palavras.

Tinha virado uma obsessão dele, o processo. Mesmo na McClaren Inc., em meio a uma agenda atribulada, Thom encontrava tempo para ligar para Bud Hawley e perguntar como iam as coisas.

— Muito bem, Thom. Como diria o Whitey: "As coisas poderiam estar bem melhores, assim como poderiam estar bem piores".

A mais diplomática das respostas, cujo intuito era aplacar preocupações sem exatamente dar a resposta.

Aquilo se tornou uma questão urgente, Thom precisava falar com Azim Murthy. Não acreditava que Murthy fosse capaz de traí-lo — de trair Whitey. Quando era tão grato, tão firme, em sua crença de que Whitey havia salvado sua vida.

Mas Hawley tentou dissuadir Thom de entrar em contato com Murthy. A relação dos dois deveria continuar mediada por ele, Hawley declarou. Seria um erro medonho tentar contato direto com Murthy e entrar em uma discussão com ele.

— Se ele não quer falar com você, não force a barra. Não vá atrás dele.

É claro, Thom entendia.

— Ele está assustado. Está com medo de estar com a vida em risco. Ele precisou de muita coragem para falar com você, mas estava com raiva naquele momento, afobado, e agora já se passaram meses e ele tem que conviver com o que fez, o que não é fácil. Então você trate de não, sabe, *persegui-lo*.

*Vá se foder. Cuide da sua própria vida, é para isso que você é pago.*

A fúria se acumulando em Thom feito chumbo derretido. Vermelho-sangue, pulsante.

Depois de meses de planejamento, Thom via a vitória prestes a ser arrebatada de suas mãos. Queria muito um julgamento, um fórum público em que o pai ressuscitasse, na mente e na memória daqueles que tinham conhecido Whitey McClaren e até dos que não tinham conhecido. Tinha tanta certeza de que isso aconteceria, precisava acontecer: os policiais eram culpados e Whitey tinha sido um homem muito bom, digno, corajoso. E o dr. Murthy, um jovem médico que por engano tinha sido identificado como traficante de drogas, também fora vítima da violência e do racismo policial.

Quanto mais pensava nisso, mais provável parecia a Thom que isso acontecesse, conforme havia planejado. Ou Hawley estava enganado ou tinha entendido mal: Murthy estava *do lado deles*.

A veemência com que o jovem médico indiano havia falado no primeiro encontro deles. Sua gratidão pela interferência de Whitey. Sua raiva dos policiais de Hammond... Como era possível que não fossem sinceras? Thom sentira por Azim uma ânsia quase física de abraçá-lo como um irmão.

Mas quando Thom ligava para os números que tinha de Azim Murthy, ninguém atendia. E quando Thom deixava recado, ninguém retornava. Os e-mails que disparava eram mísseis que caíam em um éter de esquecimento, nunca respondidos.

Por fim, Thom seguiu o rastro do dr. Murthy até o Hospital St. Vincent.

Ao ver Thom no corredor, foi nítido como o jovem médico se encolheu. Soube no mesmo instante o que Thom queria e abanou as mãos em um aceno de impotência, gaguejando com nervosismo que não podia conversar agora, não podia falar com Thom agora, estava muito ocupado:

— Por favor, me dê licença, eu não posso. Desculpe-me.

No rosto havia uma expressão de culpa e tristeza. Mas também de determinação. Então Thom se retirou, concluindo que não tinha alternativa: se desse um escândalo, os seguranças do hospital seriam chamados.

Mas, por meio de uma série de telefonemas discretos, Thom descobriu qual era a escala de Azim Murthy no hospital, e na noite seguinte se postou nos fundos do prédio, por onde ele provavelmente passaria a caminho do estacionamento reservado aos funcionários.

Seria "perseguição"? — Thom achava que não.

Perseguidores eram irracionais, desequilibrados mentais. Em sua maioria, perseguidores eram amantes contrariados.

Ao ver Thom, Murthy teria voltado às pressas para dentro do hospital, mas Thom tinha tomado o cuidado de enganá-lo para que os dois já estivessem fora das portas giratórias, nos fundos do prédio. Teria sido bem esquisito Murthy tentar passar direto por Thom, e ele não tentou.

Como Azim poderia retirar o que tinha prometido a Thom? — Como poderia trair Whitey? Foram perguntas que Thom fez com toda a sinceridade. Não o acusou de falsidade; falou como se estivesse apenas confuso, querendo uma explicação.

Em tom evasivo, Murthy disse que tudo se complicara. Precisara entender que já não tinha certeza do que se lembrava e do que havia imaginado, inventado ou sonhado. Não podia jurar ter visto Gleeson e Schultz batendo e dando choques no pai de Thom — não tinha como jurar com cem por cento de certeza que os policiais que vira na beira da estrada eram os mesmos policiais que estariam no tribunal como réus.

— Eu estava no chão, entende? O meu olho tinha sido espancado, a minha cabeça também. Os meus ouvidos foram espancados, um dos meus tímpanos tinha estourado e eu não estava ouvindo bem. Não vi a cara dos policiais direito. Eu não seria capaz de identificar os dois no meio da multidão. Se o caso for a julgamento e eu for questionado pelo advogado deles, ele pode me obrigar a fazer um teste de visão, e eu me sairia mal porque tenho olho nervoso... quando estou agitado, meus olhos lacrimejam tanto que não enxergo direito e não consigo ler. Tudo se voltaria contra mim... eu poderia ser acusado de perjúrio! Eu olhei na legislação, podem acontecer coisas horríveis. Então, veja só, Thom, eu peço mil perdões... *não posso depor, no final das contas.*

Murthy falava rápido, de forma caótica. Sorria para Thom como quem sorri para um cão que rosna na esperança vã de apaziguá-lo, ainda que o sorriso lúgubre enfureça o cão ainda mais.

— Azim, espere. Vamos conversar, por favor...

— A gente já conversou! A gente conversou, mas foi sobre um assunto confuso. Eu não estava tão ciente da situação, da minha lembrança prejudicada, quanto estou agora. Eu tenho certeza do que estou dizendo.

— Alguém te ameaçou? Foi isso?

Thom se avultava sobre o jovem esguio, intimidando-o sem saber que era isso o que fazia. Os olhos pretos de Murthy se arregalaram, brilhantes, brancos ao redor da íris. Murthy estava desesperado para fugir de Thom, para correr em direção a seu veículo no estacionamento, acelerar os passos enquanto Thom o seguia de perto, tentando convencê-lo.

— Se eu prometesse que nada te aconteceria... que ninguém te faria mal... isso faria diferença, não faria?

— Não! Você não teria como prometer. Boa noite.

— Azim? Espere. Você sabe que o meu pai salvou a sua vida, né? Como você é capaz de traí-lo agora? Você não seria capaz de trair o meu pai, seria? Azim?

— Estou falando, por favor... *não*. Agora eu tenho que ir embora, não posso mais conversar. Eu disse tudo o que eu podia dizer, expliquei para o sr. Hawley... *não*.

Bem próximo, Thom se avultava sobre o homem mais baixo. Os olhos giravam nas órbitas, sentia uma ânsia fortíssima — de segurar o homem, de agarrá-lo com a intimidade e o espírito punitivo de um irmão, de sacudi-lo, de fazê-lo escutar, de fazê-lo cair na real. Com um grito de medo, Murthy se afastou de Thom, perdendo o equilíbrio, mas conseguindo desmoronar no banco do carro, apertando a buzina.

— Não, não, não, *não*. Estou falando.

Murthy estava com medo dele. Absurdamente, *dele*.

Thom não tinha opção, precisava deixar Murthy ir embora. A última coisa que queria era um embate físico, um escândalo público. Teve que ficar ali impotente enquanto Azim Murthy, a única testemunha, o irmão que o traíra, saía sacolejando em seu Nissan compacto prateado escuro do estacionamento do St. Vincent e do campo de visão de Thom McClaren.

— TEM UMA COISA QUE EU posso fazer. Vou fazer.

Livrar a mãe do gato selvagem que havia entrado na vida dela de repente.

Das irmãs, fazia semanas que Thom ouvia falar do gato adotado por Jessalyn, misteriosamente batizado de Mackie. Thom ainda não tinha se confrontado com o gato, que raramente estava em casa quando ele passava lá; só uma vez, ao entrar na cozinha e chamar Jessalyn, ele se assustara com uma sombra borrada que saiu correndo do cômodo e ouvira as garras batucando freneticamente nos azulejos do chão quando o bicho fugiu pela porta dos fundos entreaberta.

Mas tinha sentido o cheiro. Inconfundível.

Tinha visto os potes de plástico arrumados para o gato, em cima de um jornal no chão da cozinha. Uma tigela de água em que devia ter enfiado o focinho sangrento ou mergulhado as patas sangrentas.

Que imagem patética! A mãe colocando comida e água para a criatura selvagem, como uma oferenda no altar.

Nunca tinha havido nada parecido na cozinha da bela casa do século XVIII da Old Farm Road.

Das irmãs, a mais exaltada era Beverly. Tinha ligado para Thom para reclamar que a mãe tinha adotado um bicho de rua feio, cheio de cicatrizes, perigoso e provavelmente doente:

— Sabe como é, gato selvagem pega tudo quanto é tipo de doença, tem leucemia felina, parasitas, raiva. E esse além de tudo é psicótico! Me olha com aquele olho amarelo maligno e eu fico *arrepiada*. Ele tem que ser levado embora e eutanasiado antes que ataque a mamãe.

Lorene tinha reclamado que o bicho fora hostil com ela, embora tivesse tentado fazer amizade com ele:

— Não gosto muito de gatos, então me esforcei pelo bem da mamãe. Mas ele vive mostrando os dentes para mim e sibilando. A mamãe tem medo dele, dá para ver. Ele fez uns arranhões horríveis no braço dela. Tem que ser levado para a eutanásia antes que alguma tragédia aconteça.

As duas irmãs queriam a eutanásia do gato, mas (Thom observou) nenhuma delas se oferecia para levá-lo para um abrigo de animais. Caberia a outra pessoa fazer isso.

Sophia disse a Thom que ficara surpresa ao ver um gato preto enorme na casa da mãe, meio selvagem, meio doméstico. Pelo que tinha entendido, o gato surgira algumas semanas antes, no deque da casa, esfomeado e grato pela comida servida por Jessalyn.

— A mamãe disse que não tinha bicho de estimação desde que era criança. O papai nunca quis ter um. Ela ficou muito apegada ao Mackie apesar de… para nós… ele não ser muito bonito, pelo menos à primeira vista. É grandão e atarracado e não é muito gracioso. Um dos olhos é só uma órbita cicatrizada e o outro é fulvo e vesgo. A pelagem é preta, embaraçada, com pontinhos brancos que parecem manchas de tinta. O ronronado dele é bem alto… parece um motor. A primeira vez que você ouve, não entende de onde está vindo. Eu acho que, em geral, o Mackie dorme com a mamãe, ao pé da cama, o que pode não ser uma boa ideia, porque vai que ele tem alguma doença. Falei para a mamãe que ela precisa levar ele ao veterinário assim que possível, para ele tomar vacina. Se ele não for castrado, tem que ser.

Thom ficou esperando que Sophia sugerisse a eutanásia do gato, mas ela apenas acrescentou, como se Thom já tivesse levantado objeções:

— O Mackie parece deixar a mamãe feliz e um pouquinho menos solitária, e é só isso que importa.

— É sério? A mamãe não poderia ficar "feliz e um pouquinho menos solitária" com outro gato mais agradável? Um gato de tamanho normal? Por que um gato de rua caolho que vive arranhando ela?

— Eu não acho que o Mackie vive arranhando a mamãe — rebateu Sophia.

— Ele fica nervoso quando alguém toca na cabeça dele do jeito errado, ou acaricia ele na altura do fim da coluna vertebral, perto do rabo, então ele reage, e às vezes é com as garras... mas ele não faz de propósito, dá para ver. A Lorene diz que ele é maldoso, que jamais vai ser domesticado, mas eu o vi umas poucas vezes e ele está cada vez mais adaptado. É óbvio que ele foi abandonado, largado há muito tempo, que teve uma vida difícil. Talvez ele seja mais novo do que parece... gatos de rua não vivem tanto quanto gatos domésticos. Mas ele deixa a mamãe feliz, mesmo, e ela andava tão triste antes dele.

*Uma felicidade aviltante*, pensou Thom. *E se a nossa mãe contrair raiva!*

Quando Thom perguntou a Jessalyn do gato, ela disse, na defensiva, que ele tinha entrado na vida dela por acaso, e isso devia significar alguma coisa.

Thom não tinha certeza se tinha ouvido bem. *Devia significar alguma coisa?*

— Do que Jessalyn estava falando?

Um gato feio, velho e abandonado entrando na vida da mãe, deixando que ela o alimentasse, imbuído de *significado*?

Thom pensou, estremecendo: *Meu Deus! Que coisa patética.*

Que bom que Whitey não tinha como saber que a esposa que ele tanto amava havia sucumbido a uma obsessão mórbida por um gato feio caolho.

— Bom. Você deveria levar ele ao veterinário, para ser examinado, em todo caso. Posso te ajudar.

— Não! O Mackie ficaria chateadíssimo se alguém tentasse botar ele dentro de uma caixa de transporte. Acredito que seja impossível.

Jessalyn falava com avidez. As mãos adejavam feito pássaros feridos.

Um veterinário sem dúvida iria querer fazer eutanásia no gato, Thom imaginava. Jessalyn também devia estar pensando nisso.

Era ele que precisava oferecer uma solução, Thom ponderou. A mãe não era capaz de raciocinar com clareza sobre o gato, assim como sobre outros assuntos, desde a morte de Whitey, e não seria bom pressioná-la.

Thom logo bolou um plano: ele mesmo faria a "eutanásia" do gato, e ninguém ficaria sabendo.

Jessalyn só saberia que o gato havia sumido. O gato desapareceria de forma tão misteriosa quanto tinha aparecido.

Thom concluiu que Jessalyn não estaria em casa à noite, pois compareceria a um evento do Comitê de Artes de Hammond, e naquela noite ele foi à casa da Old Farm Road, que estava às escuras, levando o taco de beisebol. Estava de luvas e carregava um saco de aniagem.

De fininho, Thom entrou na casa em que vivera por muitos anos quando era menino. Não bradou "Mãe?" como de hábito; bradou "Mackie?" no que lhe parecia uma voz afável e afetuosa.

— Gatinho, gatinho, gatinho!

Se o gato esperto estava dentro da casa, não foi ao encontro do estranho que o chamava pelo nome.

— Gatinho! Gatinho! "Mack-ie!" — bradou Thom, vagando pelos cômodos do primeiro andar, acendendo as luzes.

Poderia ter subido a escada, mas resolveu não o fazer.

O espírito do pai estava ali. Mas era mais óbvio no andar de cima do que no de baixo.

— Mackie? Gatinho? Venha cá.

Thom sacudiu um saquinho de ração para atrair o gato, mas nem assim o bicho apareceu.

Por acaso, Jessalyn havia falado que ainda deixava comida para o gato do lado de fora, no deque do quintal. Em certos momentos, o gato parecia ter medo de entrar na casa, sem qualquer motivo que Jessalyn conseguisse discernir, portanto, ela fazia questão de deixar bastante comida para ele do lado de fora.

Em silêncio, Thom foi ao deque. Como já não morava na casa, mas a conhecia como a palma da mão, havia uma ambiguidade curiosa em sua experiência — era ao mesmo tempo morador e visitante; nesse caso, um visitante furtivo. Tinha certeza de que, ao longo da vida, nunca tinha entrado naquela casa, nem em qualquer outra, daquele jeito: invisível.

Era emocionante para ele, esse estado. O coração acelerou um pouco de euforia.

Lá no céu, uma lua minguante lânguida. Era uma lua de predador — não luminosa demais, velada, ideal para caçar. O dia tinha sido de um calor desagradável para maio, coalhado de sementes e pólen, uma densidade abafada no ar. Mas a noite era diferente.

Gatos eram predadores noturnos, Thom ponderou. É claro que "Mackie" caçava à noite.

Thom se esconderia nas sombras, encostado à parede da casa, e esperaria o gato aparecer, se aproximar das tigelas que Jessalyn deixara para ele; poderia ficar ali pelo menos uma hora, ou um pouco mais. A mãe estava em um jantar de arrecadação de fundos que duraria no mínimo duas horas. Sua ideia era ir embora muito antes de ela voltar.

Thom estava percebendo que, desde a morte de Whitey, tudo o que Jessalyn fazia parecia algo à toa, sem importância. Se compareceria ao jantar do Comitê de Artes ou se não comparecia — o resultado era o mesmo: *nada*.

Uma viúva é alguém a quem *coisas acontecem*, mas de forma aleatória.

Jessalyn não tinha dito isso a Thom. Não exatamente. Pois Jessalyn jamais compartilharia uma verdade tão terrível.

A verdade era que, se Whitey estivesse vivo e a acompanhasse ao evento, a ocasião seria festiva, cintilante de importância.

Pois Jessalyn era uma das mulheres de Hammond homenageadas no jantar, pelo empenho na supervisão da campanha de financiamento do comitê, que agora chegava a seu fim (triunfal). Receberia aplausos entusiasmados das pessoas reunidas. Sua foto apareceria nos jornais locais. O marido sentiria um orgulho enorme dela.

Sem Whitey, no entanto, a ocasião não tinha importância para Jessalyn. As palavras elogiosas e o afeto derramados sobre ela não tinham importância ou insinuavam escárnio.

Thom a livraria do asqueroso gato portador de doenças, pelo menos. Embora outras questões de própria vida e da vida da mãe infeliz não estivessem sob seu controle, *isso* ele conseguiria fazer.

Tal como um predador, Thom se escondeu nas sombras, encostado na parede da casa. As luvas cobriam as mãos, que seguravam o taco de beisebol. Estava preparado para esperar e sentia prazer na espera; não tinha dúvida de que o bicho apareceria, se tivesse paciência. Ele teria paciência.

Vinte minutos, vinte e cinco minutos... A lua minguante de luz fraca se movimentava no céu, entrava e saía de uma camada fina de nuvens assim como um olho coberto, mas ainda vigilante. Quando enfim se sobressaltou, ao ouvir alguma coisa ali perto, tinham se passado pelo menos quarenta minutos.

Fez esforço para enxergar no breu, como se ele mesmo fosse uma criatura noturna. Ali estava ele — o gato robusto: tinha sido tão furtivo ao subir os degraus e percorrer a beirada do deque que Thom quase não o vira. E agora, trêmulo de fome, ingeria a comida de um dos potes de plástico.

Thom agiu rápido, golpeando sua cabeça com o taco. Houve um berro horrível, pavoroso, quando a criatura tentou fugir, desesperada, enquanto Thom golpeava outra vez, e outra vez, quebrando ossos — vértebras, crânio —, embora o bicho apavorado tentasse se arrastar apoiado na barriga; em seguida, convulsionou, expelindo sangue da boca escancarada, e parou de lutar.

O taco estava escorregadio de sangue. As ripas do deque estavam escorregadias de sangue. Thom lamentou não ter usado a aniagem ou um jornal como forro para absorver o sangue. O que estava pensando?

A criatura estava inerte, um monte de pelo preto molhado. Sem olhar direito para o corpo, Thom o empurrou com o taco em direção à tira de aniagem e o embrulhou bem antes de enfiá-lo no saco de lixo: estava esbaforido, suado, começando a se arrepender do que tinha feito. O gato não era tão grande quanto parecia antes, mas muito diminuto na morte, deplorável. Thom estava tomado de remorso. *O gato só queria viver. Você tirou a vida dele.*

Dando a volta na casa, arrastou o saco de lixo até o carro, que estava na entrada da garagem, e o colocou no porta-malas — o corpo inanimado do bicho tinha um peso surpreendente, como um pano molhado. No porta-malas, o pacote jazia imóvel; porém, Thom imaginava ouvir uma respiração fraca e irregular lá dentro. Passou um minuto inteiro curvado sobre o embrulho, atento, sem saber se era a própria respiração que escutava ou a do gato; por fim, concluiu que a respiração era dele mesmo.

Em seguida, precisava limpar o deque, enxugá-lo com papel-toalha, com água quente, sabão, desinfetante. Preocupava-se com a possibilidade de que Jessalyn percebesse que o rolo de papel-toalha ao lado da pia da cozinha havia diminuído bastante de tamanho; era típico da mãe reparar nessas pequenas questões domésticas. ("Thom? Você usou uma caixa de Kleenex inteira rápido assim? Eu a deixei no seu quarto na semana passada.")

Ele se movia ágil, mas entorpecido. Estava dominado pelo arrependimento. Livrar a casa da mãe daquele gato doente lhe parecera uma ótima ideia, uma ideia necessária, na verdade tinha sido ideia das irmãs, não de Thom; mas agora ele tinha mudado de ideia. O gato condenado tentara viver, desesperado, valente — seus berros tinham sido horríveis de se ouvir, como os gritos de um bebê.

(Thom torcia muito para que nenhum dos vizinhos tivesse ouvido e ligado para a emergência para denunciar gritos na casa escura dos McClaren.)

(Claro que isso era improvável. Ninguém ligaria para a emergência por essa razão: animais predadores viviam matando suas presas ali no campo, à noite. Guaxinins, corujas, gatos de rua, coiotes. Essa morte tinha sido uma daquelas.)

Thom enxugou o deque úmido com um último maço de papel-toalha e jogou a imundície no saco de lixo junto com o cadáver do bicho. Pronto! *Fait accompli*.

A essa altura já eram quase nove da noite. Precisava fugir!

Na volta ao apartamento que estava alugando em North Hammond, Thom depositou o saco de lixo na caçamba atrás de uma 7-Eleven.

— Nunca mais! Caramba.

Era um inferno. Sua alma estava queimada e murcha feito algo úmido deixado ao sol.

Mas em seguida, ele se consolou:

— Deixe de ser ridículo. Você tomou a atitude certa.

(Era verdade? Fazer a eutanásia do gato doente e caolho? — era a atitude certa?)

(Se Jessalyn soubesse, jamais o perdoaria. Mas se Jessalyn soubesse que na verdade o filho queria protegê-la, sem dúvida o perdoaria.)

Não na mesma noite, mas na manhã seguinte, Thom ligou para Jessalyn para perguntar sobre o jantar do Comitê de Artes. O surpreendente foi que ela não mencionou o sumiço de Mackie. Thom relutava em perguntar sobre o gato e Jessalyn não falou nada por conta própria; preferiu contar a ele, com uma risada pesarosa, que no jantar quase ninguém tinha falado com ela sobre Whitey, embora tivesse visto a maioria dos presentes pela última vez no funeral dele.

— É como se ele tivesse desaparecido da face da terra. Como se tivesse simplesmente... sumido.

Thom escutava, solidário. Não podia dizer à mãe: *Sim, foi isso que o Whitey fez. Desapareceu da face da terra.*

Conversaram mais um pouco, mas não sobre Whitey ou Mackie. Quando Thom desligou, estava com a camisa ensopada de suor.

Já estava na McClaren Inc., no escritório, cedo. Mas era tarde demais para voltar ao apartamento para tomar outro banho e trocar de camisa.

No dia seguinte, cheio de culpa, Thom ligou para Lorene. Disse que tinha visto Jessalyn pouco antes do jantar do Comitê de Artes, mas que só tinham falado sobre coisas bobas. Não comentou sobre o gato selvagem nem sobre o assassinato; e Lorene nada falou sobre o gato sumido, se tinha ouvido falar nele.

Outro dia se passou e Thom ligou para Beverly, que tinha ido ao jantar do Comitê de Artes e falou bastante do evento, bem mais do que Thom gostaria; mas a irmã não disse nada sobre o gato sumido.

Mais um dia e Thom já não aguentava mais: visitou Jessalyn à noite. O pretexto era conversar com a mãe sobre o processo, de que Thom estava decidido a não abrir mão, apesar do contratempo, e sobre a McClaren Inc., o negócio da família que parecia (aos olhos de Thom) um veículo que vinha se movendo por uma rodovia em uma velocidade constante, mas agora começava a acelerar, descer uma colina quase imperceptível, andando cada vez mais e mais rápido, sem se dar conta, mas sem resistir. Como pular? *Deveria* pular?

Mas, assim que Thom pisou na cozinha, antes mesmo de chamar Jessalyn, ele viu, para seu horror, o gato preto vesgo à sua frente, bebendo água da tigela no chão.

— Meu Deus! Você.

Impassível, Mackie levantou a cabeça e fixou o único olho nele. Um olhar desafiador era lançado do gato para Thom — *Sim. Aqui estou eu. Esta é a minha casa.*

Jessalyn desceu correndo para cumprimentar Thom e viu que ele estava distraído, aflito.

— Thom! Oi, querido. Entre, por favor...

Ela o abraçou com força. Ele sentia as costelas dela, a fragilidade de sua existência. Não!

Jessalyn havia preparado um jantar frio delicioso, que serviu a Thom na cozinha, a qual parecia ser o único cômodo do primeiro andar que a mãe habitava agora. Ele tinha levado uma garrafa de vinho tinto, que tomou sozinho. Embora Jessalyn chamasse *Gatinho, gatinho! Mack-ie!* várias vezes, desejosa de que o gato se aproximasse e fosse acarinhado por Thom, e demonstrasse seu ronronado incrível, Mackie guardava uma distância ressabiada e não ronronava; passou boa parte da noite encolhido em uma cadeira em um canto da cozinha, lambendo com uma finesse surpreendente as patas grandes e lavando, com enérgicos movimentos circulares dessas patas, a cabeçorra peluda.

# Visões em Dutchtown

N ão é exatamente um sonho, essa convicção de que suas pálpebras foram arrancadas dos olhos. Para que ela fique acordada o tempo inteiro. Visões inundam seu cérebro.

— senhora? posso ajudar com algo?
Sim, provavelmente. Em breve.
Não. Nunca mais.
Chocada ao ver o rosto de alguém conhecido, daquela outra vida. Tardes de sábado na Feira dos Agricultores de Dutchtown, cruzando os limites da cidade, no condado de Herkimer, a quarenta minutos de distância da casa da Old Farm Road.

A mulher, esposa de um agricultor, havia ficado esquelética e de cara murcha, e antigamente (segundo as lembranças de Jessalyn) era robusta, corada de saúde. Nunca tinha hesitado em carregar embrulhos pesados para colocá-los no porta-malas de Jessalyn, não se curvando para levantar os pacotes, mas dobrando os joelhos em um movimento ensaiado, apoiando-os na curva dos braços, segura. Era muito simpática, e aos filhos (mais velhos) dos McClaren talvez parecesse um bocadinho simplória, pois era muito solícita e estava sempre perguntando seus nomes, de que nunca se recordava; sempre chamava Jessalyn de "senhora", embora fosse uns vinte anos mais velha do que ela.

Hoje, a esposa do agricultor não seria reconhecida por Jessalyn caso ela a visse em outro lugar. Tampouco Jessalyn, de cabelo branco e sozinha, mirrada pela viuvez assim como uma planta depois da primeira geada da estação, seria reconhecida pela esposa do agricultor.

E onde estava o agricultor? — um homem mais velho mesmo naquela época, agora havia muito aposentado, desaparecido, sem dúvida.

Shawcross — era esse o nome. Jessalyn sabia muito bem que não devia perguntar onde estava o sr. Shawcross.

— Vou levar esta aqui. E esta. Ah, que linda esta... obrigada...

Alface-romana suculenta, de um tom verde úmido, alface-roxa, espinafre com folhas raiadas e sarapintadas, couve-toscana verde-escura...

Estava eufórica ao escolher as verduras. Como se sentiria caso fosse preparar uma refeição luxuosa naquela noite.

Pois quando alguém compra hortaliças lindas, frescas, supõe-se que planeje prepará-las para que outras pessoas as comam, pois se o plano não é prepará-las para que os outros as comam, por que as comprar? Jessalyn imaginou que poderia ir à casa de Beverly para lhe dar as verduras; mas era arriscado, pois a filha sem dúvida insistiria que ela ficasse para jantar com a família, e preferia ficar sozinha.

(A bem da verdade, o lugar onde Jessalyn se sentia mais sozinha era na casa dos Bender, onde era obrigada a interpretar "vovó Jess" e onde Beverly e Steve trocavam farpas enquanto as crianças brigavam à mesa de jantar até serem liberadas para voltarem a seus quartos e seus adorados eletrônicos.)

— Ah, que sorte a sua! Ou coragem. Ninguém na minha família gosta de couve. O meu marido principalmente.

Ao ouvir essas palavras brincalhonas e despreocupadas, Jessalyn olhou ao redor e viu que uma mulher lhe sorria, uma mulher não muito diferente dela, com uma roupa casual, mas de bom gosto, uma mulher com anéis reluzentes, cabelo tingido de loiro, manicure feita. A mulher tinha falado de um jeito que Jessalyn podia tanto reagir ao comentário quanto ignorá-lo sem ser rude.

— O *meu* marido detesta couve. Ele prefere alface-americana à alface-roxa.

Jessalyn se pegou falando com leveza, em tom divertido. Era para fazer a mulher rir ou pelo menos sorrir; e a esposa do agricultor, a esquelética e murcha sra. Shawcross, também era convidada a rir, só que a absorta sra. Shawcross estava colocando as verduras em sacolas e talvez não ouvisse direito.

— O meu marido acha que a gente só tem cinco cachorros em casa, mas na verdade são nove.

O quê? Cachorros? Jessalyn não fazia ideia do que a mulher estava falando e sentiu necessidade de se afastar e seguir em frente.

— É melhor eu explicar... nossa casa é grande. Os cachorros nunca estão todos no mesmo cômodo.

— Ah, sim. Que... bom.

Jessalyn deu um sorriso vago, pagou as verduras luxuosas, viçosas, e foi se distanciando da mulher simpática de cabelo loiro e cinco cachorros, ou seriam nove. A mulher ficou para trás, para puxar conversa com a sra. Shawcross, meio surda, e fazer suas compras.

A Feira dos Agricultores de Dutchtown debaixo de chuva. Um lugar estranho para estar sozinha.

Não eram muitos os clientes àquela hora, no começo da tarde. Jessalyn estimava que só dois terços dos agricultores habituais tinham montado suas barracas na pista asfaltada perto de Dutchtown Pike, condado de Herkimer. Caixotes de hortifrúti e algumas carnes (bifes, costeletas de porco, frango, peru, linguiça bovina) protegidos por faixas de lona encerada cheias de água acumulada, mas não bem protegidos.

*Por que você veio a este lugar horrível, querida? O que você queria provar?*

Por um instante, sentiu que ia desmaiar! Lembrava-se de caminhar ali com Whitey, em um dia ensolarado de outono, de mãos dadas. Por entre as fileiras de barracas de agricultores. A compra de flores recém-colhidas — aquelas flores com miríades de pétalas curvas, de tom pastel suave, qual era mesmo o nome? —, um crisântemo híbrido, escolhido por Whitey. Ela se lembrava de Whitey entabulando conversas com os agricultores e suas esposas, era incrível para ela, era maravilhoso, que Whitey conversasse com todo mundo, gostasse de falar com todo mundo; como um político, embora Whitey não tivesse (na verdade) sido um político muito habilidoso ou ambicioso, ele lembrava dos nomes, lembrava do nome dos filhos, de onde as pessoas eram, de seus interesses. Se alguém perguntasse a Whitey por que, por que cargas-d'água, por que gastar tanta energia em desconhecidos cuja vida não coincidia com a dele, que não faziam a mínima ideia de quem ele era, Whitey diria que era exatamente por isso: por motivo nenhum.

Jessalyn se lembrou de frangos em gaiolas grandes, à venda. De penas brancas, penas vermelhas, penas salpicadas de cinza. E galinhas selvagens, menores, de penas lindas. Os cacarejos animados quando ganhavam sementes. Agora eram apenas frangos mortos e depenados à venda, de ponta-cabeça.

O cheiro de esterco, de que Whitey alegava gostar. De longe, feito gambá.

Mesmo debaixo de chuva, amontoados sob uma árvore, meia dúzia de pôneis esperavam ser montados. Mas quem os montaria na chuva? Jessalyn se perguntava. Quem eram os pais que deixavam os filhos montarem em pôneis mesmo que sob um chuvisco?

O agricultor dono dos pôneis tivera que levá-los para o caminhão de manhã cedinho, Jessalyn imaginava. Todos os agricultores começavam o dia cedinho, quando todo mundo estava na cama. Quem tinha uma barraca na feira precisava ter fé de que a chuva diminuiria com o tempo; se os concorrentes fossem embora cedo, ou nem aparecessem, a pessoa perseverava, pois essa era sua vida.

Jessalyn ficou debaixo da lona gotejante observando os pôneis.

Os rabos que balançavam devagar, as crinas volumosas e os olhos melancólicos. Por que os pôneis e cavalos eram muito mais melancólicos do que (por exemplo) as vacas e os porcos? Esses eram animais compactos, graciosos, não lindos como são lindos os cavalos, seus ossos difíceis de quebrar. Ou era o que Jessalyn pensava.

As crianças adoravam andar de pônei quando eram pequenas. Andar de pônei era uma baita emoção! Jessalyn se lembrou de Sophia segurando a crina de um pônei Palomino — mas o rosto da filha estava tenso de medo. Jessalyn se lembrou de Thom sentado na sela, encostando os dedos do pé no chão, esticando as pernas para mostrar como tinha ficado alto.

As crianças não pareciam ligar para os mosquitinhos que atormentavam os pôneis, até os olhos deles. Ou talvez as crianças não reparassem.

Thom tinha sido o primeiro a perder o interesse em pôneis. O primeiro a perder o interesse em acompanhar a mãe à Feira dos Agricultores de Dutchtown para comprar hortaliças e flores frescas.

Na época, Whitey não tinha tempo para acompanhar Jessalyn, mas gostava que ela comprasse produtos em feiras e não nos mercados locais, como todo mundo. Mais um fato (pequeno, significativo) sobre a querida esposa que a tornava especial.

Um passeio de aniversário para Lorene, que começaria com uma volta de pônei na Feira dos Agricultores de Dutchtown e terminaria na pousada Zider Zee, a um quilômetro e meio dali, em uma costa com vista para o lago Ontario. Thom, Beverly, Virgil, Sophia — e Whitey havia prometido que os encontraria lá para o almoço.

Jessalyn sempre se lembraria de esperar Whitey — as crianças esperando o papai — na pousada, na mesa junto à janela que a secretária de Whitey reservara para eles; as crianças mais velhas ficando rabugentas, sobretudo Lorene, que era a aniversariante (fazia onze anos); e finalmente houve um telefonema para a "sra. McClaren" — era Whitey, se desculpando por não poder encontrá-los, afinal de contas.

Jessalyn passou o telefone para Lorene, que ouviu amuada as desculpas do papai. De Lorene, o telefone foi passado para Beverly, para Virgil, para Sophia, para Thom, e com cada um deles papai se desculpou profusamente e fez piadinhas de pai, das quais eles riram. (Menos Lorene.) E então, de volta às mãos de Jessalyn, que garantiu a Whitey que ninguém estava bravo com ele, mas sim, estavam chateados.

E Lorene disse com um sorriso afetado:

— Escute só o que você está falando, mãe! Você nunca fala o que quer dizer, porque você nunca quer dizer o que *fala*.

Foi uma explosão tão espantosa para uma menina de onze anos que Jessalyn não conseguiu pensar em uma resposta. Atrapalhou-se com o telefone, um aparelho sem fio que lhe fora entregue pela recepcionista da Zider Zee, enquanto as outras crianças ficaram olhando, constrangidas.

AQUELA ÚLTIMA VEZ QUE JESSALYN levou as crianças ao condado de Herkimer para comprar abóboras para o Halloween, no carro esportivo novo de Whitey, onde cabiam cinco filhos, inclusive dois adolescentes. Não havia mais a questão de Whitey acompanhá-los nesses passeios ou não, seu trabalho na McClaren Inc. havia se tornado urgente demais.

A vida em família tinha virado responsabilidade quase exclusiva da mãe. A alçada do pai era fora de casa.

É claro que agora os filhos mais velhos já estavam quase grandes demais para esses passeios pelo campo. Colinas altas, milharais, trigo, soja, florestas. Vacas, cavalos, ovelhas pastando no campo feito criaturas adormecidas, sonhando em pé.

Outdoors exaltando a "histórica" Dutchtown (fundada em 1741).

— É um sinal infalível de que a cidade é um tédio só — comentara Lorene, seca — quando ela tem que se gabar de ser "histórica".

A mãe rira. Pois Lorene era espirituosa, engraçada. A mãe não se atrevera a não rir por medo de que sua aversão à filha do meio ficasse evidente demais.

Beverly revidou:

— *Você* é um tédio só.

Nos bancos de trás, as crianças brigavam. No banco da frente, ao lado da mãe, Sophia, a caçula, olhava pela janela em silêncio e hipnotizada. Os cavalos, em especial, fascinavam a filha. Era uma emoção para ela imaginar os *cascos* batendo no chão.

Sophia era a filha que a mãe mais amava. Era óbvio? A mãe esperava que não.

Halloween. Como chegava rápido! As crianças tinham acabado de voltar às aulas e já era Halloween.

A mãe nunca tinha gostado do Halloween. Era a mais incômoda das festas, se é que era uma festa.

All Hallows' Eve, mas agora simplesmente Halloween. Ninguém sabia o que significava, então não significava nada. Esqueletos, bruxas, gatos pretos, morte. Teias de aranha diáfanas jogadas sobre os portões das casas, corpos de pano pendurados em árvores pelo pescoço, feito vítimas de linchamento.

Como se as crianças tivessem alguma noção da morte! E se uma criança tinha noção, era para entender que a morte não tinha graça.

Jessalyn tinha perdido a mãe quando estava no Ensino Médio. A fachada de tijolinhos da escola decorada com figuras fantasmagóricas, abóboras laranja cortadas, crânios de plástico com as órbitas oculares ocas.

Ela havia ajudado a pendurar aqueles enfeites infantis, pois Jessalyn era uma das boas meninas, e existe consolo nessa bondade.

Ela não tinha coragem de não ser *boa*. Nem Whitey sabia disso.

Pensava em como o Halloween incentivava as crianças pequenas a imaginarem que algo empolgante era iminente, mas a empolgação nunca se concretizava. Suas máscaras e fantasias eram uma bobagem. Ao olhar pelos buracos dos olhos das máscaras dos amigos, viam-se seus olhos. *Eles* eram vistos.

Ela havia perdido as lembranças da mãe. Um rosto feminino, uma presença, uma voz — se dissipavam como uma foto de polaroide.

Embora, às vezes, um torno apertasse seu coração, ela mal conseguia respirar de tanta saudade, sofrimento. *Pare de bobagem. Agora a mãe é você. Foi isso que aconteceu com você.* Nesses momentos rezava para morrer antes de Whitey, pois não conseguiria aguentar uma perda dessas outra vez.

Ah, Whitey! Ele a tomara para si, fizera dela sua jovem noiva, prometera jamais abandoná-la.

— Era uma época mais simples, em que ninguém botava lâminas dentro de maçãs para dar às crianças.

No mercado de abóboras, contava aos filhos sobre as lembranças que tinha do Halloween de sua infância.

Uma época mais simples: era mesmo? Alguma época era simples, senão em retrospecto?

Tantas abóboras, e algumas grotescamente disformes, feito bócios gigantescos. A maior lembrava uma pessoa obesa, a casca alaranjada derretida formando uma circunferência de no mínimo um metro e meio, pesando mais de quinze — vinte? — quilos; alguém tinha cortado olhos, nariz, boca de palhaço naquela monstruosidade, que as crianças olhavam com repugnância.

Com sarcasmo, Thom assobiou.

— Parece uma senhora gorda. Caramba!

Havia uma conotação sexual no assobio de Thom que a mãe não quis admitir. Beverly retrucou:

— Tanto quanto parece um *homem* gordo.

Mas não, a abóbora disforme lembrava mais uma mulher do que um homem. Aos catorze, Beverly se melindrava especialmente com comentários sobre corpulência, seios e quadril. Jessalyn se afastou para que os filhos a seguissem.

Virgil perguntava, angustiado, por que as pessoas botariam lâminas dentro de maçãs? Para cortar a boca de quem pedia doces? *Por quê?*

— Porque tem gente que não gosta de quem pede doces. Nem de crianças — explicou Lorene.

— Sim, mas... *por quê?*

Para Jessalyn, Lorene disse:

— Mãe, acho que isso nunca aconteceu, as lâminas dentro das maçãs. Alguém inventou isso.

— É claro que aconteceu! A gente leu sobre isso.

— Sim, você leu sobre isso, mas foi tudo inventado.

— Minha nossa, por quê?

— Por quê? Por que as coisas são inventadas? — Aos doze anos, Lorene se exasperava fácil com a mãe docilmente ingênua. — Para conseguir atenção. Para conseguir atenção de gente crédula.

Beverly também se exasperava fácil, mas com a irmã, cujas palavras requintadas a ofendiam:

— "Crédula" é *você*.

Thom ressaltou que em todo Halloween havia "imitadores". Depois que a história da lâmina começou a circular.

— Então, se tem imitadores, deve ter lâminas de verdade — disse Beverly bem alto. — Isso serve de prova.

— Ai, idiota! Prova *de quê?*

Como facas dentro de uma gaveta, se batendo. As crianças mais velhas não pareciam se gostar, mas não conseguiam resistir umas às outras, disputando a atenção do responsável — a mãe, o pai (geralmente ausente).

Ela não gostava deles, embora os amasse. Ela os amava, mas não gostava (muito) deles. Eram todos atores em um roteiro interpretando papéis distintos, que não podiam mudar.

Bem, isso não era verdade para as crianças mais novas. *Elas* mudariam, a mãe tinha certeza. De formas imprevisíveis.

A menininha cutucou a coxa da mãe. Em locais públicos, Sophia gostava de andar de mão dada, como se pudesse se perder da mãe se não fizesse isso. Uma mãozinha macia maleável, e a menininha cutucando sua perna, de um jeito que partia o coração da mãe.

Virgil tinha escolhido uma abóbora sutilmente disforme sem um rosto entalhado.

— O nome dele é Jimmy Fox.

— Ai, como você é bobo, Virgil! Por que *Jimmy Fox?*

— Porque esse é o nome dele.

Thom pegou uma abóbora grande, que escapuliu de suas mãos e se espatifou no chão.

— Merda! Desculpa.

Com que tom casual Thom havia murmurado *Merda!* — o mesmo que o pai usaria. Jessalyn não aprovava, mas sentia um certo orgulho do filho adolescente, para quem a vida adulta não seria muito mais difícil do que vestir uma série de roupas novas.

Beverly estremeceu e fez cara de exigente. A abóbora estraçalhada era como uma cabeça estraçalhada, as sementes derramadas feito *miolos*.

Em seguida, discutiu-se se Jessalyn pagaria pela abóbora. O agricultor garantiu que não era necessário, tinha sido só um acidente, ela não precisava pagar; é claro que Jessalyn insistiu. Thom repetiu o pedido de desculpas e se ofereceu para pagar pela abóbora espatifada. (Depois que saía da escola, trabalhava ensacando compras e estava decidido a poupar o dinheiro.)

Afetada, Lorene dissera:

— Eu acho que o Thom devia pagar. Ele vive pegando as coisas para mostrar que é forte e sempre quebra tudo. Ele precisa aprender a ser responsável.

Thom respondeu, magoado:

— Não foi *de propósito*. Eu ia colocar no carrinho.

— Você estava se exibindo. É o que você sempre faz.

— *Não estava*. Eu estava ajudando a mamãe.

Jessalyn observava algumas meninas ciclistas pedalando pelo mercado de abóboras. Estavam com o rosto corado por conta do ar ensolarado e frio de outubro e do exercício físico. Na verdade, não eram meninas, mas mulheres de vinte e tantos ou trinta e poucos anos, lindas em suas roupas de elastano coloridas que caíam feito luva no corpo esguio, e na cabeça usavam capacetes de proteção reluzentes, tiras passando por baixo do queixo. As bicicletas eram luzidias, feitas na Itália, com guidom baixo e banco elevado, e, atrás de cada banco, havia uma garrafa de água Evian.

Uma das moças usava luvas sem dedos! Jessalyn nunca entendera direito luvas sem dedos.

Eram ciclistas sérias em um percurso de muitos quilômetros pelo condado de Herkimer, muito provavelmente junto ao despenhadeiro do lago Ontario, onde a beleza da água azul-escura agitada e do vento incessante era de tirar o fôlego.

Jessalyn olhou fixo e sorriu. Viu os olhares das ciclistas passarem por ela e pelos filhos, com um interesse apenas tênue.

Ela pensou: *Eu podia ser uma de vocês.*

Sentia uma ânsia de euforia. Descuidada, impensada, emocionante. Fitava tanto, Jessalyn mal conseguia desviar os olhos das ciclistas para prestar atenção ao que Sophia dizia, puxando sua mão.

*Esperem, me esperem...*

Mas as ciclistas se afastavam. Três delas confabulavam. Nada de abóboras para elas, com suas levíssimas bicicletas luzidias sem cestinhos de arame e sem filhos para refrear seus movimentos.

Ela havia se casado com o homem que a amava. Tinha se regozijado no amor dele, tinha se deixado ser adorada como uma mulher que era outra pessoa além de si mesma, e era essa mulher que ela havia se tornado para agradar ao homem que a amava. O que havia de errado nisso? Onde estava o erro? Caso contrário, as crianças não existiriam. Virgil com sua abóbora "Jimmy Fox", a pequena Sophia segurando sua mão com força. Thom com a carteira na mão e uma expressão sentida no rosto, com a séria intenção de pagar pela abóbora que deixara cair no chão enquanto as irmãs o fitavam, se divertindo, zombando.

— Deixe de besteira, Thom. Eu pago.

— OBRIGADO.

— Obrigada a *você*.

Tinha comprado tantas coisas na feira dos agricultores que sentia uma dor agradável nos braços.

Hortaliças frescas, flores, potes de mel — fora incapaz de resistir. Em todas as barracas dos produtores ela afirmava que faria "um jantar enorme, em família" no fim de semana. Em uma barraca declarou que ela e o marido estavam celebrando quarenta anos de casamento.

— Parabéns, madame! Quarenta anos...

Também era importante para ela distribuir o dinheiro entre os agricultores naquele dia de feira debaixo de chuva. Via no rosto deles, quando achavam que ninguém estava olhando, expressões pensativas de decepção, cansaço.

Ela sobrevivera à própria vida, ponderou. Fazia muitos anos que não era mãe de filhos que precisavam muito dela. Quando a última criança, Sophia, saíra de casa, uns anos antes, ela havia chorado, mas também soltado um profundo suspiro de alívio, de resignação.

Sua vida tinha estagnado. Enquanto Whitey estava vivo, ela não se dera conta.

Como algodão doce na chuva. Derretendo fácil, açucarada e boba, sem importância. Sua alma.

— ∞ —

**NÃO NA POUSADA ZIDER ZEE,** mas no ambiente menor do Café Dutchtown ela se encontrara com Thom sem que Whitey ou Brooke soubessem. Pois o filho dissera que precisava vê-la, era essencial.

Thom estava com trinta e poucos anos na época. O cabelo castanho-avermelhado ainda se avolumava sobre a testa. Parecia um menino que tinha acordado e percebido que era um jovem marido, pai. Ao falar com Jessalyn, esfregava os nós dos dedos nos olhos, assim como tinha feito boa parte da vida, um gesto que irritava Jessalyn e lhe dava vontade de arrancar as mãos dele do rosto.

Ela achava que não podia mais fazer isso. Esticar o braço e tocar em um dos filhos, agora "crescidos".

Em tom pesaroso, ele dizia a ela que não se achava capaz. Não era a pessoa certa. Whitey tinha outros parentes, mais adequados — sobrinhos, primos.

— Eu não amo a empresa tanto quanto o papai. Eu tentei, mas... não dá.

— Não fale isso para ele, Thom! Ele ficaria de coração partido.

Jessalyn se lembrava agora com uma pontada de culpa.

As tiras de lona encerada balançavam com o vento. Um barulho triste como o de um aplauso fraco.

— **NOVE CACHORROS. CACHORROS TIRADOS** de abrigos. Eles são as minhas preciosidades. Cada um deles é uma vida que eu salvei.

A mulher de cabelo loiro tingido se chamava Risa. Falava a sério com Jessalyn, como se (quase) desejasse lhe segurar a mão.

Tinha chamado Jessalyn com animação quando ela estava sendo levada a uma mesa da pousada Zider Zee. Por um instante, Jessalyn ficara tentada a lhe virar as costas, fingir que não tinha escutado; tinha perguntado à recepcionista se poderia se sentar na varanda envidraçada onde muitos anos atrás havia se instalado com as crianças para comemorar o aniversário de Lorene e onde ela e Whitey às vezes jantavam. Mas Jessalyn era educada demais para rejeitar a mulher loira, que olhava para ela cheia de esperança.

— Olá! Mas que coincidência! Quer se sentar comigo?

Jessalyn abriu um sorriso amarelo. É claro.

— Ou você está esperando alguém?

— Eu... eu... eu vou encontrar o meu marido, mas só mais tarde. Ele está trabalhando, está em Hammond e vem me encontrar depois...

— O *meu* marido não está trabalhando nem vem "me encontrar depois".

A loira de cabelo tingido riu como se tivesse feito um comentário espirituoso, ainda que obscuro.

*Risa Johnston. Jessalyn McClaren.* Enquanto se apresentavam, Jessalyn percebeu que a mulher franziu um pouco a testa ao ouvir "McClaren", como se (talvez) tivesse reconhecido o sobrenome; mas nada disse, o que foi para Jessalyn ao mesmo tempo um alívio e uma decepção.

Risa tomaria uma taça de vinho. Jessalyn não queria acompanhá-la?

— Acho que não, obrigada.

— Ah, poxa! Nossos maridos não vão ficar sabendo.

Jessalyn riu, hesitante. Não conseguia escapar da certeza de que Whitey sabia tudo sobre ela, inclusive muitas coisas que ela mesma (ainda) não sabia.

Era a segunda taça de Risa. Um vinho branco bem seco.

— Eu amo essa hospedaria antiga. O general Washington ou algum outro patriota desses não ficou aqui uma vez? Ou foram os britânicos que puseram uma tropa aqui? Eu também adoro a feira dos agricultores. Acho eles gente de verdade, americanos de verdade... assim como aqueles brancos pobres nas fotografias de Walker Evans. E as hortaliças frescas de lá são muito melhores do que aquelas que a gente compra *nas lojas* de Chautauqua Falls.

Chautauqua Falls era uma comunidade suburbana afluente não muito diferente de North Hammond, porém mais próxima de Rochester. Jessalyn não teve alternativa a não ser comentar que morava em North Hammond.

— Ah, North Hammond! A gente quase comprou uma casa lá, na Highgate Road. Sabe qual é?

— Sei... acho que sim.

— Você deve saber...

Em seguida, durante alguns minutos, as duas tentaram descobrir seus conhecidos em comum, das respectivas cidades. Eram algumas pessoas! Jessalyn levou sua taça de vinha à boca, mas só tomou um golinho. *Meu Deus, me ajude. Não.*

Não queria estar ali. Sentia-se como uma mariposa desajeitada que tivesse se enredado em uma teia de aranha, toda sorridente e ignorante. Porém, não tinha como fugir da animadíssima Risa Johnston, pois tal comportamento seria não só mal-educado como afoito.

Risa contava a Jessalyn que tinha começado a adotar cachorros de abrigos alguns anos antes. Não quando o último dos filhos saiu de casa — *isso* tinha acontecido ainda antes.

— Ah, que paz! Todo mundo dizia: "Sua casa é enorme, para que você precisa de uma casa tão grande, você não sente falta das crianças, deve ser uma solidão terrível, a casa virou praticamente *um mausoléu*". Mas eu ria e dizia: "Adoro ter o meu próprio espaço! Muito espaço".

Jessalyn sorriu, pois via (para seu alívio) que a mulher de cabelo loiro queria ser divertida, não séria. E o almoço não duraria mais do que uma hora, mais ou menos, se Jessalyn o apressasse.

— Tinha uma propaganda na televisão falando de cães abandonados. Principalmente pitbulls. Que a maioria era eutanasiada, porque não havia casas suficientes para eles. E são sobretudo os pitbulls... uma raça incompreendida associada a traficantes de drogas e rinhas de cães.

Jessalyn escutava Risa narrar (com alegria, aos risos) a história complicada de como levou os cachorros para casa e da reação do marido:

— "Contanto que você cuide deles e os mantenha longe de mim"... e foi meio que só isso. O Pike não é um homem dos mais observadores.

Depois de alguns cachorros, o marido disse a Risa que bastava; mas como Risa deixava os cachorros em áreas separadas da casa (que astúcia!), o marido nunca tinha se dado conta de quantos ela tinha adotado.

Risa gargalhou, satisfeita. Jessalyn sorriu, pois de certo modo aquilo era agradável.

— Nossa casa é grande... "Normandia francesa". Parece *mesmo* um mausoléu nos dias mais nublados, chuvosos. Os cachorros ficam com o terceiro andar só para eles... e o quintal, que tem uns oito mil quilômetros quadrados, assim eles podem correr, correr bastante. E às vezes eu corro com eles, quando o Pike não está em casa para ver.

*Pike*. Jessalyn imaginava que fosse o nome do marido, pronunciado com uma leve queda dos lábios carmesim de Risa.

— Você gosta de cachorro, Jessalyn? Tem algum bichinho? Eles trazem tanta alegria à nossa vida.

Jessalyn não conseguiu dizer as lúgubres palavras: *Sim. Tenho um gato.*

— A relação entre o ser humano e o animal... o que chamamos de animal, já que somos todos "animais", é claro... pode ser tão profunda quanto as relações humanas. E como as relações humanas não são confiáveis, e sempre decepcionam, a relação com os animais pode ser mais significativa.

Risa começara a falar com pedantismo e terminara quase veemente. Fez sinal para a garçonete pedindo mais uma taça de vinho.

— Quem sabe a gente não pede um prato... Está tarde, a cozinha vai fechar.

— Que bobagem. Eles deviam era agradecer por ter clientes no almoço nesse dia tenebroso, nesse lugar tenebroso.

Jessalyn chegava à conclusão de que tinha sido um erro ir à Zider Zee por uma razão tão sentimental, fútil. Sua última vinda — para o almoço de aniversário de Lorene — não tinha sequer sido uma experiência muito agradável. Mas não tinha comido o dia todo e se preocupava em ficar tonta voltando sozinha para a casa da Old Farm Road.

Sua saúde, de modo geral, não a preocupava. Sentia uma vaga pontada de culpa por não ter adoecido, desabado, morrido havia muito tempo. Afinal de contas, Whitey tinha morrido: por que ela (ainda) estava viva? (Essa pergunta lhe parecia razoável, e não tinha dúvida de que muitas pessoas também a achavam razoável. Não duvidava de que em sua maioria as viúvas também se sentiam exatamente assim.) Um surto relativamente brando de herpes-zóster tinha começado e passado em novembro, deixando apenas estrias na pele da cervical, que às vezes estremecia de dor como um zíper que fosse puxado rápido; tinha dores de cabeça imprevisíveis; o mais comum era ficar ofegante, uma tontura leve no cérebro que parecia uma veneziana se abrindo e se fechando depressa.

Tivera uma surpresa desagradável, a histórica pousada Zider Zee devia ter sido vendido a outros donos. A área externa, de ripas cinza, outrora romântica, um ambiente desbotado como o celeiro de uma pintura a óleo de Ansel Adams, tinha sido substituído por um asfalto totalmente cinza; as antigas janelas de treliça tinham sido substituídas por um vidro laminado; a grama vicejava junto à entrada sinuosa feita de paralelepípedos rachados. O prédio era anexo a um moinho com pás pintadas de cinza-claro, e elas rangiam com o vento feito pernas com artrite. O interior, antes decorado com artefatos do século XIX e fotografias antigas em sépia de moinhos de vento, agora tinha uma decoração insossa, genérica, com fotografias coloridas de moinhos que pareciam da Disney.

Até os garçons pareciam meio errados, jovens demais, não muito bem-vestidos (pulôver, calça jeans e cáqui, até short) e àquela hora da tarde (passava das duas) era nítido que esperavam os poucos clientes irem embora.

Pela janela, Jessalyn via as sombras das pás do moinho, que se moviam a duras penas no gramado descuidado. O céu estava salpicado de nuvens como pinceladas de tinta cinza. Se desse uma olhada nessa pousada "histórica", Whitey reviraria os olhos e diria: *Chega, vamos embora daqui*. Nem o sentimentalismo levaria Whitey de volta ao lugar preferido deles no condado de Herkimer.

Se fizesse uma última refeição ali, Whitey ficaria distraído com o celular. Porque ele nunca se desconectava, como se um cordão umbilical o ligasse ao escritório, ao trabalho. Sempre havia alguma crise na McClaren Inc. — impressões ruins ou insatisfatórias, entregas, comportamentos inexplicáveis de clientes, urgências financeiras sobre as quais Whitey, em uma "saída" com a querida esposa, não queria falar.

Com indiretas, talvez reclamasse de Thom para Jessalyn. Pois ele não reclamaria — jamais — do filho com ninguém da McClaren Inc.

*Ele não parece estar empenhado. Está ganhando dinheiro, por que isso não basta? Ele conversa com você, Jess?*

Jessalyn achava difícil prestar atenção à lenga-lenga de Risa, que para ela tinha o mesmo efeito que ouvir unhas batucando rápido o tampo de uma mesa.

— Você tem família, Jesamine? Tem filhos?

Jessalyn não se deu ao trabalho de corrigir o nome. Que importância tinha quem ela era, é claro que não tinha importância.

— Tenho. Mas são todos adultos. — Tentou dar um tom petulante, para evitar essa linha de questionamento.

— Bom... era de se esperar! Na nossa idade, a gente não quer mais *criança*.

Talvez Risa estivesse tentando bajular. Pois devia ser uns dez anos mais nova do que Jessalyn.

— Netos?

Jessalyn balançou a cabeça: *não*.

E agora a vovó Jess renegava os próprios netos? Jessalyn imaginava a expressão incrédula e condenatória de Beverly diante de tamanha traição.

Ah, mas era esforço demais falar dos netos com uma estranha, transparecer o entusiasmo adequado e o orgulho necessário nessas ocasiões! Para ser poupada de ver os netos sorridentes dos outros, não oferecia fotos dos seus.

Mas Risa deu risada e abaixou a voz.

— Sorte a sua, Jesamine! Meus netos são uns chatos e saem caro. Um deles é um mandão mimado e o outro é um mandão mimado. As minhas filhas... eu tenho duas, as duas têm filhos pequenos e uma não tem marido, o que é *bem* caro... parecem achar que eu devo alguma coisa a elas só porque tiveram bebês. — Risa se calou, franzindo a testa. O brilho no olhar anunciava uma gracinha iminente. — Parece até que são pandas, elas acham que ter filhos é *uma proeza*.

Jessalyn riu, ambivalente. A mulher de cabelo tingido de loiro parecia ávida por diverti-la e ela não teve coragem de recusar uma resposta animada.

— Estou casada há sessenta e seis anos. — Risa riu e balançou a cabeça. — Quer dizer, parecem sessenta e seis anos. — Como uma comediante de stand-up, parou um instante antes de acrescentar: — Com o mesmo marido. Nem por homicídio alguém recebe uma pena tão longa, se for de pele branca.

Como se incitada pela reação de Jessalyn, Risa então lhe segredou que ela e Pike não faziam amor — "de nenhuma forma reconhecível" — havia onze anos; talvez fizesse ainda mais tempo, pois Risa não estava "prestando muita atenção".

Jessalyn riu, agora alegre. Passou pela sua cabeça que não ria desde outubro do ano anterior.

Pois o que é *a risada*? Sem esperança, ela não existe.

Por fim, a comida foi servida. Tigelas de creme de aspargos, saladas amontoadas nos pratos. Foram servidas por um jovem garçom de sorriso afetado que usava sandálias, os pés à mostra. Jovem o bastante para ser filho — não, jovem o bastante para ser neto, ou quase isso.

Nenhuma das duas comia com grande apetite. Jessalyn estava arrependida do creme de aspargos grosso, grumoso, que grudava na colher feito uma pasta.

— Garçom? Mais uma taça de vinho, obrigada.

— Sim, senhora.

— Foda-se o *senhora*. Só traz o vinho... duas taças, na verdade.

O jovem garçom de sorriso afetado parou de sorrir e saiu desnorteado, em choque. Jessalyn não conseguia acreditar no que tinha ouvido, então resolveu que não tinha ouvido nada.

Como sua taça de vinho tinha *se esvaziado*? Que coisa inesperada.

Whitey vira e mexe reclamava que a esposa querida raramente bebia. Não era muito divertido beber (em casa) sozinho, né?

Não era de se estranhar que tivessem que sair com outros, que bebiam. Frequentemente.

Whitey teria feito cara feia ao ver seus uísques, gins, bourbons preciosos despejados ralo abaixo. Mas a viúva não se atrevia a manter esses remédios letais à mão.

Punhados de soníferos, várias doses de uísque. *Vamos sair daqui!*

Risa fazia comentários espirituosos sobre seus anéis. Os de Jessalyn e os dela.

— *Os seus* são lindos, Jesamine. Mas também não dá para fazer pouco dos meus.

— Não. Sim. Seus anéis são uma graça.

Risa esticou a mão esquerda, ligeiramente trêmula. O anel de noivado era um diamante grande de corte quadrado em um engaste de ouro velho que combinava com a aliança.

— É o mínimo que se espera de uma aliança, que custe alguma coisa. — Risa deu risada, entusiasmada.

A pele do dorso da mão tinha veias azuladas e uma miríade de ruguinhas.

Como Jessalyn não riu do comentário, Risa se debruçou sobre a mesa para olhar para ela.

— Jesamine? O que foi que você disse que seu marido faz?

— Eu... eu não disse.

— Bom... e o que é que ele faz?

— Ele... é aposentado. Ele cuidou dos negócios da família boa parte da vida e... ele... resolveu se aposentar.

— Ah, é um erro e tanto! Você não devia ter deixado ele se aposentar. Sem ninguém em quem mandar, os homens ficam *apáticos*.

Jessalyn teve vontade de protestar, o marido nunca tinha *mandado nela*. Nunca tinha ficado *apático*.

— Você não disse que seu marido vinha para cá? Te encontrar na hospedaria?

— Me encontrar...? Não. — Jessalyn não se lembrava do que tinha dito à mulher de cabelo tingido de loiro. — Quer dizer... eu acho... que vou me encontrar com ele... em breve...

— Ele vem a Dutchtown? Você vai nos apresentar?

— Não! Quer dizer... ele só vai chegar... daqui a umas horas... A gente vai passar a noite na hospedaria, é nosso aniversário de casamento.

— Que lindo. Aniversário de quantos anos?

— São trinta e oito.

— Trinta *e oito*. Acho que são bodas de estanho. Não... é de enchimento de isopor.

Jessalyn franziu a testa diante da alegria da outra. Estava segurando a taça de vinho, e a mão tremia.

— A gente... a gente está esperando para saber... hoje à tarde... se eu vou poder doar medula. Medula óssea. Se o meu marido está forte a ponto de poder fazer a cirurgia. Se eu estou forte.

Jessalyn falava baixo, a voz quase inaudível. Aquelas palavras abafadas e totalmente inesperadas saíram de sua boca com gosto de algo seco e pungente.

De olhos arregalados, Risa a fitava. Pela primeira vez Jessalyn reparou que a mulher de cabelo loiro tinha cicatrizes finas, quase invisíveis, perto de onde começava o cabelo, feito vírgulas. E o cabelo, liso e loiro contra a cabeça, na raiz era de um tom opaco, turvo, como se sua alma vazasse pelo couro cabeludo.

— Ahhh. Você deve ser muito corajosa.

Jessalyn foi logo gaguejando.

— Não... nada corajosa. Eu acho que... é desespero...

Rindo, pois o vinho tinha subido à cabeça. Sua risada era o som de algo pequeno se despedaçando em caquinhos.

(Mas por que era engraçado?) (Não era engraçado.)

Em tom sóbrio, Risa disse:

— Espero que a cirurgia corra bem, Jasmine. Transplante de medula não deve ser moleza. E sim, para mim você é corajosa. O desespero pode dar coragem à pessoa, e talvez esse seja o tipo mais sincero de coragem.

Que comentários fantásticos! Por que estavam falando essas coisas?

A medula óssea da viúva tinha virado gelo.

Risa persistiu com um arrulho:

— É tãããão generoso da sua parte, Jasmine. Eu não teria essa coragem. E o meu marido, bom... — A mulher riu, abaixando a cabeça. — Talvez ele não mereça. Ele jamais faria alguma coisa remotamente tão abnegada *por mim*.

— Ah, eu tenho certeza de que faria...

— Sério! *Você* tem certeza? Mas você nem conhece meu marido, o Pike, e você não me conhece.

Jessalyn entendeu que tinha sido censurada. Sentia-se aturdida, distraída. Tinha pouquíssima noção do que ela e a mulher de cabelo loiro estavam discutindo.

Pensando: na verdade, seu sangue (provavelmente) não era tão bom. Não era sadio, substancial. Anemia, deficiência de ferro.

O amigo de Sophia, dr. Means, havia sugerido isso em tom gentil. Tinha passado a ponta dos dedos pelas suas unhas ao trocarem um aperto de mãos e comentara que estavam "quebradiças".

De fato uma ocasião rara, em que Sophia permitira à mãe conhecer um amigo dela.

(— Mas você não pode contar para ninguém, muito menos para a Beverly e a Lorene. Por favor, mãe! Prometa.)

Alistair Means devia ser uns vinte e cinco anos mais velho do que Sophia, um homem cavalheiro com um sotaque escocês inconfundível. Não era muito mais alto que Sophia. Tinha sido muito gentil com Jessalyn. Parecia pouco à vontade como acompanhante de Sophia, talvez por conta da diferença de idade, e Sophia estava estranhamente formal, envergonhada com ele quando a mãe estava por perto.

Jessalyn havia preparado uma refeição para eles três. Para um observador neutro, ela e Means poderiam ser um casal tranquilo de pai e mãe, Sophia, a filha colegial de olhos tímidos, sorriso desconfiado.

**SOPHIA FICARA CONSTRANGIDA PORQUE** o amigo tinha sido muito objetivo com Jessalyn, mas a mãe não se importara nem um pouco — ficara comovida. O tipo de objetividade que era protetora, de que Whitey teria gostado.

*Exame de sangue.* Means tinha insistido que ela marcasse uma consulta com o médico logo. Pois parecia que ele era médico, além de um cientista pesquisador distinto.

E Whitey ficara por perto. Na pulsação de seu sangue, ela o ouvia, tentando um tom mais leve.

*Cuide-se, querida! Você é a única coisa que eu tenho.*

A recepcionista da Zider Zee era desconhecida. Jovem demais para se lembrar do casal, de anos antes.

Eles tinham ficado de mãos dadas. Tinham conversado e cochichado, rido juntos. (Mas o que falaram? Estava tudo perdido.)

Ela usava um chapéu de abas largas feito de um tecido parecido com uma renda preta, porém mais grosso e mais durável do que renda. Usava um vestido cor de pérola com listras pretas finas verticais. No pescoço, um cordão de pérolas perfeitas. O rosto, adorável e sem importância, pois era um rosto que não duraria, era parcialmente escondido pelos óculos de lentes esverdeadas. Era a época em que Jessalyn era chique, ou o que se passava por *chique*.

Precisava tentar não rir de si mesma, da vaidade inocente da jovem, trinta anos depois.

O lago era uma água cintilante agitada, um lago salgado. Como brasa líquida ao anoitecer. Ele dissera que estava tão feliz que às vezes tinha medo — como esticar o braço para agarrar um fio caído, um fio atravessado por uma corrente elétrica, que poderia matar a pessoa, mas como resistir? — era impossível.

*Minha esposa tão querida. Eu vou te amar... para sempre! Até no próximo mundo. Juro.*

Vagamente ela cogitava, antes de ser chamada por Risa, pedir um quarto na hospedaria. Como ela e Whitey tinham fantasiado fazer, mas não tinham feito. Nem uma vez. Ela se deitaria na cama estranha de quatro colunas, em uma colcha. Vestida da cabeça aos pés, pois lhe faltaria energia para tirar a roupa. Móveis antigos, que denunciavam a idade. Uma única janela com vista para o lago Ontario sob chuva, agitado, com cortinas desbotadas pelo sol. Haveria tempestade? Relâmpagos?

Uma lâmpada a querosene com anteparo contra furacões, travesseiros bordados cheirando a mofo, colchão de crina de cavalo. Nas paredes, silhuetas de mulheres de muito tempo antes, mulheres pioneiras, cavalheiros com galões brancos nos punhos das mangas. Nos olhos dos falecidos havia tempos, aquela expressão de perplexidade compartilhada — *Quem somos nós? Quem imaginávamos ser? O que foi feito de nós?*

Tudo isso enquanto Risa tagarelava. Ou seria o barulho irritante das unhas (pintadas de carmesim, um pouquinho descascadas) de Risa batucando o tampo da mesa?

Risa parecia estar impressionada com Jessalyn — a corajosa esposa abnegada louca para doar a medula para o marido adoentado. Mas Risa estava se impacientando com a *bondade* da esposa, talvez.

Ela pediu licença para ir ao toalete feminino. Jessalyn sentiu o alívio da breve trégua, a ausência (bem-vinda) da mulher de cabelo tingido de loiro.

Pensando: você não é, a rigor, uma "viúva" nessas horas em que seu (hipotético) marido não está presente. Contanto que o marido esteja (aparentemente) em outro lugar, sua ausência/inexistência é indetectável.

Ensaiando para dizer a Risa — *Ah, mas não se preocupe com isso, por favor! Meu marido está viajando... na Austrália... Ele não está aqui, mas isso não quer dizer que não esteja em outro lugar.*

A verdade era que tinha traído o marido. Sua necessidade desesperada de sair da casa da Old Farm Road.

Mas então, já longe de casa, a necessidade desesperada de voltar correndo.

No entanto: vinha enfrentando dificuldades para respirar. Cada vez mais em maio, no calor prematuro. Whitey não fazia ideia, ele nunca tinha, de quanto oxigênio sugava em qualquer espaço que habitasse.

Ela se viu desesperada por ar. Dirigindo pelo interior, se distanciando de Hammond. Em movimento, ainda sem ter chegado ao destino, a viúva está indefinida, como um rosto borrado pela água.

A Feira dos Agricultores de Dutchtown não tinha sido má ideia, mas ela comprara coisas demais. Queria fazer compras, distribuir dinheiro, ver rostos se iluminarem, rostos apagados pela chuva de sábado.

Whitey sempre gostara de gastar dinheiro, dar gorjetas boas. Ele citava — seria Hemingway? — deixar as pessoas felizes é fácil, é só dar gorjetas polpudas.

A pousada Zider Zee tinha sido um erro, mas um erro inocente. Uma beleza as colinas ondulantes ao norte do condado de Herkimer. Fazendas largadas, maquinário agrícola abandonado, carcaças de automóveis e picapes na frente das casas. LEILÃO DE HORTIFRÚTI — dizia um outdoor nas redondezas de Dutchtown. Casas mais novas com calçadas asfaltadas, casas estilo "rancho" e casas com telhados triangulares. Mudança Mayflower, aluguel de caminhão. Final de maio, a temporada de venda de casas e mudanças. O empenho de uma nova vida, móveis novos e bancadas de cozinha com tampo de fórmica, assoalho de taco ainda não gasto — essas coisas deixavam a viúva desesperada.

Dirigia com inquietude. Mal sabia ou se importava com qual era seu destino. Provocada por motoristas impacientes que vinham atrás fazendo-a acelerar, às vezes fazendo curvas acima da velocidade permitida. Quando estava viva, a viúva nunca tinha se comportado daquele jeito.

*Mãe, pelo amor de Deus, o que é que você está fazendo tão longe de casa... O que o papai diria?*

— A única coisa que eu quero é evitar a autocomiseração.

(A quem tinha feito essa declaração? A si mesma? A Whitey?)

Tinha sido na pousada Zider Zee que Whitey contara a Jessalyn, exultante, mas um pouco assustado, que o lucro de seu primeiro ano inteiro na McClaren Inc. tinha superado suas expectativas mais otimistas.

(É claro que Whitey McClaren não era otimista. Quem conhecia Whitey sabia que ele era um sujeito pessimista. Seu jeito de jogar pôquer tornava isso claro. Mas um pessimista é melhor em fingir otimismo do que qualquer otimista, pois o pessimista não tem expectativa de derrotá-lo.)

Ao cortar os muitos clientes pequenos, cultivando só alguns poucos ricos, prestigiosos, via de regra empresas farmacêuticas, a própria McClaren Inc. ficaria rica, talvez. Parecia ser o caso. Talvez.

Como esquiar em uma montanha íngreme esperando cair de bunda ou quebrar o pescoço, Whitey dissera, triunfante. Mas não é o que acontece. Em vez disso, você recebe aplausos.

Ela teve vontade de declarar que não. Por favor, não. Não precisamos ser ricos — só precisamos ser felizes.

(Desconfiara de que estivesse grávida, naquele mesmo dia. Seria um bebê grande, de três quilos, robusto e sadio, e lhe dariam o nome de Thom, em homenagem a um dos irmãos adorados de Whitey que tinha morrido jovem, uma morte sem sentido no Vietnã.)

— Não tem porta. Não tem nem janela. Só tem parede.

(A quem ela havia dito *isso*? Whitey, não, pois Whitey não gostava de comentários que soassem pomposos.)

A todos os lugares aonde a viúva vai, *sozinha* a acompanha.

Pás de moinho rangendo. Membros paralíticos, que quase não se mexiam.

Por que ela antes achava este lugar charmoso? *Teria sido* charmoso em algum momento? Whitey não teria concordado em voltar, tinha mais o que fazer. Seus restaurantes preferidos eram churrascarias com lambris de madeira anexas a hotéis requintados onde eram servidos os melhores uísques de malte.

Era uma vida póstuma, essa farsa. Ela sabia muito bem.

Tinha perdido a oportunidade de encerrá-la. A farsa. Aquela noite, no riacho, uma correnteza em que poderia ter se afogado, ela estava preparada, mas não tivera coragem. Whitey não tivera dificuldade de dissuadi-la.

Um jeito fácil de morrer, um jeito covarde, seria simplesmente parar de comer. Mas era provável que não tivesse coragem nem para isso. Quando se esquecia de comer, ou ficava nauseada com a ideia, uma dor de cabeça começava a se formar atrás de seus olhos, como uma flor metálica se abrindo.

Simétrica, linda, mas claramente metálica, abrindo-se dentro do cérebro. Uma dor intensa que, depois que começava, precisava de licença para se abrir por completo — não parava com Tylenol nem aspirina.

Não. Se a viúva tentasse morrer de fome acabaria devorando tudo de comestível que lhe caísse nas mãos. Comeria feito um animal, desavergonhada. Como Mack the Knife na primeira vez que pusera comida para ele no deque do quintal. Um animal trêmulo, vesgo e com as costelas saltando por entre a pelagem embaraçada. Aquele olho fulvo vesgo.

A mulher loira havia voltado à mesa. Seu queixo tinha uma protuberância que Jessalyn ainda não havia percebido. Obstinada, Risa retomaria o assunto como se tivesse ensaiado um debate no toalete feminino. Mas Jessalyn disse:

— As pessoas fazem coisas inesperadas. De vez em quando.

Na torcida para incentivar a acompanhante que já tinha acabado a segunda, se não a terceira, taça de vinho — instando a mulher a ser mais generosa com ela mesma, na questão do transplante de medula óssea, da doação de órgãos. Mas Risa parecia ter perdido a efervescência, ou o dom para o humor. Jessalyn já quase sentia o bafo azedo da acompanhante.

— Sério! Você acha mesmo, Jasmine.

— É... sim. Eu acho.

Jessalyn não parecia segura do que dizia. Estava desconcertada com algo nos olhos duros e úmidos da outra.

— O que é que há com o seu marido, exatamente, Jasmine?

— O que é que há? Eu... não sei direito... um tipo raro de câncer no sangue que ataca a medula...

— Um linfoma?

— É... é.

— Mas o linfoma ataca os linfonodos. Você quer dizer mieloma?

— Eu... não sei direito...

— Pode ser leucemia.

— Eu acho... é. É isso.

— O meu primeiro marido morreu de leucemia.

— Ah. — Jessalyn ficou pasma.

Passou por sua cabeça a visão de um de seus filhos, bem jovem, pego em uma mentira descarada.

— Foi uma geração atrás ou mais do que isso. Ele devia ter a idade do meu filho agora, e não me olhava duas vezes. O imbecil.

Jessalyn procurou o que dizer.

— Que... que pena. Lamento saber.

— Ah, pois não lamente! Você é educada demais. Por que você liga para o meu marido se eu não ligo? Muitas águas se passaram desde então.

Risa gargalhou, limpando a boca com o guardanapo e deixando uma marca grosseira de batom no linho branco. Com a voz divertida, rouca, prosseguiu:

— Só na TV e no cinema, ou nos romances antigos, as pessoas doam sangue, medula ou o rim. É raríssimo na vida real, onde as pessoas se veem todo santo dia e topam umas com as outras feito carrinhos de bate-bate. E, se os dois usarem o mesmo banheiro, esquece. — Risa passou os dedos na frente do pescoço.

Jessalyn pareceu refletir sobre o que ela dizia, com respeito. O coração batia acelerado, se opondo, mas ela não responderia.

Ousava torcer para que esse almoço estressante e interminável estivesse chegando ou já tivesse chegado ao fim. Estava pegando a bolsa quando Risa falou em tom desdenhoso:

— Sabe... você se acha o máximo, Jesamine, não se acha? Seu marido a quem você quer doar a medula. Nossa, estamos impressionados! — Risa simulou um aplauso, percorrendo com os olhos o salão quase vazio. — Você acha que ele faria a mesma coisa por você?

Jessalyn ficou perplexa com a súbita hostilidade da mulher de cabelo loiro.

— Eu... acho que sim. Ele faria.

— Você tem certeza? *Amor* rima com *presunção*... não é verdade?

Jessalyn tateou à procura da bolsa — segurou-a. Hora de ir embora!

Ela passara a se perguntar se Whitey teria jogado a vida fora. Por ela. Trocado sua vida por um ideal de si, o homem que ele queria que a esposa querida admirasse. Talvez não tivesse sido esse homem. Mas havia se transformado nesse homem, valente, incauto, um homem tão viril que tinha a audácia de frear o carro na via expressa para enfrentar dois policiais com idade para serem seus filhos, para interromper uma agressão homicida.

*Por você, querida. Tudo o que eu fiz, eu fiz por você.*

Ele não a estava acusando. Whitey jamais *a* acusaria.

— Você é minha convidada. Por favor.

Louca para fugir, ela estava se apossando da conta. Pagaria com o cartão de crédito, sem sequer olhar o valor. Pois era típico de Whitey se apossar das contas de restaurante. Mas Risa não gostou do gesto.

— Você se acha muito superior, não é? Cada palavrinha que você disse, sempre se vangloriando e se gabando. Acha que não sou capaz de pagar pelas merdas que eu comi, eu tenho mais dinheiro à minha disposição, Jezlyn, do que você... eu aposto! E sabe de uma coisa? Você devia cortar esse seu cabelo de "branca de neve", está parecendo uma caipira. Você *não está chique*.

Às pressas, com medo, Jessalyn pagou a conta. A recepcionista fitava o rosto lívido de Risa, depois tentava não fitar, tentava não ouvir.

Mas, no estacionamento, Jessalyn não conseguiu escapar a tempo. A mulher de cabelo loiro tingido foi atrás dela, chegando bem perto. Palavras arrastadas, acusações. Jessalyn ficou atônita, amedrontada.

— Você não tem respeito nenhum pelos outros, tem? Por quem é menos "abençoado" do que você. Você sabe como é ouvir você se gabar de um marido por quem você morreria, e que morreria por você, papo furado, ninguém morre por ninguém, você sabe como é, para os outros, ouvir esse monte de besteira? E quem é *você*? Espere aí! Você não me vire as costas!

Jessalyn tremia muito. Ela não tinha — nunca — sido tão confrontada por alguém na vida; na vida adulta, tinha certeza de que não.

A chave do carro estava na mão dela, mas a mulher loira se aproximou, ágil como um gato, e a arrancou de sua mão, jogando-a em uma trilha de grama alta e molhada com um gritinho malicioso.

Jessalyn teve que procurar a chave na grama, tentando não cair no choro. Risa saiu pisando forte rumo ao próprio carro.

De joelhos na grama de lâminas afiadas. O ar estava úmido, o chuvisco continuava a cair. Whitey a havia abandonado, afinal de contas, não estava por perto.

O rangido das pás do moinho girando com o vento. O barulho exato da futilidade, da vaidade. E à distância o som estridente das gralhas. Ela tateava com os dedos esticados no que parecia ser um brejo, pois sem a chave não poderia voltar para casa.

Algo preto passou por cima de seu cérebro. Uma asa de plumas pretas, um vislumbre de garras. Meses antes tivera medo de enlouquecer, de algo em seu cérebro rachar, se estilhaçar feito vidro: mas isso não tinha acontecido. Mesmo no auge da tristeza, tinha continuado sã. Era esse seu castigo? — uma sanidade irrevogável e implacável?

*APOIADA NAS MÃOS E NOS JOELHOS*, *tateando em busca da chave.*

*Ela escorrega, cai. Está muito cansada. A chave está perdida, precisa abandonar a chave. Preservar sua vida é a única coisa que importa.*

*Gavinhas grossas e sinuosas de lama. Lama feito cobras serpenteantes. Na garganta, nos pulmões. Os pulmões são um órgão misterioso — órgãos. De repente, os pulmões podem colapsar.*

*Não consegue respirar. Asfixiada, sufocada — a boca está cheia de lama.*

*Mas Whitey está a seu lado, ligeiro e capaz. Whitey nunca se distanciou, Whitey sempre observa.*

*Ele tem um canivete — o canivete Swiss Army, que tem desde menino. Com a ponta afiada da faca, faz uma traqueotomia na querida esposa desamparada asfixiada (ela lembra: ele tinha sido escoteiro, tinha aprendido primeiros socorros).*

*O sangue jorra do buraco na garganta, mas é terapêutico, vai salvar sua vida.*

Você pode respirar pelo buraco, querida, *Whitey a consola*. Só para garantir, vou enfiar isso aqui.

*Um canudo normal enfiado no buraquinho sangrento, na traqueia. A ferida é tão pequena, o gume da faca tão afiado que ela mal sente dor, apenas uma dormência reconfortante como éter.*

*Em alguns segundos a congestão diminui. Ela está respirando, ainda que por um triz.*

Por esse canudo você pode respirar. Você só precisa disso. Não peça mais nada.

# Keziahaya

N a cama proferindo o nome em voz alta — *Keziahaya*.
Maravilhado com o som — *Keziahaya*.
Não é um som suave nem fraco nem desejoso de agradar, mas sílabas singulares estridentes rascantes — *Keziahaya*.

Outros do sítio chamavam o jovem nigeriano barulhento de um metro e oitenta de *Amos*, mas era um nome que soava fraco, um nome bíblico. O nome verdadeiro era o africano — *Keziahaya*.

Insone na cama da cabana com telhado de zinco onde a chuva tamborilava e em uma angústia deliciosa — *Keziahaya*.

Na agonia do amor silenciado proferindo o nome em voz alta — *Keziahaya*.

— ESTÁ PRECISANDO DE AJUDA? — em tom casual, perguntara ao rapaz negro com bochechas cheias de cicatrizes.

A resposta não tinha sido *sim*, mas não tinha sido um *não* inequívoco.

Murmurou obrigado, talvez mais tarde. *Ok?*

Era um hábito da fala de Keziahaya acrescentar a praticamente todos os seus comentários um *ok*.

Podia ser uma declaração objetiva — *Ok* — ou uma pergunta — *Ok?*

Como se fosse pontuação. Um tique verbal. Assim, nenhum comentário dele era genuinamente conclusivo, mas provisório.

E o largo sorriso fácil que esticava a parte inferior do rosto. O olhar semicerrado que franzia a pele no canto dos olhos.

Ele desconfia de mim? Tem medo de mim? Porque sou branco? Porque sou um desconhecido? — Virgil se perguntava.

O luxo do questionamento que o objeto amoroso evoca. O luxo da expectativa, da ansiedade. O luxo da apreensão, do anseio. O luxo de não saber.

Virgil estava se oferecendo para ajudar os outros a arrumarem suas coisas para levá-las à Feira de Artesanato de Chautauqua em seu Jeep. Não seria nada excepcional Virgil convidar o nigeriano, que era novo no sítio espaçoso da Bear Mountain Road e cuja primeira exposição na feira seria aquela.

Fazia parte da reputação local de Virgil McClaren ser amigo de outros artistas. Não era necessário gostar do trabalho de Virgil, nem Virgil gostar do trabalho da pessoa, para que ele fizesse amizade com ela em prol de uma causa comum.

Havia quem não considerasse Virgil McClaren um artista sério porque era (segundo os boatos) herdeiro de um pai bem de vida, outros o consideravam um artista sério porque (segundo os boatos) tinha sido deserdado pelo pai, um empresário rico.

Havia quem conhecesse o nome *McClaren*. Havia quem soubesse como John Earle McClaren tinha morrido, ou que tinham denunciado que ele tinha morrido em decorrência de violência policial. Havia quem soubesse que um processo tinha sido aberto pela família McClaren contra a Polícia de Hammond, mas ninguém sabia dizer o que tinha acontecido com esse processo, se tinha sido resolvido com um acordo, sido indeferido ou se ainda continuava naquela forma subterrânea dos processos após as primeiras notícias na imprensa.

Nem os amigos mais íntimos de Virgil sabiam se ele estava envolvido no processo dos McClaren, porque ele raramente falava da família. Acreditava que a família era apenas a expressão pessoal da alma, e é apenas a expressão impessoal que prevalece.

Era tão raro Virgil falar da família que algumas pessoas que o conheciam ficavam surpresas ao saber que ele tinha uma mãe (ainda viva) e vários irmãos.

Uma ou duas vezes, uma irmã caçula tinha visitado Virgil em sua cabana atrás da casa do sítio. Mas Virgil não tinha apresentado a moça a ninguém e ninguém sabia seu nome.

Algumas vezes por ano, como se obedecessem a um algoritmo misterioso, os delegados do condado de Hammond faziam uma batida na casa da Bear Mountain Road com um mandado que lhes permitia procurar "substâncias controladas". A alegação sempre era de que tinham recebido a dica de uma fonte sigilosa, mas ainda não tinham achado nada comprometedor além de uns poucos baseados dispersos com os mais de trinta residentes. Havia boatos de que uma cepa virulenta de metanfetamina era fabricada nos morros de vegetação mirrada das montanhas Chautauqua, em sítios abandonados que pareciam a casa da Bear Mountain Road, mas nunca acharam nem metanfetamina nem a parafernália necessária para sua produção na casa da Bear Mountain Road ou na cabana de mobília esparsa que ficava atrás da residência.

Virgil temia que, se os delegados invadissem a casa atualmente, fossem escolher o jovem artista/professor nigeriano como alvo principal de suas agressões. Virgil já tinha assistido a vídeos de policiais (brancos) espancando, dando choques, matando asfixiados homens (negros), que o deixaram consternado e ultrajado.

Virgil sabia: Amos Keziahaya tinha nascido em Lagos, Nigéria. O pai era um político que tinha tido um "fim horrível". Os parentes restantes tinham fugido da capital, Abuja, quando Keziahaya era um menino de dois anos; eram cristãos convertidos e haviam recebido asilo político nos Estados Unidos. Keziahaya tinha morado em diversas cidades ao norte de Nova Jersey e frequentado várias faculdades sem se formar. Virou grafiteiro, por assim dizer, em Paterson, Nova Jersey, e tinha sido um dos personagens principais de um documentário da PBS sobre esse tipo de artista. Tinha vinte e oito anos e parecia ao mesmo tempo mais jovem e, em momentos de repouso, mais velho. Não tinha como ter lembranças nítidas da Nigéria, Virgil supunha, mas, ao vê-lo, tinha uma sensação doce, desassossegada, como se olhasse para um passado que não o dele mesmo.

Pelo que todos sabiam, Amos Keziahaya não tinha família nos arredores de Hammond. Frequentava uma igreja cristã da cidade, mas não parecia ser excepcionalmente religioso. Tinha recebido uma bolsa de artes do estado de Nova York e lecionava impressão e litografia na Universidade Estadual em Hammond como professor adjunto, com pouquíssima possibilidade de conseguir um cargo permanente, assim como muitos jovens professores que conhecia.

Assim como Virgil McClaren, quando chegava a ter um emprego. O que não acontecia com frequência.

A pele de Keziahaya era muito escura, um pouco áspera, até mesmo esburacada e marcada, se pela acne ou por algo mais violento não estava claro. Tinha um rosto largo, duro, afável, os olhos protuberantes com cílios volumosos, um jeito de rir que era animado e explosivo. A voz era de garoto, praticamente um tenor, que saía estranha daquele corpão. Era tímido ou parecia tímido. Podia ser ruidoso por conta de uma empolgação tensa. Podia ser calado, mordendo os lábios, vigilante. Devia pesar pelo menos uns cem quilos, e era bem mais alto do que a maioria dos moradores da espaçosa casa da Bear Mountain Road, que batiam em seu ombro, além de ser uns bons centímetros mais alto do que Virgil.

Era esquisito, mas Virgil achava sensacional ter que espichar o pescoço e *olhar para cima* para ver o rosto de Keziahaya.

Olhar para outras partes de Keziahaya, permitir que seu olhar descesse, passasse pelo torso musculoso, fosse para a área das coxas e da virilha, a genitália imaginada firme, pesada, de pele lisa, escura e linda, era se arriscar a ter uma sensação de fraqueza, de tontura, como um ar expirado depressa demais.

— Não. Você não vai fazer isso.

Era assim que Virgil se repreendia, com leveza.

Pois ainda havia leveza nele — ele ainda não tinha admitido seu desejo, ninguém mais sabia.

Dos moradores da casa da Bear Mountain Road, Keziahaya era o único que sempre usava camisa branca, calça cáqui bem passada. Tinha um blazer azul-marinho e às vezes usava gravata.

Gravata! Virgil não usava gravata desde a formatura do Ensino Médio, em que gravatas e camisa branca foram obrigatórias. Mesmo na época precisara pegar uma emprestada do pai.

Keziahaya usava o cabelo opaco de uma cor preta densa curtinho e raspado atrás e nas laterais. O sorriso de menino era largo e amarelado. No punho esquerdo, um relógio digital com pulseira que esticava, e no direito, uma correntinha que parecia ser de palha trançada.

Keziahaya usava sandália, tênis de corrida, botas de caminhada. Os pés eram de um tamanho extraordinário, assim como o pescoço, as mãos e os punhos.

Com frequência usava um boné cáqui com um logotipo incompreensível para Virgil (time esportivo? banda de rock?), em geral com a aba virada para trás.

— Amos! Você pode me dar uma mãozinha? — Virgil ouvia alguém chamar Keziahaya e a imagem lhe vinha à cabeça, de Keziahaya esticando a mãozona forte de pele escura para que alguém a segurasse em um gesto de gratidão.

No primeiro encontro, na mais casual das circunstâncias, na casa espaçosa, Virgil experimentara aquela doce sensação escorregadia, como se quisesse ao mesmo tempo chorar e rir; como se quisesse se lançar para a frente, agarrar a mão de alguém, ou se encolher, fugir.

Estava infeliz, naquela época. Na esteira da morte do pai.

Mantinha uma distância circunspecta dos outros moradores. Assim como alguns moradores, por exemplo, sua (ex) amiga Sabine, mantinham uma distância circunspecta dele.

(Virgil queria protestar, não tinha sido sua intenção machucar Sabine. Nunca tivera a intenção de machucar ninguém. Ele estava desajeitado, cego. Era estabanado, burro, tolo. *Me perdoe!*)

Mesmo quando ele e Keziahaya comiam juntos na longa mesa comunitária Virgil tomava o cuidado de não parecer ávido demais para falar com o nigeriano, como outros pareciam, nem ficar depois de acabar de comer para aproveitar a companhia dele. Pedia licença cedo, desaparecendo na cabana atrás da casa.

Era a última coisa que Virgil queria, constranger alguém com a crueza de suas emoções; acima de tudo, não queria constranger Amos Keziahaya, que era novo em Hammond e que ele mal conhecia.

Além disso, temia fazer papel de bobo. Aquele menino "efeminado" zombado, ridicularizado, menosprezado do Ensino Fundamental, do Ensino Médio, que gostava de acreditar ter deixado para trás por vontade própria.

*Todo desejo é efêmero, aumenta e diminui, desaparece, passa.*

*De todos os desejos, o carnal é o mais traiçoeiro, pois é uma serpente que enfia os dentes venenosos no próprio corpo.*

Eram palavras de advertência, de sabedoria. Virgil havia se entregado a tal sabedoria e queria pensar que era protegido por ela assim como um colete de chumbo nos protege da radiação.

Era verdade, a atração de Virgil por Keziahaya não era neutra. Não era platônica, embora não fosse (dizia a si mesmo) física, ou carnal; ele nunca tinha tido um amante que fosse homem e (dizia a si mesmo, em tom acalorado) não queria ter um amante (homem).

O que sentia por Keziahaya era puramente emocional. Acachapante e categoricamente emocional e não erradicado pela lógica em momentos de calmaria.

*É só aparecer uma aberração que o Virgil se apaixona. Pode apostar!*

Era o que Whitey afirmava com desdém.

Ou melhor, o que Whitey afirmava com desalento a respeito do filho mais novo, que tanto o decepcionava.

Mas Amos Keziahaya não era uma aberração. Whitey teria ficado pasmo com ele caso os dois se conhecessem.

De qualquer modo, o diabo que carregasse Whitey. Agora era só Virgil.

— NÃO DEIXE ESSES APROVEITADORES tirarem vantagem de você, Virgil. Você sabe como é ingênuo.

*Aproveitadores* era a palavra que a irmã Beverly usava para quem não era igual a ela, que tinha um padrão de vida muito abaixo do dela.

*Ingênuo* era a palavra que ela usava no lugar de *bobo, burro.*

Virgil quis protestar: os amigos não eram aproveitadores, mas indivíduos, todos diferentes uns dos outros. Em uma comuna flexível e mutável, dividiam a casa espaçosa do sítio da Bear Mountain Road. Alguns eram artistas como Virgil, outros cultivavam o terreno, havia uns poucos professores e tutores. O emprego deles geralmente era de meio expediente, temporário. O emprego deles não era permanente e não dava direito a plano de saúde médico e hospitalar. O mais novo era um garoto de dezenove anos que tinha largado a faculdade, a mais velha era uma fisioterapeuta com empregos intermitentes, uma mulher cuja idade pairava sempre pouco abaixo dos quarenta anos. Quem estava envolvido com quem, quais indivíduos formavam casais, ou eram amantes, casados, prestes a se casar, divorciados... Virgil não sabia direito, e não tinha interesse de fato, a não ser quando se tratava de Amos Keziahaya, que vivia só e parecia desimpedido.

Keziahaya a princípio fora se hospedar com amigos na casa do sítio, duas pessoas casadas que lecionavam na faculdade. O casal já tinha ido embora e Keziahaya tinha permanecido ali.

Como isso tinha acontecido? — Virgil havia se tornado um dos moradores mais antigos da Bear Mountain Road. Tinha trinta e um anos!

Tinha imaginado, ao se mudar para a cabana decrépita atrás da casa e transformar em ateliê um casebre ainda mais decrépito que antes era um paiol para trigo, que ficaria só alguns meses para depois "seguir em frente".

Porém, isso não tinha acontecido. O motivo Virgil não sabia direito.

(As irmãs mais velhas tinham certeza: Virgil era apegado demais à mãe, que, por sua vez, era apegada demais a Virgil.)

(Para um irmão, o irmão tem "apego demais" a um responsável se esse "apego demais" parece exceder o "apego demais" do irmão rival.)

(Virgil não dava ouvidos às alegações das irmãs mais velhas de que vinha "sugando" — ou seria "roubando" — o dinheiro de Jessalyn havia anos sem que Whitey soubesse. Não tentou rebater a declaração do irmão Thom de que ele não tinha conseguido crescer, *ser homem* como Whitey queria e como [é claro] Thom tinha feito com muito sucesso.)

Que fúria os irmãos mais velhos sentiriam se soubessem que, com a herança do pai, Virgil tinha comprado um Jeep que deixava à disposição de praticamente todo mundo do sítio que precisasse do carro — um bando de *aproveitadores*.

Contanto que as chaves ficassem com Virgil, poderia considerar o veículo *dele*.

É claro que poucos dos que usavam a picape enchiam o tanque de gasolina antes de lhe devolver o carro. Em geral, o ponteiro do combustível se equilibrava delicadamente acima do *vazio* — uma façanha, Virgil tinha que admirar.

Aos trinta e um anos, era magnânimo o bastante para entender: alguns indivíduos explorariam sua generosidade. Em geral, sabia quem seriam de antemão. E deixava que tirassem vantagem dele mais de uma vez. Mas raciocinava que muitas vezes tinha explorado os outros, inclusive amigos e amantes, inclusive os pais, e portanto não haveria um modo razoável de contestar sua exploração.

Virgil pagava mais do que devia nas compras do mercado e volta e meia ele mesmo ia às compras. Pagava a manutenção do terreno, um terreno no qual o senhorio (ausente) tinha perdido todo o interesse.

Tinha ajudado a pagar o tratamento odontológico de um morador e tinha pagado o tratamento médico emergencial de um outro depois de um acidente de trator em uma das plantações. Tinha ajudado a pagar, ou mesmo pagado sozinho, os materiais de outros artistas, inclusive da (ex) amiga Sabine, que agora o desprezava. Tinha chegado a pagar pelo que supunha ser o aborto de uma amiga em uma clínica de Rochester. (Virgil não fizera perguntas e não tinham lhe contado os detalhes.) Dava dinheiro ao abrigo de animais, a um santuário para animais selvagens, a uma casa de repouso. Atuava por várias horas semanais como voluntário do abrigo e da casa de repouso, levando animais terapêuticos para serem acarinhados pelos moribundos que às vezes o confundiam com um filho, neto, irmão ou marido.

Era sempre uma facada no coração de Virgil quando um desses moribundos demonstrava surpresa e mágoa porque ele estava indo embora:

— Tão cedo assim? Ah, mas aonde é que você vai?

No entanto, andava evitando a própria família. A própria mãe que (ele teria dito) amava muito.

Era só porque a viuvez dela era desoladora para ele. A solidão, a perda brutal no olhar, o rosto, o tremor do toque — sobretudo o esforço que fazia para estar alegre, animada, "recuperada" pelo bem dele. Não suportava, não era tão magnânimo assim.

E era arriscado para ele, as muitas vezes que tinha quase confessado a Jessalyn que tinha sido ele a causar a morte do pai, ao não lavar as mãos corretamente. Virgil e os policiais brutais de Hammond…

Tinha vontade de contar a Jessalyn, mas medo de fazê-lo. Pois ela o perdoaria — é claro. Ele sabia que não merecia perdão.

Mas uma coisa estava clara: ele nunca tinha aceitado dinheiro de Jessalyn para usar consigo mesmo. Com os outros, sim, mas não consigo. Ele sabia que as irmãs ficavam furiosas porque Jessalyn lhe dava dinheiro. Era orgulhoso demais para confrontá-las, para negar. De qualquer modo, elas não acreditariam, de tão ressentidas que eram.

Mas agora, com o dinheiro de Whitey, ele estava com a vida (que lhe restava) garantida. Gostaria de dizer isso para a família, mas também era orgulhoso demais para isso.

*Esbanjando o dinheiro dos nossos pais. Aproveitador!*

Tinha gente no sítio que só precisava insinuar para Virgil estar passando por dificuldades financeiras e ele dava, isto é, "emprestava", o dinheiro. Emergências familiares, mensalidades da faculdade, pagamento de juros e hipotecas, multas e impostos… Estava gastando o dinheiro que o pai lhe deixara, fascinado com seu desaparecimento assim como ficava fascinado quando menino com a ampulheta no escritório do pai, cuja areia caía devagarinho, rala — inexorável.

— A diferença entre uma ampulheta e a hora de verdade — explicara Whitey — é que você pode virar a ampulheta e repetir o fluxo de areia. A hora de verdade jamais pode ser repetida.

Virgil pensara: *Que bom!*

Aos doze ou treze anos você sabe que vai viver para sempre. Quem liga para *reviver* uma hora?

O trabalho voluntário de Virgil não dava lucro, é claro. De vez em quando ele trabalhava pelo salário-mínimo pago a funcionários locais ou dava algum curso na faculdade comunitária para adiar o dia em que sua herança acabaria, inexorável.

Tinha dito a Sophia que talvez, só talvez, o dinheiro de Whitey fosse para durar a vida inteira, e quando se esgotasse, sua vida também se esgotaria.

Sophia não riu. Desviou o olhar de Virgil, chateada com o que ele havia dito. Ele precisara garantir à irmã que não tinha falado sério.

Sophia não se apaziguou. Esfregava os olhos com irritação dizendo que essa mesma ideia terrível tinha passado pela cabeça dela sobre a própria herança, mas era claro que isso era impensável.

*Sim! Impensável.*

*Não é sério.*

No entanto, era algo a se ponderar. Pois ele tinha causado a morte do pai e ninguém sabia disso.

Tinha esses pensamentos enquanto dirigia o Jeep. Na estrada íngreme que cortava a Bear Mountain Road. Na descida rumo ao rio Chautauqua. Uma sensação de falta de peso, de júbilo. Imaginando que o volante e o freio tinham sido desligados do motor e que ele não tinha controle sobre o veículo em movimento, que estava em queda livre...

No sonho, Virgil arrancou o volante, pisou fundo no freio. Nada aconteceu, o veículo capotou e despencou da estrada, *mas não foi culpa de Virgil*.

Em seguida, Amos Keziahaya entrou na vida dele, e de repente a vida voltou a ser-lhe preciosa.

DESDE A MORTE DO PAI. Essa nova personalidade fazendo força para sair.

Como estátuas enterradas do mundo antigo, helênico. Deslocamento de terra, assombrosas figuras de beleza e terror emergindo dos escombros da terra do Pérgamo.

Sua nova obra imitava esse ser emergente. Tinha criado uma figura de cera branca em homenagem ao *Gaulês moribundo*: a pessoa agonizante, amarrada com barbantes, arame, fios de alumínio.

De repente seu sono era assombrado por arte heráldica. Arte heroica.

Tinha ido de carro a Nova York para ver as esculturas gregas clássicas no Metropolitan, tinha sentido o coração ser esfaqueado e entorpecido por aquela beleza, e mais do que a beleza. Arte transcendente, tão diferente de sua arte com sucata... E junto com isso o sentimento pelo jovem nigeriano, que era uma espécie de máquina de solda, com suas faíscas brancas, galvanizando, liquefazendo tudo que tocava.

Uma série de corpos. Figuras humanoides, espantalhos, manequins revestidos de cera. Bem amarrados feito uma camisa de força. Rostos encobertos como algo que derreteu. Genitália (masculina) encoberta sob tiras de pano branco áspero que mais parecem um curativo.

*O corpo dele: o homem branco.*

*O paradoxo: você não sabe que é "branco" até se deparar com o outro — o "negro".*

Relembrou a escultura da figura hermafrodita grega, as belas costas femininas, os braços; a genitália masculina visível pela lateral. Será que ele, Virgil, se atrevia a tal transgressão em Hammond, Nova York? Para expor na Feira de Artesanato de Chautauqua?

Foi impossível não rir. Ridículo.

Foi impossível não rir. A perspectiva era horripilante.

Muitas noites animado demais para dormir. Luzes no ateliê, na cabana, ao longo da noite. Trabalhava às cegas, a visão era interna, incompleta. Suas obras anteriores, esculturas de sucata, colagens de utensílios domésticos, roupas, imagens da cultura popular de décadas antes e muitas em formas de animais, afáveis ao olhar, charmosas, vendáveis, agora lhe pareciam infantis, banais.

A morte de Whitey e o surgimento de Amos Keziahaya em sua vida.

Virgil nunca tinha se deparado com uma presença como a de Keziahaya — não conseguiria dizer o porquê. Nunca alguém o inspirara tanto como artista, alguém que mal conhecia e geralmente tentava evitar.

— Você não gosta do Amos, Virgil? — perguntara.

— Claro que eu gosto do Amos, todo mundo gosta do Amos! — retrucara Virgil, chegando bem perto de dizer que *todo mundo ama o Amos*.

Tão sedento de vida, de alegria, de esperança desde a morte de Whitey! Às vezes o coração de Virgil acelerava em uma taquicardia, mal conseguia aguentar tanta felicidade.

Observando Keziahaya sair da casa de manhã. Indo para o carro. No frio, o vapor da respiração. A figura grande e alta pueril de tanto entusiasmo. Keziahaya lembrava Muhammad Ali quando Ali era Cassius Clay — jovem assim. Uma espécie de ousadia de rapaz com boné virado para trás, assim como uma formalidade de adulto melancólico no blazer azul-marinho e na gravata.

Virgil ficava com ciúme quando via Keziahaya falando com os outros? Andando com os outros? Indo embora com um ou outro indivíduo em seu carro, rumo ao campus da universidade?

As mulheres sentiam atração por Keziahaya, é claro.

Uma expressão quase deslumbrada no rosto de Keziahaya ao ser confrontado por uma mulher ou uma garota.

Keziahaya as via como *brancas*? Virgil fica se perguntando. Ou as via como *mulheres*, e a cor da pele era irrelevante?

A questão da sexualidade de Keziahaya. *Não pense nisso.*

Às vezes acontecia, para a vergonha de Virgil, de Keziahaya reparar nele e levantar a mão em um aceno, e sorrir, ou abrir um sorriso largo — se estavam ao ar livre, cada um indo pegar seu carro.

*Como você tá? Ok?*

*Ok. E você?*

Virgil era quem virava as costas. Trêmulo, o maxilar duro por conta do sorriso. Keziahaya seguia em frente, alheio.

(Porém, às vezes, assobiava sozinho. Virgil se esforçava para ouvir, mas não conseguia identificar a melodia.)

Ficava se perguntando: será que o jovem nigeriano de um metro e oitenta sabia que era provável que alguém o observasse boa parte do tempo? Ele sabia, ele se importava? Ele se deleitava ao saber ou se encolhia? — não de forma nítida, é claro. Pois Keziahaya se comportava com dignidade, até mesmo uma espécie de rigidez.

Era uma época em que, com uma súbita mudança de humor, Virgil era capaz de destruir grande parte de seu trabalho.

Porque tinha a energia, o discernimento. Porque tinha raiva de si mesmo, ou nojo. Porque aquilo que o arrebatava por dias a fio poderia de repente lhe causar aversão à luz impiedosa da manhã.

Não descartar, mas remodelar, refundir. A arte é *tonal*, ele pensava.

*Tonal, espiritual.* O exterior da obra de arte é apenas um meio para se chegar ao interior.

Ele não tinha certeza de como o chamaria. *Trabalho inacabado* era um título que volta e meia usava, um não-título útil, mas o havia usado diversas vezes, e essa obra lhe parecia diferente.

Algo que sugerisse mortalidade, mas também transformação: um título como *A metamorfose*, mas menos pretensioso.

Ao ver a nova obra de Virgil, seus amigos ficaram confusos. Não estremeceram, exatamente — não exatamente. De modo geral, ficaram em silêncio. Um ou outro balbuciou um inquieto *uau*.

Ele não se ofendeu. Não se magoava à toa com aqueles cujas opiniões não tinham muito valor para ele, assim como não ficava lisonjeado à toa com essas mesmas pessoas, que (infelizmente, ironicamente) eram a maioria das pessoas que Virgil conhecia.

Esperava que, caso Keziahaya visse seu trabalho, gostasse. Mas nem isso Virgil se atrevia a esperar.

E AGORA. E DE NOVO. E mais uma vez vai perguntar — *Está precisando de ajuda?*

Nada mais provável do que Virgil ajudar o jovem nigeriano a colocar suas litografias e pinturas emolduradas, algumas bem grandes, no porta-malas da picape, assim como já tinha ajudado outros a levarem suas obras à Feira de Artesanato de Chautauqua. Sua obra, como a de Virgil, seria exposta em uma das tendas mais amplas, pela qual Virgil era o responsável. Uma mistura de artesanato, fotografias, esculturas e pinturas.

Virgil fizera questão de que Keziahaya expusesse na tenda "dele".

Você confia na sorte, se está no destino se encontrar. Mas a sorte pode ser alargada. A sorte pode ser acelerada.

*Ok?*

# Sem título: viúva

As abas da tenda balançavam com o vento. A chuva havia passado, o que era uma bênção. E tábuas de madeira tinham sido dispostas sobre o gramado lamacento, para o uso dos visitantes da feira, que iam, desajeitados, de tenda em tenda sob os jorros do vento surpreendentemente gelado.

Ah, ali estava a tenda de Virgil, e ali estava a exposição.

Jessalyn fitou com desalento. *O que* ela estava vendo?

Tinha ido à Feira de Artesanato de Chautauqua sozinha, assim como ia à maioria dos lugares sozinha, sem saber quanto tempo iria querer ficar. E que sorte que não tinha ido com um amigo, um parente ou uma das filhas, pois as esculturas novas de Virgil eram aflitivas, surpreendentes — no mínimo. Não era espanto algum que ele não quisesse mostrá-las a ela de antemão.

*Mortalidade & As Estrelas* era o nome da exposição. O nome do artista era apenas *Virgil*.

Fazia muito tempo que Virgil assinava suas obras de arte apenas com o primeiro nome, com uma espécie de vaidade ingênua, Jessalyn pensava. Quando menino ele assinava seus desenhos de giz de cera com um floreio — *Virgil*.

(— O menino se acha um Rembrandt — ironizara Whitey, que, na época, ainda não se irritava com o *artiste*.)

Ela ainda não tinha superado a ansiedade que sentia por ele. O medo da mãe de que o filho passe vexame em público, mesmo muito depois de a criança virar adulta e ter garantido inúmeras vezes que não dava a mínima para sua reputação pública, muito menos para o dinheiro.

Porém, os McClaren notavam que Virgil sentia um orgulho silencioso de suas obras e do fato de que todas eram vendidas, a preços modestos. Ele jamais admitiria isso, é claro.

A maioria de suas esculturas em *Mortalidade & As Estrelas* eram figuras humanoides atrofiadas feitas de materiais rústicos como aniagem, pedaços de manequins, isopor e cera derretida, presos com barbantes, arame e fios de alumínio; os rostos eram mínimos, sem feições distintivas. Havia uma série de figuras de cera branca, evidentemente masculinas (dava para ver a genitália masculina achatada sob as ataduras grosseiras); só a última figura da sequência estava livre de suas amarras, pois estava de joelhos, com o rosto voltado para cima, inexpressivo, e a cabeça careca de casca de ovo.

Em uma série paralela havia uma sucessão de figuras negras mais ou menos do mesmo tamanho, e a última figura também estava de joelhos com o rosto igualmente inexpressivo e a cabeça preta careca de casca de ovo.

Jessalyn tentou entender a exposição. *Mortalidade* ela via, sim — mas *As Estrelas?* As figuras ajoelhadas estavam olhando para as estrelas (invisíveis)?

— O que você acha? Esquisito, né?

— É meio, como é que se diz... meio "prevertido"...

— Talvez seja uma questão racial.

— É, com certeza... alguma "questão racial".

Jessalyn ficou aliviada, esses comentários entreouvidos eram mais reflexivos do que ofendidos.

Outros apenas passavam, olhavam fixo. Adolescentes davam sorrisinhos afetados e risadinhas. Uma criança se retraiu de medo — "Ma-*mãe!*" — e teve que ser aninhada nos braços da mãe.

— Essa é a obra do Virgil McClaren? *Essa?*

Um tom de repulsa, desaprovação. É óbvio que essas pessoas — as duas mulheres de uma jovem meia-idade — conheciam o trabalho mais característico de Virgil e estavam se sentindo traídas.

— O que é que você *faz* com uma coisa dessas? Nem no Halloween dá para colocar na entrada de casa, ficaria *bizarro*. Parece aquelas coisas que a gente vê nos museus de arte de Nova York, ou qual era o nome mesmo... na "Galeria Albright", em Buffalo.

— Aquela galeria! Bizarra demais.

As mulheres olharam para Jessalyn com um sorriso cúmplice, mas ela fingiu não ver. Era tão habitual concordar com o que a outra pessoa dizia, sorrir e assentir em uma cumplicidade instintiva, que precisava se forçar a não juntar forças com elas contra a *bizarrice*.

Estava com pena de Virgil. Ninguém compraria as obras novas.

As atrações principais da feira eram o teatro de marionetes infantil, um ceramista que demonstrava seu talento no torno, um tecelão com um tear irlandês do século XIX. Aquarelas e pinturas de artistas locais — paisagens, poentes, reflexos na água, crianças. Jarros esmaltados, enfeites de parede, suportes para plantas em macramé, bijuterias feitas à mão, castiçais, vários tipos de produtos em tricô, crochê, esculpidos. Os objetos mais populares estavam nas outras tendas, que Jessalyn podia evitar.

Ela agora tinha o costume (ela sabia: as pessoas a criticavam) de evitar ser vista por quem a conhecia, quem poderia chamá-la alegremente — *Jessalyn!* —, o efeito era de um anzol na boca, segurando-a e puxando-a para a costa.

*E como você está? Não temos visto você ultimamente...*

Não. Não tinham visto Jessalyn McClaren ultimamente. Ela não conseguia explicar o porquê e ficava chateada quando perguntavam.

Foi instrutivo para Jessalyn examinar *Mortalidade & As Estrelas* e tentar entender como o artista era seu *filho*. Nada nas imagens severas e angustiadas sugeria o Virgil que ela conhecia ou acreditava conhecer. *Filho* não era uma boa identidade para esse Virgil, o que talvez fosse incômodo para ela, como (provavelmente) seria para Whitey; mas era bom que fosse assim, Jessalyn imaginava.

Todos somos muito mais profundos do que achamos. É na profundeza que a dor vive, e é isso que não queremos (sempre) saber.

As obras de arte anteriores de Virgil eram lúdicas, até mesmo atrevidas. Ele usava cores berrantes para reavivar a sucata. Distorcia o formato das coisas de um jeito que não era ofensivo aos olhos nem provocava quem as via a pensar. Via de regra, era arte decorativa que as pessoas podiam usar em casa — Jessalyn tinha usado na dela. Mas — essas figuras humanoides! *Olhá-las* já era doloroso.

"Forte" — podia-se dizer. "Original" — "impressionante" — "provocador". Jessalyn ensaiava essas palavras para descrever os novos trabalhos de Virgil.

Whitey nunca tinha ido à feira de artesanato, pelo que Jessalyn sabia. Ela o tinha convidado várias vezes, suplicado que ele fosse ao menos ver as exposições de Virgil, mas nunca tinha tempo. E que bom que não tinha ido naquele ano, pois, se Whitey visse *Mortalidade & As Estrelas*, seria impiedoso no escárnio. E ficaria assustado.

*Prevertido?*

Quem dividia o espaço da tenda de Virgil com os artistas locais mais sérios era um homem nigeriano de quem Jessalyn nunca tinha ouvido falar, de nome impronunciável — "Keziahaya". Sua obra era muito colorida, abstrata; ele também criava esculturas esquisitas, peculiares, com tecidos (africanos?), não imediatamente identificáveis como humanos ou animais. Os visitantes pareciam admirar essas obras exóticas e compravam as peças menores. Suas litografias eram repletas de detalhes, lembravam as paisagens oníricas de — seria Henri Rousseau? Jessalyn reparou que "Amos Keziahaya" vivia na região de Hammond desde 2009 e lecionava artes em meio período na universidade. Ela se perguntou se Virgil o conhecia.

Jessalyn ficou pensando o que teria levado Keziahaya àquela cidade obscura no norte do estado de Nova York. Se tinha amigos ali ou se conhecia pouca gente e se sentia só.

Porém, a pessoa podia conhecer muita gente e ainda assim se sentir só.

Ela voltou à exposição de Virgil, agora deserta. Sentia uma ansiedade de mãe, de que o filho fosse ficar arrasado se não vendesse nenhuma obra de arte — não que fosse falar para alguém, é claro.

Por sorte, Virgil tinha incluído várias peças menores, embora lhes faltasse o ludismo das obras passadas. Os galos, bodes, bois e cavalos de metal, pintados de cores festivas, tinham se saído bem nas feiras anteriores; uma vez, ele exibira figuras humanas aladas feitas de colchas de retalhos, que tinham vendido rápido; sapos, rãs, morcegos, borboletas, passarinhos charmosos. Todos os amigos dos McClaren tinham pelo menos um desses exposto no gramado ou em seus jardins verticais. É claro que Jessalyn tinha um monte. Completamente diferentes daquelas figuras que pareciam cadáveres de costas no chão, nuas e vulneráveis, amarradas como se usassem camisa de força. O que Virgil estava pensando, obrigando as pessoas a olharem aqueles horrores?

A morte do pai o deixara desnorteado. Era isso. Mas — o que Jessalyn poderia *fazer*? Ela mesma estava desnorteada.

Quando o via, Virgil geralmente estava eufórico — ela não queria pensar que estava louco. Ele já tinha falado que andava insone — mas ficava feliz, pois assim podia trabalhar mais.

Ele tinha tido um surto consumista (para Virgil, que não comprava nada havia anos, a não ser em bazares e mercados de pulgas), adquirindo o Jeep e materiais de arte de boa qualidade. Tinha até marcado consulta no dentista.

(Será que Virgil ainda tinha a bicicleta velha, horrorosa? — Jessalyn não a via havia meses.)

Jessalyn se curvou para olhar de perto as figuras humanoides amarradas. Se prestasse atenção, via-se que cada figura era menos amarrada que a anterior; no final, as amarras se afrouxavam e caíam, e a figura estava "livre". Qual era o sentido? Livre das amarras, rumo a uma liberdade questionável? Os olhos erguidos para as estrelas? O problema era que ninguém iria querer comprar uma figura só, que não faria sentido fora da sequência; e ninguém iria querer comprar todas elas — eram pelo menos vinte figuras. (Bom, talvez um museu. Mas um museu nunca comprara uma obra de Virgil, e era pouco provável que fosse comprar àquela altura.)

Jessalyn viu: as figuras pretas, logo atrás das brancas, serviam para lhes fazer "sombra", talvez.

Ou essa seria uma ideia racista, do tipo que só uma pessoa branca teria?

Ou — seria uma sátira à ideia racista, do tipo que só uma pessoa branca teria, mas que uma pessoa negra talvez aceitasse como perspectiva legítima?

Afora o fato de estarem livre das amarras cruéis, as figuras "libertas" não inspiravam muita esperança no observador. As duas pareciam desoladas de joelhos, olhando para lados opostos e para cima, para o teto da tenda, que tinha começado a gotejar. Jessalyn imaginava que fosse proposital: o que Virgil chamava de "estratagema". De propósito, não tinha feito as últimas figuras nitidamente diferentes das predecessoras por medo de parecer piegas ou ser óbvio demais. Desde a puberdade, quando tinha se deparado com a expressão *a arte pela arte*, Virgil exprimia desdém por finais "felizes" na arte e na vida.

Se Whitey estivesse a seu lado, Jessalyn teria tampado os olhos dele com a mão. Deixe para lá, querido!

Jessalyn contou o dinheiro que tinha na carteira. Era sempre uma surpresa para ela — nunca sabia quanto tinha. Algumas notas de um dólar ou bem mais. Thom havia lhe mostrado como sacar dinheiro no caixa eletrônico e ela fazia isso em parcelas modestas. Gastava pouco consigo mesma, basicamente só comida e gasolina para o carro, que usava com parcimônia... Se quisesse comprar alguma coisa de Virgil, precisaria pagar em dinheiro, pois raciocinava que se pagasse com cheque ou cartão de crédito, Virgil poderia descobrir quem tinha feito a compra; mas precisava comprar alguma coisa, pois tinha a impressão de que mais ninguém compraria. Para seu espanto, descobriu várias notas de vinte dólares na carteira, além de uma de cinquenta.

Em uma prateleira, Jessalyn descobriu uma escultura de sucata feita por Virgil, pintada de branco-ostra, de cerca de sessenta centímetros de altura, que não era tão feia e acusatória quanto as obras novas. *Choque florido* lembrava uma margarida que parecia, quando examinada sob certo ângulo, uma boca durante o grito — mas Jessalyn podia evitar examiná-la daquele ângulo.

Jessalyn teve que procurar uma vendedora. Eram todas voluntárias e nem sempre estavam ao alcance da voz.

— Com licença? Oi? Quanto custa esta flor?

— Uma flor? É isso o que ela é? — Uma loira bonita de cafetã e calças largas de pijama correu para dar uma olhada na escultura de Virgil. Estava claro que não tinha *Mortalidade & As Estrelas* em alta conta e ficou genuinamente surpresa com o interesse de Jessalyn. — Caramba! Deixe eu ver a etiqueta.

Era típico de Virgil rabiscar um preço a lápis, que de tão desbotado já era impossível saber qual era.

— Será... quinze dólares?

— Ah, mas não deve ser só quinze dólares! — Jessalyn ficou em choque.

— Cinquenta?

— Até cinquenta me parece pouco para uma peça... interessante assim.

Desconfiada, a jovem olhou *Choque florido*.

— Acho que dá para dizer que é "interessante". Não é tão deprimente quanto esses bonequinhos deitados no chão, que a gente achou que podia causar o fechamento da exposição... se as pessoas reclamassem que são "obscenos", sabe?

— Ah, não... "obscenos"? Sério?

— A senhora não olhou de pertinho. Melhor assim.

Jessalyn ignorou o comentário, balbuciado em voz baixa.

— O artista mora aqui em Hammond. Seria de se imaginar que ele é de alguma cidade com... sabe como é... questões de "raça"...

Às pressas, Jessalyn disse que tinha uma bolsa de lona, a balconista não precisava embalar a flor.

— Seria de se imaginar, sabe como é, que esse tal "Virgil" é negro... mas eu vi ele arrumar a exposição e ele é *branco*. Mas, tipo, um "hippie" branco, sei lá... meio esquisito, com uma cara doce, triste, cabelo comprido.

Com a ajuda de Jessalyn, a moça enfiou a flor de metal desajeitada na sacola de pano onde lia-se BAILE DE GALA DOS CINQUENTA ANOS DE BIBLIOTECA PÚBLICA DE HAMMOND. A escultura tinha um peso surpreendente e um cheiro estranho, como o de uma moeda suada.

Onde poderia colocar o *Choque florido* para que Virgil nunca o descobrisse? Ou... será que era melhor deixar que descobrisse a escultura dali a alguns meses? Era provável que o filho risse ao ver quem tinha comprado uma de suas esculturas.

(Mas Virgil riria? Talvez ficasse ofendido porque a mãe havia comprado sua obra às escondidas, como se ele tivesse que ser paparicado feito uma criança.)

Em um ato impetuoso, então, já que estava de carteira na mão, aberta, Jessalyn resolveu comprar alguma coisa do nigeriano de nome impronunciável. A obra, um objeto curioso em forma de ovo, feito de camadas de tecido esmeralda entremeado de plumas brancas, mais ou menos do tamanho de uma bola de basquete, tinha caído mais nas graças da moça.

— Essa sim é bonita! A senhora pode usar como almofada ou travesseiro, sabe... na cama, no sofá. *Esse* artista é negro... é africano... eu o vi. Mas ele está de camisa branca e fala inglês como se soubesse a língua muito bem. Foi muito educado.

O ovo esmeralda não tinha assinatura nem título e tinha o preço justo, Jessalyn achava, de trinta e cinco dólares, pago com o cartão de crédito. Ao contrário de *Choque florido*, era bem leve.

Jessalyn estava alegre, exultante. Era tentador fazer outras compras na feira — obras de arte que poucos clientes iriam querer. Se tivesse mais dinheiro para gastar! — distribuindo-o entre os artistas locais para lhes dar uma força. E era melhor comprar em segredo, assim ninguém saberia quem era a benfeitora.

Acreditava que Whitey aprovaria. Ultimamente, Whitey vinha aprovando seus atos mais imprudentes.

*Respeitável e bom, meu bem. Apesar de você não estar feliz, pode fazer os outros felizes, é esse o sentido da vida.*

Se ao menos tivesse ido para casa então. Mas não foi.

As exposições de fotografia estavam na tenda vizinha. Ali também os objetos que mais vendiam eram as imagens familiares: crianças sorridentes, cachorros brincando, poentes e nascentes, árvores florindo, sombras de silhuetas no gramado. Alguns dos fotógrafos eram conhecidos na cidade e conhecidos por Jessalyn. Mas a principal exposição tinha o título *Os enlutados* e era de um fotógrafo chamado Hugo Martinez, de quem Jessalyn nunca tinha ouvido falar.

Em meio aos fotógrafos locais, Martinez era claramente excepcional. Com um olhar de relance, percebia-se que o trabalho dele era... bem, "sério" era um termo muito fraco. Lindo, profundo, cativante? A impressão e a montagem eram muito profissionais, e a maior das fotografias tinha no mínimo um metro e vinte de comprimento por noventa centímetros de largura.

Martinez parecia ter viajado à beça: havia fotografias de um "enterro celestial" tibetano, indianos com roupas berrantes se banhando no Ganges, cadáveres queimando em uma pira funerária. Cemitérios nos fundos de uma igreja, cortejos fúnebres, pranteadores de roupa preta em uma ilha rochosa na costa da Escócia. Em um cemitério mexicano espalhafatoso, uma celebração animada do Dia dos Mortos; em uma ilha grega, pranteadores solitários, mulheres de preto ajoelhadas nos túmulos. Jessalyn ficou estarrecida ao entender o que estava olhando: catacumbas romanas com crânios, ossos expostos em meio às rochas. Eram tantas!

As fotografias tinham o foco acentuado, eram íntimas e inclementes. A morte não tem dignidade, os mortos não têm direito à privacidade. Como é diferente do nosso estilo de vida nos Estados Unidos, Jessalyn ponderou, onde a morte é aterrorizante e vergonhosa; as pessoas se escondem para agonizar e são enterradas, ou cremadas e suas cinzas, enterradas. Até o fim, e depois dele, precisamos acreditar que temos *importância*.

Queria protestar: *Ah, Whitey, eu acho inaceitável, você é um entre muitos. Por favor, não.*

A morte do marido era singular, Jessalyn precisava acreditar nisso. Não podia renunciar a essa crença. Não podia sequer renunciar à ideia de que ele (sabe-se lá como) não tinha partido de verdade, mas não estava ao lado dela, ciente de todos os seus pensamentos e emoções passageiras.

*Whitey, me ajude! Eu sei que é ridículo, eu sou ridícula, mas sei que você está comigo, você nunca vai me abandonar...*

No fim de *Os enlutados* havia algumas fotografias menos espetaculares, não tão grandes, as cores mais suaves, tiradas nos Estados Unidos.

Jessalyn se pegou olhando fixo para uma delas, que achou de uma beleza de tirar o fôlego e lhe deu vontade de chorar — *Sem título: viúva*. Era uma mulher de casaco preto curvada sobre um túmulo em que havia um pequeno sinalizador medíocre, ao contrário das lápides grandes das sepulturas vizinhas; a mulher estava de costas para a câmera, alheia à presença do fotógrafo, como se totalmente absorta no luto. A foto tinha sido tirada ao anoitecer, a atmosfera era enevoada, onírica; Jessalyn se lembrou das fotografias do século XIX de Julia Cameron.

A postura da viúva era esquisita, como que suplicante; como se falasse com alguém debaixo da terra, fazendo um apelo. Estava de perfil, mas não era claro; não se via muito de seu rosto. Porém, a sobriedade da fotografia, seu clima melancólico, era amenizado pela faixa de lama na lateral do casaco preto da mulher, e (se olhasse bem) em sua perna. Jessalyn pensou: *Ah! Ela não faz ideia.*

Outras fotografias de Martinez eram igualmente solenes, mas "defeituosas"; um homem pançudo de jaleco de clínico encardido, sentado de pernas abertas ao lado de uma porta com a placa EL DEPOSITO DE CADÁVERES e fumando um charuto; uma obesa de maquiagem chique em um banco de igreja, assoando o nariz em um lenço de pano; meninos gêmeos de ternos idênticos ao lado de um carro fúnebre, ambos estrábicos; meninas de idade escolar dando risadinhas, com a barriga à mostra, as pernas à mostra e os pés à mostra em chinelos, fazendo poses sedutoras para o fotógrafo no cemitério. Jessalyn olhou de novo para *Sem título: viúva* e se encolheu, chocada:

— Ora, sou eu.

Era verdade. A viúva de *Sem título: viúva* era Jessalyn McClaren.

Jessalyn passou muito tempo olhando a fotografia sem enxergá-la direito. Sentia o sangue se esvair da cabeça, estava à beira de um desmaio, atordoada.

Mas — como era possível? Jessalyn com seu casaco preto de inverno diante do túmulo de Whitey...

Uma das vendedoras voluntárias a abordou, sorridente. Podia ajudá-la?

Jessalyn gaguejou que não, não naquele momento.

Queria esconder o rosto. Queria fugir...

Devia ter sido o homem no cemitério meses antes, que a ajudara quando caiu — ele tinha tirado uma foto dela às escondidas. Ajudara-a a limpar a lama do casaco e das pernas e a achar a sepultura de Whitey. Era o homem mais velho de chapéu de caubói, um desconhecido. Ele tinha bigode, uma voz macia, parecia calmo e sábio, enquanto Jessalyn estava agitada.

Ele estava com uma câmera? Devia tê-la escondido.

— Sra. McClaren? Olá! Imaginei que fosse a senhora. Tudo bem? — inquiriu a voluntária sorridente.

Jessalyn não conseguiu olhar para a mulher. Murmurou algumas palavras educadas e saiu devagarinho.

Foi tomada por um rubor ardido, imaginando que todo mundo que visse a fotografia reconheceria Jessalyn McClaren.

Que choque! Sentia-se exposta, traída. Pelo estranho que tinha sido tão gentil com ela.

Precisava fugir. A feira estava acabada para ela.

A pobre, lastimável Jessalyn com suas roupas enlameadas — exposta em *Sem título: viúva*.

A caminho de casa, lembrou-se do misterioso lírio branco que alguém tinha lhe enviado — achava que o nome era "Hugo". Tinha sido meses antes, provavelmente depois do encontro no cemitério. Era óbvio que havia sido o fotógrafo que tinha se aproveitado dela: "Hugo Martinez".

Ele sabia quem ela era, era evidente. Por conta do marcador no túmulo: JOHN EARLE MCCLAREN.

Martinez devia ter procurado seu endereço para mandar o lírio branco. Um gesto de reparação, talvez. Uma confissão de culpa.

Ela estava magoada e estava com raiva. Nunca tinha lhe acontecido algo parecido. Esse "Hugo" tivera o atrevimento de agradecer no bilhete?

*EM AGRADECIMENTO,*
*SEU AMIGO HUGO*

*Seu amigo.* Como ele tivera esse descaramento!

**COM CUIDADO, VIRGIL DISSE:**

— A fotografia é uma obra de arte. Não é sobre *você*.

E:

— Mesmo se a foto for sobre você, é só uma fotografia... um "retrato". Não é como se o fotógrafo tivesse roubado a sua alma.

Virgil tentava falar em uma voz tranquilizadora, bajuladora. Embora Jessalyn tivesse certeza de tê-lo visto estremecer ao puxá-lo pela manga para a frente de *Sem título: viúva*.

Tão agitada pela fotografia, tão incapaz de tirá-la da cabeça, que Jessalyn precisou ir atrás de Virgil em sua cabana na Bear Mountain Road. Insistira para que Virgil a acompanhasse até a feira naquela mesma tarde.

Era atípico de Jessalyn ficar tão chateada, Virgil pensou. A mãe, tão amável, mordendo o lábio inferior para segurar o choro, os olhos derramando lágrimas por um sentimento que devia ser de humilhação...

A feira estava mais cheia de visitantes no fim da tarde. Um número considerável percorria a tenda das fotografias e se demorava diante das fotografias mais espetaculares de Hugo Martinez. Virgil viu que Jessalyn se encolhia de medo de que vissem *Sem título: viúva* e descobrissem a viúva a alguns metros de distância, chocada.

— Esse homem horrível, esse "Hugo Ramirez"...

— "Martinez"...

— Ele devia estar escondido no cemitério para tirar foto de gente diante dos túmulos... "enlutados". Ele deve ter me visto quando eu fui visitar o túmulo do Whitey. Acho que foi em novembro. Eu não estava em uma época boa, ele deve ter tido a impressão de que eu estava... desequilibrada.

Jessalyn tinha mais a dizer, mas não tinha certeza se devia continuar. Virgil a olhava assustado, ela falava com muita emoção.

Quanto Martinez estava pedindo por *Sem título: viúva*? Sem moldura, uma impressão de sessenta centímetros por quarenta e cinco, cento e cinquenta dólares, preço que, para Virgil, parecia justo.

Ainda que Jessalyn comprasse a maldita impressão para escondê-la, ou para destruí-la, haveria outras. O fotógrafo era o dono do original, o comprador adquiria só uma cópia.

— É assim que eu pareço para as outras pessoas? Meio... curvada, mirrada? Com lama no casaco e nas pernas?

Era sua vaidade que tinha sido ferida, talvez. Seu orgulho.

*Seu sofrimento é trágico para você, mas não para os outros.*

Virgil admirava as outras fotografias de Martinez. As preferidas eram dos "enterros celestiais" tibetanos — cadáveres sob ataduras finas deitados em pedestais de pedras — altares? — para serem devorados por abutres. Que cena!

O observador olhava e olhava, não conseguia desviar o olhar. Não havia algo em sua própria obra, Virgil precisava admitir, que se comparasse.

— A fotografia é uma obra de arte, mãe. A fotografia *não é a vida*. Uma obra de arte não pode ser confundida com *a vida*. É um vislumbre rápido de algo que lhe parece familiar, mas já não existe mais. Deixou de existir naquele momento. É claro que a figura na fotografia não é *você*.

Mas o que isso significava? A ideia era apaziguá-la? Virgil estava adulando a mãe? Jessalyn não se tranquilizava tão fácil.

Virgil acrescentou, com uma dose de relutância:

— Eu conheço ele. O Hugo Martinez.

— Você conhece ele? O fotógrafo?

— Muita gente conhece o Hugo Martinez.

— Não vá me dizer que ele é seu amigo!

— Não. Mas admiro ele há tempos, de longe.

— Ah é, por quê? Por que você admira *ele*?

— Ele é muito talentoso, mas tem dificuldade de se dar com as pessoas. Ele já teve uma cátedra na Universidade Estadual. Foi o Poeta Laureado do Oeste de Nova York. Já ganhou prêmios de fotografia... participou de manifestações locais. É uma "figura local que causa certa controvérsia"... como eu, talvez. Só que mais. — Virgil riu.

Jessalyn sentiu vergonha de nunca ter ouvido falar nessa "figura local".

— Ele é... uma pessoa respeitada? O Whitey conhecia ele?

— Sim e não. Ele é respeitado, ainda que não benquisto por todos. Mas não, o Whitey não devia conhecê-lo.

— É típico dele, isso de tirar fotos às escondidas? Sem pedir permissão?

— Ele não estava tirando uma foto sua, mãe. Já tentei explicar.

— Você está defendendo ele? Contra sua própria mãe?

Virgil ficou perplexo porque Jessalyn continuava chateada. Estava praticamente batendo os punhos. Não vira a mãe assim tão agitada nem na época da morte do pai.

— Mãe, tente entender: a foto não é de alguém específico. É uma composição. Um estudo de contrastes: luz e escuridão, blocos maciços de preto, uma ausência quase total de cor, névoa. O fragmento pálido do perfil da mulher imita um fragmento da lua, que mal se vê entre as nuvens. A miniatura de sinalizador no túmulo tem uma cor fraquinha, como se fosse cobre. Então a fotografia tem cor, embora pareça ser em preto e branco. Não se vê de imediato... é preciso esperar. A fotografia evoca o luto e é lindíssima, na verdade. Mas eu concordo que o fotógrafo não devia ter tirado às escondidas, imagino que com uma teleobjetiva.

— A gente pode pedir para ele tirar da exposição? Por favor?
— Bom... você pode tentar.
— Você tentaria?
— Eu... eu... eu acho que não posso, mãe. Não me sentiria bem. O Hugo Martinez é um artista sério, e eu não acredito em censura. A fotografia é de uma "viúva"... não é da senhora.
— Mas a "viúva" sou *eu*.
— Não. A figura na composição não é *você*.
— Mas as pessoas não pensam assim. A mulher na fotografia sou eu... Jessalyn McClaren... eu sou a enlutada, dá para ver que sou eu.
— Não, o seu rosto está virado para o outro lado, mãe. O enlutado não tem "rosto". Não somos donos de nós mesmos quando estamos em espaços públicos... não é razoável você esperar privacidade estando em um lugar público como um cemitério.
— Mas eu sei que essa sou eu, esse é o meu casaco, essa é a minha perna, suja de lama. O fotógrafo está rindo de mim?
— Claro que não, mãe. O fotógrafo não está rindo de você. Ele criou uma obra de arte que vai sobreviver a você e a mim. Foi isso que ele criou.
Virgil falava com tanta veemência que Jessalyn enfim se calou. Sentia-se muito boba, muito humilhada e muito... abandonada.
— Eu imagino que seja linda. Mas *dói muito*.

ESTA FOI OUTRA SURPRESA PARA VIRGIL: Jessalyn tinha comprado o ovo de plumas e tecido esmeralda de Amos Keziahaya.
Ele tinha voltado para casa com a mãe, pois parecia tão chateada que não queria deixá-la sozinha, e ela havia pegado o curioso objeto para mostrar ao filho. Ao virá-lo nas mãos, ele rira com prazer e uma pontadazinha de algo que parecia ser dor.
— Eu... eu não sei. Chamou a minha atenção. Achei que era... que é... incomum...
— É mesmo. Todas as obras do Keziahaya são incomuns.
— Ah, você conhece ele?
Virgil ponderou.
— Não. Apesar de ele morar na Bear Moutain Road, na casa do sítio.
Uma expressão ressentida tomou o rosto de Virgil, que Jessalyn não conseguia interpretar.
— Você acha que ele se sente só, por ser da Nigéria? Ou ele é... ele tem... tem muitos amigos?

— Não sei. Não sei mesmo... não sei muito sobre ele.

Por conta de instinto materno, Jessalyn disse, impulsiva:

— Quer convidar ele para jantar aqui em casa uma hora dessas? Eu adoraria.

Virgil olhou para ela, pasmo.

— Quero... quero. Talvez. Uma hora dessas.

— Bom. É só me avisar.

Jessalyn pôs o ovo esmeralda, entremeado de plumas brancas, na poltrona acolchoada da sala de estar, onde ele pareceu promover uma sutil reorganização do ambiente, como uma explosão suave.

# Caro Hugo

*9 de junho de 2011*

*Caro Hugo,*

*Você não se lembra de mim — provavelmente. Sou a "viúva" da sua fotografia.*

*No começo, achei chocante ver essa fotografia em um espaço público, não estava preparada. E ver a lama no casaco da viúva e o jeito curioso como ela está de pé, como se a coluna estivesse quebrada.*

*Em seguida, percebi que é por causa da lama que a fotografia é esquisita e bonita. O luto é "defeituoso". A viúva está ensimesmada apesar de ser a enlutada. Está olhando para a terra sob seus pés, não está ciente do fotógrafo que está às suas costas, uma pessoa viva.*

*Você foi muito gentil comigo quando eu estava precisando de gentileza.*

*A princípio fiquei brava com você, mas agora enxergo por outro prisma.*

*Meu filho é artista — ele me explicou a beleza especial de sua obra.*

*Você trouxe serenidade para minha vida. Não sei direito por quê. A viúva deseja viver, se enlutar não basta.*

*Sua amiga,*
*Jessalyn*

IV.

*As estrelas*

JUNHO DE 2011 — DEZEMBRO DE 2011

# Inimigos

— Lorene-y? Sente-se aqui do meu lado! Isto é, ao lado do papai. *Ela*.

**SEU FILME PREDILETO DA VIDA** era *Patton*.

Era uma menina de apenas dez ou onze anos na primeira vez que assistiu, na TV do porão.

Papai tinha dito, Este filme é ótimo, crianças. Uma ótima atuação de George C. Scott.

Sentada ao lado do pai ela havia assistido ao filme, fascinada. Quem estava sentado do seu outro lado, muito provavelmente Beverly, talvez Thom, ela não se lembrava, era apenas um borrão. Queria pensar — talvez — que tinha sido só ela e o pai, para variar. Não todo mundo.

Cinco crianças em uma família é coisa demais. Pergunte a qualquer um que já passou por isso.

Número ideal? — Lorene teria dito: *Só uma*.

Mas qual *só uma*?

É óbvio que alguns pais param de ter filhos depois de *só um*. Mas aí teria sido a porcaria do irmão mandão, Thom, e não ela.

Alguns pais param de ter filhos depois de dois. Principalmente quando têm um menino e uma menina. Mas assim a porcaria da irmã mandona, Beverly, teria nascido, não ela.

A verdade era que Lorene era a número três. Dois irmãos mais velhos, dois mais novos. (Não que os irmãos mais novos valessem muita coisa, sendo mais novos.)

No entanto, Lorene se sentia filha única. O centro da gravidade da família McClaren.

O *filho único* tende a se identificar com os pais e com figuras de autoridade; os filhos mais novos tendem a se rebelar. Essa era uma teoria psicológica popular dos anos 1990 com a qual Lorene (que era formada em Psicologia) não concordava.

Lorene se identificava com figuras paternas, em especial os pais. Em especial o papai, que era Whitey McClaren e não um pai comum.

Quando menina ela diria que queria ser *ele* — mas, já que não podia ser ele, podia ser o que papai teria sido se ele fosse *ela*.

(Fazia algum sentido? Para Lorene, fazia sentido à beça.)

Era ele quem a chamava, em momentos especiais, de *Lorene-y*.

Ninguém mais a chamava, em momento nenhum, de *Lorene-y*.

Tinha visto *Patton* seis vezes desde aquela primeira vez em que se espremera ao lado do pai no sofá. Seis vezes ficara fascinada com o retrato do general notável e excêntrico do Exército americano na Segunda Guerra e sentira uma pontada de satisfação quando ele estapeou o jovem soldado trêmulo no hospital de campanha, sob o olhar horrorizado da equipe médica.

*Covarde!* Patton estremecia de fúria e repulsa; ameaçava atirar no jovem soldado por deserção, com a própria pistola.

Lorene sentira vontade de aplaudir. Era assim que *covardes* deviam ser tratados!

Mas papai a surpreendera. Papai não gostava tanto assim da cena. Ele dissera que era vergonhoso bater em um soldado triste daquele jeito, que não podia se defender. E que Patton, um general de quatro estrelas, um homem famoso, perdia o juízo e se comportava como um valentão.

— O general Patton quer que os soldados sejam corajosos — protestara Lorene. — Quer que eles sejam *homens*.

— Às vezes, homens ficam tristes como todo mundo — rebatera Whitey. — Às vezes, homens ficam tristes e cansados e de saco cheio de ser *homens*.

Lorene tinha rido, pois achava que o pai estava fazendo graça. Como era possível que um homem ficasse de saco cheio de ser *homem*?

Lorene não ficaria. Nunca.

EM QUESTIONÁRIOS, ELA ÀS VEZES marcava, sem pensar direito, *filha única*.

— DRA. MCCLAREN? Ligação para a senhora.

— Diga que não estou. Eu já não falei?

Como um bolo mole no meio, em colapso. Pegava-se chorando no escritório. Sem atender telefonemas, cancelando compromissos. No olhar da secretária, havia surpresa e susto.

Diretora do Colégio North Hammond havia quase quatro anos e, durante esse período, na verdade desde antes desse período, mal tinha tirado uma semana de

folga, e agora pensava, desde a morte de Whitey, desde o dinheiro que ele lhe havia deixado, que precisava fazer uma viagem, ir para algum lugar longe dali, e logo.
Não que não estivesse com a saúde excelente. Estava.
Sem dúvida, *estava*.
Mas nada de viagens para ela. Tinha trabalho a fazer.
Ordenava a Iris que explicasse — *a dra. McClaren está em uma teleconferência urgente. Ela fala com você amanhã de manhã.*
Respeitada, admirada, temida.
E o melhor era o temor.

NO COMEÇO, GOSTAVA DELES. Bem, talvez não *gostasse deles*, exatamente — mas não *desgostava deles*.
Agora, haviam virado inimigos. Seus inimigos.
Mais de oitocentos adolescentes matriculados no colégio suburbano, e, em meio a eles, escondido e protegido pela quantidade, o grupo pequeno, central, cujos nomes ela desconhecia, que representava uma ameaça à autoridade da diretora assim como a presença de uma cepa virulenta de amebas no intestino humano é uma ameaça à vida humana, irrompendo em uma desinteria sangrenta.
O que exatamente os estudantes amotinados faziam, em nome do quê conspiravam, fumando nos banheiros, o que era proibido, contrabandeando drogas para a escola, o que era proibido, "vendendo" sabe-se lá quais drogas — maconha, anfetamina, analgésico, cocaína? Heroína? Rindo da "dra. McClaren" — a "diretora McClaren" — pelas costas. Pondo à prova sua autoridade. Pichações nos muros, nas calçadas. Alusões veladas, ofensas no jornal da escola e na internet.
O mais humilhante era a cabeça de Lorene em um corpo de porco nazista. *A mulher-Gestapo McC\_\_\_\_*.
Ou talvez o mais humilhante fosse a cabeça de Lorene no corpo de uma porca de verdade, com tetas flácidas, caídas, e genitais vermelhos, em carne viva, horríveis.
Era chocante para ela, que pouco se identificava como *fêmea*, ser reduzida a uma *fêmea* do jeito mais grosseiro, com escárnio e zombaria. Ora, Lorene de certo modo se desprezava como *fêmea*, identificando-se mais prontamente como *macho*.
No entanto, seus inimigos eram estudantes do sexo masculino, via de regra. Embora também houvesse meninas — é claro. *Piranhas*.
Ela sabia (desconfiava) quem eram. Conhecia o rosto deles.
Como em um sonho febril, os rostos passavam por ela, insolentes e bonitos.

Tão jovens, era bem provável que fossem bonitos, e sua beleza tão desleixada quanto sementes de capitão-de-sala sopradas pelo vento, tão promíscuas quanto onipresentes.

Fazendo sexo. Ela sabia, era isso o que estavam fazendo também para desafiá-la, *fazendo sexo*, tão grosseiro e desairoso quanto tomar latas de cerveja no colégio atrás das arquibancadas ou no estacionamento, o que era proibido, assim como vender drogas era proibido, tantas coisas proibidas que tinham sido toleradas durante aqueles anos desde que havia se tornado a diretora mais jovem da história do Colégio North Hammond.

Da janela de sua sala no prédio, por entre as venezianas semicerradas, ela os observava, aqueles bandos, insuportáveis em seu anonimato.

Redes sociais, um novo pesadelo desconhecido na geração de seus pais. Postagens na internet, websites anônimos, palavras infames, imagens obscenas. Digitar o nome LORENE MCCLAREN, DIRETORA, COLÉGIO NORTH HAMMOND tinha virado um exercício de automutilação semelhante a cortar a pele com os dentes, porém não conseguia resistir na hora anterior à meia-noite e nas horas infelizes depois da meia-noite, incapaz de dormir e portanto se levantando da cama para voltar ao laptop decidida a saber quem a insultava, qual das pestes tinha feito aquilo, o inimigo mais cruel, que precisava ser extirpado.

Seus aliados entre os docentes e funcionários tinham garantido que aqueles estudantes/trolls (amotinados, monstruosos) do North Hammond não estavam de fato tentando destruir Lorene McClaren, o cyberbullying cruel e grosseiro deles não se restringia a ela, era melhor que ela ignorasse.

Todos nós temos que lidar com isso, eles alegavam. *Só não procure o seu nome no Google, pelo amor de Deus.*

Mas ela não conseguia resistir. Como resistiria?! Era como tentar ignorar uma amebíase enquanto o intestino se esvazia em um fedor escaldante de merda.

Então estava decidida a encontrá-los — *trolls*. Encontrá-los em suas tocas. Derramar veneno em suas tocas. Ou melhor ainda, jogar algo inflamável em suas tocas e atear fogo.

Ah, ela sabia quem eram alguns de seus atormentadores! Tinha certeza.

*Nunca esquecer e nunca perdoar.*

Depois de alguns meses no encalço desses babaquinhas sagazes, Lorene já tinha um conhecimento de informática que a colocaria à altura (quase) da elite de hackers russos e chineses. Ela gostaria de se gabar, mas se gabar não fazia seu estilo (público).

Geralmente meninos do último ano, e geralmente atletas. Garotos arrogantes, mimados e idiotas, até os mais inteligentes, até aqueles cujas notas eram altas o bastante para se candidatarem a vagas em faculdades de primeira linha com a expectativa cabível de serem aceitos, até (Lorene tinha certeza) um aluno excelente cuja coluna no jornal do colégio, coalhada de sarcasmo, ecoava expressões usadas em certas postagens online, Lorene não tinha dificuldade de identificá-lo como o troll principal. Seu nome era adequado: "Todd Price".

Lorene sorriu. Price pagaria o *preço*.

Candidaturas a vagas em Harvard, Princeton, Yale? — MIT, Caltech? — Cornell? Os fedelhos mimados nem desconfiavam de que precisariam enfrentar uma diretora (mulher) tão habilidosa no computador que tinha pouca dificuldade de alterar seus boletins e cartas de recomendação preciosos a fim de garantir a rejeição de todas as universidades "competitivas" às quais se candidatassem.

Das trolls meninas, tinha conseguido identificar uma fazia poucos dias. Um rosto bonito insípido, cabelo loiro liso que passava dos ombros, coeditora do anuário do colégio, representante de classe, justamente o tipo de menina de quem se dizia: *Ah, mas a Tiffany, não!* — ela, não. Mas Lorene, de olhar aguçado, experiente na arte de detectar a subversão, havia observado essa piranha dissimulada cochichando e dando risadinhas com uma amiga na primeira fila do auditório quando Lorene, com seu terninho de gabardina cor de amora subiu ao palco em uma assembleia do colégio com um sorriso acolhedor radiante.

*Olá! Como vocês estão nesta linda manhã de junho?*

E para Tiffany, tripudiando em silêncio — *Piranha, você está morta. E ainda nem sabe disso.*

Do impiedoso mundo online-adolescente Lorene havia adquirido uma arrogância de macho que achava desprezível e, no entanto — perversamente —, um enorme deleite. Era a atmosfera do videogame, ela desconfiava, embora (é claro) nunca tivesse vislumbrado um videogame de verdade, muito condenado por educadores de sua geração como um desperdício de tempo que corrói a alma.

Tudo o que sabia sobre a alma adolescente lhe era repugnante. Embora precisasse manter seu conhecimento sob sigilo.

(É claro! Essa era a alegria da coisa.)

Adolescentes eram maliciosos, obcecados por sexo, nojentos e *fedidos*.

Ao farejar os corredores da escola sentia-se o fedor de macaco. Os meninos *batendo punheta* (era o nome esquisito que davam) e as meninas *de chico* (feio).

Esperma, sêmen. Fluidos vaginais, sangue menstrual.

Não era de se espantar que virassem drogados, muitos deles. Tinham começado a fumar maconha no Ensino Fundamental, ela havia apenas herdado o problema.

"Usuários de drogas" não contavam com a empatia de ninguém. Bastava ter paciência para esperar que se destruíssem sozinhos: *overdose*.

Independentemente do que falasse em público, a diretora do Colégio North Hammond não acreditava em reabilitação para os jovens. Era cara demais e os resultados eram duvidosos. A reincidência era alta. Melhor aceitar que, com poucas exceções, a geração dos jovens era amaldiçoada, os lobos frontais atrofiados pelos videogames, celulares, TVs, a recompensa imediata do sexo. Não tinham noção da história e, portanto, não tinham noção de futuro. Munidos de computadores de ponta (a região de North Hammond tinha colégios afluentes), eles nunca precisavam pensar por conta própria, tinham os fatos e pseudofatos na ponta dos dedos, de graça, e por isso eram pouco valiosos. Munidos de calculadoras, nunca precisavam somar uma coluna de números, multiplicar ou dividir. Eram voláteis, impressionáveis. Tinham a parca memória das moscas-das-frutas e teriam procriado de forma igualmente promíscua, mas eram espertos o bastante para usar camisinha. (Camisinha! Colégio! Excelente ideia para que não procriassem, mas que nojo quando se parava para pensar, e como era difícil não pensar.) É claro que copiavam o dever de casa e tentavam colar nas provas. Não era tão fácil colar nas provas estaduais, embora tentassem. Não dava para confiar neles e não dava para se surpreender com nada. Essa geração!

Depois que os adolescentes começavam a usar drogas, era o fim para eles. Não tinham inteligência, perseverança ou força de vontade para resistir. Suas vidas viravam fumaça — literalmente! Lorene os queria fora da escola, expulsos. Rejeitados. Sumidos. Sem arrependimentos. Aqueles identificados como usuários de drogas não mereciam leniência, misericórdia. Como o general Patton teria reagido? Lorene não acreditava em passar a mão na cabeça dos usuários de drogas, assim como o general de quatro estrelas não acreditava em passar a mão na cabeça dos incapazes e dos que "fingiam doença". Ah, sim, a dra. McClaren ficava preocupada quando falava com os pais desses rebentos desgraçados, parecia empática, incentivava-os a mandarem os filhos e as filhas viciados a clínicas de reabilitação fora do estado — West Palm Beach, Flórida, era o lugar preferido, ultimamente notório, pois vários adolescentes tinham morrido de overdose lá, no meio da "reabilitação".

Bom, não sob sua gestão. Não sob sua responsabilidade. Pegos com drogas no colégio, um único cigarrinho de maconha ou remédio tarja preta para o qual o criminoso não tinha receita — fora.

— Lamento. Vocês já foram advertidos. Muitas vezes. O Colégio North Hammond é um colégio com política de tolerância zero. Nada de drogas. Nada de negociação. Sem exceção. Fora.

Era uma atitude extremista para uma diretora de colégio tomar nessa época de muita terapia e paparicos, e havia quem (seus inimigos no corpo docente, cujos nomes Lorene sabia muito bem) tivesse certeza de que ela precipitaria a derrocada da tirana, mas não, a postura de "tolerância zero" da diretora McClaren foi recebida com aprovação pela maioria acachapante dos pais, contribuintes e autoridades municipais. Estava cumprindo sua função, estava "separando" os desajustados dos ajustados, jogando os desajustados no esquecimento, preservando a reputação estelar do colégio. Não passou despercebido à maioria que entre os desajustados havia um número desproporcionalmente alto de alunos de "minorias" — assim era a vida. No ambiente suburbano afluente e obcecado por carreiras profissionais, essa firmeza ao impor a lei e a ordem era desejável.

Sempre havia mães de pele escura para elogiá-la. Pais latinos, asiáticos. *É disso que os nossos filhos precisam. Assim é a América.*

Elevar a classificação do colégio, fazê-la subir. Era essa a obsessão de Lorene. Quando assumira o cargo de diretora, quatro anos antes, o Colégio North Hammond era o trigésimo sexto do estado de Nova York inteiro, entre mais de duas mil e cem escolas; devido a seu empenho, na classificação mais recente estava na vigésima oitava posição. Dos Estados Unidos, o Colégio North Hammond tinha saído da posição quatrocentos e vinte e dois para a quatrocentos e dezesseis, entre mais de vinte e três mil escolas públicas.

Por isso e por outros feitos como educadora, Lorene havia ganhado o Prêmio dos Cidadãos de Hammond de 2011; algo muito comovente para ela, pois John Earle McClaren tinha recebido essa mesma distinção em 1986.

Na cerimônia de premiação, observou-se que a diretora do Colégio North Hammond, Lorene McClaren, aquela "mulherzinha" que era um dínamo enérgico, valente, espertíssima e objetiva, com um rosto anguloso como algo feito de pedra e cabelo tão curto quanto o de um fuzileiro naval, teve que segurar as lágrimas quando o apresentador relembrou "Whitey" McClaren e o que *ele* havia feito como cidadão de Hammond.

Gostava de pensar que Whitey ficaria orgulhoso dela.

Gostava de pensar que de fato estava extirpando seus inimigos do colégio. Um por um, e mais cedo ou mais tarde não sobraria ninguém para desafiá-la.

Whitey volta e meia dizia, com um gesto misterioso de colocar o dedo ao lado do nariz feito um Papai Noel maroto — *a vingança é um prato que se serve sem testemunhas.*

— ∞ —

ERA VERDADE, O RELÓGIO DE LORENE corria depressa. Como seu coração.

Uma pulsação mais ligeira do que o normal. Pensamentos que dardejavam rápido feito piranhas. Desde criança ela era *maquinadora*.

— Mackie! Ei, *o-lá*.

A primeira porcaria que alguém via ao entrar na casa da Old Farm Road — o gato preto feio e vesgo parado em frente à porta dos fundos como um cão de guarda, o rabo eriçado erguido, o único olho fulvo impassível. A criatura contraía os lábios para exibir os dentes afiados amarelados e descoloridos, as gengivas encardidas em um sibilo mudo. Lorene ficava com medo, mas permanecia firme. Afinal, aquilo era só um gato!

Por que Thom não tinha resolvido o problema do gato de rua que se aproveitava da mãe de coração mole? Tinha prometido que faria isso e não fez.

*Ela* não conseguiria matar aquele troço maldito, Lorene ponderou. Nem veneno, um tipo de assassinato covarde, era de seu feitio. E a pobre Jessalyn ficaria inconsolável com outra perda.

Com discrição, evitava o gato feio. Se a criatura estava puxando briga, Lorene tinha experiência demais com a semidiplomacia da gestão de uma escola pública para ser tragada para um confronto.

— Você gostaria de ir viajar comigo, mãe? — Lorene se pegou indagando.

— Viajar... para onde?

Jessalyn soava insegura. Parecia que, sempre que alguém tentava conversar com ela sobre um assunto sério relativo ao futuro, Jessalyn saía de fininho, mudava o rumo da conversa ou sorria com aquele sorriso doce e tenso que praticamente implorava: *Não! Seja lá o que você esteja me pedindo, por favor, não peça.*

Era tal qual Beverly reclamava, a mãe outrora tão sociável e tão extrovertida agora tinha um apego mórbido à casa; precisavam arrancá-la dali só para levá-la para fazer compras no shopping.

(Seria de se imaginar — não se gostaria de imaginar — que Whitey continuava morando ali, em algum canto do segundo andar.)

— Eu estava pensando... em Bali. Tailândia. Algum lugar bem longe, exótico. — Sem acrescentar: *onde os pensamentos sobre o Whitey não vão acompanhar você. Onde o Whitey nunca tenha estado.* — Nós nunca viajamos juntas, mãe. Você mal viajou na vida e eu não saio da América do Norte há doze anos.

— Você disse... Bali? Fica do outro lado do mundo...

— Dizem que é lindo e que não foi descaracterizada como as outras ilhas do Pacífico.

Praticamente implorando à mãe! Por quê?

Lorene não tinha mais alguém com quem pudesse viajar? Chegando aos trinta e cinco anos? Tão — *sozinha*?

— Eu planejaria tudo sozinha, mãe. É claro!

Em vez de receber esse comentário com entusiasmo, Jessalyn teve calafrios. Lorene sentiu uma pontada de raiva pela mãe viúva que pateticamente se agarrava a seu fiapo de vida segura — *em uma vida de dona de casa de uma cegueira resoluta, de alta burguesia, extremamente tediosa e suburbana*, como Lorene ponderou. Mais sem sentido agora do que era quando Whitey era vivo.

Jessalyn disse:

— Você sempre falou que não "acreditava" em férias, Lorene. Mesmo quando era nova. Igualzinha ao seu pai... o Whitey também não "acreditava" em férias...

Lorene rebateu, exasperada:

— Bom, agora eu estou mais velha. Ando trabalhando feito uma condenada e acho que mereço uma folga e que até o papai concordaria. Ele dizia: "Eles vão sugar o seu sangue e te deixar seca se você não tomar cuidado".

— O Whitey disse *isso*? Quando?

— Assim que eu comecei a dar aula. Na escola pública. Ele sabia que era uma corrida de ratos e que a energia dos mais jovens e idealistas se esgota rápido se eles não tomarem cuidado.

— Sério?! O Whitey disse isso?

— Disse, mãe. Talvez não para você, mas para *mim* ele disse.

— É que não parece o tipo de coisa que o Whitey diria. *Ele* era o idealista, foi assim a vida inteira.

— Na verdade, não. O papai não era bobo. Ele sabia onde os corpos ficam enterrados.

Jessalyn reagiu com um olhar assustado como se, de fato, corpos verdadeiros tivessem sido enterrados, realmente. E Whitey sabia onde?

— Ser diretora de uma escola pública é como tentar manter a ordem em uma república de bananas. Nem os seus aliados, aqueles que devem tudo o que são a você, são confiáveis; e os seus inimigos estão só esperando para cortar a sua garganta.

— Ah, Lorene! Espero que você esteja brincando.

Jessalyn riu, distraída. Alguma coisa estranha naquela noite, Lorene pensou: a mãe parecia não estar prestando atenção total a ela, como se estivesse com a cabeça em outro lugar.

Chegava a olhar ao redor como se esperasse ver... quem? Lorene não queria pensar: *Ela está com saudade do Whitey.*

Em geral, nessas situações, Jessalyn ficava atenta a todas as palavras de Lorene: grata pelas histórias da filha, sobre os incidentes no Colégio North Hammond, a punição ao mau comportamento dos alunos, os professores detratores e "ingratos" tomando rasteiras nas reuniões de equipe. As crises orçamentárias sempre acabavam com Lorene triunfante, pois (como gostava de alardear) ela fizera do North Hammond o colégio mais "vitorioso" da região e os superintendentes escolares a admiravam — e talvez a temessem.

Em todas as histórias Lorene era a mulher-guerreira-educadora pura, abnegada, que prevalecia, vencia as forças da ignorância e da sordidez. (Embora poupasse a mãe dos detalhes do horrível cyberbullying.) Deixava essas proezas aos pés da mãe, assim como Mack the Knife trazia presas mutiladas na expectativa de ganhar elogios.

— Bom, eu ando muito ocupada, mãe. São semanas de correria, essas antes do fim do ano... tenho a sensação de que estou "ligada" pelo menos umas cem horas por semana. É por isso que estou pensando em viajar quando tudo terminar. E em levar você comigo, mãe.

Graças a Deus, a formatura seria na segunda-feira seguinte. Como diretora, Lorene presidia a cerimônia de entrega de diplomas, que durava cerca de noventa minutos e seria, à exceção daqueles minutos em que a própria Lorene estaria falando, o cúmulo do tédio.

Autocongratulações, elogios. Discursos sérios dos estudantes, a ensurdecedora banda de alunos com seu ritmo violento feito uma besta colossal bamboleando de um lado para o outro. O baile de formatura já teria acontecido no fim de semana anterior — só Deus sabia que coisas horrorosas não aconteceriam nele, ou depois dele, desse lúgubre ritual primaveril de sexo sobre o qual os adultos não deveriam saber e Lorene não tinha interesse em descobrir. Aqueles dias agitados eram o apogeu do ano letivo, que ganhava ímpeto à medida que o fim se aproximava feito um trem cujo freio tivesse falhado na descida de uma ferrovia íngreme.

Oito meses desde que Whitey havia morrido, e no entanto parecia já fazer oito anos — tanto tempo.

Pareciam oito semanas. Oito dias — ainda sem fôlego.

A perspectiva da formatura, tantas mãos que precisaria apertar com força, um bombardeio de parabenizações e despedidas — Lorene já sentia sua energia esgotada de antemão, como um general andando com botas lustradas por um campo de batalha cheio de corpos.

Pior, precisava fingir *se importar com aquilo*.

E se pais preocupados lhe confidenciassem em meio aos festejos, confusos e decepcionados porque os rebentos que pareciam inteligentes não tinham conseguido entrar na universidade que tinham como primeira opção, Lorene fingiria indignação por eles e prometeria *ver o que eu posso fazer*. (Isto é, *nada*.) Pelo menos quanto a isso Lorene se sentia bem. Era desnecessário confrontar o inimigo abertamente quando se podia (às escondidas) humilhá-lo aos dezoito anos e interpretar o papel de solidária, comiseradora. A vingança sem dúvida era o melhor remédio para qualquer mal-estar.

— Faria bem a você, mãe. Mudar um pouco de ambiente.

— Ah, mas... por quê? Por que eu iria querer um ambiente... "mudado"? — Jessalyn estava chocada. — Eu... eu não posso ir e deixar o Mackie...

— É claro que você pode ir e deixar o gato! Essa foi a coisa mais ridícula que já te ouvi dizer, mãe.

— Mas quem vai cuidar dele?

Lorene riu, era um absurdo. A criatura era um *gato selvagem* e podia se virar sozinha.

— Por que não... o Virgil? Seria perfeito. Ele adora bicho e não tem praticamente nada para fazer. Se é que dá para confiar que ele vai passar na sua casa, é claro. Essa é a grande questão.

No meio da frase, Lorene jogava dúvida na confiabilidade do irmão. Havia um nó em seu cérebro, ela às vezes pensava. Ela se ouvia dizendo essas coisas que seriam nocivas para ela mesma, mas nem sempre conseguia se controlar. Felizmente, Jessalyn nunca percebia.

— Bom... é cedo demais. Não me pareceria correto.

— "Cedo demais"? Como assim?

— Depois do... você sabe...

— Não sei, mãe. Fale.

— Bom, quer dizer... é difícil explicar. Bali é tão longe...

— É, isso você já disse. A ideia é mesmo ser "longe".

— Não sou boa em viajar. Nunca fui. Tenho as minhas razões para não sair daqui...

— É mesmo? Que razões?

Jessalyn se calou. Ela baixou os olhos, evasiva. A boca tremia como se fosse chorar.

Lorene sentiu uma onda de exasperação pela mãe e por si mesma. *Pelo amor de Deus, deixe a pobre coitada em paz. É o Whitey que ela não pode deixar, é claro que Bali é longe.*

NA MANHÃ SEGUINTE, ela recebeu um telefonema de Beverly, que estava agitada.

— Lorene! Eu sei que você está aí, *atenda*, caramba.

Lorene titubeou. Não era seu estilo *atender* quando a irmã mais velha, irascível, telefonava, o que acontecia bastante.

Lorene se preparava para ir para o colégio e não queria falar com a irmã, sobretudo naquele momento tão matutino, incólume do dia — seria como começar uma descida de esqui na neve fresca um pouco acima de um emaranhado de pedras e matagal.

— Lorene! Você sabia que a nossa mãe está *saindo com uma pessoa*?

Lorene correu para atender o telefone.

— "Saindo com uma pessoa"? É o Leo Colwin?

— Não! Pelo amor de Deus, isso foi meses atrás. É uma pessoa nova... um desconhecido. Mas parece que o Virgil conhece ele, foi o que ele disse. Um *artiste*. E *latino*.

— Espere aí. Como assim, a mamãe está "saindo" com essa pessoa? Eu jantei com ela ontem à noite e ela não *me* disse nada.

— Porque ela não está contando para nós! Porque ela sente culpa! Porque só faz sete meses e meio que o papai morreu, e *é cedo demais*, e a identidade do homem é constrangedora para ela... é um *latino* qualquer.

Sempre que a palavra *latino* escorregava da língua de Beverly, o som reluzia a sarcasmo como se fosse saliva.

Lorene estava pasma. Jessalyn tinha sido dissimulada com *ela*?

Havia uma pequena comunidade latina na região de Hammond, e seus membros quase não se misturavam com a comunidade "branca", a não ser quando se tratava de faxineiras, jardineiros, prestadores de serviço. Havia um número cada vez maior de estudantes latinos no colégio, mas não havia um docente latino.

Bom, sim, havia um zelador latino que saudava a "dra. McClaren" com uma cortesia exagerada sempre que se encontravam no corredor.

Beverly dizia, exaltada:

— O Thom estava desconfiado, ele me falou. Na semana passada ele foi visitar a mamãe e disse que foi desconcertante, que detectou a presença de um estranho assim que pôs os pés dentro de casa. Dava para praticamente sentir o cheiro do intruso no ar, o Thom falou.

— Você está querendo dizer que... tem alguém morando lá? Um homem? Na nossa casa?

— Não! Isso seria uma afronta. — Beverly se calou, a respiração audível. — Não chegou nesse ponto... ainda. A gente acha que não.

— Mas... quem é essa pessoa?

— O nome dele é "Hugo Ramirez"... ou talvez seja "Martinez"... ele é *cubano*.

Lorene ouvia incrédula. A mãe deles com um *cubano*! Os McClaren não conheciam um *cubano*, tinha certeza.

— Como foi que a mamãe conheceu um *cubano*? Nossas empregadas eram filipinas e eu acho que os jardineiros são mexicanos. Não estou achando plausível.

— Eu te falei, o Virgil conhece essa pessoa! Ele não é um empregado! A mamãe deve ter conhecido ele na Feira de Artesanato de Chautauqua. Até agora ela não falou uma palavra que fosse *pra mim*.

— Mas como é que o Virgil sabe?

— Vai saber como o Virgil sabe. Pelo amor de Deus, Lorene. O problema não é esse.

Beverly falava rápido, não era muito coerente. Lorene não conseguia acompanhar a natureza do descontentamento da irmã, mas entendia claramente — eles todos tinham sido *traídos*.

Pois era inequívoco que Jessalyn havia enganado Lorene. Ainda que a relação com o "cubano" fosse totalmente inocente, a mãe não a colocara a par.

A omissão não era uma enganação? Uma ocultação da verdade? Lorene tentou recapitular a noite: tinham jantado na cozinha, uma de suas refeições prediletas na infância (omelete espanhol, pão integral), que Jessalyn havia preparado com alegria e Lorene comido com fome. Lorene havia discutido com Jessalyn, ela admitia que tinha sido uma conversa unilateral, sobre a possibilidade de Jessalyn acompanhá-la em uma viagem a Bali, ou à Tailândia; o telefone só tinha tocado uma vez, e em vez de ignorá-lo como de hábito, Jessalyn tinha ido em silêncio ver a identidade de quem ligava, mas não atendera. (Será que era o cubano misterioso? Se era, não tinha deixado recado. Lorene imaginara que o telefonema fosse de um advogado, e Jessalyn não dera nem um pio sobre a ligação.)

Ao longo da noite Lorene confidenciara à mãe que, desde a morte de Whitey, na verdade desde a internação dele, seu sono tinha "virado um inferno"; ela se pegava chorando por bobagens como obituários de desconhecidos no jornal.

— James Arness, lembra? O papai adorava ele em *A morte tem seu preço*.

Ela não queria aborrecer Jessalyn lhe falando dos inimigos que tinha no colégio, muito menos das medidas que tinha tomado para se defender deles.

— Mãe, que troço esquisito é esse? — Lorene havia descoberto, no sofá, um objeto oval feito de tecido verde-claro e penas brancas que mais parecia uma paródia de algo "artístico" em um programa de TV cômico.

Constrangida, Jessalyn o identificara como uma obra de arte criada por um artista nigeriano que morava em Hammond. Lorene perguntou quanto havia custado, que era a pergunta habitual dela nessas situações, e quando Jessalyn respondeu, Lorene deu uma risada entusiasmada.

— Mãe, como dizia o P. T. Barnum: "Nasce um otário a cada minuto".

— Bom, é *verde*. E o Mackie ainda não destruiu ele todo.

E o que mais? Tinha sido só isso? Jessalyn tinha dado pistas de algo mais? Lorene agora se lembrava da mãe fazendo muito rebuliço por conta de um vaso de cristal cheio de lindas flores brancas — lírios? — que tinha colocado na mesa da cozinha, entre as duas, exatamente no meio.

# Os dados

Whitey disse: *A sua vida está nas suas mãos, querida.*
E, quando ela abriu a mão, tinha na palma um par de olhos. Estremeceu de pavor, olhou outra vez e viu — *Não eram olhos. Eram dados.*

ERAM DADOS ANTIGOS, DE MARFIM. Passados de geração em geração na família de Whitey. Ela os achara na gaveta da escrivaninha dele, em meio a abotoaduras, um relógio antiquíssimo, tesourinhas de unha. Os dados estavam desbotados, cor de icterícia. E encardidos.

Whitey disse: *Jogue os dados, querida. Não tenha medo.*

Ela ouvia os sinos dos ventos nos fundos da casa. Era um som calmante, mas também preocupante, como um cheiro de éter.

Uma ventania havia começado durante a noite. A chuva entrava pelas janelas um pouco abertas do quarto. De manhã, as cortinas finas estariam úmidas sob seus pés descalços.

Um quê de timidez pelos pés descalços. Ela andava com afetação, hesitação.

Ela tinha suplicado *não*. Não queria jogar os dados.

Não era desse tipo. Nunca tinha se arriscado. Seu casamento tinha sido uma rede larga, amena, que a pegara junto com Whitey e os prendia, firmes e seguros, e que jamais os soltaria, mas Whitey havia desaparecido, ela havia sido deixada para lutar sozinha na rede.

Ela não queria jogar os dados porque agora os dados eram a sua vida, e não a dele.

Então Whitey disse: *Jogue os dados, querida. É a sua vez.*

# Caro Hugo

*Não basta se enlutar.*
  Ela havia lhe escrito a carta, e de coração.
  Havia escrito a carta e enviado e esquecido.
Escrevera tão depressa, a folha de papel pontilhada por lágrimas.
Não tinha sido calculado — *Caro Hugo*. Não havia nela algo de deliberado, premeditado.
Na própria escrita, o esquecimento.

NO FINAL DE JUNHO, ela olhou por uma janela do segundo andar da casa e viu, na entrada da garagem, um homem a pé, aparentemente um estranho, empurrando sua enorme caçamba de lixo sobre as rodinhas bambas em direção à casa.

Quem era? Não era um dos funcionários da empresa sanitária do condado — não havia caminhões de lixo por perto e, de qualquer modo, os funcionários nunca se davam ao trabalho de empurrar as caçambas esvaziadas até a entrada das casas. Em geral, as deixavam tombadas na rua, como bêbados caídos de costas.

Além disso, era fim de tarde. A coleta semanal do lixo acontecia sempre de manhã.

Quem quer que fosse, era muito prestativo. Jessalyn ficou incomodada, perguntando-se *por quê*.

Ela percebera que a entrada da garagem era longa e pouco prática. Não era um caminho reto — como era de se esperar, precisava de curvas, como um riacho sinuoso; não era pavimentada nem coberta de asfalto, mas feita de seixos pequeninos, rosados, em meio aos quais, na ausência de Whitey, ervas daninhas tinham começado a brotar.

Como não era mais cortado com frequência, o gramado estava virando um matagal, não era mais *grama*. A estação trazia a maravilha dos dentes-de-leão amarelos, cardos e "flores selvagens".

É claro que o imóvel do número 99 da Old Farm Road não entraria em *decadência*. Isso não aconteceria. No contrato que instituía o fundo fiduciário da viúva havia uma cota para a manutenção contínua da propriedade, que Jessalyn havia sido poupada de negociar, assim como tinha sido poupada de lidar com impostos sobre o imóvel, entregas de combustível nas épocas de frio, limpeza das calhas do telhado e outros serviços rotineiros. O finado marido John Earle McClaren tinha providenciado tudo aquilo.

Ademais, os filhos da viúva tinham um olho aguçado para a propriedade. Isto é, vários pares de olhos aguçados. Beverly vivia aparecendo de repente para dar uma volta na casa e ver como estava sendo "conservada". (O surpreendente é que parecia muito "bem conservada": Jessalyn evitava a maioria dos cômodos.) Thom aparecia uma vez por semana para ver como estavam as coisas na área externa; depois de um temporal, tinha mandado a antiga equipe de jardineiros de Whitey voltar, recolher os escombros e retirar os troncos danificados. Ele fazia questão de que o gramado malcuidado não virasse um campo inculto, o que provocaria consternação e fúria nos moradores da Old Farm Road que (por enquanto) tinham sido solidários com Jessalyn McClaren enquanto viúva "desesperada" — "meio louca". Se e quando a casa precisasse de consertos maiores, Thom se intrometeria. Tirar dinheiro do próprio bolso para custear a manutenção do imóvel era um investimento sensato, e Thom acreditava em investimentos sensatos.

Jessalyn ponderava que, com as coisas tão diferentes na vida deles, Whitey talvez não ligasse tanto para as aparências quanto outrora.

*O que é que há, querida. Pegue leve, hein?*

Jessalyn estava tentando. Ela estava!

Pois a pior das hipóteses já tinha se concretizado, afinal. O marido havia falecido, a esposa, sobrevivido, ainda que por um fio. Uma coisa era verdade: o pior já tinha passado.

*Mas você tem que tentar de novo, Jess. Só mais uma vez.*

Jessalyn ouvia o barulho estrondoso, chacoalhante, da caçamba sendo arrastada em direção à casa. Se não estivesse olhando pela janela, talvez o tivesse confundido com um trovão.

A cada duas semanas Jessalyn levava a caçamba até o meio-fio — tinha pouquinho lixo, não era o suficiente para a coleta semanal; imaginava que os lixeiros tivessem pena dela. Quando a família McClaren inteira vivia na casa, precisavam de duas caçambas por semana, no mínimo. Agora que era só a viúva, havia uma escassez de lixo, e os recicláveis eram ainda mais lamentáveis — as lixeiras emborrachadas Jessalyn só deixava no meio-fio uma vez por mês, verde para papel, amarelo para garrafas e latas. Seus músculos doíam e a respiração ficava penosa — todos os contêineres bamboleavam sobre as rodinhas e pareciam resistir a seu esforço. Pois o que é levado até o meio-fio é a futilidade de nossa vida, as espirais que dão a volta nelas mesmas, infinitas.

Mas as caçambas no meio-fio eram um sinal tranquilizante para os vizinhos: *Sim, eu ainda estou viva! Ainda estou gerando lixo.*

Ao se aproximar da casa, o estranho que tinha a bondade de empurrar a caçamba começou a parecer um conhecido: o chapéu de abas largas que ocultava a parte de cima rosto, o bigode grisalho caído que ocultava o restante. Uma camisa branca, as mangas bem dobradas até o cotovelo.

Não era jovem, dava para ver. Uma mistura esquisita de nobre com um tiquinho de maltrapilho.

Alto e de braços e pernas frouxos, até meio lépidos, empurrando a caçamba com suas rodinhas chacoalhantes. A impressão era de que não tinha passado pela cabeça dessa pessoa que ela estava invadindo a propriedade alheia e que sua presença poderia assustar.

Jessalyn sentiu o latejar do sangue quente no rosto. *Ele!*

O homem do cemitério — *Hugo*. O fotógrafo que tinha tirado sua foto sem permissão.

Ela lhe escrevera — é claro. Uma carta escrita às pressas, endereçada a "Hugo Martinez", aos cuidados da Feira de Artesanato de Chautauqua, da qual tinha se esquecido praticamente no instante em que a despachara.

Bom, ele tinha lhe enviado um único copo-de-leite. Disso ela se lembrava.

Ela o vira (tinha quase certeza) na Igreja Batista Hope da Armory Street, mas (tinha quase certeza, para seu alívio) ele não a vira.

O que Virgil tinha falado sobre Hugo Martinez? — Jessalyn tentava se lembrar.

Ele o respeitava. Admirava a obra de Martinez, que parecia considerar superior à obra dele mesmo. A sinceridade de Virgil era tamanha que não se poupava nessas avaliações, assim como não poupava os outros.

*Não é como se o fotógrafo tivesse roubado a sua alma.* Virgil não tinha dito isso?

A entrada da garagem terminava em uma curva, e Martinez seguiu o caminho sem entrar no pequeno pátio na frente da casa e sem se aproximar da porta empurrava a caçamba desajeitada até seu lugar, quase como se soubesse onde ficava — longe das vistas, junto à parede da garagem. Como um faz-tudo! — Jessalyn pensou. Ou um marido.

**ELE DISSERA QUE PODERIA AJUDÁ-LA,** caso ela precisasse de ajuda.

Porque era viúva. Ele tinha imaginado que ela precisaria de ajuda.

Ela abrira a boca para agradecer e para protestar — não precisava de ajuda. Mas sua garganta se fechara e ela não conseguira falar.

Sabe-se lá como, ela tinha corrido escada abaixo. Ele estava prestes a ir embora. (Estava? Ela não tinha certeza. Ele tinha estacionado na rua, em algum lugar que não se via da casa? Mas por quê?)

Estava esbaforida, correndo atrás de Hugo Martinez. Tinha se preparado para a campainha, ou uma batida à porta — que não pretendia atender: pois ele não tinha como saber que ela estava em casa, ou, se estivesse em casa, se tinha outras pessoas em casa com ela. *Ele não tinha como saber qualquer coisa sobre ela, como estava vulnerável, como estava só, como torcia para que ele a abordasse, embora Jessalyn nunca tivesse imaginado que ele a abordaria.*

Sabe-se lá como, se pegou convidando Hugo Martinez a entrar. E ele estava dizendo: *Sim!* — mas primeiro tinha que lhe trazer uma coisa; se afastou sem jeito, sorrindo de uma maneira que daria para chamar de impetuosa, o bigode grisalho caído como uma barba-de-velho atrapalhando sua fala, tornando suas palavras indistintas; Jessalyn ficou encarando-o sem saber o que ele fazia, se estava saindo e voltaria ou se estava apenas saindo; indo apressado até a rua, na verdade quase correndo, porém com uma fraqueza quase imperceptível na perna esquerda; então voltando logo ao carro, um imponente Mercedes-Benz roxo, mas um Mercedes-Benz castigado, sem o acabamento de cromo das laterais e com um pneu diferente dos outros; com muito cuidado, Martinez dirigiu pelo caminho de seixos rosados cheio de ervas daninhas e estacionou em frente ao pátio onde Jessalyn o aguardava em um transe de apreensão e sem saber o que estava fazendo, que grande erro havia cometido, que talvez fosse irrevogável, pelo qual os filhos se condoeriam dela e sofreriam por ela.

Do carro, Hugo Martinez emergiu sorridente — o sorriso, que deixava à mostra os dentes um pouco amarelados, desiguais, era de fato incrível, triunfal. Em uma das mãos, um buquê de uma dúzia de flores branquíssimas, que Jessalyn soube com um olhar que eram copos-de-leite, mesmo antes de detectar o aroma delicioso, de doçura repugnante, e na outra mão uma garrafa de vinho que ela imaginou que fosse tinto. E dentro de casa ela pegou tanto os copos-de-leite quanto a garrafa de vinho de Hugo Martinez, como se a visita não fosse uma surpresa, mas algo esperado e previsto.

**ELE DISSE QUE FICARA GRATO** ao receber a carta dela. Era uma carta linda que ele tinha lido várias vezes e que sempre trataria como algo precioso.

Tinha pensado muito nela. Não sabia dizer o porquê. Não pretendia falar com ela. Tinha mandado o copo-de-leite — tinha sido meio que um pedido de desculpa. Mas como ele não estava *arrependido*, não estava claro por que pedia desculpa.

Soube qual era o nome dela por causa do marcador do túmulo, e realmente conhecia o sobrenome *McClaren*. Portanto, fizera perguntas. Não era tão difícil assim descobrir onde ela morava. Foi assim que soube para onde mandar a flor.

Não tivera a intenção de procurá-la pessoalmente. Não mesmo.

Torcera para que ela não visse a exposição. Não visse a fotografia do cemitério. Em geral as pessoas não se reconheciam nas fotografias de Hugo Martinez em que estivessem de rosto virado e com as identidades ocultas.

Era espantoso para Jessalyn ouvir o visitante falar de si com tamanha formalidade — "Hugo Martinez". Havia nisso uma vaidade inocente, como a de uma criança.

O inglês dele era um pouquinho artificial, medido. Mas não tinha um sotaque discernível.

Ele havia vindo pedir desculpa, declarou. Porque ela se reconhecera e esse reconhecimento tinha lhe causado dor. Ela estava tão perdida no cemitério que ele não conseguira abandoná-la.

Bem — ele tinha saído do cemitério e ido para o carro, explicou; mas tinha voltado para lá. Tinha achado a luva dela no caminho. Tinha tirado a foto às escondidas. Era um defeito dele, o hábito da discrição, o ilícito e o tabu. Ele não queria ser "aberto" e "sincero" — não era esse seu estilo.

Andava pensando nela, mesmo antes da carta. Não queria pensar que tinha se apaixonado por ela naqueles poucos segundos no cemitério.

Se apaixonado! — Jessalyn não tinha certeza se tinha ouvido direito. Ela riu, perplexa e confusa.

Bom — o que havia de tão engraçado? Hugo Martinez a encarou e exigiu saber.

Às pressas, Jessalyn disse que não havia nada engraçado — sério, nada. Era algo muito sério — se ele estivesse falando sério.

Martinez disse, melindrado, que *sempre falava sério*.

Ela não estava entendendo, só isso.

Ele riu e disse, *Você tem um saca-rolhas, querida? Eu abro o vinho.*

NÃO! OBRIGADA, MAS ELA NÃO BEBIA. Normalmente.

Isto é — *normal*? Ele parecia curioso para saber.

Olhos gentis, mas divertidos. Inquisitivos. Um rosto outrora lindo, mas agora vincado, desgastado feito couro velho, com marcas que pareciam vírgulas na testa, e um nariz comprido, elegante, dilatado como uma corneta em miniatura.

O bigode distraía. Grande demais, liso demais. Pelos duros prateados, de textura diferente do cabelo macio, mais ralo, de um grisalho acobreado, da cabeça do homem.

Sorria ao ver os pelos do bigode se mexerem com a respiração do homem. Ah, mas por que alguém iria querer um estorvo daqueles no rosto, caindo sobre a boca?

Quando menina, Jessalyn se arrepiava diante da ideia do bigode — todas as meninas que conhecia se arrepiavam. Imagine beijar *isso*.

É claro que ninguém beijava o bigode. Mas o bigode estava *ali*.

E por que ela estava sorrindo? — Hugo Martinez indagou, curioso.

Estava *sorrindo*? — ela não havia percebido. Por um instante se sentiu tonta, irreal.

Você me parece feliz, Jezlyn. Muito mais do que eu me lembrava. Mas, bom... *El tiempo cura todas las heridas.*

Jessalyn riu, assustada e incomodada, como se, a título de lhe dizer algo reconfortante em a refinada voz grave de barítono, o visitante a tivesse amaldiçoado.

Como responder? Ela não conseguia. Uma gagueira começava no fundo da garganta.

Ela havia entendido direitinho o que Hugo Martinez dissera. Não sabia nem uma sílaba de espanhol, e no entanto tinha entendido.

São as verdades mais banais que permanecem, Hugo Martinez disse, gentil. (Ele tinha visto sua expressão ferida? Ela *teria* relevado suas emoções com tamanha transparência?) Mas a gente logo aprende, querida, se já tiver alguma idade, que as verdades mais urgentes nunca não são *banais*.

Jessalyn murmurou um vago *sim*. Ela não fazia ideia de qual era o assunto da conversa.

Em um impulso, entrou em um barquinho com esse estranho de bigode. Ela não tinha remo, quem tinha o remo era ele, que a chamava de *querida*.

Hugo Martinez tinha um certo ar de pirata, na verdade. O ângulo arrojado do chapéu de palha com abas largas, que ele tivera a polidez de tirar ao entrar na casa; a camisa, aberta no meio do peito, revelando uma densa moita de pelos grisalhos; a retidão dos ombros, um indício de arrogância masculina. O cabelo era comprido a ponto de cair languidamente na gola da camisa, e a camisa era feita de um material fino, macio, como linho egípcio, puído nas mangas.

A calça estava muito amarrotada, mas também era de um tecido fino.

Nos pés, sandálias de couro filetadas à mão, também gastas. Jessalyn não resistira a dar uma olhadela em seus pés, estarrecida ao ver as unhas dos dois dedões muito desbotadas, grossas feito chifres.

Sangue velho, preto, debaixo das unhas, Jessalyn sabia. As unhas dos dedões de Thom eram iguais quando ele era adolescente, de tanto usar botas de caminhada.

Por que você está chorando, Jezlyn? — Hugo Martinez a olhava com desalento. Por favor, queria que você não chorasse.

ESTAVAM SENTADOS EM LADOS OPOSTOS da mesa da cozinha, esbaforidos.

Como se tivessem subido muitos lances de escada e um estivesse à frente do outro bradando: *Corre!*

No centro da mesa, Jessalyn colocara os copos-de-leite no vaso de cristal.

A beleza deles a hipnotizava. O cheiro doce, pungente como uma lâmina furando seu cérebro enquanto o homem bigodudo a encarava com olhos pasmos.

Íris cinza, escurecida pelas sombras. Capilares estourados, uma coloração levemente amarelada nos olhos, como se Hugo Martinez tivesse adoecido havia pouco tempo, ou não tivesse dormido na noite anterior.

Ela se sentia um pouquinho zonza: a proximidade do homem.

A cadeira onde estava sentada parecia estar à beira do abismo. Não ousava olhar para baixo por medo de não ver um chão.

Com deleite e trepidação, ela pegara taças de vinho de um armário: limpíssimas, imaculadas, pois Jessalyn lavava esses objetos à mão.

A mais inocente e lastimável das vaidades: o orgulho que a viúva tem da limpeza, da ordem de sua casa vazia.

Com ares de entusiasmo e cerimônia o bigodudo pôs vinho nas taças para os dois. Comemoravam o quê? — a mão do homem não estava muito firme.

No entanto, foi um momento perfeito. Hugo Martinez tinha imaginado que seria, e foi, e Jessalyn se lembraria pelo resto da vida de cada instante dessa noite com a exatidão ampliada com a qual, usando as menores pinças possíveis, alguém tiraria cacos minúsculos de vidro da pele.

Um tipo especial de vinho tinto, Hugo disse, não muito caro, não pomposo, mas muito bom, seu vinho predileto de Vale do Douro, Portugal.

Jessalyn tinha servido com um pedaço de queijo italiano de casca dura, seca, uma travessa com os biscoitinhos de centeio preferidos de Whitey. Uma cumbuca de azeitonas (ela esperava que não tivessem embolorado na geladeira) e uma tigela grande de uvas pretas (sem caroço) que tinham passado um pouco do ponto.

Ah, e um pote de húmus "orgânico" que Virgil tinha levado para ela semanas antes.

Sorrindo sob o bigode, Hugo se serviu do banquete. O convidado estava rindo dela? — Jessalyn se perguntava.

Então ela percebeu, para seu horror: tinha se esquecido dos guardanapos! Nunca depois de adulta tinha se esquecido dos guardanapos!

Discretamente, sem chamar a atenção, Hugo Martinez pegou um lenço do bolso para limpar os dedos. (O cérebro atônito de Jessalyn conseguiu reparar que o lenço era de algodão e não um mero lenço de papel.)

Então, tardiamente, Jessalyn foi pegar os guardanapos na gaveta. Eram belíssimos guardanapos de linho, um para Hugo Martinez e um para ela.

Mil perdões! Não sei o que eu estava pensando...

Cortês, Hugo Martinez não reparou em seu constrangimento, assim como talvez não reparasse em sua nudez se ela aparecesse sem roupa na frente dele, em seu estado confuso.

Os modos dele eram refinados. Apesar de comer com as mãos e de os restos de queijo se acumularem nas falhas grisalhas do bigode.

Da próxima vez, Hugo Martinez disse, enfático, ele a levaria para jantar, para fazerem uma refeição de verdade.

*Uma refeição de verdade.* O que aquilo queria dizer?

Jessalyn riu. Sentia-se tonta, irreal.

Audaciosa, pegou a taça de vinho. Ela sabia que Hugo Martinez ficaria magoado se ela não tomasse seu vinho português preferido: homens são assim.

No entanto, ela não conseguiu beber. Bastava encostar os lábios no líquido escuro, que parecia exalar um brilho ardente, um calor real.

Ela pensou: *Não posso ficar bêbada. Seria um grande erro.*

Muito tempo antes, anos antes, em outra vida, o vinho tinha um efeito palpável sobre ela: pálpebras pesadas, uma sensação de avidez erótica na boca do estômago, fala arrastada, hilaridade inconveniente.

*...um grande erro.*

Encarava Hugo Martinez. O nariz vulpino, o bigode caído e os dentes manchados. Capilares rompidos nos olhos. A respiração parecia rouca.

Estava encantada com ele. Não conseguia tirar os olhos.

(Um *artiste*. Whitey daria uma risada de escárnio! Beverly faria que não com a cabeça, desgostosa.)

(Mas onde estava Whitey? Lá em cima, recolhido?)

Ela estava com pavor de que Hugo Martinez fizesse perguntas sobre... Whitey. Ela balançaria a cabeça, em silêncio. Nada a dizer. Por favor.

Mas Hugo não perguntou sobre Whitey. Preferiu perguntar sobre a casa: Você mora sozinha nesta casa enorme?

A pergunta veio do nada, avançando sobre ela feito um morcego.

Ela não tinha como se desviar. Piscou os olhos rapidamente. Seria uma acusação? Ou só curiosidade?

Murmurando *não*, não exatamente sozinha. Mas... *sim*.

Lembrava-se agora de ter visto Hugo Martinez lá fora, na entrada da garagem, só por um instante, olhando para a casa, para o espraiamento horizontal da casa, uma expressão fugaz no rosto, de surpresa, reprovação.

*Não me odeie porque sou rica. Por favor, não.*

Queria explicar para ele, na verdade não era rica! Sua família não era rica. Sua vida era apenas uma coisa que havia lhe acontecido, praticamente nada daquilo tinha sido escolha dela.

Mas ficou sentada, muda, desconcertada. Percebendo que ela estava incomodada, Hugo comentou que era uma casa linda e que devia ser bem antiga. Belas árvores altas — ele tinha reconhecido os carvalhos pretos. E a grama alta, diferente dos gramados "bem tratados" de North Hammond.

Seu tom agora era mais atônito, não de acusação. Ele não *a culpava* (ao que parecia).

Mas Jessalyn entendia bem, a grandiosidade absurda da casa, mesmo quando Whitey estava vivo, e até quando os filhos mais novos ainda moravam ali.

Hugo estava lhe perguntando: a casa tinha uma história? — Estava na lista do Registro Nacional?

N-não. Não estava.

As casas dessa região, da Old Farm Road, datavam da Guerra de Independência — não era isso? Hugo Martinez perguntava, não em tom desagradável.

*Ele é marxista. É maoísta. Ele vai te odiar e magoar você. Mãe, pense bem no que você está fazendo!*

(Era Beverly? Por que cargas-d'água Jessalyn pensava em Beverly em uma hora dessas?)

Em um tom que ela estava determinada a não permitir que soasse defensivo, Jessalyn se ouviu dizer que sim, parte da casa era dos anos 1770, mas ao longo do tempo tinham feito várias reformas e acréscimos, por isso a casa não estava no Registro. Whitey dissera: *A gente não quer morar em um museu!*

*Whitey*. Jessalyn não pretendera falar o nome, mas de repente e sem querer o falara, com tanto pragmatismo quanto se Whitey estivesse no cômodo vizinho.

Houve um instante de silêncio. Uma espécie de silêncio crepitante, parecia, como eletricidade.

E então, muito sério, Hugo Martinez assentiu e soltou um suspiro profundo, os pelos do bigode agitados.

De fato, minha querida, você tem razão — *A gente não quer morar em um museu.*

**MELHOR MANDAR ESSA PESSOA EMBORA.** *O que você está pensando, mãe? Está tão solitária assim? Tão desesperada? Por que a gente não basta para você? O que o papai acharia disso?*

Ela não tinha prometido aos filhos que não convidaria ninguém que não conhecesse a entrar na casa? Que não conhecesse *bem*?

Beverly continuava pasma porque Jessalyn tinha convidado para entrar naquela casa *um sem-teto de verdade, um louco necessitado que nós todos demos sorte de não ter roubado e assassinado ela e ateado fogo na casa — mãe, a casa também é nossa!*

(A rigor, a casa não era deles. O imóvel de número 99 da Old Farm Road agora pertencia exclusivamente a Jessalyn McClaren, mas, de acordo com o fundo fiduciário, Jessalyn não podia vender a casa nem "estabelecer algum esquema jurídico através do qual a casa se tornasse propriedade alugada" sem a permissão do testamenteiro.)

(No testamento de Jessalyn, a casa ficaria para os cinco filhos, e eles fariam com ela o que desejassem: uma perspectiva que ela se permitia considerar tanto quanto consideraria a ideia de enfiar o braço no triturador de lixo em funcionamento.)

Mas Hugo Martinez, embora fosse um estranho para Jessalyn, não era um estranho para Virgil, e era uma "pessoa conhecida" na área de Hammond — Jessalyn poderia ter explicado. Fotógrafo, poeta, "ativista" (o que isso significava exatamente? Político?).

Virgil não contara a Jessalyn nada de crucial sobre Hugo, agora que Jessalyn parava para pensar.

Ainda torciam pela volta de Leo Colwin. Beverly nunca deixava passar uma oportunidade de falar de Leo em termos carinhosos — *Um viúvo, um amorzinho, é cheio da grana e não está (pelo que nós sabemos) nem incontinente nem demente. Mãe, tome juízo!*

(Beverly tinha realmente dito essas palavras? Ainda não. Mas em breve, Jessalyn temia.)

Na verdade, Leo continuava ligando para Jessalyn. Suas mensagens de voz haviam adquirido um tom ressentido, acusatório. Não a perdoava por ter fugido do carro, ficara constrangido com o sumiço abrupto dela — *As pessoas perguntam por você e eu digo o quê? Eu te achava uma pessoa afável, Jessalyn. Gastei dinheiro e tempo com você e você me fez acreditar que retribuía os meus sentimentos. Eu considerava você uma DAMA.*

Em um dos recados, Leo parecia chorar de raiva ou estrangular sua fúria.

Jessalyn já não ouvia mais as mensagens de Leo, apagando-as assim que as recebia. Estava decidida a não sentir culpa — a não se *sentir culpada*. Não.

CARAMBA! O QUE ERA AQUILO? — Um *gato*?

Aconteceu tão de repente que nem Jessalyn nem Hugo Martinez viram o gato vesgo se aproximar de Hugo, se apoiar nas patas traseiras e bater na mão de Hugo com as garras à mostra.

Quase caindo da cadeira, derrubando parte do vinho, Hugo espantou o bicho. De rosto vermelho em um instante ele xingou em (uma língua que Jessalyn presumia ser) espanhol.

Ah, Mackie! — como você pôde...

Consternada, Jessalyn tentou afastar o gato de Hugo Martinez aos tapas, mas Mackie não lhe deu a menor atenção. Agora estava apoiado nas quatro patas, as costas arqueadas como um gato de Halloween e o rabo eriçado ereto, mostrando os dentes em um sibilo silencioso.

Não, Mackie! Pare com isso. O Hugo é — é um amigo...

(Era uma situação constrangedora. Com sua empolgação, Mackie também parecia desafiar Jessalyn. Dando rosnados ameaçadores que podiam ser interpretados como se dirigidos *a ela*.)

Com bastante rapidez, Hugo se recuperou do ataque. Pareceu se recuperar. De rosto corado e aos risos, limpou um filete de sangue do dorso da mão com o lenço.

Que gato enorme e canalha você tem, Jezlyn. Nossa!

Inesperadamente, Hugo parecia admirado. De fato, Mackie era extraordinário, se avaliado apenas como animal: a pelagem já não era emaranhada, mas de um preto reluzente por conta da dieta melhor e das escovadas de Jessalyn, o único olho fulvo encarava com certa ferocidade, inteligência animal.

Hugo partiu um pedaço do queijo italiano duro e o ofereceu a Mackie, que o observou por um instante antes de arrebatá-lo dos dedos de Hugo e devorá-lo avidamente no chão.

Em um piscar de olhos o pedaço de queijo sumiu. Hugo partiu outro, e depois outro, todos devorados com avidez pelo gato — Jessalyn queria dizer ao convidado que não, não era uma boa ideia alimentar um animal com o que havia à mesa, sobretudo aquele animal, que sabia bem se aproveitar da fraqueza humana.

Mas Hugo Martinez e Mackie estavam rapidamente virando amigos, ao que parecia. Hugo falava com o gato em uma voz baixinha, admirada — *Mi amigo*, um belo gato.

Jessalyn ficou atônita. Ninguém que tivesse visto Mackie tinha algo de bom a falar sobre ele, e os filhos mais velhos acreditavam que ele punha a saúde dela em risco.

Jessalyn disse que imaginava que Mackie fosse bonito mesmo, à maneira dele... Suas poucas marcas brancas, em formato de raio, eram bem *mitigantes*.

Sorrindo, Hugo se atreveu a tocar na cabeça dura de Mackie com os nós dos dedos — Jessalyn prendeu o fôlego, achando que o gato arranharia o homem com as unhas, mas Mackie, absorto na comilança, mal pareceu notar o gesto.

Hugo perguntou como o gato se chamava e Jessalyn declarou que o nome verdadeiro dele era "Mack the Knife".

"Mack the Knife" — é esse *o nome* desse garotão?

Jessalyn não sabia como explicar o nome, o que pareceu divertir Hugo Martinez. Ela não se lembrava de onde vinha o nome e tinha começado a pensar, de certo modo, que Mack the Knife era o nome real do gato — como o descobrira, não sabia dizer.

Ele estava usando coleira quando apareceu? — não...

Jessalyn explicou que Mackie era um gato de rua que tinha aparecido no quintal de casa alguns meses antes. A princípio, ela apenas deixava comida para ele lá fora; depois, nos meses de frio, começou a deixar que passasse mais tempo dentro de casa — e agora, ele passava pelo menos metade do tempo ali dentro e boa parte dele dormindo.

(Ela não quis acrescentar que Mackie às vezes dormia aos pés de sua cama, em cima da cama; que às vezes ele se encostava em seus pés através das cobertas. Esses eram os momentos mais felizes de sua vida agora, mas não queria compartilhar uma informação tão reveladora com um estranho, ainda que o estranho tivesse um olhar bondoso.)

Ela havia perguntado aos vizinhos da Old Farm Road se Mackie era de alguém. Tinha deixado folhas nas caixas de correio com sua imagem feroz, caolha, toscamente fotocopiada. Como os filhos mais velhos diziam, em tom de reprovação, era óbvio que Mackie tinha sido abandonado — *exilado*. Quem iria querer um troço tão feio!

Tudo isso deleitou Hugo Martinez. Nos últimos minutos tinha adquirido uma espécie de risada rouca que vinha do fundo do peito. Não parecia se importar com o fato de que Mackie o arranhara — não tinha falado nem uma palavra sequer sobre raiva, tétano. A aspereza e o tamanho do gato, até mesmo seu único olho penetrante, que tanto ofendia os outros, pareciam impressionar e divertir Hugo, e ampliar sua estima por Jessalyn.

Que ela soubesse lidar com um gato como Mackie? Que ela *não soubesse lidar* com um gato como Mackie, mas cuidasse dele com carinho mesmo assim?

Em um ato impensado, Jessalyn confidenciou a Hugo Martinez que os filhos mais velhos detestavam Mackie — era muito aflitivo, estavam sempre atrás dela para levá-lo ao veterinário e eutanaziá-lo.

*Filhos mais velhos.* Jessalyn ainda não pretendera trazer o assunto à baila.

Bem como *marido. Finado marido.* Ainda não.

Ai, por que tinha dito *filhos mais velhos*? Hugo ficaria com a imagem de criaturas atrofiadas gigantes, de cara encarquilhada pela idade, corcundas, como os anões das pinturas espanholas antigas.

Mas ele não disse nada. Não questionou.

Ele também devia ter... filhos? Filhos adultos?

Hugo Martinez tinha a idade de Jessalyn, no mínimo. O rosto enrugado e curtido sugeria idade, mas a vivacidade e a elegância dos modos sugeriam um homem mais novo.

Ela se perguntou se ele também, apesar da gargalhada vigorosa e do gosto com que comia e bebia, vivia uma vida póstuma. Uma vida de mentira, como a dela.

Uma vida em que nada importava, essencialmente. Mas havia acidentes possíveis, como rasgos em uma barraca...

Enquanto isso, Hugo sorria, se curvava para esfregar a cabeça dura de Mackie com os nós dos dedos. (A pelagem preta da cabeça do gato era mais rala do que a do resto do corpo; dava para sentir a proximidade assustadora do osso do crânio.) Jessalyn jamais se atreveria a esfregar a cabeça de Mackie com tamanho vigor, pois ele era dado a mordidas repentinas. Mas tinha começado a ronronar alto com o toque de Hugo, como um motor com um leve defeito.

O ronronado agradou a Hugo, que ousou coçar o queixo de Mackie, em uma proximidade muito perigosa com seus dentes amarelados e afiados.

Muito sério, Hugo disse que era uma boa ideia levar Mackie ao veterinário. Sabe como é, Jezlyn, o gato tem necessidade de... (nisso Hugo fez um vago gesto de corte na direção de sua virilha, sem o menor indício de constrangimento) se ainda não fez isso.

Jessalyn mordeu o lábio inferior. É claro, ela sabia — Mackie era um gato de rua, e gatos de rua precisavam ser *castrados*.

Era um assunto vergonhoso, ou um assunto delicado, ou deveria ter sido, mas Hugo não parecia reparar, ao contrário de Whitey, que (Jessalyn sabia) não resistiria a fazer piada devido ao nervosismo.

Ah, mas Jessalyn já tinha tentado. Tinha tentado levar Mackie ao veterinário. Depois da importunação dos filhos. Tentara convencer Mackie a entrar na caixa de transporte, comprada em um pet shop do shopping exatamente com esse objetivo, mas Mackie ficara desesperado e miara como se estivesse sendo assassinado, e a teria arranhado se ela não tivesse tido o bom senso de usar luvas de jardinagem. (Jessalyn não acrescentou o detalhe lúgubre de que Mackie havia mijado na cozinha toda antes de sair correndo da casa e ficar quarenta e oito horas sem aparecer.) Um dos problemas era que a caixa de transporte era menor do que ela imaginara que seria, e a tampa ficava na parte de cima, o que dava uma vantagem ao desvairado Mackie.

Sombriamente, Hugo Martinez anunciou que executaria a tarefa no dia seguinte.

Ele faria... o quê?

Ajudaria com o gato.

Ajudaria com *o gato?*

Jessalyn ficou pasma, Hugo falava com tanta intimidade. Como se fossem amigos de longa data e ele tivesse todo o direito de lhe dizer o que fazer.

Hugo disse: como a castração era essencial e deveria ter sido feita muito tempo antes, pelo bem do gato e dela... ele a ajudaria.

Jessalyn gaguejava não, ela não achava...

Com uma cara muito satisfeita, Hugo se serviu de outra taça de vinho. Tinha enxugado todo o sangue do dorso da mão no lenço, e os arranhões já não sangravam mais.

Isso não é problema, querida. Eu passo aqui amanhã, vou estar ocupado, mas dou um jeito de vir no fim da manhã — por volta do meio-dia.

Amanhã! Hugo não tinha nem sequer saído da casa dela e já planejava a visita seguinte.

De repente, Jessalyn sentiu muito cansaço. Cometera a imprudência de tomar um ou dois goles de vinho e o efeito tinha sido instantâneo — suas pálpebras se fechavam.

Tentou protestar com Hugo: na verdade, Mackie não era dela. Não tinha autoridade sobre ele — seu corpo de gato. Embora não tivesse conseguido achar o dono, Mackie sem dúvida tinha um, e ela não podia se intrometer — "Mackie" não era nem o nome dele.

Hugo a encarou com um ar confuso, como se ela estivesse dizendo algo com o intuito de ser espirituosa — mas o quê?

Mackie era um "espírito livre" — Jessalyn tentou explicar. Ele por acaso havia se instalado naquela área, mas não era *dela*.

Jessalyn era cuidadosa ao falar, e no entanto não era clara — ela ouvia sua voz arrastada, como se através da água. O vinho?

Hugo discordou do que ela lutava para dizer. Não era verdade, ele declarou. O gato era um bicho que agora dependia dela. Estava sob seus cuidados. Jessalyn devia saber que animais selvagens viviam muito menos do que animais domésticos. Mackie era um "canalha grande, brigão", mas precisava de cuidados veterinários, já que merecia viver muito.

Como todos nós, Hugo completou, categórico.

A essa altura Jessalyn estava se sentindo muito... estranha. Queria muito que aquele homem, aquele estranho, saísse da casa dela, tinha sido um erro convidá-lo a entrar.

Ai, o que ela tinha havia feito! Estava arrasada de vergonha, de apreensão.

Acontecia bastante com ela, nessa nova vida. Uma onda de profundo arrependimento a dominava, ela mal conseguia respirar.

*Ridículo! Por que você ainda está viva?*

*Pois bem, então — respire por esse canudo. Se é isso o que você precisa fazer.*

Hugo Martinez olhava Jessalyn com um sorriso que se poderia chamar de sagaz. Debaixo do bigode, a boca do homem parecia mais *íntima* do que seria sem o bigode — Jessalyn ponderou.

Ele vinha enaltecendo — o quê? Alguma coisa a ver com o gato, com seu "espírito selvagem" — no entanto, insistia que Mackie fosse *castrado*. Ele estava recitando um poema? Primeiro em espanhol, depois em inglês. Um poema de... Loca? *Lorca?*

Ela se lembrava agora, o homem era poeta além de fotógrafo. De certo modo, ela confiava em um poeta ainda menos do que confiava em um fotógrafo.

Por exemplo, durante todo esse tempo Hugo Martinez tivera o cuidado de não dizer uma palavra sequer sobre seu passado. Nem uma palavra sequer sobre a vida pessoal — era casado? Ou já tinha sido casado? (É claro, Hugo Martinez já tinha sido casado. Bastava uma olhadela para se perceber que era um homem que tinha tido "relações" com mulheres — garotas — desde os doze anos. Esse tipo.) Tinha evitado dizer qualquer coisa reveladora sobre si — Jessalyn só se lembraria mais tarde de que tinha se gabado de ser uma pessoa "discreta" — como se avisasse a ela que não pretendia ser "aberto" — "sincero" com ela — pois *não fazia seu estilo*.

Ele tinha bebido boa parte da garrafa de vinho português e comido boa parte do queijo italiano, e deixado marcas no húmus ao mergulhar os biscoitinhos. Na frente dele e no chão havia migalhas espalhadas; Mackie tinha descoberto as migalhas do chão e as lambia avidamente com a língua rosa, de um jeito que despertava em Jessalyn a vontade de rir.

Hora de Hugo Martinez ir embora. Ele tinha percebido a mudança de humor de Jessalyn e sabia que não devia se demorar.

Talvez ele soubesse: viúvas se exaurem fácil. A viúva se acalma fácil, perdida no mar. Suas velas são imundas, chumbadas.

Com esmero, Hugo dobrou o lenço ensanguentado para guardá-lo no bolso: tinha dado pancadinhas no bigode, meticuloso. Agora dobrava as mangas da camisa, sem pressa. Jessalyn viu os pelos escuros e tortos dos punhos, grossos feito peliça nos antebraços, e teve uma sensação aguda, indescritível.

No entanto, se perguntava: por que os pelos do homem têm tantos tons diferentes, braços, peito, bigode, cabelo? Whitey também ostentava uma *miscelânea* de tons, como se partes diferentes do corpo tivessem idades diferentes, e o cabelo da cabeça era o mais alvo — o mais antigo e mais sábio.

Jezlyn, querida — qual é a graça?

A *graça*? Jessalyn não estava rindo, estava?

As pálpebras tinham ficado tão pesadas que mal conseguia ficar de cabeça erguida. O esforço para falar com o homem, o estranho agressivo, o esforço de ouvi-lo e sentir sua presença tão perto dela, a poucos centímetros de distância, era uma dificuldade como empurrar uma caçamba de lixo pesada até o meio-fio, sobre rodinhas bambas.

Hugo Martinez se levantou, retomando toda a sua estatura — devia ser tão alto quanto Thom. Jessalyn semicerrou os olhos, sem querer erguer os olhos para ele, mas sem ver alternativa.

Ali estava o problema: o homem ocupava espaço demais. Invadia o *espaço dela*.

Desde que Whitey a deixara, Jessalyn havia se acostumado a ter espaço ao seu redor na casa, a não ter ninguém por perto, ninguém *olhando para ela daquele jeito*.

Relembrava agora quanto tempo fazia que Whitey McClaren, que era Johnny McClaren na época, tinha olhado para ela — seus olhos passeando por ela, assustados e ávidos, vendo uma garota que a própria Jessalyn não conseguia imaginar direito, sem dúvida outra garota que não a que via no espelho...

E agora Hugo Martinez olhava para ela. Não com uma expressão tão desamparada, pois Hugo Martinez era muito, muito mais velho do que Johnny McClaren tinha sido. E Jessalyn era muito mais velha do que a garota que tinha sido.

Ele parecia muito feliz com ela. Ou por causa dela. Os dentes manchados à mostra debaixo do bigode caído — Jezlyn, boa noite! Minha querida.

*Jezlyn. Querida.*

Ele pegou o elegante chapéu de palha de abas largas e o colocou na cabeça, ajustado à perfeição. Jessalyn percebeu que, na imaginação, ele via o próprio reflexo em um espelho conhecido e aprovava o que via.

À porta, Hugo parou para segurar a mão dela, quente junto à dele, como um ser vivo, e beijou a palma com delicadeza.

Para as costas do homem, viradas para ela, disse, com a voz rouca, que não achava uma boa ideia ele voltar no dia seguinte...

Ele a ouvira? — Hugo Martinez se virou, sorriu e acenou, e caminhou energicamente até o Mercedes-Benz roxo estacionado na entrada da garagem.

Do limiar, ela o viu ir embora. Em seguida, fechou e trancou a porta.

Sozinha! Enfim sozinha.

Estava quase desmaiando de alívio, o homem tinha ido embora. E ela não o veria outra vez.

— MACKIE! VENHA CÁ. POR FAVOR.

O maldito gato não saía do andar de baixo na esperança de que o visitante de risada alta que havia lhe dado pedacinhos de queijo seco e esfregado sua cabeça com os nós dos dedos voltasse. Só bem tarde, à meia-noite, quando Jessalyn já tinha desistido de chamá-lo, foi que Mackie entrou no quarto com um rabugento *miau!* Como se *ele* estivesse irritado *com ela*.

Tão cansada! Ela só tinha chutado os sapatos antes de cair na cama.

O primeiro cochilo a tomou como uma água oleosa. Ela remava com os braços para se manter na superfície.

Por que Whitey não a deixara ir embora? O riacho estava caudaloso por conta da chuva, passava correndo pela doca como se quisesse despedaçá-la, e sim, era bem provável, as tábuas podres teriam se quebrado sob seu corpo, as pernas presas, laceradas, era muito possível que uma das artérias se rompesse, ela não teria sentido muita dor, não no que é uma escala de dor em vez de uma dormência crescente, pois o ar estava frio, a água mais fria, a correnteza da água ainda mais fria, drenando o calor de seu corpo que ela chegara à conclusão de que era a própria vida: *calor, vida.*

A vida é batimento, pulsação, vibração — *calor.*

Sem *calor* não há *vida.*

Mas ela não tinha conseguido agir. Sabia exatamente o que fazer, mas não tinha feito. E agora.

Despertou de supetão, ainda era uma da madrugada! O abajur na mesinha de cabeceira estava aceso. Mackie dormia profundamente aos pés da cama, com uma respiração de serrote que poderia se confundir com um leve ronco humano. E o resto da noite pela frente.

Pelo menos tinha mandado aquele homem embora, qual era o nome dele — *Hugo*.

Tinha medo dele. Não confiava nele. Ele não a tinha avisado? — roubaria sua alma.

Ela havia chegado perto — perto demais. O abismo a seus pés. Mas tinha mandado o homem embora. Ela parecia saber que ele não voltaria.

E se voltasse, não o deixaria entrar na casa.

O que Whitey pensaria! (O que Whitey tinha pensado mais cedo?)

Ela não destrancaria a porta. Não estaria perto da porta. Fugiria.

(Por que Whitey estava tão silencioso? Whitey não a havia cutucado? — *Você tem que tentar de novo, Jess. Só mais uma vez.*)

Hugo Martinez já se distanciava dela. O riacho corria no sopé da propriedade dos McClaren, carregando-o feito um destroço.

Não é bom, se a pessoa que vive à margem de um riacho depois de uma tempestade fica parada na beirada olhando, pois ela vê, imagina ver, corpos inertes passando, rodopiando com a correnteza, sem rosto, humanos ou meros animais, passando rápido demais para que se tenha certeza.

*Ah, Whitey, me leve junto com você.*

Mas estava errado: Whitey não tinha escolhido morrer.

Whitey tinha escolhido *não morrer*. Tinha lutado muito. Nunca teria desistido. Tivera que ser *assassinado*. Só assim Whitey McClaren morreria.

Às duas e meia da madrugada tentava ler *Os sonâmbulos*... Se estenderia para sempre, esse esforço. Whitey nunca terminara o livro, e a viúva nunca o terminaria.

Os parágrafos densos eram como éter. Ela havia se perdido e não sabia se estava lendo ou relendo. *Ela estava sofrendo um derrame, talvez.*

Como a pessoa sabia? Se estava sofrendo um derrame? Se morasse sozinha? Se abrisse a boca e dissesse bobagens — *vrit vrit* eram sons que Whitey conseguia emitir, com dificuldade; ela não sabia o que *vrit* significava. Ele tinha enunciado esse som com tanta seriedade, uma única sílaba ávida — mas ninguém entendera.

Mas ela entendera. Oiaê. (Oi, você.) Jeslin. Tamo. (Jessalyn. Te amo.)

— Ah, Whitey. Nós todos amávamos *você*.

Também na mesinha de cabeceira de Jessalyn ficava um exemplar em brochura de *O gene egoísta*, de Richard Dawkins. Esse livro era mais recente e mais curto. Whitey o tinha (provavelmente) lido inteiro, um verão, na rede.

Ah, ela também tinha começado esse! Anos atrás. *Somos máquinas criadas pelos nossos genes. O gene bem-sucedido sobrevive por meio do egoísmo implacável. O amor universal não tem sentido evolutivo.*

Quem precisava ouvir que deveria ser *egoísta*! A primeira lei da humanidade.

Era uma dádiva, ser capaz de egoísmo. Whitey carecia disso — apesar de ser um empresário "bem-sucedido". A viúva dele carecia disso, fatalmente.

Se ao menos seus genes fossem mais *egoístas*! Tudo o que fazia era por outras pessoas, ou outras coisas, e nada do que realizava tinha qualquer importância.

A seus pés, o gato vesgo se mexia durante o sono, miando baixinho, faminto. Preparando-se para avançar sobre a presa fugitiva.

NA MANHÃ SEGUINTE, ELA SE sentia bem melhor. Tinha dormido até muito tarde para seus padrões — quase oito da manhã. Mackie havia pulado da cama e desaparecido sem acordá-la um pouco antes do amanhecer. Outra vez, era como se um torniquete tivesse sido desamarrado, liberando o sangue contido em suas veias.

A cabeça, sobretudo, estava mais arejada, mais leve. O peso havia sumido.

Com cuidado, esperteza, ela planejara: não estaria nem perto de casa quando Hugo Martinez chegasse. (Se é que chegaria.)

O que o homem tinha falado — fim da manhã? Meio-dia?

Ela sairia às 10h30. Não tinha a menor intenção de permitir que um estranho a "ajudasse" a levar Mackie ao veterinário; o levaria sozinha, um outro dia.

Ela passaria na biblioteca. Hoje não era um dos dias em que Jessalyn fazia trabalho voluntário, mas se alguém tivesse cancelado, Jessalyn assumiria o lugar. Nada era tão reconfortante quanto o trabalho voluntário na biblioteca — ler para crianças, arrumar livros e DVDs nas estantes, organizar as prateleiras de jornais e revistas que viviam bagunçadas. Todo mundo a conhecia — "Olá, sra. McClaren!" — "Ei, Jessalyn!" — e ela também conhecia todo mundo.

*Senhora? Desculpe, mas preciso dizer — amei o seu cabelo branco.*

*Senhora? Esse seu cabelo branco é lindo! Vou deixar o meu igualzinho ao seu, que se danem as pessoas dizendo que estou velha demais.*

*Impossível não pensar que a senhora devia ser muito bonita quando era nova.*

O cabelo branco reluzente, partido ao meio. Cabelo da cor de rádio.

Fazia meses que mal olhava seu armário. Tinha doado à Legião da Boa Vontade peças de roupa que lhe pareciam frívolas, presunçosas, bobas, tristes, que sabia que nunca mais tornaria a usar. Tinha doado a maioria dos sapatos. Só se lembrava vagamente da urgência frenética com que jogara as coisas no chão, o choque de Beverly ao vê-la naquele estado, e a filha insistindo em levar os artigos mais estilosos, mais caros "para guardar tudo em um lugar seguro"... Porém, ficou surpresa ao ver que a maioria dos cabides estava vazia.

Bem nos fundos do closet Jessalyn achou um vestido amarelo-claro plissado que parecia uma túnica grega, que não usava havia vinte anos. Era um dos vestidos preferidos de Whitey, e não tivera coragem de doá-lo.

E, com o vestido-túnica, um colar de pedras âmbar que Whitey lhe dera e brincos de âmbar em forma de lágrimas.

Escovou o cabelo até ele ficar com estática.

Agora — precisava se apressar! Tinha chegado perto demais de tropeçar no abismo.

Mas quando se preparava para sair de casa, às 10h20, o Mercedes-Benz surrado apareceu no caminho sinuoso e Hugo Martinez percorreu a entrada com passos ávidos. Trazia o que parecia ser uma caixa de transporte grande para um animal.

Jessalyn ficou espantada. Como isso tinha acontecido? Hugo Martinez estava *ali*.

Sua única opção era abrir a porta. O olhar do homem recaiu sobre seu vestido-túnica plissado, o cabelo branquíssimo escovado, com uma expressão quase de alarme. Na cabeça, levava o chapéu de abas largas em um ângulo arrojado e de novo usava uma camisa aberta no pescoço, quase até o meio do peito. Nas mãos, luvas de couro que pareciam estar em bom estado.

Como ela estava linda, Hugo Martinez disse. Com uma voz serena, não com a voz exuberante, o que fez Jessalyn ter vontade de chorar, ela não poderia amar um homem de novo, já tinha decidido.

Pois bem. Hugo queria ir direto ao ponto. Tinha ido ali buscar Mackie conforme o planejado. Levara uma caixa de transporte grande o suficiente para um cachorro de certo porte, e Mackie caberia ali dentro sem problemas.

Mackie! Mack-ie! — Hugo Martinez chamou o gato com um falsete, passando por Jessalyn a caminho da cozinha e do corredor; ela tinha certeza de que o gato astuto não seria ludibriado por aquela voz falsa, insinuante, mas Mackie surgiu trotando, a cabeçorra levantada, o rabo eriçado levantado, sem desconfiar de nada, embora a caixa de transporte estivesse no chão, em sua plena vista, a portinha escancarada. Mackie não hesitou; ele miou uma saudação audível a Hugo Martinez — *mirrrr*.

Jessalyn tentava explicar a Hugo, como quem pede desculpas: tinha se esquecido de ligar para o veterinário, de marcar consulta...

Não havia problema, Hugo lhe disse. Ele tinha ligado para uma veterinária que conhecia, tinha marcado a consulta. O horário deles era às onze.

Agachou-se para esfregar a cabeça do gato com os nós dos dedos. E no entanto, para a surpresa de Jessalyn, Mackie não sibilou nem fugiu, e sim ronronou alto e se esfregou nas pernas do homem, no que, com um resmungo baixinho, Hugo conseguiu pegar o gato, com as mãos enluvadas, botá-lo às pressas na caixa de transporte, fechar e travar a porta antes de o gato entender o que estava acontecendo — todos esses movimentos executados com uma precisão tal que Jessalyn ficou olhando fixo, atônita.

Na mesma hora Mackie começou a se debater dentro da caixa, em fúria e aos berros. Jessalyn via os bigodes eriçados e a pelagem atravessando o aramado — o único olho feroz. *O que foi que você fez comigo — você!*

Hugo falou em uma voz tranquilizadora, mas Mackie continuou a berrar. Arranhava o aramado, de um jeito tão violento que dava medo de que conseguisse abrir um buraco para sair. Jessalyn tampou os ouvidos com as mãos — os berros do bicho eram de partir o coração. O pobre gato parecia estar sendo assassinado...

Hugo apenas ria. Os berros furiosos e as patadas desesperadas de Mackie não o amedrontavam. Segurando a alça com as duas mãos, Hugo levantou a caixa e conseguiu cambalear com ela até o Mercedes, que astuciosamente estava com uma das portas aberta; com muito cuidado, Hugo pôs a caixa em cima de jornais espalhados. Apesar das luvas e do zelo com que Hugo tinha apoiado a caixa no banco, com uma das unhas o furioso Mackie conseguiu arranhar seu punho, que começou a sangrar no mesmo instante.

*Diablo bastardo!* Porém estava claro que Hugo se sentia muito bem consigo mesmo; e a única alternativa de Jessalyn era ficar admirada com ele, que tinha realizado um milagre...

Jessalyn pressionou um lenço no punho sangrento de Hugo. Era assustador o quanto a única garra tinha entrado fundo, tão rápido.

Hugo se gabava de que era assim que tinha que ser, com os animais. Você mostra a eles quem manda, mas é sempre gentil, e eles entendem que você é o guardião deles, ainda que protestem a princípio.

Jessalyn balançou a cabeça, maravilhada. *Ela* jamais conseguiria convencer Mackie a entrar na caixa de transporte, e era óbvio que jamais conseguiria forçá-lo. Um assassinato sanguinolento, era isso que teria sido.

E ainda que tivesse conseguido enfiar o animal furioso na caixa, jamais teria conseguido levantá-la e carregá-la até o carro.

Pois bem. Era para isso que ele estava ali, Hugo disse, contente pelos elogios.

E então, Jessalyn se viu sentada no carro de Hugo Martinez, no banco do passageiro. (No banco de trás, equipamentos de fotografia. Um casaco impermeável leve, um par de botas de caminhada, livros espalhados, jornais. Guardanapos amassados e um leve odor de algo que devia ser salame, linguiça.) E Hugo percorreu o caminho de pedregulhos e entrou na Old Farm Road, pegou a Highgate Road, passou por casas e paisagens conhecidas que aos poucos cediam lugar a uma área menos conhecida e menos cultivada e depois a um horizonte quase rural, coberto por uma vegetação raquítica (não muito distante da Bear Mountain Road, a bem da verdade) que esbarrava com uma rodovia estadual movimentada, na qual, desde que havia enviuvado, Jessalyn não se atrevia a dirigir. Ali havia pequenos centros comerciais melancólicos, com placas de ALUGA-SE nas vitrines, postos de gasolina e lanchonetes e uma franquia de lojas de pneu com bandeiras vermelhas balançando ao vento. Em uma casa de estuque com um estacionamento de cascalho na frente ficava o ABRIGO & VETERINÁRIO VALE FELIZ.

Lá dentro, uma mulher grande, parruda, de macacão, cumprimentou Hugo como se fosse um amigo de longa data, com um aperto de mão, um abraço e um ousado roçar dos lábios no bigode — era a "dra. Gladys".

Com Jessalyn, a dra. Gladys foi muito cordial. Seu aperto de mão era esmagador.

Então a dra. Gladys se agachou para dar uma olhada na caixa de transporte, para ver o injuriado Mackie. Assobiou diante do tamanho do gato — enorme feito um maine coon, mas de pelo curto. Quantos anos?

Jessalyn disse que não fazia ideia. Ele tinha aparecido em sua vida do nada — era o que chamavam de "gato de rua".

A dra. Gladys disse que veriam se era chipado. Para ver se era possível identificar o gato e contatar o dono. Jessalyn estava apenas imaginando o ar de reprovação no tom da veterinária, por ela não ter conseguido localizar o dono?

Ao ser levado até a clínica por Hugo, o gato tinha parado de berrar. Estranhamente, havia se submetido; agora se comportava com uma espécie de estoicismo animal, resignação. Jessalyn sentiu uma pontada de arrependimento pelo que estavam fazendo com Mackie, ainda que fosse para seu próprio bem. Dessexualizando, desmasculinizando — para um gato de rua, já maltratado e ferido, essa deveria ser uma boa ideia. Ela tentou acalmá-lo acariciando o aramado ao lado de seu olhar raivoso, mas Mackie apenas a encarou como se nunca a tivesse visto na vida. Ele não tinha nem vontade de estapeá-la com as garras.

Antes da castração, que exigia anestesia, o gato precisava de pelo menos doze horas em jejum. Era de se supor que Mackie tivesse comido pouco antes de ser colocado na caixa de transporte, pois Mackie comia com frequência, e portanto a cirurgia teria que ser adiada até a manhã seguinte, por questão de segurança.

Jessalyn ficou decepcionada, mas Hugo disse que não havia problema. Nesse meio-tempo, Mackie seria examinado de cima a baixo e vacinado.

Enquanto a dra. Gladys e Hugo Martinez conversavam e riam, Jessalyn preenchia fichas no balcão da secretária. Era impossível não ouvir os dois batendo papo, cheios de familiaridade e intimidade, e ela sentiu uma pontada de inveja, como se uma porta tivesse se escancarado para uma vida bem diferente da dela.

E o Hector *ainda estava em...?*, a dra. Gladys indagou, e Hugo disse, com um longo suspiro, que estava, sim. Estava.

Mas Carlin *tinha saído*. Por enquanto...

E como estavam Anita, Yolanda e Denis...

E Esme, e Luis...

Seriam eles... filhos? Amigos em comum? Cônjuges?

Jessalyn entreouviu algo que pareceu ser "Attica" — será que era a notória prisão de segurança máxima, que ficava a cinquenta minutos de carro ao sul e ao oeste de Hammond? Ela nunca tinha ouvido falar em ninguém chamado "Attica".

Agora, em voz baixa, Hugo Martinez e a dra. Gladys conversavam, e Jessalyn já não conseguia mais entender o que falavam.

Só que ela ouviu, ou acreditou ouvir, as palavras furtivas "interrogatório"... "condicional"...

Jessalyn perguntou à recepcionista qual era o preço dos exames, vacinas e castração; e se poderia pagar tudo no dia seguinte, com um cheque.

Ela não tinha certeza de como estava a situação do cartão de crédito. Na verdade, tinha alguns cartões de crédito e tinha descoberto recentemente que um deles havia vencido meses antes. Antes da morte de Whitey, nunca temia ficar no vermelho, mas agora... "ficar no vermelho" havia se tornado uma preocupação obscura e constante.

Pois bem — a conta de Mackie ficaria bem alta. Mais alta do que ela esperava. Jessalyn imaginava a reação de Beverly — *Aquele gato selvagem horrível? Você está jogando dinheiro fora... naquela coisa? Ai, mãe.*

Além disso, exigia-se um depósito de vinte por cento, naquele dia.

Percebendo que Jessalyn estava estarrecida, Hugo se aproximou depressa e entregou um cartão de crédito à recepcionista.

Jessalyn tentou protestar, mas Hugo insistiu.

Ela o reembolsaria quando pudesse, Hugo disse com alegria. Sem pressa!

A dra. Gladys pediu que voltassem para pegar o gato deles dali a cerca de vinte e quatro horas. Em caso de emergência, Jessalyn seria contatada.

*O gato deles*. Jessalyn esperou que Hugo corrigisse a veterinária, mas ele não o fez.

A essa altura Mackie já tinha parado de se debater dentro da caixa de transporte. Até o rabo eriçado tinha parado de se contorcer. Que triste, ver o moral do gato tão abalado...

Quando uma auxiliar robusta apareceu para recolher Mackie, ele não deu nem uma última olhadela para Jessalyn.

Lá fora, no carro de Hugo Martinez, Jessalyn se esforçava para conter as lágrimas. Por que ela estava ali, *ali* com aquele homem que para ela era um estranho, que havia se intrometido tanto em sua vida?

Enquanto Hugo dirigia o Mercedes roxo em uma velocidade acelerada pela rodovia estadual, ela não retribuía os olhares frequentes que ele lhe lançava, que pareciam ao mesmo tempo afetuosos e coercitivos; ela ouvia sem muita atenção seu papo exultante que cobria um leque amplo de assuntos, como um homem cambaleando sobre pernas de pau. O que Whitey pensaria daquilo tudo? Pegando a Route 29 em direção ao sul no carro de um estranho quando deveria estar na biblioteca lendo histórias para as crianças em idade pré-escolar?

E Jessalyn sentia um pavor tenebroso de nunca mais ver Mackie, de ter mandado o pobre gato à morte por covardia — não tinha sido capaz de resistir à determinação arrogante de Hugo Martinez.

A forma como ele tinha empurrado a caçamba de lixo na entrada da garagem. Ousado colocá-la junto à parede lateral da garagem, exatamente no lugar que lhe cabia. Como ele sabia? Por que tinha tomado essas liberdades?

Ela não veria o homem de novo depois disso. O dia seguinte seria inevitável — veria Hugo então. Uma última vez. Pois não teria como levar o gato pesado até o carro sozinha.

Mas esse seria o fim. Chega!

Porém, Hugo Martinez era muito gentil com ela, era de uma simpatia calorosa. Seu rosto bonito, destruído. Ela não aguentava olhar para ele, vê-lo olhando *para ela*.

Ele percorria a rodovia estadual. O Mercedes chacoalhava e vibrava feito uma música que não se escutava direito. Jessalyn observava as mãos do homem no volante. Mãos grandes, com veias azuis visíveis nas articulações. Nos punhos, pelos ásperos muito mais escuros do que os do bigode e da cabeça; foi impossível não sorrir.

Quantos anos Hugo Martinez tinha?, Jessalyn se perguntava. Havia formas óbvias de descobrir, que por alguma razão ela evitava.

Era mais velho do que Jessalyn, sem dúvida. Talvez chegasse a ser dez anos mais velho. Ou talvez fosse mais novo.

Ela não era de avaliar a idade alheia. Tendia a evitar especulações. Sentia uma espécie de dor quando alguém lhe dizia, querendo ser gentil: Ah, você está muito bem para a sua idade!

*Jessalyn McClaren é sempre uma dama. Jessalyn McClaren tem porte. Para uma mulher de mais idade, Jessalyn McClaren está sempre belamente arrumada, graciosa.*

Mas para onde Hugo estava indo agora? — entrando com o Mercedes elegantemente decadente na Cayuga Road, que atravessava colinas desertas e se avizinhava da Bear Mountain.

(Bear Mountain era o local mais alto da cadeia de montanhas Chautauqua, com seus novecentos e setenta e cinco metros — ou seja, não muito alto. O ponto mais alto das Adirondacks era Mount Marcy, com mil seiscentos e vinte e nove metros.)

Jessalyn perguntou onde Hugo a estava levando.

Hugo garantiu, não a estava *levando* a lugar algum. Estava apenas dirigindo.

Apenas... dirigindo?

Bom, na direção da Old Farm Road. Na direção de North Hammond, de modo geral.

Devia ser uma direção bem geral, Jessalyn ponderou. A julgar pela distância de Bear Mountain, estavam a oito ou nove quilômetros do número 99 da Old Farm Road, em uma área rural montanhosa em que sombras de nuvens aceleradas passavam voando diante deles feito pássaros gigantes.

Que beleza de lugar! — Jessalyn fantasiava desde menina que ficava presa em um lugar deserto como aquele, a pé, sozinha, e no entanto... de forma absurda e improvável, feliz.

*Sim, mas em pouco tempo você ficaria apavorada. Sozinha, você não sobreviveria. Desesperada, você entraria no primeiro carro que aparecesse.*

A estrada era esburacada, não havia melhorado. Mas pouco depois passaram por terras cultivadas, ou o que outrora haviam sido terras cultivadas. Velhas casas de fazenda abandonadas, altivas em seu desleixo, celeiros meio desmoronados com um levíssimo rastro de tinta vermelha, silos, cercas tortas, pastos malcuidados. Vez ou outra, campos onde animais pastavam — vacas, ovelhas que pareciam saídas de um sonho.

Hugo comentou o quanto era esquisito que a Cayuga Road fosse menos povoada do que tinha sido um século antes.

Jessalyn disse que sim, era esquisito. Triste.

Essa recessão, Hugo disse, suspirando. O norte do estado de Nova York, que é tão bonito.

Jessalyn pensou — *Mas ele mora aqui. Está me levando para a casa dele.*

Ela perguntou a Hugo se ele morava na Cayuga Road.

Hugo disse *sim*. Ele achava que sim.

Ele deu uma risada constrangida, como se Jessalyn o tivesse pegado trapaceando.

Pois bem. Ele não vivia *sozinho*, Hugo declarou. Ele vivia com... uma família.

Acrescentou: não o que normalmente chamamos de família.

Jessalyn supôs que *normalmente* significasse esposa, filhos. Mas Hugo Martinez era velho demais para ter filhos que morassem com ele, em todo caso.

Ela queria perguntar quem era essa família. Como era sua vida. Já tinha sido casado? Era casado agora? Embora Hugo fosse um tagarela vivaz e infatigável, ele falava pouco do que era específico à sua vida.

Jessalyn imaginava que ele estivesse esperando que ela pedisse, ele poderia levá-la à casa dele? Mostrar a ela como vivia? — Apresentá-la a sua "família"? Ela queria muito pedir, mas não podia. As palavras não saíam.

Hugo Martinez parecia se divertir: era um homem que gostava de dirigir o próprio carro, e era um homem que gostava de se exibir para uma mulher, de preferência uma mulher sentada bem a seu lado, fazendo o uso devido do cinto de segurança.

Ele não parecia se importar se a passageira estava reticente, incomodada. Mas (provavelmente) reparava que ela olhava com nervosismo para longe, na esperança de entender onde estava naquele lugar que não conhecia bem.

Ela não corria perigo nenhum, Hugo declarou, achando graça. *Por favor, saber quê!*, ele disse em espanhol.

E o que isso queria dizer? Ela podia imaginar.

Jessalyn sorriu. Um sorriso gelado. As mãos estavam relaxadas sobre os joelhos, não entrelaçadas. As palmas estavam um pouco suadas contra as pregas amarelo-claras da saia.

Ela disse a Hugo Martinez que era claro que não achava que estava correndo perigo. Estava só um pouco apreensiva — quanto a Mackie e quanto ao lugar aonde estavam indo.

Mas eles não *estavam indo* a lugar algum, Hugo protestou.

Ela pensava que estava sendo raptada por ele? — ou "sequestrada"? Ele deu uma gargalhada sincera.

Mas Hugo estava quase começando a soar magoado. Murcho. Um pirata incompreendido; um cavalheiro cuja cortesia não era apreciada.

Jessalyn lhe garantiu que era muito grata por sua ajuda. Levar Mackie à dra. Gladys... tinha sido muito gentil da parte dele.

A declaração aplacou Hugo Martinez? — ele a princípio não respondeu, compenetrado na pista esburacada. Jessalyn tinha a impressão de que ele mordiscava o bigode.

Que hábito terrível! Ela não conseguia imaginar intimidades com um *homem bigodudo*.

Conte-me uma coisa sobre você, querida — Hugo pediu, na expectativa de recuperar algum controle.

Jessalyn refletiu. O que contar? *Uma* coisa? O paradoxo da vida é que não existe *uma coisa*, só existem *muitas coisas* encadeadas feito uma teia de aranha. Não dava para extrair *uma* das *muitas* sem falsear ambas...

Por fim, disse a Hugo Martinez que a única coisa na vida, ela acreditava, era o amor.

Sério! — Hugo Martinez balançou a cabeça, refletindo.

Sim...

Jessalyn ficou magoada, irritada. Ele estava rindo dela? — ela questionou.

Não, não! Claro que não estava rindo dela...

Era óbvio que sim, Hugo ria de Jessalyn. Porém, estava encantado com ela, ela percebia.

(E o que ele via? Jessalyn se perguntava. A viúva de um homem rico que não se atrevia a se vestir com deselegância nem para ir à biblioteca nem para ir à veterinária; a mulher de cabelo branquíssimo que, para ela mesma, era uma menina gaguejante, uma pudica, uma puritana, que condenava a si mesma, que duvidava de si mesma e no entanto era vaidosa, um coração acovardado que no entanto ansiava por ser audacioso e até temerário; sem saber o que dizer que não fosse banal e a expusesse, pois esses eram os contornos de sua alma?)

Hugo explicou que estava pedindo que ela contasse *uma coisa* sobre ela mesma que fosse um fato. Alguma coisa que fosse verdadeiramente *sobre ela*.

Eu... eu... eu sou... eu sou uma...

Mas o que ela era, Jessalyn não conseguia enunciar.

A *uma coisa* sobre a vida da viúva é que ela é a vida da viúva, uma vida póstuma; uma vida que sobrou, pode-se dizer. No entanto, ao dizer isso, traduzir essa verdade melancólica em palavras, ela a fazia soar elevada e profunda, sabe-se lá como, quando na realidade a situação da viúva era uma redução, como uma ervilha murcha ou um guardanapo amassado, desprezível, sem valor.

Mas até dizer isso era uma esperança de acentuar a redução, e nessa esperança havia insensatez.

Como se lesse a mente dela, as chicotadas cruéis de seus pensamentos, Hugo disse, com delicadeza — Vou te contar uma coisa sobre mim, um fato simples: nasci em 11 de abril de 1952, em Newark, Nova Jersey.

Ele tinha cinquenta e nove! Era cinco anos mais novo do que Jessalyn.

E tinha doze anos a menos do que Whitey teria caso estivesse vivo.

Hugo estava brincando, aquilo não tinha sido difícil — tinha? Agora, Jessalyn poderia por favor contar a ele *uma coisa* que achava que ele deveria saber a respeito dela — uma coisa que seria útil ele saber se estivesse, como acreditava estar, se apaixonando por ela. Podia ser?

*Se apaixonando.* O rosto de Jessalyn ardeu como se ele tivesse lhe dado um tapa. O que aquele homem queria dizendo essas coisas para ela? Estava fazendo piada, ela imaginava. Porém era cruel fazer piada com ela, ela nunca faria piada com os outros daquele jeito.

Depressa, os olhos dela percorreram o entorno — a ideia desvairada lhe ocorreu, ela poderia abrir a porta do carro, fugir. Hugo dirigia lentamente pela estrada rural sulcada.

Ei, não! — Hugo riu, estendendo o braço para segurar a mão de Jessalyn, como se lesse sua mente.

Jessalyn riu. Tentou rir. Embora o coração estivesse acelerado com o toque dele.

Disse que gostaria que Hugo não dissesse essas coisas...

Alegre, ele respondeu — não deveria "dizer" essas coisas ou não deveria "sentir" essas coisas?

Mas isso também era uma provocação. Jessalyn também não poderia levar isso a sério.

É claro, o homem não era sincero. Era poeta, artista, fotógrafo. Organizava palavras e retratos. Trabalhava com o artifício, o exagero. Tivera a audácia de tirar uma foto dela sem permissão, sem que ela sequer ficasse sabendo. Não a tinha avisado, não era digno de confiança.

Um macho sexualmente agressivo. Um certo tipo de *macho*. Uma mulher não tinha como ter dúvidas de que um homem assim pudesse desejá-la, já que um homem desses desejaria praticamente qualquer mulher. Mas uma mulher não poderia botar muita fé nesse desejo.

Ela se pegou dizendo que *uma coisa* sobre ela era que, embora morasse em uma casa pré-Guerra Revolucionária na Old Farm Road, na verdade não tinha muito dinheiro. Precisara cortar gastos, vivia da forma mais frugal possível. A cirurgia de Mackie seria uma "extravagância".

Com frieza, então, Jessalyn repetiu, para que fosse impossível que o homem ardente não entendesse que, apesar do que as pessoas pudessem achar, ela não era (Jessalyn respirou fundo, a palavra era muito esquisita) *rica*.

Mas Hugo Martinez teve uma reação inesperada. Ou talvez ela devesse tê-la esperado — risada.

Então? Não é rica? *Yo tampoco.*

Pelo tom jovial do homem, Jessalyn imaginou que essas palavras significassem: *Eu também não.*

— ∞ —

ELE REALMENTE A FEZ RIR. Um riso assustado, como um passarinho batendo asas. Desde Whitey, ela dificilmente ria. (Whitey volta e meia a fazia rir.)

Seria uma traição a Whitey, rir dos comentários bem-humorados de outro homem? Que Whitey não teria aprovado?

Quanto tempo fazia que Jessalyn não era *feliz*.

Quanto tempo que não ficava *brava*.

As emoções tinham perdido a vitalidade. Era como se tivesse deixado balões meio murchos na entrada da garagem e cometido o descuido de atropelá-los com o carro. Olhou para fora e viu no caminho de pedrinhas rosa alguns balões rasgados e achatados e mal se importou com o que tinham sido.

No entanto, agora estava brava.

A voz no telefone perguntando — Senhora? Ainda está na linha?

Não. Sim — é claro.

Angustiada, tinha agarrado o fone. Em geral não chegava nem perto do telefone quando ele tocava (pois o telefone não podia trazer boas notícias para a viúva, apenas a lembrança de más notícias ecoando eternamente), mas dessa vez tinha verificado e o identificador dizia VETERINÁRIO VALE FELIZ.

Era fim de tarde, o mesmo dia. Mackie já estava no hospital veterinário havia algumas horas.

E ali estava uma pessoa informando que, depois de examinar Mackie de cabo a rabo, a dra. Gladys não recomendava que o gato fosse castrado e vacinado, afinal, mas sim que fosse *sacrificado*.

Perdão? O quê? — com um estrondo nos ouvidos, Jessalyn não estava escutando direito.

A voz repetiu as palavras. Monocórdia, insensível. Mas como assim? — *sacrificado*?

Jessalyn conteve as lágrimas. Ai, onde estava Hugo?

Ele a tinha levado para casa, conforme havia prometido. Ela não o convidara a entrar.

Ficara aliviada ao se despedir de Hugo Martinez. Ele havia prometido voltar no dia seguinte para levá-la à veterinária para buscar Mackie.

Agora com uma calma enlouquecedora, a voz prosseguia. Devia ser a auxiliar da dra. Gladys notificando que o exame "não tinha corrido bem".

O gato tinha carrapatos e parasitas (dois tipos diferentes, ambos intestinais), uma doença respiratória, uma deficiência sanguínea, tinha um temperamento péssimo, era cego de um olho, e "não era um gato jovem"...

Jessalyn interrompeu: é claro que já sabia que Mackie era cego de um olho e que não era um gato jovem. Ela sabia! Mas...

A voz continuou: parecia que o gato não tinha um microchip implantado sob a pele. Não tinham como saber quem tinha sido seu dono e não tinham como precisar a idade. É claro que a dra. Gladys gostaria de fazer a cirurgia e dar as vacinas, mas o protocolo era avisar aos donos dos bichos como estava a saúde deles, assim "não haveria ambiguidade" mais adiante.

Além disso, com os vários problemas de saúde que ele tinha, Mackie precisaria de mais tratamentos médicos do que o previsto. Qual seria o valor final, a dra. Gladys não sabia dizer.

Jessalyn declarou que isso não tinha importância. Podia custar o que fosse — ela pagaria.

Por fim, a dra. Gladys queria que Jessalyn soubesse que um gato de rua feito Mackie não era considerado um "bom risco" como animal doméstico, sobretudo havendo muitos gatos adultos e filhotinhos mais adequados disponíveis para adoção no Vale Feliz.

Com a voz trêmula Jessalyn disse que não queria um gato "mais adequado", queria o gato que tinha aparecido em seu quintal.

SACRIFICAR. A PALAVRA ERA BRUSCA, ofensiva.

Jessalyn estava aborrecida demais para contar a Hugo Martinez sobre o telefonema do Vale Feliz. Ela só lhe disse, quando ele voltou no dia seguinte, que tinha recebido uma ligação da auxiliar da dra. Gladys e que a cirurgia tinha sido realizada conforme o planejado.

Não tinha recebido outro telefonema. Jessalyn havia se preparado para uma ligação anunciando a morte de Mackie sob anestesia.

Na clínica veterinária, tiveram que esperar até Mackie estar pronto para ser tirado da baia e transferido para a caixa de transporte. Ouviram que a cirurgia tinha "corrido bem" e que ele estava "descansando" — algo incomum para um animal que se recupera de uma cirurgia é que tinha conseguido até comer "um pequeno desjejum".

Em uma das salas de exame, a dra. Gladys mostrou a Jessalyn e Hugo Martinez, em uma fotografia ampliada, em cores, exatamente como um gato macho era castrado. Com uma caneta esferográfica apontou o pequeno órgão que era o "pênis" e o órgão que parecia um saco que era o "escroto" contendo os "testículos" que eram removidos — uma operação que não durava mais que dois minutos.

Jessalyn semicerrou os olhos, estremeceu. Mas Hugo Martinez olhava com um sorriso estoico.

O tempo de recuperação seria curto, a dra. Gladys declarou. O efeito do anestésico ainda não tinha passado por completo, e o gato ficaria o resto do dia grogue, mas em pouco tempo retomaria o apetite e à noite já estaria normal, ou quase.

Jessalyn sentiu uma onda de compaixão por Mackie. Estava grata por ouvir que, apesar do olho cego, das orelhas maltratadas e do rabo quebrado, da miríade de problemas de saúde, ele na verdade estava em "uma situação incrivelmente boa" para um gato de rua; não tinha FeLV, por exemplo. Nem FIV. E era provável que fosse mais novo do que aparentava ser, a dra. Gladys disse. Talvez tivesse cinco anos.

Cinco! Jessalyn riu. Então havia uma boa chance de que ficasse com Mackie pelo resto da vida.

Hugo Martinez olhou para Jessalyn, chocado com o comentário. *Só cinco anos?* Jessalyn não esperava viver nem *cinco anos*? O que ela estava pensando?

Sagaz, a veterinária tinha percebido, Jessalyn supunha, que apesar dos defeitos e dos problemas de saúde, o gato preto caolho era amado, portanto agora falava apenas coisas positivas e encorajadoras sobre ele. Não sugeria mais que *ele fosse sacrificado.*

É bom ser leal com o seu gatinho, a dra. Gladys disse, com uma risadinha gutural. Ainda que seu *gatinho* não vá vencer uma exibição de gatos.

*Gatinho.* Uma palavra incompatível com Mackie.

Jessalyn se preparou para a conta. Mas, para seu constrangimento, Hugo se adiantou — está tudo certo, querida. Sem problema.

Explicou que na última primavera tinha ganhado mais dinheiro com a venda de fotografias do que esperava. Jessalyn poderia reembolsá-lo quando fosse mais conveniente para ela.

Jessalyn protestou, tinha levado o talão de cheques! Sério, ela podia pagar a conta do próprio gato...

Não dava para argumentar com Hugo Martinez, não com facilidade. Era como se jogar contra uma parede de pedra que nunca cederia.

*Ele é impossível. É dominador. Isso é errado. Ele não tem o direito.*

Quando a auxiliar da veterinária trouxe Mackie dentro da caixa de transporte, o gato castrado os fitou com seu único olho fulvo como se entendesse muito bem que lhe faltava algo essencial na vida. Estava grogue, quieto. Sua alma de gato parecia ter sido abalada naquele local de tortura e confinamento. Parecia até menor. Estirado no piso da caixa, sem mal levantar a cabeça felina.

Eles se curvaram em direção à caixa de Mackie, aos murmúrios. Ele os ignorou. Arriscando tomar uma arranhada súbita na pele, enfiaram os dedos pelo aramado para tocá-lo. Hugo conseguiu acariciar o alto da cabeça, e depois de um instante amuado, Mackie passou a emitir um ronronado alto, dissonante, irregular. Dava para ouvir a alegria do reconhecimento e o alívio naquele ronronado, além do desespero.

Jessalyn enxugou as lágrimas de alívio dos olhos, muito grata porque tinham lhe devolvido o gato vesgo vivo.

Ele te conhece — sabe que você salvou a vida dele, Jessalyn.

*Você* salvou a vida dele, Hugo.

Juntos, Jessalyn e Hugo Martinez levaram Mackie de volta para a casa da Old Farm Road.

# As vespas

Embaixo do cano de esgoto da velha casa da Bear Mountain Road havia um vespeiro do tamanho e do formato de um abacaxi.
Repleto de vespas que zumbiam com fúria.
Perigo! Vespas protegendo o ninho feito guerreiros loucos.
Outras vespas, mais distantes da colmeia, planavam para lá e para cá como pilotos de avião de bombardeio pensando onde atacar...
Não era necessário destruir a colmeia, era essa a lógica de Virgil. As vespas eram seres vivos, não representavam perigo para os seres humanos a não ser quando interferiam em suas vidas de vespas.
Dentre os moradores da Bear Mountain Road havia aqueles que decepcionavam Virgil pela vontade de destruir vespeiros como se vespas fossem inimigas da humanidade.
É só evitar o vespeiro, Virgil sugeria. Pegar outro caminho para o celeiro. Não passar por esse lado da casa. As vespas não vão atrás de você.
(Em geral, era verdade. Mas talvez houvesse exceções.)
— Um vespeiro é uma construção linda, do ponto de vista arquitetônico. Como as vespas são parentes, daria para dizer que um vespeiro é *a casa de uma família*.
Desse jeito doce, afável, que alguns consideravam persuasivo, e outros, exasperante, Virgil conseguia proteger as vespas dos moradores da casa que queriam destruir essa colmeia e qualquer outra das redondezas.
Acrescentou, muito sensato:
— Sprays tóxicos são proibidos neste terreno, então vocês não podem jogar spray na colmeia. E eu não recomendo que vocês encharquem ela de gasolina e ateiem fogo... a casa vai pegar fogo junto, vai ser destruída e a seguradora não vai pagar. E a pessoa precisaria ter muita coragem para chegar perto e derrubar o vespeiro com uma enxada.

Entre os que o escutavam estava o nigeriano alto com cara de menino a quem Virgil queria muito impressionar e por quem fazia tais pronunciamentos, com modéstia, mas também com veemência.

— *Eu* é que não vou fazer isso. Boa noite!

Virgil foi embora. Eles não se reuniriam para lhe fazer oposição, acreditava; eles debandariam, dispersariam.

Quem ouvia junto com os outros era o nigeriano de um metro e oitenta — Amos Keziahaya. Sua estatura, as bochechas esburacadas e os olhos branquíssimos atraíam Virgil feito um imã; ele precisava se esforçar para não encará-lo abertamente como se ninguém mais estivesse presente.

Keziahaya não disse uma palavra, mas assentiu enquanto Virgil falava e demonstrou aprovação sorrindo. Aquele seu sorriso frívolo e ligeiro, que sumia antes que se pudesse retribuí-lo.

*É. Muito bom. Concordo. Estou do seu lado. Ok!*

Com frequência acontecia, Keziahaya ficava *do lado dele*. Era o que Virgil achava.

Amos Keziahaya era o único morador de pele escura da casa da Bear Mountain Road. Parecia ser o único morador estrangeiro, e sem dúvida era o único da África. Havia uma controvérsia em torno dele — Virgil não sabia direito o que era.

As pessoas eram atraídas por Amos Keziahaya. Mas nem sempre Keziahaya podia retribuir o interesse.

Por conta disso, ressentimento. Inveja sexual, angústia. Antipatia.

As mulheres sentiam atração por Keziahaya, estava claro. Mas os homens também. Era inevitável.

Incomodado, Virgil sabia disso. Tomou o cuidado de fazer amizade com Keziahaya da forma mais casual, menos intensa possível.

Já tinham uma relação amistosa na época da Feira de Artesanato de Chautauqua. Virgil tinha ajudado Keziahaya a expor suas obras e tinha ajudado a desmontar o que não tinha vendido para colocar no porta-malas de seu carro e levar de volta para o ateliê no sítio. Keziahaya tinha vendido muito mais obras do que Virgil, e como resultado estava em uma animação infantil.

Mas desde então, os dois tinham entabulado poucos diálogos. Não dava para dizer que Keziahaya evitasse Virgil. Mas não tinha feito esforço para passar tempo com ele.

Era uma agonia, Virgil pensou. E era ridículo.

Ele agora estava com... o quê? Trinta e dois anos. *Trinta e dois.*

No colegial, era imune às emoções tumultuadas dos colegas de classe. As paixonites desesperadas/ridículas de uns pelos outros. Ele era Virgil, e era superior. Mas agora.

À espera de uma batida à porta de sua cabana. Ainda era possível, depois de Virgil sair com um aceno, que o nigeriano altíssimo e de pele muito escura o seguisse até os fundos da casa para dar uma batidinha leve à porta (aberta).

E Virgil ergueria a cabeça, franzindo a testa. *Pois não?*

ELE NUNCA HAVIA *SE APAIXONADO* por um homem, Virgil tinha certeza.

Raramente havia *se apaixonado* por alguma mulher — não de verdade.

Tinha sentido atração por indivíduos, sentira apegos emocionais — tinha certeza.

Quando era um homem mais jovem, tinha viajado e conhecido pessoas — jovens mulheres, garotas — com quem tinha se envolvido, em certa medida; tinha uma impressão prazerosamente culpada de que esperavam dele mais do que era capaz de dar. *Feito um nômade. Sem rumo conhecido.* Tinha o costume de ir embora sem se despedir — sem olhar para trás.

Nem os pais pareciam totalmente reais para Virgil, naquela época. Era capaz de esquecê-los por dias a fio, como se nunca tivessem existido.

*Como o seu pessoal é?* — uma garota tinha lhe perguntado uma vez, em um lugar distante como Wyoming, Oregon, Idaho; e Virgil rira e dissera que não fazia ideia — ele nem entendera a pergunta. *Meu pessoal?*

*Bom. Você parece ser o tipo de, sei lá... o tipo de cara que tem grana.*

Virgil ficara atônito, ofendido. Suas roupas, seu estilo de vida, sua óbvia frugalidade — o que poderia levar uma estranha a pensar que vinha de uma família endinheirada?

Ele não tinha nunca, nem uma vez sequer, ligado para casa para pedir dinheiro; se sustentava com um trabalho de meio expediente.

*É que você não parece muito preocupado. Tipo, mesmo se não tivesse dinheiro agora, você teria a quem recorrer.*

Não era verdade! — Virgil queria protestar.

Agora que estava mais velho, sua sensação era outra. Em certa medida.

Tinha sido profundamente impactado pela morte de Whitey, inesperada. Volta e meia sonhava com Whitey, que aparecia em seus sonhos como uma figura borrada um pouco ameaçadora, feito a série de "papas gritando" de Francis Bacon.

Tinha um amor profundo por Jessalyn. Não queria pensar no quanto era profundo, sobretudo depois da morte de Whitey.

Seus sentimentos por Amos Keziahaya eram incipientes, indistintos. Ele não achava (dizia a si mesmo) que fossem algo tão simples ou tão facilmente saciáveis quanto uma atração sexual.

Embora sentisse um choque visceral ao ver Keziahaya de forma inesperada. Uma corrente de ânsia, de desejo puro, que o deixava zonzo e de boca seca. Pois sempre que via Keziahaya ele se surpreendia. Sentia-se como quem anda na corda bamba, segurando a vara comprida para se equilibrar, e de repente uma rajada de vento o deixasse impotente.

*Amos. Ei, escute só: acho que estou apaixonado por você.*

*Eu sei, é ridículo — eu sei que você não sente nada por mim.*

*Eu nem ligo se você não sente nada por mim! Sério.*

*Eu não esperava que sentisse. Não tinha essa esperança, eu só posso...*

*Amos? Caramba! Me desculpe, me desculpe.*

*Ou, melhor ainda: por favor me perdoe se essas palavras te causam nojo.*

*Voltamos à estaca zero? Esquece? Ok?*

*Ok.*

GAY, HOMOAFETIVO, HOMOSSEXUAL — eram crimes/tabus culturais na Nigéria natal de Keziahaya e rendiam a punição de até catorze anos de prisão. Punição com violência extrajudicial.

*Voltamos à estaca zero. Esquece.*

ZUMBIDO FURIOSO DE VESPAS. Perto dos ouvidos de Virgil.

*Exigindo Virgil? A situação piorou — a mamãe e aquele homem horroroso.*

"Homem horroroso?" — quem?

*Um homem. Cubano! Comunista!*

Cubano? Comunista?

*Ele está querendo o dinheiro dela, exatamente como a gente imaginava. É um vexame!*

Mas... quem...

*Um amigo seu — não é?*

Não. Eu não acho...

*Foi você quem apresentou eles dois, Virgil? Foi isso o que você fez?*

N-não...

*Ele é latino. Pode até não ser cubano, mas sem sombra de dúvida é latino, todo mundo diz que ele é praticamente* negro.

Em Hammond? Não tem muitos...

*Tem! Tem, sim! Se você olhar bem, eles estão em tudo quanto é lugar. Que nem os coreanos — em todos os mercados. E os paquistaneses — em tudo quanto é posto de gasolina. Pode olhar em qualquer lugar — tem asiático e latino. E indiano.*

Nossa mãe tem todo o direito de...

*Não tem, não! Ela não está batendo bem. As pessoas estão vendo eles juntos o tempo todo — em público. Recebi mais de um telefonema. E falei com a mamãe — ou tentei falar.*

Aconteceu alguma situação específica? A gente sabia...

*Como você consegue ficar tão calmo, Virgil? Sendo que foi você quem causou isso — a destruição da nossa família! E é um grande... vexame!*

Mas... por quê?

*Porque eles estão atrás do dinheiro dela — quer dizer, ele está atrás do dinheiro dela! Do dinheiro do papai! Do nosso dinheiro! Do espólio! Nosso espólio!*

Espera aí. De quem a gente...

*A gente está falando da nossa mãe, Virgil. Está falando... da Jessalyn! Nossa mãe encantadora, linda, perfeita! O que foi que aconteceu com ela? Ela já não tem mais tempo para os netos — eles ficam perguntando "cadê a vovó Jess" e eu não sei o que responder, eu estou morrendo de vergonha.*

*A mamãe teria se esquecido do aniversário da Daisy — mas eu liguei para ela na véspera. Imagine só!*

*Você também se esquece dos aniversários. Mas ninguém espera que você se lembre.*

*A culpa é sua, Virgil. Você nunca teve nem um pingo de respeito pela nossa família. A família. Uma vida normal, não... pervertida e desvirtuada...*

*É como uma vingança contra o nosso pai — contra a família...*

*Provavelmente vão acabar descobrindo que você levou algum germe imundo para o quarto de hospital do papai, Virgil. Que causou aquela infecção que matou ele, vivendo na casa imunda que fede a bosta onde você vive, cheia de mosca, a Sophia contou pra gente, até ela sentiu nojo, exatamente o que o papai teria imaginado já que você não — nunca — lavava essas mãos asquerosas, nem quando era menino, seu egoísta, egoísta...*

O celular escapuliu por entre os dedos dormentes de Virgil e emitiu um baque ao cair no chão. Só vagamente Virgil ouviu a palavra *idiota* nos arredores dos pés.

Tão chocado com as palavras da irmã, e o veneno das palavras, a mesma irmã que parecia adorá-lo quando era pequeno. Mais tarde, Virgil não se lembraria da maioria das coisas que Beverly tinha dito. Um bálsamo amnésico o pouparia.

Pouco depois, a segunda irmã furiosa ligou, com mais palavras para alfinetar os tímpanos de Virgil, mas dessa vez ele já sabia que não devia atendê-la.

*Virgil? Alô?*

*Virgil? Caramba!*

*Sou eu — a Lorene. É melhor você me ligar! É uma emergência.*

*Eu preciso saber o que você sabe sobre esse — esse — seu amigo "artiste" que está praticamente morando com a mamãe? A Beverly falou que ele é cubano...*

*Nós todos estamos... em choque. Estamos morrendo de preocupação...*

*Pode ser cubano ou porto-riquenho. Pode ser mexicano. Tem latinos na nossa escola — o número aumenta a cada ano que passa.*

*Já não basta eles estarem em tudo quanto é canto e terem cinco filhos para cada filho que os brancos têm — mais filhos do que os negros têm...*

*Virgil — caramba. É melhor você me ligar.*

*Ai que situação horrível. É simplesmente... obscena...*

*Coitada da mamãe. Dizem que os dois andam de mãos dadas — em público... Eles foram ao cinema juntos! Na frente de todo mundo. Que vergonha!*

*A mamãe não ouve a gente, Virgil. É óbvio que ela está surtando — ela está diferente desde que o papai morreu.*

*Eu tentei conversar com ela. Eu tentei. Tentei convencê-las a ir viajar comigo. Mesmo com o fundo, a mamãe tem grana à beça. A gente poderia fazer uma viagem maravilhosa, fantástica — ir a algum lugar exótico —, mas a mamãe se recusou. Como se não pudesse abandonar o papai. E agora, esse homem horroroso — um estranho...*

*A gente espera que você esteja satisfeito, Virgil. Seus amigos hippies asquerosos! Agora eles estão de mudança para a nossa casa.*

*Você sempre foi o elo fraco — o papai sabia disso. Tentando destruir a nossa família. Sempre bancando o... provocador!*

*Meu Deus, eu passo mal só de imaginar outro homem, um estranho, e latino, na nossa casa — com a nossa mãe, que não sabe nada da vida...*

*Virgil? Eu estou te avisando — é melhor você me ligar.*

*O que o papai acharia disso, de como você e a mamãe traíram ele!*

Pouco depois da irmã furiosa, um irmão furioso. Pelo que Virgil lembrava, era a primeira vez que recebia um telefonema do irmão na vida.

Seria possível? Na vida inteira?

Thom mal conseguia falar de tanta raiva que sentia. Virgil se encolheu ao ouvir sua voz gutural percussiva e imaginar como Thom botaria as mãos nele se pudesse.

*Caramba, Virgil. Apresentar a nossa mãe a um ex-condenado latino. Você nunca levou isso a sério e agora a Bev e a Lorene me disseram que eles estão praticamente morando juntos. E eu recebi telefonemas de amigos. Meu Deus! Me deu vontade de vomitar.*

*Um dos seus amigos artistas do caralho. Mora nessa porra dessa comuna contigo. Eu perguntei por aí e ao que consta esse "Hugo" que está saindo com a mamãe foi preso em 1991, em Hammond.*

*Por arruaça. Tentativa de lesão corporal qualificada.*

*Provavelmente drogas. Tráfico de drogas. "Latino."*

*Ele esteve no Centro de Detenção de Hammond! Ele tem ficha na polícia...*

*Ele é mais novo do que a mamãe e está atrás do nosso dinheiro. A gente tem que parar ele antes que seja tarde demais...*

*Graças a Deus que o papai deixou o dinheiro dela no fundo fiduciário. É como se o papai estivesse imaginando o futuro...*

*Ele estaria de coração partido a esta altura.*

*Vai se foder, Virgil. É isso — vai se foder...*

*Se você teve alguma coisa a ver com isso, eu vou quebrar essa sua cara desgraçada...*

*A gente tentou conversar com a mamãe, mas ela não escuta.*

*É melhor você ir lá agora mesmo. Ela vai te dar ouvidos.*

*Ela não está batendo bem. Meu Deus!*

*E se eles se casarem? E se eles já se casaram?*

*Um fundo pode ser cancelado. Mas, mesmo se não for cancelado, se ela for esposa dele, ele vai dar algum jeito de pôr as mãos no dinheiro. E na casa. A casa é nossa!*

*Jesus. O que o papai acharia disso?*

Virgil estava atônito. Presumia que Jessalyn tivesse tido encontros apenas casuais com Hugo Martinez, algumas poucas vezes, mas agora — *praticamente morando juntos. Casados?*

Ele se recordou de como Jessalyn tinha sido intensa ao lhe perguntar sobre Martinez. A emotividade atípica porque ele havia se atrevido a tirar sua fotografia sem pedir permissão.

Oficialmente, Virgil não tinha ouvido nem uma palavra dela sobre Martinez ou sobre a fotografia. Não achava certo interferir na vida pessoal da mãe — no entanto, não havia se dado conta de que Jessalyn e Hugo Martinez estavam tão envolvidos.

Mantinha contato com Jessalyn, assim como mantinha com Sophia, mas não com os outros, que pareciam desprezá-lo.

Havia aumentado desde a morte de Whitey, essa aversão a Virgil. Desde o testamento. Amargos, os irmãos mais velhos se ressentiam dele, do fato de o pai ter deixado para Virgil exatamente a mesma quantia que deixara para eles.

Mas a aversão que sentiam por Virgil tinha começado quando ele era pequeno. Ele era "especial" demais — os adultos faziam muito alvoroço em torno dele. Beverly e Lorene a princípio o adoravam, depois passaram a ter ciúme, rancor.

Depois dos sete ou oito anos, ele havia se tornado inteligente demais para elas. Não precisava delas.

Havia temido pela própria vida quando o irmão mais velho Thom avançara sobre ele com um olhar furioso de repugnância.

Não conseguia se lembrar. Se Thom o atacara de fato ou se tinha apenas ameaçado. Quantas vezes? O irmão nunca machucara Virgil de uma forma que fosse perceptível para os pais, disso ele tinha certeza.

Era uma pessoa perigosa, Thom. Ninguém além de Virgil sabia disso. Ninguém jamais acreditaria no quanto ele era capaz de ser sanguinário, em especial a mãe deles.

Entretanto, Virgil admirava Thom quando era menino. À distância, se orgulhava do irmão alto, bonito e muito viril...

Lembrava agora que deixara Thom aflito ao lhe perguntar, sem rodeios, só uma vez: *Por que você me odeia? O que foi que eu fiz?* Thom havia recuado com uma expressão enojada.

*O caçula bicha. Que asco.*

O que Virgil sabia de Hugo Martinez era que ele havia sido ativista político, além de artista e poeta. Seus caminhos ainda não haviam se cruzado, embora os dois tivessem lecionado, em épocas diferentes, na Faculdade Comunitária de Hammond. Virgil tinha certeza de que Martinez tinha filhos, que talvez Virgil já tivesse conhecido — o nome "Martinez" lhe soava familiar. Hugo era um homem mais velho, muitíssimo charmoso, de bigode comprido, cabelo longo ondulado, jeito exuberante. Também era um fotógrafo excelente.

Por que diziam que Hugo estava atrás do dinheiro de Jessalyn? Era ofensivo tanto para Hugo quanto para Jessalyn.

Não era nem um pouco improvável que um homem se sentisse atraído por Jessalyn.

Era menos provável que Jessalyn sentisse atração por um homem...

Virgil tinha certeza de que a relação, se é que havia uma, estava sendo mal interpretada. Ao telefone, as irmãs tinham falado coisas assombrosas e irresponsáveis. Pareciam ter se tornado mais críticas, mais profanas, mais imprudentes desde a morte do pai. Beverly sem dúvida estava bebendo mais do que nunca. E Thom também. Degringolando.

Sem Whitey, uma espécie de cola havia se soltado. Um esteio. As coisas estavam saindo do controle.

As irmãs tinham instilado um frenesi em Thom. Ele estava morando em Hammond durante a semana e os finais de semana passava em Rochester. Seu casamento estava desmoronando. Ele se distraía com as responsabilidades da

McClaren Inc. como se fosse um pneu em chamas em volta do pescoço e se distraía com o processo que abrira contra a Polícia de Hammond, que avançava com uma lerdeza glacial. Tinha demitido Bud Hawley e contratado outro advogado. A notícia mais recente que Virgil tinha ouvido sobre o processo era que o jovem médico indiano que era a (única) testemunha do espancamento sofrido por Whitey nas mãos dos policiais havia apresentado uma queixa contra Thom por perseguição e ameaça e tinha entrado com uma liminar que o proibia de contatá-lo. Pior ainda era que os policiais de Hammond mencionados no caso tinham reagido entrando com um processo contra Thom McClaren, acusando-o de calúnia.

Virgil tinha tentado argumentar com o irmão sobre a questão do processo. Tivera a ingenuidade de tentar lhe explicar a sabedoria do budismo: não pessimismo ou otimismo, mas resignação diante das vicissitudes do mundo. *É claro* que havia injustiça. *É claro* que a polícia não assumiria qualquer ato ilícito. *É claro* que o prefeito atual de Hammond e o chefe de polícia ficariam chocados se soubessem o que tinha acontecido com Whitey McClaren, que era um deles, mas não tentariam consertar o erro publicamente; eles ocultariam provas, retardariam e prolongariam, ofuscariam, tentariam enterrar o caso usando todas as artimanhas da lei que tivessem à disposição — exatamente como Whitey teria feito.

Pelo que Virgil sabia, o próprio pai tinha feito essas coisas. Whitey não tinha protestado contra desvios de conduta de policiais, não em público. Precisara colaborar com a Polícia de Hammond, ou seja, conviver com o que hoje se chama de "racismo branco" — nas décadas anteriores, manter os moradores das áreas mais pobres "no lugar deles" para que não representassem uma ameaça à maioria branca.

Virgil imaginava por que Whitey tinha abandonado a política. Transigências morais demais. Corrupção demais. Impossível ser ao mesmo tempo político e idealista. Via de regra, os órgãos do governo eram iniciativas criminosas. Não dava para atravessar o esterco sem ficar coberto por ele dos pés à cabeça — era essa a esperança. Quando o esterco começa a cobrir e entrar na boca, é o fim. De sua distância budista, Virgil entendia.

Não que Virgil tivesse julgado Whitey com severidade. Não julgava ninguém, na verdade. A não ser talvez (difícil resistir!) ele mesmo.

Thom andava bebendo. Seu bafo tinha o cheiro doce do uísque. A voz estava arrastada. O rosto que antes era de uma beleza espantosa estava vermelho, embrutecido. Mal tinha ouvido Virgil. Tinha interrompido para dizer que "dinheiro não era problema" — ele "não economizaria nem um centavo" no processo. Que palavras sinistras! Virgil se arrepiara.

E Thom não tinha dúvidas:
— Whitey vai vencer.
Todo o dinheiro que o pai deixara para Thom estava sendo gasto no processo.
A última visita de Virgil a Jessalyn tinha acontecido doze dias antes. Ela não parecia guardar segredo ou ser evasiva com ele, mas, sim, estar tranquila, feliz. Vinha passando tempo no jardim, declarou. Um amigo tinha aparecido para lhe trazer uma roseira — uma roseira trepadeira madura, espaçosa, vermelho-sangue, plantada ao lado da garagem. Em retrospecto, Virgil se perguntava sobre a roseira. Que amigo, e por quê? Por que uma roseira madura, que seria difícil de plantar? Naquele momento mal tinha prestado atenção e não tivera nem a mínima curiosidade. Jessalyn o arrastara até o calor ofuscante e abafado do meio do verão para contemplar a roseira dispersa que tentava apoiar em uma grade ao lado da garagem.
— Não é linda? As rosas são *uma perfeição*.
Ele só tinha reparado que ela estava sorrindo muitas vezes. Talvez até vezes demais. Os dedos estavam finos, os anéis frouxos; mas isso não era novidade. No máximo, Jessalyn havia readquirido alguns dos quilos perdidos nas semanas seguintes ao falecimento de Whitey. O rosto não estava tão encovado. A pele não estava pálida de fadiga.
Ela não tinha falado nada sobre ter conhecido Hugo Martinez. Nem ela nem Virgil tocaram no assunto da fotografia tirada às escondidas no túmulo de Whitey.
— Como você está, mãe?
— Ah, Virgil, sabe como é... "uma respiração de cada vez".
Ele não sabia. *Uma respiração de cada vez*. Exatamente a sabedoria do budismo. Eles prepararam comida juntos. Do sítio da Bear Mountain Road, Virgil tinha levado uma braçada de legumes cultivados com as próprias mãos: folhas enormes de couve, ramos de brócolis, tomates-cereja, cenouras. (Eles riram das cenouras, feias demais para serem comercializadas: compridas e finas como fetos abortados com raízes que pareciam cabelos ásperos, obscenos ao toque.)
Durante o jantar, o gato vesgo tinha entrado na sala, silencioso com seus coxins grossos e macios. O rabo eriçado balançava. O único olho encarava, amarelo. Mackie saltou com uma agilidade surpreendente no colo de Jessalyn. Ela contou a Virgil que o gato tinha sido operado e se recuperado muito bem. Ele vadiaria menos e sem dúvida arranjaria menos brigas. Poupado dos rigores da reprodução da espécie, teria uma vida mais longa. Sua pelagem já estava mais brilhante e ronronava mais. Jessalyn incentivou Virgil a se aproximar e acariciar o cabeção ossudo do gato, e em um instante de ansiedade o gato se enrijeceu e soltou um

rosnado gutural, como se considerasse a possibilidade de atacar a mão de Virgil; mas não a arranhou e preferiu ronronar.

— Olhe, o Mackie gosta de você. Você é amigo dele.

Ele era?! Virgil não teve como não rir.

Tinha pouco interesse no maldito gato, assim como o gato obviamente tinha pouco interesse em Virgil.

Talvez, ponderou, as irmãs histéricas estivessem confundindo Mackie com um homem. Um "latino" — "hispânico" — que tinha aparecido para tomar o lugar do pai deles na vida da mãe.

O CONVITE TINHA SIDO INFORMAL: *Virgil! Por favor venha ao nosso churrasco de Quatro de Julho e traga um acompanhante.*

Não sabia muito bem por que tinha aceitado. Mal conhecia os anfitriões — eram "amigos das artes". Não gostava de festas grandes — mas tampouco gostava muito das pequenas.

Além disso, não tinha acompanhante.

Sozinho, passou com o Jeep por cima do rio Chautauqua rumo ao condado de Herkimer. Havia uma festa de Quatro de Julho no parque que ficava na colina de Pittsfield, soltariam fogos de artifício sobre o rio quando escurecesse. No céu, pouco antes do pôr do sol, um biplano estrondoso puxava o anúncio de uma vinícola local — VINHOS PITTS.

A zona rural do condado de Herkimer evocava lembranças nostálgicas: passeios pelo interior junto com a mãe, anos antes.

É claro que Virgil não estava sozinho com Jessalyn. Sophia estava junto, e... os outros.

Até esses outros ficarem velhos demais e perderem o interesse pelas idas à feira de Dutchtown e pelos almoços à beira do rio, no restaurante do moinho... Todas as janelas do Jeep estavam abaixadas, um ar quente insano corria em volta de sua cabeça.

O apaixonado Virgil, embora quisesse pensar o contrário.

Aos trinta e dois anos ele tinha se transformado em um vadio das vidas familiares dos outros. Tão solitário que nem trabalhar em suas esculturas aplacava a convicção de estar no lugar errado na hora errada.

Onde Keziahaya estaria naquele feriado nacional tão festivo, Virgil não fazia ideia. Uma celebração que consistia basicamente em estampidos desmiolados, chamas e explosões simuladas não devia ser muito atraente para quem, quando menino, tinha escapado por um triz de morrer em uma guerra civil.

Virgil havia elogiado as pinturas e esculturas de Keziahaya, com sinceridade.

Mas ele parecera apenas envergonhado. Murmurava: *Ok, cara. Que bom. Você também.*

Virgil sabia por experiência própria que, quando as pessoas elogiavam seus trabalhos, por mais sinceras que parecessem, ele se sentia inquieto, manipulado.

Sobretudo por mulheres. Certo tipo de mulher. Ávida, sozinha. Não tão jovem.

Estranho. Raramente havia se sentido sozinho na vida. Talvez não fosse por Amos Keziahaya que ansiasse, mas por alguma outra pessoa.

Fechava os olhos e o que via (tinha passado a assombrá-lo nos últimos tempos, de forma bizarra) era uma figura borrada como um dos "papas gritando" de Francis Bacon.

No quarto gelado de Whitey no hospital. Tinha começado naquela época. A sensação de escorregar, de enjoo.

Durante a vida inteira se imaginara indiferente ao pai. Mas no quarto do hospital de repente ficara aflito como uma criança. Confuso com o que estava acontecendo com o pai, que não conseguia controlar só com fantasias dentro da cabeça.

Só a palavra *derrame*. Virgil nunca tinha conseguido pronunciá-la em voz alta.

O pobre Whitey encolhido dentro do corpo. Fitando Virgil como se tentasse reconhecê-lo.

Quando você se dá conta: se a vida abandona o outro, é a sua própria vida que murcha e se apaga.

*Pai — não morra. Não me abandone. Não.*

Whitey parecera ouvir. Embora Virgil não tivesse falado em voz alta. Pelo menos Whitey havia reagido à flauta. Virgil ficava contente por isso.

Ele nunca tinha se recuperado totalmente da morte de Whitey, esse era o mistério. Fechava os olhos e o pesadelo do "papa gritando" o encarava.

(Virgil nem conhecia a obra de Francis Bacon direito. Nunca tinha visto um quadro de Bacon em uma parede, ao vivo. O que ele conhecia não admirava muito. Arte para fazer a cabeça doer como enxaqueca. Arte como uma vareta pontuda no olho.)

Ainda não estava anoitecendo, mas traques idiotas eram disparados por meninos no parque à beira do rio, que corriam tapando os ouvidos. Faziam barulhos que imitavam tiros.

Cada bala procurando um alvo. Por que havia tamanho regozijo nas balas, no barulho? Seria uma atividade puramente masculina? Era uma atividade *supremamente* masculina? Virgil só sentia repugnância por essas demonstrações de guerra.

Percorrendo Pittstown, uma cidade esgotada de engenhos antigos no rio Chautauqua, passou pela cabeça de Virgil, com a força da sequência de traques, que talvez devesse apagar a si mesmo enquanto ainda dava tempo. Antes que ficasse mais velho, que virasse um homem de meia-idade e além. Antes que um *derrame* o deixasse inválido.

Quando acabasse com o dinheiro que Whitey lhe deixara. O que, levando-se em consideração sua renda tão modesta, um pouco abaixo do "nível da pobreza", aconteceria logo.

Ou não: melhor antes de acabar com o dinheiro todo. Ele poderia preparar um testamento artesanal, digitando-o por conta própria e o assinando com um tabelião como testemunha.

As caridades preferidas de Virgil. Ele queria pagar o dobro do dízimo, mas havia procrastinado.

A ideia de *se apagar*, que parece tão mais imponente do que um simples *se matar*, era animadora, e tinha vindo na hora certa.

No churrasco, o primeiro ímpeto de Virgil foi o de fugir antes que alguém o reconhecesse. O lugar era uma autoproclamada "granja" — uma propriedade rural ampla à beira do rio Chautauqua, em meio a hectares de pastos. Muitos veículos estavam estacionados em um campo. Adolescentes ofereciam "serviço de manobrista". Virgil estacionou o próprio carro e caminhou até os grupos indefinidos de convidados no quintal da casa, para pegar uma cerveja gelada. Alguém berrou:

— Virgil McClaren! Que bom que você veio.

Sua mão foi segurada em tom triunfal por uma moça animada de cabelo caramelo que ele reconheceu como uma das patrocinadoras da arte local, que volta e meia comprava suas esculturas de sucata.

Mais tarde, Virgil veria esculturas reluzentes em mármore no quintal, influenciadas por Henry Moore. Abriu um sorriso pesaroso, não havia obras suas à mostra.

Foi com os outros admirar lhamas e avestruzes no pasto. (Os bichos mantinham distância, arredios. Todos estavam meio salpicados de lama.) Havia miniaturas de cavalos, cabras e ovelhas. Mais adiante, um bando de galinhas-d'angola ciscava a terra.

Virgil conhecia algumas das pessoas que estavam lá. Trocou alguns cumprimentos. Viu, a pouca distância, uma mulher esguia com cabelo branquíssimo em uma trança que caía entre as escápulas, e com ela um homem de chapéu de palha de abas largas, camisa framboesa, short cáqui. O homem não era jovem, mas a pele escura das pernas era marcada por músculos. O cabelo era de um prateado-bronze de canhão sob o chapéu de abas largas. Era perceptível que o homem se avultava sobre a mulher, era muito mais alto do que ela. O casal era muito afetuoso: Virgil viu o homem pegar a mão da mulher e os dois se aproximarem, cochichando e rindo.

Noite. Sono. Morte. Astro.

Virgil olhava fixo. Sua visão foi borrada pela umidade.

Aquela era... Jessalyn? Era.

Por um instante, Virgil ficou paralisado. Atônito. Jamais teria previsto uma reação tão emotiva — de um momento para o outro havia se tornado um filho magoado, ressentido.

Sem pensar, recuou. Foi se afastando. Tomado de desgosto.

Se ela *o tivesse visto*. Ele não aguentaria encará-la, confrontá-la — na companhia de um estranho, um homem.

Com que rapidez as coisas se tornam fortuitas, bizarras. Pois na ânsia cega de fugir da mãe e do companheiro dela, Virgil se viu em rota de colisão com uma moça em uma cadeira de rodas, sendo empurrada por uma trilha — uma moça que lembrava muito a ex-amiga Sabine (*seria* Sabine? — Virgil não se atreveu a olhar direito) — e nisso também Virgil precisou recuar às pressas.

Uma moça arrogante de cabelo arrepiado com calça de estampa floral que escondia suas pernas finas, debilitadas, empurrada por uma pessoa que Virgil não reconhecia, talvez homem, talvez mulher. Ele não ia continuar ali para descobrir.

Que coincidência! Que hora mais inconveniente! Pelo menos, nem Sabine (se é que era Sabine) nem Jessalyn pareciam tê-lo visto.

O romance de Virgil com Sabine — se é que era isso o que tinha sido — tinha implodido fazia muito tempo. Os dois tinham tido mal-entendidos que (Virgil tinha certeza) não tinham acontecido por culpa dele — não totalmente.

O desfecho era: Sabine podia não ter amado Virgil, mas percebia nele uma pessoa que poderia *adorá-la* — tinha sido uma amarga decepção para ela Virgil não ser essa pessoa.

Oficialmente, os dois tinham uma relação razoavelmente boa. Nunca falavam mal um do outro para conhecidos em comum — pelo menos Virgil não falava mal de Sabine e, se ela falava mal dele, era poupado de ficar sabendo.

Ele não suportaria encontrar Sabine naquela agitação, em todo caso. Não suportaria a fala arrastada estridente e zombeteira — *Ah, Vir-gil! É você mesmo? Não saia correndo assustado, eu não mordo.*

Em meio ao aglomerado de gente, Virgil foi ao terraço da laje, de onde poderia observar a mulher de cabelo grisalho trançado e seu companheiro de roupas vistosas a pouca distância. A mãe Jessalyn e Hugo Martinez.

Eram verdade, os boatos chocantes que as irmãs tinham rosnado em seu ouvido. Que haviam deixado Thom furioso. A mãe deles e Hugo Martinez!

O rosto de Virgil ardia, cheio de sangue. Tonto, ele se virou e saiu andando, cambaleante.

Alguém o chamou:

— Virgil! Você não está indo embora, né? Já provou a costeleta?

Que pergunta bizarra, Virgil pensou. *Já provou a costeleta.*

Não era tolerável. A mãe com outro homem.

Tão rápido. Rápido demais. Meu Deus! Se Whitey tivesse como saber...

Virgil sentia com força a vergonha do pai. Não era de esperar que Jessalyn se recuperasse da morte de Whitey. O casamento deles tinha sido tão especial...

Virgil tinha a esperança não muito veemente de que a mãe se casasse de novo um dia com — qual era mesmo o nome dele — Colwin? — o gentil amigo viúvo tão entediante que sua presença funcionava como um sedativo. Como Beverly tinha dito, os dois eram exatamente da mesma "classe social" — ninguém precisava se preocupar com a ideia de que Colwin se casasse com Jessalyn pelo dinheiro. Whitey zombava de Colwin, mas não de um jeito indelicado. Whitey (provavelmente) teria aprovado Colwin como companheiro para Jessalyn, se necessário. Mas Hugo Martinez — *não*.

Virgil meio que correu para o Jeep. Louco para fugir. Caramba! Os meninos manobristas o encaravam abertamente. Por sorte, Jessalyn não o tinha visto e ele estaria preparado para evitá-la no futuro se estivesse acompanhada de Hugo Martinez.

Mas talvez Virgil estivesse enganado. Sentado no Jeep, depois de ligar a ignição, atrás do volante, ele refletia.

Era possível que Jessalyn e Hugo Martinez tivessem acabado de se conhecer na festa. Ou que não fossem um casal, mas apenas amigos. Hugo havia tirado uma foto de Jessalyn, conforme Virgil se lembrava, sem a permissão dela...

O cérebro de Virgil se movimentava depressa — o quê? Por quê? Pensamentos sem conteúdo passavam correndo feito vagões de carga vazios.

Todas as ideias que Virgil tinha, todos os instintos, todos os "palpites" — em geral, estavam errados. Gostava de pensar que Amos Keziahaya estava (às escondidas, intensamente) atento a ele, se preparando para abordá-lo claramente, em breve — mas Virgil cultivava essa fantasia havia meses, desde que tinha botado os olhos no nigeriano alto de rosto esburacado e trocado um aperto de mão com ele...

Pois bem, havia a possibilidade de que estivesse enganado agora. Que filho covarde, se recusando a cumprimentar a própria mãe.

Desligou a ignição e voltou para a festa. Na torcida para que a anfitriã sorridente de cabelo caramelo não o saudasse uma segunda vez, segurasse suas mãos e as levasse ao coração.

Dessa vez, Virgil foi direto em direção a Jessalyn.

— Oi, mãe? Olá.

Ele se aproximou da mãe com um sorriso largo. Ignorou Hugo Martinez como se não soubesse que os dois formavam um casal (pois como saberia se os dois formavam um casal?).

— Virgil! A gente achou que fosse você, fugindo.

Jessalyn riu, alegre. Eles se abraçaram, se cumprimentaram como um filho e uma mãe se cumprimentariam em uma situação tão inesperada, Virgil sentiu o rosto arder, tanto Jessalyn quanto Hugo Martinez riam dele e no entanto não eram indelicados. Virgil se impressionou com o cabelo branco bem trançado de Jessalyn, nunca tinha visto a mãe com o cabelo partido no meio da cabeça daquele jeito e com uma trança caindo nas costas, com uma gardênia de seda branca, artificial, presa ao penteado; nunca tinha visto a mãe usar o que, à primeira vista, parecia uma fantasia de camponesa latino-americana — uma blusa de manga curta de um tecido branco impecável, ondulante, coberto de borboletas e flores bordadas, e uma calça que parecia ser de pijama de um tecido parecido, amarelo.

Virgil olhava fixo, sentindo o leve aroma de lavanda que vinha do cabelo da mãe. Naquela agitação toda que sentia, mal conseguia entender o que estavam falando — o que ele mesmo dizia.

— Virgil! Olá, amigo.

Hugo Martinez deu um passo à frente para apertar a mão de Virgil. Seu jeito era cordial, gregário, possessivo.

Virgil refletiu: o rosto do sujeito era largo demais — a pele lustrosa, brilhosa. Era quase agressiva, sua exalação de *felicidade*. Os olhos pretos confusos eram bondosos, enrugados pelo humor como se ele soubesse exatamente o que Virgil estava pensando.

Hugo tinha levado uma de suas câmeras para a festa, pendurada no pescoço. Uma câmera pesada, cara, Virgil sabia que era.

Hugo tinha perguntas a fazer para Virgil — perguntas simpáticas, de um colega artista, que ele poderia responder sem gaguejar. Pois estava muito distraído com Hugo, Hugo percebia.

Mas Virgil podia fingir interesse na câmera sofisticada de Hugo — não havia algo de que os fotógrafos gostassem mais do que se gabar de suas "lentes".

Ele viajaria para o Marrocos em breve, Hugo contou a Virgil. De lá, partiria para o Egito e a Jordânia. Seriam só três semanas, uma temporada curta demais.

Virgil perguntou se ele já tinha estado naquela região do mundo e Hugo disse que sim, uma vez, no final dos anos 1980. Receava que Marrakesh tivesse mudado muito. E sua cidade marroquina predileta — Fez.

Virgil disse que também gostaria de ter viajado mais — mas sua vida não tinha sido assim...

— Poderíamos ir juntos! Nós três.

Virgil tomou um susto. Jessalyn deu uma risada constrangida.

Era maravilhosa, se não fosse prepotente, a espontaneidade com que Hugo Martinez falava. Tinha umas atitudes empreendedoras, entusiásticas demais, inocentemente coercitivas.

O homem lembrava Whitey nesse sentido. O pai, o chefe de família, não era um valentão e não era exatamente coercitivo, a não ser que alguém o contrariasse. A pessoa mais legal que alguém conheceria na vida, a mais generosa, cordial, convincente — a não ser que esse alguém o contrariasse, e assim visse os olhos de aço brilhando, a tensão do maxilar.

Em outros sentidos, Hugo Martinez não tinha a ver com Whitey McClaren. Imagine Whitey usando short cáqui e camisa framboesa em uma reunião social noturna, sandálias que deixavam os dedos à mostra, cabelo caído nos ombros e um bigode enorme... Whitey ficaria encarando Hugo Martinez com reprovação, uma antipatia maldisfarçada.

Hugo se entusiasmava falando do norte da África, que esperava percorrer sozinho — feito um nômade.

Virgil sabia por meio das fotografias que Hugo Martinez tinha viajado um bocado, para outras regiões do mundo que não só a Europa. Ele lembrou que tinha lido poemas de viagem de Hugo, publicados em uma revista literária local; poemas de versos compridos, ziguezagueantes e encantatórios ao estilo de Allen Ginsberg, Gary Snyder, Jack Hirschman. Hugo havia lecionado na faculdade comunitária até ser demitido — um leve escândalo, Virgil recordou. Tinha sido o Poeta Laureado do Oeste de Nova York — até que lhe pedissem que renunciasse, ou que ele tivesse renunciado por questão de princípios. O tipo de pessoa que Virgil admirava, em certa medida — ativista, autoproclamado anarquista, exibido, dado ao autoenaltecimento. Mas talentoso e benevolente. Ou era o que Virgil achava.

Estava sentindo uma pontada de inveja. Tinha tido uma vida frugal de propósito, em um ato de resistência aos desejos do pai para ele. Tinha evitado adquirir pertences demais, responsabilidades. Queria ter uma vida no limite, como o Buda, uma vida "vazia" — sem ambição, sem desejo. Mesmo o dinheiro herdado de Whitey, Virgil não se sentiria bem se o gastasse consigo mesmo, em viagens.

Mas agora, diante de Hugo Martinez, Virgil se sentia uma pessoa menor, incompleta. Só havia orgulho na renúncia se houvesse alguém para registrar o sacrifício. Ele se perguntava o que Jessalyn teria falado sobre ele para Hugo, se é que tinha falado alguma coisa.

Jessalyn disse:

— O Hugo ama viajar. Vou passar três semanas com saudade dele.

Jessalyn falava com um ar triste, mas (era bem possível) era uma tristeza fingida para agradar a Hugo Martinez. Virgil se questionava se na verdade a mãe não ficaria aliviada quando Hugo fosse embora — o sujeito era tão exuberante, tão ruidoso e expansivo.

Galante, Hugo disse:

— Eu vou sentir saudade *de você*.

Aconteceu então que, muito embora tivesse a intenção de ir embora do churrasco, Virgil continuou lá para jantar com Jessalyn e Hugo, sentados em cadeiras de jardim no terraço da laje. Era difícil de acreditar, Virgil pensou. O que Whitey diria?

Enquanto os dois conversavam amistosamente, enquanto via o sorriso de Hugo para Jessalyn e o sorriso de Jessalyn para Hugo, com Hugo saindo correndo para pegar uma bebida gelada para Jessalyn e Jessalyn se submetendo a Hugo quando ele a interrompia, era de fato óbvio que formavam um casal; não um casal que estivesse junto havia anos, mas um casal nos primeiros estágios encantados em que começava a se conhecer.

Hugo disse:

— Estou tentando convencer a sua mãe a viajar comigo mais para o final do ano, para Galápagos.

E Jessalyn disse para Virgil, em uma voz que parecia de súplica:

— Não. Não dê ouvidos a ele, Virgil. É uma ideia ridícula.

Houve um arranca-rabo coquete entre eles; estava nítido que não era um assunto novo.

Virgil pensou que sim, era uma ideia ridícula. Jessalyn em Galápagos!

Whitey teria gargalhado. A esposa querida, totalmente incompatível com viagens cheias de perrengues, ambientes primitivos.

Virgil reparou que Jessalyn olhava para ele de vez em quando. Seu sorriso era o de uma mãe ciente de que o filho não estava muito feliz, e que era por sua culpa.

*Virgil! Me desculpe.*

*Mãe, está tudo bem. Não tem problema.*

*Mas o que eu quero dizer é... desculpe ter te surpreendido — te chocado...*

*Tudo bem, mãe. Eu lido com a situação.*

*Mas, Virgil...*

Até parece que Virgil julgaria a mãe como as irmãs e Thom julgavam. Sim, era surpreendente, era meio chocante, mas a vida de Jessalyn era dela, não dele.

Realmente parecia cedo demais, como as irmãs haviam acusado. Cedo demais depois do papai. Cedo demais para que Jessalyn já estivesse plenamente recuperada. Como todo mundo gostava de dizer — *voltado a ser ela mesma.*

Virgil se perguntava: a viúva algum dia *volta a ser ela mesma?*

Era ilógico pensar que sim. Cruel esperar que sim. Perder Whitey tinha sido como perder um membro do corpo, imaginava. Horrível para Virgil, sem dúvida ainda pior para a mãe.

Não, não podia julgá-la. Não era da conta *dele.*

(Porém: era difícil não se questionar se Jessalyn e Hugo estavam ficando... o que se chama de *íntimos.*)

(*Dormindo juntos.* Não era possível!)

A probabilidade enchia Virgil de desgosto, repugnância. Não se permitiria especular — *não.*

Que sua mãe pudesse sorrir e rir e parecer estar aproveitando um churrasco de Quatro de Julho, oito meses depois da morte de Whitey, com o tempestuoso Hugo Martinez: seria isso louvável ou patético? Admirável ou desesperado?

Que já não estivesse tão magra, abatida, desamparada, mas (quase) bonita outra vez, com o cabelo grisalho penteado e brilhoso, em uma trança que caía entre as omoplatas; não com as elegantes roupas pretas que andava usando, mas no que parecia uma fantasia sensacional de camponesa — como alguém poderia julgá-la?

Virgil teve vontade de murmurar — *Ei, mãe. Você está ótima. Eu te amo.*

Jessalyn perguntou se tinha visto as irmãs ultimamente — e ele foi verdadeiro ao balançar a cabeça, *não.*

— Elas não estão muito satisfeitas comigo, infelizmente. E o Thom também não.

Virgil deu de ombros. Não sabia de nada! Os irmãos mais velhos raramente lhe faziam confidências, como se podia deduzir.

— Acho que eles não aprovam o Hugo. No telefone, a conversa com eles tem sido difícil, e eu... eu não acho... que já seja hora de apresentá-lo a eles.

— Jessalyn se exprimia com coragem, ansiedade.

Hugo, sorrindo sozinho, como se não estivesse atento a cada palavra que Jessalyn dizia, devorava costeletas fingindo delicadeza.

Hugo era um homem bonito com o rosto um tanto devastado. Virgil sabia que era alguns anos mais novo que a mãe, mas (pelo menos na opinião de Virgil) parecia mais velho. Seu sorriso expunha dentes tortos, da cor de chá fraco. Seu jeito era ligeiramente rude, agressivo. O chapéu de palha de abas largas era usado em um ângulo que insinuava autoconfiança, arrogância. O bigode pendente devia ser uma afetação, grande o bastante para cobrir boa parte da boca do sujeito. O cabelo também era uma afetação: batia nos ombros assim como o de Virgil, mas era mais óbvio que era escovado, cuidado. (Virgil não fazia algo de especial no cabelo, a não ser, vez ou outra, lavar. O resultado era que o cabelo estava ressecado e opaco feito palha em meados do verão. Teria considerado vaidade fazer muito mais do que isso.) A camisa framboesa era (parecia provável) para combinar com a blusa branca de Jessalyn, talvez comprada por Hugo Martinez no mesmo mercadinho mexicano. Nos dedos de nós largos de Hugo havia vários anéis, entre eles um grande de prata opaca no formato de uma estrela. Usava uma pulseira prateada. O cinto tinha a fivela prateada. A camisa estava aberta no meio do peito, deixando à mostra um emaranhado de pelos grisalhos. O short cáqui era de caminhada, com muitos bolsos e zíperes e (Virgil reparou com satisfação) recém-manchado de molho barbecue.

Jessalyn havia notado a manchinha, Virgil percebeu. Mas Jessalyn não comentou. Assim como teria notado uma mancha na roupa de Whitey em um local público e não comentaria.

Escurecia. Fogos de artifício eram lançados sobre o rio, a um quilômetro e meio dali, em Pittstown.

Hugo tinha ajustado a câmera para fotografar o céu noturno. Cores explodindo feito rosas multifolhas, justapostas à lua minguante lívida, uma filigrana de nuvens. A folhagem escura emoldurava a vista.

A beleza do tipo mais óbvio, ostentoso, Virgil pensou. É previsível que a multidão faça *oooh* e *aaah* se não for obrigada a pensar.

Whitey gostava bastante de fogos de artifício, mas havia comentado que se entende o ponto logo, e o resto é mera repetição.

Hugo se afastou com a câmera, foi em direção ao rio. Tirar fotos dos fogos de artifício o absorvia por completo. Dava para perceber o alívio — pelo menos Virgil percebia — da atenção feroz do homem se desviando para outra coisa.

— Quanto tempo faz que a senhora conhece o Hugo, mãe?

— Eu... não sei dizer. Foi tão... inesperado.

Jessalyn falava de modo evasivo. Virgil percebeu que estava constrangida, que gostaria que Hugo não a tivesse deixado a sós com ele.

Talvez ela não soubesse o que tinha acontecido, Virgil ponderou. Talvez não houvesse palavras certas para explicar. E ela estava decidida a não pedir desculpas.

Virgil se recordava de que Hugo Martinez tinha sido um dos ativistas locais envolvidos na sindicalização dos funcionários municipais de Hammond no final dos anos 1980, quando Whitey era prefeito da cidade. Esses funcionários incluíam os professores das escolas públicas e da faculdade comunitária, os servidores do governo do condado e até os trabalhadores do refeitório e os zeladores da prefeitura. Hugo Martinez era o chefe do Departamento de Artes da faculdade e tinha provocado a ira da administração ao liderar a greve na qual, depois de um tempo, Whitey McClaren precisara intervir. Virgil se lembrou da empolgação das classes sendo tumultuadas na escola. Toda noite, na TV, havia imagens dos trabalhadores "fazendo greve" — uma semana de piquetes, detenções feitas pela polícia, denúncias de ambos os lados, acusações, até vandalismo. Whitey — o pai deles! — aparecera na TV, falando em tom implacável, insatisfeito, mas resoluto. *Não vamos tolerar anarquia. Não vamos ceder a chantagens.* Pelo que Virgil sabia, não tinha havido violência pessoal contra grevistas — pelo menos nenhum incidente tinha sido comunicado pela imprensa.

O jovial Hugo Martinez, na época de cabelo preto, inflamado e provocador e denunciado categoricamente como *anarquista hippie*, tinha recebido bastante atenção da mídia, de modo geral com certa crítica. Sua identidade latina tinha rendido ofensas racistas e acusações de comunismo. Porém também tinha adquirido certo glamour, porque lembrava ninguém mais ninguém menos que o revolucionário Che Guevara. Em frente à prefeitura, bradara em um megafone: *O governo municipal de Hammond não vai nos convencer com acordos de meia-tigela, negociações fajutas e contratos de trabalho com salários escravocratas, e também não vai nos intimidar com sua "demonstração de força"...*

Uma hora, Hugo acabou preso pela polícia, junto com outros manifestantes. Algemados, foram levados à casa de detenção masculina de Hammond em uma van da polícia. Devia ter sido por isso que Thom estava furioso no correio de voz: a mãe deles se relacionando com *um comunista, um ex-condenado.*

Pouco depois, a greve terminou. O município permitiu que os funcionários públicos se sindicalizassem, mas as concessões eram limitadas e os contratos não eram o que os líderes haviam exigido. Várias pessoas tiveram que ser sacrificadas para que a nova coalizão se formasse; radicais como Hugo Martinez foram expulsos por suas opiniões ou forçados a renunciar.

Virgil se perguntava até que ponto Jessalyn sabia dessa história. Não tinha dúvidas de que Hugo Martinez sabia muito bem com quem Jessalyn havia sido casada.

Hugo havia continuado na região de Hammond. Havia continuado a trabalhar como artista e a se envolver em diversas causas como ativista, sendo que algumas coincidiam com as de Virgil, mas os dois nunca tinham participado de piquetes ou de manifestações juntos. Todas as comunidades tinham uma figura "rebelde" — admirada e odiada mais ou menos na mesma medida.

Assim como outros amigos artistas, Virgil sempre admirara a obra de Hugo Martinez. Tinha até ouvido ele recitar poemas na faculdade comunitária, à qual, com o passar do tempo, tinha sido convidado a retornar, sob os auspícios de uma nova administração. Era possível que entre seus pertences guardados sem ordem alguma Virgil tivesse um exemplar autografado de um dos livros de Hugo.

E sim — ultimamente Hugo tinha se engajado na "exoneração" — "soltura" — de presidiários "injustamente condenados". Uma organização de ativismo local, sobre a qual Virgil ouvia falar, com a vaga intenção de se aliar a ela…

Pelo menos agora, se quisesse, Virgil poderia *doar*. Uma causa respeitável, um ímpeto moral — nunca era errado *doar*.

Whitey aprovaria. Whitey sempre se indignara com injustiças. Whitey não tinha sacrificado a vida em um gesto (quiçá inútil) de indignação contra uma injustiça?

— Ah! Olhe…

Deu-se um último paroxismo de fogos de artifício, explosões de cores exuberantes em rápida sequência. Berros de empolgação. Que irritantes são os fogos de artifício, Virgil pensou, exigindo ser admirados!

Já estava escuro quando Hugo voltou para perto deles dois; Virgil começava a achar que Jessalyn estava ficando incomodada, se questionando onde estaria o companheiro. Os anfitriões tinham acendido lampiões e exortavam as pessoas a não irem embora. Mas o churrasco estava chegando ao fim, os convidados se afastavam. Virgil meio que torcia para que Hugo e Jessalyn o chamassem para ir junto ao lugar qualquer aonde iriam depois dali, mas quando Hugo fez uma sugestão desse tipo, com aparente sinceridade e apertando a mão em torno do antebraço de Virgil, ele se opôs às pressas.

Hora de ir para casa! — queria se levantar cedo no dia seguinte para trabalhar.

Estava mesmo ansioso para ir embora antes de Hugo e Jessalyn. Não queria vê-los saindo juntos de mãos dadas — partindo no mesmo carro — supostamente no de Hugo.

Não queria especular se Hugo passaria a noite com Jessalyn, na casa dela, que era (Virgil não queria pensar!) *a casa dele*. Era improvável que Jessalyn ficasse com Hugo na casa dele, fosse onde fosse.

Existia a possibilidade de que nenhum passasse a noite com o outro. Era vulgar especular sobre esses assuntos, que não diziam respeito a Virgil.

Jessalyn beijou Virgil e lhe deu boa-noite. Com uma voz suplicante, perguntou se não gostaria de jantar com eles em breve:

— Antes de o Hugo partir?
Virgil murmurou que *sim*. Gostaria.
— Te ligo amanhã, querido. A gente marca o dia.
— Melhor eu ligar para você, mãe. O meu celular nem sempre funciona lá no sítio.
— Então está bem. Amanhã você me liga. Promete?
Recuando, Virgil prometeu.
*Antes de o Hugo partir* — as palavras melancólicas ressoaram nos ouvidos de Virgil por muito tempo.

AGARRANDO-SE UM AO OUTRO.
*E você — um covarde.*

— ∞ —

NO INÍCIO DE AGOSTO, ENFIM ACONTECEU.
Ele vinha esperando havia muito tempo. Muito tempo sem conseguir dormir, porém havia sonhado.
E então, de repente, como que sem preparo, depois de Virgil ajudar Amos Keziahaya a desmontar uma pequena exposição de sua obra em uma galeria da cidade e colocar seus trabalhos, junto com os dele mesmo, no porta-malas para levá-los de volta à Bear Mountain Road; depois de ele e Keziahaya pararem para comer alguma coisa em uma taverna, para comemorar, como insistira Virgil, que Keziahaya tivesse vendido diversas litografias e esculturas, por uma soma de mais de dois mil dólares — (Virgil tinha vendido menos, por menos de novecentos dólares); depois de Keziahaya aceitar o convite de Virgil para ir à sua cabana para beber alguma coisa e os dois conversarem por quase duas horas, principalmente sobre as experiências de Keziahaya nos Estados Unidos, sua perplexidade e seu sobressalto com a vida americana — "o racismo não tão disfarçado" — "o otimismo de balão de criança"; depois de Virgil ter tomado umas cervejas a mais do que devia, confundindo a exuberância e a alegria do jovem nigeriano com algo mais pessoal entre eles, trêmulo de animação, dominado pela felicidade e pela esperança (pois no fundo da mente de Virgil estava a lembrança vívida da valentia da mãe com Hugo Martinez ao darem as mãos), ele se viu acompanhando Keziahaya até a porta de sua cabana e cedendo ao atrevimento impulsivo de encostar os lábios na boca assustada, entreaberta, de Keziahaya com um murmúrio quase inaudível: *Boa noite, Amos!*

Não tinha sido um beijo forçado. Não tinha sido um beijo apaixonado. Tinha sido tão leve quanto o toque das asas de uma mariposa. Um beijo risonho, uma mera carícia com os lábios. Não *um beijo*.

Era o que Virgil afirmaria, mais tarde. Ainda que só para si mesmo.

Mas Amos Keziahaya fora surpreendido pelo ato e havia se encolhido com uma expressão de choque genuíno — como se uma vespa o tivesse picado. Apesar da conversa amistosa e das risadas durante boa parte da noite, apesar de parecer à vontade na companhia de Virgil, estava claro que não esperava aquela conclusão para a visita e que não a desejara.

Partiu depressa sem olhar para Virgil, muito envergonhado, talvez enojado, murmurando algo inaudível cuja única palavra que Virgil ouviu direito foi *não*.

# Onda preta

É claro que ela *estava bem*.
É claro que tinha tido *uma semana boa*.
Caramba, ela começava a se ressentir dessas perguntas idiotas.
Se o plano de saúde não cobrisse doze sessões com a (convenientemente batizada) dra. Foote, ela jamais teria começado.
*Perda de tempo. Asinina, insípida, inútil e inepta.*
*Não tem nada de errado comigo. Ridículo!*

A PRINCÍPIO, A MORTE DO PAI era uma questão do tamanho de um ponto no final de uma frase: .
A princípio, era um único fio de cabelo ou (talvez) vários fios sucessivos arrancados um a um da cabeça. Mal se dava conta de que puxava os fios da têmpora direita enquanto trabalhava ao computador muito depois de todos os adultos (docentes, funcionários) terem ido para casa sem nem olharem para trás.
(Mas era possível que sentissem alguma angústia ao perceber seu carro cor de aço, de aparência austera, militar, na vaga de estacionamento reservada a DIRETOR, mais próxima da porta dos fundos, na parte leste do edifício.)
(Que ideia astuta, passar o escritório dela para os fundos da escola! Não na frente, onde se esperava que ficasse a diretoria.)
(A fachada bege-insossa do Colégio North Hammond dava para a entrada de grama-insossa, os **caminhos** para pedestres e a rua.)
(Diziam os **boatos que** a dra. McClaren, por trás da veneziana — geralmente fechada — do escritório, gostava de tomar nota dos horários em que cada docente tinha ido embora. Era cedo? Era tarde? Tinha saído sozinho ou... com quem?)
(Se tinha saído com outra pessoa ou pessoas, sem dúvida falavam *dela*. Conspiravam, colaboravam.)
(No que *tomar nota* tinha um sentido literal.)

Enrolando o cabelo nos dedos, puxando. Com delicadeza.

Ah, com delicadeza! No início.

Exercendo pressão — uma pressão suave, sutil! — nas raízes, entranhadas no couro cabeludo. E que golpe de satisfação, alívio, um leve solavanco de eletricidade-dor para despertá-la do estupor do trabalho, como uma injeção de cafeína no coração.

*Meu Deus.*

Como coçar picadas de mosquito ou brotoejas até elas doerem muito, muito, e começarem a sangrar. Desse jeito.

Sem perceber o que estava fazendo, ou só percebendo um décimo. E esse era o prazer nisso, a não percepção quando uma dor gostosa repentina atingia seu couro cabeludo (sensível, sensual).

*Meu. Deus.*

Na verdade, olhara fixo para os fios curtos, teimosos, pretos, em cima da mesa e a princípio não entendera o que eram. Se um fio de cabelo caía no teclado, ela o soprava feito poeira.

Não tinha uma lembrança nítida de como, quando tinha começado. A arrancar os malditos cabelos da maldita cabeça.

Mas precisava ter alguma coisa para fazer que abafasse a onda preta que a arrebatara na época do telefonema do hospital, dado por Thom — *Lorene, más notícias. O papai não aguentou.*

— Meu Deus. O que...

— Você pode vir para cá? Liga para a Bev? Eu ligo para a Sophie.

Que merda, desperdiçaria um tempo precioso ligando para Beverly.

Pouco depois daquela hora terrível. Depois da cremação, e da reunião na casa, onde para seu desgosto Lorene tinha bebido demais (o que não fazia seu estilo — todo mundo concordava).

Tinha voltado ao trabalho pouco depois. Mas a onda preta nos pulmões a havia envenenado. Os pulmões, a cavidade em torno do coração.

Então era possível que tivesse começado no final de outubro. Sem que se desse conta. No trabalho, diante do computador, sozinha, na sua sala nos fundos da escola ou no escritório montado em casa, onde tinha um computador idêntico. Os dedos buscando um fio único, peculiar, para puxar, só para aliviar a tensão, mas depois, quando ele não bastava, fios.

A vantagem do único fio é que existe um *pá!* minúsculo quando a raiz do cabelo é arrancada do couro cabeludo. Talvez não seja ouvido, mas é sentido.

A vantagem de vários fios é que não só a pegada é mais fácil, mas o *frisson* da dor é mais profundo.

*Lorene? Venha logo. Vou desligar.*

Ela entendeu tarde demais que havia realmente acreditado na recuperação de Whitey. De certo modo, não tinha levado o derrame, o dano neurológico e mesmo a infecção muito a sério. O pai era forte, resiliente, estoico, nunca reclamava e nunca (pelo que eles sabiam) se preocupava.

Uma surpresa como a de pisar em falso em uma escada. Havia nisso algo de bem assustador, uma incredulidade visceral.

Ela sentira um leve — bem *leve* — toque do que se chamaria de irritação. Amolação. Como se o fato da morte não tivesse sido assimilado ainda, mas ah! que momento inconveniente para receber o telefonema de Thom, um dia útil, reunião com o corpo docente marcada para aquela tarde, papelada e mais papelada em cima da mesa, matrículas online e formulários para preencher, *não poderia haver momento pior do que aquele*.

Uma ligação que mudou a vida de todos eles. Não se sabe disso ao esticar o braço para pegar o telefone.

Tinha acontecido tão depressa. Porém era irrevogável.

*A entrada de um buraco negro? É isso o que é?*

— DRA. MCCLAREN? A SENHORA... se machucou?

— Me machuquei? Como assim?

Com uma mexida do dedo, Iris fez um gesto desajeitado em direção à testa dela. Muito constrangida por estar falando com tamanha intimidade com a dra. McClaren, que por um instante a encarou com frieza, parecendo não entender a que Iris se referia, virando a cara, dizendo baixinho:

— Não é nada. É uma alergia de pele. Não repare, por favor.

Um buraco do tamanho de uma moedinha de um centavo no couro cabeludo, logo acima da têmpora direita, de onde brotavam gotinhas de sangue. Assustador ver no espelho e perceber que não tinha se dado conta até então.

(Será que os outros, assim como Iris, tinham visto? O que andavam pensando?)

O cérebro corrige o olho. Vê o que o cérebro está preparado para ver e não o que o olho transmite.

Só que: *ela* não era uma pessoa fraca. *Ela* não iria sucumbir a um tique neurótico.

No entanto: não muito tempo depois, trabalhando ao computador, ela por acaso viu em cima da mesa vários fios curtos, grossos, com sangue nas raízes.

(Mas quando isso tinha acontecido? *Ela* tinha causado isso?)

Vinha se gabando por ter se comportado com muita responsabilidade desde a morte de Whitey. Mantinha contato com a mãe ligando quase todo dia em um horário definido (era mais fácil assim: como a maioria dos diretores, Lorene vivia de acordo com a agenda) e se cuidava para não ficar emotiva na presença da mãe (ao contrário da irmã-exibicionista Beverly, que se debulhava em lágrimas à menor provocação, uivando e gemendo feito uma vaca doente.)

Lorene não era o que se chamava de pessoa *emotiva*, sinceramente.

Não tinha certeza se tinha chorado com a morte de Whitey. Não conseguia se lembrar da última vez que tinha chorado, nem do porquê.

De qualquer modo: "emoção à flor da pele" não era de seu feitio. Só piorava a situação para a coitada da Jessalyn e para quem mais preferisse sofrer com um mínimo de dignidade.

*Força de vontade é firmeza de caráter*. Não sabia direito quem tinha dito isso, talvez o general Patton. Talvez Whitey.

Ela não se permitia ser fraca, assim como não permitia que os outros o fossem.

Era mais dura com ela mesma, gostava de pensar.

Chega de arrancar os fios da cabeça!

— Isso vai parar imediatamente.

No entanto: ao fazer compras no shopping, apesar do risco de encontrar alunos do Colégio North Hammond (era inevitável, precisava de um novo terninho escarlate), ela por acaso viu, em um espelho triplo, em uma loja de roupas, o lado (direito) da cabeça, onde havia um ponto careca do tamanho de uma moedinha de cinco centavos...

— Ai. Meu Deus. O que é *isso*.

A vendedora fingiu não perceber, mas Lorene se sentiu tão humilhada que saiu da loja sem fazer a compra.

— Meus inimigos estão vencendo. Graças a Deus que eles não *sabem*.

Difícil parar de arrancar os malditos cabelos da cabeça, já que Lorene (em geral) não percebia que os arrancava. Como parar *conscientemente* de fazer alguma coisa da qual *não se tem consciência*?

Pior ainda, estava começando a achar mechas de cabelo na cama.

Usar uma touca dentro de casa? Isso a impediria de arrancar os cabelos?

Porém, sabe-se lá como, os dedos nervosos se enfiavam facilmente dentro da touca assim que a mente ia para outro lugar.

Usar luvas ao computador? Tão grossas que os dedos errantes não conseguissem segurar os fios de cabelo?

Então, para o horror de Lorene, amontoados mais volumosos de fios começaram a aparecer na mesa e nos lençóis. Tinha conseguido apanhar uma mecha de cabelo mesmo usando luvas.

Buracos carecas do tamanho de moedas de vinte e cinco centavos começaram a aparecer na cabeça.

As luvas não serviam para nada. Mas luvas térmicas de cozinha — impossível, não tinha como digitar usando porcarias de *luvas térmicas de cozinha*.

Apesar da relutância, Lorene passou a deixar o cabelo crescer um pouquinho. Agora ficaria com uma aparência mais convencional — como uma mulher normal. Mas seria mais fácil esconder os buracos com o cabelo mais comprido, pois poderia cobri-los, penteá-los.

Decidida a vencer o hábito. *Um hábito péssimo* para alguém de sua envergadura e autoestima.

Aliás, isso tinha nome — *tricotilomania*. (Que não deveria ser confundida com a ainda mais repulsiva *triquinose*.) Algumas das estudantes jovens, bobas, da North Hammond, arrancavam os cabelos, ou se cortavam com lâminas, ou passavam fome até virarem esqueletos quase sem vida, ou se empanturravam e vomitavam no banheiro com tamanha frequência que entupiam as pias.

(— Elas podiam pelo menos — esbravejava Lorene com os funcionários — vomitar *no vaso*.)

— Lorene? Que *porcaria* é essa?

Beverly fitou o gorro tricotado que Lorene passara a usar na presença dos outros, em ambientes internos e externos, que cobria a cabeça toda feito uma touca de natação.

Vermelha de irritação, Lorene disse à irmã que era apenas um problema de pele no couro cabeludo, tipo eczema:

— Nada que valha uma discussão.

— Talvez um lenço na cabeça ficasse melhor — sugeriu Beverly. — Tipo um turbante.

— Eu não vou usar um maldito *turbante*.

— Que tal um boné? Um boné do Colégio Hammond, escarlate e dourado? As crianças iriam amar.

— Eu lá quero agradar os alunos, Beverly? Vamos mudar de assunto, por favor?

Beverly riu. A *Mulher-Gestapo* do Colégio Hammond com um daqueles gorrinhos patéticos usados por pessoas com câncer que faziam quimioterapia.

As irmãs tinham se encontrado para um almoço rápido com a intenção de discutir o que fazer quanto a Jessalyn e "aquele homem horrível, o cubano-comunista" — já que a mãe continuava saindo com Hugo Martinez e aparecendo com ele em público, apesar da desaprovação reiterada e veemente dos filhos adultos.

— Eu falei para a mamãe: "As pessoas estão falando de você! As pessoas estão dizendo: 'O que o Whitey diria?!'", e ela ficou tão... *quieta*. E eu chamei:

"Mãe? Você ainda está aí?"... (Eu achei que ela tivesse desligado o telefone) E a mamãe enfim disse, em uma vozinha triste, como quem tenta não chorar: "O que eu faço da minha vida é problema meu, Beverly. Tchau".

Lorene balançou a cabeça. Tinha passado pelas mesmas experiências ao ligar para Jessalyn ultimamente. Uma *frustração*. E tão *diferente da mãe de sempre*.

— Insuportável mesmo vai ser se essa pessoa horrível *se mudar pra lá*. Pra *nossa casa*!

— Você acha que ele fica lá? Que ele dorme lá?

— Eu não consigo nem pensar nisso. Por favor.

— Você não acha que... a mamãe *ama* ele, acha?

— Ah, você sabe como a mamãe é... ela *gosta* de gente demais, e essa gente se aproveita dela.

As irmãs se calaram, reflexivas. Mas só a possibilidade de a mãe de sessenta e um anos (ou Jessalyn estava com sessenta e dois?) *fazer amor* com qualquer homem era repulsiva, repugnante.

Adolescentes, elas morriam de vergonha quando se deparavam com Jessalyn e Whitey se beijando e até de mãos dadas. A ideia dos pais *fazendo amor/transando* lhes causava calafrios.

— Eu acho que a mamãe não... não tem... sabe como é... "disposição para o sexo". Não a esta altura.

— Caramba, Beverly! Eu já pedi pra você parar.

— Uma coisa que eles fazem é *trilha*. Dá pra imaginar a mamãe... *fazendo trilha*?!

— Francamente, não. É sério?

— Eles foram vistos caminhando no parque Pierpont, no alto do despenhadeiro. Um *casal mais velho*.

— O papai ficaria muito surpreso! Ele só caminhava pelos campos de golfe.

— Não. O papai andava no centro. Ele dizia que gostava de caminhar no horário de almoço. Mas sozinho. Ele jamais iria querer *fazer trilha*.

As irmãs ficaram em silêncio, ponderando. A mais fina das teias de aranha passou por seus cérebros e se dissipou.

— O Thom não ajudou em nada até agora — comentou Beverly, fechando a cara —, ele nem se livrou daquele gato doente.

— Aquela porcaria de gato! Foi assim que começou, agora a gente vê.

— Estou pensando em pedir para o Thom tomar uma atitude drástica... se encontrar com o homem e oferecer uma grana para ele sumir e deixar a mamãe em paz. O que você acha?

— A bem da verdade... o Steve tinha pensado nisso. Não sei se ele estava falando sério ou brincando, mas ele sabe o que todos achamos...

A voz de Beverly sumiu. Na verdade, o marido tinha feito uma piada grosseira sobre a preocupação dela com a família, que ele acreditava ser ao mesmo tempo mórbida e inútil.

— A gente precisaria que fosse o Thom a fazer isso. Não a gente. Esse tal de Rodriguez é "latino"... eles são muito machistas, não respeitam mulher. — Lorene tinha enfiado dois dedos dentro do gorro, na altura da têmpora, e sem prestar atenção puxava o cabelo. — Quanto você acha que a gente devia oferecer? Cinco mil dólares?

— *Cinco* mil? Se ele acha que a mamãe tem milhões de dólares, cinco mil não é muita coisa.

— *Dez* mil? *Vinte?*

— Ele pode ficar ofendido e isso iria piorar a situação. Se ele contar pra mamãe...

— O Thom vai ter uma ideia melhor de como tocar isso. É um empresário esperto. Ele sabe *negociar*.

— Bom. O tiro pode sair pela culatra. Pagar o cara é meio que chantagem e ele pode aceitar o dinheiro e depois exigir mais. Chantagem não *vai piorando* sempre?

— Ah, pelo amor de Deus! Você é sempre tão *pessimista*. Você não entende... *a gente precisa fazer alguma coisa pra salvar a mamãe.*

Enquanto esse diálogo se desenrolava, Beverly fitava Lorene com olhos arregalados, perplexos, que deixaram Lorene nitidamente desconfortável. Por fim, Lorene perguntou, em tom irritado, qual era o problema, e Beverly disse, hesitante:

— Seus olhos, Lorene. Quer dizer... seus cílios. A impressão é de que você não tem nenhum.

SEU QUINTO ANO COMO DIRETORA do Colégio North Hammond. Seria seu ano mais vitorioso, ela jurou.

Grande meta (pública): alçar a escola ao posto de vigésima quinta melhor do estado de Nova York (ou melhor).

Grande meta (pessoal): receber o Prêmio de Educador Ilustre da Secretaria Nacional de Diretores de Escolas Públicas, jamais concedido a algum diretor de Hammond ou das redondezas e ao qual (Lorene tinha como saber) tinha sido indicada no ano anterior.

O primeiro ano letivo desde a morte de Whitey, entretanto. E o aniversário da morte estava chegando.

Arrancava fios da cabeça (que ardia, doía). Arrancava os cílios. Sentia lampejos de vazio, pânico. Até surtos de náusea. Ai, o que estava acontecendo com ela! Não. *Você dá conta, querida. Não se entregue como eu.*

— DRA. MCCLAREN...
— Por favor, Mark. É Lorene.
Estava sendo extremamente simpática com ele. Muito cordial, sincera. Assim *ele* nunca acreditaria nas maldades cochichadas a respeito da dra. McClaren. *Ele* sempre a defenderia com veemência.

A estratégia de Lorene era escolher, a cada começo de ano letivo, jovens professores do corpo docente para favorecer. Em geral, mas nem sempre, eram rapazes de vinte ou trinta anos, que ela achava muito bonitos e que a respeitavam e a admiravam.

Em geral, mas nem sempre, eram solteiros. Pelo que Lorene percebia, disponíveis.

No total, o North Hammond tinha cento e nove professores, bem como um quadro numeroso de funcionários, sob a gestão da diretora.

Desses, Lorene calculava precisar de pelo menos dez indivíduos que ficassem resoluta, inabalável, fanática (mas não obviamente) *do seu lado*.

Grande parte dos docentes (mais velhos) ela havia herdado, é claro. Como eram do sindicato de professores, não podiam ser "exterminados" — não de uma hora para a outra. Em uma lista geral, Lorene marcava seus (evidentes) apoiadores com asterisco em forma de flor e os (evidentes) detratores com sinaizinhos de adaga. Não lhe passava despercebido que os indivíduos de uma categoria (apoiadores) poderiam mudar para a outra categoria (detratores), mas era raro que o contrário acontecesse.

Também era sinistro que os protegidos de uma temporada perdessem terreno, vacilassem e derrapassem e virassem os párias, se não os inimigos, em outra temporada. Assim como qualquer diretora talentosa, Lorene jogava com os subalternos como se fossem cartas, para que um superasse o outro. Um único voto contra uma medida que a diretora Lorene promovesse já poderia fazer com que um professor fosse parar na pilha de descarte.

— Se você está infeliz aqui, vai ser um prazer para mim escrever uma carta de recomendação bem forte para você pedir transferência. — Com aparente sinceridade, a dra. McClaren pronunciava essas palavras para indivíduos tidos como insatisfeitos, sempre causando arrepios.

Mas os docentes mais novos, todos eles contratados por Lorene, começavam a carreira no Colégio North Hammond sendo gratos a ela; sobretudo porque competiam uns com os outros e dependiam das avaliações da diretora. A lealdade deles era fervorosamente vertical, para com Lorene; não podiam se dar ao luxo de ser generosos com colegas rivais.

Ela estava começando a se sentir um capitão na proa de um navio, enfrentando ventanias e mares bravios. Uma apresentação de suas ideias e toda a tripulação a bordo para fazer suas vontades — se nunca perdesse alguém de vista.

— Então, Mark... espero que você diga sim.

— Eu... seria uma grande honra, dra. McClar... quer dizer, Lorene...

— Que bom. Vou mandar seu nome para o diretor de programação. Acho que vai ser muito estimulante para você... e um enorme desafio... representar todos os professores de inglês da North Hammond, sendo que esse é só o seu segundo ano com a gente.

O rapaz estava espantado. Sorria, mas com uma expressão pasma, como se Lorene o tivesse convidado para o refúgio sagrado da sala da diretoria com as venezianas meio fechadas (em geral) e vista para o estacionamento para lhe informar que seu contrato não seria renovado para o ano seguinte.

Na realidade, ela o havia chamado para participar de uma mesa na Conferência Estadual de Professores de Inglês das Escolas de Nova York, que aconteceria em Albany em novembro, com o título "O futuro do texto impresso nas escolas públicas: ele existe?".

Lorene também iria à conferência. Talvez pudesse pegar carona com Mark Svenson, que iria a Albany de carro.

Mark tinha vinte e tantos anos e o North Hammond não era seu primeiro colégio. Tinha bacharelado pela Universidade de Buffalo e mestrado em Educação em Inglês pela Universidade de Binghamton. Era um terrier de pelo crespo, petulante, aprumado, de olhar aguçado, mas reverente, de rosto afável, bons modos. Um rabo que mostrava seu entusiasmo com batucadas. Não era um rapaz muito bonito, mas Lorene não tinha muito interesse em "boas aparências" — tinha aprendido por experiência própria que, quanto mais atraente um homem, menos digno de confiança ele era. Além disso, não gostava de homens irônicos, insolentes, informados demais e verborrágicos, os sabe-tudo como ela. Não gostava de homens baixinhos tanto por princípio, por serem baixinhos, como por ser provável que se aproximassem dela *só porque ela era baixinha*. Sempre tinha se armado contra esses caras, dando cortadas neles em festas, coquetéis, na vida. Admirava homens altos e admirava (algumas) mulheres altas, mas era propensa a sentir inveja de mulheres altas se fossem bonitas e a desprezá-las se não fossem.

Ela mesma tinha um metro e sessenta. Ser mais alta do que Lorene era ser *alta demais*. Ser mais baixa do que Lorene era ser *baixa demais*. Extraoficialmente, sem nem uma alma perceber, ou era o que Lorene pensava, tinha parado de contratar mulheres bonitas. Sobretudo mulheres latinas: a tendência delas era de serem bonitas, glamourosamente bem-arrumadas, as unhas sempre feitas e o cabelo sempre "impressionante" — *Carmen* não podia ser sério. E usavam salto alto. Era inevitável, faziam as outras mulheres (em sua maioria) parecerem feias.

Para qualquer vaga que se abrisse, era claro que Lorene preferia homens (brancos, negros — não importava); mas era impedida de sempre, e de forma óbvia, favorecer homens, pois sua profissão tinha diretrizes que não podia infringir. Em público, Lorene McClaren adotava o "politicamente correto" — "a diversidade em todas as suas formas". Mas não era difícil rejeitar mulheres mais bonitas julgando-as apenas pela foto de seus formulários de candidatura, e, em alguns setores, sua atitude era elogiada como uma ação afirmativa, com a contratação de mulheres de rosto singelo, mulheres acima do peso e mulheres de pele manchada sendo creditadas à dra. McClaren. Contanto que fossem boas professoras, e o que não faltava eram "boas professoras" procurando emprego.

Talvez em boa medida, a razão para Lorene favorecer Mark Svenson fosse desfavorecer um outro professor de inglês, mais antigo, com quem Lorene tivera um alinhamento (tácito, velado) durante alguns anos, até pouco tempo antes. Embora casado, R.W. (como pensava nele agora: não gostava de pensar em seu nome completo) tinha sido um protegido e um apoiador veemente da diretora McClaren até as coisas darem errado entre eles, de forma irremediável, como um deslocamento de uma placa tectônica na terra. R.W. volta e meia acompanhava Lorene a conferências profissionais, inclusive, no outono anterior, a uma conferência de professores de inglês e teatro em Washington, D.C.; no entanto, inexplicavelmente, R.W. havia traído Lorene logo depois, votando contra uma proposta crucial feita por ela em uma reunião da docência e tomando partido de um dos adversários de longa data de Lorene, em uma questão curricular banal, mas de grande impacto. E mais tarde, por mero acaso, Lorene viu R.W. em um restaurante italiano perto da escola, com colegas que definitivamente não eram *pró-McClaren*, todos comemorando o que parecia ser o aniversário de alguém. Imperdoável!

É claro que R.W. tinha estabilidade na North Hammond. R.W. era um professor de inglês popular, que também orientava o Clube de Teatro e dirigia peças — o mais hercúleo dos esforços da profissão, junto com o treinamento dos times esportivos fracassados. Ainda que Lorene pudesse encerrar seu contrato, não gostaria de perder R.W., pois era difícil substituir um professor de tamanha qualidade. Porém, não gostava dele e conspirava para se vingar: um dos trolls suspeitos cujo histórico escolar ela havia sabotado na primavera anterior tinha sido um aluno estelar de R.W.

Tinha havido boatos de uma festa de gala para celebrar o aniversário de um dos professores de matemática, à qual a dra. McClaren não tinha sido convidada. Boatos de outras festas, comemorações, das quais tinha sido excluída, embora R.W. tivesse sido convidado… Era complicado demais, aviltante e degradante demais, não era espantoso que tivesse compulsão por arrancar os cabelos, os cílios, beliscar a pele fina sob os olhos…

De repente se sentiu cansada. Tinha sido um dia longuíssimo e perigoso, e ela tinha mais trabalho para fazer no escritório, no computador.

Mark Svenson já estava de pé, se preparando para ir embora. Sua sorte estonteante deixara seu rosto iluminado. Havia de fato um quê reconfortante de terrier no jeito afável do rapaz; Lorene quase tinha vontade de fazer cafuné em seu cabelo ondulado, amarelado, para ver se ele lamberia sua mão.

Não era um homem alto, não tinha mais que um metro e setenta e dois. R.W. era mais alto, tinha pelo menos um e oitenta e dois. Arrogante, vaidoso. Mas para que pensar *nele*.

— Eu estava pensando em jantar mais cedo, ir a um restaurante italiano — Lorene se pegou dizendo, impulsiva —, se você estiver livre…

Pego de surpresa, Mark Svenson gaguejou que não, não estava, não naquela noite. No rosto havia uma expressão não só de surpresa, mas também de pesar, Lorene percebeu.

Tinha sido um convite totalmente casual. Mal era um convite, apenas um comentário. Esquecido no mesmo instante.

— Bem, obrigado, dra. McClaren… ou melhor, Lorene. Espero não te decepcionar na conferência.

— Sim. Também espero que você não me decepcione.

Lorene deu uma risada animada, para indicar que era brincadeira.

De saída, Mark Svenson também deu uma risada, mas não tão animada.

NÃO MUITO DEPOIS, O PRIMEIRO dos "incidentes".

Anoitecia e ela voltava de uma reunião no centro de Hammond com o Saab cor de aço que tinha comprado com parte da herança recebida de Whitey. Uma bruma fina havia se espalhado sobre a frota de faróis com uma beleza encantadora que Lorene nunca vira, e na entrada da Hennicott Expressway ela ouviu uma voz suave falando de algum lugar perto: *Feche os olhos, Lorene-y. Você merece um descanso.*

No instante seguinte seu carro estava indo em direção ao acostamento da rodovia, cheio de cacos de vidro e destroços. O pé dormente tateava em busca do pedal certo, não é esse, não é esse outro, não, era o outro, era o *freio* que ela procurava, desesperada para se salvar.

Um solavanco, um baque. Parou a centímetros do muro de contenção.

Algo úmido a atingiu entre os olhos, naquele osso largo e achatado entre os olhos que incharia e ficaria com uma marca roxa apavorante, como um terceiro olho inflamado.

Seria capaz de chorar de gratidão, a misericórdia demonstrada a Lorene McClaren, que ela mesma raramente demonstrara por alguém na vida. A neblina ofuscava a pichação no muro e transformava os faróis que se aproximavam em olhos meio fantasmagóricos que nada enxergavam.

Estava viva, não tinha se ferido gravemente. Só o golpe entre os olhos. Só o aperto nos pulmões. Só o lampejo de dor na coluna. Só a secura da garganta, como a poeira fina do túmulo.

*Ah, pai. Por que você me chamou e depois me abandonou?!*

O QUE LHE DAVA PRAZER, ninguém poderia imaginar.

Não do corpo. Para Lorene, não existia prazer *do corpo*, porque todas as sensações *do corpo* eram humilhantes, vergonhosas e finitas.

*A vingança é um prato que se serve sem testemunhas.*

Ficava deitada, acordada, pensando com enorme prazer nos históricos escolares dos alunos-trolls que tinha "hackeado" — formandos do North Hammond que se acreditavam merecedores e privilegiados e destinados ao sucesso, mas de repente ficavam de orelhas caídas, destinados a uma vida de segunda ou terceira categoria.

Ninguém imaginaria a ligação entre a meia dúzia de alunos-trolls, pois ela existia apenas no âmbito da inexistência insondável: a cabeça de Lorene McClaren.

Lembrou que R.W. tinha ido conversar com ela, transtornado e desconcertado porque um de seus melhores alunos tinha sido rejeitado pela maioria das universidades às quais havia se candidatado. Lorene ficara surpresa — por que cargas-d'água R.W., ou qualquer outro professor, *ligava* para isso?

Não que R.W. tivesse a menor desconfiança de que a diretora do Colégio North Hammond fosse a culpada, pois quem em seu perfeito juízo conceberia que uma diretora sabotaria alunos da própria escola? — ninguém.

Ingênuo, crédulo, um enorme cão pastor peludo de olhos míopes, R.W. parecia não ter entendido que já não era mais o favorito da dra. McClaren. Um daqueles cachorros que você tem que chutar mais de uma vez para ele perceber que *não é querido*. Que alguma coisa tinha dado muito errado, algum pequeno gatilho tinha acionado o cérebro (inescrutável) de Lorene. Estava acabado entre eles, aquilo que nunca tinha sido nomeado ou confessado.

*Você teve a sua oportunidade, meu amigo. E a desperdiçou.*

O melhor sexo, Lorene tinha concluído, era o sexo impedido.

A mulher instigava no homem (não qualquer homem: o homem tinha que ser alguém especial) uma sensação de interesse sexual e até de excitação; mas a mulher não saciava essa sensação, só a mantinha um pouquinho acesa, ao longo do máximo de tempo que conseguisse. Uma hora ou outra, a chama se apagava. Ou a mulher perdia o interesse no projeto. Mas de quem era a culpa?

Por volta dos trinta e cinco anos, Lorene parecia não ter idade discernível. Poderia ter trinta, poderia ter cinquenta. Não era fácil imaginá-la como menina. Não era fácil imaginá-la como *mulher*. Seus terninhos, que eram como uniformes, obscureciam seu corpo, sem peito, sem quadril, musculoso. As pernas eram curtas e torneadas pelos músculos. Os olhos eram dissimulados, prateados e ligeiros feito uma piranha. A boca era um corte na parte inferior do rosto, pintado com o batom vermelho que lhe era característico, que se destacava no rosto pálido. Na época de seu confronto com R.W., antes de Whitey, antes da *tricotilomania*, o cabelo preto estava curtíssimo, cortado a navalha, sem buracos que traíssem fraqueza. R.W. olhara para ela (era como Lorene se lembrava) com algo parecido com um anseio confuso, como um homem olharia para alguma coisa que já perdeu.

É claro que entre R.W. e Lorene não existira (no sentido mais rigoroso, mais clínico) *nada*. Nunca tinham sequer se tocado, a não ser pelos apertos de mão rápidos que deixavam ambos sorridentes e esbaforidos.

Achava atordoante, R.W. disse a Lorene, que seu "aluno mais promissor em anos" tivesse sido rejeitado pelas universidades que mais queria cursar, que eram justamente as universidades que R.W. lhe tinha recomendado, se as notas na escola e na prova do SAT eram mais altas do que as de outros alunos aceitos pelas universidades e suas cartas de recomendação tinham sido mais enfáticas.

Lorene se solidarizara de imediato. Sim, era muito triste. Um grande mistério. Ninguém entendia.

Ela também ficara encafifada, declarou. Embora pouco soubesse sobre cyberbullying, crimes cibernéticos (ela disse), ela se perguntava se alguém da North Hammond, um aluno rival do menino, não teria sabotado seu histórico.

R.W. não tinha pensado nisso.

— Você está falando em hackers? Alguém que teria "hackeado" o computador da escola?

— Se é essa a expressão que se usa... "hackear". Você sabe que eu mal sei mexer em computador, então não estou a par das gírias.

Por razões pessoais, Lorene propagava a ficção de que era uma diretora antiquada, "mão na massa", que pouco sabia sobre o uso enigmático de computadores. Sua reputação era de ser tão diligente, tão resistente a aparelhos eletrônicos que tomava notas à mão nas reuniões.

Em tom sério, Lorene disse:

— A gente podia contratar um especialista em computação. Podia dar os nomes de "pessoas suspeitas" para ele investigar. Tinham várias na turma que se formou no ano passado... Se aconteceu algum crime cibernético na nossa escola, e seu aluno foi vítima dele, a gente deveria detectar.

R.W. a encarou assustado. Estava claro que não esperava que Lorene reagisse daquela forma.

— Mas... a gente não vai querer que pessoas inocentes sejam alvo. "Dar nomes" é sempre arriscado. Na era da internet, os boatos se espalham em questão de segundos.

— É. Acho que você tem razão. Eu também não entendo nada de internet, infelizmente.

— A internet pode ser um inferno para os jovens. É péssimo para os adultos, mas as crianças podem ser levadas ao suicídio.

Lorene balançou a cabeça, emudecida. Suicídio! Que coisa terrível.

R.W. falou com tristeza de seu aluno "Reg Pryce", que tinha tido um linfoma no primeiro ano do Ensino Médio, mas agora estava em remissão, e tinha dedicado uma boa parte de seu tempo ao Clube de Teatro...

Era *Pryce* que ele estava dizendo, ou era... *Price*?

Cheia de culpa, Lorene não conseguia se lembrar qual deles tinha sido o troll a atormentá-la — *Pryce, Price*. Talvez tivesse confundido os dois.

Bem, que pena! Não tinha muito o que fazer àquela altura.

Ela disse a R.W. que poderia pedir ao menino para ir conversar com ela. E os pais dele poderiam acompanhá-lo. Talvez, se de fato tivesse ocorrido uma injustiça, Lorene pudesse fazer um apelo às universidades... Ela falava simulando preocupação e ingenuidade, porque (é claro) nenhuma secretaria de admissões daria a mínima atenção a uma diretora de escola que tentasse revogar a rejeição a um de seus alunos.

R.W. estremeceu diante da sugestão. Intervir dessa forma poderia fazer mais mal do que bem, ele disse, lançando uma sombra sobre futuras candidaturas de alunos do North Hammond a universidades. Além do mais, se Reg quisesse pedir transferência depois do primeiro ano...

Lorene deixou R.W. falar. Achava muito desconcertante que ele ligasse tanto para o filho de outro homem. *Ela* não dava a mínima.

R.W. era um ótimo professor, todo mundo dizia. As crianças o admiravam, respeitavam. Ela quase sentia pena dele. Aquela cara de cão pastor peludo, os olhos pesarosos. Bondoso, bobo. Talvez devesse apagar o ressentimento entre eles e recomeçar do zero.

Mas não. Era tarde demais.

*Nunca esquecer e nunca perdoar.*

Quando ela ergueu os olhos, R.W. já tinha ido embora. Devia ter saído da sala sem fazer barulho, e ela não tinha percebido.

VÉSPERA DA MORTE DO PAI. Véspera daquele telefonema de Thom e da onda preta que se imiscuía em seus pulmões feito câncer.

— Dra. McClaren…? Por favor, me perdoe… Juro que não estava ouvindo atrás da porta da sala…! Mas eu ouvi… a senhora está se… se sentindo mal, né?

Iris, a loira falsa com cara de lua, hesitava ao falar, em voz baixa, enquanto Lorene fitava a secretária, a princípio sem entender. (Lorene tinha *chorado*? Alto? Em um lugar quase público, sua sala no Colégio North Hammond?)

Ficou vermelha de espanto. Uma espécie de vergonha. Alguém mais a ouvira? Será que Iris, sua secretária, falava com os outros sobre ela? E o que diziam sobre aquele gorro ridículo que a dra. McClaren se sentia obrigada a usar com uma constância cada vez maior, à medida que o cabelo desaparecia, formando buracos do tamanho de moedas de vinte e cinco centavos? (Meu Deus: esperava que ninguém estivesse especulando que a perda de cabelo se devesse a uma quimioterapia.)

Mas Lorene não descontou na secretária, como fazia normalmente, pois se sentia menos segura de si nos últimos tempos, mais dependente de seus funcionários na escola para promover seu trabalho e seu bem-estar; era uma gentileza de Iris se preocupar com ela, embora fosse uma certa presunção da parte da secretária se atrever a sugerir que a diretora da escola procurasse uma terapeuta com o improvável sobrenome de *Foote*.

Com educação e frieza, Lorene agradeceu à moça idiota pela preocupação. Não via motivo para explicar que era natural uma filha "ficar triste" dadas as circunstâncias (pai, morte, aniversário de morte) da data e que não precisava de terapeuta, muito menos de uma terapeuta chamada *Foote*.

ERA MEIO QUE UMA PIADA, não era? Consultar uma terapeuta — logo *Lorene McClaren*?

Só porque o plano de saúde cobria doze sessões com uma terapeuta credenciada, assim como cobria doze sessões de fisioterapia em uma clínica de fisioterapia credenciada. *É só por isso que estou me consultando com você, doutora. Quero ser sincera.*

Começo da noite de sexta-feira. O único horário que poderia encaixar em sua agenda semanal. (A dra. Foote não atendia pacientes nos finais de semana.)

*E é "doutora"? — "doutora" tipo médica? Ou é... "doutora" de quem tem doutorado em psicoterapia?*

Ansiosa porque não queria que ninguém da família ficasse sabendo. Que vergonha!

Principalmente Beverly, que tripudiaria, e principalmente Jessalyn, que ficaria louca de preocupação. E Thom, que lhe daria menos crédito, e a meticulosa Sophia, que não tinha nada a ver com isso, e Virgil, que não tinha *absolutamente* nada a ver com isso.

Pelo menos Whitey não tinha como saber.

QUANDO SE DEU CONTA — o belo carro novo, reluzente, deslizando.

Acostamento da rodovia cheio de cacos de vidro, escombros.

A porcaria do pé dormente tateando em busca do penal, caramba — *penal* — mas ela não queria dizer *penal*, ela queria dizer — como era?

*Freio* era o que ela queria dizer. O maldito *freio*.

Despertou com um solavanco. Meu Deus!

Arremessada a sessenta e cinco quilômetros por hora. A cabeça sob o gorro tricotado (idiota, vergonhoso) foi lançada para a frente, mas parou a centímetros do muro de concreto coberto de pichações obscenas de adolescentes.

*Pai, não, por favor. Eu estou com muito medo.*

NO COMEÇO ERA SÓ CURIOSIDADE. Estava apenas... bem, encasquetada!

A que horas Mark Svenson tinha ido embora da escola, no final da tarde, e com quem. Às vezes (ela ficava contente em ver) o professor de inglês de cabelo ondulado e amarelado, muito popular, andava depressa, sozinho, de jaqueta de sarja, calça cáqui recém-passada e tênis de corrida, até o carro estacionado nos fundos do edifício. Às vezes (e isso a contentava menos) caminhava com um ou dois alunos, encontros acidentais, podiam ser tanto meninos quanto meninas, sem que tivessem feito planos (evidentes) para isso, as costas viradas para Lorene, que espiava pelas frestas da veneziana, seus rostos invisíveis. Mas às vezes (e isso não a contentava nem um pouco) era visto com uma jovem professora chamada Audrey Rabineau, que lecionava história no nono ano do Fundamental e no primeiro ano do Ensino Médio, não caminhando, mas o que se chamaria de *passeando*.

A dentuça Audrey, com seu olhar inocente. Alta demais para Mark, não era? — era quase exatamente da estatura dele.

Começou quando? Devia ter sido por volta do início de outubro. Não era o tipo de coisa de que Lorene McClaren *tomaria nota*.

Não estava espionando aquela porcaria de corpo docente. Estava pouco se lixando.

Na frente dela, eram bastante simpáticos — é claro! Olá, dra. McClaren. Boa noite, dra. McClaren. Até amanhã, dra. McClaren!

Bem, alguns eram sinceros. Os contratados pela dra. McClaren. Como filhotinhos que comiam em sua mão nas entrevistas. Teriam se arrastado a seus pés, abanando o rabo. Olhar de cachorro, adorador, suplicante. *Me ame, me ame, não seja cruel comigo. Eu mereço muito.*

Irônico, mas tinha simpatizado com Audrey Rabineau desde o começo. Uma daquelas garotas doces, singelas, desajeitadas, que quanto mais a pessoa olhava, mais adorável ficava. Lorene achava que ela parecia uma versão mais benigna, menos espirituosa dela mesma, com dentões e olhos castanhos gentis. Também não era nada mal que Audrey Rabineau tivesse uma óbvia admiração *por ela*.

É claro que cada novo professor contratado do Colégio North Hammond era o candidato mais espetacular que o distrito podia bancar. O critério pessoal da dra. McClaren limitava as possibilidades, o que facilitava a seleção.

Mas ainda havia o quadro de professores mais velhos, conservados em despeito assim como conservas de verdade eram marinadas em salmoura. A maioria se ressentia de Lorene só por ela *existir*. Alguns ela havia conseguido conquistar com o equivalente a petiscos para cães, mas o restante tinha parado de tentar agradá-la ou sequer fingir na frente dela que não a temia e odiava.

O rosto deles quando a viam revelava tudo: *Não confiamos em você e não gostamos de você. Mas a gente tem que conviver. Tenha um bom dia!*

Mas Mark Svenson! — ela confiara *nele*.

Espiando pelas frestas da veneziana enquanto ele e a jovem professora andavam — devagar — até os respectivos carros no estacionamento. Vislumbrou no refeitório do corpo docente os dois juntos à mesa, conversando, rindo. Um torno apertando seu coração.

Mas não. Ela mal tinha percebido. O orgulho era como clorofórmio docemente inalado.

— ∞ —

É CLARO QUE ELA *ESTAVA* bem.
É claro que tinha tido *uma semana boa*.
Sim! Estava *bastante esperançosa*.
Na terceira sessão já começou a se ressentir das perguntas insípidas da terapeuta.
Jurava que seria sua última consulta com Foote, mesmo ainda tendo direito a mais oito sessões de graça pelo plano de saúde.
No entanto: não seria um desperdício de dinheiro, largar antes da hora?
Whitey ficaria surpreso se soubesse. A filha preferida — a criança preferida, a mais parecida com ele — *indo a uma terapeuta*.
Bem, não era nada sério. Não como ir a um *psiquiatra*.
Absolutamente proibido no consultório de Foote: tocar no cabelo, no rosto, nos cílios, as unhas em carne viva, vermelhas de "cutucar" sem perceber o que estava fazendo.
Absolutamente proibido: contar àquela mulher bisbilhoteira qualquer informação muito pessoal, que pudesse ser usada contra ela: adormecer ao volante, espionar o jovem professor de inglês, o rancor de R.W. e os muitos inimigos que tinha entre os docentes, as noites de insônia, os pensamentos obsessivos.
Com muita delicadeza, Foote disse:
— Você gostaria de tirar o gorro, Lorene? Só enquanto estiver aqui no meu consultório.
Sem dar trela à ambiguidade, Lorene declarou:
— Não.
A mulher com cara de cavalo! Lorene tinha pena.
— Talvez você fique mais à vontade, Lorene. A gente deveria discutir a *tricotilomania* mais às claras e pensar no que fazer para te ajudar a vencer o problema.
— Bem. Pelo menos é menos repulsivo que *triquinose*. — Lorene deu uma risada grosseira.
Foote sorriu um pouquinho.
— Sim. Você já fez essa piada duas vezes, Lorene.
— E a senhora já me chamou de "Lorene" três vezes, dra. Foote.
Era exasperante para Lorene que a mulher com cara de cavalo ousasse chamá-la pelo nome, como se fossem amigas ou colegas.
— Perdão. Você quer ser chamada de... "dra. McClaren"?
— Assim como eu te respeito te chamando de "dra. Foote", e não pelo seu nome, eu acho que a senhora deveria me respeitar e me chamar de "dra. McClaren", e não de "Lorene".

Foote balbuciou um pedido de desculpas que soou, aos ouvidos desconfiados de Lorene, mais perplexo do que sincero.

— Afinal, eu não sou criança, nem sou empregada ou parente sua.

Detrás da mesa, uma Foote zumbi não contestou.

— Não sou amiga sua. Pelo menos não por enquanto.

*Isso* pôs os pingos nos is, Lorene pensou com uma leve satisfação.

Talvez até curtisse essa bobajada.

**AGORA ELA ANDAVA VENDO AUDREY RABINEAU** com bastante frequência.

Mas *bastante frequência* era algumas vezes por semana, em geral por acaso.

Rabineau ria alto demais, exibia as gengivas. O cabelo escorrido castanho-lama tinha sido cortado e arrumado na tentativa de que parecesse "glamourosa" — um fracasso. Usava bijuterias deselegantes. Como era alta, usava sapatos baixos. Seu jeito era exageradamente doce, insosso. O quadril era mais largo que o torso. Nas reuniões de professores, ria de piadas bobas para cair nas graças dos mais velhos. E pior, fazia questão de se mostrar *interessada* — um estratagema cristalino.

Usando batom! Bem, nisso ela também era um fracasso, como pôr maquiagem em um cavalo.

Ver Rabineau andando pelo corredor rodeada de estudantes (meninas), absorta em conversas, despertou suspeitas na diretora: *Do que elas estão falando?*

Mas ainda pior era ver Mark Svenson andando com Rabineau no final da tarde, rumo ao estacionamento. Ver como ficavam próximos, ao lado do carro dela, em uma conversa séria. *Que planos estão fazendo?*

Devia comprar um par de binóculos, Lorene teve a sordidez de pensar. Uma espécie de "escuta" que captasse vozes à distância.

Não que ela se importasse. *Ela* não.

**UM TELEFONEMA, ERA BEVERLY.**

Um dos recados histéricos-calmos de Beverly, que Lorene não tinha intenção de responder.

*Lorene! Ontem eles pegaram a canoa do papai.*

*Nossa canoa!*

*Foram para o lago, na nossa canoa.*

*Só os dois, juntos.*

*Imagine só — a mamãe naquela canoa!*

(Silêncio. A respiração de Beverly amplificada.)

*Os vizinhos viram eles no lago. Eu estou morrendo de vergonha!*

*Minnie Haldron ligou: "Beverly, tenho a impressão de que a sua mãe está no lago, em uma canoa, com um dos empregados que cuidam do gramado, e achamos que você iria querer saber. E ela mudou o cabelo... agora está como o de uma índia, trançado, caindo nas costas".*

A SURPRESA FOI A SEGUINTE: Mark Svenson realmente iria de carro até a conferência de professores em Albany, em novembro, para participar de uma mesa intitulada "O futuro do texto impresso nas escolas públicas: ele existe?", mas quando Lorene puxou o assunto da conferência, em tom casual, insinuando que ainda não tinha decidido que meio de transporte usaria, Mark disse (sendo dissimulado?) que alguns colegas iriam junto com ele, que torcia para que todo mundo coubesse no carro.

Lorene ouviu sua voz, assustada, decepcionada:

— Ah. Quem?

(Por que ela perguntou? Que *relevância* isso tinha para Lorene McClaren?)

Só colegas, outros professores de inglês. É claro que Lorene conhecia todos eles e não teve comentários a fazer além de um vago murmúrio entusiástico: *Que bom, conferências profissionais são importantes para a carreira.*

Ela foi embora sorrindo. Na verdade, era um alívio — o que teria para conversar com um docente principiante, sozinha com ele no carro por algumas horas, na via expressa de Nova York?

ACHO QUE EU ESTOU... ENTEDIADA. *Ninguém para amar que mereça ser amado e que me amaria também.*

COURO CABELUDO IRRITADO. PÁLPEBRAS IRRITADAS. Cutículas irritadas.

Madrugada. Cérebro hiperativo.

Decididamente não pensando em Mark Svenson.

Não pensando em Rabineau. (Que, se fosse amante de Mark, provavelmente iria à conferência em Albany, se sentaria na plateia durante sua palestra para observá-lo com o olhar admirado; ou seja, Rabineau iria no carro de Mark, espremida junto com os outros. *Mas Lorene não pode perguntar, é tudo muito banal.*)

Resolveu não ir à conferência. Não era essencial que a diretora comparecesse. Era uma das conferências menos importantes, na verdade.

Não pensando em tomar uma bebida. Das irmãs mais velhas, *ela é a que não bebe.*

— ∞ —

OI, THOM? — FAZ UM TEMPINHO *que não tenho notícias suas. Como está indo o processo? Ou talvez... melhor eu não perguntar.* (Pausa.) *E quanto ao encontro com o... qual é o nome mesmo — Ramirez? Você chegou a marcar? Tentou conversar com ele, fazer um acordo para ele ficar longe da nossa mãe patética?* (Pausa.) *Imagino que não. Visto que você nunca falou nisso.* (Pausa.) *Como você nunca falou nisso, imagino que não.* (Pausa.) *A Bev ligou outro dia, disse que os vizinhos viram a mamãe com o Ramirez no lago, na nossa canoa... Ou pelo menos eu suponho que fosse o comunista cubano, a vizinha achou que ele era um dos caras da manutenção do gramado.* (Pausa.) *E ela passou a usar o cabelo que nem o de uma índia, com uma trança para trás.* (Pausa.)

*Meu Deus, Thom. O que o papai acharia disso?*

NOTÍCIA HORRÍVEL! TIRO DE ESPINGARDA no coração.

A Secretaria de Educação do Estado de Nova York divulgou sua nova classificação baseada nas avaliações de 2010-2011. Agora o Colégio North Hammond ocupava a trigésima terceira posição do estado, e antes estava na vigésima oitava.

Como era possível? *Trigésima terceira.* O North Hammond não tinha subido, apesar dos esforços heroicos de Lorene, e sim *caído.*

Lorene ficou pasma. Escondeu-se na sala e desligou o computador, disse à secretária que não queria ser importunada até segunda ordem.

Pensava: *Será que era porque os trolls não tinham sido aceitos em boas faculdades? Isso teria afetado nossa reputação?*

Não. É claro que não. Isso era bobagem. Secundário. Impossível que fosse essa a razão.

Mas se fosse, a culpa era toda de Lorene.

*Você sabotou sua própria escola. Sua própria reputação.*

Pelo menos ninguém tinha como saber. Ninguém tinha como imaginar. Não aconteceria de novo. Tinha parado de digitar *Diretora Lorene McClaren, Colégio North Hammond* no computador, deixado de se horrorizar e se revoltar com o que via, como virar uma pedra e ver, entre os besouros e vermes que corriam, uma criaturinha careca com o rosto dela em miniatura.

ESTAVA PREPARADA PARA RIDICULARIZAR, mas quando estava dentro da Galeria de Arte da Guerrilha de Chautauqua foi preciso admitir que ficara impressionada com as fotografias de "Hugo Martinez" expostas nas paredes brancas não muito limpas.

Tinha pesquisado Martinez na internet. O amante latino da mãe.

(Mas: os dois *eram* realmente, literalmente, amantes? Ou apenas amigos platônicos? A distinção era urgente, crucial na mente de Lorene.)

Ela ficara surpresa ao descobrir que Martinez era meio que uma pessoa bem-sucedida, um poeta, fotógrafo, professor, "ativista social" (sabe-se lá o que isso significava) nascido em Newark, New Jersey, em 1952, e consequentemente um cidadão americano.

Não era cubano! Lorene se sentia traída, de certo modo.

O pai de Hugo Martinez tinha emigrado de San Juan, Porto Rico, para os Estados Unidos. A mãe era cidadã americana. Tinham morado ora na cidade de Nova York, ora em Nova Jersey, e os dois já eram falecidos. Lorene ficou surpresa ao entender como era *normal* — como era *civilizado* — o passado de Hugo Martinez, embora tivesse uma lista considerável de títulos a seu favor: poemas, publicações em revistas, livros. Tinha feito várias exposições de fotografia estado afora. Tinha sido o Poeta Laureado do Oeste de Nova York, 1998-1999. Tinha lecionado em algumas universidades e feito uma residência em Cornell. Prêmios, bolsas. Era cofundador da Galeria de Arte da Guerrilha de Chautauqua (nome ridículo — "Guerrilha"!) e de algo chamado Liberation Ministries.

Em sua maioria, as fotografias eram retratos de rua em preto e branco, tirados em cidades estrangeiras. Havia closes demais de rostos comoventes, rostos únicos e individuais, símbolos complexos em forma de roupas, paisagens arquitetônicas — Lorene não tinha tempo para absorver tanta coisa. À beira de um ataque de nervos, ela percorreu depressa a exposição no espaço sem janelas da galeria. Sua resolução primordial era não enfiar os dedos debaixo do gorro e procurar fios para arrancar, e essa resolução era uma distração. Via que cada fotografia tinha o preço de trezentos dólares, um valor que achava ofensivo de tão alto. Ensaiava as palavras que diria com escárnio para Beverly, Thom: *Ele se acha o máximo, esse tal de Martinez. É superfaturado!* No final, analisou uma fotografia de Martinez, que não tinha nada a ver com o que esperava dele. (De forma meio vaga, imaginava que ele fosse parecido com o empregado que havia muito tempo cuidava do gramado de Whitey, Marco, que não era latino e sim italiano, cujo sobrenome lhe escapava.)

O tal Martinez tinha olhos pretos muito intensos, uma pele de tom de café quente, um rosto indígena com feições marcadas, nariz aquilino, bochechas enrugadas e vincos emoldurando os olhos. O cabelo, volumoso na época da fotografia, tinha sido penteado para trás feito a crista de um galo. Usava o que parecia ser uma camisa de camponês, branca, de tecido fino como musselina, aberta no meio do peito. No pescoço, uma corrente de ouro. Os olhos eram perfeitamente pretos. De novo Lorene queria ridicularizar, mas não conseguiu.

Havia ali um carisma sexual, uma demonstração impenitente de *virilidade*.

Seria esse homem o amante da mãe? Assombroso pensar que sim.

Ah, o que Whitey *acharia*! Sua alma ficaria perplexa, destruída pela existência de Hugo Martinez.

Se Jessalyn e Martinez tivessem se casado, Lorene ponderou, com uma sensação similar à de pavor, Hugo Martinez seria seu *padrasto*.

A Galeria de Arte da Guerrilha de Chautauqua ficava onde antes havia uma loja de conveniência, em uma terra de ninguém no leste de Hammond. A região não era nem urbana nem suburbana, mas deserta, semiabandonada, próxima de uma estação de trem cheia de tapumes. Cardos brotavam nas fissuras da calçada. Porém, havia crianças fazendo barulho ao brincar ali perto — os fundos de uma creche. Hugo Martinez tinha sido um dos fundadores *disso*? Não tinha a estatura da Gráfica e Editora McClaren Inc. A dona da galeria era uma mulher mais ou menos da idade de Lorene, de cabelo comprido com mechas roxas que batia no quadril e vestido folgado que ia até o tornozelo. Tinha pequenos anéis prateados no nariz, na sobrancelha esquerda. Nos braços esqueléticos suas bijuterias chocalhavam. Parecia estar grata pela presença de Lorene naquele lugar deserto e por seu comentário informal de que a exposição era "muito interessante".

— Ah, sim. O Hugo Martinez é muito "interessante". E muito mais.

— Você conhece o fotógrafo? Pessoalmente?

A mulher riu. Lorene seria capaz de jurar que um leve rubor tinha surgido em seu rosto castigado.

— Ah, todo mundo conhece o Hugo.

— E o que todo mundo sabe sobre ele?

— Que ele é... ele é... o *Hugo*.

— Ele é respeitado? Benquisto?

— Ah, sim, claro. O Hugo é um dos fotógrafos mais bem-sucedidos de Hammond. Ele tem renome internacional... quase...

Lorene sem dúvida citaria essa frase: *Ele tem renome internacional... quase...*

— Mas pelo que eu vi, não foram vendidas muitas das fotos dessa exposição. Esses pontinhos vermelhos...

(Realmente, só seis das cerca de trinta fotografias tinham sido vendidas.)

— Bom! Eu tenho certeza de que o Hugo vendeu cópias de algumas dessas fotos em outro lugar. Essas obras não são novas. Somos só uma cooperativa pequena... a gente não recebe muitos clientes.

A mulher de mechas roxas começava a olhar para Lorene com algo aquém do prazer, embora Lorene tivesse certeza de que não tinha traído nem um pingo de hostilidade ou sarcasmo em seu comportamento.

— A senhora é daqui? Eu acho que a senhora teria ouvido falar no Hugo Martinez se fosse.

— *Daqui?* Não. Não sou.

— A senhora é repórter? Crítica?

— Não. Só uma observadora curiosa.

— Curiosa por fotografia?

Lorene ponderou. Dizer *sim* era se arriscar a ser obrigada a comprar alguma coisa dali; dizer *não* encerraria a conversa.

— Curiosa por arte de modo geral. — Lorene se calou, sentindo uma onda de algo como resistência, esperança. — Curiosa pela *vida*.

Na galeria, se demorava como se tentasse decidir qual das várias fotografias de Hugo Martinez comprar. Perguntou à moça de mechas roxas se ela aceitava cartão de crédito — e a moça disse que sim, claro. Mas então Lorene descobriu que não estava com o cartão de crédito na carteira; e não tinha trezentos dólares em dinheiro — pelo menos não para gastar desse jeito.

— Desculpe! Quem sabe uma outra hora?

Saiu da galeria sorrindo. Passou o resto do dia animada.

**ELE ME LEMBROU CHE GUEVARA.** *Esse tal de Martinez com quem a mamãe está saindo.*

*"Tche" quem?*

*Che Guevara. O homem com quem nossa mãe está saindo.*

*O cubano?*

*Na verdade, não. Porto-riquenho.*

*Faz muita diferença? Não são todos... caribenhos?*

*Ele parece o Guevara, o revolucionário comunista — é isso o que eu estou querendo dizer.*

*Quem parece... quem?*

*Beverly, pelo amor de Deus! Você nunca ouviu falar de Che Guevara, o famoso herói revolucionário marxista argentino?*

*Argentino? Tipo da Argentina? Ele também é de lá?*

*Eu já te falei* — *Porto Rico. Que é território americano, aliás.*

*O que isso tem a ver com... essa pessoa de quem você estava falando...*

*Eu estava tentando te dizer que o amigo da mamãe, o Martinez, parece o Che Guevara, mas o bigode é maior, e ele é mais velho — ou melhor, mais velho do que o Che Guevara que a gente vê nas fotos.*

*Lorene? Você conheceu ele...?*

*Não! Caramba. Não foi isso o que eu disse. Você está sóbria, Bev?*

*Você está sóbria? Por que você está me ligando a esta hora da noite, para arrumar briga?*

*Na verdade, estou retornando a sua ligação. Tem meia dúzia de recados seus, estou tentando ser educada.*

*Foda-se a sua educação.*

*Bev, por favor. Eu estou tentando conversar com você...*

*É tipo encostar em hera-venenosa, conversar com você. Quando eu desligo o telefone fico cheia de brotoeja.*

*Pois bem. O Martinez não é o que a gente imaginava. Ele pode até estar atrás do dinheiro da mamãe — ou do status social dela —, mas tem a carreira dele. Tem renome.*

*Você conheceu ele?*

*Não! Eu acabei de te dizer.*

*Você o viu? Pessoalmente?*

*Eu fui a uma exposição de fotos dele no leste da cidade. Vi umas fotografias dele em uma galeria antiga, decadente — "Arte da Guerrilha".*

*O que você foi fazer lá?*

*Eu já te falei — fui ver a exposição do Martinez. Não dá pra você desligar essa porcaria de TV?*

*Lorene, você descobriu? Eles são amantes? Literalmente?*

*Eu perguntei pro Virgil. Ele é o único que tem como saber e ele se recusa a falar sobre a mamãe.*

*Ele é amigo do Monterez...*

*Martinez. Eles não são "amigos" de verdade. A gente podia simplesmente ir lá e perguntar pra ela sem rodeios o que é que está acontecendo...*

*Mas... e se ele estiver lá?*

*Bem — seria bom. A gente precisa conhecê-lo...*

*Não. Eu não estou pronta. Ainda não.*

*Deixe de ser ridícula. A gente deveria conversar com a mamãe. Conversar de verdade.*

*O Thom não ia falar com o Monterez? Oferecer uma grana pra ele sumir?*

*Ah, o Thom que se dane. Ele prometeu que ia dar uma investigada — você sabe como é o Thom: "Vou dar uma investigada" — mas ele nunca me deu retorno.*

*Mas — meu Deus, Lorene. Eu não vou conseguir fazer uma pergunta dessas pra mamãe.*

*Seria mais fácil pra você, você é casada...*

*O que isso tem a ver?*

*Sei lá... vocês duas tiveram filhos...*

*Caramba! Isso não faz sentido nenhum.*

Escute, eu jamais poderia simplesmente chegar e perguntar pra mamãe — perguntar qualquer coisa, pra falar a verdade. Ela ficaria chateada.
Bem, eu também não.
Ela precisa saber — a gente só quer que ela seja feliz...
A gente quer? É só isso?
Não é?

QUANDO ELA SE DÁ CONTA, o Saab reluzente cor de aço está derrapando pelas três pistas da Hennicott Expressway em meio a uma cacofonia de buzinas feito *Götterdämmerung*...

NÃO! AINDA NÃO.
Primeiro foi Bali. Nova Zelândia. *Cruzeiros Pacífico*.
Precisava viajar. Desespero.
Excesso de trabalho. Estresse. Pressão sem alívio.
Até Foote concordava, Lorene merecia férias do Colégio North Hammond. (Parte do alívio de uma viagem seria ficar longe *dela*.)
O que acontecera na sala de Lorene não tinha sido planejado. Por acaso, tinha chamado o jovem professor de inglês de cabelo ondulado amarelado para vê-la, para que pudesse cumprimentá-lo pela participação na mesa:
— Mark! Minhas fontes me falaram coisas boas sobre você em Albany. "Inteligente, eloquente, convincente..." "A plateia adorou ele."
Corado de prazer infantil, Mark Svenson agradeceu a Lorene. Dizia outra vez que era uma honra ter sido escolhido por ela para essa... honraria.
Passaram alguns minutos conversando de forma amistosa. Lorene era perita em passar a impressão, àquelas pessoas que favorecia, de que as considerava suas semelhantes, ou quase semelhantes; seu jeito era franco e simpático, ninguém jamais pensaria: *Mas a mulher está te enganando! É um embuste.*
Assim como todos os diretores, Lorene entendia que era bom parabenizar subordinados caso as circunstâncias justificassem, por mais insignificante que fosse o feito, e por mais tolamente vaidoso que o receptor do elogio banal pudesse ser, como esse rapaz que queria acreditar que sua participação em um painel na conferência de professores de inglês de Ensino Médio era uma conquista de algum grau de magnitude.
A gratidão nos olhos úmidos de cão transbordou feito raios de sol ou moedas de ouro. Ao ser tão gentil com Mark Svenson, Lorene se sentiu uma pessoa generosa e de bom coração, não cruel, ansiosa e infeliz. (Resolução: manter

os dedos inquietos longe do cabelo. Sem cutucar as cutículas com as unhas curtas. Sem coçar furtivamente as brotoejas da pele macia da parte interna do cotovelo.)

Ela se ouve dizendo, como que por impulso.

— Mark! Uma coisa estranhíssima... uma coincidência... eu estava planejando uma viagem para Bali e Nova Zelândia com uma grande amiga minha... no feriadão de Natal... e a minha amiga precisou cancelar. Ela não vai conseguir um reembolso da passagem de avião e do cruzeiro, mas... se alguém estiver interessado... com desconto... Você sabe de alguém?

Esperou. Os olhos calorosos de terrier se ergueram para o rosto dela. Ah, o coração de Lorene se acelera absurdamente!

— Eu... eu não sei, dra. McClaren. Quer dizer, eu teria que...

Evasivo. Constrangido. O olhar se desviando.

*O que eu estou fazendo. Ai, pai, meu Deus, me ajude.*

— ...eu teria que perguntar. Eu posso...

— Bom. — Uma pausa. E então: — Eu não imagino que você tenha... interesse no cruzeiro? Eu acho que você poderia conseguir uma tarifa mais barata... um desconto... Bali é de uma beleza estonteante, e a Nova Zelândia... nessa época do ano, quando faz tanto frio aqui. Lá é verão. Eu estou com o site do cruzeiro no computador, se você quiser dar uma olhada.

Mark Svenson está sentado, imóvel e muito quieto. Lorene o vê respirando — as narinas se dilatando, se contraindo, se dilatando. Ela percebe seu incômodo crescente. Um sorriso desajeitado, mais infantil do que de menino. Ele passou na sala de Lorene conforme ela tinha lhe pedido, depois de terminar as aulas do dia; ele tinha um intervalo curto antes da reunião com a equipe do anuário, da qual era o orientador acadêmico.

Está claro que Mark Svenson não está exatamente radiante com a perspectiva de uma viagem a Bali, como Lorene imaginara que ficaria.

*Ele não quer viajar com você. Por que ele iria querer viajar com você!?*

*O que você estava pensando? Ele tem vinte e sete anos. Você tem trinta e seis. Você não é nem uma mulher para ele — você é a dra. McClaren, a chefe dele. Como você se humilhou desse jeito?*

Mark repete que vai ter que pensar. Ele vai ver se consegue arrumar alguém...

Com essa fala vazia, está claro que ele ficou chocado, desorientado com a proposta de Lorene.

Teria entendido como uma *proposta sexual*? Lorene fica consternada, ultrajada ao pensar que sim.

De repente ela lhe diz boa-noite. Mostra os dentes para ele em um sorriso indiferente. Quando ele foge da sala, ela o chama, como um pescador que lança a linha, imperturbável:

— E de novo, Mark... parabéns!

Depois que ele se vai, ela faz uma descoberta tenebrosa: sabe-se lá como, tem uma pequena mecha de cabelo enrolada em dois de seus dedos, com sangue nas raízes. Um novo ponto de formigamento no couro cabelo, latejante.

TEM VONTADE DE PROTESTAR: todos os fatos do luto que havia encontrado dentro e fora de sua cabeça chacoalhante eram um clichê. Sua própria morte um dia, sem dúvida ficaria entediada com seus contornos. Vocabulário primário limitado.

— Eu não posso amar ninguém. Eu estou tão *entediada*.

É CLARO QUE ELA *ESTAVA BEM*.

É claro que tinha tido *uma semana boa*.

Nada a relatar. Nãooo.

Bem — a novidade era que tinha resolvido reservar um cruzeiro para Bali e Nova Zelândia nas férias de inverno.

Sim, ela iria sozinha.

Não, ela não tinha chamado ninguém para acompanhá-la.

A não ser a mãe, que andava com um comportamento estranho desde a morte de seu pai...

Sim, Lorene e a mãe eram "muito amigas" — mas não "amigas demais".

Sim, Lorene tinha uma relação "muito boa" com a mãe.

Sim, Lorene tivera uma relação "muito boa" com o pai.

Não, ela *não estava chorando*.

Furtivamente, cutucava o polegar. Mãos no colo para que Foote não pudesse ver.

— Eu, a minha irmã e o meu irmão estamos preocupados com a nossa mãe. A nossa preocupação é que, por conta da solidão, ela tome alguma atitude impulsiva para se machucar ou... machucar os outros.

— Por exemplo?

— Bom... ela está "saindo" com um homem que ninguém conhece, um homem que ninguém conheceu ainda, que não é do círculo dela e do meu pai. Como é de se esperar, estamos todos preocupados com isso.

— A sua mãe sabe como vocês se sentem?

— Ah, sabe. Tenho certeza de que sabe. Mas ela *não liga*.

— Qual é a sua principal objeção a esse homem?

— Ele... ele... não faz o tipo dela, como eu acabei de dizer. É de outra etnia... é latino.

— Latino!

(Foote estava rindo dela? Lorene usou todas as suas forças para não fuzilar a terapeuta com o olhar.)

— Ele é de origem mais de classe baixa. Classe trabalhadora. Estamos preocupados com a possibilidade de que ele esteja atrás do dinheiro da mamãe.

— Ele sabe com vocês estão se sentindo? Vocês falaram com ele?

— É claro que não! Acho que a gente não quer nem admitir que ele existe. A gente estava torcendo para ele simplesmente sumir.

— A sua mãe sabe como vocês se sentem?

— Bom, eu não tenho como ter certeza. Acho que a mamãe não é uma pessoa realista.

— Como assim?

— A mamãe parece só enxergar o lado bom das pessoas. Ou melhor, ela se recusa a ver qualquer outra coisa. Ela é muito *bondosa*. Tem sido exasperante para a gente, ao longo dos anos, ver as pessoas se aproveitando da bondade dela.

— Por exemplo?

Lorene mordeu o lábio inferior. Beverly vivia acusando Lorene de se aproveitar da bondade da mãe. Mas Beverly era ainda pior, e Virgil era o pior de todos.

— Prefiro não discutir a minha mãe agora, dra. Foote. É um assunto sofrido.

— Dá para perceber que é sofrido. A senhora parece... estar em sofrimento.

— Bem, estamos preocupados com a possibilidade de que a mamãe esteja surtando. Existe uma questão de competência mental, de seu "poder de procuração"...

— Deve ser um assunto sofrido mesmo. Quantos anos a sua mãe tem?

— Deve ter... sessenta e cinco.

— Sessenta e cinco? Mas aos sessenta e cinco a pessoa não é *senil*.

— Mas ela está muito frágil do ponto de vista emocional. E físico. O meu irmão é quem está mais preocupado... se esse amigo da mamãe conseguir se embrenhar na vida dela...

— A senhora está preocupada com o "poder de procuração" da sua mãe...

— Perdão, mas eu já disse que não quero discutir a minha mãe agora. Ela foi criada para ser... bem, afável. Muitíssimo feminina. Uma mulher feita para se casar... *ser amada*. Temos personalidades completamente opostas. Ela perdoa tudo e eu... eu não. Eu estou tentando manter os padrões. — Lorene se calou, ofegante.

Por um triz tinha conseguido não cutucar a cutícula aberta do polegar.

— Esses padrões... são morais? Profissionais?

— Na semana passada a senhora pediu que eu pensasse em mim mesma em relação aos outros, dra. Foote. Eu fiz isso... passei bastante tempo pensando... e cheguei à conclusão de que o meu problema é que eu sou... perfeccionista.

Pronto. Tinha falado. Finalmente.

Mas, como Foote era Foote, que interpretava tudo no sentido literal, como todas as terapeutas com cara de cavalo, ela mal se deu um tempo para assimilar a informação antes de pedir a Lorene que por favor "desenvolvesse" essa declaração.

*Desenvolvesse.* Impossível! Lorene precisaria fazer um relato de sua vida inteira para isso.

Por favor, tente, Foote insistiu.

Não conseguia. Lorene se pegou dizendo, em tom pouco convincente:

— Eu tenho consideração pelos outros mesmo quando eles não têm consideração por mim. Sempre fui a filha "responsável" da família, apesar de não ser a mais velha, e sim a terceira filha. Esperavam mais de mim porque eu era a mais inteligente, o que o meu pai acabou reconhecendo. "Amo os seus irmãos, Lorene-y. Mas você tem um lugar especial no meu coração, como eu imagino que você saiba."

Enxugando as lágrimas dos olhos. Ai, o que é que Foote estava olhando sem parar!

— E como a senhora se considera "perfeccionista" em relação aos docentes do North Hammond?

— Eu... eu... espero que eles deem o melhor de si, como eu mesma faço...

A voz falhava. Tinha uma vontade enorme de sair correndo daquela sala para nunca mais voltar.

— É que tem sido uma praga. Nunca fico satisfeita com o que eu fiz, porque... não é... perfeito.

Em um tom falsamente gentil, Foote disse:

— Você já deve ter ouvido aquela máxima, Lorene: "O ótimo é inimigo do bom".

*O ótimo é inimigo do bom.* Lorene nunca tinha ouvido essa suposta máxima.

— Parece frase de biscoitinho da sorte.

— É. Essa frase tem uma simplicidade zen, mas é de uma grande sabedoria.

— Só que parece uma crítica. A mim.

— A você, Lorene? Como é que poderia ser uma crítica *a você*?

Foote falava de todo o coração, com a mais profunda sinceridade, ou com uma ironia chocante. Lorene não fazia ideia.

— Perdão. Para a senhora eu sou "dra. McClaren"... já expliquei. Não "Lorene". Assim como demonstro respeito te chamando de "dra. Foote", exijo que a senhora demonstre respeito por mim me chamando de "dra. McClaren".

— Claro. Me perdoe... "dra. McClaren".

(A dra. Foote estava contendo uma risada? Lorene teve certeza de que tinha visto a mulher sacudir os ombros.)

— Eu... eu acho que esta vai ser a minha última sessão, doutora.

— Vai? — Foote se forçou a parecer surpresa.

— Sim. Eu já vim aqui oito vezes. Acho que já basta.

Foote (era provável) não arrancava os cílios, mas eram esparsos, os olhos cinza de coruja expostos e impiedosos.

— Fico muito triste de ouvir isso, Lorene. Ou melhor... dra. McClaren. Acho que estávamos tendo avanços positivos.

— Bem, eu não acho.

— Não? Sério? A *tricotilomania* não está mais controlada? Os pensamentos "obsessivos"?

— Quem foi que falou de "pensamentos obsessivos"? Eu não tenho "pensamentos obsessivos".

A esse comentário dito com veemência, Foote não tinha uma resposta pronta. Lorene reparou que a terapeuta estava no mínimo mais lúgubre agora, confrontada com a imensa insatisfação da cliente.

— Não concordo que a *tricotilomania* esteja mais controlada. O impulso foi deslocado para outras partes do meu corpo. — Lorene se calou para deixar que ela assimilasse a acusação. Em seguida: — Para começo de conversa, eu nunca achei que tivesse muita coisa errada comigo. Só vim aqui porque — Lorene revirou o cérebro para pensar em uma réplica perfeita — o meu plano de saúde cobre doze sessões de terapia.

Embora (sem dúvida) magoada, Foote sorria. Um sorriso de Foote magoada. O coração de Lorene estava acelerado feito um sapo preso. Era quase como se fosse sentir saudade da sessão semanal sextas-feiras à noite com Foote, por mais que fossem chatas e infrutíferas.

— Meu pai, John Earle McClaren, era muito autossuficiente. Ele ficaria chocado... envergonhado... se soubesse que a filha, a filha mais parecida com ele, se rebaixou a ponto de consultar uma... uma... — Lorene buscou a palavra adequada como quem revira uma caçamba de lixo, com uma expressão ao mesmo tempo meticulosa e enojada — uma *clínica especializada em saúde mental*.

— Entendo.

— O papai nos ensinou a sermos independentes. O papai incutiu na gente qualidades como resiliência, estoicismo. O exato oposto da autocomiseração. E o que é a terapia além de uma espécie de autocomiseração?

— Acho que esse é um modo de se enxergar isso. Sim.

Era uma tática de Foote, parecer estar examinando mais de um lado da questão, como a paródia de uma pessoa sensata.

— O que é a terapia se não uma *lamentação*...

— Talvez a senhora tenha razão, dra. McClaren. "Lamentação" não é para todo mundo.

Lorene riu. Tinha sido um comentário bem transparente da parte de Foote!

Porém, Foote havia se tornado, na falta de outra opção, meio que uma amiga. Não uma amiga íntima, mas mais uma ideia de amiga contra a qual se esbraveja de ódio ou desespero.

*Ah, pai. Por que levou tudo com você?*

Hora de ir embora. Hora de fugir. Lorene pegou a bolsa, virou-se de costas, cogitou dizer *Adeus e que bons ventos a levem!* mas na verdade ouviu palavras surpreendentes escaparem de sua boca.

— O que eu acho é que... do jeito que ele morreu, tão de repente, é como se o meu pai tivesse concordado em morrer. Como se tivesse aberto a porta. E agora a porta continua aberta. Ele está lá esperando para receber qualquer um de nós que chegar.

...A PARTE TRASEIRA DO SAAB *triscou*, o para-lama amassado no muro de contenção feito de concreto, um solavanco e teve a sensação de que sua cabeça era lançada para a frente. Uma explosão (ela achou que tivesse sido o para-brisa, na verdade havia sido o airbag) em meio ao cheiro de queimado e ácido. *Ai ai ai!* — ela ficara imóvel, se perguntando se havia esmagado todos os ossos. Se perguntando se ainda estava viva. E por quê.

MANDOU UM E-MAIL PARA ELE. Só para ser clara.

> *Oi, Mark. Só para esclarecer: acabou que uma amiga minha vai comprar a passagem de cruzeiro para Bali etc., afinal de contas. Então não há necessidade de você perguntar por aí, como você teve a gentileza de se oferecer para fazer. Obrigada!*
>
> *Atenciosamente,*
> *Lorene McC.*

Pensando, assim esse assunto vai estar encerrado. Chega!

— ∞ —

**NO ENTANTO: NOS DIAS,** nas semanas seguintes, ela tinha a impressão de ver, sem querer ver, para onde quer que olhasse, ou quase, Mark Svenson e a moça Rabineau.

Não só na escola. Não só no estacionamento, no refeitório do corpo docente ou (o mais irritante!) cochichando no corredor antes da reunião às sextas-feiras de manhã, enquanto os alunos entravam em bandos no auditório, mas em outros lugares, fora do colégio, em uma cafeteria em North Hammond, no Shopping North Gate, ou juntos na fila do CineMax... Em geral, o casal, concentrado um no outro, não fazia ideia de que Lorene os via; uma vez, ao reparar nela, no shopping, ambos sorriram e acenaram, o que Lorene considerou um desaforo assombroso:

— Oi, dra. McClaren!

Ela tinha certeza de que os dois tinham rido depois que ela passou por eles.

O que ele via *nela*! Rabineau era alta, corcunda, desajeitada e sem graça. Não usava batom, a boca pálida em forma de lesma.

*Ela vai te desabonar, Mark. Infelizmente, acho que já desabonou.*

O que os alunos pensariam! Ficariam chocados, desmotivados.

Na internet, os trolls seriam implacáveis. O único assunto deles era sexo, suas deformidades e absurdos. E em pessoas mais velhas como os professores — obsceno e imperdoável.

"Homem é burro. Homem pensa com os órgãos genitais. Até os inteligentes." (Quem tinha dito isso? Lorene se perguntava se, em um estado de espírito melancólico, inclemente, ela mesma não tinha feito essa afirmação.)

E portanto, não conseguiu resistir. Chamou Mark Svenson à sua sala outra vez.

O jovem professor agora estava desconfiado, parecia um bicho assustado. O sorriso outrora infantil tinha se retraído. Com uma leve pontada de satisfação, Lorene percebeu que ele tinha espinhas na testa e que a calça cáqui estava amarrotada. Embora ainda chegassem aos ouvidos da diretora boatos de que "o sr. Svenson" era um professor muito popular e um orientador entusiástico da equipe do anuário, Lorene começava a ter suas dúvidas sobre o bom senso do jovem colega e aquele elemento indefinível — "caráter".

Tinha feito uma avaliação excelente de Mark Svenson no ano anterior. Este ano, não sabia direito como o avaliaria, embora não tivesse dúvidas de como avaliaria Rabineau. Na verdade, ainda faltavam alguns meses para a entrega das avaliações, mas Lorene já tinha rascunhado um parágrafo enérgico e impiedoso sobre a insolente professora de história.

Começou dizendo, em tom solene, sem repreendê-lo, sem censurá-lo, mas preocupada como uma amiga ficaria preocupada, que talvez Mark já soubesse por que ela o havia chamado para uma reunião? — e quando Mark fez que não, não sabia, Lorene disse:

— Eu fico muito sem jeito em dizer isso, Mark. Aliás, eu reluto em tocar no assunto. Mas infelizmente tenho ouvido de várias fontes que você e uma certa professora de história andam se vendo bastante, de uma forma que deixou algumas pessoas incomodadas. Eles... colegas nossos... exprimiram a preocupação, que eu tendo a corroborar, de que os alunos também tenham percebido você junto com a sua amiga e começado a "fazer comentários"... Acredito que você seja capaz de imaginar o tipo de comentário que nós descobrimos. Nossos alunos às vezes são grosseiros em questões sexuais, e eles podem ser muito cruéis. — Lorene baixou a voz trêmula, como se contasse um segredo.

A expressão de Mark Svenson era como se Lorene tivesse se debruçado na mesa para lhe dar um tapa na cara. Ela quase sentiu pena dele.

— Mas... quem está falando... o quê? Da Audrey e de mim?

— Evidentemente, várias pessoas. Seus colegas e seus alunos.

— Eu... eu não sei nem o que pensar. Meu Deus...

— Não é uma boa ideia namorar uma colega de trabalho. Não fica bem. É claro que as pessoas vão falar de vocês. Fazer piada.

— Fazer *piada*? Por quê? Eu e a Audrey somos...

— Como eu já disse, não fica bem colegas de trabalho namorarem. É muita falta de sensatez sua e dela. E francamente, Mark, alguns de seus colegas andam dizendo que a Aubrey Rabineau não está à sua altura... ela não parece ser seu "tipo".

— O quê? Mas que absurdo!

— Mas é isso o que as pessoas andam dizendo. Pessoas cuja opinião você respeita, já que são seus colegas e se importam com você.

— Quem diria uma coisa dessas sobre a Audrey? Ela é uma pessoa incrível... todo mundo gosta dela. Impossível haver algo errado em ser amigo dela... sair com ela...

— Pois bem. Você está tendo relações sexuais com ela?

Mark fitou Lorene, emudecido por um instante.

— É isso o que todo mundo supõe, Mark. Principalmente, sabe como é, *adolescentes*.

Mark estava tão surpreso que não conseguiu pensar em outra forma de responder senão gaguejar que era melhor ele ir embora, a conversa estava muito perturbadora para ele...

Com veemência, Lorene disse:

— Sim! É perturbador. *Eu também acho perturbador*... e foi exatamente por isso que chamei você aqui.

— Uma pergunta dessas... eu acho... eu acho que não é permitido, dra. McClaren. É a minha vida pessoal, a senhora não tem o direito de...

— Pelo seu próprio bem, Mark. Eu estou falando dessa situação horrível pelo seu próprio bem, já que você parece estar cego... por uma paixão sexual por essa mulher.

— Que ridículo. Não existe nada de errado se a Audrey e eu saímos juntos da maneira que a gente bem entender...

— Use o seu bom senso, por favor. Você é dois anos mais velho do que a Rabineau. Sua relação pode ser considerada coercitiva.

— "Coercitiva"... como? A Audrey não é minha aluna nem é funcionária da escola... ela é professora de período integral como eu... impossível eu a coagir a alguma coisa. Ela é uma *amiga* querida.

O jeito lastimável com que o rapaz disse *uma amiga querida* foi extremamente irritante para Lorene. Ele não tinha orgulho?

— Mark, é simplesmente insensatez se portar como vocês dois se portam em público. Ninguém consegue enganar adolescentes, eles percebem tudo.

— Mas... o que é que eles *percebem*? Eu e a Audrey...

— "Eu e a Audrey..." Aí está. Essa é a questão.

— Dra. McClaren, eu não consigo entender. Eu vejo a Audrey bastante, mas em geral é fora da escola. Em geral nós saímos à noite. Tenho certeza de que ninguém vê a gente...

— Sim! Vocês dois são praticamente um par de exibicionistas. Tem muita gente vendo vocês, e muita gente não está feliz com o que está vendo.

— Mas... é sério? A senhora não está falando sério, está, dra. McClaren?

— Não estou falando sério? Vamos ver se não!

Lorene bateu a mão na mesa. Em um instante se enfureceu com Mark Svenson e sua ingenuidade fajuta.

Porém, o rapaz perseverou, corado de indignação, dizendo que havia dois pares de professores casados na escola, e qual era o problema com eles? Ele e Audrey Rabineau não eram casados, mas — era uma possibilidade — em breve poderiam ficar noivos.

*Noivos.* Era inaceitável. O cérebro de Lorene funcionou rápido: o contrato dos dois seria encerrado.

Ou melhor: iria sugerir a Mark Svenson que, se continuasse a sair com Rabineau, o contrato dele seria encerrado. O de Rabineau seria encerrado de uma forma ou de outra.

Patético, Mark tentava se defender ressaltando que havia dois pares de professores casados no corpo docente da North Hammond. Parecia que ninguém lhes fazia objeções.

— Ah, ninguém dá a mínima para eles — disse Lorene, irritada. — São de meia-idade, são mais velhos do que os pais dos alunos. Como diriam os meninos: *uma chatice*. Ninguém teria fantasias sexuais *com eles*.

— Olhe, eu não posso me responsabilizar pelas *fantasias sexuais* alheias. Isso é ridículo.

— Você está se fazendo de ridículo, Mark, saindo com uma mulher incompatível com você. No ambiente pesado que é um colégio, você já devia saber que não valeria a pena.

Mark passou as mãos no rosto vermelho. Lorene percebia que o rapaz agitado queria se defender mais, talvez quisesse lhe dizer alguma frase metida a santa e irrevogável, mas estivesse pensando duas vezes. Preferiu concordar que ele e Audrey poderiam — talvez — se evitar na escola, se vê-los juntos aborrecia as pessoas; mas era óbvio que não iriam romper a relação por um motivo tão ridículo.

— Você não está tentando insinuar que você "ama" essa pessoa? Ela não está à sua altura, Mark. Você deveria entender.

Era quase uma pergunta neutra feita ao jovem professor de rosto corado, como se Lorene de fato quisesse saber a resposta.

Agora ele estava de pé, indignado. Tão enfurecido que Lorene sentiu a emoção do medo de que ele fosse bater nela; mas é claro que Mark Svenson era esperto demais para se comportar assim e causar sua demissão sumária e uma detenção por agressão.

Gaguejou que estava saindo da sala de Lorene:

— Antes que eu fale demais e depois me arrependa.

Com frieza, Lorene rebateu:

— Você já falou demais, Mark. E vai se arrepender.

ACORDANDO EM UMA MANHÃ de novembro de aguaceiro, granizo.

Pequenas bolinhas de gelo batendo nas janelas.

Acordando com uma profunda sensação de... inutilidade...

Aquela onda preta nos pulmões, percorrendo todas as suas veias.

*Você não tem vergonha? O que foi que você fez? O que o papai diria?*

*Por que você não faz alguma coisa por outra pessoa em vez de fazer só por você mesma?*

No Saab cor de aço, entrando na via expressa. Visibilidade péssima. O para-brisa coberto de vapor. Pé no acelerador, pé no freio. Dirigia enquanto freava. O asfalto escorregadio por causa do gelo. Jatos de água agitada caindo em cascata sobre o para-brisa, pequenas bolinhas de gelo batendo no vidro e no teto do carro.

*Você não vai ao Pacífico, você não vai a lugar nenhum.*

De repente, deslizava pelas três pistas de tráfego. Buzinas enlouquecidas, a fúria de estranhos. A cabeça bateu em alguma coisa muito sólida — talvez o volante. Como não era uma pessoa alta, o airbag bateu com força em seu peito, com tamanha violência que a princípio ela acreditou que o osso tinha sido esmagado. Torso, pescoço, ombros e braços — uma lesão uniforme.

Estava viva, ou...? Não viva?

A boca se enchia de sangue. A podridão rançosa na medula óssea. A porta cor de aço tinha envergado de tal jeito que seria impossível abri-la se tivesse forças para abri-la.

Mas estava viva. Era o que parecia. Uma voz a chamava — *Senhora. Senhora!* O trânsito desacelerava, passava por ela. A chuva e o granizo continuavam. Aos olhos desses outros ela era um carro amassado, um corpo caído de sexo, idade, cor de pele indeterminados. Porém, alguns motoristas apertavam a buzina, como em uma demonstração de escárnio rabugento.

*Ah, papai. Por que o senhor me chamou — de novo — se não me queria?*

# O aperto de mãos

Ele não contara a ninguém. Não tinha a quem contar.
Ninguém em quem confiasse. Ninguém em quem quisesse confiar.
Não à esposa: estava afastado da esposa. E mesmo antes disso, não teria confiado tal segredo a Brooke.

Ninguém da família. Nem mesmo às irmãs, que o haviam estimulado a tomar a atitude porque falavam sem parar e eram muito veementes. Não tinha como lhes confiar um segredo.

E não à mãe. É claro.

Só o pai, desde a morte dele, parecia ser próximo de Thom, e não *distante*.

Pois volta e meia fazia confidências a Whitey hoje em dia. Morando sozinho, trabalhando no escritório à noite. Sentado à mesa que já tinha sido de Whitey.

Descobriu que gostava de ficar até tarde trabalhando no escritório. Depois que todo mundo já tinha ido para casa. (Também descobriu que não conseguia desligar nenhum dos funcionários mais velhos herdados de Whitey, conforme havia planejado. Quanto mais velho o funcionário, contratado décadas antes, menos possível era para Thom "desligá-lo". Passou a ter a esperança amarga de que a aposentadoria, de fato um desligamento, viria naturalmente, seria inevitável.)

Mas às vezes não era o trabalho na McClaren Inc. que o consumia. Havia o processo, que o agarrava como um morcego vampiro com as presas enfiadas em seu pescoço... Havia o problema de Hugo Martinez, que talvez fosse mais fácil de resolver.

TELEFONOU PARA MARTINEZ E se identificou:

— Thom McClaren. O filho mais velho da Jessalyn.

Em uma voz estável, prosaica, até cordial:

— Imagino que você saiba por que estou ligando, "Hugo". Por que acho que a gente devia se encontrar.

*Hugo.* Só um quê de ironia na pronúncia do nome. Não hostilidade nem desdém. Não exatamente.

Hugo Martinez pareceu surpreso, confuso.

Não, na verdade, ele não sabia...

Thom ignorou a resposta dizendo que seria bom eles se encontrarem em um lugar "neutro". Deu o nome de um boteco à beira do rio Chautauqua que havia anos não frequentava, onde ninguém o reconheceria, a dez minutos do Brisbane.

O bar tinha um deque ao ar livre, Thom se lembrava.

Depois de um momento de silêncio, Hugo Martinez concordou. (Quanto tempo levaria o percurso dele? — Thom se perguntou. Tinha pesquisado um pouquinho e descobriu que Martinez morava na cidadezinha de East Hammond, em uma região de fazendas abandonadas, campos incultos, um ou outro lote tomado por trailers, mas também havia algumas fazendas que ainda funcionavam e hectares de mata densa onde indivíduos desejosos de privacidade haviam construído casas que não se viam da estrada e enchido o terreno de placas de NÃO ENTRE.)

Foi marcado o horário: oito da noite.

Nesse horário, Thom chegou e percebeu logo um homem que sem dúvida era Hugo Martinez já sentado a uma mesa na área externa, com vista para o rio que refletia as luzes de ambas as margens. Quando Thom se aproximou da mesa, Hugo Martinez meio que se levantou com uma expressão cordial de boas-vindas e estendeu o braço para um aperto de mãos, embora Thom indicasse com um gesto que ele não precisava se levantar, que por favor ficasse sentado, de tal modo que conseguiu ignorar a proposta de Martinez de que trocassem um aperto de mãos.

Pensava: *Então, você sabe como é. Você entende.*

Se um rubor tomou o rosto de Hugo Martinez, de surpresa, mágoa, indignação, se o maxilar se contraiu com a decisão de não sorrir como seu instinto o mandava sorrir para as pessoas com quem falava, Thom não deu atenção. Foi enérgico, objetivo, estava no controle. Arredou a cadeira da mesa com certa força, se sentou e chamou o garçom.

Uísque para Thom, cerveja para Hugo Martinez.

Thom tinha bebido um pouco antes de se encontrar com Hugo Martinez. Tinha o hábito de parar para tomar um drinque em um bar perto do Brisbane, onde o conheciam como o filho de Whitey McClaren, que tinha assumido os negócios de Whitey.

Franco, não muito educado, Thom avaliou Hugo Martinez com um olhar sisudo. Então esse era o cara que estava *saindo com sua mãe.*

(Thom não queria pensar exatamente o que *sair* queria dizer. Seus sentimentos por Jessalyn eram tão carregados, tão cheios de emoção, que não raro ele nem sequer conseguia pensar nela.)

Martinez parecia ter cinquenta e tantos ou sessenta e poucos anos. Era alto, de ombros largos e costas eretas, tinha uma postura jovial que irritava Thom, e o cabelo solto e ondulado que batia nos ombros era castanho-escuro com fios grisalhos. Os olhos eram muito escuros, as sobrancelhas grossas, a pele era bem curtida, mas não era tão escura quanto Thom esperava. As feições poderiam ser tanto *indígenas* quanto *latinas*.

Como se em uma imitação de Thom, Martinez usava uma camisa branca de mangas longas com abotoaduras. Mas havia algo errado na camisa: não tinha gola. Que babaca, usar uma camisa sem gola, uma camisa que é bonita, cara, de algodão branco! — com abotoaduras! Quando Thom se aproximou da mesa, Martinez tirou o chapéu de feltro de abas largas da cabeça e o colocou em cima da mesa, junto ao cotovelo, e isso também irritou Thom, como se Martinez tivesse cometido a imprudência de botar um sapato em cima da mesa, ou a porcaria de uma bota, ocupando mais do que sua metade da mesa.

O uísque ajudou. Aquela chama-cimitarra de conforto, um bálsamo na garganta, na região do coração e nas entranhas — sabia que podia depender da bebida, uma onda de força e bem-estar.

Conversa fiada não fazia sentido. Agora Thom evitava cada vez mais as conversas fiadas.

Sem meias-palavras, disse:

— A gente acha que você não é bom para a nossa mãe. A gente acha que você devia parar de sair com ela.

A expressão no rosto de Hugo Martinez! — como se Thom tivesse esticado a mão e puxado aquele bigode ridículo.

Conseguiu se recobrar a ponto de perguntar, em um gaguejo, quem era "a gente"?

— *A gente*. As minhas irmãs. O meu irmão. Todos os nossos parentes.

Realmente era esse o caso. Thom tinha certeza. Todos os McClaren que sabiam, todos que eram da família de Jessalyn — sem dúvida achavam isso, todos reprovavam e estavam preocupados com ela.

— Bem. Eu... eu lamento muito ouvir isso...

Hugo Martinez de fato parecia lamentar, em certa medida. Porém, o homem precisou se esforçar para não dar um sorriso nervoso para esse adversário rude, agressivo, metido a besta, tão alto e em tão boa forma quanto ele, mas bem mais jovem.

— Mas não está surpreso, "Hugo". Você não está surpreso, né? — falava Thom com uma hostilidade mal disfarçada.

Mais chateado do que ele esperava. Não tinha ensaiado o encontro tanto assim, não tinha imaginado a reação do adversário nem suas palavras, somente as dele mesmo. Uma sensação de náusea revirou seu estômago, ele sentia a bile no fundo da boca.

— A bem da verdade, a gente acha que você está atrás do dinheiro da nossa mãe. "Hugo."

*Hugo* era dito com desprezo. *Hugo* fazia os lábios de Thom tremerem como se ele estivesse provando algo muito amargo.

Como Martinez se defendeu dessa acusação? — apenas encarando Thom em um silêncio ofendido.

— O dinheiro dela. *Nosso* dinheiro. *Nossa* casa. É isso o que a gente acha!

Thom prosseguiu, dizendo ao homem calado que, conforme ele já devia ter entendido àquela altura, Jessalyn McClaren era uma pessoa muito especial. Tinha amado o marido profundamente e não tinha se recuperado do falecimento dele, em outubro passado. Ainda não fazia nem um ano. Era *rápido demais* para outra relação. Jessalyn não tinha responsabilidade para tomar decisões, estava emocionalmente muito frágil.

— O que você me diz, "Hugo"? Você está atrás do dinheiro da nossa mãe?

Thom mantinha a voz baixa, controlada. As mesas mais próximas estavam desocupadas. Um vento leve vinha do rio, um odor forte de melancolia, como de chuva iminente.

Thom estava tão concentrado em Hugo Martinez que mais ou menos se esqueceu do entorno. Observava a boca do adversário, sob o bigode caído, com a intensidade de um leitor labial.

Rígido, Hugo Martinez disse:

— Eu... eu acho que sua pergunta é... ofensiva demais para ser respondida...

— Bom, então... não responda. A gente não ia querer te ofender.

Era um sarcasmo adolescente. Mas Thom sentiu a emoção da vingança, o adversário não conseguia nem se defender.

Ambos estavam ofegantes. Thom tinha desferido o primeiro golpe e o segundo — o outro havia sido impedido de avançar e estava (talvez) prestes a recuar.

Uma questão de etapas, Thom sabia. Esses confrontos. Quem levantasse a voz para falar com irritação ou traísse suas emoções estaria em desvantagem. *Ele* não cederia nem um milímetro.

Martinez gaguejava:

— Eu... eu acho... que esta conversa está encerrada. Você não se importa com a sua mãe. Você...

— Perdão, Martinez. Você não venha me dizer o que pensar sobre a minha mãe. *Estou te avisando. Se cuide, seu filho da puta desgraçado.*

Thom havia terminado o uísque e pedido outro. Não estava indo nada mal, ele pensou. Whitey ficaria impressionado.

No SUV de Thom, no banco de trás, o taco de beisebol. Ele não o segurava com as duas mãos desde a noite em que tinha caçado o gato de rua na casa, na intenção de golpear sua cabeça feia; tinha sido um fracasso ignominioso nisso, mas ninguém ficara sabendo. Tinha sujado aquela porcaria de taco matando um guaxinim (?) inocente, entretanto, e não tinha conseguido lavar a pior das manchas.

— Eu acho... que estou indo embora.

— *Você não vai ainda, não*, Martinez.

Agora Thom erguia a voz. Deixava-a mais grave. A situação era estressante. Como fazer trilha em alta altitude. Se Martinez fizesse um movimento brusco, Thom estava preparado para atacar.

— Eu... não vou falar sobre a sua mãe com você... Mas você não tem o direito de, de... falar desse jeito *comigo*.

— Eu tenho todo o direito de falar com você, Martinez. Você... você se intrometeu na minha... na nossa... vida. A gente tem que deixar as coisas às claras.

Essas palavras estavam preparadas, em sua maioria. Ele tinha atuado só uma vez na época do colegial. As meninas o tinham convencido, Thom McClaren era um cara lindo como... será que era Tom Cruise? Brad Pitt?, que tinha que tentar pelo menos uma vez, e o professor de teatro deixou, mas ele tinha pavor de palco — se agarrava ao "diálogo" feito um homem que ao se afogar tentasse segurar galhos boiando na água, qualquer coisa para se salvar.

— O que eu trouxe, Hugo, foi um talão de cheques. Vou enfiar a mão no bolso para pegar, Hugo... é isso o que eu estou pegando. É o que você estava esperando, não é?

— Esperando... o quê? N-não...

— Pois bem. Posso assinar um cheque pra você, para "Hugo Martinez". Estou preparado pra isso. Mas o acordo vai ser de que você não veja mais a minha mãe. Combinado?

— Um cheque de... quanto? — Hugo Martinez foi cauteloso ao falar.

— Ah. Quanto.

Assim era melhor. Já bastava de conversa mole entre eles.

Thom esvaziou o copo. A sensação era quente, deliciosa. Estava se sentindo bem melhor. Era como um homem que antes estava vacilando e balançando, mas agora estava andando com firmeza, porque o chão, que antes balançava, agora estava fixo.

— Quinze mil, "Hugo".

Balançando a cabeça com escárnio, Martinez vetou quinze mil. *Não*.

— Vinte mil.

Era um grande salto. Thom não estava preparado para ir tão longe tão rápido. Hugo Martinez também parecia surpreso.

No entanto, Martinez balançou a cabeça. *Não*.

Detestável, o ar de superioridade do sujeito. Uma espécie de nobreza-camponesa-mexicana tipo — quem? Zapata?

Marlon Brando como Zapata. O bigode preto, aquela presunção exasperante.

Com frieza, Thom rebateu:

— Vinte e cinco mil.

Ele era o *gringo* endinheirado, o imbecil camponês de pele morena estava com as cartas na mão.

Acrescentou, quando Martinez ficou quieto, como se fosse a forma mais pura de menosprezo:

— Vinte e *seis*.

Porém, Martinez continuou em silêncio. Sua única demonstração de inquietude era a mão no bigode e o olhar evasivo.

— Está bem: trinta mil. É a minha última oferta.

— Trinta *e cinco*. — Era a primeira vez que Martinez falava desde que a negociação tinha começado.

Thom passava a impressão de estar ponderando. A essa altura os dois se encaravam com desdém mútuo.

— Trinta *e cinco*. Fechado.

Assim, Hugo Martinez cedeu. Seu rosto era uma máscara de desprezo, antipatia.

— E você promete não voltar a contatar a Jessalyn? Simplesmente... romper a relação com ela? Independentemente de qual tenha sido a relação?

Agora Thom falava com menos segurança. Não queria escutar algo sincero ou qualquer grau de intimidade da boca do sujeito, nenhum comentário que pudesse violar a privacidade da mãe. Por sorte, Martinez apenas encolheu os ombros, concordando.

— Está bem. Negócio fechado. Eu gostaria que você ligasse para a minha mãe uma última vez... hoje à noite... para dizer que você vai sumir... viajar. E que não vai vê-la quando voltar.

— A verdade é que estou mesmo indo viajar. Já contei para a sua mãe.

— Que bom. Isso é muito... bom...

Ao preencher o cheque, as mãos de Thom tremiam. Era um gesto constrangido, escrever as informações do cheque enquanto Hugo Martinez olhava com um sorriso amarelo irônico.

Bem, tinha saído exatamente como ele planejara. Mas talvez não esperasse chegar aos trinta e cinco mil dólares.

Seus ouvidos zumbiam. De certo modo, não conseguia acreditar que tinha fechado o acordo e que Hugo Martinez sumiria da vida deles.

O homem o fitava, não tão envergonhado quanto Thom imaginaria, mas sim desafiador.

Com muito cuidado, endossou o cheque para *Hugo Vincent Martinez*. Tinha pesquisado o nome completo do adversário, não pretendia cometer qualquer erro na transação.

O cheque seria descontado da conta pessoal de Thom. Não envolveria a McClaren Inc., é claro. Não envolveria as irmãs na transação, que era exclusivamente entre ele e Martinez, conforme Whitey teria gostado que fosse.

Thom entregou o cheque a Hugo — *Trinta mil dólares e zero centavos a pagar a Hugo Martinez.*

Martinez franziu a testa ao olhar o cheque:

— Era para ser de trinta *e cinco* mil.

É claro: trinta *e cinco*. Apesar de bem de vida e superior em todos os sentidos, o *gringo* tinha cometido um erro.

Sentindo o sangue arder no rosto, Thom rasgou o cheque e fez outro, dessa vez com ainda mais cuidado — *Trinta e cinco mil dólares e zero centavos*.

Martinez pegou o cheque dele, leu com atenção, dobrou ao meio e o enfiou em um envelope. Desajeitado, pegou a cerveja, bebeu da garrafa e enxugou o bigode úmido com a beirada da mão. Com frieza, declarou:

— Não vou descontar isso aqui. Vou guardar... de lembrança. Se você ou qualquer outra pessoa da sua família me abordar, tentar me ameaçar, me intimidar, eu mostro este cheque à Jessalyn e conto sobre o seu "acordo". Assim ela vai ver a sua imaturidade e enxergar que você não a ama nem a respeita... você nem sequer a conhece. Isso vai revelar muita coisa que você não quer revelar, então sugiro que você nunca, nunca mais tente uma coisa dessas de novo.

Com calma, com dignidade, Hugo Martinez se levantou. Jogou uma nota na mesa, pegou o chapéu e foi embora enquanto Thom o fitava, surpreso a ponto de nem compreender o que o sujeito tinha dito.

# A trança

Amava a trança. Sentir o peso entre as escápulas feito uma mão consoladora.

MÃE O QUE FOI QUE VOCÊ *fez com o seu cabelo? Parece... parece uma hippie ou uma índia... não é* você.

JESSALYN, DEIXE-ME ENCOSTAR *no seu cabelo! É... de verdade? Essa cor?*

SEU CABELO É TÃO LINDO, *sra. McClaren! Um tom tão puro de* branco.

Não tinha alternativa a não ser sorrir diante desses elogios, que volta e meia recebia nessa nova fase da vida. Ela se perguntava por que *branco* era tão precioso, e quem se importava se *branco* era *puro*?

*E também tão macio. Adorei a trança, a gente nunca vê uma mulher da sua idade com o cabelo trançado, ou quase nunca...* Com muita doçura, a enfermeira falou com Jessalyn, que tremia na camisola verde de algodão fechada com um nó frouxo na frente. Esperava soar, naquele ambiente de temor refrigerado, genuinamente animada, entusiasmada.

Mas se deu conta tarde demais de que talvez tivesse cometido uma gafe. Ao aludir à idade de Jessalyn.

Jessalyn riu e murmurou: *Obrigada!*

Apesar de constrangida. Envergonhada. No decorrer da vida tinha aprendido a rechaçar educadamente os elogios feitos à sua aparência, seu porte, suas roupas, tudo o que era visível nela, como se a maioria das pessoas que a encontrava se sentisse na obrigação de emitir algum tipo de avaliação. *Por quê?*

Quando se é do sexo feminino, quando se foi uma menina particularmente bonita, são inescapáveis os elogios, os louvores, as atenções sorridentes, sufocantes e asfixiantes, como uma mão tapando a boca. *Fique parada. Escute. Vamos te dizer quem você é.*

Não se pode discordar, pois seria hostil, rude. Mas também não se pode dar a impressão de concordar, pois seria vaidade.

*A senhora trança o cabelo sozinha, sra. McClaren? Deve ser difícil alcançar a parte de trás da cabeça...*

Ela se pegou dizendo baixinho: *O meu marido trança.*

As palavras saíram sem que tivesse a intenção. Não fazia ideia do porquê tinha dito aquilo.

Bem, poderia ter dito: *Meu namorado trança* — a palavra *namorado* soaria mal e deixaria a enfermeira radiologista de meia-idade Stacey desconfortável.

Uma mulher da idade de Jessalyn teria marido, não namorado. Um marido de longa data.

A enfermeira também se espantou com esse fato. Um marido! Ela nunca tinha ouvido falar em um homem que trançasse o cabelo alheio, que dirá um *marido*.

*Incomum, sim.* Jessalyn concordou. Alguma coisa pequena se remexeu dentro dela, uma lembrança de algo parecido com orgulho.

*Seu marido deve ser um cara muito legal.*

*Ele é. Sim.*

Arrumou Jessalyn na máquina de raio-X que se avultava sobre ela feito um objeto saído de um filme de ficção científica. Agora brusca e objetiva, os elogios inofensivos sobre o cabelo e o marido foram abandonados enquanto a enfermeira estabilizava Jessalyn pelo ombro esquerdo, instruindo-a a abrir a camisola, pedindo que ela se aproximasse da máquina, mais para a frente, não enrijeça o corpo, relaxe, respire fundo e expire e relaxe, assim, solte o ombro, a mão esquerda fica aqui, dedos esticados, cotovelo aqui, cotovelo para baixo, segure o seio por baixo, segure e não se mexa, suba um pouco mais, segure firme, cotovelo um pouquinho mais para baixo, levante o queixo, cabeça para cima, ombro um pouco mais solto, segure firme, a senhora vai sentir um beliscão, segure firme, prenda a respiração, não se mexa, por favor, *prenda a respiração.*

Uma dor lancinante quando o seio branco e macio foi achatado entre garras feito massa de pão. Toda vez que fazia mamografia, a voz desesperadora gritava com ela: *Não. Nunca mais. Não vou aguentar isso outra vez.*

Mas ela sempre conseguia esquecer. Todo ano ela voltava para a mamografia anual, pois é isso que uma mulher responsável faz.

Fechava os olhos enquanto a máquina emitia seus chiados.

Fechava os olhos enquanto a enfermeira reiterava as instruções.

Fechava os olhos quando a dor chegava — de novo...

*Ai! Meu Deus.*

*Está quase acabando, sra. McClaren. Só mais um raio-X.*

Pensava em Hugo trançando seu cabelo. Escovando seu cabelo.

Uma delicadeza surpreendente, os dedos grandes do homem. Hábeis e capazes pois (é claro) (mas ela não podia perguntar) ele já tinha trançado outros cabelos antes.

Tinha lavado e penteado, o cabelo estava secando e ele disse com ternura: *Deixe-me trançar o seu cabelo, querida.* Ela ficara chocada, reprovara aquilo. Um gesto tão íntimo, e ainda eram estranhos. Um gesto de uma intimidade tão indecorosa que teve vontade de berrar *não, não, obrigada* rindo de constrangimento, como acontecia bastante quando Hugo Martinez sugeria alguma coisa esquisita, desconcertante, extravagante — mas por alguma razão ela dissera: *Deixo, sim.* Pretendia dizer que ridículo, as pessoas vão rir de mim, eu não quero meu cabelo em uma trança grossa feito uma índia em um quadro de qual era o nome mesmo — Remington. Eu não uso algo parecido com uma trança desde que tinha cinco anos. Pretendia dizer, você é um homem gentil, você é um homem excepcional, mas não quero ser tocada por homem nenhum, nem mesmo você, e é óbvio que não quero que meu cabelo seja escovado e trançado. Mas ela não disse isso, apenas abaixou a cabeça com mansidão e disse, deleitada: *Sim. Por favor.*

Ao que se seguiu um interlúdio extraordinário. Ela ficou imóvel, não resistiu, o sangue correndo tranquila e regularmente mesmo quando um fio ou outro ficava preso nos calos que ele tinha na palma das mãos.

Grata ao homem, ele não disse nada. Muitíssimo compenetrado, nem sequer murmurou suas melodias desafinadas, como sempre fazia. Os dedos largos acariciavam seu cabelo. A escovação lenta e lânguida com a escova de tartaruga. E com um pente ele desfazia os nós. Principalmente na nuca, onde o cabelo era mais denso, onde o calor se acumulava na pele e eriçava os fios, e ele a beijou ali, com muita delicadeza, como quem beija sem esperar e nem mesmo desejar reciprocidade. E ela se arrepiou, mordeu o lábio inferior e se esforçou para permanecer imóvel. E então o momento passou. E ele começou a murmurar uma canção, quase inaudível. Com a escova, afastava o cabelo da testa e o puxava para trás para que parecesse mais volumoso do que era, como se ela não tivesse sofrido uma catástrofe.

A essa altura, meses depois, o cabelo já não estava mais tão ralo quanto ficara logo depois da morte de Whitey, quando ficava estarrecida de ver cabelos no chuveiro, aos punhados, e o couro cabeludo parecia arder, doer, como se fosse uma forma de choro, uma queda de lágrimas. E mais tarde o cabelo voltou a crescer, não exuberante, mas restaurado como o cabelo de uma pessoa com câncer seria restituído ao sofredor, com a textura alterada, não tão ondulado quanto antes, mas mais fino, e de um tom branco assombroso, como era o cabelo de Whitey, e ela se recordou do cabelo da avó, muitos anos antes, quando era uma criança amada e beijada pelos adultos idosos que a fitavam com certo fascínio, a mãe da mãe, que tinha uma fragrância meio floral e cuja pele pálida era de uma maciez inacreditável, de uma finura inacreditável, uma criança melancólica que olhasse fixo veria o bordado de veias azuis que havia debaixo.

*Ah, nunca, nunca! Nunca tão velha.*

Ele ergueu o espelho de mão de tartaruga com o gesto ligeiro de um mágico, assim no espelho grande e bem-iluminado ela poderia ver o reflexo com mais clareza, a parte de trás da cabeça emoldurada pelo espelho menor, o cabelo branco repuxado trançado com precisão, várias mechas contidas em uma única trança grossa, e ela riu ao ver como estava diferente, como parecia forte, capaz, sorridente e segura e amada — *Hugo, obrigada!*

Depois de revirar a gaveta, ele apareceu com uma gardênia de seda branca, lembrança de um jantar ou baile de gala havia muito esquecido, em uma outra vida havia muito esquecida, e foi assim que ele prendeu a trança, na nuca de Jessalyn, com um alfinete de chapéu longo e afiado.

*Voilà! Eu não te disse?* — está lindo.

— SRA. MCCLAREN? INFELIZMENTE A senhora precisa voltar para fazer mais alguns exames "diagnósticos"...

Em uma voz desanimada, a enfermeira radiológica falou com a paciente trêmula que continuava de camisola verde-escura com as tiras da frente agora bem amarradas. Nessa voz ensaiada cuja intenção era apaziguar o alarmismo, a ansiedade.

— Ah. — De repente, Jessalyn se sentiu fraca demais para ser mais enfática. Pensando: *Será que começou? A minha morte.*

HAVERIA ESPERA. MAIS EXAMES DE raio-X e a espera pelo radiologista.

Talvez então não precisasse fazer mais e pudesse ir para casa.

Ou haveria mais exames e ela poderia ir embora por ora.

(O ouvido aguçado escuta — *por ora.*)

Uma paciente radiológica perfeita: uma mulher mais velha, dócil, (aparentemente) tranquila, que não pergunta demais e não é hostil ou agressiva de forma alguma.

ELA PENSOU: *VOU ACEITAR. DESTA vez.*

Tinha passado a manhã sem comer e talvez tivesse cometido um erro. Em breve ficaria fraca, tonta. Não tinha contado a ninguém aonde iria naquela manhã, pois era, ou tinha sido, uma mamografia de rotina no centro médico.

Mais tarde, naquela noite, Hugo iria à casa dela para jantarem cedo. É claro que Jessalyn não tinha contado *a ele*.

Desde o falso positivo de dezessete anos antes, tinha pavor de mamografias. Não só da dor intensa e do grotesco de seios esmagados a tal ponto que seria de se imaginar que seu conteúdo maleável vazaria sob a pressão, mas o medo de uma "sombra do tamanho de um nódulo" no raio-X.

Tantas mulheres que conhecia tinham tido câncer de mama ao longo dos anos. Com apreensão, ela havia marcado as caixinhas no questionário recebido na sala de espera, parentes que tinham tido câncer.

Mas agora ela sentia uma calma estranha. Se o raio-X voltasse "positivo", Whitey seria poupado de saber.

Relembrou o medo que ele sentira ao achar que Jessalyn talvez estivesse com câncer. O rosto dele, via de regra tão firme, tão duro, parecera se dissolver de pânico. Ela vira o quanto ele a amava — um amor tão arraigado quanto o de uma criança pelo pai ou pela mãe — e se sentira tomada de culpa porque poderia trair esse amor adoecendo.

Ao esperar o radiologista, Jessalyn não pensava direito. Esse *raciocínio-viúvo*, um disparo fortuito de neurônios. Pois seria quase um alívio se, supondo-se que fosse diagnosticada com câncer, isso acontecesse agora e não tivesse acontecido quando Whitey estava vivo.

Pois bem. Em todo caso, Whitey jamais saberia, não saberia nem que tinha sido chamada para fazer mais exames de raio-X. E se de fato os exames sinalizassem a necessidade de uma biópsia, e se a biópsia sinalizasse a necessidade de cirurgia, Whitey jamais saberia.

Seus sentimentos por Hugo Martinez eram rasos como as raízes de um arbusto florido que ainda não tivessem se assentado na terra. Como a roseira trepadeira que ele havia plantado na primavera. Arrancar essas raízes da terra não exigiria muito esforço. Arrancar um arbusto maduro seria muito difícil, e ainda assim boa parte dos capilares finos como cabelo continuaria no solo.

O *raciocínio-viúvo* era um pânico mal controlado dos neurônios, que disparavam loucamente, mas o *raciocínio-viúvo* era incapaz de se sustentar por muito tempo, e portanto Jessalyn se pegava pensando em Hugo Martinez, que devia ter reparado que uma das roseiras perto da garagem tinha morrido, pois um dia tinha ido de carro até a casa sem ser chamado, sem avisar, trazendo uma roseira grande, um bocado dispersa, para substituí-la.

A audácia do homem! Sem nem tocar a campainha para avisar a Jessalyn, que dirá pedir sua permissão, ele havia simplesmente pegado o arbusto do porta-malas do carro, arrastado a planta pela garagem para plantá-la na terra. Jessalyn tinha ficado parada diante de uma janela do segundo andar, de onde podia observar o homem sem que ele soubesse. Jaqueta cáqui, chapéu de abas largas em um ângulo arrojado, o jeito de empurrar a pá com a bota para enfiá-la na terra com uma força percussiva — ela ficara olhando para ele, hipnotizada pela destreza e pela segurança de seus movimentos, sem conseguir ver seu rosto. Com que concentração o homem desencavava o arbusto velho e plantava o novo.

*Ele está tomando conta daqui. Por que você não o interrompe? O que é que há com você?*

Ela decidira não sair, não falar com ele. Mais do que tudo, não agradecer.

No entanto, à medida que os minutos passavam, Jessalyn ia se preocupando com a possibilidade de Hugo Martinez ir embora sem bater à porta. Angustiada, ela o observava da janela de cima. A certa altura ele deixou a pá cair e pegou um lenço vermelho do bolso e enxugou a testa em um gesto que lhe pareceu primitivo, arcaico; por um instante o homem se revelou cansado, meio esbaforido, não tão jovem, suando debaixo do sol quente. E no espelho ela teve um vislumbre dela mesma, aquela expressão de compaixão e esperança, um rosto não jovem, mas ainda assim o que se chamaria de um rosto bonito. Era como se ver de repente nua, tomada de vergonha pela crueza de sua carência, como se ela fosse uma desconhecida, digna de pena e não de condenação; pois ela não teria condenado uma estranha tão solitária e tão desejosa como condenaria a si mesma.

Às pressas, desceu a escada e saiu, protegendo os olhos do sol. Agradeceria. Seria muito afável, agradecendo ao homem. Queria explicar a ele que era grata pela roseira. Grata pela amizade, pela gentileza e pela generosidade, mas — *Não tenho sentimentos por ninguém mais. Entenda, por favor.*

Na verdade, assim que Hugo a viu e a chamou com alegria, e Jessalyn foi inspecionar a nova roseira vermelha, que tinha sido apoiada na parede rebocada da garagem, já ficando na vertical, aprumada, ela teve a ideia de pegar um regador para regar o arbusto; e logo depois ela e Hugo Martinez começaram a conversar e rir juntos; e o que quer que pretendesse lhe dizer ela adiou para uma outra hora.

MÃE, POR FAVOR. VOCÊ DEVE *saber que esse cara só está atrás do seu dinheiro.*

*Ele é mais novo do que você! É de uma classe bem mais baixa...*

*Um artista amigo do Virgil. Um hippie — nessa idade...*

*Você não está pensando direito. É cedo demais depois do papai. Você não deveria tomar decisões apressadas.*

*Ele já te pediu dinheiro? Um empréstimo?*

*Ele já foi preso, sabia? Pode ser que seja perigoso.*

*Não deixe ele andar sozinho pela casa. Fique sempre por perto.*

*Sabe, tem objetos lindos na nossa casa, e quando eles sumirem, a gente não vai ter como recuperar.*

*Ai, mãe! O que o papai iria pensar?*

ELA NÃO ESTAVA CHORANDO. NÃO.

*Ela* não estava chorando porque não faz sentido chorar.

No cubículo ao lado, uma mulher estava realmente chorando. Era impossível não ouvir.

A princípio, Jessalyn pensou que a mulher (invisível) falava ao celular, em uma voz risonha e baixinha (perturbador de se ouvir naquele lugar), mas em pouco tempo ficou claro que estava chorando. Jessalyn pensou: *Uma das minhas filhas. Ah, onde estava a mãe dela para tranquilizá-la!*

Uma dezena de cubículos acortinados, cada um com o próprio espelho (um bocado zombeteiro) e um banquinho para a pessoa se sentar e esperar ser chamada pela enfermeira radiológica com a prancheta. Desses, não estava claro quantos eram os cubículos ocupados.

Jessalyn tinha ouvido que faria os outros exames de raio-X dali a "uns minutinhos". Isso já fazia alguns minutos. Com os dedos trêmulos, fechou bem a camisola áspera de algodão.

Nua da cintura para cima, debaixo da camisola. Os seios moles doíam, eram pequenos o suficiente para criar problemas específicos para que se fizesse uma mamografia nítida.

Não aguentava mais ouvir a mulher chorar no cubículo ao lado. Puxou a cortina de seu cubículo e chamou, insegura:

— Licença? Algum problema? — Uma tolice de se dizer em uma situação daquelas.

A mulher era jovem, tinha a idade de Sophia. Era mignon, do tamanho de uma criança, os olhos grandes, de coruja, sombreados. Ela sussurrou para Jessalyn:

— Estou grávida. Grávida de oito semanas. Vão fazer uma biópsia amanhã de manhã.

A voz dela era tão triste, o medo tão palpável, que Jessalyn teve que ir até ela e abraçá-la.

A garota (Jessalyn só conseguia pensar nela como uma garota) a abraçou com força, soluçando ainda mais.

— Tudo vai se ajeitar. Não chore, por favor. Chorar não ajuda — disse Jessalyn, com hesitação, sem saber o que dizer, mas sabendo que algo precisava ser dito, algumas palavras de consolação, por mais inconvenientes que fossem.

Suas palavras eram banais e inúteis, e no entanto a garota tremia em seus braços e parecia grata.

— Tudo bem. Tudo bem. Eu acho que vou ficar bem. Obrigada.

Jessalyn perguntou se podia ligar para alguém que fosse encontrá-la.

— Marido? Sua... mãe?

Mas não foi a coisa certa a dizer, ao que parecia. Porque a garota estremeceu e de repente virou para o outro lado. No espelho, o rosto dela era tenso, pálido. Ela ficaria bem, declarou.

Mas Jessalyn estava insegura, sem saber o que fazer; então um instante depois percebeu que tinha sido dispensada e, portanto, voltou para seu cubículo.

Os soluços não cessaram. Pouco depois, a garota foi chamada pela enfermeira radiológica e saiu sem nem dar uma olhada em direção a ela. (Como uma mãe arrependida, Jessalyn não tinha fechado totalmente a cortina de seu cubículo. Você dá a chance de que façam as pazes com você, mas também dá a chance de que a esnobem. Teve que sorrir ao lembrar.)

Se os exames diagnósticos viessem "positivos", imaginava que ligaria primeiro para Sophia. Porque ela tinha conhecimentos médicos e pouca tendência a reagir de forma exagerada.

Então, com a suposição de que não conseguiria falar direto com Lorene, que jamais atenderia um telefonema pessoal àquela hora do dia, ligaria e deixaria recado.

Em seguida, Beverly. A relação das duas não andava boa ultimamente por causa de Hugo. Mas Beverly a amava muito e diria na mesma hora: *Ai, mãe! Tô indo praí, o que eu posso fazer pra te ajudar?*

Além disso — Thom, Virgil —, ela ainda não queria pensar.

Hugo. Ela não pensaria nisso ainda.

SEMPRE QUE ELE IA EMBORA, ela achava que não voltaria. No entanto, Hugo voltava.

Não tinha como dissuadi-lo, ao que parecia. Uma vez ela riu de alguma sugestão especialmente disparatada dele (uma volta de canoa? no lago? ao luar?) e ele lhe sorriu e disse: *Que bom que conseguia fazê-la rir. Pelo menos isso.*

Jessalyn protestou, não estava rindo *dele*.

Bem. Estava rindo de alguma coisa, ele conjecturou.

Hugo era afável, divertido. Não tinha se ofendido, embora tivesse (parecia) ficado um pouquinho magoado com a rigidez de Jessalyn quando ele a beijara.

Disse a ela que é claro que sabia como ela devia estar se sentindo. A vida dela tinha sofrido uma ruptura.

Quando o pai dele morrera (jovem: cinquenta e um anos), a mãe parecia ter perdido a vontade de viver. Tinha entrado em uma espécie de túnel da alma — ficava distante da família mesmo quando estava perto dela.

Surpreendeu Jessalyn recitando, em tom solene, a letra de um hino protestante que ela tinha certeza de que não ouvia desde a adolescência:

> *"Jesus andou por seu vale solitário.*
> *Tinha que percorrê-lo sozinho.*
> *Ninguém podia fazer seu caminho.*
> *Ele tinha que percorrê-lo sozinho.*
> *Precisamos andar por esse vale solitário.*
> *Temos que percorrê-lo sozinhos.*
> *Ninguém pode fazer nosso caminho,*
> *Temos que percorrê-lo com nossos pés..."*

Ele não era religioso, Hugo declarou. Mas o hino era lindo e verdadeiro. Não era preciso acreditar em Jesus como filho de Deus para saber que era verdadeiro.

Ah sim, Jessalyn disse às pressas. Ficou muito comovida com a solenidade de Hugo, que lhe era atípica, na presença dela. Embora ela pensasse, não é verdadeiro. Não em sua completude.

Outra pessoa pode andar junto com você durante boa parte da caminhada. Uma segurando a mão da outra. Isso também era verdadeiro.

OS SEGREDOS DELE ERAM INÚMEROS, ela imaginava.

Que também tinham a ver com a morte. Mortes.

Um homem da idade de Hugo Martinez, não deviam ter sido só os pais e os avós que tinham falecido, mas outras pessoas próximas. Ela descobriria com o tempo, supunha.

Se quisesse descobrir. Se perseverasse na tentativa de saber.

Por exemplo: por que ele estava no cemitério naquela primeira noite, quando se conheceram?

Hugo disse, meio evasivo, que tinha sido puro acaso. Estava fotografando os visitantes do cemitério, mas já tinha guardado a câmera quando...

Ao ver no rosto dele uma expressão de dor e melancolia, Jessalyn encostou em seu punho e perguntou qual era o problema — e depois de um instante calado, Hugo disse, Bem — ele também estava visitando o túmulo de alguém que conhecia. Tinha conhecido.

Jessalyn pensou: *Ele não quer me contar. Tenho que respeitar a privacidade dele.*

E portanto não perguntou. Lembrou-se de como os filhos tinham ficado exasperados com sua educação exagerada. *Mãe, pelo amor de Deus — você não perguntou? O que foi que deu em você?*

Depois do jantar o convidado perambulou (sem ser convidado, curioso) por outra parte da casa, que Jessalyn não queria que ele visse. Atravessou a sala de estar, que não estava iluminada, e chegou a uma saleta que Whitey tinha apelidado de *sala de visitas da Jess*.

Whitey não ficava à vontade na sala, decorada com coisas herdadas por Jessalyn. Abajures, poltronas acolchoadas, almofadas de cetim, um sofá vinho de pelúcia. Estantes de livros feitas de cedro, tomadas pelos livros dela (em geral escritos por mulheres) e que tinham contado com a colaboração de Sophia, que ao sair de casa tinha deixado alguns dos livros que lera na época da faculdade.

Fazia semanas que Jessalyn não pisava nesse cômodo. Meses? Uma viúva raramente se aventura além dos ambientes essenciais, e portanto parte da casa, assim como parte do cérebro, vira uma terra de ninguém, inexplorada e paralisada.

Ela também não pensava muito na casa, a não ser quando alguma pessoa bem-intencionada, se não francamente grosseira, perguntava se ela iria vendê-la. Quando ela iria vender a casa?

Os filhos não queriam que ela vendesse a casa, que era *deles*. Mesmo Virgil, que desdenhava de bens materiais, ficava angustiado quando o assunto vinha à tona.

Thom dizia, a mamãe não pode vender a casa! — em segredo, todos planejavam voltar para lá em uma emergência.

Não estava claro se Thom estava brincando, e Jessalyn sentia uma pontada de ânsia. *Sim, por favor!*

Mas não. Era improvável que isso acontecesse, e não devia acontecer.

Hugo Martinez se espantou com o tamanho da casa de Jessalyn. Seu tom talvez fosse irônico, mas não era desrespeitoso, ela ponderou.

Como quem pede desculpa, Jessalyn disse, Bem... nossa família era grande. Cinco filhos.

Soava tão surreal! *Cinco filhos. Era.* Jessalyn não teria energia para criar nem uma única criança agora, nem se fosse a pequena Sophia.

Lendo os pensamentos dela, Hugo riu, é tudo um grande absurdo, não é? Nossos filhos passam através de nós e vão além. Você se sente mais do que nunca um *instrumento* quando você os vê crescer, como desconhecidos, indo muito além de você.

Era verdade. Jessalyn sempre imaginara que Sophia era a mais parecida com ela, mas a Sophia que conhecia agora, que parecia estar morando com Alistair

Means, bem mais velho do que ela, e havia se tornado furtiva quanto à vida pessoal, não era nem um pouco parecida com Jessalyn.

E Thom, que parecia ter se distanciado de sua família em Rochester. Quando Jessalyn perguntou sobre o assunto, Thom deu um sorriso vago mirando um ponto além de seu ombro, como se olhasse para alguma outra pessoa na sala para quem mal precisasse se explicar.

Relutante, Jessalyn acendeu as luzes dessa parte da casa. Na sala de visitas, abajures de vitrais. Eram lindos, antigos — abajures Tiffany que irradiavam uma luz quente, esplêndida. Hugo examinou os objetos com atenção.

Ele nunca tinha visto um abajur Tiffany fora de um museu, declarou.

Jessalyn disse que esse tipo de abajur não era tão incomum assim. Hesitou em dizer que conhecia várias pessoas com abajures desses em casa.

Jessalyn viu Hugo passar o indicador no vidro Tiffany, deixando um rastro leve na poeira. Que vergonha!

E havia o piano de Jessalyn, um piano de meia cauda Steinway que ninguém tocava a sério havia anos.

Hugo também admirou o piano: fantástico! Ficou muito entusiasmado.

Seu ar melancólico de alguns minutos antes já havia se dissipado por completo. Ele parecia muito uma criança, Jessalyn pensou. Vivia o momento, era a própria tradução de *volúvel*.

Hugo acendeu a luminária de chão que ficava atrás do piano, abriu a tampa do teclado, apertou diversas teclas. Havia tanta beleza nessas notas isoladas que Jessalyn sentiu uma onda de felicidade.

O convidado se sentou ao piano, passando os dedos fortes e habilidosos de um lado para o outro do teclado. Ela não tinha tido o cuidado de chamar o afinador desde a morte de Whitey, assim como não tinha tido cuidado com muitas coisas.

Era impossível não admirar a audácia do homem, que se sentara sem ser convidado e já estava ajustando o banco. Assim como manobristas e mecânicos ajustam o banco do motorista de qualquer carro em que entrem, reivindicando-os para si.

Daria para ouvir o piano sendo tocado dos cômodos mais distantes no segundo andar da casa, Jessalyn pensou.

Hugo folheava as partituras que estavam em cima do instrumento. Durante os anos em que fizera aulas de piano, Sophia tivera a dedicação de xerocar as composições mais fáceis/mais lentas de Bach, Mozart, Chopin, John Field. Erik Satie, Béla Bartók. Assim como a mãe, Sophia tocava o tipo de música que cabia a uma colegial competente, séria em vez de inspirada, essencialmente acanhada, tateante — o resultado de muita prática e um desejo de agradar o professor.

Durante dez anos Jessalyn fizera aulas. Sophia tinha obtido permissão para largar depois de apenas seis.

Hugo Martinez tocava piano com a segurança arrogante de quem nunca teve aulas formais e portanto nunca decepcionou o professor. Tocava de ouvido, era evidente — sem cuidado, com uma energia muito espalhafatosa. Mãos grandes, dedos abertos, ele se deleitava com a enorme agressão ao teclado, tocando uma canção que Jessalyn demorou para reconhecer — um Liszt desconjuntado, mutilado, talvez. *Transcendental Études?*

Ou seria o compositor espanhol Manuel de Falla. Muito tempo antes, Jessalyn havia tentado tocar algumas das canções animadas de Manuel de Falla.

Ela escutava o piano tocado por Hugo, hipnotizada. Teve vontade de rir, era tão... imprevisível. O jeito como ela tocava piano era tão cauteloso! Ela se concentrava em não errar as notas, nunca tinha tirado muito prazer do esforço.

Hugo não parecia ligar se errava as notas. Algumas eram notas mortas — teclas mortas. Como qualquer músico com dom natural, ele sabia que precisava seguir em frente depressa, nunca reconhecer o erro, nunca parar para corrigir uma nota ou um acorde como faria um estudante dedicado; nunca hesitar. Em meio aos lampejos de notas, que pareciam uma cachoeira, os ouvintes mais deslumbrados não perceberiam os erros.

*Pronto, está vendo? Ele é o cara certo. Por mais que você não queira.*

Ridículo pensar dessa forma! Jessalyn sabia que não era assim, ela não acreditava em destino nem em circunstâncias. Não.

Mas foi tomada por uma letargia estranha. Durante quarenta minutos, de pé ao lado de Hugo enquanto ele tocava com gosto o Steinway negligenciado e desafinado, pensou que era quase criminoso de sua parte mantê-lo naquela casa onde ninguém o tocava mais e provavelmente nunca mais voltaria a tocá-lo.

Fascinada por suas mãos no teclado, que pareciam grandes demais e atabalhoadas, porém confiantes.

Estranho, Jessalyn não teve vontade de se sentar a alguns metros dele e escutar. Preferiu ficar em pé ao lado de Hugo, absorta nos gestos dos dedos longos e largos que saltitavam com atrevimento pelo teclado.

Naquela noite, Hugo ficaria com Jessalyn pela primeira vez.

DE MANHÃ, HUGO REVELARIA A Jessalyn que estava no cemitério na noite em que se conheceram para visitar o túmulo do filho, Miguel, falecido aos onze anos em um acidente — Miguel pedalava por uma colina íngreme da Waterman Street e no cruzamento ao pé do morro um caminhão de concreto ignorou uma placa de PARE e o atingiu, causando sua morte imediata.

Faz vinte e um anos, Hugo declarou. Exatamente naquele dia.

Lágrimas brotaram em seus olhos. As pálpebras tremeram. Sem palavras, Jessalyn segurou o homem trêmulo nos braços.

*O certo. O único. Trate de se salvar, querida!*

— SRA. MCCLAREN? PODE TRAZER a sua bolsa.

De novo Jessalyn foi chamada à sala de exames de raio-X. De novo, desamarrou e abriu o avental de algodão áspero. Acomodou-se, os pobres seios doloridos à mostra, diante da máquina pavorosa.

Mas dessa vez a enfermeira era uma jovem negra brusca que não comentou sobre o cabelo branco trançado de Jessalyn, que batia no meio das costas, mas reparou que ela tremia de frio ou de medo e lhe disse com rispidez: *A senhora tem que relaxar. Senão o raio-X não vai ficar nítido.*

ELE JÁ TINHA SIDO CASADO, é claro, isso não foi surpresa para Jessalyn. Que ele fosse divorciado havia tanto tempo (doze anos) foi uma surpresa, porque Hugo Martinez tinha um jeito de homem muito à vontade com mulheres, muito *marido* nos modos, portanto seria de se imaginar que tivesse passado boa parte da vida adulta casado e não, como ele disse, *solto e solitário*.

Jessalyn achou que fosse piada — *solto e solitário*. Mas Hugo pareceu bastante solene ao lhe contar isso.

A ex-mulher Marta morava em Port Oriskany, a algumas horas dali. Tinha se casado de novo, mas não era feliz. Ele mandava dinheiro quando ela precisava. *Ela* é que o tinha largado. (Caso Jessalyn estivesse curiosa.) A culpa pela morte do filho deles por alguma razão havia recaído sobre Hugo, que tinha comprado a bicicleta para o menino e não tinha feito sua parte (a esposa acusava) nos cuidados com ele, aonde ele ia de bicicleta, que ruas pegava. Também era possível que o casamento já estivesse cambaleante na época. Era possível que Hugo não estivesse morando com a mãe do menino e que estivesse indo ver o pai no momento do acidente… Ao ouvir Hugo falar de um jeito exaltado, angustiado, muito diferente do jeito como geralmente escolhia se apresentar a ela, Jessalyn percebeu que a situação era complicada, um nó terrivelmente confuso. Hugo havia se exaurido anos antes tentando desatá-lo, e então tinha feito a única coisa sensata que estava a seu alcance: ir embora.

Ele se salvou e foi embora.

Mas sim, tinha filhos vivos. Filhos adultos.

Ela os conheceria em breve, Hugo afirmou. Se quisesse.

Bem, disse Jessalyn. O que você quer, Hugo?

Sim. Que vocês se conheçam. Em breve.

De propósito, *em breve* foi mantido como um conceito vago.

E vaga também era a intenção de Jessalyn de apresentar Hugo aos filhos mais velhos, que ainda não o conheciam. (Com Hugo, tinha recebido Virgil e Sophia para jantar; todos tinham se dado muito bem, embora Hugo tivesse superado sua exuberância habitual ao falar e Sophia tivesse passado boa parte da noite olhando fixo para ele, como se nunca tivesse visto alguém parecido com Hugo Martinez naquela casa, à mesa de jantar.) Jessalyn não tinha contado a Hugo que Thom, Beverly e Lorene eram hostis à ideia de sua existência na vida dela, e Hugo tampouco havia perguntado.

Ele tinha muitos amigos, Hugo disse. Mas nenhum de que fosse muito próximo, não mais.

Alguns dos amigos eram ex-presidiários. Não ex-*condenados*, pois eram homens que tinham sido erroneamente, injustamente condenados por crimes que não haviam cometido.

Um dia, Hugo levou Jessalyn à sua casa em East Hammond, onde havia marcado de fotografar dois desses ex-presidiários para o boletim publicado pela ONG Liberation Ministries.

Hugo morava no térreo de uma casa enorme de tijolos vermelhos desbotados em um terreno gramado que margeava um pântano/aterro sanitário. A casa de três andares precisava de reformas, mas emanava um ar de dignidade, austeridade. Trilhos de ferro passavam ali perto: trens de carga eram raros, mas barulhentos. Jessalyn ficou curiosa ao ver que o imóvel era um tabuleiro de xadrez desordenado de videiras, arbustos espinhosos, acantos, floxes, varas-de-ouro e girassóis; alguém tinha sido arrojado o bastante para plantar tomate, ervilha, milho-verde; os tomates, principalmente, estavam exuberantes, espalhando seus rebentos por muitos metros. E havia um espantalho melancólico no meio das espigas de milho, torto em suas barras de reforço feito um Cristo bêbado, de paletó xadrez, short de ginástica de cetim, do tipo que Thom usava antigamente, um chapéu de palha desgastada que com certeza tinha sido de Hugo Martinez.

Que maravilhosa, a casa de Hugo! *Decadente, decrépita. Selvagem, malcuidada e acolhedora.*

Havia alguns carros na pista de rolamento sulcada. A porta da frente, embora não estivesse exatamente aberta, tampouco estava fechada. Hugo parecia ser dono da casa e do terreno de dois mil hectares, mas não estava muito claro se os outros moradores pagavam aluguel ou eram parentes, amigos, hóspedes de Hugo.

Dali a uma hora Jessalyn já teria conhecido ou vislumbrado um número considerável de pessoas de diversas idades, tipos, tons de pele, e todos foram apresentados à *Minha querida amiga Jessalyn*.

Era evidente, ou dolorosamente evidente ou encantadoramente evidente, que Hugo tinha sentimentos fortes por ela. Ele a apresentava com o braço apoiado em seu ombro, ou em volta da cintura, para sugerir (sem dar margem a erros) a relação que tinham.

Ou pelo menos uma representação da relação.

Ele iria levantar seu espírito, ela pensou. Como uma rolha é levantada pela água, sem fazer esforço próprio.

Tinha alguma importância que não pudesse amá-lo? Que não pudesse ficar *apaixonada* por ele?

Nos fundos da casa ficava o ateliê de Hugo, que ele havia construído "com as próprias mãos" a partir de um alpendre; o espaço era repleto de fotografias (de Hugo e de outros), livros, revistas e periódicos de arte. No assoalho de taco havia tapetes mexicanos lindos, radiantes, e, presos ao teto, móbiles inspirados em Calder. (Feitos por Hugo, montados com objetos baratos.) Já tinha tido um quarto escuro, disse a Jessalyn, mas agora suas fotografias eram exclusivamente digitais, ele trabalhava com o computador e a impressora.

Jessalyn ficou consternada ao perceber que poucas obras de Hugo Martinez estavam à mostra ou sequer visíveis: a maioria era guardada de qualquer jeito, nos cantos ou apoiada nas paredes. Até os livros — até os livros finos com *Hugo Martinez* impresso na lombada — estavam empilhados no chão, juntando tufos de poeira.

Jessalyn já tinha perguntado várias vezes se não podia comprar fotografias dele, mas Hugo franzia a testa e dizia não, é claro que não — ele planejava lhe dar uma seleção de fotografias "especiais" de presente, em breve.

Em uma ocasião específica, faria disso um presente para ela, Hugo acrescentou. Torcia por isso.

*Ocasião específica* — Jessalyn se perguntava o que isso significaria.

No entanto, ele procrastinava. Em breve, em breve! — prometia, aéreo.

Assim que se conheceram, Hugo tinha autografado para ela um de seus primeiros livros de poesia, *Depois do nascer da lua*. Jessalyn tinha lido a obra com avidez, mas sem compreendê-la por completo; reconhecia nos versos longos e pujantes do poeta a clara influência de Ginsberg, Whitman, Williams (W. C.). Mas ele tinha mais ou menos parado de escrever poemas, Hugo lhe disse. Nunca ficava satisfeito com o que escrevia.

Por que não? — Jessalyn perguntara; e Hugo explicou que era porque a poesia é infinita e não tem uma conclusão natural, e para fazer jus às idiossincrasias da vida, o poeta jamais poderia *terminar* um poema, apenas *continuar*.

Além do mais, as palavras eram frágeis demais, era fácil manchá-las ou apagá-las. Era muito fácil interpretar uma palavra do jeito errado.

Era a fotografia que o dominava agora — imagens visuais, coisas reais que as pessoas enxergavam. E pessoas.

Sobretudo o rosto das pessoas. Seria capaz de dedicar o resto da vida a fotografar rostos e seu fascínio jamais chegaria ao fim.

Contra o pano de fundo de uma folha de papel enorme, branca, homogênea, Hugo fotografou dois ex-presidiários naquela tarde, dos vários libertados da cadeia nos últimos tempos por obra da Liberation Ministries.

Os dois eram homens e afro-americanos. Mais de noventa por cento dos presidiários que a ONG havia libertado em vinte anos eram pessoas de cor, Hugo ressaltou; só um não era do sexo masculino, e sim uma americana-haitiana apontada erroneamente em uma tentativa da polícia de identificar uma criminosa em Detroit.

Carlin Milner tinha quarenta e um anos e tinha passado vinte e dois encarcerado na prisão de segurança máxima da Pensilvânia, por um roubo seguido de homicídio na Filadélfia que não havia cometido; uma noite ele tinha sido pego pela polícia em uma rua do Sul da Filadélfia, levado para uma delegacia e ameaçado, espancado e coagido a confessar; tinha sido condenado à prisão perpétua e só tinha sido solto por advogados ativistas depois de anos a fio de apelações e litígios que tinham custado mais de duzentos mil dólares.

Ainda assim, Hugo disse a Jessalyn, Carlin não estava totalmente absolvido. Promotores continuavam a avaliar a possibilidade de abrir uma nova denúncia e um processo contra ele, embora as "testemunhas" de 1989 estivessem mortas ou desaparecidas.

Porém, Carlin estudava para ser pastor. Tinha um jeito reservado, mas simpático. Ao apertar a mão de Jessalyn, evitou olhar para o rosto dela, mas seu sorriso era cativante e não parecia ser amargurado nem raivoso. Ela pensou: *Ele enxerga uma mulher branca. É só isso que ele enxerga.*

Passou pela cabeça de Jessalyn indagar se Carlin Milner tinha algum envolvimento com a Igreja Batista Hope da Armory Street (era a única igreja afro-americana que conhecia), mas se deu conta de que seria uma questão ingênua, talvez ofensiva.

Ela mandara um segundo cheque, de setecentos dólares, para a SalveNossasVidas, aos cuidados da Igreja Batista Hope, mas não tinha certeza se o cheque tinha sido descontado.

O segundo retratado de Hugo, Hector Cavazos, tinha trinta e nove anos. Passara dezoito anos na prisão de segurança máxima de Attica por estupro e um assassinato extremamente brutal (em Buffalo) que não havia cometido; acabou sendo solto por um exame de DNA, mas só depois de anos de confusão e hostilidade da parte dos promotores de Buffalo, que agora planejavam processá-lo de novo por homicídio, embora só tivessem como indício o "testemunho" de um informante da polícia que tinha prestado depoimento contra ele no primeiro julgamento.

Aos trinta e nove, Cavazos era um homem bonito, apesar do rosto cheio de cicatrizes e dos olhos injetados, consequências dos espancamentos na prisão. Tinha uma gagueira forte que enfurecera a Polícia de Buffalo na época da detenção, e agora não falava muito se pudesse evitar, e quando falava era em voz baixa, quase inaudível. Tinha sido libertado de Attica sem qualquer instrução, formação, ninguém que se dispusesse a acolhê-lo além de um parente distante de Buffalo que era da assistência pública; a Liberation Ministries lhe oferecia moradia e o ajudava a arrumar emprego. Mais de trezentos mil dólares tinham sido gastos na soltura de Cavazos, e os gastos não acabariam por aí.

Tramitavam processos contra o Departamento de Polícia e os municípios responsáveis por essas injustiças tão grosseiras. Sete milhões de dólares, doze milhões de dólares. O litígio se arrastaria, em ambos os casos, por anos a fio.

Jessalyn sentiu uma pontada de pesar pelos homens cujas juventudes tinham sido roubadas de forma tão cruel. Já tinham tido a sorte de sobreviver na prisão de segurança máxima, Hugo declarou, onde recebiam um péssimo tratamento médico, quando recebiam algum.

Porém, não eram amargos, pelo menos não na frente de Hugo Martinez e sua amiga de pele branca. Não faz muito sentido ter raiva, explicara Milner. Corrói o coração a troco de nada.

Dava para ver por que o homem queria ser pastor cristão, Jessalyn pensou. Traria *boas novas* a um mundo que tanto queria ouvi-las.

Jessalyn achou comovente ouvir o carinho e o pragmatismo na voz de Hugo ao falar dos ex-presidiários; seu interesse genuíno pela vida deles e o cuidado com que fazia seus retratos. O jeito casual de Hugo não abarcava sua fotografia: nisso, era perfeccionista. Ao observar os homens de uma curta distância, Jessalyn se sentiu ao mesmo tempo privilegiada e envergonhada: tinha sofrido tão pouco na vida em comparação com Carlin Milner e Hector Cavazos e outras pessoas injustamente encarceradas durante longos períodos; ela não entendia nada desse estoicismo. Ela, uma viúva que acreditava ter sofrido muito ao perder o marido... Até do sofrimento tinha sido blindada pela classe, pelo dinheiro. Pelo casamento com um homem que a amava e protegia.

A vida doméstica a havia blindado das verdadeiras tristezas do mundo. A felicidade a havia blindado.

Sentia-se encalorada, tonta e desorientada. O peso da trança caindo entre as escápulas havia se tornado meio aflitivo, como um tapinha zombeteiro nas costas.

Se fosse uma pessoa boa, generosa, Jessalyn pensou, abriria a casa para indivíduos como aqueles. A casa da Old Farm Road era uma fortaleza e um santuário; não poderia morar naquele lugar sozinha por muito tempo.

*Mãe, largue de ser ridícula. Eles todos querem te explorar.*

*Eles sabem quem você é. Te transformaram em alvo. Que boba você é!*

*Seu namorado é um agitador comunista. Ele mesmo já foi preso. Ele quer seu dinheiro. Ele vai te descartar.*

Naquela noite, mais tarde, quando ficaram a sós, Hugo mencionou a Jessalyn que ele mesmo tinha sido preso quando era mais novo, na década de 1980, mas por um período curto, no Centro de Detenção Masculina de Hammond. Talvez um dos filhos dela tivesse lhe contado?

A resposta de Jessalyn foi vaga. Bem, não — não exatamente.

(É claro que Jessalyn ficou constrangida porque Hugo sem dúvida já tinha imaginado que seus filhos mais velhos o difamavam para ela. Que desconfiavam dele e que tinham dito coisas terríveis sobre ele.)

Com leveza, Hugo contou que tinha sido conduzido "de um jeito bem rude" pelos policiais e levado jatos de spray de pimenta e golpes de cassetete, mas não tinha sofrido lesões graves ou duradouras. Olho roxo, mas não *cego*.

Tornozelo torcido, mas não *perna quebrada*.

Tinha sido preso junto com outros grevistas que se manifestavam em frente à Prefeitura de Hammond por "invasão de propriedade" e "balbúrdia" — "desacato às ordens policiais" — vinte e seis anos antes. A prefeitura de Hammond tinha proibido seus funcionários de se sindicalizarem, e Hugo e mais um ou dois sujeitos encabeçaram uma greve de professores, funcionários municipais e servidores públicos, para reivindicar benefícios e salários mais altos. Uma multidão desordeira se reuniu diante da prefeitura, com pessoas tanto *a favor* quanto *contra* a greve. O trânsito parou, trocas de socos aconteceram. Equipes de TV tinham ido até lá para transmitir a agitação e instigaram a confusão.

Na época, Hugo era chefe do Departamento de Artes da faculdade comunitária — seu primeiro, bem como último, cargo administrativo. Ele e vários outros organizadores da greve foram detidos, algemados, arrastados até as vans da polícia e encarcerados na penitenciária por quarenta e oito horas. Todos foram espancados, mas não se intimidaram nem se amedrontaram. A Polícia de Hammond não tinha usado armas de fogo. Não havia uma equipe da SWAT para dispersar a multidão, como talvez acontecesse em outra cidade ou mesmo em Hammond em uma época anterior. Na cadeia, eles se sentiram revigorados, eletrizados. Seus apoiadores se reuniram em torno deles e parte da publicidade conseguida lhes foi favorável; receberam ameaças de morte, mas também mensagens solidárias e doações ao fundo dos grevistas.

Realmente, de modo geral, a greve foi um sucesso. O sindicato foi aceito e negociou novos contratos com o município. Infelizmente, Hugo e os outros organizadores perderam o emprego e foram processados pela prefeitura por diversas infrações à lei, que no final das contas não deram em nada — isto é, os processos não deram em nada. Mas tinham sido demitidos e pronto.

Jessalyn teve a sensação incômoda de que Whitey era o prefeito de Hammond na época.

Ela se lembrava de "agitadores de fora" sendo responsabilizados por atos de vandalismo. Ficou se perguntando se teria visto o retrato de Hugo Martinez no jornal. MANIFESTANTES INFRINGEM A LEI E SÃO DETIDOS, ENCARCERADOS.

Se tinha visto o retrato dele e observado. *Esse homem! Um dia você vai se apaixonar por ele.*

Que improvável, sendo apaixonada por Whitey na época. Casada havia muito tempo com Whitey McClaren.

Jessalyn disse a Hugo que ele tinha sido corajoso de encabeçar a greve. Alguém precisava defender os trabalhadores mal pagos e explorados.

Bem, Hugo disse. Também não foi nenhuma Praça da Paz Celestial.

Jessalyn sabia pouco sobre a Praça da Paz Celestial. Estudantes chineses estavam protestando e o Exército Chinês tinha disparado contra eles? Hugo disse que sim, era basicamente isso. Os manifestantes que pediam mais liberdade foram mortos a bala, por tanques, em 1989. A opressão tinha sido brutal, tenebrosa. Foram centenas de mortos, talvez milhares. As feridas da Praça da Paz Celestial ainda estavam abertas nas várias viagens de Hugo para a China nos últimos doze anos.

Estavam no carro de Hugo, percorrendo a Cayuga Road. É muito fácil se sentir um casal em um veículo em movimento, uma pessoa ao volante e a outra no banco do passageiro. Não é necessário sequer conversar para que ambos se sintam um casal nessa situação.

Frear o carro, descer, andar — para onde? entrar onde? — já é mais problemático.

Jessalyn tinha vontade de dizer a Hugo que o marido dela também tinha sido ferido por policiais. Não era muito claro o que tinha acontecido com ele, mas fora espancado, a polícia usara arma de choque, ele tinha sofrido um derrame, tinha morrido duas semanas depois... Mas ainda não tinha conseguido falar de Whitey com Hugo, a não ser em termos muito abstratos.

Não. Ela não podia. Seria uma violação de seu amor profundo e inviolável pelo marido, ela jamais poderia revelar aquilo a Hugo Martinez.

Quando Hugo virou na Old Farm Road, Jessalyn sentiu uma onda de pavor, como quem entra em um túnel. O vasto mundo se encolhia depressa, ela estava chegando *em casa*.

Não sozinha, estava chegando *em casa* com Hugo Martinez. Mas *casa* era onde tinha morado com Whitey durante boa parte da vida adulta, e onde, se havia algum lugar onde ainda vivesse, Whitey morava.

Quando Hugo parou na entrada da garagem do número 99 da Old Farm Road, Jessalyn estava tomada por uma sensação de vertigem, de náusea. Não podia convidá-lo para entrar, declarou. Não naquele momento. Estava se sentindo mal. Estava muito deprimida. Tinha sido invadida de repente como se fosse uma grande rede escura...

Hugo ficou perplexo. Hugo ficou magoado. Hugo gaguejou — mas qual era o problema? Estava claro que esperava passar a noite com ela. Tinha levado algumas coisas — itens de higiene pessoal, uma camisa limpa. Ele não entendia...

Jessalyn precisou fugir do carro. Precisava ficar sozinha. Não, não suportava a ideia de ser tocada por outro homem que não Whitey.

Largou o homem no carro, na entrada da garagem. Não se atrevia a olhar para trás, para ele. Tomada de repulsa por ele, e por ela mesma junto com ele. Como tinha ousado? O que estava pensando?

Aquele bigode ridículo! O sorriso presunçoso, tão *feliz*! A trança boba de camponesa caindo nas costas!

*Ah, Whitey. Me perdoe. Estou morrendo de vergonha.*

— SRA. MCCLAREN? O RAIO-X ficou bom.

Jessalyn fitava a enfermeira com uma incredulidade tão assustada que a mulher foi obrigada a repetir o que tinha dito e acrescentar:

— Vai ver que a senhora se mexeu ou respirou na hora errada na primeira vez.

O que era isso? Boas notícias?

Vinha se preparando estoicamente para ouvir outra notícia. Uma biópsia, no mínimo...

Atordoada, foi embora da Radiologia. Não conseguia acreditar que havia sido poupada uma segunda vez.

Resolveu ligar só para Beverly. Não precisava preocupar os outros sem necessidade. Algo na possibilidade de câncer de mama aterrorizava sobretudo os homens — maridos, filhos. Sem necessidade.

É claro que não precisava contar a Hugo Martinez. Tinha concordado em vê-lo naquela noite pela última vez. O que tinha acontecido entre eles, um pequeno incêndio em meio a uma grama seca, ressecada, ela havia apagado.

Sem necessidade de dividir uma notícia tão íntima *com ele*.

O coração acelerava, quase de raiva — pensando *nele*.

Embora ela se lembrasse, Virgil havia mencionado, que havia uma exposição de fotografias em uma ala nova do hospital, em que havia fotos dele e de Hugo Martinez, e portanto, a caminho do estacionamento, Jessalyn procurou a mostra intitulada *Cura pela natureza*.

Procurou logo as fotografias de Virgil, que eram paisagens provavelmente do rio Chautauqua, e as de Hugo, mais complexas e problemáticas — três fotos incisivas em preto e branco, de crianças marroquinas em uma espécie de fosso ou riacho a céu aberto, sendo banhadas por uma mulher de pele escura. Jessalyn sentiu certo desalento: era típico de Hugo Martinez esperar demais do observador. Era preciso pensar demais, e sentir demais, e mesmo assim a pessoa ficava sem saber o que pensar e sentir. Outras fotografias da exposição, inclusive as de Virgil, eram bem mais acessíveis, familiares e consoladoras.

E então, indo em direção ao elevador que a levaria ao primeiro andar, Jessalyn viu, ou pensou ver, Hugo Martinez passando diante dela, no corredor. Foi como um chute no coração, ver Hugo quando não estava preparada.

Ela quase bambeou. Estava decidida a parar de pensar em Hugo Martinez, basicamente. E no entanto, ali estava ele.

Só podia ser Hugo, usando um de seus chapéus de abas largas, uma camisa pêssego-clara, de um tecido fino como musselina, que ela tinha certeza de já ter visto antes, e short cargo, embora não fizesse calor; e a retidão de sua coluna, que parecia exagerada (mas Hugo tinha lhe contado o porquê: quando menino, ficava horrorizado com um parente idoso que tinha criado uma curvatura na coluna com a velhice); e seu jeito de andar, ao mesmo tempo gracioso e agressivo, pareceu aos olhos de Jessalyn idêntico ao jeito de Hugo quando andava depressa e não era obrigado a diminuir o passo para acompanhar o ritmo de alguém. O dela, por exemplo.

Jessalyn seguiu essa pessoa pelo corredor amplo e branco, mantendo uma distância que lhe permitiria entrar em outro ambiente ou pegar outro corredor, assim, caso ele se virasse de repente, dificilmente a veria ao olhar para trás. Forçada a andar tão rápido, Jessalyn sentiu a trança dando leves tapas nas costas.

Na Oncologia, ele empurrou a porta vaivém. Jessalyn parou de repente.

No entanto, pelo vidro laminado, ela via Hugo, ou a pessoa que acreditava ser Hugo Martinez, de costas para ela, debruçado sobre a mesa de uma recepção. Exame de sangue? Infusão?

Ao longo dos anos, Jessalyn tinha acompanhado parentes que foram ao hospital fazer infusões, quimioterapia. Com substâncias químicas tão tóxicas gotejando nas veias, as enfermeiras usavam luvas especiais para preparar a medicação e administrá-la por meio do tubo intravenoso.

Jessalyn se perguntava: estaria Hugo fazendo quimioterapia? Ou — algum outro tipo de infusão? Talvez uma transfusão?

Ele não tinha dito nada. Era extremamente reservado, embora parecesse muito acessível, franco. Qualquer defeito que tivesse, algo que considerasse um defeito, ele tinha feito questão de esconder.

Naquele instante, Jessalyn ficou com a perna bamba de amor pelo homem, aflita por ele. Se aquele era de fato Hugo Martinez (que agora se afastava dela, ia para o outro lado da sala de espera), então precisaria dela. Assim como Whitey precisara dela, e ela não conseguira salvá-lo. Hugo também precisaria de alguém, e seria ela. Se ele permitisse.

# Testamento e últimos desejos de Virgil McClaren

Meus bens terrenos, eu os lego a Amos Keziahaya. "O resto é silêncio."
Soava tão nobre! Risível.
Porém totalmente sincero. Se/quando Virgil McClaren morresse, deixar seu "espólio" a um quase desconhecido — confirmando assim a convicção dos irmãos mais velhos de que era incorrigível, de que não havia redenção possível para ele.
Eles ficariam tão escandalizados! Principalmente Beverly.
*Meu Deus do céu — o herdeiro dele é um homem negro! Como o Virgil fez uma coisa dessas com a gente?*
*Nem americano, ele é o quê mesmo — nigeriano.*

INÚMERAS VEZES TINHA REVIVIDO A cena em sua cabana.
O que é que estava pensando? *Estava* pensando?
Um constrangimento torturante. Não era vergonha, não exatamente, pois (na verdade) Virgil não tinha *vergonha* de sentir atração por Amos Keziahaya; mas ficava constrangido porque Amos tinha se constrangido e fugido dele.
Como uma fita de Möbius, precisava ver-de-novo, viver-de-novo o que tinha feito: se atrevera a abordar o rapaz alto, se atrevera a tocar em seus ombros, se erguer (só um pouco, torcia para ter sido discreto) na ponta dos pés para beijar os lábios de Amos...
Aqueles lábios: carnudos, escuros, assustados, perplexos e aterrorizados.
Como era que Virgil, que vivia tanto dentro da própria cabeça, que tramava com muito cuidado, calculava, calibrava seus movimentos em relação aos outros, como uma criança prodígio-campeã de xadrez, tinha cometido um ato tão impetuoso, cometido tamanho erro, sido tão idiota!
É claro que agora Keziahaya evitava Virgil. Por consideração, Virgil também o evitava.

Bem, não era só consideração. Era preferível evitar por completo a *perseguir*.

AMOS: MIL DESCULPAS. NÃO FOI *a minha intenção. Agi feito um idiota. Eu tinha bebido demais — eu não devia beber. Nunca.*
Amos: *mil desculpas. Por favor, me perdoe. Fui tomado por uma agitação. E eu não devia beber. Espero — espero — espero que possamos ser amigos...*
Amos: *não vou pedir desculpa, não. Não sinto vergonha nem constrangimento por ter te beijado. A verdade é que eu acho — (eu realmente "acho"?) — (tentando agora, pelo menos uma vez na minha vida atrofiada, não ser prudente, ou seja, covarde) — que EU TE AMO.*
Pelo menos Whitey nunca saberia.

— DEUS DO CÉU.

Tinha sido picado por uma vespa? Tão de repente, e a marquinha vermelha na pele do braço inchava, latejava de dor.

Foi obrigado a rir. Bem-feito para ele. Tinha defendido as vespas que fizeram um ninho debaixo do beiral do celeiro, uma colmeia que agora era do tamanho de uma metrópole.

Bem, agora estava sem tempo para cuidar da picada. Entrou no Jeep e partiu.

Eram quase meados de setembro e ainda fazia muito calor. Um calor abafado. Cigarras berravam dia e noite e sua cabeça zumbia com seus gritos desesperados que prenunciavam a morte e na maioria das noites ele estava nervoso demais para dormir pensando em Amos Keziahaya e quando não pensava em Amos pensava que não estava pensando em Amos, quão estoico e resoluto era, quão *bom*: pois o pai teria respeitado o *filho bom heterossexual*, ainda que não amado.

Agitado demais para ficar deitado na horizontal. Sozinho.

Alguma coisa que estalava corria em suas veias. Fechou os olhos e se viu como um homem biônico, pele transparente, artérias, nervos, ossos, musculatura iluminada para fins educativos.

A verdade é que estar sozinho é estar incompleto. Ser rejeitado pelo outro é ser eviscerado. Insuportável!

Quando Whitey morreu, Jessalyn perdeu a vontade de viver. Se a morte era um limiar, e a porta estava aberta, era possível que ela a tivesse cruzado. Os filhos que a amavam sabiam, mas nenhum deles conseguia falar no assunto. Agora a mãe não precisava deles, tinha encontrado o próprio caminho de volta e os filhos não tinham nada a ver com isso.

Entregar-se a um outro, como Virgil nunca tinha sido capaz de fazer. Dar a mão ao outro, *a mão segurada*. Se não conseguisse se matar, se esse virasse outro fiasco típico de Virgil, ele sentiu uma comoção ao imaginar uma sequência de figuras esculpidas, de pele transparente, mãos dadas.

No rio Chautauqua, em Dutchtown. Não sabia direito o que faria, mas envolveria água.

Ele deixaria para Amos Keziahaya trezentos mil e seiscentos dólares, pois era o que restava da herança de Whitey. Além do Jeep, quinquilharias da cabana. Além das obras de arte de Virgil que não tinham sido vendidas, que eram pelo menos trinta no ateliê ou armazenadas no celeiro e em várias galerias, à espera de compradores.

*Testamento e últimos desejos de Virgil McClaren*, ele havia preparado a partir de um formulário resumido da internet. Desdenhava da ideia de procurar um advogado, gastar dinheiro que seria melhor que fosse para um herdeiro. Não tinha avisado a Amos — é claro. Torcia para que não fosse uma surpresa desagradável para o amigo, ser avisado do nada — *Amos Keziahaya? Você é o único beneficiário do espólio de Virgil McClaren.*

Para simplificar o caso (pelo menos Virgil achava que assim simplificaria o caso), Virgil também indicou Amos Keziahaya para ser o testamenteiro de seu espólio. Por um breve instante, cogitou a possibilidade de deixar algumas de suas obras de arte para gente que admirava — Jessalyn, Sophia, Beverly, entre outros —, mas concluiu que causaria complicação demais.

Sentia-se grandiloquente, petrificado. Versos de seu poema predileto de Yeats lhe vieram à cabeça quando freou o Jeep.

> "*Por vinte minutos mais ou menos*
> *Me pareceu, foi tão grande minha felicidade,*
> *Que fui abençoado e capaz de abençoar.*"

**DEBAIXO DO SOL QUENTE** à margem do rio Chautauqua. Seria de se pensar que era o ápice do verão, a não ser pelas folhas retorcidas e desbotadas sob seus pés.

Sentia-se incauto, frenético. Mas *feliz*.

Queria apertar a mão de Amos. *Não sinta pena de mim, meu amigo. Não sinta culpa! Na verdade eu estou feliz. Nunca tinha me dado conta — feliz.*

Triste, nunca ter apertado a mão de Amos. Ficaria tão honrado de ter apertado a mão de Amos.

Triste, Amos não estava com ele agora. Por que Amos não estava com Virgil *agora*?

Como os homens se aproximavam uns dos outros? Virgil conhecia o roteiro, por mais desastrado que fosse, para se relacionar com garotas e mulheres que o encontravam no meio do caminho, ou que ultrapassavam o meio do caminho, pois também conheciam o roteiro. Mas outro homem — mesmo nessa época de liberação gay, consciência gay —, ele não conseguia imaginar.

Caminhando à beira do rio nas redondezas de Dutchtown. Ninguém sabia que ele estava ali ou onde quer que fosse. E quando as notícias chegassem, eles diriam: *Ah mas por que o Virgil estava lá?*

Precisava ser um acidente. Do contrário, impensável.

Não tinha deixado um bilhete. Somente *Testamento e últimos desejos de Virgil McClaren* em cima da mesa de trabalho, atitude que poderia ser interpretada como bem entendessem.

Virgil tinha assinado o documento nos lugares certos e datado. Tinha pedido a amigos do sítio que servissem como testemunhas de sua assinatura. *O que é isso que estamos assinando, Virgil?*, tinham perguntado, *parece um contrato*; e Virgil disse que era apenas um formulário baixado da internet, nada importante ou relevante para a vida deles.

Eles assinaram sem fazer mais perguntas. Era por isso que tinha pedido a Conner e Jake e não a qualquer outra pessoa.

Era o tipo de dia claro em que a pessoa poderia jogar a vida fora feito um punhado de pedrinhas. Na água reluzente.

Bem, o rio Chautauqua podia até parecer reluzente, a certa distância. Mais de perto, a água era turva feito um pensamento barrento.

Áreas do rio tinham chegado a pegar fogo quarenta anos antes, rio abaixo da indústria de Hammond. Usina hidrelétrica, indústrias químicas. Nitrogênio. Os noticiários locais da TV tinham mostrado várias vezes as imagens assombrosas. Jovem demais para o espetáculo, Virgil havia colecionado fotografias do caso no colegial, para um de seus projetos de arte e ciências.

Muito tempo antes. Ele tinha sido um menino solitário. Arrogante, fechado.

Se os garotos berravam *bicha* para ele, ele não ouvia. E se ouvia, algo nele desviava o insulto como um super-herói desvia um golpe letal com um gesto indiferente de sua mão de super-herói.

Junto à margem do rio havia uma vereda quase apagada em meio a caniços, tifáceas, detritos que ele se viu seguindo pela primeira/última vez na vida. Havia novidade nisso!

*Amos: se nós pudéssemos fazer todas as coisas pela última vez ao mesmo tempo que as fizéssemos pela primeira vez, que alegria.*

Na margem oposta havia uma praia improvisada onde crianças pareciam brincar. Virgil protegeu os olhos do sol: era longe demais para enxergar.

Longe demais para *ele* ser visto pelas crianças.

Aos poucos, fazendo um barulho gutural, pulsante, uma barcaça apareceu no rio. Virgil permaneceu na vereda, observando, esperando as palavras virem à cabeça.

*Nade até a barcaça. Segure e seja conduzido à liberdade.*
*Primeira vez/última vez. Corra!*

Uma ideia absurda, Virgil refletiu. A última coisa que uma pessoa sã gostaria de fazer.

Tirou a camisa, chutou as sandálias dos pés. Que bom que estava de short e não de calça cáqui.

Agora andava rápido pela beirada. Não se lembrava da última vez que tinha tomado banho e portanto achou que estava fedendo a bode. Mas estava feliz! Feliz para caramba.

*Virgil McClaren enfim feliz.*

E então se arrastava na água turva da beirada. Era sempre uma surpresa entrar na água, sua impassibilidade inesperada, a aspereza onde deveria haver transparência e leveza. A superfície era pontilhada por sementes, oleosa. Abaixo dela, era quase fria.

Também se espantou com o leito de lama maleável sob os pés descalços. E a vulnerabilidade da sola dos pés. Respirando fundo (pois começava a tremer) e ousando se impelir e começar a nadar, tentando não se magoar com o escárnio de Thom, *Nossa! Você chama isso de nadar, mas isso aí é estilo cachorrinho.*

Sua intenção era se atirar corajosamente na água, mas não tinha previsto a correnteza ligeira do rio. Os dedos brutos tentando segurá-lo sem que soubessem quem *ele* era e como era especial no universo.

*Não desista, não se desespere*
*Eu vou ao seu encontro*
*Estou indo ao seu encontro*
*Vou te salvar*

O nado frenético. Desesperado. Engolindo um monte de água.

Ninguém via. Ninguém estava ciente. O irmão mais velho, cruel, observava em silêncio, estarrecido.

A enorme barcaça passava a uma distância de uns três metros e meio. As ondas o arrastavam, balançando seu corpo fragilizado. Corria o risco de ficar preso no motor? — o ruído vibrante havia se tornado ensurdecedor. Mas um cabo se arrastava na água, no encalço da barcaça, grosso, áspero, bem desgastado, feito de um material sintético, como alfinetes cortando a pele das mãos que agarravam. Com uma clareza bizarra, como se o crânio tivesse sido serrilhado ao meio para receber uma luz muito intensa, Virgil pensou: *Eu aguento segurar. Esse é o jeito certo.* Pensou que seguraria o cabo até a barcaça puxá-lo rio abaixo, rumo ao esquecimento, mas então a dor se tornou lancinante, não conseguiria segurar o cabo por tempo suficiente para ser afogado na esteira da barcaça, a ideia tinha sido um erro grave. O que quer que pretendesse fazer, a verdade era que não tinha uma ideia clara do que pretendia, pensando que poderia simplesmente agir, que *mergulharia* e se entregaria ao acaso. Ele devia isso a Whitey, se entregar ao acaso. Mas suas mãos estavam ficando em carne viva e ele precisava soltar o cabo, sufocando e cuspindo nas ondas atrás da barcaça feito uma gargalhada alegre.

Tinha sido puxado para debaixo da ponte. Talvez tenha gritado um pedido de socorro. Ali o rio era mais estreito, mais raso — concreto rachado e vigas de ferro enferrujado tinham sido jogados na água, perto da margem. Sem nem entender direito o que estava fazendo, conseguiu segurar um enorme bloco de concreto com as mãos ensanguentadas.

Por fim, rastejou até a margem, exausto demais para ficar de pé. A loucura de nadar até a barcaça, ser arrastado pelo cabo afiado feito uma navalha, não tinha durado mais do que doze minutos, mas precisaria de muito mais tempo para se recuperar.

— Ei, cara. Você está legal? — perguntou alguém da trilha lá em cima.

Rapazes sem camisa. Fitando Virgil com espanto porque ainda estava vivo.

Balbuciou que estava legal, mas o sujeito da trilha se aproximou. Disse:

— Você não parece estar bem, não, cara. Que tal a gente ligar para a emergência?

Mas não, Virgil estava bem. Conseguiu se sentar, arfando e cuspindo água imunda.

Conseguiu dissuadir os meninos de ligarem para a emergência para pedir uma ambulância. Não, não! A última coisa que queria era um pronto-socorro.

Em um triunfo louco, o coração batia — *Bem* — *você continua vivo. O Amos não vai ficar sabendo. Ninguém vai ficar sabendo.*

Deixou que o ajudassem a subir até o aterro. Que o ajudassem a ir até o Jeep. Não se afastou quando uma menina lhe deu maços de lenço de papel para limpar as mãos ensanguentadas.

— Ei, cara... aqui.

Um dos meninos lhe atirou a camisa e as sandálias que ele tinha deixado à margem do rio, a uma certa distância.

Voltou para o sítio da Bear Mountain Road, onde (é claro) ninguém fazia nem ideia de que ele tinha saído. Exausto, nauseado, queimado de sol, mas ninguém veria. O short fedia à água do rio. O cabelo emaranhado fedia. Mas ali estava o *Testamento e últimos desejos de Virgil McClaren*, onde ele o deixara, na mesa de trabalho.

Tinha se afogado, mas não tinha morrido. Tinha morrido, mas ainda estava ali. Seria isso o melhor de tudo? *Melhor que* alguma outra coisa? Ele veria.

# Advertência

Aproximando-se por trás, passando bem rente ao espelho retrovisor, um carro dirigido por um homem que ela não enxergava direito e, de repente, ela sente medo, será que essa pessoa agressiva bateria na traseira de seu carro, será que estava andando devagar demais na Old Farm Road, onde o limite de velocidade era de setenta quilômetros por hora, a não ser nas curvas, onde era de trinta, o motorista (homem) estava com raiva dela, ela corria risco por causa de sua raiva? — pisava no acelerador para apaziguar quem quer que fosse ali atrás, dar espaço para que ele a ultrapassasse caso quisesse, ela não tinha a intenção de deixar um motorista impaciente ainda mais impaciente mantendo a velocidade baixa naquela área quase rural, onde havia pouco tráfego àquela hora do dia; e segundos depois ouviu a lamúria da sirene, pois o veículo atrás dela era uma patrulha, talvez não identificada, ela não tinha visto, não tinha como ver em meio ao susto e à confusão.

Sophia freou o carro e o parou. Não imaginava o que teria feito de errado. Um policial de uniforme bege se aproximou de sua janela e disse alto:

— Senhora, abaixe a janela.

Em seguida:

— Desligue o carro, senhora.

Seus olhos examinaram Sophia de cima a baixo rapidamente. Tinha um rosto redondo, era parrudo, mas relativamente jovem, devia ter trinta e poucos anos. Usava um distintivo de latão, cinto de couro, coldre. Identificou-se como agente da Polícia de North Hammond. Seu jeito era ao mesmo tempo hostil e entretido, como se não tivesse se dado conta de que a motorista do carro parado era uma jovem bonita e essa tivesse sido uma boa surpresa, uma espécie de bônus.

— A senhora estava com um pouquinho de pressa, né? O limite é de trinta quilômetros e a senhora estava a cinquenta.

Sophia tentou explicar: tinha acelerado o carro porque ele tinha quase encostado, tinha ficado com medo de que o veículo dele batesse no dela, não tinha se dado conta de que ele era policial...

— Certo. A senhora não se deu conta.

— Mas eu...

— Vinte quilômetros além do limite, senhora. E seu carro também estava costurando.

Costurando? Sophia não fazia a menor ideia do que isso significava.

— Faz mais ou menos uns dois quilômetros que estou te seguindo e a senhora vai de um lado para o outro da pista. Direção errática mais alta velocidade. — A essa altura já estava claro que a pronúncia de *senhora* pelo policial era sarcástica, zombeteira. — Sua carteira, por favor, senhora.

— S-sim, senhor.

O coração de Sophia estava acelerado. Nunca na vida tinha sido parada por alguma infração de trânsito. Nunca tinha sequer sido multada por estacionar no lugar errado.

Excesso de velocidade, costurar, direção errática — era impossível que as acusações estivessem corretas. Ela não estava dirigindo de um jeito diferente de como sempre dirigia na Old Farm Road, que lhe era tão familiar que seria capaz de percorrê-la dormindo, prevendo cada acesso de garagem e casa de vizinho, cada cruzamento com outra rua, cada curva com limite de trinta quilômetros por hora.

Mais tarde, se lembraria de ter visto o carro da polícia pelo retrovisor desde que havia saído da casa de Jessalyn, dez minutos antes. Naquele momento não tivera por que pensar: *Essa pessoa está me seguindo.*

— "McClaren", hein? É esse o seu sobrenome?

— É...

O policial olhava da foto da carteira para o rosto dela com uma desconfiança exagerada, ou simulada. Em um surto de insegurança, Sophia se perguntou se a carteira de motorista estaria vencida, se sem querer não teria infringido outra lei.

— "McClaren"... e a senhora mora... — Semicerrava os olhos para ler o endereço na carteira. — Não é na Old Farm Road.

— Não. Não moro na Old Farm Road...

— Mas a senhora saiu do número 99 da Old Farm Road.

— Sim, eu estava visitando... a minha mãe...

— Sua mãe? A senhora estava visitando a sua mãe.

A voz do policial era monocórdia, irônica. Por que lhe fazia essa pergunta? Será que a conhecia? Conhecia o sobrenome "McClaren"?

Sophia explicou que já não morava no número 99 da Old Farm Road, mas tinha morado, até se mudar; era o endereço de sua família, tinha visitado a mãe... Ela se ouviu falando rápido, nervosa.

— Registro do carro, por favor, "So-phia".

— Sim, senhor.

*Sim, senhor.* Ela soava tão covarde. Tão *feminina*.

Exatamente como Jessalyn agiria naquela situação: amável, reverente, assustada, mas tratando de não demonstrar. *Feminina*.

Do porta-luvas, Sophia pegou uma pasta que supostamente continha o registro do veículo, o seguro. Fazia meses que nem abria o porta-luvas. Os dedos estavam gelados, as mãos tinham começado a tremer.

— Quem é esse? "John Earle McClaren." Não é a senhora.

Sophia explicou: tinha ganhado o carro de presente do pai, alguns anos antes. Ele tinha comprado um carro novo para si, um esportivo, ou melhor — este carro tinha sido da mãe dela, e o pai tinha presenteado a mãe com o carro que ele dirigia antes de comprar o carro novo... A seus próprios ouvidos, esse emaranhado de palavras parecia suspeito, pouco convincente.

— Ele precisa estar no seu nome, "So-phia". A senhora está dirigindo um carro registrado no nome de outra pessoa. — (Ele estivera prestes a dizer *pessoa falecida*? Sophia se perguntou.)

— É contra a lei, senhor? Eu...

— Se a senhora está dirigindo o veículo, se ele está sob a sua posse, a senhora tem que ser a titular do veículo. A senhora pode solicitar a transferência na Secretaria de Transportes.

— Mas... é contra a lei dirigir o carro de outra pessoa? Se essa pessoa te emprestar?

— Ele foi dado, a senhora disse.

— Bom... eles meio que me deram as chaves e pronto. O meu carro parou de funcionar e em vez de consertar... Eu não sei se foi mesmo um "presente" — disse Sophia, sem firmeza —, talvez tenha sido mais um empréstimo... de parente para parente...

— Senhora, desça do carro, por favor. Deixe a chave na ignição.

— Descer do *carro*? Mas... por quê?

— Eu já falei, senhora. Desça do carro agora. Agora.

O policial falava alto. Como se à beira de um ataque de raiva.

Sophia se lembraria mais tarde dessa *raiva* (masculina) mal contida em suspenso, que era de sua responsabilidade como pessoa detida e mulher evitar.

Ela tremia muito. Não havia testemunhas naquela altura da Old Farm Road. O policial poderia fazer praticamente o que quisesse com ela, ela não teria como impedir.

*McClaren. Old Farm Road, nº 99.* O policial estivera parado lá, esperando-a. Esperando que algum morador da casa aparecesse no acesso da garagem.

Sem dúvida sabia os nomes: *John Earle McClaren, Thom McClaren.*

— Abra o porta-malas. Agora.

Sophia obedeceu. Era preciso ter mandado de busca para revistar um carro? Ela não conseguia pensar. Não havia algo no porta-malas que infringisse a lei — ou havia? O estepe, sacos de compras reciclados? Um par de tênis de caminhada enlameados que tinha esquecido de levar para casa depois de uma trilha recente com Alistair em Weeping Rock...

Desajeitada, como quem assume a posição de sentido, Sophia ficou ao lado do carro, olhando para a frente. Não se atrevia a olhar ao redor. Ouvia os chiados do rádio da polícia. Ouvia o policial revirando o porta-malas, forçando a abertura de alguma coisa. Mas só havia o estepe debaixo do painel...

— "So-phia"... o que é isso?

Depois de ir até ela com ares de superioridade, o policial esticou o braço para mostrar, na palma da mão, várias folhas secas, esfareladas, amarelas.

— Eu... não sei. São folhas...

— Que tipo de "folhas"?

— De... uma árvore? Alguma coisa que voou para dentro do porta-malas quando ele estava aberto...

— "Voou para dentro do porta-malas quando ele estava aberto"... é?

Seriam... folhas de carvalho? Carvalho branco? Sophia tinha estudado botânica na graduação, devia saber. Mas aquela situação era ridícula! No nervosismo do momento, o homem fardado se avultando sobre ela, quase tocando nela, na verdade encostando nela, ela não conseguia pensar direito.

Ele cheirava as folhas. Amassou-as na mão para pulverizá-las ainda mais, e fungou fazendo barulho. Esticou a mão para que Sophia também cheirasse.

— Que cheiro é esse, Sophia?

— Eu... eu não sei. Cheiro de nada.

— "Nada"... é? É assim que a senhora identifica isso?

— Eu acho que são só folhas de carvalho...

— Como é que elas foram parar no seu porta-malas mesmo?

— Devem ter voado... caído de uma árvore...

Sophia estava com tanto medo que gaguejava feito uma criança. O cérebro se debatia à procura de palavras.

Ele ria dela. Caçoava, atormentava.

Ele não podia estar falando sério — podia?

No entanto, Sophia se apavorava com a ideia de que o policial a algemasse. Suspeita de... posse de narcóticos? Não seria implausível.

E o que os policiais fazem em seguida, depois de algemar? Se o suspeito "resistisse", ele teria o direito de jogá-la no capô do carro ou no chão. Teria o direito de dominá-la, enfiar o joelho em sua lombar, fazê-la berrar de dor. Ela sabia, sabia muito bem, desde a morte de Whitey todos os McClaren sabiam muito mais do que gostariam sobre a conduta basicamente incontida da polícia local.

(Por fim um carro passou, desacelerou e depois acelerou, e sumiu de vista ao fazer a curva. Sophia não viu quem dirigia, se era alguém que morava nos arredores, que talvez a reconhecesse e a ajudasse.)

(Mas ajudar — como? Por quê? Qualquer um que visse uma moça parada ao lado do carro, um policial de uniforme bege a interrogando, provavelmente logo desviaria o olhar e iria embora. Exatamente o que a própria Sophia faria em uma situação dessas.)

Tentou se acalmar. Que lei ou leis ela tinha descumprido? Acelerar naquele trecho rural da Old Farm Road era uma transgressão tão séria que poderia ser detida? Estava *detida* agora, sem se dar conta? Receber ordens para descer do carro — seria o prelúdio de uma prisão?

Pensava: *Pelo menos a minha pele é branca.* Não conseguia imaginar a situação se fosse uma pessoa de cor, uma mulher de sua idade, sozinha no carro na Old Farm Road, vulnerável ao policial branco.

Além disso, Sophia pelo menos usava uma roupa decente. Suas roupas eram bem normais e não estavam justas no corpo. Não usava bijuterias na orelha ou no rosto, não tinha tatuagens. Tinha visto os olhos do homem examinando-a com rudeza, indo até os pés e voltando pelas pernas, quadril, seios, rosto. A expressão no rosto dele sugeria que não estava muito impressionado, já tinha visto coisas melhores.

— Não saia daqui, "So-phia". Volto já.

Em sua boca, "So-phia" soava libidinoso, obsceno.

Muito imóvel, Sophia ficou ao lado do carro. A boca estava seca. Não ousava olhar para o homem empertigado que agora ligava para a delegacia. O chiado de estática do rádio. Um som de risada jocosa. Ela se sentia fraca, indefesa. Lágrimas de frustração ardiam nos olhos. E que ironia: nas últimas semanas vinha pensando que estava recuperando parte das forças, que tinham se esvaído na época da morte de Whitey.

Apesar de (era evidente) não ter achado nada ilegal no carro, o policial fazia alarde de que a investigava. Verificou sua carteira de motorista, o registro do veículo. Talvez a desculpa fosse de que o carro poderia ser roubado. Ou de que Sophia teria mandados expedidos contra ela. Ou de que "Sophia McClaren" não era a pessoa que declarava ser, mas sim uma impostora.

Se quisesse, o policial poderia plantar narcóticos no carro. Na bolsa dela. Tinha virado um assunto recorrente nos noticiários locais, a corrupção dos departamentos de polícia, a intimidação de pessoas de cor e de mulheres, o estupro de jovens sob custódia, a brutalidade e as ameaças de morte. As vítimas eram quase exclusivamente pessoas de cor, cidadãos de pele branca raramente eram alvo e não entendiam o porquê de *todo aquele alarde*.

Ela ficara surpresa, Jessalyn tinha contado que estivera em uma reunião da SalveNossasVidas. Em uma igreja de negros em uma região pobre de Hammond — a mãe!

Sophia ia no mínimo uma vez por semana à casa da mãe. Não se sentia à vontade com a ideia de receber a visita de Jessalyn na casa alugada de Yardley onde Alistair Means ficava com ela quando podia, nos estágios derradeiros, melancólicos, de um divórcio amargo.

Quando estava longe de Alistair, Sophia tinha certeza de que o amava. Quando estava com ele, ou melhor, quando ele estava com ela, distraído, não tão carinhoso quanto era no começo da relação, ela se pegava pensando: *Estou esperando a hora certa. Só esperando eu estar mais forte.*

No entanto, ela o amava. Nunca tinha amado um homem (sem contar o pai) tanto quanto amava Alistair Means.

Ele era a única pessoa com quem Sophia tinha falado do que era mais essencial em sua vida. A única pessoa a quem tinha confessado que a infância, a vida doméstica, acima de tudo a relação com a mãe, tinha sido tão intensa, tão feliz, que tinha dificuldade de se adaptar à vida adulta.

(Até mesmo a uma vida sexual adulta. Mas isso Sophia não disse a Alistair.)

Ele disse que ela deveria se considerar sortuda. Mas talvez Sophia não estivesse se lembrando de tudo de sua infância.

Sim, é claro! — ela havia concordado prontamente. (Sophia era cientista: tinha conhecimento o bastante a respeito do cérebro humano para saber que pouco se podia saber, e o que era "memória" era basicamente ficção. Mas ainda assim.) Mas quando se sentia impotente, desesperançada, seus pensamentos voltavam sempre para casa. Não conseguia, por algum motivo, quebrar o feitiço.

Ele rira, um pouco ofendido.

Sem tato, acrescentou que tinha uma filha que era quase da idade de Sophia que não tinha tido muita dificuldade de quebrar o *feitiço-de-filha* com ele.

Era irônico também que, ao percorrer a Old Farm Road menos de meia hora antes, ela estivesse esperançosa com a perspectiva de (enfim) terminar o doutorado e cursar Medicina em Cornell. Tinha discutido a ideia com Alistair, que recomendara a faculdade a ela sem muito entusiasmo. (Talvez não quisesse que Sophia se mudasse. Mas Cornell ficava a menos de duas horas de Hammond, poderiam se ver tanto quanto se viam agora.)

Ele queria que ela ficasse com ele. Estava inseguro com o divórcio, embora ele mesmo tivesse iniciado o processo. Andava falando em tom ansioso de outra chance, outra vida. Outro filho.

Outro filho! Sophia não tinha certeza se tinha escutado isso.

— Senhora? Aqui.

Com certa grosseria, o policial uniformizado devolveu a carteira de motorista de Sophia, o registro do carro. Irradiava um ar de fúria ressentida masculina.

— Obrigada, senhor...

— *Obrigada* porra nenhuma. Piranha.

As palavras a açoitaram tão rápido, como um chicote golpeando sua pele exposta e se afastando quase no mesmo segundo. Sophia ficou surpresa demais, chocada demais, para reagir; não seria capaz de repetir o que tinha ouvido, não com absoluta certeza.

Segurando as lágrimas, ela ergueu os olhos para o rosto enrubescido do homem. A pele dele era irregular, cor de barro. As lentes escuras esverdeadas, de trás das quais os olhos do homem a encaravam.

Por que tanta raiva dela? Por que a odiava?

Devia ser o processo. Devia ser o sobrenome *McClaren*. Mas, Sophia teve vontade de protestar, a família não estava processando *ele*.

Um homem tinha falecido. O pai dela tinha falecido. A polícia tinha que ser responsabilizada. *Ele* também deveria querer que fosse...

Do que aconteceu em seguida, Sophia não se recordaria com clareza depois. Ficou tão abalada com as palavras dele que mal entendeu a situação quando o policial agarrou sua mão, puxou-a em direção à sua virilha e a pressionou lá, dizendo que havia uma forma de ela "corrigir o erro" — mas Sophia reagiu com tamanha violência, com tamanho pânico, se afastando dele, berrando como uma criança, desesperada, impotente, que o policial recuou, consternado, enojado:

— Senhora, cale a boca. Ninguém encostou na senhora.

Era verdade, Sophia também o havia surpreendido. Seu grito infantil e sua total falta de compostura causaram medo nele.

— O que eu poderia fazer, senhora, é te passar uma multa. Cinquenta quilômetros em uma área onde o limite é de trinta por hora. Direção errática, "costurar". Eu poderia multar a senhora, mas o que eu vou fazer é te dar uma advertência.

Ele estava de rosto vermelho, furioso. Mas parecia que algo havia se decidido, ele não a odiava tanto assim. Era quase, Sophia pensaria depois, como se tivesse sentido pena dela.

— Dessa vez, senhora. Uma advertência.

Virou as costas para ela com ares de aversão masculina. Em um torpor aliviado, Sophia entrou no carro.

Atrapalhada ao girar a chave na ignição. Foi tomada por uma onda de fraqueza, de náusea. No espelho retrovisor, viu a patrulha se afastar, dar meia-volta na pista estreita e ir embora depressa.

Tinha sido poupada. Desta vez.

Trêmula de fúria. Mas também de alívio. Tão *cansada*.

A exaustão a dominou. A sensação de fadiga extrema, de fraqueza nos ossos, de que se lembrava dos dias seguintes à morte de Whitey — primeiro o choque, que inclui coisas como incredulidade, negação, e depois o cansaço.

Não conseguiria passar quarenta minutos dirigindo até Yardley, onde Alistair iria encontrá-la à noite. Preferiu voltar para casa. Isto é, a casa dos McClaren.

Entrou na casa pela cozinha, a mesma porta por onde havia saído mais ou menos uma hora antes, com um beijo de Jessalyn e uma despedida despreocupada *Ok, mãe, te amo. Eu te ligo.*

E Jessalyn se espantou ao vê-la, e Sophia se jogou nos braços da mãe soluçando, tinha sentido tanto medo, ficado tão sem domínio de si mesma e fora tão *covarde*, e Jessalyn disse:

— Sophie querida, o que foi que aconteceu? Sophie, você está partindo o meu coração.

Pois Sophia não conseguia contar a Jessalyn o que tinha acontecido, o policial, a ameaça, a advertência; seria perturbador demais para a mãe, e era impossível que fizesse algum bem; se Sophia contasse a alguém, seria a Thom.

Explicou a Jessalyn que estava sob muita pressão ultimamente. Não queria preocupá-la. Sim, tinha a ver com Alistair — mas não, ele não tinha causado isso, não era culpa dele, a *culpa* era só de Sophia. Não podia voltar para Yardley naquela noite.

É claro, Sophia seria bem-vinda se quisesse ficar com a mãe. Embora agora fosse um quarto de hóspedes, seu antigo quarto estava mais ou menos igual — estantes abarrotadas dos livros de sua juventude, vários livros da faculdade. Ligaria para Alistair quando ele chegasse em Yardley. Explicaria a ele que não achava que poderia continuar com ele... Ela se mudaria para Ithaca. Romperia com ele e iria estudar Medicina. Agora ela podia bancar o custo sem pegar empréstimos nem pedir ajuda a Jessalyn. Ou a Alistair.

A ligação durou um tempo. Depois de encerrado, o telefone logo tornou a tocar, e era Alistair, agitado, querendo conversar mais e querendo vê-la, e Sophia disse que sim, mas não agora.

— Hoje não. Agora não. Mas em breve. — E então: — Me desculpe, Alistair. Entenda, por favor.

Ele entenderia, ela sabia. Mais cedo ou mais tarde, assim como ela, ele teria a sensação de que tinha sido inevitável.

Desde o início a relação tinha sido assimétrica: a força dele, a fraqueza dela. E a fraqueza de Sophia com o tempo virou a maior força, exercendo sua atração gravitacional.

Ela sempre o amaria, disse a ele. Sempre seria grata pela ajuda que lhe dera nesse último ano...

Depois que ela desligou, Jessalyn deu uma batidinha à porta.

— Sophie? O que houve? Você estava conversando com o Alistair?

Sophia foi ao encontro da mãe para ser consolada. Seu rosto se dissolvia como um lenço de papel molhado.

— Você terminou com ele, querida? O que foi que aconteceu?

*Terminar* soava estranho, sem jeito na boca de Jessalyn, como se estivesse falando em uma língua que não a dela.

Sophia fez que sim de uma forma que dava a entender que não queria discutir o assunto naquele momento. Jessalyn respeitaria seus desejos e não a questionaria.

Mais tarde, Sophia despertou e ouviu vozes no corredor onde ficava o quarto. Não perto, a certa distância. A voz de Jessalyn e uma voz masculina conversando.

Seria Hugo Martinez? Uma consolação nisso, nas vozes adultas. Falando dela. Preocupadas *com ela*.

Nessa noite, na casa antiga, Sophia dormiu. Não foi um sono sem sonhos, mas um sono de grande alívio após a exaustão, e ela acordou algumas vezes durante a noite e se viu confortada por saber que cama era aquela onde ela estava.

# O coração assassino

Incrível! Seria isso... negligência profissional? Foote declarando que estava dando *um pé na bunda* da cliente Lorene McClaren.
Dizia naquela voz de racionalidade adulta afetada:
— Acho que não podemos continuar com as nossas sessões, dra. McClaren. Se a senhora insistir nesse grau de hostilidade.
*Grau de hostilidade.* Sentada diante da terapeuta, no sofá que parecia acolchoado mas na verdade era duro feito couro cru, Lorene se curvou para a frente, incrédula. Isso era... desleal! Injusto! Inédito! Nada profissional — Lorene tinha certeza.
— Dra. Foote, isso é surpreendente... e uma grande decepção. A senhora está sendo paga... muito bem paga... para oferecer "terapia" a pessoas que precisam da sua ajuda. Eu... eu... eu não estou entendendo, eu achava que a gente estivesse av-avançando...
Com muita calma, Lorene deu início a essa declaração, mas no meio dela sua voz começou a falhar e desmoronar como uma calafetagem fajuta.
— Eu achava... quer dizer, não é essa a promessa tácita... que mesmo que a pessoa seja insuportável, o terapeuta é obrigado a aguentar? Ou melhor, a continuar a tratá-la? Como... em uma... como em uma... — A voz de Lorene sumiu, fraca.
De má vontade, Foote completou com a palavra que lhe escapava:
— "Família"...? É isso o que a senhora está tentando dizer, dra. McClaren?
— Eu... eu não sei direito... Eu disse "família"? Ou... eu acho... olhe só! Foi a senhora, dra. Foote. *A senhora* foi quem falou "família".
Tomada pelo triunfo, como uma dose de adrenalina no coração, Lorene se pôs de pé e (de vontade própria: não porque tinha sido insultada) saiu do consultório de Foote.

Não bateu, mas fechou a porta com força.
*Não* voltaria. Não.

### RIDÍCULO! FAMÍLIA?

Lorene já tinha uma irmã, muito obrigada. Na verdade, tinha duas, o que já era demais.

Já tinha uma *família*. Uma bastava.

O que Foote estava pensando? *Será* que a terapeuta pensava, ou os comentários paradoxais pseudointeligentes que saíam daquela boca de peixe eram mensagens robóticas? Cliente diz X, terapeuta responde Y. Era provável que existisse um curso online para terapeutas com várias colunas contendo essas réplicas maquinais.

Em todo caso, Lorene não voltaria a Foote. Meses de terapia e desperdício de dinheiro. Chega.

E também tinha escapado por um triz: e se alguém da família, a bisbilhoteira Beverly, por exemplo, descobrisse? E, se estivesse vivo para ficar com vergonha da filha preferida, Whitey.

### NÃO EXATAMENTE UM ACIDENTE. INCIDENTE.

A culpa não era de Lorene por ter cochilado ao volante, mas do tempo.

A chuva, cortinas de chuva, e de repente o granizo caía, quicava, saltitava feito bolas de naftalina doidas no capô do Saab, reduzindo sua visibilidade a praticamente só a extensão do capô, e então, no momento em que tomava fôlego para gritar, o belo Saab cor de aço comprado com a herança de Whitey derrapou para fora da pista e atravessou a calçada feito um carrinho de bate-bate à solta no parque de diversões, enquanto as buzinas soavam com propósito assassino... *Ah, pai! Me ajude.*

Coberta de hematomas por conta do maldito airbag detonado no banco do motorista, dolorida havia semanas, com um caroço na testa e queimaduras nas mãos, quase se asfixiando com as tentativas de pôr para fora o catarro preto que havia se coagulado nos pulmões, ela sentia uma necessidade (desesperada, covarde) de ver Foote duas vezes por semana: às sextas, mas também às terças. Já tinha usado as doze sessões pagas pelo plano de saúde na época do acidente — isto é, *incidente* — e agora estava, expressão deplorável, *pagando do próprio bolso*.

Pagando com cheque, duzentos e quinze dólares por sessão, àquela pessoa que se dizia M.L. Foote, *doutora em Psicologia*.

(E Foote estava descontando os cheques. Lorene, que tinha uma leve obsessão com o equilíbrio perfeito de suas contas bancárias, mantendo registros tanto online como em papel, via que a terapeuta nunca deixava de descontar os cheques!)

Teria abandonado essa piada ridícula meses antes. Só que — de alguma forma — ainda que sem querer — Foote conseguia dizer, ou sugerir, ou estimular Lorene a refletir, dizia coisas lógicas o bastante a cada sessão para que a terapia parecesse, se não vantajosa, a única alternativa ao que Lorene passara a chamar de *atoleiro de sua vida*.

Bem, não tinha conseguido se matar na Hennicott Expressway, pelo menos. Essas situações em que escapara por um triz também seriam escondidas do resto dos McClaren.

Ah, mas a pobre cabeça careca — uma daquelas cabeças de galinha dócil das quais as outras galinhas tinham bicado todas as penas em um preparativo para matá-la a bicadas! Que vergonha.

A *tricotilomania* não tinha passado, apesar de Foote. Por um tempo parecera ficar menos severa, menos compulsiva, e ela e Foote ficaram (ingenuamente) otimistas, mas então Mark Svenson se comportara mal de uma forma assustadora, por volta da época do acidente, que tinha sido também a época da classificação rebaixada da North Hammond no estado de Nova York, e pouco depois do primeiro aniversário da internação de Whitey, e Lorene sucumbiu de novo à aflição, embora os fios na cabeça agora estivessem tão curtos e tão esparsos, e suas unhas tão roídas, que ficava difícil segurá-los e arrancá-los.

Além do mais, as cutículas sangrentas. O bruxismo noturno que deixava o maxilar doendo durante o dia. A constipação crônica do intestino e do cérebro! Será que Foote não via que a cliente estava à beira de *uma crise*?

Pessoal, profissional. Espiritual.

Foote não podia expulsá-la agora! Abandoná-la agora!

**DEPOIS DE SEMANAS DE HESITAÇÃO**, negação, ela contou à terapeuta, com um detalhismo torturante, sobre a fraude de Mark Svenson. Contou a Foote sobre a piranha descarada Rabineau. Leais vs. rebeldes. Amigos vs. inimigos. Como ela ficava deitada na cama rangendo os dentes e contabilizava quantos havia de cada lado, furiosa e exausta. Não podia confiar em ninguém! Jovens ingratos de vinte e poucos anos que a diretora McClaren havia contratado agora a difamavam pelas costas, tomando o partido de adversários que eram docentes veteranos, postando insinuações e insultos cruéis na internet.

Tentou explicar a Foote: não podia mais confiar em ninguém no North Hammond. Antes era apenas um grupinho asqueroso de alunos que se opunha à sua autoridade (*Mulher-Gestapo* — ela sentia nostalgia), agora eram muitos membros do corpo docente, uma colmeia de podridão.

Gravavam-na com seus iPhones. Às escondidas, tiravam fotos (nada lisonjeiras) que seriam postadas online.

Não conseguia nem olhar as coisas imundas e contestáveis que eram ditas sobre ela. Era um inferno, um verdadeiro inferno. Era *um universo paralelo*, a internet. E nunca sumia.

Tudo isso, ela precisava fazer Foote entender. Desesperada para fazê-la entender.

Mechas de cabelo, com raízes ensanguentadas, enviadas a Foote dentro de um envelope junto com um cheque adiantando o pagamento de dezembro. *Olhe, Foote, o que você me obrigou a fazer.*

Só que tinha digitado errado: *Olhe o que a gente me obrigou a fazer.*

COMO ELA IMAGINARA, FOOTE A aceitou de volta. É claro!

— Vamos pensar nisso como um período de experiência, dra. McClaren. Mas a senhora *não pode ser hostil durante as nossas sessões.*

E ENTÃO, UMA NOTÍCIA CHOCANTE. Os docentes de período integral do North Hammond se atreveram a organizar uma rebelião: se encontraram às escondidas, fora do campus, para fazer *um voto de falta de confiança* na diretora.

Os resultados foram enviados por e-mail a Lorene de um jeito tão sagaz: por meio de um servidor anônimo, ela recebeu a notícia sem aviso prévio, sentada diante do computador de casa, às seis da manhã, quando estava prestes a olhar a agenda do dia.

*Prezada dra. McClaren. Nós, os docentes permanentes do Colégio North Hammond, não nos sentimos livres para exprimir nossa insatisfação com as várias decisões repressivas, antidemocráticas e conservadoras que a senhora nos impôs nos últimos meses. Portanto, nos sentimos forçados a...*

O quê? O quê? *O quê?* Lorene fitava, incrédula. Passou os olhos pelo longo documento, começou a releitura, depois, em um acesso de fúria, deletou o e-mail todo, uma obscenidade atirada na LIXEIRA.

EXPLICAVA A FOOTE POR QUE de seus olhos vazavam lágrimas, ainda que não estivesse chorando.

Ela sabia, disse a Foote, que Mark Svenson era uma das pessoas por trás dessa punhalada coletiva nas costas. Um jovem ingrato espalhando mentiras sobre ela, calúnias, a mesma pessoa que tinha tido a carreira impulsionada.

Primeiro, ele volta e meia ia à sala de Lorene sob o pretexto de lhe fazer uma pergunta, apresentar uma ideia para sua classe. Sem vergonha, ele bajulara, flertara, se oferecera para lhe dar carona na viagem a Albany para uma conferência profissional. Em seguida, ao ouvir falar da viagem que Lorene estava, na época, apenas cogitando, ele havia feito veementes insinuações de que gostaria de acompanhá-la a Bali. Ele poderia "ajudá-la com a bagagem" — dissera. E depois, quando se envolvera com a piranha da Rabineau, e os dois começaram a se enfiar em salas de aula vazias e armários para transar, ele passou a fingir que não tinha dado trela a Lorene, houvera um "mal-entendido" entre os dois.

Foote, que interpretava tudo de forma literal, interrompeu para perguntar: Lorene já tinha feito as reservas para a viagem? Já tinha comprado as passagens de avião?

Não! Com uma careta violenta, Lorene sinalizou para a terapeuta que não era disso que estava falando. Estava falando de *traição*.

E também de *idade*.

Feito um cometa cintilante, o aniversário (de trinta e cinco anos) de Lorene tinha passado. Ninguém tinha se lembrado (a não ser a mãe, o que era um amor da parte de Jessalyn, mas um tédio) e ela já estava mergulhando em seu trigésimo sexto ano. Em seguida, os quarenta. Em seguida, a cova.

Ao que Foote, do outro lado do fim do mundo turvo que existia entre os quarenta e tantos e os sessenta e poucos anos, franziu a testa.

Que bom! Qualquer reação era boa naquela cara de zumbi.

Mas Foote estragou o momento perguntando, naquele estilo falsamente sensato que tanto provocava Lorene:

— Você não está exagerando, Lorene? Ou melhor, dra. McClaren. Quarenta está longe de ser um pé na *cova*.

Com paciência, Lorene tentou explicar: o assunto não era a idade, assim como comprar a passagem para Bali. A crise de sua vida — esse sim era o assunto.

Ela havia chegado à conclusão de que tinha a ver com a temporada outono/inverno. Havia um encurtamento brutal da luz do dia. No verão ela ficava bem — mais ou menos. Mas à medida que o pavoroso outubro desembocava no novembro turvo e em seguida chegava a promessa de dezembro como um conta-gotas de antraz na primavera de um bosque, o solstício de inverno e o dia mais curto do ano.

— Dra. Foote, infelizmente eu acho que... que... a senhora sabe aquele cachorrinho preto do Goya, que está prestes a escorregar da beirada do mundo? *Ele sou eu, na escuridão do inverno.* Eu estou com muito medo.

Foote parecia pesarosa ao ver a cliente obstinada tão humilde.

Empurrou uma caixa de lenços em direção a Lorene e teve o tato de desviar o olhar enquanto ela chorava ruidosamente no lencinho.

ESSA NOVA COMPULSÃO, CARAMBA! — rangia os dentes durante a noite, na cama, até o maxilar doer de fadiga como se estivesse censurando os docentes ingratos em um subterrâneo abafado que latejasse com o calor de uma fornalha. E então sentiu que uma palma encostava em sua face, para consolá-la.
*Papai?*
*Sim, Lorene-y. Mas você precisa parar, você sabe disso.*
*Parar o quê, papai? Me diga.*
*Seu coração assassino.*

FOOTE A ACONSELHARA A ANOTAR seus sonhos, pelo menos fragmentos de sonhos, que a tivessem impressionado.
Foda-se Foote! Quem tinha tempo para esse lixo? — Lorene ficou lívida ao pensar que a mulher a imaginasse tão ociosa, tão cheia de tempo para esbanjar a ponto de poder se sentar na beirada da cama feito uma burguesa neurótica em um filme de Woody Allen botando no papel "fragmentos de sonhos" que tinham tanta relevância e valor quanto bolas de poeira debaixo da cama. Então não aceitara a sugestão. Não tinha tido tempo. Até agora.
*Coração assassino.*
Ah, o que Whitey queria dizer?

— DRA. MCCLAREN? TELEFONEMA DO dr. Langley.
Não eram boas notícias. Iris desviou o olhar de forma evidente.
Convocada a se encontrar com o secretário de escolas públicas de Hammond no centro da cidade, no Prédio das Escolas.
Não foi como da primeira vez que Lorene fora convocada, em que houve um clima de celebração quando ela soube de sua promoção. *Lorene, está acontecendo alguns anos antes do previsto. Mas não consideramos prematuro.*
Desafiadora a caminho do encontro, mas, em pessoa, ao ver a expressão de decepção, preocupação, uma certa pena no rosto do homem ao reparar no gorro de tricô que ela usava na cabeça, de repente chorosa, cheia de desculpas.
*Não! Ela não fazia a menor ideia do porquê seus docentes tinham votado contra ela daquele jeito tão cego, tão autodestrutivo.*
Não era animador, Langley estava com uma pasta aberta à sua frente, na mesa, que examinava franzindo a testa. Uma bela pilha de documentos. Será que aqueles filhos da puta traiçoeiros lhe tinham dado uma transcrição da reunião

ilícita? Tinham lhe dado depoimentos, declarações? Tampouco era animador que um advogado das escolas públicas estivesse presente. Lorene mal olhou para essa pessoa e se esqueceu de seu nome assim que o ouviu.

Perguntas foram feitas. Palavras foram trocadas. Apesar de ter começado a suar frio de verdade (por que era tão frequente que a vida, por mais idiota que isso fosse, confirmasse todos os clichês?), ela acreditava ter feito uma autodefesa impressionante, convincente.

Que choque foi então, um golpe baixo na barriga, quando Langley disse que seria "diplomático" Lorene tirar uma licença do North Hammond — "em vigor a partir de agora".

*Em vigor a partir de agora.* Tão perplexa que Lorene sentiu o chão balançar debaixo dos pés.

De má vontade, vendo a expressão no rosto dela, Langley emendou:

— Bem. Uma licença no período letivo da primavera?

*Licença.* Uma lasca de gelo no coração.

Com toda a dignidade que conseguiu reunir, Lorene gaguejou que a medida seria desoladora para ela:

— Todo mundo ficaria sabendo.

— Ficaria sabendo do quê, Lorene? Meio ano afastada, depois de você trabalhar tanto, não seria nada fora do normal.

— Eu acho que seria visto como uma punição, dr. Langley. — Lorene se calou, engoliu em seco. — Uma humilhação.

— "Visto"... por quem?

— Meu corpo docente. Meus funcionários.

— Por que você se importa com o que eles pensam, Lorene? Você já demonstrou o seu desprezo por eles.

— Eu... eu demonstrei? Desprezo?

— Mas é claro. Está na sua cara.

*Na sua cara.* Outro clichê tosco, destrambelhado. Agora Lorene realmente sentia desprezo, mas por aquele burocrata de cara gorda que já tinha sido seu amigo e apoiador e agora a abandonava.

— Você não se dá ao trabalho de disfarçar o seu desprezo, "dra. McClaren". A gente percebe.

*A gente.* Seria o plural majestático?

— A bem da verdade, o seu sorriso me parece irônico, "dra. McClaren". Tem alguma coisa errada? Você está achando essa conversa desagradável?

*Sorriso irônico.* Mas Lorene não estava dando um sorriso irônico!

Tentou explicar para ele, e para o advogado que a encarava com rudeza, que se tirasse uma licença tão depressa, antes da data que seria esperada, ficaria óbvio que estava sendo punida. Os docentes tinham votado pela "falta de confiança" por despeito, já que ela insistia na excelência, ao contrário do predecessor.

— Mas inúmeros professores "excelentes" assinaram a carta. Como você explica isso?

— Conluio com os outros. Inveja, despeito.

— Mas você viu a lista de queixas? Algumas delas são muito convincentes.

Lorene não tinha visto a lista de queixas. Tinha deletado o longo e-mail depois de ler poucas linhas.

— Dos cento e nove professores do North Hammond, noventa e quatro assinaram essa carta que me foi endereçada, e sete resolveram declarar que estavam se "abstendo".

Oito professores a apoiavam! Ela descobriria seus nomes, eles se tornariam preciosos e ela jamais os esqueceria.

Inflexível, ela afirmou:

— Eles querem que eu seja transferida para outra escola. É esse o plano deles.

— Você concordaria com uma transferência, Lorene? Prefere isso a uma licença?

— Não! O North Hammond é o colégio mais importante do condado devido ao meu empenho. Não vou permitir que me expulsem.

— Uma transferência poderia ser vantajosa para todo mundo. Vai abrir uma vaga de diretora-assistente no Colégio Yardley no outono que vem. Acho que você seria ideal.

*Diretora-assistente.* Um rebaixamento. Lorene realmente sentiu o chão balançar.

Pouco depois a reunião foi encerrada. Lorene tinha muito mais a dizer, mas não conseguiu tomar fôlego para se pronunciar e se viu, arfando, à beira de hiperventilar, no corredor onde ficava a sala de Langley.

E o sujeito tinha sido amigo de Whitey! Caramba, ela jamais o perdoaria.

**DEDOS DORMENTES, MAL CONSEGUIA ACHAR** fios para arrancar dentro do gorro patético.

Cimento nas entranhas, revirando a lava escaldante que exigia ser evacuada. Depressa.

— ∞ —

EM PÂNICO, LIGOU PARA FOOTE de madrugada. Sabia que a terapeuta não atenderia ao telefone, mas tinha sido despertada do sono por outro toque de Whitey no rosto, censurando duramente seu *coração assassino*.

Sessão de emergência com Foote marcada para apenas algumas horas depois. A terapeuta agora parecia fitar a cliente complicada com olhos preocupados.

Preocupada com a possibilidade de que Lorene cometesse suicídio? Preocupada com a possibilidade de que isso tivesse repercussões para *ela*?

— ...não são normais. Esses sonhos em que o meu pai aparece. Não é do feitio dele. Se a senhora o conhecesse... saberia. *Não é normal.*

Pausa.

— ...disse uma vez: "O perdão é irrelevante. Uma pessoa que você magoa jamais vai perdoar *você*". Mas agora o papai parece pensar de outro jeito. Agora... o papai parece estar me repreendendo.

Pausa.

— ...não é ciúme, doutora. Eu não tenho um pingo de ciúme. Se o Mark Svenson e aquela mulher não têm a dignidade de evitar ser alvo de fofocas pavorosas, o problema é deles.

Pausa.

— ...mas preocupada com a minha mãe. Desde a morte do meu pai ela está frágil do ponto de vista emocional. Ela tem um "amigo" (eu sei, eu já te contei desse tal de "Hugo", doutora — ele não some nunca) que a coage a fazer coisas que ela jamais faria quando o papai era vivo. Esse cara horrível chegou a trançar o cabelo dela! Ela parece uma mulher de índio com a metade da idade que tem. Ela nunca mais usou roupas boas, só usa calça jeans e suéter e "fantasias de índio" quando eles saem — para ver filmes "de arte". O papai *odiava* filmes "de arte". Dizem que esse tal de Hugo obriga a mamãe a fazer trilhas com ele. Eles foram vistos no Pierpont Park e em Weeping Rock. Ele a levou em uma loja de artigos esportivos e a forçou a comprar botas de caminhada. Minha mãe! — *botas de caminhada*. A mamãe fez uma piada ridícula sobre isso, disse que o amigo a obriga a amarrar as próprias botas, o que requer certa habilidade, e ele só ajuda quando ela fica muito confusa. Às vezes eles chegam a fazer trilha debaixo de chuva! O Hugo já a levou para passear de canoa, no lago que fica perto de casa. *Nossa mãe sempre morreu de medo de barco*. Ele acha que é "bom para a Jessalyn" dirigir o carro quando eles estão juntos. *O papai nunca deixava nem a mamãe nem ninguém dirigir o carro se ele estivesse junto*. Para o papai, a minha mãe era uma princesa, ou uma inválida. Acho que era que nem amarrar os pés. O casamento deles. Não eu, mas tem mulher que prefere relações assim. Assim como tem mulher que defende a mutilação genital feminina.

Pausa.

(Lorene estava com a respiração acelerada, indignada. Não tinha certeza se estava indignada com o domínio de Hugo Martinez sobre a mãe ou com os pés amarrados, assunto sobre o qual sabia só o suficiente para ficar horrorizada e desdenhar das mulheres que se permitiam ser mutiladas.)

(Olhou para Foote, que estava carrancuda. A maioria das mulheres, ao pensar na mutilação genital feminina, ficava nauseada ou tonta, mas a zumbi Foote parecia estar levando tudo na esportiva.)

— ...sem sombra de dúvida, a mamãe está diferente. O papai mal a reconheceria. Ele a teria obrigado a pintar o cabelo... não iria querer uma esposa que aparentasse a idade que tem. Ele teria nojo desse tal de Hugo... que parece o Che Guevara. *O papai odiava os comunistas.* Se a gente fosse uma família mafiosa, saberia o que fazer. A gente não estaria abanando os braços e choramingando. Meu irmão, o Thom, ficou de falar com o Hugo, pressioná-lo, oferecer dinheiro para ele sumir, mas parece que o Thom perdeu o interesse nisso, ele está obcecado com o processo inútil...

Pausa.

(Será que Lorene já tinha contado a Foote do processo contra a Polícia de Hammond? Talvez não. Talvez não fosse a hora. A terapia de Lorene deveria ser focada *nela*.)

— ...um pesadelo desde que o papai morreu. Nada está certo. A família desmoronou feito o Big Bang... um voando para longe do outro na velocidade da luz. Agora esse "Hugo" está na nossa vida, tentando se casar com a mamãe e tirá-la de nós. Ele está sempre viajando para lugares tipo China, Índia, África, alguma coisa terrível poderia acontecer com ela lá e o Hugo herdaria metade da propriedade caso eles se casassem... é o que dita a lei do estado de Nova York. Bom, boa sorte para o "Hugo" tentando arrancar nossa mãe daquela casa!

Pausa.

— ...não tenho ciúme, doutora. Por que a senhora está me olhando desse jeito?

HOUVE UMA PRESENÇA CINTILANTE que foi levada a crer que seria a de Langley, o secretário de escolas que, depois de ter mudado de ideia, irá reempossá-la; no entanto, quando o rosto ficou mais nítido, ela viu que era Whitey.

*Quero te ajudar, Lorene-y. Agora eu tenho todo o tempo do mundo para te ajudar. Que pena que eu não percebi para onde você estava indo enquanto eu estava — bom, sabe como é, vivo.*

*Você não foi uma menina cruel. Eu acho que não. Você escolheu um caminho errado, talvez a culpa tenha sido minha. Eu me lembro da sua mãe segurando as-*

*minhas mãos um dia, você não devia ter mais de onze anos*, e a Jessalyn tentou não chorar enquanto dizia: Whitey, estou com uma sensação ruim quanto à nossa filha do meio. Eu acho que tem alguma coisa muito errada.

*Então eu acho, querida, que chegou a hora de o seu coração assassino — parar...*

O PAI QUERIA QUE ELA morresse.

O pai queria que ela fosse encontrá-lo, que se juntasse a ele — assim, Lorene (a que ele mais amava) seria a primeira dos filhos dos McClaren.

Pela lógica sutil da madrugada, isso parecia evidente. De dia, a luz machucando seus olhos, como se ela fosse um molusco úmido e branco tremendo dentro da concha, e essa concha se abrisse sob a navalha da luz, a ideia não parecia tão evidente assim.

— Dra. Foote? Eu preciso... preciso falar com a senhora. — (Quando tinha começado a gaguejar? Que coisa ridícula.) — Eu... eu... eu estou ficando com medo de... do que pode acontecer...

Pouco depois dessa ligação desvairada, às sete horas da manhã, no consultório de Foote, calçada [*sic*] em um encaixe entre outros dois clientes (cujo rosto Lorene faria questão de não ver quando chegasse e fosse embora, na esperança de que tivessem o tato de não ver o dela), Lorene se viu falando com a terapeuta de um jeito que poderia ser chamado de *suplicante*, mas (Lorene tinha certeza) ela nunca tinha *suplicado* a ninguém na vida.

De verdade, ela não queria se matar, explicou à terapeuta de expressão rígida. Não! Não queria mesmo! No entanto, entendia que talvez fosse melhor se o fizesse.

E por que achava isso? — Foote indagou.

Porque o pai a havia censurado. Porque o pai estava decepcionado com ela. Porque o pai, ao que constava, não aprovava mais sua vida, como outrora.

E Lorene acreditava que o "pai" no sonho era — de fato — de alguma forma — o *pai* dela? — com educação, Foote questionou, como se estivesse diante não de uma pessoa transtornada, mas de uma pessoa plenamente racional que na vida profissional era a diretora mais jovem que o Colégio North Hammond já tivera.

Bem, não. Mas, bem — sim... Eu... eu acho que é...

Os dedos da mão direita de Lorene se enfiavam furtivamente no gorro justo, até um olhar sério de Foote pôr fim ao gesto.

Não. Aqui dentro, não. *Não encoste na cabeça, no rosto, nas unhas. Não coce nada. Respire e mantenha a calma.*

Atrás da mesa, Foote estava sentada com as mãos entrelaçadas diante da barriguinha saliente feito um Buda de colete angorá, camisa de linho branco e calça de cotelê. No pescoço, usava um amuleto de chifre junguiano preso em um cordão de couro preto. O rosto de M. L. Foote era comprido, acavalado e solene, e no entanto (Lorene viu pela primeira vez) não era um rosto feio; e o cabelo (Lorene também viu pela primeira vez) era quase tão curto quanto o dela tinha sido quando estava no auge da vida, um ou dois anos antes, como feno recém-cortado, em tom de chamuscado, entremeado por fios brancos.

Foote estava dizendo que não tinha o costume de ser dogmática ao falar com os clientes. Nem com ninguém, aliás. Não pregava, não dava sermão nem lição de moral. Mas acreditava ser capaz de "resolver" o problema de Lorene da seguinte forma:

— A senhora pode redimir seu "coração assassino" agindo como se fosse uma pessoa boa, gentil, generosa, dra. McClaren. Não precisa se comportar de uma forma que seu pai teria aprovado. Ele está te instruindo a abrir mão desse estilo de vida, não da sua vida.

Lorene ficou impactada com essas palavras. De uma banalidade indizível, triviais, sentimentais, até bobas. E no entanto — para ela, emocionantes como uma porta que se escancarasse, mostrando a saída de um ambiente abafado e sufocante.

— Mas doutora...

— Não. Não diga nada. As palavras não são boas para pessoas como a senhora, dra. McClaren. Basta *fazer*.

— "Fazer"... o quê?

— A senhora vai saber. *Vá*.

Embora o tempo ainda não tivesse se esgotado, Foote fez um gesto para que Lorene fosse embora.

— ∞ —

AGORA, ENTÃO, TRÊMULA DE EMPOLGAÇÃO e apreensão, estimulada pela sabedoria de Foote budista, era a primeira hora do resto da vida de Lorene:

*Mark,*

*Não é fácil para mim escrever isto. Peço desculpas por ter me comportado como me comportei nos últimos meses. Não sei explicar, a não ser (talvez) dizendo que fui tomada por uma espécie de doença da alma.*

*Vou escrever também a Audrey Rabineau e me desculpar com ela. Eu sei que causei sofrimento a vocês dois e quero reparar o meu erro. A amizade de* vocês não é da minha conta, mas agora eu gostaria de reiterar que eu desejo o seu bem e não o seu mal.

Vou escrever avaliações veementes para vocês dois em relação a este ano letivo e boas cartas de recomendação caso vocês queiram ser transferidos para outra escola, mas espero que vocês não tenham essa vontade. O desempenho de vocês aqui no North Hammond tem sido extraordinário.

É possível que seja eu a pessoa transferida para outra escola da região. Peço desculpas pela minha conduta pouco profissional.

Não tiro a sua razão caso você não se sinta à vontade aqui e não tiro a sua razão caso você não consiga aceitar esse pedido de desculpas ou acreditar nele, já que eu mesma (ao reler) tenho dificuldade de acreditar!

No entanto, o meu pedido é sincero.

*Com os meus melhores votos,*
*Lorene McClaren, dra.*

Dr. Langley —

Lamento muito tê-lo colocado em uma situação difícil nos últimos meses. Depois do seu apoio inicial à minha carreira, entendo que a questão lhe seja especialmente frustrante. Minha conduta profissional tem sido uma espécie de doença, que estou tratando com uma terapeuta excelente, que tem muita confiança na minha recuperação.

Embora esteja surpresa com a profundidade (e a amplitude) da hostilidade expressa contra mim pelo corpo docente, não me surpreendo (suponho) que exista hostilidade e que ela tenha sido externada dessa forma.

Sendo assim, estou disposta a aceitar a sua proposta de que eu tire uma licença e/ou seja transferida para outro distrito escolar. Entendo o desejo (tácito) de que eu renuncie ao meu cargo no North Hammond e não vou me opor caso eu esteja correta nessa suposição.

Vou escrever para o corpo docente hoje, bem como pedir desculpas pelo meu comportamento e implorar perdão, se não compreensão, pois é difícil entender esse comportamento que (admito) eu não compreenderia e talvez não perdoasse nos outros!

Não vou alegar que isso seja consequência do falecimento do meu querido pai, mas talvez essa perda tenha precipitado tal conduta. Acredito que Whitey concordaria com o meu pedido de desculpas e talvez ele fosse querer que eu reparasse os meus erros fazendo alguma coisa construtiva pela minha escola, como (por exemplo) criar uma bolsa de estudos para um aluno com poucas condições econômicas.

Mas <u>eu peço desculpas</u> em todo caso, pois não existe pretexto para o desejo assassino do coração e para aqueles que magoei.

Sinceramente,<br>Lorene McClaren, dra.

*Querida mãe —*

*Eu me comportei muito mal em relação a você nos últimos meses. Sinto-me mal ao pensar no quanto errei a respeito do seu amigo sem nem o conhecer, e no quanto errei ao julgá-la. Não sei explicar, foi alguma cosia que me aconteceu, feito uma bile preta subindo à boca.*

*Não cabe nem a mim nem a ninguém ditar como e com quem você deve viver sua vida. Você é uma mulher corajosa, eu te amo (embora eu ache que posso reconhecer que não a conheço de verdade!) e torço para que me perdoe. Não sou uma boa filha nem para o papai, que a esta altura teria vergonha de mim.*

*Acho que agora já é quase tarde demais. Mas estou tentando. Espero ser uma participante amorosa da sua vida (nova) e da sua felicidade ao lado de Hugo, se for possível.*

*Com amor,*<br>*sua filha Lorene*

DECIDIDA A REPARAR SEUS ERROS! Agora muito animada.

Falando com Foote de hora em hora: *Sim. Você consegue, Lorene. Tenha fé.*

Um check-up havia muito adiado. Cardiologista. Correndo esbaforida na esteira. Achava/meio que esperava que o coração assassino explodisse. Depois o eletrocardiograma, deitada em uma sala refrigerada com uma camisola branca de papel, eletrodos grudados ao peito ossudo e liso.

*Ah, pai! Estou com tanta vergonha.*

*Ah, pai! Queria que o senhor se orgulhasse de mim.*

Ela criaria não só uma bolsa de estudos em nome dele, mas duas. Três!

Todo aquele dinheiro que pretendia gastar nela mesma, em um ato egoísta.

*Bolsas de estudos John Earle McClaren. Colégio North Hammond.*

Pensou em reparar seus erros com os alunos formados no ano anterior, cujas candidaturas a universidades ela havia sabotado, e com outros alunos-inimigos empedernidos dos quais havia se vingado ao longo dos anos, mas não, talvez não.

*Fazer o bem* sem ao mesmo tempo *ser boa* tinha suas limitações.

— Dra. McClaren... a senhora tem um pequeno sopro no coração. Mas sempre teve, não é?

Teve? Sempre? Havia anos Lorene evitava médicos, sobretudo ginecologistas, cardiologistas.

Nada de exame pélvico para ela! Nada de Papanicolau, de mamografia. Não, obrigada.

E também nada de cardiologista. Melhor não saber.

Sim, talvez... Talvez ela se lembrasse — *sopro no coração*.

Examinada naquele mesmo consultório anos antes, quando estava na faculdade, por outro cardiologista, agora aposentado. Nos dias de inverno geladíssimos, tinha dificuldade para respirar no campus montanhoso de Binghamton, o coração acelerado, tontura. Não quisera contar a ninguém. Uma fraqueza física de que não quisera falar nem com os pais. Nem com Jessalyn.

— ...não é um problema cardíaco incomum, é só um "sopro"... De resto, a senhora está...

Ah. Ela *estava?*

A ponta dos dedos gelada. Sorriso presunçoso. Um tremelique repentino no olho direito e a umidade inundando os dois olhos.

Não esperava essa notícia, era evidente. Esperava outra, bem diferente.

— Obrigada, doutor. Isso... é bom saber...

Trocou um aperto de mão com o dr. Yi ao sair. O cardiologista sabia que Lorene era diretora de escola, talvez tivesse se impressionado. No curso normal de sua vida em Hammond, muitos se impressionavam. Com um olhar curioso, Yi fitou o gorro na cabeça de Lorene e provavelmente já tinha notado os olhos sem cílios e as unhas roídas, mas não perguntaria. Tato asiático.

No carro, no estacionamento, ligou imediatamente para o celular de Foote. Tinha boas notícias para compartilhar: *Acho que eu vou viver mais um tempinho, doutora!*

Nesse dia escuro de neve, ela voltou para casa e descobriu, no parapeito do escritório, uma fileira de cabelos.

Ao todo, eram vinte e um fios. Curtos, grossos. Inconfundivelmente seus.

Meu Deus. Quem os tinha colocado ali? E o que aquilo significava?

— ∞ —

**VOLTOU PARA UMA ÚLTIMA CONSULTA** com Foote.

Pelo menos, Lorene queria acreditar que seria a última.

Agradeceu-lhe "por tudo o que a senhora fez por mim". E a terapeuta fez uma careta, uma espécie de sorriso desconcertado.

Tinha levado uma garrafa de vinho, Lorene declarou. Para comemorar.

*Comemorar?* — Foote estava cética.

Tinha resolvido o problema de sua vida, Lorene disse. Como um *koan* zen embolado. Ou melhor, a dra. Foote o havia resolvido por ela.

— Meu pai iria querer que eu fosse uma boa pessoa e fizesse coisas boas; apesar de não poder ser uma pessoa "boa", eu posso fazer "coisas boas". E foi o que eu fiz.

Criou bolsas de estudos universitários e (possivelmente) uma licença sabática para um professor do North Hammond — que ideias incríveis, todo mundo estava dizendo, dava para ver que estavam impressionados com a generosidade repentina de Lorene, apesar de surpresos. O melhor de tudo era que essas bolsas seriam em nome de John Earle McClaren.

— O papai iria gostar. Não era um homem vaidoso, mas não acreditava em falsa modéstia.

Foote concordou, eram decisões generosas as que ela havia tomado. É sempre melhor chincar para o lado da generosidade do que o contrário.

Lorene percebeu a qualificação: *chincar*. Não fazia ideia do que isso significava.

— Quem sabe eu não incluo também a Associação Nacional para o Progresso de Pessoas de Cor? É uma boa causa.

Foote concordou, realmente era uma ótima causa. Mas Lorene devia entender que não estava escrevendo seu testamento.

*Escrevendo o meu testamento. Não estou.*

Fez-se um silêncio desajeitado. Lorene não conseguia se lembrar do que vinha falando com a terapeuta, que a havia alçado tão alto. Um chafariz cintilante que pulava alto, agora começando a refluir.

— Esta não precisa ser a nossa última sessão, dra. McClaren. Tenho a impressão de que a senhora está achando que será, mas não entendi direito o motivo.

*Porque — porque estou curada. É esse o motivo!*

Houve outro silêncio sem jeito. Lorene tinha uma forte sensação de pesar.

Foote percebeu, ou pareceu ter percebido. Discretamente, mudou de assunto:

— E a sua viagem a Bali, dra. McClaren? Já está chegando?

— N-não. Não está.

— Mudança de planos?

— Nunca fiz planos, exatamente. Foi tudo... especulação. — Lorene se calou, dando um sorriso afetado. — Fantasia. — Outra pausa em que esfregou o nariz com força com a beirada da mão. — Me chame de Lorene, por favor, dra. Foote. Eu gostaria que a senhora me chamasse assim.

— Pois bem... Lorene. E você pode me chamar de Mildred, se quiser.

— Mildred — repetiu Lorene em tom espantado, incerto.

M.L. Foote. Mildred. Então era isso o que havia sido o tempo todo.

— Para onde você pensou em viajar, Lorene?

— Além de Bali, provavelmente Bora-Bora. Indonésia. Talvez a Tailândia. — Seus olhos se encheram de lágrimas.

Agora tudo lhe parecia tão inverossímil. Vão, fútil. Ninguém para acompanhá-la, nem mesmo a mãe viúva. (Lorene havia retomado o assunto com Jessalyn, para implorar à mãe que a acompanhasse. Tinha certeza de que, ao ver o desespero de Lorene, Jessalyn cederia, como quase sempre acontecia com os pedidos dos filhos, mas não. Jessalyn lhe dera um sorriso pesaroso e um beijo, e dissera: *Lorene, me desculpe. Não posso.*)

— Eu acho que você disse que não estava planejando viajar com alguém, não foi isso, Lorene?

— Não. Eu não *disse*. Eu... eu não tinha chegado nesse ponto do planejamento ainda.

Houve uma pausa. Foote deu um leve sorriso.

No pescoço, a terapeuta usava o amuleto de aspecto junguiano no cordão de couro. Um cardigã cor de pedra por cima de uma camisa branca de linho de mangas compridas bem abotoadas. Calça de cotelê preto. Na mão de articulações grossas, ela rodava um anel grande de prata opaca com uma pedra de opala.

— Eu mesma não gosto de viajar em grupo. Nada de cruzeiros.

— Não! Cruzeiros, não.

— Mas sozinha é, bem... em geral é solitário demais.

— É. Sozinha é... solitário demais.

— Bem... — Foote se calou, girando o anel de opala no dedo. — Eu poderia ir junto, Lorene. Eu acho. Pelo menos durante parte da viagem.

— Ir... ir junto?

— Durante parte da viagem. Dependendo da sua programação. Em geral, eu tiro três semanas no Natal, e essa parte do Pacífico sempre despertou minha curiosidade.

O tiquinho de contundência na voz de Foote indicava que, por mais que Lorene fosse teimosa, dominadora, mandona e difícil, Mildred Foote era tudo isso e muito mais.

— Três semanas... está bom para mim também. Obrigada. — Lorene ouviu uma voz esquisita de menina saindo de sua garganta.

— Não precisa dizer *obrigada*, Lorene. Ninguém está fazendo favor a ninguém.

Foote deu um sorriso minúsculo.

Da bolsa funda de couro, Lorene pegou a garrafa de vinho para colocá-la na mesa de Foote. A última das garrafas de Whitey. Da adega da casa antiga, não inteiramente despida de teias de aranha e com cheiro de umidade, arenito, pedra, poeira.

Vinho tinto, que não precisava de refrigeração. E um saca-rolhas também, se Foote não tivesse um no consultório.

# Justiça

Quase envergonhada, relutante, ela confessou a ele: acho que fui ameaçada.

Não tenho certeza. Não tenho como provar.

*O que eu vou fazer é te dar uma advertência.*

Tinha acontecido na Old Farm Road. Um policial sozinho em um veículo que ela achava que não era identificado. Mais tarde, ela se perguntaria se ele não estava de folga, um policial de Hammond fora de sua jurisdição em North Hammond, mas o homem sem dúvida estava de uniforme, um uniforme bege, usava distintivo e falava no tom intimidante da polícia.

Aparecera atrás de seu carro. De repente, ela o vira pelo espelho retrovisor. Ficara com medo de que o carro dele batesse no dela e o empurrasse para fora da pista.

Aconteceu tão rápido que não conseguiu pensar. Sua reação tinha sido pisar no acelerador para escapar dele, mas aí ficou "em alta velocidade" — cinquenta quilômetros em uma área de trinta quilômetros por hora.

Portanto, ele a parou. Ligou a sirene, mandou que ela parasse o carro. A princípio, parecia que ia multá-la.

Ela também estava "costurando" — "dirigindo de forma errática" — ele alegava. Ela tinha certeza de que não era verdade, mas como provar?

Sozinha no carro. Sem testemunhas.

Se um homem está bravo, a mulher sente que deve ser a responsável.

Se é um homem fardado, culpada.

Confessou para o irmão mais velho, Thom, idolatrado durante toda a infância: não sabia se eu deveria te contar. Como você iria reagir. Se talvez eu tenha imaginado parte disso. Quer dizer, que ele me ameaçou. Deu uma "advertência" — sabendo quem eu era.

A filha de Whitey McClaren. A irmã de Thom McClaren.

Ela tinha repassado o encontro diversas vezes na mente. Seria por causa do processo? Será que o policial tinha reconhecido o nome na carteira de motorista? Ou tinha ficado esperando perto da casa para segui-la, imaginando que seria um membro da família McClaren?

O jeito como ele me olhou — o jeito como falou comigo. A raiva que ele sentia e como isso... me deixou muito assustada...

Pensou então que talvez não tivesse sido de propósito, mas um mero acaso.

Talvez fosse o jeito dele de cumprir a cota de multas, passar rente à traseira de pessoas que pareciam vulneráveis, por exemplo mulheres, mulheres sozinhas no carro, para incitá-las a acelerar e assim poder pará-las...

Era possível que não tivesse agido assim, se atrevido a agir assim, se o motorista fosse homem ou se tivesse mais alguém no carro...

Via de regra, Sophia tinha a voz suave e insegura, raramente emotiva, era crucial que Thom não perdesse a paciência com ela e não a interrompesse.

Ele não tinha dúvidas de que Sophia não tinha sido parada por acaso na Old Farm Road. Thom era seguido por viaturas desde que o advogado entrara com o processo, pelo menos uma dúzia de vezes tinha visto carros da Polícia de Hammond se aproximando por trás, a noventa quilômetros por hora na via expressa, mas tinha ficado firme, não tinha entrado em pânico e não tinha sido instigado a acelerar ou dirigir "erraticamente".

Filhos da puta. Imbecis. Gostaria de matá-los com as próprias mãos e eles sabiam disso.

Uma questão de tempo, ele supunha. Até que o atormentassem de um jeito mais violento, assim como tinham feito com Azim Murthy.

Mas Thom McClaren era mais forte do que o médico indiano. As táticas usadas contra Murthy não dariam certo contra Thom.

Ela havia contado a mais alguém? — Thom perguntou.

Não. Ninguém.

Nem a seu amigo Alistair. Nem a Virgil. Mais do que tudo, Sophia não queria assustar a mãe.

Que bom, disse Thom. Não faz sentido assustar Jessalyn.

Agora ela estava com medo de dirigir na Old Farm Road, Sophia disse. Ou pelo menos de dirigir sozinha.

Thom indagou, Ele disse ou fez mais alguma coisa contra você?

N-não.

Tem certeza? Nada além da advertência?

Não. Ou melhor, sim. Tenho certeza...

Olhos desviados e uma expressão envergonhada. Thom não aguentava interrogar mais a irmã.

Devia ter acontecido alguma ameaça de teor sexual no encontro. Mas — como provar? Mesmo se o babaca tivesse ousado encostar nela, seria a palavra dela contra a dele.

Onze anos separavam Thom de Sophia, ele era de outra geração, mais velha. Era protetor com a irmã mais nova — a "caçula" —, mas não a conhecia direito. Praticamente nunca ficava a sós com ela ou com Virgil. Era o que acontecia com quem crescia em uma família grande.

Irmãos formam alianças uns com os outros, que são ao mesmo tempo permanentes e mutáveis. Discordâncias, decepções, rixas, laços temporários e convenientes, rancores partilhados — de modo geral, Thom era o irmão com quem os outros mais queriam se alinhar. Mas ele e Sophia nunca tinham criado um laço, nem mesmo passageiro. Nunca tinha acontecido. E agora Sophia não parecia estar muito à vontade com ele, como se desconfiasse (equivocadamente) de que ele a julgava.

Portanto, depois da conversa, à noite, Thom ligou para Sophia para lhe fazer mais algumas perguntas sobre o encontro com o policial. Conversaram com mais calma, e Sophia lhe contou do plano de fazer Medicina (em Cornell) e do término com Alistair Means, que Thom havia encontrado só uma vez e de quem não parecia ter gostado muito (talvez porque Means fosse uns bons anos mais velho do que Thom), embora tivesse se impressionado com a reputação profissional do sujeito. Thom não soube como reagir à novidade, só balbuciou sua solidariedade. (Brooke saberia. Mulheres sabem quando se solidarizar e quando dizer *melhor assim!*)

Sophia estava dizendo que tinha medo pela mãe, lá na Old Farm Road. Hugo, o amigo de Jessalyn, ficava parte do tempo com ela, mas não o tempo inteiro, porque (Sophia tinha deduzido) Hugo Martinez tinha uma vida movimentada e volta e meia viajava e Jessalyn passava muitos dias sozinha e talvez dirigisse o carro sozinha e o que tinha acontecido com Sophia poderia acontecer com ela ou, pior ainda, um policial vingativo poderia jogá-la para fora da pista.

Sophia falava rápido, nervosa. Thom lhe garantiu que protegeria Jessalyn e que também a protegeria.

Mas como? — Sophia indagou.

Thom garantiu à irmã, Confie em mim.

TELEFONOU PARA O NOVO ADVOGADO (cujo sobrenome era Edelstein) e lhe disse que "depois de muita ponderação e discussão entre a família McClaren", ele ia retirar as acusações.

O quê? Por quê? — Edelstein perguntou, atônito.

Porque temia pela irmã, que tinha sido assediada por um policial de Hammond. Porque temia pela mãe. Pela família.

Não por ele mesmo, ele não tinha medo. A porra da polícia não metia medo *nele*.

Mas pela família, que tinha crianças e também a mãe Jessalyn, que morava sozinha na Old Farm Road e tinha sessenta e um anos e era vulnerável a intimidações, assédios, ameaças. O processo não valia o risco.

Thom falou sem rodeios, com amargura. Fatos são fatos. Os imbecis tinham vencido, Whitey perdera.

Edelstein ficou perplexo. A família McClaren (isto é, Thom McClaren) tinha entrado com um processo criminal contra a Polícia de Hammond, mas essa medida não tinha dado em nada, pois a única testemunha havia se recusado a cooperar e portanto, seguindo a orientação do advogado anterior de Thom, eles tinham resolvido abrir um processo civil, em que a probabilidade de uma decisão a favor deles era muito maior. Só isso já tinha sido uma confissão de derrota, Thom acreditava. Mas ainda não era uma derrota total. Ainda não!

Na relação de poucos meses que eles tinham, tinha sido Edelstein quem tinha avisado a Thom que o processo civil era "ganhável", mas poderia se arrastar por anos a fio e jamais se resolver como Thom queria. Os promotores da cidade de Hammond adiariam e procrastinariam e perderiam documentos e por fim uma proposta de acordo financeiro (insuficiente, insultante de tão baixo), mas não um pedido de desculpas público ou medidas disciplinares contra os réus Schultz e Gleeson; ele tinha avisado a Thom, e não tinha nem precisado insinuar o quanto isso custaria a Thom (que estava pagando os trâmites legais do próprio bolso), que no entanto havia insistido em continuar, em perseverar. Não daria aos imbecis a satisfação de desistir, Thom havia afirmado. Gostava de pensar que Schultz e Gleeson estavam pelo menos aflitos com o processo, que talvez fantasiassem a possibilidade de serem declarados culpados de homicídio, irregularidade profissional, conduta ilegal, o rosto dos dois estampado na imprensa como policiais corruptos enquanto o rosto de John Earle McClaren seria destacado como o ex-líder cívico de Hammond vitimado pela brutalidade policial.

Naqueles meses, Thom insistira. E agora, tinha mudado de ideia.

Repetiu que não podia arriscar. Depois que a polícia virava inimiga, a pessoa estava acabada. Se vencesse, perdia. Mais cedo ou mais tarde.

Thom contou a Edelstein que no retrovisor de qualquer carro que dirigia volta e meia havia uma viatura chegando perto dele. Ou talvez uma viatura sem identificação. Nunca se sabia, e não dava para saber. Das centenas de policiais locais, talvez houvesse uma dezena atrás dele. *Algumas maçãs podres* era sua metáfora preferida. Mas bastavam alguns poucos, só um ou dois, para causar um desastre.

Inúmeras vezes Thom sentira vontade de parar o carro no acostamento da via expressa e falar com quem o seguia. Quisera confrontar o inimigo. O coração acelerava, enfurecido. Mas ele sabia que não podia cair na cilada de entrar no jogo deles, de se atrever a desafiar policiais armados treinados para bater e dar chaves de braço, dominar os adversários em questão de segundos. Ele venceria no tribunal, Thom acreditava. Se perseverasse.

Na verdade, o interesse em Thom McClaren tinha aumentado, diminuído. A Polícia de Hammond tinha outros inimigos, que incluíam ativistas negros causadores de tumultos recentes e alguns políticos de esquerda. Tinham virado alvo dos policiais, muito mais do que os McClaren.

Edelstein perguntou a Thom se os policiais de Hammond tinham feito ameaças claras à irmã dele e Thom disse, Claras? Que grau de clareza você quer? O imbecil não enfiou uma arma na cara dela. Não.

Só um policial. Talvez fosse um policial de Hammond fora de serviço.

Até onde Thom sabia, o policial que tinha dado uma "advertência" à irmã podia ser Gleeson ou Schultz. Podia ser parente de um dos dois. Havia famílias com gerações de policiais em Hammond, parentes que se protegiam e que jamais denunciavam uns aos outros.

Sim, Thom tinha conversado com o chefe de polícia. Tinha conversado com o prefeito. Tinha falado com os políticos do município. Esses homens e seus bandos eram respeitosos com Thom e respeitosos com a memória de Whitey e claramente se abalavam com o que tinha acontecido, mas, na posição em que estavam, não podiam se opor ao poderoso sindicato dos policiais, um adversário eterno quando os contratos eram negociados. Ameaças de greve da polícia mantinham os funcionários públicos na linha.

Edelstein aconselhou, espere algumas semanas. Talvez haja algum avanço. Thom?

Esperar algumas semanas. Thom ponderou.

Então, Ok. Três semanas eu espero. E se alguém for assassinado, é você quem vai ser processado.

Caramba, Thom! Isso é...

Thom desligou o telefone. Não precisava ouvir o advogado assustado ralhar: *Isso é coisa que se diga?*

— ∞ —

DEPOIS DE ALGUNS DRINQUES NO bar da Holland Street, com vista para o rio, onde ninguém o conhecia, ele ligou para o celular de Jessalyn para lhe contar que estava encerrado.

No começo, Jessalyn pareceu não entender do que Thom estava falando. Ou não o ouvia direito em meio à barulheira do bar.

*Encerrado...?*

O processo contra a polícia. O município. Você sabe — pelo que eles fizeram com o papai.

Você está querendo dizer... eles ofereceram um acordo? Ou...

Não. Quero dizer que está *encerrado*.

Houve um momento de silêncio. Hesitante, Jessalyn disse, Bem, Thom. Talvez seja melhor assim...

*Melhor assim.* Ele se endureceu ao ouvir essas palavras na voz vacilante da mãe.

Não tenho certeza disso, mãe. Talvez não exista *melhor*.

Thom? — Não estou te ouvindo...

Nada, mãe. Está tudo bem.

Onde você está, querido?

*Eu não sou seu querido. Não sou o querido de ninguém. Não.*

Devia ter parecido aos ouvidos de Jessalyn, no sossego da casa da Old Farm Road, que ele estava em um ambiente festivo e alegre, talvez em um bar, em que predominavam as vozes masculinas, gargalhadas. Um lugar onde as palavras ficavam arrastadas, abafadas, inaudíveis e logo esquecidas.

Era fácil para Thom mentir para Jessalyn, que acreditaria basicamente em qualquer coisa que os filhos lhe dissessem: não sei direito onde eu estou, mãe. Entrei em um lugar no caminho para casa.

THOM ACHAVA PRAZEROSO, APESAR DE estranho e desnorteante — ele não tinha uma *casa* de verdade.

Ninguém a quem pudesse explicar esse prazer inesperado e ninguém a quem desejasse explicar.

A verdade é: um homem que dorme sozinho é um homem que não precisa de ninguém. A verdade mais elementar, que Thom só agora começava a valorizar, em seu trigésimo nono ano de vida.

Ele achava bizarro: de bom grado havia cedido sua liberdade, sua privacidade, sua identidade até a uma esposa, e depois aos filhos, durante muitos anos. A esposa que queria que ele fosse uma pessoa melhor do que era. Por tempo demais ele também tivera esse desejo.

O sexo ele poderia encontrar em outro canto, e não na cama que era *dele*.

Não no apartamento que tinha alugado, que era *dele*.

Pelo que a família dele sabia, ele estava morando no centro de Hammond, em um prédio alto, em um apartamento "temporário" de um quarto, mobiliado, com vista para o rio de seu décimo sexto andar. A menos de um quilômetro e meio do Brisbane, assim poderia ir andando se quisesse.

Não. Mais ninguém.

Então — por quê?

Não conseguia falar. Não conseguia explicar. *Por quê?*

Brooke ficou pasma, profundamente magoada. A notícia que o marido lhe deu, em uma voz apavorante de tão prosaica, era a mais chocante que já tinha recebido na vida.

Como uma ferida feia, ela se espalharia sob a pele. Embora a superfície da pele não estivesse cortada.

*Por que estou largando você e nossa vida juntos? Porque está na hora.*

Na verdade, já tinha passado da hora. Fazia pelo menos dez anos.

Mas ele não podia lhe dizer isso. Na exaltação de sua liberdade, não queria ferir ninguém.

Brooke tinha sido uma esposa ideal. Uma mulher linda, muito bondosa, inteligente e sensata, de bom coração, e uma boa mãe. Um bom senso de humor!

*Bom, bom* — a palavra era entorpecente, tóxica. Thom já tinha visto *bondade* suficiente para o resto de sua vida.

Ele só conseguiu lhe dizer, vacilante, evasivo — Eu acho que preciso ficar sozinho uns tempos... Não tem nada a ver com você ou com as crianças.

Era proposital: *você, as crianças.*

Assim deixando nas entrelinhas que ele já não sentia mais nada relativo à *feminilidade* dela. Ela era esposa, mãe, assim como as crianças eram as crianças, não *as crianças dele*, mas *as crianças*.

É claro que os amava. (Ele disse.)

É claro que estaria sempre em contato com eles. (Ele disse.)

É claro que era tudo "temporário". (Ele disse.)

A família que se ama, mas com a qual não se tem uma grande vontade de passar o resto vida. Sobretudo horas íntimas, preciosas, em que se preferiria estar bebendo (sozinho). Não queria escutá-los e sobretudo não queria ser obrigado a respondê-los. Não queria ser testemunha de suas lágrimas e suas manifestações de dor, tristeza, indignação, confusão.

Implorando a ele e furiosa.

Furiosa com ele e implorando.

Ele toparia fazer uma terapia de casal com ela? — era o mínimo que ele podia fazer.

Na verdade, era o máximo que Thom podia fazer. Mas em tom educado ele respondeu dizendo que não via por que não.

Ele não via... *por que não?*

É, pois é. Ele topava. É claro. Se ela quisesse.

Thom sabia, era um fato conhecido, que terapia de casal servia para aplacar o orgulho ferido do cônjuge rejeitado. O cônjuge que quer se livrar do casamento já tomou a decisão muito antes de anunciá-la ao companheiro que será deixado para trás, e portanto o diálogo lacrimoso é um gesto sentimental, inútil. O cônjuge rejeitado, nesse caso a esposa, talvez na maioria dos casos a esposa, não deveria ter a possibilidade de se dar conta de que nada sobre ela tem relevância para o cônjuge que já resolveu largá-la. Nem sua boa vontade, nem sua raiva, nem sua fidelidade de longa data; nem sua animação, nem suas lágrimas acusatórias, nem suas ameaças, nem sua equanimidade forçada, sua expectativa de parecer sensata, racional, sã e não vingativa. Ela não deve saber que sua existência exerce sobre o cônjuge inquieto a atração de um maço de lencinhos molhados.

Ele havia se casado jovem demais, Thom poderia dizer a Jessalyn. Mas (na verdade) não tinha se casado tão jovem assim.

Tempo demais sob o feitiço do casamento dos pais. O idílio da vida doméstica. Parecera tudo tão fácil e parecera inevitável.

A mesma coisa com Beverly. Louca para se casar, mal tinha se formado na faculdade. Sem dúvida, Steve Bender tinha se casado com ela tão depressa porque ela estava grávida.

Seus corpos jovens flexíveis foram doidos um pelo outro, durante um tempo. A cabeça teve que correr para alcançá-los.

(De vez em quando, Thom via Steve com mulheres jovens, no centro de Hammond. Uma vez, no Pierpont, do outro lado do chafariz alado de um saguão de hotel, uma das mãos nas costas meio nuas da menina, a outra acenando alegremente para o cunhado Thom. *Ei!*)

Atenção demais desde o colegial. Muitas meninas, mulheres fascinadas. Tinha causado uma espécie de cegueira em Thom. Ele tinha curtido sua sexualidade, a avidez com que as meninas se sentiam atraídas por ele. Então, de repente, por volta dos vinte e cinco anos, havia se enfastiado consigo mesmo, havia ficado desconfiado. Passara por um período de pavor intenso do HIV, de doenças venéreas, em que fazia exame de sangue de seis em seis meses e ficava tonto de alívio quando o exame voltava *negativo*.

Em um desses momentos de profundo alívio tinha ficado noivo de Brooke. Ela o adorava, sem dúvida alguma, e adorava a família dele. Uma jovem linda e radiante, que no entanto era discreta, reservada e insegura, de fala mansa, bondosa e graciosa — assim como a mãe dele.

E Jessalyn adorava Brooke. As duas poderiam muito bem ter sido da mesma geração, Jessalyn uma irmã mais velha. Brooke disse a Thom, na intenção de lisonjeá-lo: *Eu seria capaz de me casar com você só pela Jessalyn. A sogra mais incrível que existe.*

Ah, ele ficara lisonjeado! Na época.

Só que ninguém quer de fato se casar com a mãe. Não.

Pensamentos renegados no consultório da terapeuta. Se esforçava para escutar com educação. Achava difícil distinguir as vozes das mulheres (terapeuta, Brooke).

Sinceridade: um atributo superestimado.

*Alegre, animada, sensata, justa, séria* — chega.

A terapeuta se chamava dra. Moody. Não era um nome adequado a uma terapeuta, Thom refletiu. (Além do mais, o nome o lembrava de dr. Murthy e de como aquilo tinha dado errado.)

Elas estavam aguardando que ele falasse. Mas a cabeça dele havia se dispersado.

O marido não tinha interesse verdadeiro no jogo, esse era o problema. Tinha despejado alguns centavos, a roda girava devagar, fingiam se importar com quem ganharia.

*Ela* ganharia. Thom seria generoso: Brooke podia ficar com a casa de Rochester. Pensão alimentícia para as crianças, para a ex-mulher. Móveis, bens compartilhados. Não relutaria em lhe conceder nada. Guarda dos filhos. Sem disputas.

Mas espere: aquilo ali era terapia de casal. A esperança/pretexto era de que o casamento pudesse ser *salvo*.

Não os ama, pelo menos? Nossos filhos?

É claro que sim. É claro que Thom amava os filhos.

— O que é que a gente vai falar para eles? Qual... qual é o seu problema?

Finais de semana, ele os veria. Caso as agendas se encaixassem.

— Você disse que está em um apartamento de um quarto, Thom. Por que só um quarto? O que estava passando pela sua cabeça?

A verdade era que Thom amava os filhos quando estava com eles, mas não pensava muito neles quando estavam longe. A não ser com uma sensação aborrecida, escorregadia, de dor e culpa. *Como se o pai deles tivesse morrido ou desaparecido. E eles estivessem sem pai, como eu.*

No comecinho da manhã, quando não conseguia dormir, não era na família que ele pensava. De um jeito obsessivo, com o prazer de quem cutuca uma ferida aberta com o dedo, pensava nos homens que tinham assassinado o pai e escapado incólumes.

Gleeson, Schultz. Que ele pretendia matar. Se/quando tivesse a oportunidade.

O taco de beisebol, enrolado em lona no banco de trás do carro.

Luvas no banco ao lado do taco.

Além disso, tinha ligado para Tanya. Uma noite, sem motivo, o número dela ainda estava online, só um ímpeto que o estimulou.

*Alô. Quem? Ah... você.*

(Ela havia reconhecido a voz dele. Não havia dúvida sobre o que isso significava.)

Bem, sim. O papai tinha visto a surpresa, a dor, o medo nos olhos dos filhos e havia se sentido, acho que dá para dizer, pesaroso por isso. Triste.

Talvez culpado. Sim.

A questão é que um filho de cinco anos não entende por que o papai está indo embora sem entender também que a culpa é dele.

Isto é, que *a culpa não é dele*.

— Thom, você está ouvindo alguma coisa do que estamos falando? Você nunca explicou: por que um quarto só? Se você quer que as crianças fiquem contigo, onde é que elas vão dormir? No sofá da sala? É você quem vai dormir no sofá da sala? Você espera que o Matthew durma no chão? Todos eles... todos vocês... em uma cama só? O que foi que passou pela sua cabeça?

*Não é você. Sinto muito.*

Ele realmente sentia muito. Mas agora que Whitey havia morrido, que se fodessem as desculpas.

Que se fodesse a culpa. O papai Thom.

Dissera a Tanya, talvez eu tenha sido injusto com você. Talvez eu não tenha te dado uma chance.

Chance de quê? — Tanya riu.

A confiança sexual que ela não parecia ter na sala de Thom, quando ele a intimidara, a amedrontara. Era provável que estivesse com um novo homem e um novo emprego. Possivelmente.

Eles tinham se encontrado para tomar um drinque no Pierpont. Thom se surpreendeu, achou Tanya atraente — embora nem de longe fizesse seu tipo. Acreditou ter entendido então por que Whitey gostava dela.

Pensou na possibilidade de recontratar Tanya na McClaren Inc. Não era uma boa ideia?

Thom havia mantido a antiga equipe de Whitey, em sua maioria, no final das contas. Sua intenção era limpar os galhos velhos, mortos, da *empresa familiar*, mas ao conhecer os galhos velhos, mortos, pessoalmente — ele perdeu a coragem.

Era como uma ala geriátrica, os antigos funcionários de Whitey.

No entanto, Thom andava contratando funcionários em início de carreira. Expandindo o setor de livros para jovens adultos. Precisava de um outro artista gráfico. Talvez tivesse sido rigoroso demais com Tanya.

Sair com a mulher outra vez? (Não tinha aliança. Mas vários outros anéis reluziam em seus dedos.)

Era óbvio que não era uma boa ideia. Ela viu seu olhar avaliativo. Disse:

— Você é mesmo um, né?

E ele havia curvado a cabeça na direção dela como se não a tivesse escutado bem.

— Um... o quê?

E ela lhe lançou um olhar cortante:

— Um imbecil.

Teve que rir. Tanya riu. Muito mais atraente do que ele se lembrava, o cabelo com mechas loiras caindo nos ombros como a menina de uma propaganda sexy de produto barato, os seios espremidos contra o tecido de um suéter preto trançado com fios dourados. E no pescoço, logo abaixo da orelha esquerda, uma tatuagem do que parecia ser um morango suculento que Thom nunca tinha percebido — *Caramba!* Perdeu o fôlego.

Tanya estava (provavelmente) esperando uma coisa do ex-patrão, e portanto Thom a surpreendeu com outra: deu-lhe um cheque de mil dólares, já preenchido para *Tanya Gaylin*.

— O que é isso? — Perplexa, o sorriso sarcástico se desfez na boca.

Bem, ela merecia uma rescisão maior do que a que ele lhe tinha dado, Thom disse com franqueza.

(Era verdade? Podia ser.)

Mil dólares não era muito para a McClaren Inc., mas para Tanya era um bocado.

O suficiente para que Thom a visse outra vez caso desejasse.

Confusa com o cheque. Atabalhoada ao dobrá-lo, colocá-lo na bolsa para que (talvez ela pensasse) Thom não pudesse mudar de ideia e tomá-lo de volta.

— Bom. Obrigada, sr. McClaren.

— *Thom*. Obrigada, *Thom*.

Fez piada disso. Uma comicidade espontânea. Por que não?

Mas não tinha encostado nela. Poderia ter tocado em seu punho, seu braço (ele era capaz de imaginar Whitey fazendo esse gesto, aproveitando a atenção da moça), mas não o fez. Tampouco insinuou que gostaria de revê-la.

Mais tarde, no banheiro unissex do bar, Thom achou um tubo de batom abandonado na pia. Um tubo de plástico com um cotoco de batom ameixa. Não era o de Tanya (um vermelho-morango nada sutil), mas ele enfiou o batom ameixa no bolso, sorridente.

Ligaria para Tanya? Uma hora dessas?

Não. Melhor não.

Bem — era possível.

— E o que você acha, Thom? Isso é razoável? — Muito séria, a dra. Moody se dirigia ao marido problemático, cuja cabeça (ele percebia) tinha começado a vagar.

Se foi você quem fez mal ao outro, é você quem deve ser cortejado. É justamente sua *incorreção*, o ultraje e a injustiça de sua *incorreção* que lhe dá uma vantagem moral.

Palavras sensatas foram enunciadas e trocadas. O marido não passou vergonha (visível).

A esposa sorriu, endurecida. Era tão estranho ficar sentada ao lado do marido no sofá da terapeuta, mas em pontas opostas do sofá, com uma almofada entre eles.

Entretanto, a cabeça do marido-problema vagava. Ele não se importava muito com o que estava *ali*.

A *empresa da família*!

Tentando nadar no Chautauqua com um pneu ao redor do pescoço.

Whitey olhando por cima de seu ombro. *Muito bom, Thom! Nem tão bom, Thom! Dá para fazer melhor, Thom!*

De poucas em poucas semanas lhe vem a ideia como uma injeção de adrenalina no coração: pelo amor de Deus, *venda*. O que você está esperando?

(Mas Jessalyn ficaria chateada, e os outros. E o *legado* do papai?) Ou chame outras pessoas da família, parentes jovens, um primo de quem Thom sempre havia gostado, um menino inteligente formado em Wharton e seu tio Martin Sewell, o irmão da mãe semiaposentado e com dinheiro para investir, que tinha manifestado interesse em expandir a produção de livros de ciências de Whitey para entrar no mercado universitário...

Talvez fosse isso. Não vender, mas incluir outras pessoas e dali a alguns anos renunciar ao cargo de presidente.

Aí poderia se mudar de Hammond. De fato. Uma renda de bom tamanho da empresa, Whitey o havia tornado o acionista majoritário. Em breve ele completaria quarenta anos. Poderia morar em Nova York: um arranha-céu com vista para o Hudson, poderia ir caminhando até o Central Park.

Ou talvez mais para o centro. Ao sul da High Line, com vista para a Estátua da Liberdade, que segurava seu cetro — ou seria uma tocha? — lá no alto.

ANIMAÇÃO NOS OLHOS DO MARIDO. Uma sensação boa!

A dra. Moody parecia esperançosa: próxima quarta, neste mesmo horário, fica bom para os dois?

Trocou um aperto de mãos com Moody. Quarta que vem, claro.

Sem saber como se despedir da esposa com um sorriso, olhos enrugados. Olhava para o marido com aquela expressão que ele passara a ver no rosto dela, que poderia ser chamada de *esperança de afogado*.

O que a esposa teria deixado de perceber? O marido não tocava em seu corpo havia ___ meses. Anos?

(E Beverly também. Sua pobre, querida irmã! Imaginando que a personalidade mais profunda, mais íntima do marido tinha alguma coisa a ver *com ela*.)

(Lamentava pelas mulheres, sim. Mas era preciso endurecer o coração contra o ímpeto de *lamentar*.)

Do lado de fora do consultório da terapeuta, na rua, foi esquisito, sim: carros separados.

Thom quase sentiu a incorreção daquilo, que Brooke não estivesse andando a seu lado para entrarem no mesmo carro, mas hesitando na calçada, com jeito solitário. Ainda aquele sorriso enrugado, à espera. Pois tinham (obviamente) tanto o que dizer um ao outro, coisas que Thom não tinha interesse em dizer.

Impaciente para ir embora, para voltar a... ao que fosse.

Não tinha contado a Brooke que retirara a denúncia. Não queria dividir essa angústia com ela e esperava que ela não soubesse por Jessalyn ou uma das irmãs dele, era um assunto que Thom queria considerar encerrado.

Assim como o assunto Hugo Martinez, que ele havia cometido o erro de dividir com Brooke em uma frequência grande demais nos últimos meses. Então Brooke também ligara para Jessalyn, tentara entender qual era a situação, adquirindo um interesse que agora Thom lastimava, pois tinha mais ou menos decidido que não se oporia à presença de Hugo na vida da mãe, tinha passado a respeitar o sujeito, ainda que a contragosto.

Brooke estava perguntando, arriscando tanto, se Thom almoçaria com ela, pelo menos? Só para conversar sobre... Ou quem sabe (vendo a expressão no rosto dele) não conversar sobre a situação, ou os filhos, mas apenas — qualquer coisa... Qualquer assunto que não fosse pessoal.

O que Brooke não estava dizendo era: *Thom, por favor. Não faça isso. Não me afaste de você.*

Não suplicando, não implorando. Ele ficou grato por isso.

Gostaria muito de poder almoçar com ela, Thom declarou, mas tinha um compromisso marcado no escritório. Na próxima, está bem?

Um enorme alívio só de se afastar. E Brooke no próprio carro, afinal de contas. Percorreu a rua assobiando. O homem é quem tem pernas longas e atravessa a rua assobiando.

Sem olhar para trás. Sem ver a mulher solitária no carro dela, debruçada sobre o volante, escondendo o rosto, destruído pelo choro… Não.

Pensou que, se Whitey estivesse vivo, nada disso teria acontecido. Largar a esposa. Largar o casamento. Sylvan Woods em Rochester! A hipoteca estava quitada, a esposa e os filhos não precisariam se mudar. Agora, essa liberdade era o consolo de Thom.

Como uma moeda de ouro vista no meio da lama. Necessário se colocar no lugar certo, se curvar do jeito certo para pegá-la sem sujar os dedos.

*CARAMBA.* ISSO ERA PRAZER.

Segurar o taco de beisebol com as duas mãos.

Erguido acima da cabeça, com as duas mãos. E o ágil e certeiro giro *para baixo*.

Uma pontada sexual. Uma agitação sexual afobada. Em um delírio de expectativa, despertado de um sono profundo para sentir a cabeça latejando, o maxilar travado, o pênis cheio de sangue, duro-inchado.

*TRÊS SEMANAS. MAS NÃO TEM PRESSA. Pode ir com calma. Uma respiração de cada vez.*

No bar da Holland Street onde ninguém o conhecia. Onde (na verdade) ele não parecia muito Thom McClaren.

Noites seguidas no outono/inverno escuro e frio de 2011, em que Thom saía do escritório tarde, voltava para o apartamento alugado, trocava de roupa.

Só cerveja. Nada mais forte. No bar, de pé, o que ele achava bom: ficar em pé. Ver que, em meio a homens, Thom (ainda) era um dos mais altos.

Ao longo do Ensino Médio, essa sensação boa. Saber que poderia ter a fala mansa, ser calmo e não ter pressa porque não se sentia ameaçado. Um dos *caras gente fina.*

O bar era local de encontro de policiais. Thom havia descoberto. E também de agentes penitenciários da cadeia do condado. Caras (brancos) barulhentos corpulentos e musculosos. Em geral de bom humor porque estavam bebendo, mas se ficassem bêbados, cuidado. Todos pareciam se conhecer. E Gleeson volta e meia era um deles.

Raramente Schultz. Havia boatos de que Schultz estava se aposentando.

Eles não conheciam Thom. Ninguém conhecia Thom. Usava um corta-vento puído e velho, e um boné sujo de trabalhador cobria sua testa. Ombros corcundas. Olhar baixo e desviado, taciturno.

Poderia ser um caminhoneiro. Poderia ser um operário de fábrica. Algum morador daquela área. Ou talvez não.

Um homem de pele escura talvez chamasse a atenção. Thom, não.

O corta-vento de Whitey. Cabia direitinho em Thom, só ficava um pouco curto nos braços.

Whitey não gostava de jogar coisas fora. Suéteres com o cotovelo gasto, camisas sem botões. Esse corta-vento Thom tinha achado no fundo do armário de peças guardadas, Jessalyn cairia no choro se o visse. *Ah, Whitey! Eu achava que tinha mandado essa roupa embora.*

No televisor acima do bar, o noticiário local. Crimes urbanos: suspeitos negros. Os crimes dos empresários não são *crimes urbanos* e ninguém é preso dessa forma.

Um sorriso de batom na TV, cabelo loiro com volume, poderia ser uma irmã mais nova de Tanya Gaylin lendo a previsão do tempo. *Brrr! O centro de Nova York está cada vez mais frio!*

Esquisito estar em um bar com Gleeson a poucos passos de distância, abstraído.

Thom nunca olhava de verdade para Gleeson. Só uma olhadela inicial, a identificação. E o vigiava pelo olhar periférico, firme.

Ele os monitorava havia meses. Ainda que o maldito processo (mais cedo ou mais tarde) se resolvesse a seu favor, Thom não pretendia deixar impunes os homens que tinham matado seu pai.

A não ser que virassem réus por seus crimes, fossem considerados culpados e encarcerados, o que (era óbvio) não aconteceria.

Tomaria algumas cervejas. Usaria o banheiro. Voltaria ao carro esportivo onde o taco estava a postos.

Whitey aguardava. Whitey tinha todo o tempo do mundo.

A princípio, depois de o processo ser aberto por Budd Hawley, os dois policiais tinham sido obrigados pelo chefe da delegacia a fazer "trabalhos burocráticos". A denúncia tinha sido feita pelo querelante, feita e rejeitada, mas a Polícia de Hammond fizera o gesto conciliatório de reinstalá-los.

Oficialmente, na imprensa, no que dizia respeito ao caso McClaren, fazia-se a declaração lacônica *ainda aguardamos a investigação interna do Departamento de Polícia de Hammond.*

Era uma piada. Piada de mau gosto. Sempre que perguntava a Budd Hawley, e mais recentemente a Arnie Edelstein, a resposta era *investigação em andamento*.

Antes de outubro de 2010, Gleeson já havia sido citado várias vezes por "uso excessivo da força": havia queixas de civis contra ele, algumas delas de (supostas) prostitutas/viciadas em drogas de quem teria abusado sexualmente, ameaçado. Tinha perdido várias oportunidades de promoção. Porém, fora reconduzido ao cargo de policial em serviço após seis meses fazendo trabalhos burocráticos.

Este ano, Gleeson tinha recebido um aumento de doze mil dólares, fazendo seu salário anual, sem contar com as horas extras, chegar aos oitenta e dois mil dólares.

Schultz, alguns anos mais velho do que Gleeson, tinha conseguido permissão para se aposentar devido a um problema médico. Tinha um registro similar de queixas de civis e, assim como Gleeson, deixara de ser promovido várias vezes.

Gleeson tinha trinta e seis anos, Schultz tinha quarenta e um.

Thom sabia onde Gleeson morava, já o tinha seguido até em casa e depois passado pelo imóvel de dois andares com telhas de madeira da South Ninth Street inúmeras vezes.

Não estava claro se Gleeson era casado. Às vezes, havia uma mulher na casa, mas não ultimamente. Caçambas de lixo se acumulavam no meio-fio, nos últimos tempos, tombadas. Thom não queria fazer perguntas aos vizinhos por medo de ser identificado mais tarde, depois que quebrasse a cabeça de Gleeson.

Sobre Schultz, ele não sabia quase nada.

*Um de cada vez. Um alvo.*

Quando os dois por acaso estavam no bar da Holland Street ao mesmo tempo, não se esforçavam para falar um com o outro. (Era o que Thom tinha percebido.) Provavelmente já não se aguentavam mais. Que lembranças os policiais dividiam: pessoas que tinham detido juntos, algemado juntos, derrubado juntos, atingido com suas armas de choque juntos, pessoas cuja morte haviam provocado.

Talvez nada. Talvez não se lembrassem. Talvez tudo fosse esquecido na vida de um policial, episódios de uso de força excessiva, como muros sujos de sangue e vômito limpos com uma mangueira.

*O meu cliente nega ter qualquer lembrança de.*

Nenhuma lembrança do senhor de cabelo branco chamado John Earle McClaren que tinham derrubado no acostamento da Hennicott Expressway, cuja morte provocaram já fazia mais de um ano?

*O meu cliente nega qualquer responsabilidade.*

Nunca tomava mais do que algumas cervejas, depois ia embora. Atirava umas notas no bar. Ninguém reparava. Nem um olhar. Na TV, escombros queimando em um lugar chamado Cabul, outro "homem-bomba".

Naquela noite ou em outra. Thom não teria pressa. Não cometeria erros. Quando um policial é assassinado, sobretudo um com o histórico de Gleeson, seria de se supor que a morte tivesse a ver com sua vida como policial; mas Thom tomaria cuidado, nenhuma suspeita cairia sobre ele.

Ele tinha certeza. Devia isso a Whitey.

AGORA ERA A HORA! ESTAVA PRONTO. *Gleeson parando na entrada da garagem de casa. Muito tarde, residências às escuras. Ágil e certeiro, Thom desce do próprio carro e domina o (bêbado, trôpego) Gleeson diante da porta lateral da casa, gira o taco, ouve um grunhido e o homem cambaleia, mas não cai, e Thom ergue o taco de novo para dar outro golpe forte, dessa vez Gleeson escorrega no gelo coberto de sangue, se estabaca. Respira com dificuldade feito um cervo atordoado e na calçada de gelo ondulado jaz de costas, estremecendo com a cabeça jorrando sangue, e mais uma vez Thom levanta o taco e investe contra a cabeça ensanguentada, e de novo até o crânio ficar esmagado, mole.*

*Filho da puta!* — agora você sabe como é.

*Não tem pressa. Precisa pegar a carteira do bolso da calça justa do homem caído, a arma do coldre dentro do casaco. Moedas soltas caem no chão gelado.*

*Poderia ser um roubo. Alguém que conhece Gleeson, que o seguiu da Holland Street, onde ele estava desde as nove e vinte da noite dessa sexta-feira, até em casa.*

*Vai embora depressa. Vai depressa até o carro parado no meio-fio.*

*Impassíveis, as casas às escuras. Nenhuma movimentação nas janelas. Se o homem agonizante tem esposa ou uma mulher dentro de casa, ela não o esperava acordada.*

*Sem pressa, ele dirige até a ponte da Charter Street. Faróis infrequentes àquela hora, mas ele curte o prazer de passar por uma viatura da Polícia de Hammond que está saindo da ponte.*

*Joga o taco ensanguentado no rio, enrolado em cordas pesadas para afundar logo.*

*As luvas ensanguentadas ele vai cortar em pedacinhos e descartar em uma caçamba a quilômetros dali...*

Acorda de supetão com um telefone tocando ao lado da cabeça.

Telefone fixo no apartamento, quase ninguém tem esse número, nem Brooke, nem Jessalyn, ninguém no escritório. Um número novo que ele pretendia reservar a algumas pessoas, embora já o tivesse informado a Arnie Edelstein, para o caso de surgir alguma emergência e o celular de Thom não estar carregado.

Realmente era Edelstein. Parecia animado.

Disse a Thom que tinha boas notícias, ou pelo menos o que acreditava serem boas notícias: o Departamento de Polícia e o Município de Hammond estavam propondo um acordo para o processo dos McClaren após meses de protelação. Estavam oferecendo pouco menos de um milhão de dólares, mas com a condição de que os querelantes não discutissem o caso em público.

Thom pôs os pés para fora da cama. Sentou-se. A boca tão seca! Não tinha certeza se tinha entendido direito. Proposta de *acordo*? Ele não tinha mandado Edelstein retirar o processo?

Edelstein disse:

— Eu falei para você que alguma coisa estava para acontecer, Thom. Eu sugeri que a gente esperasse uma semana. Duas semanas. Eu estava de olho nisso. Mas não tinha como ter certeza, e foi por isso que não fui mais específico.

— Não estou entendendo — disse Thom. — Eu achei que a acusação tinha sido retirada...

— Escute, temos uma proposta na mesa. Não foi o que pedimos, mas já começamos lá no alto. Você está surpreso?

— Nossa! — Thom assobiou. — Estou. Estou, sim.

Não esperava aquilo. Já havia se reconciliado com o fato de que tinha perdido. Mas agora.

Edelstein estava dizendo que não era apenas simbólico: novecentos e noventa e nove mil novecentos e noventa e nove dólares.

Thom riu.

— E noventa e nove centavos?

— Não. Só dólares.

— E o Gleeson e o Schultz? O que vai acontecer com eles?

— Basicamente nada. Foi isso o que nos disseram.

— Eles vão ficar livres? — Thom ouviu a mágoa, a tristeza na própria voz.

Alguma coisa que Thom diria, em um momento como esse, de que Edelstein iria se recordar.

*Ficar livres. Ficar livres.*

Edelstein foi minucioso. Por natureza, era uma pessoa exuberante e belicosa, que levava a sério o dever do litigante de convencer o cliente a aceitar o acordo arrebatado das mandíbulas da perda absoluta, da humilhação, do esquecimento. Sempre tinha sido pequena a probabilidade de que Gleeson e Schultz fossem denunciados por qualquer crime, que dirá que virassem réus e fossem condenados por homicídio doloso. Thom deveria saber. Mas o processo tinha sido válido e a proposta era substanciosa.

— Como eu falei, Thom: não é simbólico. Os acusados estão admitindo a responsabilidade.

Ele se deitou na cama bagunçada, fechou os olhos. Paredes, chão e teto balançavam ao seu redor, e não geravam desprazer. Mas, com os olhos bem fechados, não seria obrigado a ver.

— Thom? Você está na linha? Algum problema? — A voz do outro lado soava preocupada.

Thom respondeu:

— Não. Nenhum.

— Thom? O que foi?

Não podia confiar em si mesmo para falar alguma coisa. Lágrimas escorriam dos olhos.

Graças a Deus estava sozinho. Se Jessalyn estivesse ali, ela o teria embalado nos braços, o filho alto e triste. Sofrendo por Whitey, eles teriam chorado sem parar.

# O beijo

Amos Keziahaya já o rechaçara e Virgil já se afogou em um rio poluído. Qual é a pior coisa que pode acontecer com Virgil agora?

No diário, anotou: *Só porque me entrego à arte não quer dizer que o sacrifício vale a pena. A verdade é que não tenho nada nem ninguém a que me entregar.*

Um jeito idiota de morrer, arrastado por um cabo de barcaça no rio Chautauqua turvo! Virgil é muito grato por ter sido poupado.

*Morri, mas não estou morto.* Relembrou com um sorriso.

Mesmo antes de as mãos dilaceradas estarem totalmente recuperadas, antes de as ataduras serem retiradas, Virgil já voltou ao trabalho. Sua visão é de mãos agarrando mãos. Sua visão é de figuras humanas tensas de tanta ânsia.

Virgil *enxerga* de forma tão vívida! Tem algo a ver, ele pensa, com o desespero-turvo do rio, que quase o tragou. Limpou seus olhos.

Não é um preço alto a se pagar, as mãos muito feridas. O orgulho.

Trabalho novo! Figuras em tamanho real feitas de plástico esmaltado transparente. Homem, mulher. Ambos. Nem um nem outro.

Uma das figuras está na ponta dos pés, feito um dançarino. Oferecendo seu rosto (ansioso) inexpressivo ao beijo do outro. O outro, cabeça erguida, com a boca fora do alcance do beijo. Título *O beijo*.

*A raiz de todo o sofrimento é o sexo. A raiz de toda a alegria.*

COM ALGUM ATRASO, A NOVIDADE chega aos ouvidos de Virgil: o processo dos McClaren contra a Polícia de Hammond terminou em um "acordo".

Não é Thom quem informa a Virgil. É Sophia quem telefona para dividir o que ela considera uma boa notícia.

— É evidente que o Thom deu um ultimato no advogado... você tem três semanas para acabar com isso. — Sophia se cala, insegura. — Não que alguma coisa tenha se "resolvido" de verdade.

*Sim. Whitey continua longe de nós.*

Virgil pergunta o que Thom pretende fazer com o dinheiro e Sophia diz que não sabe. O que Whitey gostaria que ele fizesse?

*Que doasse a grana. É dinheiro coberto de sangue. Que se livrasse dele. Rápido!*

— O Thom vai fazer isso, tenho certeza. É o que o papai iria querer.

*Iria querer.* Agora tudo é passado para Whitey.

Virgil sente a pontada da perda. Enquanto o processo estava em andamento havia a possibilidade de "justiça" — por mais que fosse ambígua, vaga. Um esforço feito em prol de um princípio abstrato bem como a memória do pai injustiçado. Agora, havia um "acordo" permanente.

Virgil pensa: *Você pode amar uma pessoa mas não lamentar sua ausência. É a dura realidade.*

Ele aprendeu a aceitar. Sua liberdade de ser quem realmente é, o resultado da morte do pai.

Não que Virgil fosse contar a alguém: não. Claro que não contaria aos McClaren.

Eles não entenderiam. Certas verdades não há como exprimir. Nem mesmo Sophia seria solidária, ela olharia para Virgil com choque e reprovação.

*Sim, tenho saudade do papai, mas não, não sinto saudade da presença dele. Do julgamento dele.*

*Sem o papai no mundo eu posso respirar. Me perdoe!*

Talvez um dia dissesse a Amos. Talvez Amos dissesse: *É. Comigo é igual. Meu pai.*

NA GALERIA DA GUERRILHA, em East Hammond, por acaso, Virgil encontra Amos Keziahaya.

Estão em meados de novembro. Meses se passaram desde o incidente desastrado no ateliê de Virgil, e em algum momento desse período, sem que Virgil se desse conta na época, Keziahaya foi embora da Bear Mountain Road para morar em outro canto.

Onde, Virgil não sabe. Não quis perguntar.

Por um instante os dois homens ficam paralisados. Virgil teme uma careta exibindo os dentes brancos — *Você! Caia fora, eu não sou seu amigo.*

Mas não, não é o caso, na verdade o jovem nigeriano alto dá um sorriso quase tímido para Virgil — *Oi.*

Ou talvez — *Oi, Virgil.*

O diálogo é breve, amistoso. Só um pouquinho zonzo, Virgil vai se lembrar do quanto foi amistoso.

Pergunta a Amos como ele está, e Amos dá de ombros e diz, em seu estilo lacônico: *Ok*.

Tão alto! De uma beleza absurda, até com a pele cheia de cicatrizes ou caroços misteriosos. Até com os dentes um pouco manchados.

Depois Virgil fica orgulhoso por não ter se demorado na galeria, não ter tentado entabular uma conversa com Amos. O estratagema destrambelhado de um apaixonado dolorosamente cristalino para o alvo da paixão — graças a Deus, poupou o rapaz. Desde o não afogamento no rio Chautauqua, Virgil está decidido a não constranger Amos Keziahaya mais do que já o constrangeu.

Afinal, Virgil é *o mais velho*.

Ele se pergunta — amigos teriam trocado um aperto de mãos? Depois de passar um tempo sem se ver? Amigas teriam se abraçado, se beijado. Mulheres não têm tanto medo de encostar umas nas outras.

Ou — Virgil está analisando demais um encontro casual, como sempre?

*O artista é quem "analisa demais" as coisas.*

Depois de todo esse tempo Virgil não alterou o testamento feito à mão, por impulso. Se é que de fato é um "testamento" e teria validade jurídica. *Meus bens terrenos eu lego a meu amigo e colega artista Amos Keziahaya. "O resto é silêncio."*

NA MANHÃ SEGUINTE, SENTE UMA felicidade inexplicável.

Em algum momento da noite, durante o sono, decidiu: mas que se dane, o que ele tem a perder?

Com os dedos ávidos desajeitados, consegue escrever uma mensagem no teclado ridículo de tão miúdo do celular com um convite conciso a Amos Keziahaya —

*Amos: vem aqui amanhã às 19h?*

— ao que, depois de algumas horas de suspense, o celular de Virgil zumbe com uma vibração sensacional e a resposta ainda mais concisa:

*Ok*.

# Morto

Sentia vontade de arranhar o rosto com as unhas. Preocupação com a mãe e *o tal de Hugo*. A última era: e se tivessem se casado, será que o matrimônio poderia ser anulado, desfeito. Será que os herdeiros tinham como provar que a mãe tinha sido vítima de uma fraude. Se *aquele homem* se apossasse do dinheiro ou do imóvel, será que poderiam reavê-los. Em meio à lenga-lenga de Beverly ao telefone (falando com quem? que parente, amigo?), a desatenta Brianna chegou, saltitando na escada com a calça jeans tão justa nas pernas esguias, coxas, nádegas que a pessoa se perguntava (a mãe se perguntava!) como a menina conseguia respirar, o rabo de cavalo balançando nas costas, é claro que Beverly baixou a voz para a menina não escutar, certa de que não a escutava, e alguns minutos depois Brianna fez o caminho contrário, saiu de seu quarto e desceu a escada batendo os saltos com a arrogância de quem pesa noventa quilos e não quarenta e cinco, e de novo Beverly baixou a voz por discrição materna, no momento em que Brianna parou ao pé da escada e se virou para ela, girando a cintura feito uma bailarina em uma postura torturante, o rosto jovem lívido de indignação:

— Pelo amor de Deus, mãe! O vovô Whitey *morreu*.

Então saiu de casa saltitante, com um último olhar sarcástico, e sumiu.

# Dia de Ação de Graças, 2011

Afazeres. O que é a vida da dona de casa senão eles.
Primeiro, buscar a papelada do divórcio. Depois, peru de Dia de Ação de Graças, hortifrúti, vinho e refrigerante.
A caminho de casa, padaria, florista, farmácia (Zolpidem), lavanderia (a porcaria do terno de Steve, ele havia se esquecido — de novo).

— NÃO. É TARDE DEMAIS.
Ou, para ser mais eloquente:
— No meu coração, já não sinto mais nada por você.
(Mas era verdade? Ela sentia *raiva* dele! Traindo! Humilhando! Anos a fio mentindo para ela! Esquentando água no fogão, que de repente ferveu, espumou nas beiradas da panela, nas chamas azuis de combustão, no chão — *era assim que ela se sentia*.)

DOCUMENTO DE DIVÓRCIO PREPARADO pela advogada (uma mulher, novata) da Barron, Mills & McGee que ela levara para casa e relera no sossego de um quarto (trancado), admirada com a exatidão cortante dos termos jurídicos e da imagem e da sensação do papel timbrado da firma de advocacia com seu cabeçalho dourado sutil.
Indo direto ao ponto, a advogada perguntara à sra. Bender se era um *divórcio em que ninguém tinha culpa* ou…?
Não. Na verdade, não. Não era *sem culpa*.
Disse à mulher que havia muita *culpa*. *Culpa* suficiente para encher uma caçamba, um caminhão de lixo.
*Culpa* suficiente para encher uma porcaria de um aterro sanitário.
Com bastante tato, a mulher sorriu por apreço à espirituosidade da cliente. Beverly se perguntava quanto aquele meio centímetro de sorriso lhe custaria, mas tudo bem, valeria a pena.

Disse:

— Já não sinto mais nada no meu coração por aquele homem. Ele foi infiel a mim e mentiu sobre isso. Do ponto de vista emocional, faz muitos anos que ele não tem sido presente.

*Não tem sido presente.* TV vespertina! (À qual, a não ser quando estava muito deprimida, inquieta, entediada ou quando tinha mais alguém em casa, Beverly nunca assistia.)

Talvez não fosse totalmente verdade. Quando o assunto eram os filhos, ela e Steve em geral eram aliados, e ele não minava sua autoridade com eles. (É claro que o normal era Steve não estar em casa para interferir. Tinha deixado a parte essencial dos *cuidados* para ela.)

Lisonjeira para Beverly a diligência com que a advogada fazia anotações no laptop. Unhas compridas, feitas, saia curta subindo na coxa sedosa, de idade indeterminada (tinha uns trinta e poucos anos) e (obviamente) inteligente. A ideia não era ter uma advogada legal, uma advogada elegante, uma advogada feminina, mas uma advogada *inteligente*.

Sugeriu a Beverly que ela congelasse todas as contas bancárias conjuntas antes de entregar a papelada de divórcio ao marido. Antes que ele sequer ouvisse a palavra *divórcio*. Que falasse com o corretor de investimentos deles. Os preparativos eram cruciais. A surpresa era uma vantagem para ela.

— Você tem que se proteger financeiramente. Alguns divórcios ficam feios de uma hora para a outra.

Mas Beverly não tinha certeza se queria agir assim. Parecia desonesto, ardiloso. O marido era o desonesto e ardiloso nesse caso, não a esposa.

Questões financeiras eram o dilema da maioria das negociações de divórcio, a advogada explicou. A esposa poderia pedir o que fosse que o marido (sem dúvida) lhe ofereceria menos. Nas casas em que a renda do marido era mais alta também havia a possibilidade de que existissem contas bancárias de que a esposa não tinha ciência.

Sério? Beverly ficou agitada ao se lembrar que Whitey tinha algumas contas bancárias com o próprio nome, sobre as quais era evidente que Jessalyn não sabia.

É claro que, no caso de Whitey, não havia intenção de enganar Jessalyn.

(Mas por que o pai tinha feito isso sob tamanho sigilo? Ninguém fazia ideia.)

Maridos geralmente eram confiáveis no que dizia respeito à pensão alimentícia dos filhos, a advogada prosseguiu. Sobretudo quando ganhavam salários altos e não tinham dívidas. E amavam os filhos.

Bom saber, disse Beverly, se empenhando para soar exuberante, animada. *Muito* bom saber.

— ∞ —

A CRIANÇA DE OLHAR MAIS agudo tinha percebido:
— Mãe, está acontecendo alguma coisa? Você anda tão *feliz* ultimamente.
Mas também, em tom menos agradável:
— Mãe, está acontecendo alguma coisa? Você vive *derrubando as coisas*.

O SUSTO QUE O MARIDO levaria ao descobrir que a esposa estava pedindo o divórcio. Depois de dezessete anos!
Depois do jantar em família do Dia de Ação de Graças, que seria o último jantar em família (dele) naquela casa. Depois do maldito jogo de futebol americano que ia tarde adentro, com seus gritos fúteis como os berros de chimpanzés nervosos. Steve e os outros (homens, de idades variadas) assistiriam ao jogo fascinados enquanto as mulheres arrumavam tudo na sala de jantar e na cozinha. Todo ano, o jantar de Ação de Graças era bifurcado: a refeição, o jogo; as mulheres, os homens.
Qual era a ligação? — não havia nenhuma.
Depois do jogo havia repetições de trechos da partida que tinham acabado de ver. Em outros canais de TV, repetições de outras partidas. *Jogos* não acabavam nunca!
Depois que o último dos convidados fosse embora, era provável que Steve permanecesse na poltrona reclinável de couro, controle remoto na mão. As pálpebras pesadas, a boca frouxa. Exausto, farto. Cerveja, amendoim com sal. Depois de se empanturrar à mesa de jantar. Sem fazer barulho, Beverly sairia da cozinha e diria, no tom mais calmo possível:
— Tenho uma coisinha para você, Steve. Acho que agora é uma boa hora.
Deixaria a pasta na mesinha ao lado dele. Não diria mais nada, só iria para o andar de cima, para um lugar reservado.
Esperaria, então, que alguns minutos depois ele a chamasse — *Beverly?*
Esperaria, então, que ele cambaleasse na escada atrás dela — *Beverly, pelo amor de Deus, você não pode estar falando sério.*
Não brigaria com ele. Falaria do jeito tranquilo e cadenciado que vinha ensaiando havia semanas. Não permitiria que ele provocasse emoções, vozes exaltadas. Já bastava de lágrimas! Sem mais fraqueza da parte dela.
Ele ficaria magoado e bravo. Como um pitbull provocado *partindo para o ataque*.
Mas não. A esposa estaria preparada, segura. A esposa nunca mais *partiria para o ataque*.

Ela o ajudaria a fazer as malas. Porque ele teria que ir embora imediatamente.

Ele ficaria pasmo. Incrédulo. Por favor, só mais uma noite, ele imploraria, mas a esposa seria inflexível, veemente.

— Não. Já se passaram muitas noites e agora é tarde demais.

A certa distância do marido, do outro lado da cama, talvez, para que ele não tocasse nela (com facilidade). Pois as mãos dele nela, no passado, tinham-na deixado tão bamba que ela não conseguia se defender. Mas isso não voltaria a acontecer.

Em uma voz altiva e não na voz autodilacerante, irritante e ofensiva que tinha passado a reconhecer, com repugnância, como sendo a dela mesma:

— Já não sinto mais nada por você.

TINHA SIDO UMA DESCOBERTA DESANIMADORA, muito banal. É claro que desconfiara. Fazia anos que ela *sabia*.

Tantas noites longe. *No escritório. Jantar de negócios. Trabalho.*

Conferências às quais as esposas não eram convidadas. (Desconfiada, ela havia averiguado a conferência de Honolulu. E na verdade as esposas tinham sido convidadas, exceto a *esposa* de Steve.) (E por que *Honolulu*? O nome já insinuava frivolidade, exageros na bebida. Colares de cores berrantes no pescoço de homens brancos salivantes em camisas havaianas recém-compradas.) A esposa largada para trás ficara furiosa, mas nada dissera. Não na época. O marido enganador só iria mentir, e ela achava insuportáveis suas mentiras contadas com a segurança irônica de um valentão de doze anos.

*Beverly, mas que porra é essa? O que deu em você?*

*Histérica. Caramba! Que exagero.*

E então, tinha dado um jeito de entrar na conta de e-mail de Steve. Brianna havia mencionado, em tom desdenhoso, que a maioria das pessoas (ela queria dizer a maioria dos adultos) sabia tão pouco de tecnologia que usava a data de nascimento como senha, ou o nome do bichinho de estimação, ou uma sequência de números idiota — *1 2 3 4 5*.

A senha de Steve realmente era a data de aniversário dele. O histórico do e-mail era desfavorável. Ao longo dos meses *Toni* dava lugar a *Steffi*, mas depois *Steffi* dava lugar a *Mira*.

Ela não o havia confrontado de imediato. Sabia que precisava estar preparada, que não podia investir contra o marido com um turbilhão de acusações, lágrimas e, também, histeria.

Tinha passado muito tempo pensando nisso. Como agir. Se o casamento estava acabado (como sem dúvida parecia ser o caso, pelo menos da perspectiva de Steve), estava acabado também para ela — não tinha como amar um homem que não a amava!

Não tinha como amar um homem que não a respeitava.

Raramente lhe dava ouvidos. Passava tempo com ela.

Principalmente se Beverly estava — bem, a expressão era *enchendo o saco*.

(Homens *enchiam o saco* dos outros? Não, homens não faziam isso. *Encher o saco* é uma coisa de mulher, não existe equivalente masculino.)

Ela havia passado um tempo longe da casa. Caminhando, pensando. No cemitério onde as cinzas de Whitey estavam enterradas, que ela não visitava (para sua vergonha) havia meses.

Era novembro. De novo. Folhas úmidas voavam sobre os sinalizadores dos túmulos, havia uma sensação de teia de aranha no ar. A pessoa temia respirar. Ah, como ela detestava a proximidade do solstício de inverno, o dia mais curto/ noite mais longa do ano.

*John Earle McClaren. Amado marido, pai.*

O que fazer? Separação, divórcio? *Divórcio* deixava sua boca seca, mas fazia o coração tropeçar com algum sentimento que parecia de empolgação genuína, expectativa como a que já sentira uma vez, dezoito anos antes, ao ver Steve Bender se aproximar com aquele sorriso.

Divórcio significava fracasso. Não havia como escapar.

Whitey prevenia: *Não vá agir por impulso, Beverly! O Steve é um rapaz legal.*

Mas era mesmo? Estava mais para um cara *ok*, e por pouco.

*Um rapaz ótimo, na verdade. Para um cara. Muitas risadas.*

Não se deveria esperar mais de um marido do que risadas?

Mais sério, Whitey advertira: *É como uma porta que você atravessa, que se tranca às suas costas. Eu teria cuidado se fosse você, querida.*

Quão típico do pai fazer piada: *Olha só o que aconteceu comigo! A porta se fechou mesmo depois que eu passei.*

No cemitério, diante do túmulo. Tão zonza que precisou se recostar no marcador.

Percorreu o caminho para sair do cemitério a duras penas. Não ouvia bem o pai falando com ela: *Se cuide, Beverly! São muito poucas as pessoas que nos amam.*

Em um outro dia, ela foi à Old Farm Road. Estacionou o carro na entrada da garagem, mas ninguém estava em casa. (Ah, Jessalyn não deveria estar *em casa*? E se não estava *em casa*, onde estava? Com *aquele homem*?) Foi até o riacho, ficou parada olhando a água preta ficar morosa por conta do frio de outono. Lembrou que, quando era menina, adolescente, tinha pouco interesse em qualquer coisa que tivesse a ver com o riacho ou o lago que ficava a quatrocentos metros dali. Que tédio, o ar livre.

Provavelmente, no último ano ou nos últimos dois que tinha morado na casa, naquela paisagem linda, Beverly não tinha andado até o riacho nem uma vez sequer. Na última vez que tinha concordado em entrar em uma canoa com Thom tinha treze anos.

Como tinha sido sua adolescência? Um caleidoscópio de rostos radiantes, telefonemas intermináveis, pensamentos sexuais lúridos e cativantes. Embora ainda não conhecesse Steve Bender, havia inúmeros outros garotos/homens para povoar suas fantasias.

E onde essas fantasias lúridas a haviam levado?

Ela se viu sentada na doca, os joelhos bambos. A água passava por ela em torvelinhos, carregando folhas podres. Nas árvores esqueléticas, desfolhadas, pássaros de plumas pretas encolhiam as asas e crocitavam. E ali estava Jessalyn, com cara preocupada, e alguns metros atrás dela, à margem do riacho, *aquele homem*, Hugo Martinez.

Constrangedor! O rosto de Beverly estava molhado de lágrimas.

Jessalyn e o amigo tinham voltado para casa e visto que alguém, talvez um estranho, estava na doca, ao pé do morro. Em meio à bruma da autopiedade, Beverly não percebera que o casal se aproximava.

Diplomático, Hugo Martinez recuou. Jessalyn continuou ali para consolá-la.

Chorou com a mãe dizendo que Steve não a amava mais. Sua vida estava acabada!

Jessalyn embalou Beverly nos braços, do melhor jeito que conseguiu. Dizia que ficaria tudo bem, tudo se ajeitaria, era claro que Steve a amava, devia ser tudo um mal-entendido...

Não. Não era um mal-entendido. Depois de tanto tempo, um *entendimento*. Não havia mais dissimulação.

Nos braços da mãe, Beverly chorou. Que vexame, na idade dela. A pessoa não cresce nunca? Não supera a necessidade da mãe? Beverly ficaria envergonhada se alguém ficasse sabendo — Lorene, Thom, Steve. Whitey.

Na casa, Hugo esperava. Ao ver a angústia de Beverly, falou baixo, foi discreto. Questionador por natureza, tomou o cuidado de não se intrometer. Acariciando o bigode, que cobria praticamente toda a metade inferior do rosto.

Ele prepararia uma comida para eles, declarou. Esperava que Beverly ficasse.

Ela não podia ficar! Não.

Bem. É claro que Hugo entendia se ela não se sentisse à vontade ficando ali. Olhou para Jessalyn, em uma súplica.

Por favor, fique!, Jessalyn disse. Entrelaçou os dedos nos da filha, que pareciam grossos e desajeitados.

Então Beverly ficou. Muito estranho comer na cozinha da casa da família, com a mãe, um prato feito por um estranho!

Comida deliciosa, um pouquinho apimentada demais para ela. Berinjela assada, cebola, tomate, queijo de cabra, pimenta-malagueta.

O vinho tinto ajudou a diluir o gosto, também providenciado por Hugo Martinez.

Era comovente entreouvir a mãe conversar com ele sobre ela, quase fora do alcance de seus ouvidos. Será que Hugo Martinez, um estranho, um inimigo, se importava com Beverly? — ou melhor, com a filha emocionalmente abalada de meia-idade de Jessalyn?

Lorene havia comparado Hugo Martinez a Che Guevara. Era possível que tivesse sido sarcasmo, era difícil saber com Lorene, que tinha passado toda a vida adulta na companhia de adolescentes sarcásticos. No entanto, Beverly entendia a similaridade: belos homens latinos, autoconfiantes, manipuladores.

Sexualmente agressivos, perigosos. Não dava para confiar.

Era um homem muito simpático, Hugo Martinez. Pode-se dizer que era simpático demais. Beverly queria segurar as mãos dele, pressioná-las contra o rosto. Em um momento de fraqueza, chegou perto de se humilhar para o amante latino da mãe.

Precisou lembrar a si mesma que não era criança, não era uma garota. Ela mesma era esposa e mãe e estava à beira dos quarenta anos.

Uma ou duas taças de vinho tinto depois, Beverly ficou bem sonolenta. Jessalyn a levou para casa no carro de Beverly, e Hugo as seguiu no carro dele. No último vislumbre que teve dos dois, Jessalyn estava entrando no carro dele e Hugo dando partida.

Um piscar de faróis vermelhos e foram embora.

**PAPELADA DE DIVÓRCIO NA PASTA** (simples) fornecida pela Barron, Mills & McGee. Peru de sete quilos e meio no forno e assando até as onze da manhã do Dia de Ação de Graças.

Ninguém sabia que ela tinha procurado um advogado. Nem mesmo Jessalyn.

E Beverly estava com um novo remédio tarja preta, um antidepressivo com o nome promissor de Luxor. Para neutralizar o torpor causado pelo sonífero, que tinha passado a durar até o fim da manhã, como uma neblina que demorava a se dissipar.

Ao contrário da maioria dos antidepressivos, dizia-se que Luxor tinha um efeito quase imediato. Comprimidos brancos pequenininhos, cinco miligramas por dia. Recomendava-se enfaticamente que não fosse usado junto com álcool. Não se devia dirigir ou operar maquinário pesado.

Era raro que Beverly operasse *maquinário pesado*. Então essa parte não era problema.

— Mãe, o que é que foi? Você está parada aí sem fazer nada.

Quanto tempo fazia que estava *parada ali*? — Beverly despertou e percebeu que seus olhos já estavam abertos na cozinha tão bem-iluminada quanto uma sala de cirurgia.

— Bom. Eu estou parada aqui *pensando*.

— Ai, mãe. *Ugh*.

Brianna olhava para o peru "orgânico" de sete quilos e meio como se fosse um cadáver humano. Tão desenvolvido que o peito era inflado, o corpo disforme. Perus de Ação de Graças agora eram criados de uma forma grotesca para os consumidores americanos que preferiam carne branca, os pobres bichos tinham dificuldade de locomoção, e os maiores, de nove quilos, nem conseguiam andar.

A pele branca franzida viscosa fez tanto Brianna quanto Beverly se arrepiarem ao toque.

E o cheiro. Carne úmida, morta. Carne antes viva e agora não mais.

Bicho eviscerado, as entranhas e os genitais removidos para que um recheio bem extravagante (castanhas, cogumelos Portobello, aipo, sálvia e manjerona, sal e pimenta, cubinhos de pão banhados em manteiga) fosse enfiado na cavidade. Que tradição esquisita, Beverly refletiu. Nunca tinha se dado conta disso.

Um peru de sete quilos demora cerca de três horas e meia para assar. Um troço feio, decapitado. Beverly teve dificuldade de encaixá-lo dentro da assadeira, uma das pernas ficava pulando para fora, como se tomada pelo *rigor mortis*.

Sophia estava ajudando na cozinha. Lorene tinha prometido ajudar, mas estava atrasada. (Qual era a surpresa? Quando o assunto era ajudar a irmã na cozinha, Lorene estava sempre *atrasada*.) E é claro que Jessalyn tinha chegado cedo trazendo seu delicioso suflê de batata-doce.

Esperavam dezessete convidados. Beverly tinha perdido as contas. Virgil iria, talvez com alguma amizade "nova". Vários dos parentes de Steve (inclusive o irmão mais velho, Zack) iriam — "para o jantar e para o jogo". Havia crianças, um número que sempre mudava e que este ano não abarcaria os filhos de Thom, para a decepção dos primos da família Bender. (A reação de Brianna: "O Kevin não vem? Que merda".) A mesa tinha sido ampliada, mais cadeiras arrastadas até a sala de jantar. Cálices de água? Lugares marcados? Guardanapos combinando? Castiçais? Será que o centro de mesa estava muito intrusivo? E qual toalha usar? A cada Dia de Ação de Graças Beverly impressionava a família e os convidados com sua hospitalidade, sua energia, sua comida excelente. Sempre tivera sobretudo a esperança de impressionar os McClaren mais velhos, cuja hospitalidade tinha sido admirada por décadas a fio.

O rosto de Whitey ficava radiante de prazer quando era o anfitrião desses jantares. Por um tempo, Steve havia tentado imitar o sogro carismático, mas tinha perdido terreno nos últimos anos.

E qual tinha sido o resultado dos muitos jantares de Whitey McClaren? Das festas?

Uma voz a consolou: *Esse vai ser o último Dia de Ação de Graças. Chega de marido no Dia de Ação de Graças!*

Era isso o que Beverly queria? Nada de marido no Dia de Ação de Graças? Serviu-se de meia taça de vinho sem perceber. A mão tremia.

No ano anterior, mal tinham celebrado o Dia de Ação de Graças. Um peru da metade do tamanho do peru deste ano, uma refeição nada elaborada. Só a família. Nada de mesa ampliada. Jessalyn sem Whitey, desamparada, perdida.

Ninguém tinha comido muito. A não ser Steve, que se servira de pratos de peru, purê de batata, molho de cranberry, suflê de batata-doce, ignorando como os outros o encaravam.

Beverly sentira vontade de defender o marido. Ele não era insensível, era só... raso, podia-se dizer.

Se no futuro as crianças quisessem passar o Dia de Ação de Graças com o pai, poderiam tomar as próprias providências. *Ela* já estava esgotada.

Esse ano eles celebrariam a vida de Whitey. Tinham dado ênfase demais à morte, e à injustiça de sua morte, e agora precisavam celebrar sua vida. Era um alívio que o processo tivesse terminado em um acordo, que eles haviam escolhido interpretar como uma admissão pela Polícia de Hammond da injustiça da morte de Whitey, e portanto como uma vitória.

Porém, Thom estava calado quanto ao acordo. Enquanto os outros manifestavam alívio pelo fim, ele nada dizia. Observando o irmão taciturno, Beverly pensou, com um calafrio: *O Thom está planejando o próprio acordo.*

Tampouco parecia muito disposto a falar de Brooke e dos filhos, que este ano estavam comemorando o Dia de Ação de Graças com a família dela, em Rochester. Quando Beverly puxou Thom para um canto para perguntar o que estava acontecendo, ele lhe disse que nada estava decidido, ninguém (ainda) estava falando em divórcio, ele via os filhos todo final de semana, às vezes mais.

— Mas você está morando *sozinho*? Em um apartamento... *sozinho*?

— Estou. Por enquanto.

— Você não parece estar muito chateado, levando tudo isso em consideração.

— Eu deveria estar?

— Bem... não deveria?

— Me diga você, Bev. Você parece saber muito desse assunto.

Beverly sentiu a repreensão como um soco na costela, desferido por um irmão mais velho implicante.

— É que eu sinto falta da sua família. Os seus filhos são ótimos.

Beverly tinha feito questão de não falar *Brooke*.

Tentada a contar ao irmão sobre a surpresa que esperava Steve. *Ele* não seria o único McClaren a declarar independência.

Mas Thom não parecia ávido por dividir comentários particulares com Beverly. Para seu desgosto, ela o viu indo para o andar de baixo para ficar com Steve e os outros, assistindo à ESPN na TV grande de tela plana que Steve tinha gastado uma pequena fortuna para instalar no porão.

Dos homens, somente Hugo não tinha interesse em assistir ao futebol americano. Não tinha interesse em esportes, ele afirmou:

— Nem mesmo futebol.

*Nem mesmo futebol.* Seria uma piada?

É claro que Hugo Martinez compareceu ao jantar de Ação de Graças de Beverly. Impossível evitar o sujeito! — Beverly tentou explicar a Lorene e Thom, que demonstraram perplexidade, reprovação. Lorene sussurrou no ouvido de Beverly:

— Você bem que podia envenenar o "Hugo". Ninguém saberia.

E Beverly retrucou:

— Como assim, "ninguém saberia"? Ele deve ter contado para todos os amigos dele que viria jantar aqui. E a Jessalyn saberia.

Lorene disse, rindo:

— Pelo amor de Deus, Bev. Eu estava *brincando*.

Típico de Lorene! Enlouquecedor. Fazer uma piada grosseira e depois insistir que era piada, como se Beverly fosse uma tapada e lerda demais para entender seu humor.

Da primeira vez que Beverly falou do Dia de Ação de Graças com Jessalyn, ela não teve a audácia de dizer à mãe que Hugo *não estava convidado*. Em certa medida porque, se tivesse tido, tinha certeza de que Jessalyn não compareceria, o que seria um desastre.

De seu jeito tipicamente agressivo, Hugo insistiu em fornecer alguns dos vinhos do jantar, bem como tortas de abóbora de sobremesa, que pretendia fazer com as próprias mãos.

— Não precisa, Hugo — disse Beverly sem convicção ao telefone —, é sério. A gente sempre tem comida demais, principalmente sobremesa.

— Sim. Vou levar vinho e torta. Obrigado pelo convite.
— Mas Hugo...

Como isso tinha acontecido, Beverly estava chamando o estranho de *Hugo*. Tentando argumentar com ele como se fosse da família. *O namorado da mãe*.

O mundo estava ficando surreal para Beverly. Nada disso fazia sentido.

Ah, se Whitey soubesse! Seguraria a mão dela para confortá-la, consolá-la. *Tudo vai se ajeitar, Bev. Você sabe que eu estou sempre do seu lado*.

Ela sabia. Não se esqueceria.

Desde que Beverly tinha comido a berinjela assada de Hugo ela se sentia como se estivesse devendo algo a ele. Não era uma sensação boa. Temia que Lorene e Thom descobrissem por meio de algum comentário à toa da mãe. Pior ainda, alguns dias depois, Jessalyn tinha ligado para perguntar se Hugo podia levar um amigo ao jantar, e Beverly foi surpreendida pela ousadia — a própria mãe! Conspirando para levar um desconhecido à mesa de jantar dos Bender. E aquela pessoa desconhecida que era seu amante latino! (Embora Beverly se reservasse o direito de duvidar que a mãe e Hugo Martinez fossem de fato *amantes*. Parecia impossível.)

Na verdade, havia entre os McClaren a tradição, enquanto os filhos iam crescendo, de Whitey convidar para o jantar de Ação de Graças pessoas que ele chamava, não muito certeiro, de "patinhos feios" — os "desgarrados". Alguns desses indivíduos eram completos desconhecidos da família e até do próprio Whitey. Onde ele os encontrava, ninguém sabia. Alguns eram um bocado excêntricos, aliás. Alguns eram "estrangeiros". Como Jessalyn se sentira no papel de anfitriã sitiada? Beverly só se lembrava da mãe encantada de receber os convidados de Whitey na casa deles.

*Sua mãe é uma santa*. Era o que as pessoas diziam.

Jessalyn explicava para Beverly que o amigo de Hugo passaria o Dia de Ação de Graças sozinho, sem a família. Tinha acabado de passar por uma cirurgia e estava convalescendo. Era muito simpático:

— É muito quieto, ponderado.

Levariam o sujeito à casa de Beverly só por uma ou duas horas, e depois seguiriam em frente, para outra ceia de Ação de Graças, que tinha sido marcada semanas antes, a que Hugo era obrigado a ir, portanto na verdade ele não ficaria muito... Na confusão do momento, Beverly não tinha escutado tudo aquilo. Seu coração acelerava de rancor pela audácia de Hugo Martinez e por sua má influência sobre a mãe.

Sua impressão era de que estavam perdendo Jessalyn, disse a Lorene. Primeiro tinham perdido Whitey. Mas não podiam perder a mãe querida!

Quando, no Dia de Ação de Graças, a pessoa misteriosa surgiu à porta com Jessalyn e Hugo, Beverly ficou ainda mais atônita de ver que era um homem afro-americano diminuto, de cerca de quarenta anos, que usava um terno com colete mal-ajambrado e uma gravata com estampa em alto relevo brilhosa. O terno e a gravata pareciam ter saído de um cesto da Legião da Boa Vontade. O nome dele, Hugo Martinez disse a Beverly, era "Caesar Jones".

*Caesar Jones!* Sua única alternativa foi apertar a mão do homem, que para Beverly parecia quente demais e ela largou depressa.

(Pelo que Beverly se lembrava, nunca tinha apertado a mão de um homem afro-americano. Não que isso quisesse dizer alguma coisa, é claro que não.)

Pior ainda, Caesar Jones se revelou, nas palavras surpreendentemente francas de Hugo, um *ex-presidiário*.

Beverly puxou Jessalyn de lado para ninguém entreouvir seu alarme e sua indignação. Que absurdo! — um *ex-condenado* na casa dela, convidado a jantar com a família! Com *crianças*.

Jessalyn lhe disse que Caesar Jones tinha sido "condenado erroneamente" — "recém-libertado" — "exonerado" — depois de vinte e três anos em Attica, por um crime que não havia cometido. Não tinha casa no momento e por isso estava morando na de Hugo.

— Morando na casa do Hugo? Mas por quê?

— Porque... como eu disse... ele não tem casa no momento.

— Mas... por que a casa do Hugo?

— Porque o Hugo o acolheu. Ele tem pena do Ceasar e quer ajudá-lo a se adaptar ao mundo aqui fora.

Essa informação intrigou Beverly, que como seria de se esperar tinha imaginado que Hugo Martinez fosse uma pessoa enganadora ou pelo menos infame. Queria *ajudar os outros?*

— A casa do Hugo é grande o bastante?

— É. É bem grande.

— Tão grande quanto... esta casa? — Beverly estava descrente, incrédula. Jessalyn devia estar exagerando.

— Acho que é, sim.

Isso também era desconcertante. Hugo Martinez, que eles tinham imaginado ser um pobretão, um sem-teto — dono de uma casa do mesmo tamanho da de Beverly?

— Bom, mas... ele foi condenado por qual crime? Espero que não tenha sido assassinato.

— Homicídio. Mas...

— *Homicídio*. Mas homicídio é assassinato, mãe!

— Não. O Ceasar não cometeu "homicídio"... ele é inocente da acusação e foi condenado injustamente.

— Pelo amor de Deus, mãe... eles todos não se declaram inocentes?

— Não. Não se declaram. Caesar Jones é inocente de verdade. A condenação dele não foi atenuada, e sim derrubada pelo tribunal de recursos.

— Mas... como é que você sabe se ele é "inocente" ou não é? Se ele foi considerado culpado...

— Juris erram. Policiais mentem... como nós já sabemos. Promotores escondem provas exculpatórias. Caesar Jones foi a vítima e não o criminoso... ele era universitário, estava cursando Pedagogia quando foi preso...

Beverly ficou estupefata ao ouvir a mãe, geralmente de fala macia, se manifestar com tamanha veemência. Ela mal sabia o que eram *provas exculpatórias*. (Não confiaria na própria capacidade de enunciar a expressão em voz alta.) A influência de Hugo Martinez sobre Jessalyn era mais profunda e mais insidiosa do que os filhos imaginavam.

Pelo menos a mãe estava com o cabelo branquíssimo solto, caindo nos ombros, e não na trança que a fazia parecer uma camponesa. E trajava roupas escuras, de bom gosto, não uma blusa de camponesa ou uma bata que Hugo tivesse lhe dado, embora no pescoço usasse um colar de contas grossas de âmbar que Beverly tinha certeza de que nunca tinha visto antes, e sem dúvida vinha de Hugo.

Hugo Martinez, com seus ouvidos aguçados, se aproximou rapidamente de Jessalyn. Dava para perceber (Beverly percebia) que ele estava prestando atenção na conversa alheia.

Caesar Jones ficou sozinho junto à porta, examinando o ambiente de olhos baixos, como um animal noturno em um lugar bem-iluminado. Dava um sorriso leve, corajoso. Para seu desespero, ela viu Brianna se aproximar para lhe cumprimentar.

Hugo disse a Beverly:

— O Caesar é uma pessoa pacata. Não vamos deixá-lo sozinho nem por um segundo.

Beverly sentiu as bochechas corarem. Hugo estava zombando dela?

Ele contaria mais sobre Caesar a Beverly uma outra hora, se tivesse interesse, Hugo disse.

É claro que tinha interesse! — Beverly quis retrucar.

Em tom firme, ela disse sim, uma outra hora:

— Obrigada.

(Do que Caesar Jones e Brianna, de dezesseis anos, estavam falando? O homem negro dava um sorriso tímido, revelando os dentes quebrados e manchados. O que teria repelido Brianna em outra pessoa parecia não ter impacto no amigo ex-presidiário de Hugo.)

Mais convidados chegavam. Beverly correu para recebê-los. As crianças mais novas tinham sido incumbidas de circular com os aperitivos — Beverly precisaria supervisioná-las. Ouviu alguma exclamações de surpresa — uma tia McClaren de mais idade e seu filho de meia-idade chegaram, e Beverly não os esperava para o jantar; na verdade, não se lembrava de tê-los convidado.

Parecia muito uma roda girando em sua direção, um jantar festivo. Se não saísse da frente, ela atropelava, esmagando a pessoa na lama. Mas se saísse do caminho, a pessoa podia se imaginar sua dona, sorrindo e gargalhando. *Ah, que bom te ver! — e você também...*

Por fim, Lorene chegou, trazendo um isopor de uma mercearia — sua contribuição habitual ao jantar de Dia de Ação de Graças de Beverly. Um quilo de ervilha fria e gordurosa, ou de beterraba que parecia tingida, ou de salada de frutas de cores desbotadas. Para a ocasião, Lorene estava usando um de seus terninhos cor de framboesa e botas de couro de uma cor esquisita. O cabelo curtinho que era sua marca pessoal, que lhe conferia um aspecto autoritário peculiar, tinha sido substituído por um gorro nas cores do arco-íris do tipo (Beverly pensou) que seria tricotado por uma pessoa com deficiência para outra pessoa com deficiência. As sobrancelhas de Lorene estavam invisíveis, e os olhos estavam sem cílios e piscavam, em uma nudez comovente.

— Aqui, Bev. Desculpe o atraso.

— Você não está atrasada, Lorene. A gente nem tinha percebido.

O comentário foi tão rude, mas de uma rudeza tão inocente de irmã, que Lorene riu e Beverly riu junto.

*O último Dia de Ação de Graças. É só aguentar firme!*

Enquanto os convidados se acomodavam na sala de jantar, Virgil chegava pela porta dos fundos. A ausência dele Beverly tinha sim percebido, com uma mistura de apreensão e esperança. Tinha a impressão de que Virgil viria ao jantar e de que não a decepcionaria (de novo). E ele estava sozinho e esbaforido. Para o desgosto dela, ele explicou que afinal não poderia ficar para o jantar, lamentava muito.

— Como assim, "lamento muito"? Por que você não vai ficar? A mamãe está aqui e... o seu amigo Hugo. E os seus sobrinhos, que não te veem há séculos.

Virgil carregava quase vinte quilos de maçãs do sítio da Bear Mountain Road, que deixou na mesa — não era o lugar adequado. Em um olhar, Beverly reparou que as maçãs estavam machucadas e começavam a apodrecer; exalavam um aroma forte, frio, pungente.

— São para mim? Para nós? Bem, obrigada! Atencioso como sempre, Virgil.

— Como se o sarcasmo de Beverly fosse ser entendido pelo irmão autocentrado e extremamente irritante.

Havia algo esquisito em Virgil, além de irritante. O cabelo loiro-escuro tinha sido penteado, escovado; não estava preso em um rabo bagunçado, e sim caindo nos ombros, crepitando com a estática. Beverly olhava fixo. Esse era mesmo... *Virgil*? O irmão hippie estava de barba feita, para variar, bonito. Ou, se não exatamente bonito, com o rosto sério e ossudo, nem tão singelo e sombrio quanto nas lembranças dela. Como um *artiste*, usava uma camisa frouxa de um tecido rústico feito aveia congelada, calça cáqui sarapintada de tinta, sandálias com meias de lã vermelhas. No punho esquerdo, uma tira de couro com contas.

— Você não disse que ia trazer alguém? Cadê ela?

— Eu disse que era "ela"? Bem... ela não veio. E eu preciso ir, Beverly, me desculpe.

— Caramba, Virgil! Você sabia que este jantar era importante... nosso primeiro Dia de Ação de Graças de verdade desde a morte do papai. Você vive pedindo desculpas.

Beverly estava exaltada, mas não tanto que alguém além de Virgil pudesse escutá-la. Ela havia pegado o cesto de maçãs para enfiá-lo de volta nos braços do irmão, mas Jessalyn apareceu à porta para dar um abraço em Virgil, e Hugo veio atrás para lhe dar um aperto de mãos, por isso Beverly não teve alternativa a não ser recuar, levar aquelas malditas maçãs indesejadas para a cozinha, ou melhor, para a garagem, fria como uma geladeira. De manhã ela jogaria o cesto sujo e seu conteúdo no lixo.

Então Lorene se aproximou de Beverly com um sorriso malicioso.

— Eu estava pra te contar, Bev... eu vi o Virgil na semana passada, na feira dos produtores, com essa "pessoa nova". O companheiro dele. Acho que é isso que ele é.

— É isso que quem era? O quê?

— O novo amigo do Virgil. Um rapaz meio africano, bem mais novo do que Virgil, a pele tão retinta a ponto de ser meio roxa... iridescente... feito uma berinjela. Ele parece um daqueles corredores de dois metros do Quênia, aqueles que ganham as maratonas todas. Os olhos são branquíssimos! As pernas são todas musculosas... ele estava de short. Os dois estavam de short. Eu fiquei tão surpresa que fiquei olhando fixo para os dois. Acho que o Virgil não me viu. Ou fingiu não me ver. Eu fiquei... bem, surpresa.

— Mas como assim, Lorene? Por que você ficou tão... surpresa?

— Porque o Virgil e o rapaz africano estavam quase de mãos dadas. Assim, não estavam, mas era como se quisessem estar. Andavam juntinhos, de um jeito que homem não anda. E estavam conversando e rindo. E o cabelo do Virgil estava solto que nem agora e ele estava radiante.

Beverly fitava a irmã com cara de pug sem entender.

— Não entendi o que você está querendo dizer, Lorene. Eu realmente não entendi. E não é hora disso, hoje é Dia de Ação de Graças.

— Bem, quem sabe até o Natal a ficha não cai. Você podia convidar ele... eles... para a ceia.

Lorene riu com imenso prazer, se afastando como uma irmã mais nova se afasta para fugir da palmada de uma irmã mais velha, embora neste caso Beverly estivesse distraída demais para reagir.

Quando voltou à sala de jantar, Virgil estava de saída. Tinha cumprimentado todo mundo que conhecia, se apresentado a Caesar Jones, ele e Sophia tiveram uma conversa breve e intensa, em tom educado tinha recusado o convite de Steve para se sentar uns minutinhos, para comer peru. O diabo que o carregasse.

Mas Beverly correu atrás de Virgil, para fechar a porta depois de sua passagem. Ela o chamou:

— Da próxima vez, me avise antes que você "não pode ficar", caramba. *Te odeio.*

Indo em direção ao Jeep estacionado na rua, Virgil mal pareceu escutar. Um vento feroz de novembro soprou as palavras sentidas de Beverly para longe como folhas secas.

Na cabeceira da mesa, Steve partia o peru, como sempre fazia nas comemorações em família. Tinha tomado vários drinques depressa e sua mira estava um pouco torta, ou talvez a faca estivesse cega, pois o peito disforme logo ficou destruído, nacos caíram na travessa, retalhados. Beverly viu que o marido estava afavelmente bêbado, o olhar desfocado e benigno. O cabelo, escorrido e comprido, penteado de modo a cobrir o crânio, mais curto nas laterais, outrora de um castanho vívido, havia adquirido o tom de lavagem, assim como o de Beverly ficaria se ela parasse de fazer "rinçagem" no salão de beleza. Ele estava de camisa rosa listrada, que deveria ser festiva, mas lhe dava um ar de crupiê devasso.

— Caramba! — praguejou Steve com suavidade e levantou a faca para que alguém assumisse a tarefa. — Tem algum médico aqui? Cirurgião? Eu acho que vou me aposentar dessa função.

Hugo Martinez, ligeiro para perceber uma oportunidade, se levantou da cadeira ao lado de Jessalyn e foi pegar a faca da mão de Steve.

— Deixe comigo. *Gracias.*

Beverly lançou a Steve um olhar de raiva emudecida. O que ele queria dizer com *se aposentar?*

O marido enganador estava com um humor sombrio havia dias. Em geral, Steve era tão exuberante que chegava a ser ruim, era alegre e distante como uma estação de rádio FM que quase não se ouve, mas tem uma ótima programação musical. Dava para ver que se tinha em alta conta, que às escondidas estava satisfeito com alguma coisa, mas não se fazia ideia do que era, só se sabia que não envolvia a outra pessoa. Mas nos últimos dias Steve não estava tão feliz e parecia não tão distante, mas irritantemente *próximo.*

Problemas financeiros? (Banqueiros tinham problemas financeiros?)

Problemas com mulheres? (Será que tinha sido deletado da caixa de entrada de *Steffi, Siri* ou *Mira*?)

Desde aquele primeiro dia traumático, Beverly não tinha voltado a ler os e-mails de Steve. Era ruim demais e um desperdício de sua energia, que se esgotava rápido.

Com um floreio, como um pirata brandindo a cimitarra, Hugo Martinez assumiu o corte do peru de sete quilos. Poucos minutos depois, com movimentos habilidosos com o gume, a ave imensa foi reduzida a uma carcaça. Beverly precisava admitir: Hugo sabia o que estava fazendo. O prepotente já tinha cortado muitas carnes — peru, leitão, bode. (Cubanos assavam bode? Ou Hugo era o quê — porto-riquenho?) E ele estava muito feliz, e satisfeito, na camisa branca sem gola que parecia de camponês, de um tecido como linho, mangas enroladas nos cotovelos. Os antebraços eram musculosos, tomados de pelos pretos. A pele não era lisa, mas de um tom quente de caramelo. As sobrancelhas e o bigode eram bastos, embaraçados. Assim como Virgil, usava o cabelo solto penteado, de um castanho-escuro áspero entremeado de fios grisalhos, caído nos ombros. Enquanto cortava o peru e arrumava as fatias de carne na travessa, lançava olhares sorridentes a Jessalyn, que estava do outro lado da mesa.

*É claro que eles vão se casar. Nenhum de vocês vai poder fazer algo para impedir!*

— O senhor é poeta, sr. Martinez? — Brianna teve a audácia de perguntar. Era nítido que estava impressionada com o amigo glamouroso da avó. — Pode recitar um poema para a gente, então? *Por favor.* — A última palavra ela disse em espanhol.

De onde tinha vindo isso? Beverly trocou olhares espantados com Lorene e Thom. Tinha se esquecido de que Brianna estava no primeiro ano de espanhol na escola, se é que tinha sido avisada disso. *Alguém instruiu a Brianna a fazer esse pedido?*

— Brianna, que grosseria. O Hugo pode não querer "recitar um poema".

Odiou ouvir da própria boca o nome pronunciado com tamanha intimidade — *Hugo*.

O que era isso, *Hugo* à mesa de jantar dos Bender? E Steve não tinha hesitado ao entregar a faca ao homem e anunciar que estava *se aposentando* da função de cortar o peru.

Mas é claro que Hugo Martinez não se constrangeu com o pedido da menina branca insolente e coquete. Na verdade, ficou *animado*.

— Vou recitar o meu poema preferido de "quietude"... o poema que me vem à cabeça de noite, feito uma mão no ombro. E que também é bom para o Dia de Ação de Graças, em que agradecemos muito todos os dias do ano. — Hugo falava com muita emoção, fosse genuína ou fraudulenta, como quem não tem muita facilidade de traduzir de outra língua para o inglês.

Como era enganoso! Beverly tinha vontade de saltar da cadeira que ocupava à mesa, pegar a mão de sua mãe e sair correndo da sala.

Em uma bela voz modulada, Hugo ficou parado diante deles e recitou "Uma clara meia-noite", do "nosso grande poeta americano Walt Whitman":

> *Esta é a sua hora, ó alma, o seu voo livre rumo ao que não pode ser dito,*
> *Longe dos livros, longe da arte, o dia terminado, a lição acabada,*
> *Você emergindo completa, silenciosa, atenta, refletindo sobre os temas que lhe são mais queridos.*
> *Noite, sono, morte e astro.*

Fez-se uma pausa. Todo mundo estava muito comovido, ou quase todo mundo. Lorene mexia no guardanapo e Thom encarava o prato. Sophia estava arrebatada, e Jessalyn estava radiante. Brianna bateu palmas:

— Que incrível!

O irmão de Steve, Zack, levou a garrafa de cerveja Molson aos lábios e bebeu, sedento. A umidade reluzia nos olhos sombrios de Caesar Jones e ameaçava escorrer pelo rosto cansado. Beverly estava tão furiosa que não tinha ouvido boa parte do poema, tinha a vaga ideia de que Hugo Martinez o tinha escrito e se ressentia de tamanho exibicionismo — não tinha a ver com Whitey contando suas piadas longas e engraçadas à mesa, que a maioria já sabia de cor e salteado. Por que recitar um poema, em uma ocasião que era para ser festiva e feliz, com palavras como *noite, morte, astro*!

Mas logo depois, para o desgosto de Beverly, Hugo se levantou da cadeira junto com Jessalyn e Caesar Jones, que estava sentado ao lado dela — pois ao que constava, depois do que pareciam ter sido apenas uns quarenta minutos à mesa, os três estavam de partida para outro jantar de Ação de Graças a alguns quilômetros dali, em Harbourton.

— Mas... tão cedo assim? Vocês ainda não comeram nada... ou quase nada.

Beverly estava consternada porque a mãe a abandonaria em um momento como aquele, e não conseguia se lembrar se Jessalyn tinha avisado de antemão; ou, se lembrava, não conseguia nem acreditar que ela iria embora tão cedo.

— Por que o Hugo não vai com o amigo dele para a outra festa e você fica com a gente, mãe? A gente quase nunca te vê...

Mas Jessalyn ia embora com Hugo e Caesar Jones. Seria impossível convencê-la, seria impossível fazê-la ficar com a família por vergonha, à porta ela abraçou Beverly e repetiu que lamentava muito, mas os planos para essa comemoração tinham sido feitos com meses de antecedência:

— É uma arrecadação de fundos, é por uma causa muito importante. O Hugo ficaria decepcionado se... se eu não fosse com ele.

— E a sua família, mãe? Você não liga se nós ficarmos decepcionados porque você não vai ficar conosco?

*O que o papai diria?* Beverly não conseguiu pronunciar essas palavras malditas.

No entanto, de forma incompreensível — Jessalyn partiu. Com Hugo Martinez e o ex-presidiário afro-americano que teve a decência (pelo menos) de parecer constrangido com a desfeita de Jessalyn à própria filha.

OUTRO LUXOR E OUTRA TAÇA de vinho. E o prazer desse requintado Dia de Ação de Graças, uma refeição belamente preparada à bela mesa.

Só que ela tinha reparado que Brianna não comia o peru do prato. Ela o empurrava de um lado para o outro, franzindo o nariz com uma expressão aborrecida.

— Brianna, algum problema?

A filha encolheu os ombros e desviou o olhar.

Beverly observou em tom ameno que ela não estava comendo.

— Eu estou comendo, mãe! Nossa.

— Mas não o peru. Não venha me dizer que de repente você virou vegetariana.

Beverly continuava com a voz branda, quase alegre. Os outros ouviam com sorrisos hesitantes.

— Virei, sim. Eu meio que acho que virei.

— Sério! Desde quando?

— Desde que eu saí da cozinha, mãe. Depois de ver o pobre coitado do peru deitado de costas, tão *indefeso*. E o cheiro da carne crua.

Brianna teve um calafrio. Não havia algo de malicioso-travesso no jeito da menina, para variar ela parecia totalmente sincera.

— Quem andou te influenciando? O Virgil?

— N-não. O tio Virgil é vegetariano? Eu nem sabia.

— Provavelmente — respondeu Beverly, dando uma risada irritada. — Ou não é, só faz o estilo de quem deveria ser.

As outras crianças à mesa estavam em estado de alerta, prestando atenção. A irmã mais nova de Brianna tinha o costume de imitá-la, e Beverly torcia muito para que a moda do vegetarianismo não fosse contagiosa.

Brianna disse:

— Na verdade, eu gostaria de ser *vegana*. Eu ando lendo sobre comer animais e laticínios e o quanto isso é nojento. É destrutivo, antiético e *antiquado*.

— O que "vegamo" significa?

— É "vegano", mãe. É não comer animais nem produtos derivados de animais, tipo leite. É *respeitar* outras formas de vida.

Tinha como ser mais bizarro? — no jantar do Dia de Ação de Graças? Whitey ficaria exasperado, perderia a paciência. Era muito crítico quando Beverly era adolescente e relutava em comer porque estava de dieta; parecia ser uma ofensa pessoal.

Beverly não pretendia morder a isca. Não nesse dia especial. Desviou a atenção de Brianna para a pessoa à sua esquerda: o irmão de Steve, Zack, que discutia a sério com um dos McClaren sobre uma partida de futebol americano futura.

Ai, que chatice! Ela odiava futebol americano e odiava *homens*.

Steve estava na outra ponta da mesa, de rosto vermelho, distraído. Aos quarenta e poucos anos, ficando calvo e ganhando uma papada, Steve ainda conseguia ser um homem "bonito" — as mulheres pareciam achar. (Mulheres que não eram obrigadas a vê-lo de manhã, antes de se barbear, desgrenhado, se arrastando e meio descoordenado, claramente sem humor para sorrir.) Beverly não gostava dos pileques do marido, mas não seria razoável reclamar, porque ela também andava bebendo, só que (tinha certeza) de maneira menos ostensiva.

Ao ver os olhos dela nele, Steve deu um sorriso inesperado; o sorriso que às vezes lhe dava do outro lado da sala, a esposa, a mãe de filhos que também eram, por mais incrível que parecesse, *dele*; a mensagem era: *Caramba! Como foi que a gente veio parar aqui? Nós dois?* Ele levantou o polegar em um gesto jovial de aprovação ao mesmo tempo congratulatório e paternalista. *A ceia estava ótima, querida! Ótima esposa e mãe! Excelente como sempre.*

A esposa era *ceia*, as outras mulheres eram *sexo*. Não seria fácil para Beverly perdoá-lo, ele a havia magoado profundamente.

Pois bem, *ele* seria magoado por ela. Nenhum outro pensamento lhe provocava um prazer mais aguçado, a não ser (talvez) a admissão da irmã Lorene de que sim, a vida de esposa/mãe de Beverly era superior em todos os sentidos à vida de solteira/sem filhos/profissional de Lorene.

Mas era preocupante, Steve estava falando em *aposentadoria*. É claro que tentara conferir um ar de brincadeira ao comentário. Como um menino infeliz virando os lábios do avesso, para repelir compaixão. Mas o chefe de uma família não deveria se orgulhar de cortar a carne à mesa? Alimentar os convidados, demonstrar sua generosidade? Como se o marido tivesse percebido que sua vida naquela casa estava chegando ao fim. Que naquela mesma noite a esposa a que ele, presunçoso, não dava o devido valor lhe fosse entregar a papelada do divórcio.

*Steve. Eu trouxe uma coisa para você olhar.*

*Vou deixar isso aqui com você, Steve. Nesta pasta.*

(Mas Beverly realmente faria isso? Ela *conseguiria*? A advogada do divórcio com as unhas chiques bem-feitas a aconselhara a se resguardar financeiramente antes de contar os planos ao marido, e no entanto ela não tinha mexido nem uma palha; talvez isso significasse que Beverly não tinha a intenção verdadeira de entregar a papelada a Steve. Pronunciar a temida palavra *divórcio* — seria capaz?)

(Ela precisava conversar sobre a decisão com Jessalyn, conversar mais a fundo do que já havia conversado. Era surpreendente para ela, desconcertante, que Jessalyn não tivesse se esforçado mais para dissuadi-la, como Whitey provavelmente faria.)

Vinho? Sim, por favor. Um dos convidados tinha pegado a garrafa de vinho branco gelado que Hugo Martinez trouxera para a ceia, um vinho bem adstringente do norte da Itália. (Beverly pediria a Steve que procurasse o preço na internet. Embora ela imaginasse que o sagaz Hugo comprasse garrafas como aquela com desconto.)

De boca seca devido ao remédio (provavelmente). Mas ninguém sabia. Não era da conta de ninguém. O vinho (álcool) desidrata também, mas a água a deixava enjoada.

Ao longo de mais ou menos uma hora ela vinha comendo em surtos. Agora não sentia mais fome, mas continuava a comer. Tantas horas de preparo! — tinha o direito de extrair tanto prazer da longa ceia quanto possível, e sentia que os outros deviam agir da mesma forma. O prato de Thom era uma montanha de comida, pela segunda, ou seria terceira vez; no entanto, era provável que Thom tampouco estivesse com muita fome, distante da família em um Dia de Ação de Graças.

(Thom sentia falta da família, sim, Beverly tinha certeza. A esposa dele, de quem todo mundo gostava, em certa medida; os filhos, que eram, de modo geral, crianças mais comportadas e mais legais, Beverly precisava admitir, do que as dela. *Não era natural* que Thom não sentisse falta deles no Dia de Ação de Graças!)

Perguntavam a Sophia sobre a faculdade de Medicina. Qual seria sua especialização? (Neurologia.) Quando ela começaria? (Em janeiro.) Ela iria e voltaria de Ithaca todo dia ou moraria lá? (Moraria lá.)

Amigos da família McClaren tinham a vaga suposição de que Sophia tinha doutorado em alguma disciplina obscura como Neurociência ou Biologia Molecular; mas Beverly sabia que Sophia nunca terminara o doutorado. Ela havia passado por uma crise e voltado para Hammond para ficar perto dos pais. (Ninguém explicara a situação nesses termos, mas era isso o que tinha acontecido.) Trabalhara como técnica naquele centro de pesquisas sofisticado — Memorial Park. Ali, havia se envolvido com um homem casado, um cientista importante, pelo que Beverly tinha ouvido: ele era seu supervisor no laboratório, além de ser médico. É claro que Sophia nunca tinha dividido essas informações tão íntimas com Beverly, as irmãs não eram próximas. Beverly ficava magoada por Sophia não se sentir à vontade com ela, assim como Sophia não se sentia à vontade com Lorene; isso deixava as irmãs mais velhas menos propensas a serem legais com ela.

A verdade era: Sophia jamais ousaria ter um caso com um homem casado, e bem mais velho, se o pai delas estivesse vivo.

Whitey ficaria lívido de reprovação. Jessalyn tampouco teria ficado feliz.

Mas o caso estava terminado, era evidente. Beverly foi poupada de precisar ter uma opinião. Sophia foi à casa dos Bender sozinha, mas não parecia muito solitária ou entristecida, conversando e rindo com os sobrinhos. Mesmo ao conversar com Lorene, que via de regra caçoava da seriedade de Sophia. E Thom tinha passado um tempo de papo com Sophia em um canto da sala de estar, como se não quisesse que mais ninguém os escutasse; Beverly gostaria de ter ouvido às escondidas. Em uma família de cinco irmãos, um ficava aflito ao ver dois ou três juntos, longe do alcance dos ouvidos.

Era inquietante: embora fosse impossível levar os irmãos mais novos a sério, com o passar do tempo eles pareciam ganhar terreno. Quando Sophia tinha deixado de ser *virgem*? E Virgil? Que tipo de experiências sentimentais/sexuais tinha, com seu falso budismo exasperante? Não era verossímil que Virgil fosse *gay*. Não. Nem com Whitey morto, ele não *se atreveria*.

— Bem, é discutível se a consciência, ou a "mente", precede a matéria, ou o cérebro — dizia Sophia, respondendo à pergunta de alguém —, mas é pouco provável que a consciência fique à deriva feito uma nuvem procurando neurônios onde entrar.

Fez-se um silêncio assustado. Por um instante, todos se calaram. Então Tige, de onze anos, indagou de repente:

— Não pode ser que nem um rádio? Ondas de rádio? Tipo uma frequência?

Era atípico de Tige falar na presença de adultos. Dos filhos dos Bender, era o mais quieto, o mais introvertido. Beverly ficou pasma, o menino estava escutando Sophia e parecia tê-la entendido.

"Tige" era abreviação de "Tiger" — o apelido que a família dera a Taylor. Ele podia perguntar qualquer coisa que a tia Sophia levava a questão a sério, pois não era condescendente com as crianças, como era o caso da maioria dos adultos. E portanto foi enfática ao fazer que não com a cabeça. Ela achava que não. Não era como ondas de rádio.

Tige ficou decepcionado. Queria impressionar a tia cientista, Beverly percebeu com uma pontada de ciúme.

Nenhuma das crianças queria impressionar *Beverly*. Ah, que importância tinha, ela era a *mãe*.

Steve disse:

— Mas como pode, Sophie? Eu entendo todas as palavras que você fala, mas não consigo entender como elas se encaixam.

Era uma tentativa destrambelhada de fazer piada. Todos os diálogos entre Steve e a bela irmã caçula de Beverly que ela já tinha presenciado eram destrambelhados. Sophia riu, constrangida. Estava óbvio que não queria continuar com aquela conversa porque agora todo mundo olhava para ela com um sorriso confuso. Por que as pessoas achavam que as nebulosidades da ciência eram *engraçadas*? Beverly não concordava.

A irmã bonita, jovem, serena, era a especialista em Medicina que analisava sua tomografia e via que você estava condenado. Com muito cuidado, a mulher com carinha de colegial e boca não amaciada por batom escolhia os termos científicos exatos nos quais exprimir essa condenação.

Thom disse, com um quê de impaciência, como se esperasse não se envolver no meio:

— Espere aí. O que você está afirmando, Sophie, é que a nossa personalidade é só um punhado de... nuvens... moléculas... que surgem do nada e vão para lugar nenhum? É isso o que você quer dizer?

Sophia se remexeu na cadeira, desconfortável.

— Eu não estou "afirmando" nada, na verdade. São só teorias da mente, que eu mesma não entendo. Não sou pesquisadora.

No universo de Sophia, o cargo mais elevado era "pesquisador". Beverly sabia disso sem entender direito o que significava ser "pesquisador".

Thom protestou:

— Nossa personalidade parece ser tão forte. Talvez não de dentro, o tempo todo, mas de fora, sim. Pense só no papai... Whitey McClaren. Quem o conheceu vai sempre se lembrar *dele*. Só existiu um "Whitey" e ele não foi de jeito nenhum um punhado de nuvens.

Os outros concordaram com veemência. Havia um ar de euforia ligeiramente agressivo à mesa. Steve disse: *É isso aí*. E Zack, o irmão de Steve, disse: *Falou tudo!* Brianna disse: *Nossa, que saudade do vovô!* Dava vontade de olhar ao redor da mesa para ver onde Whitey estava acomodado, bebida na mão.

(No entanto: era verdade? Beverly se lembrou que no hospital, após o derrame, Whitey às vezes falava coisas estranhíssimas. Ele alucinava. Uma parte essencial do cérebro tinha sido afetada, ele não conseguia enunciar as palavras, tinha perdido a sensação de metade do rosto. Uma vez, Beverly entrou no quarto de hospital e Jessalyn correu ao seu encontro, puxando-a para o corredor, implorando: *Agora, não, por favor, agora, não, querida. O papai não está normal agora*.)

Sophia estava aliviada porque a atenção havia se voltado dela para Thom e para os outros. Os homens entabulavam uma conversa combativa como futebol americano: a bola era jogada de um lado para o outro, mas não com calma. Ninguém esperava a vez de falar. Beverly parou de ouvir, estava calculando quando começar a lavar a louça, servir a sobremesa. Grande parte da carne branca do peru tinha sido comida, uma boa parte da carne mais escura também. O recheio extravagante também tinha feito sucesso. As malditas couves-de-bruxelas com lascas de amêndoas que Lorene tinha trazido no isopor, geladas, um bocadinho murchas, mal tinham sido tocadas; Beverly as reembalaria e devolveria a Lorene — *Aqui. Obrigada!*

Ou talvez Beverly dissesse, com um sorriso afetado fraternal — *Deixe no congelador, você pode reciclar no próximo Dia de Ação de Graças.*

Como sempre, o suflê de batata-doce de Jessalyn tinha sido um dos pratos prediletos, a tigela estava quase vazia. (O ingrediente secreto: marshmallow.) Todo ano Beverly prometia a si mesma não comer nem uma colherinha do suflê, mas todo ano comia uma porção grande.

E ali estava Steve, esvaziando a garrafa de vinho na própria taça. De novo olhando para ela. Era um olhar de culpa? Ele tinha acabado de voltar à mesa. Não tinha sido só uma vez na última hora (Beverly tinha reparado) que havia pedido licença, saído da sala de jantar, (talvez) escapulido da casa. Fumava ao ar livre (embora não devesse fumar em lugar nenhum) ou dava um telefonema na porcaria do celular.

*Eu sei, Steve.*

*É? O que é que você sabe?*

*Eu sei o que você faz. O que você pensa. Onde a sua cabeça está. Como é a sua vida secreta.*

*E como ela é, querida?*

Fazia pelo menos três anos que Beverly tinha suplicado que o marido fizesse um testamento. Ela providenciaria o dela e ele, o dele. Iriam juntos à Barron, Mills & McGee. Não podiam adiar mais. Deviam aos filhos e um ao outro não morrer *intestados*. (*Intestados* era um termo que Beverly tinha aprendido, a ser enunciado com cuidado, para intimidar o coitado do Steve, para quem era impossível não ouvir *teste* no meio da palavra e se sentir ameaçado.) Steve concordara em tese que deviam elaborar os testamentos, mas sempre que Beverly marcava hora no escritório de advocacia, Steve achava uma desculpa para desmarcar. Piedosa, ela pensava: *Ele acha que não vai morrer nunca.*

A mulher pensa o contrário. A mulher sabe que é o contrário.

As mulheres são familiarizadas com seus corpos de um jeito que os homens não são.

Todo mês, sangram. Você entende a propensão do corpo à dissolução. Mas também a propensão do corpo a perdurar.

Após o jantar, após a partida de futebol americano, quando todo mundo tivesse ido embora para casa e as crianças estivessem na cama, ela deixaria a pasta com Steve e ele acharia que a papelada tinha a ver com o testamento.

Até começar a ler. Então ele se daria conta.

*Tarde demais. Sim, eu também te amo — ou amava. Mas agora — tarde demais.*

Do que Lorene estava se gabando? — de seu projeto de conceder bolsas de estudo na escola, em nome de Whitey. Era uma nova estratégia, de que Beverly se ressentia. A irmã esperava cair nas graças da comunidade, da família e do (falecido) pai de uma forma muito óbvia.

*Fundo de Bolsas de Estudos John Earle McClaren.* Soava nobre, bastante incrível.

— Você também está para fazer uma viagem bem ambiciosa, não é, Lorene? No Natal?

— É. Estou, sim. Acho que mereço umas férias.

— Os professores das escolas públicas não têm "férias" longas de verão? É sério?

— Diretores não são "professores". Nossa programação é diferente... é em horário integral.

— E você vai tirar "licença" na primavera? Sem programação? Vai ser uma folga e tanto. — Tentava ser sincera, mas era como se formigas vermelhas travessas subissem as laterais do tronco de Beverly e fizessem cócegas. — E você vai ser "transferida" depois... para uma outra escola.

— Vou.

*Por que não dizer — rebaixada. Você está sendo rebaixada a diretora-assistente em uma escola inferior.*

Rangendo os dentes (de raiva? vergonha?), Lorene ignorava as provocações da irmã para dizer aos convivas que boa parte do dinheiro que Whitey havia lhe deixado seria repassado à comunidade.

— O papai queria que fôssemos generosos. Ele era um exemplo para nós, de que temos que pensar não só em nós mesmos, mas também nos outros — disse em tom de diretora de escola falando a uma plateia de pais e mães incrédulos, um pouco fanfarrona, mas delicada, idealista.

Que piada! Até quando era generosa, Lorene era mesquinha, calculista. Beverly via através da fachada como quem examina um raio-X. Ressentia-se acima de tudo da "filantropia" da irmã, pois significava que Beverly teria que ser filantrópica também.

Da herança de Whitey, ela havia gastado cerca de um terço, a maioria em consertos de casa, manutenção. Telhado novo, repavimentação do acesso da garagem. Muito fraca da cabeça para não ceder a Steve, que a tinha pressionado a dar dinheiro para uma porcaria ou outra, inclusive um novo SUV (para Steve). Mas tinha guardado uma parte para ela mesma. Precisou esconder em uma conta especial, em outro banco que não o Banco de Chautauqua, onde o marido enganador não acharia o dinheiro.

Um dia, ela desapareceria. Sairia voando. Uma viagem como a de Lorene para uma ilha exótica ou para um lugar mais perto de casa, talvez Nova York, onde (acreditava) ainda tinha algumas amigas da época da faculdade. Irmãs da sororidade. Um círculo de amigas a aguardava — em algum lugar. Quando as crianças fossem mais velhas e não tão dependentes dela. Quando o último dos filhos fosse embora para a universidade, que seria... quando? — ela teve um branco, os anos cintilavam e sumiam.

Ela se pegou dizendo:

— É, o papai queria que nós fôssemos generosos. Acho que eu não tinha contado para ninguém... ainda... mas vou patrocinar um espaço na biblioteca... a do centro... *O Círculo de Leitura John Earle McClaren* para grupos especiais, estudantes, terceira idade, imigrantes que precisem de ajuda com o inglês.... Vai ser uma daquelas salas do primeiro andar, com parede de vidro, atrás do balcão de empréstimos.

Steve olhava para Beverly com perplexidade, mas os outros à mesa ficaram impressionados. Vários bateram palmas e Zack ergueu a garrafa de cerveja em uma saudação. Thom e Sophia também estavam pasmos, mas (ao que parecia) aprovavam a ideia; já Lorene encarava Beverly com frieza, como se a acusasse: *Mentirosa! Que baboseira.*

(Era verdade, Beverly ainda não tinha conversado com ninguém da biblioteca. Em testamento, Whitey deixara uma quantia considerável para a instituição, e portanto a ideia de Beverly não era muito original, porém tinha lhe ocorrido em um lampejo e precisava ser anunciada naquele momento, antes que todos se dispersassem. Mas ligaria para o secretário de novos projetos da biblioteca, que ela conhecia, e iria até lá na segunda-feira com um cheque.)

A filantropia de Beverly seria registrada na imprensa local, tinha certeza. Se agisse rápido, antes de as "bolsas de estudos" de Lorene serem notadas.

Por fim, a sobremesa foi servida. Tortas de frutas, bolo esponjoso de baunilha com glacê de morango. As tortas de abóbora de Hugo (massa rústica, excesso de especiarias, mas, fora isso, boas), sorvetes de vários sabores. Biscoitos amanteigados crocantes, biscoitos de aveia. Chocolates embrulhados em papel dourado.

As preliminares do futebol americano haviam começado na TV. Metade da mesa se levantou em um alvoroço para assistir no porão.

Thom também se levantou com os outros homens, mas (ao que se veria) não os acompanhou até o andar de baixo, simplesmente escapuliu da casa sem se despedir de ninguém, mas pouco tempo depois se deu ao trabalho de mandar um e-mail apressado e superficial a Beverly, pelo celular, agradecendo por tê-lo convidado e por *um ótimo jantar, como sempre.*

A parente mais idosa dos McClaren, que tinha comparecido com o filho de meia-idade, sentiu tontura ao se levantar da mesa. Houve berros aflitos. Beverly ficou com o coração na boca — *Puta que pariu, ainda por cima vai morrer alguém?* —, mas Sophia, com sua praticidade, interveio, ajudou a mulher a abaixar a cabeça em direção aos joelhos para que o sangue voltasse à cabeça, e a crise passou.

— A Sophia vai dar uma ótima médica — declarou-se, como era inevitável.

Pouco depois, estavam tirando a mesa. Não havia bagunça maior do que um jantar de Ação de Graças. A cozinha parecia ter sido atingida por um furacão cujo olho era um cadáver grotesco de peru em uma travessa enorme, com rastros de gordura, mas Beverly riu — sua risada mais sincera —, tinha que dar crédito a ela, *Beverly não se deixa abalar com nada, está sempre de bom humor.*

Outro comprimido branco engolido com vinho branco azedo a ajudava a ver o lado bom das coisas, a não ser que fosse o absurdo de todas as coisas: o marido lá embaixo, assistindo avidamente a um *jogo de bola* na TV, a esposa no andar de cima esfregando e enxaguando vigorosamente a louça, enchendo a lixeira, que ameaçava explodir enquanto seu casamento desfiava feito um suéter de tecido sintético barato.

Entregou a Lorene o isopor onde tinha colocado as couves-de-bruxelas que sobraram. Um doce e fraternal: *Obrigada, Lorene! Como sempre.*

Lorene tinha levado alguns dos pratos para a cozinha como quem considera o trabalho feminino uma novidade, não totalmente desagradável, mas fora do personagem; a estratégia de Lorene era ficar à margem do trabalho pesado, de limpar os restos de comida dos pratos, arear panelas e qualquer coisa que envolvesse o lixo, relegando a outras pessoas mais qualificadas ("mulheres") essas tarefas. Embora seu estilo predominante fosse o sarcasmo, Lorene era curiosamente insensível e era raro que entendesse o sarcasmo alheio, e ela aceitou as couves-de-bruxelas da irmã com equanimidade:

— Que bom! Isso não é barato, e eu posso comer amanhã.

Sophia foi a última dos McClaren a ir embora. Abraçou Beverly em um ímpeto que raramente tinha e a agradeceu por ser "uma irmã tão maravilhosa" (será que o vinho tinha subido à cabeça de Sophia? — Beverly teve vontade de chorar com essas palavras).

Depois acrescentou, hesitante, temerária:

— Mas eu acho, Beverly, que no seu lugar, eu não faria a mamãe se sentir culpada pelo amigo dela, o Hugo. Ela está se esforçando muito para... você sabe... seguir em frente.

Beverly protestou:

— Eu... eu não estava tentando... fazer a mamãe se sentir culpada... eu só... eu não acho...

— Mas a vida é da mamãe, Beverly. Não sua. Tente ficar feliz por ela.

— Mas é errado a mamãe ficar feliz... não é?

Não sabia o que estava dizendo. Sophia tinha feito uma provocação e agora, sim, Beverly estava chorando, chorando de raiva, enquanto a irmã saía apressada porta afora, abotoando o casaco.

Teve vontade de gritar para Sophia: *Não estou fazendo a mamãe se sentir culpada, a mamãe é culpada!*

ERAM DEZ E MEIA DA NOITE. O jogo já tinha terminado havia muito tempo. Dos fanáticos estridentes, só Steve continuava na sala de TV, estirado na poltrona reclinável, controle remoto na mão, fitando com o olhar turvo a tela da televisão. Preparando-se para a bagunça da sala de TV depois de horas de ocupação masculina, Beverly chegou com um sorriso duro carregando a pasta da Barron,

Mills & McGee, que pôs na mesinha ao lado do marido com um comentário neutro, não inamistoso:

— Aqui uma coisa para você examinar.

*Examinar.* Ela havia se decidido por essa palavra engenhosa, uma palavra evasiva. A palavra exata para a ocasião.

Steve piscou e semicerrou os olhos ao fitar a pasta, estremecendo.

— Meu Deus. É o testamento?

— Não existe "o" testamento. Existe o seu testamento e o meu testamento.

Beverly falava com a voz neutra, sem perder a calma. Embora o coração estivesse acelerado de compaixão pelo homem, que parecia muito apreensivo.

— Caramba, mas por que agora? É que... é Dia de Ação de Graças...

O marido soava tão cansado! Horas de futebol americano na televisão haviam drenado sua juventude.

Mesmo agora Beverly estava tentada a tocá-lo. No punho, no ombro. Só um toque de leve. E Steve talvez pegasse sua mão, como às vezes fazia, e a beijasse. Um gesto casual e no entanto comovente que custava pouco para ele e significava muito para Beverly.

Ela tivera a intenção de lhe trazer uma garrafa de água com gás, como volta e meia fazia nesses momentos em que ele assistia a muitos jogos esportivos na TV. Corria o risco de se desidratar. Mesmo agora, era possível que subisse à cozinha para pegar uma garrafa na geladeira para ele... Ele ficaria contente.

Mas o olhar de Steve voltou à tela da TV, como se atraído por uma gravidade irresistível. Não havia nada além de propaganda, então ele mudou de canal. Outra propaganda e ele mudou de novo.

O ar do porão estava rançoso, abafado. Odores masculinos. Uma atmosfera de esgotamento. Empolgação que tinha despencado e virado fadiga. Cadeiras tinham sido arrastadas para a frente da enorme TV de tela plana instalada na parede e almofadas indesejadas tinham sido atiradas no chão. As pilhas de DVDs das crianças tinham sido empurradas para o lado. Na prateleira do armário, deixando um círculo na madeira, estava uma garrafa vazia de Molson. O marido não tinha pressa de se levantar da poltrona e subir a escada. Tinha desabotoado a camisa e desafivelado o cinto. Chutado os sapatos. Embriagado, ou na esteira letárgica da ressaca.

Beverly recolheu latas de cerveja espalhadas, garrafas, pratos com os restos melados das sobremesas. Guardanapos amassados no tapete.

*É a última vez. Chega disso.*

Steve não se mexeu para abrir a pasta. Uma risada de desenho animado retumbou na TV.

Com educação, Beverly perguntou:

— Como foi o jogo?

Steve deu de ombros e soltou um resmungo: *Ughh.*

Quem vencera e quem perdera era uma questão de zero interesse para Beverly, mas ela sempre tinha seguido um princípio em relação a homens/garotos e jogos: seja educada. Não tire sarro. Tenha empatia, pois o assunto parece ser muito importante para eles.

— Seu time não venceu?

— Nãããäo. "Meu time" não venceu.

Agora era Steve quem tirava sarro, voltando-se para a TV.

Beverly esperou um instante. Ele não diria nada sobre o jantar de Ação de Graças? A comida, a arrumação da mesa? O empenho?

Quando ela estava prestes a sair, ele gritou para ela:

— Amor, foi ótimo. O jantar. Foi ótimo de verdade. — Calou-se e depois acrescentou: — Você poderia me trazer uma água com gás? Se tiver sobrado? Obrigado!

LÁ EM CIMA, ELA AGUARDOU.

Deitada na cama, acomodou a cabeça nos travesseiros tentando não provocar uma dor de cabeça. Entre as dobras do cérebro havia cacos de vidro. Cuide-se! Ela havia bebido demais e comido demais. Teve a intenção de desafivelar o cinto, mas descobriu que não estava de cinto. O cós da calça preta de seda machucava cruelmente a pele (macia, flácida).

Os antidepressivos brancos não tinham se dissolvido na sua corrente sanguínea e agora boiavam feito gotas de detergente fosforescente em um córrego.

*Mãe! Por que você está parada aí?*

*O que é que há com a mamãe? Vire e mexe a gente chega em casa e ela está — parada que nem um zumbi...*

*Pelo amor de Deus, mãe. O que é que está acontecendo com você?*

Gostava de *mamãe*. Tinha sido uma *mamãe* jovem.

Mas *mãe* era outra coisa. *Mãe* significava que não era ela mesma, mas parte de outra pessoa. Pertencente a outra pessoa.

Era preciso ser *minha mãe, nossa mãe*. Não se podia ser apenas *mãe*.

Ninguém diria: *Uma mãe foi premiada com a maior honraria da nação ontem, em uma recepção presidencial em Washington, D.C.* Ninguém diria: *Um pelotão de mães marchou e massacrou um vilarejo na divisa ontem.* Ninguém diria: *Uma reunião de mães inaugurou um novo centro formidável de artes médicas.* Tampouco se diria: *Mãe acusada de estupro é detida. Mãe vira ré.*

Agora que Whitey tinha partido, nada era certeza. O céu havia se aberto. Como venezianas abertas com um tranco. O que havia atrás não tinha sido visto antes, podia ser só mais um muro. Ou um canto do céu.

— O quê? Quem é...

Despertou de supetão. Achou que alguém tivesse entrado no quarto para ver como ela estava, se tinha adormecido de um jeito estranho, o pescoço doía muito. E a bexiga também.

Era quase meia-noite. Graças a Deus o Dia de Ação de Graças de 2011 tinha acabado.

Ela se levantou para usar o banheiro. Andava aos tropeços. As luzes estavam claras demais. Depois do clarão, ela não enxergava o rosto direito, o que era uma benção. *Mãe, pelo amor de Deus. Esse batom não cai bem em você.*

De repente ela se lembrou: Steve!

Ela o tinha deixado lá embaixo, na sala de TV. Na poltrona reclinável.

Se ele tivesse dormido vendo TV, ela o esperaria subir, mas, se ele não aparecesse, ela daria um suspiro e desceria dois lances de escadas para acordá-lo e levá-lo para cima. Era crueldade deixar o marido dormir na sala de TV e mais crueldade ainda fingir que não sabia que ele estava lá, na poltrona reclinável, o que lhe causaria dores no pescoço e na coluna.

Ela desceu dois lances de escada e ali estava Steve, na poltrona, onde ela o deixara, agora adormecido, respirando com dificuldade pela boca. O reflexo da luz da TV se movimentava no rosto dele, frouxo em repouso, aparentando anos a mais do que tinha. Com delicadeza, ela tirou o controle remoto da mão dele e desligou a TV.

Que delícia, o silêncio repentino! Por um instante temeu que Steve despertasse. Mas ele não acordou.

Ela viu que ele não tinha aberto a pasta. É claro, não tinha nem encostado nela. Tinha tomado dois terços da água com gás e deixado a garrafa em cima da pasta, onde havia formado um círculo molhado. Uma das pernas tinha escorregado da poltrona e estava em um ângulo estranho, como se estivesse quebrada ou paralisada.

— Steve. Sou eu.

E:

— Steve? Não é tarde demais.

Sentia uma enorme irritação com o marido adormecido, porém também sentia compaixão. O pescoço sem dúvida ficaria dolorido, além da coluna. Precisaria de ajuda para subir a escada. Ficaria envergonhado por precisar da ajuda da esposa para se levantar da poltrona, ficar de pé e subir dois lances de escada. Ele não estava velho, ainda que a coluna doesse e as pernas bambeassem! — estava bem longe da *velhice*. A esposa disfarçaria a esquisitice da situação contando: *Um-dois-três! Levante-se!* — assim como se brinca com uma criança pequena.

Com discrição, a esposa pegou a pasta e a colocou debaixo do braço. Esconderia em uma gaveta do quarto. Esconderia do marido até um outro momento, mais adequado.

# Sinos dos ventos

À noite. No vento. O som de vozes ao longe, de risadas.
Ela não tem certeza se estava acordada ou se está acordando só agora.
O quarto está em uma escuridão que espreme seus globos oculares feito polegares invisíveis.

Tateia em busca do abajur, mas os dedos apalpam no breu, em vão.

Ou talvez esteja em outra cama. Em outro quarto, pois foi expulsa deste quarto onde dormiu por tantos anos com o amado marido.

Ele agora dorme na terra, o marido. Está escuro lá, úmido e frio, mas não gélido, pois a terra protege quem jaz debaixo dela.

A neve cria uma camada fina sobre as lápides, a grama alta atrás da casa às escuras. No riacho que corre depressa, a neve derrete sem deixar rastro.

Ela tirou a pilha de livros do lado da cama. Marcado na página cento e onze com uma dobra na ponta, *Os sonâmbulos* foi devolvido à estante de Whitey em outro canto da casa.

Há outros livros ali agora, na mesa de cabeceira. Livros mais finos de poesia, um de fotografias em preto e branco.

É a véspera de seu casamento. Não com Whitey, mas com outro — o rosto dele está oculto.

No entanto, Whitey observa. Whitey nunca parou de observar.

*Jogue os dados, querida. Coragem!*

Está apreensiva porque vai se casar, vai ser a noiva (outra vez).

Espera-se que use branco? Um longo vestido branco, véu branco? Ela não tem sapatos brancos, não sabe direito o que fazer. No fim, imagina que deva ir sem sapatos, descalça.

O vestido de noiva branco vai ser um lençol enrolado no corpo. Os braços cruzados sobre o peito, para se esquentar.

Sinos dos ventos! — era isso que ela estava ouvindo.

No quintal da casa, sinos dos ventos acima do deque, nos galhos mais baixos das árvores. Quem os colocara ali? Talvez a própria Jessalyn, anos atrás. Nesta cama, Whitey se deitara com os braços atrás da cabeça e ela ao seu lado, extremamente contente ouvindo a chuva, o vento, os sinos de melodia doce que vinham de um lugar além do quarto escuro.

*Tão lindo. Aqui é como o paraíso. Eu te amo.*

# V.

## *Galápagos*

JANEIRO DE 2012

A cabeça! Que dor. Lancinante como parafusos enfiados no cérebro. E a falta de ar, e a fadiga extrema. Então o pensamento lhe vem quase como um alívio, de que morreu nesse lugar esquisito irrespirável nas montanhas, de que ela *partiu*.

Um homem cujo rosto ela não enxerga pergunta com certa urgência: querida? Você consegue abrir os olhos?

Ele segura sua mão como que para estabilizá-la. Pois a descida é íngreme, são duzentos degraus de pedra. Entretanto, ela está deitada, imóvel, neste lugar desconhecido — em cima de uma cama com colchão duro —, lutando para respirar. Que esforço é abrir os olhos, pois mesmo a luz mais branda a faz chorar de dor.

Sinos de igreja nas redondezas. Exuberantes, altíssimos como sinos dos ventos desordenados.

É um lugar de conto de fadas. Um conto de fadas que deu errado.

*O que você merece. Como você se atreve a imaginar que pode largar* a gente.

Do lado de fora das janelas do belo e antigo Hotel Quito, em Quito, Equador. No centro histórico da velha cidade inca nos Andes, em uma colina de grande altitude em meio a telhados de várias cores. Um pesadelo de moradias apinhadas, corredores estreitos, buganvílias carmesim — uma flor tropical desconhecida no estado do norte onde Jessalyn morou a vida inteira.

Queria lhe mostrar beleza, ele dissera. A beleza do mundo.

Ela havia apenas vislumbrado o campanário da igreja surgindo na encosta, no dia anterior. Antes de a dor de cabeça piorar. Os sinos da igreja, agudos e claros como uma lâmina, que anunciavam as horas ainda não a tinham atormentado.

Que beleza! Mas como o ar é rarefeito neste lugar.

O companheiro, com quem não é casada, fala rápido em uma língua que ela não sabe, conversa e ri com o taxista que os pega no aeroporto, com o gerente do hotel, os funcionários. Todos encantados com ele, o visitante de pele morena dos Estados Unidos que fala a língua deles como se fosse dali. E ela, a americana de pele branca ao lado dele, sorri, muda e tola, esperançosa.

*Você não precisa levar isso a cabo, mãe. Pode falar para o Hugo que não quer ir com ele. O Equador fica muito longe — e se alguma coisa acontecer com você? Nós vamos ficar preocupados com você, mãe. Todos nós.*

O plano naquela manhã era visitarem uma igreja antiquíssima, aonde se podia ir a pé do Hotel Quito, e depois subirem os duzentos degraus de pedra na encosta ao lado da igreja rumo a uma capela de pedra abandonada da qual (era essa a promessa) teriam uma visão *muy espectacular* da cidade. Mas, durante a interminável noite sem respirar direito, o mal-estar de Jessalyn foi aumentando.

Mal das montanhas! Quito fica quase três mil metros acima do nível do mar. (Hammond, Nova York, fica a cerca de cento e cinquenta.)

Não consegue respirar, não consegue pensar direito. Os olhos doem. Onde ela está?

Tem muita vontade de cobrir o rosto com o travesseiro, abafar os sinos agressivos da igreja. Mas está fraca demais até para esse esforço mínimo.

Ele está muito preocupado com ela, o homem. Fala com palavras urgentes que ela não compreende. É esforço demais escutar e ainda mais responder.

Hugo fechou a persiana das janelas para impedir o sol radiante de entrar. Que vívido, que implacável é o sol naquele país, vinte e cinco quilômetros ao sul do Equador! Tinham deixado o céu cinza opaco de janeiro em Hammond, Nova York, para passar boa parte do dia anterior viajando até esse céu azul claríssimo do hemisfério sul. Quinze graus abaixo de zero lá, vinte e dois graus aqui. O plano deles era passar três dias na área continental do Equador, depois pegar um voo até as Ilhas Galápagos, onde passariam nove dias. Em Quito, Hugo tinha contratado um carro com motorista para levá-los ao monumento equatorial em La Mitad del Mundo — "o meio do mundo" — e depois às montanhas dos Andes, à cidade de Ibarra, onde ficariam um dia e uma noite antes de voltarem a Quito e depois seguirem para Galápagos.

Mas Jessalyn está ofegante, paralisada por uma dor de cabeça que nunca havia sentido. O cérebro está inchando? — pressionando o crânio? Quase sente a pressão horrível aumentando devagarinho enquanto seu corpo fica vermelho e sua.

Medo de morrer. Nesse lugar distante. A cinco mil quilômetros de casa.

Hugo, o viajante arguto, familiarizado com viagens em grandes altitudes, tomou o cuidado de dar a Jessalyn ibuprofeno e água (engarrafada). (É claro, toda água potável dali é engarrafada. E cuidado com as pedras de gelo!) Antes de partir de Hammond, ele tinha providenciado os remédios receitados para Jessalyn e para ele: uma cápsula (Diamox) a ser tomada antes de irem embora de Hammond, outra a ser tomada quando chegassem em Quito, uma terceira esta manhã (que Jessalyn mal conseguiu engolir).

Com medo de vomitar, de sujar as cobertas. Nessa suíte linda! Os funcionários do hotel tinham dado outros remédios para Hugo administrar à *señora* adoentada: um chá com gosto de poeira preparado com folhas de cacau, uma barra de chocolate amargo.

Nada parece ajudar. O chá com gosto de poeira escorre pelo queixo, é impossível de engolir. Só o cheiro da barra de chocolate amargo já a deixa nauseada.

Me desculpe! Me desculpe mesmo!

Ela decepcionou Hugo, ela sabe. Embora ele insista que não.

Jessalyn lhe diz, Por favor, vá sem mim. Eu vou melhorar.

Ela pode ficar no quarto de hotel, na cama. No quarto escuro que na verdade é bastante confortável. (A não ser pelas porcarias dos sinos da igreja! Mas eles vão parar à noite, pelo menos.) Hugo pode viajar pelas montanhas conforme tinham planejado, ir a Ibarra e pernoitar no hotel de lá. Ela vai estar segura sozinha ali, tem certeza. (A segurança pessoal não preocupa Jessalyn no momento, ela está passando muito mal.) Quando Hugo voltar, dali a um dia e meio, sem dúvida ela já vai estar melhor, e de uma forma ou de outra eles viajarão para Galápagos como tinham planejado, e assim ficarão ao nível do mar.

É difícil para Jessalyn explicar. Sua língua está dormente, as palavras saem arrastadas e confusas. Mas Hugo interrompe para dizer não, não é uma boa ideia. Ele não pode largá-la tão mal.

Mas, por favor, Jessalyn suplica. Você veio até aqui, você vai ficar frustrado...

Hugo insiste que não. Ele não é criança para ficar *frustrado*.

Hugo já viajou para a América do Sul, o Tibet, a China, o Nepal, a grandes altitudes, e já vivenciou o mal das montanhas algumas vezes, mas em altitudes bem mais elevadas — acima dos três mil e quinhentos metros. Tinha tomado diversos remédios, inclusive remédios locais, herbais, e tinha conseguido seguir em frente. Para Hugo, Quito não é um lugar tão alto assim; ele não tinha imaginado que Jessalyn passaria tão mal.

É provável que esteja desidratada, ele lhe diz. Se ela ao menos tentasse tomar a garrafa de água que ele trouxe!

Ela tenta bravamente. Mas começa a tossir, a ter ânsia de vômito.

Os sinos da igreja estão badalando (de novo). Seria uma morte, um funeral? — Jessalyn se pergunta.

Nunca um fim. Uma infinidade de funerais.

Os sinos não a tranquilizam como os sinos dos ventos a tranquilizam. É seu castigo por ter ido tão longe, a esse lugar estranho nos Andes.

Como está ofegante! Meio que parece que subiu um lance de escadas correndo. (Será que subiu? Não: o elevador havia subido devagar, uma gaiola de ouro ornamental.) Porém, está sem fôlego devido ao esforço.

O quarto está escuro feito uma caverna. Os olhos estão molhados de umidade, as pupilas dilatadas como as de um animal preso. Na intenção de apaziguá-la, o homem meio que se deita a seu lado na cama. Alto, grande, desajeitado, imprensado contra ela. Ainda não são casados, mas ele age como marido, ou como um futuro marido. Esse é o papel que um marido faria, essa solicitude, esse cuidado. Mas a cama cede sob o peso dele, o que a irrita e faz sua cabeça doer. Ele acaricia a testa dela, o cabelo que ficou úmido e embaraçado.

A mão dele, uma mão pesada, quente demais. Dedos calejados se engancham em seu cabelo fino e, no atordoamento da dor, ela nem sempre tem certeza de quem é o dono da mão. Ah, queria que ele não tocasse nela! Mas não consegue afastar a mão.

Talvez fechar os olhos e tentar dormir. Um pano úmido, frio nos olhos. Será que ajudaria?

Ele volta do banheiro com um pano úmido. Não frio, mas morno. De novo, ela se prepara para o súbito afundamento da cama no lado dele. Estremece de dor — *Ai!*

Se ela não começar a se recuperar logo, Hugo diz, vão ter que mudar de planos.

Esquecer da viagem de carro até os Andes. Esquecer de Ibarra, cuja altitude é tão elevada quanto a de Quito. Se ele conseguir reservar um voo, podem ir até a cidade litorânea de Guayaquil, que fica ao nível do mar. Se conseguir reservar um hotel lá, naquela época movimentada do ano.

Jessalyn protesta: não quer que ele mude os planos. Ele já foi até ali, levou os equipamentos de fotografia... Duas câmeras caras, uma delas bem pesada. Um tripé dentro de uma mochila.

Jessalyn vai ficar bem sozinha, ela tem certeza. Se conseguir ficar imóvel e sem mexer a cabeça, de olhos fechados. Sem ter que ver nem falar com ninguém. Um mal-estar terrível, feito água suja lavando a boca, enchendo os pulmões, causando a vontade de vomitar as entranhas, a vida. Esse mal-estar de que não pode falar com o companheiro, é segredo dela assim como (ela tem certeza) ele tem os segredos dele. Mas ela tem a esperança de que a indisposição comece a melhorar se ficar totalmente a sós e se entregar a ela, sem impor resistência.

É um mal-estar que tem algo a ver com o cemitério, aquela noite. O marcador do túmulo — John Earle McClaren. Que desespero a viúva sentira, procurando o marido perdido naquele lugar frio, molhado, sem nome.

Hugo insiste, não pode largá-la! Que ideia ridícula.

A voz dele é alta demais no quarto escuro. Causa nela uma dor de cabeça ainda mais afiada, uma suadeira. Jessalyn está tão exausta que só a ideia de cambalear rumo ao banheiro para tentar tomar um banho já a deixa fraca de tanta fadiga.

As cobertas, de algodão branco recém-lavado quando chegaram na véspera, se tornaram pegajosas-úmidas, malcheirosas. Têm o cheiro de seu corpo (doente, febril). Ela tem vergonha, o homem que disse amá-la está pertinho dela, na cama, segurando sua mão para confortá-la sendo que não é conforto o que ela merece, e sim dor e a alienação da dor.

E agora? O que ele está falando? Um quê de exasperação na voz.

Ele quer que ela coma! Tente comer. Ele teve a audácia de levar comida para o quarto, em uma bandeja. Mas Jessalyn não tem fome, a ideia de comer lhe é repulsiva. O cheiro é nauseante.

Tão cansada, só quer ficar sozinha.

É culpa dela. É o que ela merece. Porque está ali naquele hotel, na parte "colonial" antiga de Quito, Equador. Foi para lá com um homem que não é seu marido, que disse que a ama ainda que ela não o ame (completamente), um homem que sua família desaprova. Nunca na vida Jessalyn tomou uma atitude tão imprudente, tão leviana.

Whitey dissera: *Jogue os dados, querida. Vá!*

Ela havia adiado as vacinas (febre tifoide, febre amarela, hepatite A, malária) até duas semanas antes da viagem, e (era provável) algumas delas deviam ter causado efeitos colaterais, febre, náusea. O médico de Hammond tinha lhe dito, surpreso, ué, Jessalyn, aonde é que você vai? — pois era paciente do dr. Rothfeld havia anos, assim como Whitey tinha sido.

*Aonde é que você vai? Com quem? Por quê?*

A duras penas, ela respondeu. Talvez tenha respondido com um tiquinho de orgulho. Viagem para o Equador? Galápagos? Fitava Jessalyn como se nunca a tivesse visto na vida. Aquela mulher de cabelo branco, a viúva de Whitey McClaren? Cuja viuvez era tão recente?

Rothfeld não devia ter ouvido rumores sobre o amante latino da viúva, pois perguntou a Jessalyn se ela faria um cruzeiro com amigos, e devido ao embaraço que sentiu naquele momento, Jessalyn deixou que ele pensasse que sim, um cruzeiro, o *Esmeralda*. Sorriu ao pensar que o médico imaginava um cruzeiro de luxo para *viúvas*.

Hugo parece ofendido, magoado. Que Jessalyn tenha pedido a ele para sair e deixá-la em paz. Que fosse essa a ideia que fazia dele, um homem capaz de abandonar uma amiga doente em um país novo e estranho para ela, cuja língua ela não sabe falar.

O marido de Jessalyn faria uma coisa dessas? Ele a abandonaria? Não? Então por que ela achava que ele, Hugo, a abandonaria? É a primeira vez na relação deles que Hugo é ríspido com Jessalyn.

Agora ela estragou tudo, pensa, arrasada. Ofendeu Hugo profundamente, destruiu o sentimento que ele nutre por ela, que é precioso.

O cérebro dela dói tanto que é como se um prato tivesse se espatifado dentro do crânio. Cacos de vidro afiados perfurando o cérebro.

Ai, mil perdões, Hugo! Me desculpe.

Fraca demais para chorar. A onda preta de mal-estar a domina.

E aonde Hugo foi? Jessalyn mal consegue abrir os olhos para ver, o quarto parece estar vazio.

Mas é um alívio, estar sozinha. A presença do homem era demais para ela naquela fraqueza, ela se sentia oprimida, obliterada. Não havia oxigênio suficiente no quarto, Hugo o havia sugado.

Temia sobretudo que Hugo esgotasse sua tristeza, seu sofrimento. Sua solidão, que se tornou preciosa para ela.

Só em momentos de silêncio profundo sua solidão retorna como uma espécie de bálsamo.

Mas se sente arrasada, ela afastou o homem, ofendido. (E se ele não voltar? O que ela vai fazer? É impotente sem ele neste lugar distante.)

Pensava agora, é claro que Whitey jamais a largaria no hotel, tonta e doente, como ela insistiu que Hugo fizesse. Nem por um segundo Whitey pensaria em fazer uma coisa dessas.

No entanto, *ele* já tinha sido largado por Jessalyn.

Na desgraça desse mal-estar, se dá conta de que traiu o marido sem querer. O pobre Whitey tinha morrido — "partido" — quando Jessalyn não estava a seu lado, para segurar sua mão e confortá-lo. Ela estava no hospital e no entanto, quando lhe permitiram ficar com ele, já era muito tarde: a febre tinha chegado aos quarenta graus e o coração já tinha falhado. Jessalyn nunca mais vira o marido com vida.

Quando entrou no quarto, já estava tudo acabado — a luta do marido para viver. Os médicos já tinham começado a preparar seu corpo para a morte. Tubos e agulhas tinham sido tirados das veias exaustas. As máquinas que monitoravam os órgãos vitais já tinham sido desligadas. O encerramento de sua vida tinha sido tão abrupto que Jessalyn não tivera nem a chance de se despedir.

A alma de Whitey havia partido do corpo? A alma de Whitey tinha permanecido no ambiente, perdida, confusa, esperando Jessalyn falar com ela?

*Meu Deus. O que foi que eu fiz.*

É tomada por uma onda de horror. No momento de necessidade do marido, ela o abandonara.

É seu castigo, esta indisposição. É por isso que foi levada até ali.

Os sinos da igreja cessaram por enquanto. Passa do meio-dia. O sol é violento contra as janelas de venezianas fechadas, o sol de janeiro no Equador. Em cima da cama com colchão duro, Jessalyn jaz sem se mexer, ouvindo o canto dos pássaros. Ela se pergunta se são pássaros exóticos de plumagem colorida — papagaios? Cacatuas?

Afastou o homem que a amava. Há algo de imprudente e voraz nela, é terrível admitir.

Um barquinho se deslocando. A canoa atrás de casa, no riacho. *Whitey? Cadê você?* Vê a própria mão se esticar para ele, em um canto à sombra.

Ela está na canoa, essa é a surpresa. Ela sempre teve medo de canoa! Um movimento repentino, um desequilíbrio, a canoa viraria — facilmente.

No entanto, os filhos tinham pegado a canoa, bem como o barco a remo. Whitey lhe dissera não olhe, não olhe pela janela e deixe de ser ridícula, os meninos lidam com a canoa tão bem quanto eu. Whitey tinha passado boa parte do casamento rindo de Jessalyn, com ternura.

A situação é a seguinte: se Whitey conseguir segurar bem sua mão, e se Jessalyn conseguir segurar a parte de dentro da canoa, ele pode puxá-la para si, na água. Não seria fácil, seria preciso paciência e Whitey volta e meia era impaciente.

Está em uma caverna estreita lambida pela água preta. Precisa abaixar a cabeça para entrar nela.

*Jessalyn? Eu não esperava encontrar você aqui. Tão longe de casa.*

*É mesmo! É muito longe de casa!* (A voz dela é alegre para disfarçar o medo que sente.) *Eu não tinha me dado conta de que era tão longe assim. Mas agora estou aqui.*

*Querida! Me dê sua mão.*

Há um abajur com cúpula de vitral. Deve ser mais tarde. O mesmo dia, interminável.

A luz do vitral é atenuada, mas ainda assim machuca os olhos.

Jessalyn? — de repente perto dela, ele a chama. Acorda. Dá sua mão — o homem se curva sobre ela.

Com mais rudeza do que gostaria, o homem a ajuda a se levantar da cama úmida e fedida. Explica aonde estão indo, que têm que se apressar.

Como é possível, Hugo não a largou? Ela entendeu errado?

Seus instintos resistem, é errado vestir roupas como ela está fazendo agora, roupas que não estão limpas, e o corpo suado e fedorento por causa da febre. E o cabelo despenteado, embaraçado. Remela no canto dos olhos. Acha surpreendente que o homem não sinta repulsa como ela sente repulsa de si mesma.

De alguma forma, Hugo conseguiu vestir Jessalyn e calçar os sapatos. Conseguiu colocá-la de pé e fazê-la se mover escorando-a com o braço ao redor da cintura.

Descem lentamente, ouvindo os rangidos do elevador de gaiola de ouro. Malas, a mochila de Hugo, o porteiro do hotel fala rápido com eles em espanhol.

Interior de um táxi. Hugo a ajuda a entrar. Faz menos de vinte e quatro horas que chegaram do aeroporto em um táxi muito parecido, agora estão partindo de Quito.

Jessalyn quase sente uma pontada de remorso. Em algum lugar às suas costas, agora perdido, estava a caverna escura onde Whitey a esperava. No entanto, não aconteceu assim.

Tampando metade do rosto, o par de óculos escuros que Hugo colocou nela, para proteger seus olhos do sol radiante.

No trajeto acidentado, são levados ao aeroporto que fica perto da cidade. Descem uma longa colina sinuosa, passando por uma vegetação suntuosa.

Hugo vem lhe dizendo, aos risos, que não, é claro que não a tinha largado. Só estava organizando a viagem. Só tinha ido tirar meia dúzia de fotos rápidas da rua. O táxi os deixa no aeroporto, alguns metros abaixo de Quito, e por um milagre a dor que Jessalyn sente na cabeça começa a amainar.

Agora não está enjoada. Hugo insiste que ela tente tomar a garrafa de água, pequenos goles.

O avião pequeno desliza na pista feito uma ave costeira frenética. Não é crível para Jessalyn que o avião vá ascender ao céu, matraqueando bastante, uma das asas mais baixa do que a outra, e minutos depois eles estejam lá em cima, matraqueando/zumbindo, e as glamourosas comissárias estejam de pé no corredor, sorrindo corajosamente. E então o milagre se torna ainda maior, pois com a pressurização da cabine ela consegue voltar a respirar. Ela quase sente os vasos sanguíneos entrançados do cérebro começarem a se desenredar.

O avião sacode! — ao mesmo tempo, murmúrios alarmados e deleite pelo alarmismo se propagam pela cabine.

Voam rumo ao oeste, à cidade costeira de Guayaquil. Um voo rápido, em uma hora a dor de cabeça de Jessalyn já diminuiu. Na cidade turística, ela consegue andar se apoiando no braço de Hugo, pelo cais manchado de sol. Tem palmeiras, buganvílias carmesim e roxas. Paraíso! Para a surpresa de Jessalyn, ela está morrendo de fome.

Hugo fica aliviado por ela ter se recuperado tão depressa. Para várias vezes para beijá-la nas pálpebras, no cabelo.

Tão preocupado contigo, querida! Louco de preocupação.

Jessalyn percebe em Hugo um homem que já foi marido e pai: um protetor.

Nunca o tinha visto *louco de preocupação* antes.

Está exultante de amor por ele. Passa os braços a seu redor, nesse ambiente público. Beija sua boca, o bigode idiota. Amor pelo homem alto sorridente e assustado que a levou a um lugar horrível, mas agora a salvou dele.

— CASE COMIGO, QUERIDA! HOJE.

Não é a primeira vez que Hugo sugere casamento. E Jessalyn não sabia como responder.

*Mas — eu já sou casada. Eu achei que você tivesse entendido...*

Mas hoje é diferente. Riem juntos no almoço no cais, ao ar livre. Os dois estão esfomeados, na verdade vorazes. Jessalyn nunca sentiu tanta fome.

Aguarda o prato devorando nacos de pão preto e grosso.

Ela se ouve dizendo que sim, é claro, ela aceita se casar com ele.

É muito repentino. Não é nem um pouco repentino, foi preparado com o zelo fanático com que um jardinzinho é arado, semeado, plantado.

— Mas você me ama? — pergunta Hugo com melancolia.

— É claro que eu te amo. Sim.

Hugo fica perplexo. Mas puxa o bigode, sorridente.

— Ah, Jessalyn! Sua família não vai aprovar. É melhor você consultá-los, querida.

— Não. — Jessalyn ri, alegre. — É melhor eu *não consultá-los*.

A meia taça de vinho subiu à cabeça. Na verdade, o cérebro quase a matara. No entanto, o cérebro *não a matara*. Qualquer palavra que ela enuncie para esse homem que a fita com adoração vai se tornar milagrosamente verdadeira.

É fato: Hugo Martinez se tornou precioso para Jessalyn. Às vezes ela tem a sensação de que o conhece há muito tempo. De que ele a estava esperando havia muito tempo.

E existe a perspectiva, sobre a qual Jessalyn não quer pensar, de que um dia Hugo adoeça, seja hospitalizado. E se for assim, ela terá que ser *a esposa*.

Pois existem lugares onde, se a pessoa não for o cônjuge ou um parente, se não houver um contrato jurídico definindo a relação, há a possibilidade de que não lhe permitam ficar à cabeceira do companheiro enfermo, ainda que seja a única pessoa que ele tem.

Mesmo agora, no restaurante ensolarado no cais, ela pensa em Whitey abandonado no quarto de hospital, paredes brancas, lençóis brancos, portas fechadas, no meio da noite, ninguém lá para abraçá-lo, para reconfortá-lo.

Não vai se repetir. Não outra vez, o marido morrer sozinho e não em seus braços.

Sem levar muito a sério, a princípio, Hugo faz perguntas ao consulado dos EUA, na Avenida Rodriguez Bonin, perto do hotel. O consulado fica em uma bela casa colonial de tijolinhos, depois de uma praça de paisagismo meticuloso, cercada por um portão de ferro forjado de um metro e meio de altura. Avenidas largas margeadas por palmeiras-reais e buganvílias, roseirais opulentos, mansões de estuque com telhado de talhas laranja, veículos caros ostensivamente estacionados no meio-fio — é uma parte rica de Guayaquil, em que tudo lembra uma propaganda em uma revista reluzente.

O lugar não faz o estilo de Hugo, na verdade. Nada que o empolgue a fotografar. No entanto, é onde ele se vê em sua jornada para se casar.

(E quantas vezes Hugo Martinez foi casado? Jessalyn sabe de pelo menos uma, é bem provável que tenham sido duas. Mais do que isso? — ela não perguntou e ele nunca disse.)

Eles só precisam do passaporte americano, são informados pela jovem recepcionista sorridente do consulado. O tempo de espera é de vinte e quatro horas.

E portanto vinte e quatro horas depois Jessalyn e Hugo voltam para serem casados pelo vice-cônsul na sala ensolarada do consulado. *Você, Jessalyn Sewell McClaren, aceita este homem, Hugo Vincent Martinez, como seu legítimo esposo... E você, Hugo Vincent Martinez, aceita esta mulher...* É uma cena tão vívida, a voz com sotaque do Centro-Oeste dos Estados Unidos do vice-cônsul demonstra um entusiasmo tão veemente, as listras carmesim da bandeira americana estão tão fluorescentes, o canto dos pássaros tropicais (papagaios?) do lado de fora da janela é de uma doçura tão pungente que Jessalyn tem que informar a si mesma: *Mas isso é real! Está acontecendo mesmo.*

Como a segunda mamografia, ou teria sido a terceira. Prende a respiração, prende a respiração, não solta o ar, não solta o ar ainda — *Agora. Relaxe.*

Voltou a respirar de novo. Enquanto ela e Hugo colocam as alianças (recém-compradas, anéis iguais de prata simples) um no dedo do outro e Hugo se curva para lhe dar um beijo feliz na boca.

(Jessalyn passou as alianças antigas para a mão direita. Um ato prático, pragmático, uma traição? No entanto, está feito.)

"Don Bankwell" — vice-cônsul dos EUA em Guayaquil — é um compatriota americano de simpatia excepcional que foi especialmente investido do poder de conduzir cerimônias de casamento para cidadãos americanos bem como executar outros serviços jurídicos para os americanos no exterior, o que está claro que ele gosta de fazer, e por que não gostaria de uma tarefa tão invejável, naquela residência ensolarada da Avenida Rodriguez Bonin, longe do frio extremo de janeiro no Centro-Oeste americano; é pouco provável que vire embaixador, ou mesmo cônsul-geral, mas será um auxiliar confiável, que (talvez) um dia servirá em uma grande capital como Paris, Londres, Roma, se continuar a ser benquisto pelos superiores do Ministério das Relações Exteriores e elogiado pelos americanos que viajam para o exterior, que provavelmente de quando em quando serão americanos bem de vida e influentes, com amigos no ministério a quem podem comunicar suas impressões sobre "Don Bankwell". E portanto Bankwell está ávido por bajular Hugo e Jessalyn e apresentá-los a sua auxiliar administrativa, uma jovem equatoriana de beleza estonteante que prepara as certidões de casamento e serve de testemunha das assinaturas.

Acontece muito de americanos se casarem no consulado de Guayaquil?

— Não o que vocês chamariam de muito — diz Don Bankwell —, mas sim, vez ou outra. Americanos viajando por países estrangeiros podem de repente sentir um forte desejo de se casar. Sobretudo em países tropicais. Perto do Equador, a gente sente que está perdendo o pé da realidade. Porque o próprio Equador mal existe, ele é mais uma sensação. Você começa a pensar que talvez nada seja real. Mas casamento, a coisa de fato... para a maioria das pessoas parece real, permanente. — É o que o vice-cônsul declara com seu sotaque carregado do Centro-Oeste.

Jessalyn e Hugo estão impressionados. O casamento parece, para a maioria das pessoas, *real, permanente*. Sim. É claro que sim, deve ser verdade.

Tudo chega ao fim e se dissolve no córrego. Marido e esposa podem desaparecer, mas o casamento deles é um registro histórico permanente.

Aí está uma coincidência extraordinária: em uma parede da recepção do consulado há diversas cópias de fotografias que Hugo tirou anos antes, na floresta tropical da Amazônia, e que tinham sido expostas, junto com outras fotografias da região, no Museu Whitney, em Nova York, em 1989. Hugo fica pasmo ao reconhecer algumas das cópias emolduradas na parede e o vice-cônsul fica fascinado.

— *Você* é o fotógrafo? Martinez?

É uma surpresa tão agradável que os funcionários são chamados para testemunhar a situação. Que pena que o cônsul-geral não está no gabinete! Todos têm admirado as fotografias, ao que consta, há meses, se não anos; e ali está o belo fotógrafo bigodudo, em um terno de cotelê branco, camisa com listras azuis, calça amarrotada e sandália aberta, sorrindo diante deles, aceitando elogios e parabenizações feito um rei ou um noivo.

Muito simpático, o vice-cônsul insiste em levar os recém-casados e a bela Margarita a um restaurante que fica na esquina para tomarem um champanhe a céu aberto.

— Não é todo dia que eu caso um grande artista — diz o vice-cônsul, muito sério. — E uma *señora* tão bonita e graciosa.

Margarita fica de olho no vice-cônsul, como se temesse que o diplomata americano, de meia-idade, quase gordo, nítida e loucamente apaixonado por ela, esteja em um estado trêmulo esta manhã.

Champanhe! — uma segunda rodada de brindes.

Mesmo antes do champanhe, Jessalyn já vinha se sentindo zonza. Uma onda de vertigem.

Se ela fechasse os olhos e depois os abrisse, teria ideia de onde estava?

*Ah, Whitey! Para onde foi que você me mandou.*

Fita o (novo) marido: com seu terno de cotelê, a camisa listrada aberta no pescoço. Vistoso, lindo. Ele é um astro do cinema (latino) que acabou de sair de seu ápice? Ou melhor — é um artista de renome internacional? A pele cor de café quente está corada de prazer, os olhos pretos radiantes. Em momentos de agitação, tem o hábito de puxar o bigode. A esposa vai (mais cedo ou mais tarde) tentar desencorajar esse hábito, mas não agora.

Jessalyn fez este homem feliz, não fez? — talvez então Hugo também faça Jessalyn feliz.

Ele tinha insistido em comprar um vestido para ela de manhã, para o casamento. Linho branco com mangas curtas e gola cavada, boa para deixar à mostra o colar de contas de vidro azul que ele também comprou em uma butique da avenida, onde tinham escolhido o par de alianças de prata. E um belo xale de renda branca que ela usou nos ombros, como um véu de noiva.

O pobre Whitey não sabia o que comprar para Jessalyn em aniversários e ocasiões especiais. Uma espécie de acanhamento o paralisava. Que diferença para Hugo Martinez, que já deu dezenas de presentes a Jessalyn durante o período relativamente curto em que a conhece — bijuterias feitas à mão, cachecóis e xales, chapéus e até vestidos. Até um par de "sandálias de caminhada" — sandálias emborrachadas com a ponta fechada, muito feias, porém práticas, ideais para Galápagos. (Como Hugo sabia o tamanho? Tinha levado um de seus sapatos à loja de artigos esportivos.) Hugo não tem nada de acanhado, a confiança que tem no próprio bom gosto é considerável.

Hugo examina a certidão de casamento com seu selo dourado dos Estados Unidos da América — *Jessalyn Sewell McClaren, Hugo Vincent Martinez*. A data é 11 de janeiro de 2012.

Hugo pergunta ao vice-cônsul, isto aqui realmente tem valor jurídico? Vai ser reconhecido nos Estados Unidos? — Bankwell garante que sim, é claro que vai ser.

Trocam um aperto de mãos ao se despedirem. Don Bankwell está corado por conta da bebida, tão comovido que quase chora. A bela Margarita vai levá-lo de volta ao consulado, preparar um café forte para que recupere a sobriedade. *Gracias! Deus te abençoe.*

Depois da comemoração com champanhe, Jessalyn compra cartões-postais no saguão do hotel. Vai logo escrever para a família. Não tem intenção de enganá-los. Para cada filho, um cartão separado. No entanto, a mensagem é idêntica:

> *Eu e Hugo nos casamos hoje de manhã no consulado dos Estados Unidos em Guayaquil, Equador. Por favor, fiquem felizes por nós!*

E DO QUE ELES SE ESQUECERAM? Hugo se dá conta de repente.

— A gente precisa de um acordo pré-nupcial. Você é muito crédula, querida.

Acordo pré-nupcial! Jessalyn se pergunta se não é uma das piadas de Hugo, pois ele tem um senso de humor esquisito; porém, vê que está falando sério. A única reação que Jessalyn consegue ter é rir de nervoso.

Hugo insiste:

— Vai ser a primeira coisa que os seus filhos vão perguntar, Jessalyn. Principalmente os mais velhos, que já desconfiam de mim.

Jessalyn tenta protestar, mas sua voz falha. Diz sem firmeza:

— Mas agora é tarde demais, de qualquer jeito. Nós já estamos casados...

Na verdade, não, não é tarde demais. Um contrato pré-nupcial assinado depois do casamento não tem valor jurídico menor do que um assinado antes. E a data ainda vai ser 11 de janeiro de 2012.

Hugo insiste em voltar ao consulado antes que as portas se fechem naquela tarde, para pedir emprestados os serviços de uma secretária/datilógrafa e um tabelião. Eles não precisam de ninguém do serviço diplomático, nem de Don Bankwell, só da simpática recepcionista equatoriana que reconhece os recém-casados e está disposta a lhes oferecer uma secretária e um tabelião por uma pequena taxa.

Jessalyn se constrange com a ideia de tal contrato. Hugo diz que é bom para os dois, assim, por exemplo, ela não pode reivindicar a casa dele como propriedade conjunta caso se divorciem, nem nenhum de seus imóveis adquiridos até a presente data, e ele não pode reivindicar os imóveis dela.

Jessalyn percebe que Hugo está brincando. O humor (excêntrico) deve estar no fato, se é que é fato, de que os bens de Hugo Martinez valem muito menos do que de Jessalyn, mas ela se questiona se isso é verdade. Sem dúvida as fotografias dele valem muito.

Mas Jessalyn entende a seriedade de Hugo. Ele quer mostrar não a Jessalyn, mas à família dela, que não está atrás do seu dinheiro.

Não está atrás da casa na Old Farm Road. Nem das ações da McClaren Inc. que Jessalyn tem. Ou de qualquer riqueza que o finado marido lhe tenha deixado, amarrada em um fundo fiduciário ou espalhada em investimentos.

E portanto ela concorda. Que mal faz assinar um acordo pré-nupcial? — mal não faz.

A pessoa basicamente diz que toda a sua vida anterior a esse casamento está bloqueada para o novo cônjuge. Ele/ela não pode saqueá-la a não ser que, por uma decisão posterior do outro, os termos sejam alterados.

Jessalyn poderia reescrever o testamento tornando Hugo seu principal herdeiro. Hugo poderia reescrever o testamento dele. Jessalyn sente um arrepio de desânimo ao pensar nessas coisas. O testamento de Whitey! — quase catatônica durante o início do luto, tinha imaginado o testamento do marido como um documento formal enorme e tinha revirado as gavetas de Whitey em vão, as lágrimas caindo dos olhos; quando Thom procurou o documento, o achou em poucos minutos, corretamente arquivado em uma das gavetas: algumas folhas grampeadas de tamanho normal.

Hugo dita o contrato pré-nupcial, perfeito em sua simplicidade, com menos de uma página, e a secretária datilografa. O tabelião vai colar o selo no papel.

— *Señora?* Assine, por favor.

Mais um documento para assinar. Jessalyn obedece. É tudo muito formal, muito correto e "jurídico" — embora questões financeiras e as conversas que as cercam sejam a morte da alma e ela esteja se sentindo um pouquinho abatida nesse dia em que deveria estar feliz.

Já na avenida, Jessalyn diz a Hugo, em uma súbita paixão, que torce para que vivam muito, muito tempo juntos e que morram no mesmo segundo, assim nenhum dos dois vai precisar lidar com o espólio do outro.

Hugo ri, assustado.

— Não pense nessas coisas mórbidas, querida. Não faz o seu estilo.

— Mas eu sempre penso nessas coisas — diz Jessalyn, dando o braço a ele.

— Você não me conhece?

NA MANHÃ SEGUINTE, NO QUARTO branco arejado do hotel, com vista para o Oceano Pacífico, Hugo trança seu cabelo:

— Pela primeira vez, Jessalyn querida, como seu marido.

Escova os fios brancos que batem nos ombros, parte o cabelo no meio da cabeça e é cuidadoso ao trançar as mechas. Hugo está compenetrado, como se em um transe de alienação. Jessalyn apoia a cabeça no ombro dele, sentindo fraqueza, comovida demais para falar. Se Hugo repuxa o cabelo para trançá-lo, ela não percebe a dor passageira.

— *Mi hermosa esposa*, que eu amo tanto.

— Meu marido querido, que eu amo *tanto*.

É impossível que eles sobrevivam, Jessalyn pensa. É quase capaz de imaginar o teto alto do hotel rachando, desabando. Um terremoto? — Guayaquil tem terremotos?

Espera, então, pois assim é a morbidez de Jessalyn, que algo terrível aconteça aos dois a caminho do aeroporto ou, se não nesse trajeto, no voo de mais de mil quilômetros rumo ao Parque Nacional das Ilhas Galápagos, no Oceano Pacífico.

Na pista de aterrissagem da Ilha de Baltra, onde, junto com outros "ecoturistas", eles embarcam no *Esmeralda*, um cruzeiro que brilha de tão branco e onde cabem cem passageiros.

Oito dias nas Ilhas Galápagos! Vai ser a maior aventura da vida de Jessalyn.

Faz semanas que Jessalyn lê os livros que Hugo lhe deu, com títulos como *Galápagos: Ilhas encantadas* e *Galápagos: Espécies ameaçadas*, mas ainda não está totalmente preparada para a beleza e a crueza da região, nem para o esforço físico exigido dos turistas; fica estarrecida com os escaleres que balançam com as ondas, que levam os passageiros do *Esmeralda* às ilhas do Golfo de Chiriquí de manhã cedinho, e muitas vezes fazem desembarques "molhados" — as pessoas saltam do barquinho para a arrebentação.

Quase torce o tornozelo em um de seus pulos em uma praia rochosa com os outros passageiros do escaler. *Ai!* — o choque percorre seu corpo, desacostumado com esse esforço físico.

Concentrado nas configurações da câmera, Hugo seguiu na frente, já subiu a praia, e outro turista americano a ajuda a recuperar o equilíbrio.

*Senhora? Está tudo bem?*

*Está, obrigada. Eu estou... estou legal.*

*A senhora não torceu o pé, torceu? Tem certeza?*

*Ah, sim. Certeza!*

Está com um colete salva-vidas laranja, uma camiseta branca de manga comprida que repele mosquitos, short cáqui na altura dos joelhos, as sandálias de caminhada emborrachadas que puxam os pés como se fossem pesos. Está de óculos escuros e um chapéu de palha de abas largas sem o qual ficaria cega e indefesa como um molusco no sol tropical ofuscante. O cabelo bem trançado, muito prático, não vai ser uma distração no vento, e ela usa uma mochila que Hugo comprou para ela. Insiste que ela carregue a própria garrafa de água nos passeios pelas ilhas, assim como ele carrega a dele.

Hugo tem seu jeito de repreendê-la, ainda que com carinho. Dá uma puxadinha na trança.

— Não se esqueça de beber muita água, *mi esposa*. Eu não posso ficar de olho em você o tempo inteiro.

Eles sempre acordam cedo na cabine pequena e espartana do *Esmeralda*. Jessalyn sempre sobe a veneziana para olhar pela única janela horizontal as águas escuras que minutos depois são tomadas por uma explosão de luzes estonteante, de tons indescritíveis. O navio está sempre balançando, desequilibrado. Jessalyn tomou remédios para enjoo, que parecem ter algum efeito. No café da manhã, ela tem pouco apetite, mas fica impressionada ao ver que Hugo come com muito prazer.

Seu coração é tomado de carinho pelo homem que estende a mão para tocar nela enquanto dorme. Passa o braço quente e pesado sobre ela como que para protegê-la. Mas é difícil dormir ao lado dele, ele tem um sono muito profundo, sua respiração é sonora e grave, e Jessalyn sente como se estivesse boiando feito espuma na superfície do sono e desperta com facilidade.

Hugo enfia o rosto no pescoço dela. Ele a chama de *querida, meu bem*. Ele a chama de *mi amada esposa*. Jessalyn se pergunta se, em seu sono mais profundo, o marido sabe quem ela é; se a confunde com outras mulheres, como talvez se confunda com o outro homem, mais jovem, que ele mesmo já foi.

Como nos peneiramos, com os outros. Agarramos mãos que ficam transparentes, que dissolvem ao nosso toque. Berrando: *Não! Espere! Não me abandone, eu não sei viver sem você* — e no instante seguinte eles somem, e nós continuamos, vivos.

Não existe serviço de camareiro na cabine deles — não tem faxineira. Jessalyn, que não suporta bagunça, tem o cuidado de arrumar a cama, pendurar as roupas de Hugo que ele deixa jogadas em cima da cama, largadas em cima da cômoda. Ela tem o zelo de pendurar toalhas úmidas no banheiro, que é do tamanho de uma cabine de telefone, um compartimento apertado, mal escondido atrás de tiras de plástico translúcido. Limpa a pia com chumaços de lenços e limpa o espelho, que Hugo sempre deixa respingado. É esquisita essa intimidade. Em um momento de fraqueza, Jessalyn pensa: *Mas por que eu quis me casar de novo? Estava aprendendo a ser feliz sozinha.*

Na cabine, estão sempre no caminho um do outro! Hugo diz, aos risos:

— Pensei que você estivesse ali, querida, e você está bem aqui... *aqui*.

Jessalyn fala:

— Tem certeza de que só existe um exemplar seu? Eu me viro e você está sempre *na minha cara*.

E o navio está sempre balançando, dia e noite. Sempre parece estar prestes a se estabilizar, depois se levanta de novo, sobe e desce, desequilibrado. Se não fosse pelas variações de força e ritmo, o movimento incessante seria reconfortante.

Hugo mal parece notar mesmo o balanço mais violento. Jessalyn só consegue notar isso.

*É a aventura da minha vida. Do que resta da minha vida.*

*É claro — estou feliz. Estou viva.*

Todas as manhãs, os passageiros desembarcam do *Esmeralda* nos escaleres fustigados pelas ondas engenhosamente batizados em homenagem aos bichos de Galápagos — *Leão-Marinho, Tartaruga, Golfinho, Iguana, Tesourão, Albatroz, Pelicano, Cormorão, Bugio, Mergulhão.* Como crianças em uma colônia de férias, ou presidiários em uma instituição, eles se enfileiram para ganhar coletes salva-vidas e bastões de trilha. Na água, os barquinhos sacodem, adernam como se fossem bêbados. De repente não se enxerga o céu, pois a pessoa é rodeada pelo mar encapelado. Os passageiros se seguram nas bordas dos escaleres com os nós dos dedos brancos, com a esperança de não demonstrar pavor. Jessalyn tenta rir, ela está tão... ofegante! Diz a si mesma que não existe perigo de verdade, Hugo não a teria levado a um lugar perigoso, pois ele a adora.

Essas barbatanas na água? — o guia turístico aponta, e os passageiros do barquinho fitam as ondas, tentando avistar as barbatanas pretas que surgem e somem depressa.

Tubarões. Mas provavelmente são filhotes de tubarão.

Alguns erguem as câmeras e os celulares para tirar fotos. Filhotes de tubarão!

É comum que aconteçam acidentes fatais nas Ilhas Galápagos, nessas excursões? — uma das passageiras mais assertivas pergunta ao guia turístico; e o guia, um homem de pele escura de quarenta e poucos anos, que parece ser metade indiano, metade asiático, diz com um sorriso cortês que são poucos os acidentes e praticamente nenhum é fatal se as pessoas obedecem às normas de segurança.

*Nenhum. Se.*

É uma resposta ambígua, Jessalyn pondera. Mas ninguém mais parece se dar conta. Para eles, a resposta é apenas *nenhum.*

**PREDADOR, PRESA. SOBREVIVÊNCIA, EXTINÇÃO.** "Memória genética."

Em Galápagos, tais divisões são gritantes. Ou se é o predador ou a presa. Quem não consegue sobreviver se extingue. Não se exercita o que, em certos setores, é chamado de "livre-arbítrio" — age-se de acordo com o instinto, orientado por algo chamado "memória genética".

Caso você sobreviva, será às custas dos outros, que não conseguiram sobreviver. Mas essa sobrevivência será apenas temporária, de qualquer modo.

Aliás, as ilhas são monumentos à morte. Os cadáveres dos animais são deixados onde desabaram, pois nenhum funcionário do parque encosta nos animais. Ossos pontilham a paisagem. Nas árvores há esqueletos de pássaros, pássaros alados presos em galhos. Se olhar bem para as praias rochosas, você verá os restos em decomposição, ressequidos ou esqueléticos de bichos — leões-marinhos, focas, tartarugas marinhas, iguanas, aves costeiras. No vento, os cheiros rançosos de putrefação se misturam ao ar fresco, frio, do mar aberto.

Jessalyn pensa, assombrada: *Mas a que lugar ele nos trouxe, na nossa lua de mel!*

No entanto, todas as manhãs Jessalyn fica animada, esperançosa. Todas as manhãs um amanhecer espantoso. Todas as manhãs ilhas novas, e cada ilha diferente das outras.

Ela se pega pensando no gato selvagem caolho Mackie. Em Galápagos, Mackie teria conseguido sobreviver, trata-se de uma paisagem de predadores.

Sente saudade de Mackie assim como sente saudade de sua casa distante. Uma nostalgia perversa da qual Jessalyn jamais vai falar para alguém, muito menos o querido Hugo, pelas noites de tormento em que a viúva encontrou refúgio no gato selvagem, que ronronava no ninho ao pé da cama, lavando dos bigodes o sangue coagulado de algum animalzinho devorado.

Ela sorri estranhamente com a lembrança. Então, é repelida — *Não! O que é que ela está pensando?*

— Venha, querida. Você precisa de uma mãozinha?

É atípico de Hugo, ser tão solícito. Em geral, incentiva Jessalyn a se virar da melhor forma possível naquelas circunstâncias complicadas; acredita piamente no que chama de *emancipação das mulheres* — a emancipação da feminilidade, que é a fraqueza e a dependência dos homens, que é uma cilada.

— Obrigada, Hugo! Eu estou bem.

Não é exatamente verdade, mas pronunciar *bem* lhe dá uma dose de satisfação nesse lugar inóspito.

Jessalyn e Hugo devem sair no escaler *Tesourão*, o primeiro a partir do *Esmeralda*. Em um horário da manhã em que o ar ainda é poroso de cerração e o sol tropical queima as camadas de nuvens luminosas. E há sempre vento.

Dezesseis passageiros no barquinho. E o guia turístico, que se apresenta como Hector (o sobrenome, Jessalyn não escuta direito) e que é guia do Parque Nacional de Galápagos há dezenove anos.

Hector tem um jeito sucinto, mas parece simpático, cortês; tem um quê de postura militar no uniforme cáqui do Parque de Galápagos: camiseta de manga comprida, short que bate nos joelhos, botas de trilha. Informa ao grupo que é descendente da tribo Kuna, do arquipélago de Kuna Yala, e é formado em Biologia Evolutiva na Universidade do Equador; se interessa sobretudo pela ecologia das comunidades vegetais costeiras das ilhas.

Pelas leituras que fez, Jessalyn sabe que o guia deve ser descendente de sobreviventes do holocausto espanhol. Uma história muitíssimo horrível, as formas como os conquistadores espanhóis do século XVI saquearam o continente que um dia seria chamado de América Latina, liquidando a maioria das tribos indígenas da América Central em nome da religião — o catolicismo romano. É impressionante, é irônico, que o próprio guia seja sobrevivente de um genocídio gigantesco, causado pelo homem, que quase gerou uma extinção.

Jessalyn se pergunta se Hector pensa em si mesmo nesses termos. E o que acha de seus protegidos americanos-caucasianos.

Uma viagem de oito dias por Galápagos não é barata. Hugo pagou tudo, apesar dos protestos de Jessalyn. Ainda assim, é provável que seus filhos mais velhos acreditem que ela esteja pagando boa parte da viagem, ou ela inteira.

Hector lhes fala sobre a fragilidade dos ecossistemas, que o que parece concreto e permanente é vulnerável a mudanças profundas. Insira uma nova espécie de animal, de inseto ou de planta em Galápagos e o resultado será catastrófico. Se comunidades vegetais sofrerem danos, insetos podem ficar sob ameaça e bichos (como lagartos) que se alimentam de insetos podem sofrer danos. Só recentemente as autoridades do parque haviam livrado as ilhas de diversas espécies invasoras devastadoras — gatos, ratos, cabras —, o que custou milhões de dólares. Marinheiros europeus tinham trazido esses animais para Galápagos no século XIX, e eles haviam se multiplicado enormemente, ameaçando espécies nativas, como tartarugas-gigantes, pinguins e aves.

Mas como se livrar desses gatos, ratos, cabras? — Hector ouve a pergunta de um dos turistas, que parece assustado.

Hector diz que a informação consta do guia que todos receberam, caso alguém se interesse pelos detalhes. Ele garante, "meios humanos" foram usados sempre que possível.

No entanto, o ambiente de Galápagos é implacável por natureza. Em uma média de quatro a sete anos, sessenta por cento das espécies de Galápagos morrem de fome, apesar da natureza rica em nutrientes daquela parte do Oceano Pacífico.

No total, cerca de noventa por cento das espécies que já existiram entraram em extinção.

Jessalyn fica pasma com essas estatísticas. *Sessenta por cento? Noventa por cento?* Ela acha impossível.

Nunca foi uma pessoa religiosa. De forma casual, a família parecia acreditar em "Deus" — um deus cristão, benevolente e abstrato, que de forma alguma interferia na vida real. A questão da "criação" nunca a ocupara intelectualmente, mas agora ela vê, no escaler que sacode muito, que se aproxima de uma costa rochosa das Ilhas Galápagos, na declamação pragmática do guia indígena, que absurdo, que pena que os seres humanos imaginaram um destino especial e uma promessa de imortalidade para crentes, e só para eles.

A existência de alguém, tão minúscula. O sofrimento, a felicidade, o amor ou a incapacidade de amar de alguém — são de tão pouca relevância.

Neste lugar onde o suicídio é uma redundância: uma piada.

Ao lado dela, Hugo olha a câmera, ajustando a lente com certa dificuldade no barco agitado.

Jessalyn beija a bochecha enrugada do homem. Espreme-se contra ele, em busca de calor. Jessalyn pergunta se ele considera Galápagos acachapante ou — inspirador?

— Acachapante — responde Hugo, um instante depois. — E inspirador.

Ele acha a vida humana tão irrelevante quanto ela parece ser ali?

De novo, Hugo não responde de imediato. Está regulando alguma coisa na câmera, as questões de Jessalyn são distrativas.

— Sim. Ou não.

— Sim e não?

— Não. Mas sim.

Espia pelo visor. Ajusta o visor. Para o fotógrafo, o visor põe tudo o que importa em escala.

— *SEÑORA? CUIDADO, POR FAVOR.*

O que foi? — Jessalyn recua, alarmada.

Ela quase pisou no que parece ser um dragão em miniatura. Quando de repente vê a criatura, tão camuflada com suas escamas de brilho opaco, percebe que é praticamente indistinguível das espirais de lava calcificada debaixo dela.

Nos caminhos a seu redor, turistas tiram fotos desses lagartos grandes, vagarosos — *iguanas*. Com suas pernas compridas impacientes, Hugo seguiu em frente, já avançou em uma das trilhas. É meio-dia, faz um calor escaldante. Eles desembarcaram em uma ilha coberta de lava vulcânica com pouquíssima vegetação atrofiada, infestada de iguanas, lagartos menores, caranguejos vermelhos que correm devagar. Em uma parte mais elevada, nos despenhadeiros com vista para a praia, há aves costeiras de plumas coloridas — mergulhões de patas azuis, biguás, gaivotas e pelicanos.

O território da ilha é deslumbrante. Cheio de montes que parecem esculpidos, a lava calcificada lembrando intestinos enrolados em tom de carvão. À primeira vista, a paisagem é morta, mas olhando bem, a pessoa nota que é tomada de iguanas quase invisíveis, camufladas em meio ao tumulto de pedras.

São tantas! Centenas, milhares? Jessalyn tem uma sensação de horror.

Os bichos que parecem pré-históricos são de tamanhos variados, espalhados pela ilha. Esquentam-se ao sol de janeiro, sem ligar para os lagartos e caranguejos que passam por cima deles. A boca articulada está entreaberta, a língua serpenteia feito nervos à flor da pele. O corpo é denso, blindado por escamas, o maior é do tamanho de um cachorrinho Jack Russell. Sobreviveram centenas de milhares de anos e provavelmente vão sobreviver ao *Homo sapiens*, Hector declara. Parece estupefato com as iguanas, descreve seus rituais de acasalamento. Passa a mão sobre os olhos da iguana que Jessalyn quase pisoteou e a criatura mal pisca.

Uma consciência rudimentar, quando não despertada pela excitação sexual ou para a luta com outro macho. As iguanas da ilha parecem "mansas", mas é errado chamá-las de "mansas":

— Elas se comportam desse jeito porque não têm memória genética de predadores humanos.

Hector explica que, à exceção das tartarugas-gigantes, que escondem a cabeça dentro do casco às pressas quando alguém se aproxima, todos os bichos de Galápagos são indiferentes aos seres humanos, pois não têm "memória genética" de predadores humanos — leões-marinhos, pinguins, aves costeiras, pelicanos.

Jessalyn indaga se seres humanos têm "memória genética" de outros seres humanos como predadores? — e Hector responde, com uma risada retumbante:

— Mas é claro, *señora*. Está gravado no nosso cérebro... é o que as pessoas chamam de "xenofobia". Os homens de Neandertal não tinham esse instinto e foram destruídos pelo *Homo sapiens*.

Era verdade? Ou os homens de Neandertal também tinham morrido por outras causas? Jessalyn tinha apenas uma vaga lembrança de muito antes, quando era uma estudante de graduação fascinada por história natural, assim como era fascinada por poesia e filosofia; uma vida muito distante, que agora mal era uma lembrança-fóssil, antes que o amor, o casamento, a maternidade a tivessem agarrado em suas espirais aconchegantes.

Mas que mundo curioso, as Ilhas Galápagos! — Jessalyn pondera. Como o mundo através do espelho em que Alice entrou, em uma floresta em que nenhuma criatura tinha nome e onde, por conseguinte, animais selvagens como corças não sabiam que seres humanos podiam ser inimigos.

Alguém do grupo de Jessalyn pergunta se o homem é o principal predador entre todos os predadores, e Hector diz que não, na verdade não, em termos biológicos o *Homo sapiens* é onívoro, e não carnívoro, capaz de viver sem se alimentar de carne se necessário.

Em outros termos que não o biológico...?

— Bem, o *Homo sapiens* é bastante agressivo. Trava guerras. Nesse sentido, é predatório.

Acrescenta então, como se fosse uma ideia pessoal, peculiar, e não a declaração de uma autoridade do Parque de Galápagos:

— E o homem é um ser que olha para cima. Sempre para cima.

Jessalyn, que vem se sentindo pasma com o ambiente de Galápagos, fica animada com esse comentário. A mera expressão *para cima* nesse lugar árido lhe é emocionante e empolgante.

É claro, Galápagos não é um lugar árido. É ignorante, tacanho pensar assim. Repleto de vida. Nos redemoinhos das águas escuras, repletas de vidas microscópicas. No rochedo de lava esculpido feito um intestino, repleto de lagartos, caranguejos vermelhos horrorosos.

Por todos os cantos, aves costeiras encolhiam as asas largas, trêmulas de apetite.

Vida *é* apetite.

Mas apetite é *vida*?

Mas onde está Hugo? — Jessalyn sente falta do marido-fotógrafo. Assim como muitos outros do grupo, ele não fica perto de Hector. É um caminhante experiente, as trilhas não são difíceis para Hugo. Volta e meia não fica muito tempo ao lado de Jessalyn em um dos caminhos, porque se impacienta com o ritmo lento do grupo e com as perguntas não raro ocas que são feitas ao guia pelos outros turistas.

Há algumas famílias com crianças bem pequenas. Todas tiram fotos sem parar e precisam ser repreendidas por Hector, de tempos em tempos, por saírem das trilhas e se aproximarem demais dos seres vivos.

Jessalyn protege os olhos, espia adiante. Hugo subiu a trilha, que afinal é íngreme, e desapareceu de seu campo de visão. (Isso não é recomendado, Hector avisou. Por favor, não saiam do meu campo de visão em nenhum momento!) Ingênua, Jessalyn havia imaginado que ela e Hugo passariam um tempo juntos em Galápagos, quiçá andando de mãos dadas — ela agora se dá conta de que isso é improvável.

Ficam juntos no *Esmeralda*, na cabine apertada ficam quase juntos demais, e no escaler Hugo se senta a seu lado, mas assim que o grupo avança rumo a uma trilha da ilha, encabeçado por Hector, Hugo e alguns outros (homens, de idades diversas) ficam ávidos por seguir adiante, ditar o próprio ritmo. Hector não tenta refreá-los, pois eles provavelmente se rebelariam.

É claro que Hector respeita Hugo: os dois homens têm uma espécie de entrosamento, reconhecendo um ao outro de uma forma que circum-navega os americanos caucasianos que os rodeiam. Se quisessem, poderiam se comunicar em um espanhol acelerado. Para um homem de sua idade, Hugo está em ótima forma: os ombros, braços e pernas são musculosos, faz trilhas (como ele disse) há anos e anos, e geralmente está cheio de energia. É raro que fique esbaforido, é raro que se apoie no bastão de caminhada. Tirar fotografias o anima como um falcão se anima ao avistar uma presa no chão — ele simplesmente precisa chegar lá!

Mas Jessalyn sabe, Hugo pode ficar cansado de repente; nos braços dela, é capaz de dormir em segundos, como dorme uma criança pequena: um sono tão profundo que parece exausto, atordoado. Mas quando ele acorda, está cheio de energia, pode-se dizer que com *ele mesmo*.

Jessalyn sorri ao pensar em Hugo como um ser sexual. Ele é muito carinhoso, se excita e se satisfaz com facilidade.

E como ele está feliz nesse lugar desolado! Nada mais sensacional para Hugo do que levantar cedo, ir ao convés do *Esmeralda* para tirar fotos do amanhecer no oceano envolto em neblina, enquanto o céu extraordinário do Pacífico clareia, e subir aos picos das ilhas para tirar fotos em lugares aonde poucas pessoas se aventurariam a ir.

Jessalyn fica exasperada com Hugo e Jessalyn tem muito orgulho de Hugo. Ela o ama, pois ele é o mais amável dos homens, mas não está *apaixonada* por ele. Acha que não.

Ou talvez sim, na verdade esteja. Talvez tenha ficado, nesses últimos dias, desde a cerimônia de casamento no consulado, *apaixonada* por Hugo Martinez.

À medida que Whitey se torna menos presente em sua vida, Hugo fica mais presente. Whitey é um sol, mas um sol que empalidece. Hugo é a lua nova, luminosa, que vai se tornando uma lua cheia.

*Sem ele, onde eu estaria?*

*Sem ele para me amar, quem eu seria?*

Porém é mais do que isso, ela não teria a quem amar. A ternura se agita dentro dela, como a vida em si. Enquanto Jessalyn estiver viva, precisa ter alguém para amar e cuidar.

Ela respeita mulheres que vivem sozinhas, que renunciaram até ao anseio por outra pessoa. Mas ela não é tão forte assim, não quer ser uma *viúva corajosa*.

Hugo a obrigou a habitar o próprio corpo mais plenamente. Ele disse, uma mulher tem que estar tão em forma quanto um homem. Mais do que qualquer homem, pois a mulher vai acabar cuidando do homem. (É uma brincadeira.) Sua alma não é de algodão-doce para derreter com um chuvisco, mas algo lindo e resistente como seda, ele disse em tom extravagante. Mas Whitey não gostava de ver a esposa se digladiando com uma tarefa, escavando o jardim, por exemplo, arrastando uma cadeira pesada, ele não gostava de ver a bela esposa esguia ofegante depois de fazer algum esforço. Whitey andava pelo gramado, recusando-se a arrastar galhos caídos das árvores:

— É para isso que a gente tem a equipe de manutenção do gramado — dizia. — É para isso que a gente paga caro por esse serviço. É por isso que a gente tem mais dinheiro do que eles... para contratá-los e fazer a grana mudar de mãos.

Whitey tinha a intenção de fazer graça, Jessalyn imaginava. Agora suas palavras não lhe pareciam muito engraçadas.

Pinguins, aves costeiras, gaivotas. Pios, grasnidos constantes. Em todos os cantos dos rochedos há fezes brancas de aves. E animação no ar. Mudanças bruscas, é claro, bichos alados mergulhando na água para segurar presas em seu bico. Tudo é caça de alimentos, consumo de alimentos. Vida gerando vida. É um fato deprimente e brusco ou (talvez) um fato bonito, a ser contemplado do ponto de vista intelectual.

Jessalyn relembra: *A vida é uma comédia para os que pensam, uma tragédia para os que sentem*. Porém, com o tempo, a comédia cede à tragédia. E a tragédia ao esquecimento e à alienação.

Hector está conduzindo o grupo em outra direção. Ela tenta não pensar em Hugo, o querido Hugo que sumiu de suas vistas há pelo menos meia hora, Jessalyn é cativada pelos pinguins incríveis, aparentemente muito dóceis, e pelos mergulhões de patas azuis que alimentam seus filhotes barulhentos, nos seixos com listras brancas acima do mar. E biguás cujos corpos se tornaram pesados demais para as próprias patas.

Belas aves, o vento soprando suas plumas. Alguns dormem apoiados em uma das patas, a outra encolhida graciosamente debaixo da barriga. Uma paz enorme apesar da animação no ar, os olhos fechados.

No dia anterior tinham passeado por uma ilha habitada por leões-marinhos e seus filhotes. Não lembravam leões, e sim morsas, mas eram menores do que as morsas, mais gordos, menos graciosos, com enormes olhos pretos que quase parecem humanos. Um bando de leões-marinhos latindo, zurrando, gemendo, resmungando e grunhindo. E no entanto, no meio deles, alguns dormiam. E os filhotes mamavam. Nesse ínterim, nos vãos das rochas cobertas de líquen, o cadáver em decomposição de um leão-marinho de tamanho gigantesco supervisionava a entrada de leões-marinhos vivos como uma deidade ainda não totalmente banida.

Havia sido Hugo quem fizera essa observação — *deidade ainda não totalmente banida*. Agachou-se para tirar fotografias do cadáver em meio às rochas, junto aos leões-marinhos que dormiam, amamentavam, brincavam na praia, alheios à morte de um ancião tão perto dali.

Jessalyn recuou, repelida pelo fedor podre. Mas, para o fotógrafo, tudo é material. Juventude, morte. Beleza, declínio. Beleza em declínio. Com melancolia, Jessalyn observava o homem que era seu novo marido, a uma certa distância.

Lembrou-se que, assim que se conheceram, era para ele apenas uma figura em uma composição — *viúva*.

E aquela figura, naquela composição, *Sem título: viúva*, que Hugo Martinez agora já copiou e recopiou, expôs e vendeu, sobreviverá a ela.

É claro, *Sem título: viúva* também vai sobreviver ao fotógrafo.

Entre um comentário e outro de Hector sobre as comunidades vegetais da ilha — a relação entre os leões-marinhos e a vegetação essencial —, de repente cai uma tempestade: Jessalyn e alguns outros se amontoam debaixo de uma árvore de galhos espigados enquanto o céu despeja chuva como se fosse um cuspe quente, acelerada e percussiva.

Por sorte, Hugo insistiu que Jessalyn usasse um casaco impermeável nesses passeios, um plástico leve com capuz; não é muito esforço cobrir a cabeça com o capuz e esperar a chuva passar.

Um vapor emana das rochas, dos seixos reluzentes de água. Os pios das aves costeiras parecem mais altos. O cheiro de fezes recentes de aves é pungente.

Encostas de iguanas mal se mexem, agora cintilando ao sol no instante em que a claridade volta com uma intensidade de doer os olhos.

Em algum lugar não muito distante dali, Hugo tira fotos. E elas serão (Jessalyn sabe) lindas, impressionantes. E no entanto, em casa, na casa da Cayuga Road, existem centenas — milhares? — de fotografias lindas e impressionantes de Hugo Martinez, muitas das quais ele ainda não organizou, muito menos emoldurou. No computador que tem em seu estúdio, conectado a uma impressora de última geração, existem ainda mais fotografias em arquivos digitais, ainda não impressas, porque (como Hugo diz com um desespero cômico) ele está anos atrasado. Jessalyn já se perguntou se um dia ele vai estar com tudo em dia.

Para a consternação de Jessalyn, Hector convoca o grupo do *Tesourão*, manda que voltem ao escaler e embarquem rumo a outra ilha. Feito um reloginho: quando um escaler chega, outro vai embora. Jessalyn se apressa a procurar Hugo, que ela não vê há... a essa altura já faz uma hora? Pergunta às pessoas que encontra pelo caminho se elas viram "um homem alto, mais velho, de bigode" — "com uma câmera na mão" — tentando não se mostrar assustada.

Pois Hugo vai ficar irritado, ou constrangido, se souber que ela está atrás dele, preocupada.

Em tom vago, lhe dizem que ele está mais à frente no trajeto. Um homem mais velho de bigode, cabelo na altura dos ombros, com uma câmera? — e ele também é *latino*?

Vê a surpresa não-tão-disfarçada, ou insinuação de surpresa, no rosto daqueles que interpela, porque uma americana muito branca está acompanhada de um homem latino.

Jessalyn se apressa pela trilha, que é rochosa e íngreme. Com pavor de torcer o tornozelo em um momento tão crucial. É difícil respirar no ar úmido, excessivamente fresco.

Em Quito, o ar era rarefeito. Ali, ao nível do mar, o ar tropical é denso demais.

Quando acha Hugo no alto da trilha, percebe que ele está sentado em um rochedo, enxugando um joelho ensanguentado com um chumaço de lenços de papel que outro turista lhe deu. Ao ver Jessalyn, ele a chama com um sorriso no rosto, para deixar claro que está bem: foi só uma queda, não quebrou osso nenhum, estava descansando antes de começar a descida. Jessalyn fica tonta ao ver o sangue.

O outro turista que ficou com Hugo, um homem mais novo, se oferece para ajudá-lo a se levantar, mas com um gesto Hugo recusa a ajuda e agradece. É claro — está *bem*.

Jessalyn se ajoelha diante dele e examina o joelho. Foi uma queda brusca, pelo jeito: o joelho já está inchado e roxo. Se a rótula estiver fraturada ou quebrada...! Mas Hugo insiste que não, repete que estava apenas descansando, recuperando as forças antes de começar a descida.

Jessalyn percebe que está bastante chateado. E que está decidido a parecer tranquilo, até divertido.

Para a vergonha de Hugo, o guia indígena seguiu Jessalyn trilha acima e insiste em ajudá-lo a se levantar. Hector é gentil e ao mesmo tempo contundente. Diz que o escaler tem que sair logo e que ele, Hugo, não pode ficar para trás.

Hugo se desculpa, o rosto corado, desconcertado. Está morrendo de vergonha. Gostaria que o guia não o visse daquele jeito e gostaria muito de poder recusar a ajuda de Hector, mas precisa dela: não conseguiria descer a trilha sem ajuda. Ele se levanta tomando fôlego, enquanto Hector e Jessalyn se aproximam para ajudá-lo, passando os braços em torno de sua cintura. Como Hugo está quente, sua através da camisa! Normalmente gracioso ao andar, agora vacila, fica inseguro. Quando apoia o peso do corpo na perna direita, estremece. Jessalyn morde o lábio inferior para não chorar.

Existe o perigo de que ela comece a chorar por essa bobagem e nunca mais consiga parar.

Da base da trilha, o jovem assistente do guia sobe correndo para ajudar. A essa altura, as pessoas observam o pobre Hugo, que sofre para descer a colina, se escorando em Hector e Jessalyn.

O belo homem bigodudo e alto com a câmera! — no barquinho, Hugo sempre parecera tranquilo, muito experiente e despreocupado com as ondas, as barbatanas de tubarão rodeando o escaler.

No barquinho, Hugo está de rosto corado e ofegante, mas insiste em embarcar sozinho. Está usando o bastão como bengala. O corpo treme com o esforço de se manter ereto sem se apoiar no joelho machucado.

Hector tem a prudência de manter distância. Já viu muitos homens americanos afluentes ficarem desagradáveis depois de precisarem de sua ajuda; é melhor deixar que manquem apoiados nas esposas, que podem desprezar, mas em seguida perdoar.

Depois que se acomoda no escaler, Hugo parece se sentir melhor. Tenta fazer piada com os companheiros de *Tesourão*, se diz estabanado, fala que se arriscou em uma pedra que no final das contas estava solta, o erro mais idiota que um trilheiro pode cometer. De novo ele verifica a câmera — graças a Deus não está quebrada.

O coração de Jessalyn está repleto de solidariedade por Hugo, o trilheiro experiente que sofreu um acidente, o homem ousado (que está envelhecendo?) que perdeu o equilíbrio e a compostura na frente de testemunhas. Da bolsa que carrega no ombro ela tira um maço de lenços novos, para fazer pressão na ferida, uma série de arranhões pouco abaixo do joelho que continuam sangrando, mas não tanto quanto antes.

Um fluxo de sangue que desce pela perna de Hugo, cintila nos pelos escuros densos da perna, goteja nas sandálias emborrachadas.

Pobre Hugo! — Jessalyn o abraçaria, choraria por ele, mas ele ficaria envergonhado com tal manifestação, e ela não se atreve a ficar emotiva em um lugar tão público.

O barquinho vai deixar Hector e os outros na ilha de Puerto Ayora, mas depois vai seguir até o *Esmeralda*, para o médico do navio examinar o homem ferido. Hugo exclama, espantado — aconteceu tão rápido! Uma pedra se soltou na trilha, ele estava prestando atenção em outra coisa, se desequilibrou e, na queda, tentou impedir que a câmera se espatifasse... Sim, eu sei, Jessalyn murmura, segurando a mão dele como alguém seguraria a de um menino. (Que menino? O destemido e impetuoso Thom, é claro.) Hugo está decepcionado porque vai ser obrigado a encurtar o dia, mas aliviado por ter sido levado de volta ao *Esmeralda* — não conseguiria seguir adiante no estado em que estava.

Já no *Esmeralda*, Hugo se esforça para ser agradável, estoico. Permite que o médico do navio esterilize e faça um curativo nas feridas, que são superficiais; permite que Jessalyn o paparique, o beije. Ela lhe garante, como outros já lhe garantiram: as pedras estavam escorregadias por conta da chuva, a trilha era íngreme. Ela lhe garante: ela o ama, ele a faz muito feliz.

Sonolento devido aos analgésicos, Hugo adormece na cabine à meia-luz. Em pouco tempo já está roncando, a respiração irregular. Jessalyn se senta na beirada da cama cheia de protuberâncias, segurando sua mão; entrelaça os dedos aos dele, embora ele não a perceba. Estão usando alianças de casamento iguais! Que estranho isso lhe parece, mas por alguma razão é tranquilizador. Existe um vínculo entre eles, então — existe? Um não abandonaria o outro em uma ilha de lava vulcânica do Pacífico.

As alianças de prata equatorianas são muito elegantes em sua simplicidade. A dela está só um pouquinho frouxa, a de Hugo tem um encaixe confortável. Jessalyn não ficaria surpresa se descobrisse que Hugo tem uma aliança de casamento ou duas em uma gaveta de casa.

Jessalyn reflete sobre o tato de usar as alianças antigas na mão direita. É claro que alguém há de reparar e tecer um comentário seco. Mas considera as alianças valiosas demais para guardá-las. O anel de noivado, com o pequeno diamante quadrado que Whitey lhe dera, quando tinha muito menos idade do que o filho caçula deles tem agora...

Jessalyn pensa, ela não aguentaria outra perda. Hugo tinha apenas escorregado e caído, se machucado e arranhado um joelho, realmente não tinha sido algo sério (o médico tinha declarado), mas ela continua muito abalada. O coração bate de forma errática, assim como batera (ela se lembra agora) ao ouvir a notícia de que Whitey estava hospitalizado após um (suposto) derrame.

Se alguma coisa acontecer com Hugo, ela vai engolir todos os comprimidos que conseguir, assim que possível. Como não fez quando Whitey morreu, por covardia e confusão.

Não tinha salvado Whitey. Não o tinha impedido de morrer. Com este homem, não pode fracassar.

Este homem lhe é tão precioso que é como se seu coração palpitante estivesse exposto ao ar. Desde que as crianças eram pequenas ela não se sentia tão vulnerável. Cada bebê, tão vulnerável! Os pontos moles da cabeça da criança, que pavor! Ela ficava angustiada com fantasias horrendas do bebê mais novo caindo e por um azar bizarro machucando uma parte mole do crânio, lesionando o osso fino... *Moleira*. A palavra já a assustava, ela mal conseguia se lembrar dela agora.

Mas os bebês não tinham caído, não assim. Inúmeras quedas ao longo dos anos, mas nenhuma letal. Na verdade, os bebês tinham se saído muito bem, levando-se em conta o começo com a *moleira* vulnerável. Nem Virgil, o filho mais propenso a quedas, tinha sofrido algum acidente sério. E a mãe havia se esquecido, com o tempo. A mãe havia simplesmente esquecido. A benção do esquecimento, que apaga os medos que nos paralisam.

LINDO! — O SOL TROPICAL, que derrete vermelho, começa a sumir no horizonte que parece muito distante, a milhares de quilômetros dali.

Com o pôr do sol surge uma luminosidade espantosa das nuvens, ínfimos padrões nas nuvens que parecem ser esculpidos. São imagens oníricas que correm sob nossas pálpebras no início do sono e nos hipnotizam.

Desde a queda, naquela manhã, Hugo faz um silêncio incomum. Está envergonhado, humilhado. Quer rir de si mesmo — orgulho ferido de macho. Aliás, orgulho ferido de macho latino.

Dormiu por duas horas (um sono suado, espasmódico), depois se arrastou até a biblioteca do navio, se apoiando no bastão de caminhada. (É claro que Jessalyn o acompanhou.) Desde a queda, a respiração de Hugo está mais audível do que o normal, ele faz careta ao andar. Mas insiste que a dor está diminuindo, é mais um inchaço, uma ferida chocante do tamanho de uma bola de tênis que seus dedos não resistem a tocar, acariciar.

O médico do navio tinha boas razões para acreditar que não havia quebra ou fratura de verdade nos complicados ossos do joelho: Hugo vai saber com certeza quando forem embora de Galápagos e voltarem à civilização, a um centro médico onde ele possa fazer um raio-X do joelho. Até então, é de se esperar que evite se apoiar no joelho, que ande pouco e use sempre uma bengala, aliás, duas bengalas.

Não são "bengalas" — são bastões de caminhada, Hugo insiste. Existe uma diferença!

Soturno, Hugo diz:

— Uma premonição do futuro.

Não é o termo mais exato, é? — *premonição?* Pobre Hugo, Jessalyn aperta a mão dele para indicar que ele está exagerando, aquilo não é nada, ânimo!

Então a esposa vai *animar* o marido soturno. Assim como o marido vai *animar* a esposa soturna.

(Mas não: Jessalyn está decidida a nunca ser *soturna*. Ou a passar essa impressão, pois quem há de querer uma *esposa soturna*?)

Desde o casamento eles vêm discutindo onde vão morar quando voltarem a Hammond. Hugo acredita (veementemente) que seria melhor eles arranjarem uma nova residência, um novo imóvel, vender as casas antigas (talvez) e criar um novo lar juntos; pois ele sempre vai ser uma visita, um hóspede na casa de Jessalyn na Old Farm Road; não se sentiria à vontade e ela não conseguiria enxergá-lo como seu *marido*. É ainda menos provável que morem na casa decrépita de Hugo na Cayuga Road, cujos moradores estão sempre se mudando e que abriga o escritório da Liberation Ministries; só que, claro, o estúdio de Hugo fica na casa, e ele não quer mudar o estúdio de endereço.

Jessalyn diz que é claro que ela entende. Hugo tem o mesmo estúdio há décadas, não deveria se mudar se não quisesse.

Jessalyn não quer se mudar, não por enquanto. Sente uma pontada de pânico diante dessa possibilidade — *Não! O Whitey não entenderia.*

Seria Whitey que ela deixaria para trás. Hugo tem razão em entender que o falecido marido prevalece na casa e jamais vai se dissipar. No entanto, não consegue enunciar essa afirmação.

A casa da Old Farm Road é tão ampla, é lógico pensar que outras pessoas poderiam viver lá, com Jessalyn (e com Hugo). Poderia ser uma *casa de recuperação*. Não a casa inteira, mas parte do térreo. São oito ou nove quartos. Sem dúvida há espaço para pelo menos um homem preso injustamente e libertado pela Liberation Ministries, ideal para esse propósito seria a suíte de hóspedes com a porta que se abre para o quintal da casa... Na primeira vez que Jessalyn menciona essa possibilidade, Hugo diz que é uma ótima ideia, muito generosa da parte dela, mas no instante seguinte ele acrescenta:

— Mas seus filhos ficariam chateados. Eles jamais permitiriam.

Jessalyn tenta não se irritar com a fusão de Hugo — *seus filhos*. A essa altura ele já deveria saber muito bem que só os três mais velhos têm preconceito, os dois caçulas gostam dele e sem dúvida estão felizes por ele e Jessalyn terem se casado.

— A Sophie e o Virgil não vão se contrapor. Acho que não. Talvez o Virgil até quisesse participar. Com certeza ele é simpático aos Liberators.

E Whitey, o que acharia? Caramba, ele ficaria surpreso, chocado, aliás. De início, iria desaprovar, mas com o tempo, conhecendo Whitey, sua generosidade, sua resignação benevolente diante do que chamava de conveniência, conveniência política ou financeira, um jeito extravagante de dizer qualquer porcaria que viesse pela frente, Whitey ficaria impressionado que a esposa, sua viúva, a doce, querida e hesitante Jessalyn, tivesse ampliado tanto os limites de sua vida, ousando viajar para um canto do mundo que ele nunca tinha visitado e jamais imaginaria visitar; se atrevendo a se casar de novo e se manter viva. Ele ficaria feliz por ela, assim sua alma prevaleceria na casa — *Pense o melhor de mim, Jessalyn. Eu tentei ser a melhor pessoa que consegui ser, e se não fui, posso ser agora. Se você me ama, lembre-se de mim assim.*

NO CÉU, AO ENTARDECER, a lua nova tem o delicado tom laranja pálido de um melão cortado. Tão linda!

É a lua cheia vislumbrada através de novelos de nuvens que se movimentam devagar, facetada pelas sombras, luminosa. É difícil pensar que uma luz tão clara possa ser mero reflexo, sem vida própria.

Eles juntaram as espreguiçadeiras para poderem ficar sentados de mãos dadas, banhados pela luz estranha do luar laranja pálido. Entre os dois há duas taças de um delicioso vinho tinto equatoriano.

Como queriam ficar a sós, subiram às escondidas para o terceiro andar do *Esmeralda*. Alguns cantos do navio são populares, outros são quase desertos. Esta é uma área totalmente deserta, apesar de a vista do pôr do sol ser espetacular.

Muitos passageiros do *Esmeralda* se aglomeram na proa do navio, que tem um bar e violonistas tocando músicas latinas festivas. Outros se reúnem no andar de baixo, em um bar espaçoso vizinho ao imenso salão de jantar, onde há sempre pop rock americano tocando, ofendendo ouvidos.

É sobretudo Hugo quem quer ficar sozinho com a esposa, por enquanto. Longe da solicitude indesejada dos outros. Ele pagou uma taça de vinho para cada um com a suposição de que, se Jessalyn não terminasse a dela, ele poderia acabá-la, como de praxe.

Jessalyn ri, o vinho lhe sobe à cabeça rapidamente. Ela se questiona sobre a sensatez de beber depois de um dia exaustivo em Galápagos.

A manqueira de Hugo fica mais perceptível quando ele acha que ninguém está vendo. Ele segurou o corrimão da escada para subir até o terceiro andar do convés. Jessalyn finge não ter reparado.

É como ter um vislumbre de Hugo no hospital, na ala de Oncologia. Ou de alguém parecido com ele. Melhor fingir que não viu.

A bebida o deixa melancólico, mas também eufórico, propenso a rir.

Que piada! — na lua de mel dele, a porcaria do joelho fica *destruído*.

Bem, não *destruído* — não exatamente.

Jessalyn ri dele. Por que ele exagera tanto?

Nas fotografias, não exagera. Um Hugo mais profundo e mais intenso emerge nas fotografias, nem sempre evidente no homem.

O artista é destemido, Jessalyn pensa. O homem, nem sempre.

No salão de jantar principal do cruzeiro, tornou-se conhecido (sabe-se lá como) o fato de que Jessalyn e Hugo são recém-casados. (Será que Hugo contou a alguém? É claro que Jessalyn não disse nada.) Só o termo *recém-casados* já é singular, comovente. Estranhos lhes lançam sorrisos afetuosos. Um belo e corajoso casal "mais idoso". Mas agora Hugo, que nunca deixa de se arrumar para o jantar (camisas brancas bordadas de manga comprida abertas no pescoço, com abotoaduras, às vezes um paletó mais casual) parece estar mancando. Ah, Hugo se machucou? — em uma daquelas trilhas? Pessoas totalmente desconhecidas se solidarizam.

Descendo uma trilha íngreme rápido demais. A culpa era toda dele, Hugo diria. Já que precisava reconhecer *a culpa toda dele*.

Hugo insiste em se sentar em mesas diferentes na maioria das refeições. As mesas não são marcadas no cruzeiro, felizmente, então ninguém é obrigado a se sentar com ninguém. É claro que Jessalyn voltaria à mesma mesa, às mesmas pessoas com quem já tinham entabulado uma conversa na refeição anterior, por cortesia, ou o desejo de não ferir sentimentos, pois ela se lembra das escolhas dolorosas da escola, quando se sentia forçada a se sentar com meninas menos populares do que ela e as amigas dela, por medo de ferir sentimentos; mas é chocante a indiferença de Hugo pelos sentimentos dos companheiros de viagem, inclusive de pessoas com quem (Jessalyn achava) ele tinha se dado muito bem. A filosofia dele é de que sempre existe gente mais interessante por perto, cabe a ele procurá-las — entre os passageiros do *Esmeralda*, há biólogos, especialistas em espécies ameaçadas e aquecimento global, cientistas pesquisadores, matemáticos, professores universitários e professores de escolas públicas, adolescentes prodígios em ciência, diversos fotógrafos amadores e até um tratador de animais. Com suas belas roupas, Hugo Martinez é uma figura popular no cruzeiro; Jessalyn, ao lado dele, é a esposa afável.

Agora anoitece. No convés, ela se arrepia. Cobre os ombros com o xale branco rendado que Hugo lhe deu para que usasse de véu de noiva. Mas o xale não é nem quente nem prático.

Todo dia nos trópicos, o ar muda assim que o sol desaparece no horizonte. Existe uma angústia visceral peculiar — tola, involuntária — que a pessoa sente à medida que o sol vermelho se afunda visivelmente. Então surge um vento habitual com uma subcorrente de frio.

Animado e revigorado pelo delicioso vinho tinto, Hugo fala de Galápagos — esse lugar maravilhoso! Que tinha passado boa parte da vida com vontade de viajar para lá, mas só agora tinha conseguido. Durante um tempo, tivera a expectativa de ir com o filho que havia falecido. Mas nunca tinham conseguido.

Hugo está muito empolgado agora. É um homem volúvel, Jessalyn já percebeu. Precisa aceitar essas mudanças de estado de espírito à medida que acontecem, e se preparar (ela suspeita) para humores mais sombrios, que até então ele escondeu dela. Ela imagina que Hugo tenha sofrido inúmeras perdas dolorosas na vida além da perda do filho, mas ele só fala do filho.

Para um homem que parece ser tão extrovertido, tão curioso quanto à vida dos outros, Hugo é bastante reticente ao falar da própria vida. Jessalyn lhe fez perguntas casuais quanto à sua saúde e Hugo declarou que estava bem.

Sério? Ele está *bem*?

Muitíssimo *bem*:

— Eu não pareço bem? Pelo menos para a minha idade? E você, Jessalyn querida? Você está linda, mas... como está de saúde?

Caçoava dela. Esperava que risse.

Se ela lhe perguntasse sobre o hospital, se ele tinha horário marcado na sala de infusão, Hugo teria se esquivado da pergunta com uma piada. *Mas não era eu, Jessalyn.*

E — *É claro que não era eu.*

*Mas não existe alguém como você, Hugo. Eu não te confundiria com outra pessoa.*

*Eu acho que você deve ter me confundido, querida. Com outra pessoa.*

*Se você estiver doente — me conte, por favor. Eu quero saber.*

*Não estou doente. Não agora. Ou, se estiver, estou em remissão.*

*Em remissão? Como assim?*

*Me beije!*

Pouco antes de partirem rumo ao Equador, Jessalyn por acaso reparou em um esparadrapo no antebraço de Hugo; ao perguntar o que era aquilo, ele disse que tinha doado sangue naquele dia, no centro médico.

Ah! Tinha esse costume, de doar sangue? Ele não tinha mencionado...

Com um gesto, Hugo arrancou o esparadrapo. Cobria marcas de agulha que não estavam inflamadas nem avermelhadas. Não tinha gostado de ser questionado e havia se recusado a se aprofundar nas explicações.

É claro que Jessalyn nunca tinha contado a Hugo da mamografia falso-positiva. Se tivesse um tumor maligno, tentaria não contar para ele. Havia muitas coisas de sua vida pessoal que não havia contado a Hugo. Por exemplo: *Sou sua esposa, mas sou a viúva de um outro homem. Uma viúva que se casa de novo é uma viúva que se casa de novo. Entenda, por favor!*

Hugo entenderia. Ninguém chegava aos quase sessenta anos de idade sem enfrentar as próprias perdas.

Quanto mais velha, mais segredos tem a pessoa. E menos quer dividi-los, se são perturbadores. Por que dividi-los?

A vida é curta demais. E a tristeza, longa demais. *Me beije!*

De mãos dadas, olhando o luar. Nuvens passando diante da lua feito pensamentos desconexos. Aparecer, desaparecer. Tão rápido.

Ela tenta não pensar que eles serão, terão que ser, castigados pela felicidade que sentem; não lhe parece justo que possam ter sequer um mínimo de felicidade. Sem dúvida foi um erro viajar para tão longe com um homem que mal conhece — apesar de que agora, por incrível que pareça, o homem seja seu marido. *Eu nunca vou voltar para casa. Eles vão me enterrar aqui, no mar. É isso o que eu mereço.* A viúva acredita que deve aceitar esse destino, embora seja um destino tenebroso — devorada por animais marinhos.

Jessalyn esperava estar morta, pelo menos. Não jogariam seu corpo ao mar sem concluir que ela estava de fato morta — ou jogariam?

Hugo a observa. Ele pergunta no que ela está pensando.

— *Mi hermosa esposa*, você está com uma cara tão *sinistra*.

Jessalyn dá uma risada nervosa. Tenta adotar um tom divertido ao lhe dizer:

— Eu estava aqui me perguntando: se uma pessoa morre em alto-mar, ela é arriada e lançada na água? Existe "enterro no mar"? O custo do translado de um corpo até a América do Norte seria altíssimo…

Espantado, Hugo ri.

— Nossa! Ninguém vai morrer e ser lançado ao mar, isto aqui não é um navio pirata nem de escravizados. Relaxe, querida!

Hugo está assustado, tão perplexo quanto Whitey ficaria. Jessalyn amolece logo.

— Ah, é claro. Que bobagem eu estou falando. Não me dê ouvidos, Hugo.

Eles riem juntos. Jessalyn se lembra de que os filhos riam dela, a mãe boba e dócil que dizia coisas inesperadas.

O lusco-fusco se aprofunda. No vento tomado por um frio genuíno há um aroma de algo que parece ser flores.

*Não dê ouvidos. Nada do que eu digo importa.*

*Nada do que qualquer um de nós diz importa.*

Em meio à vastidão de ondas encrespadas, agitadas. Vez ou outra, o mar borrifa o rosto dos dois como um cuspe frio.

Que importância têm, vidas tão minúsculas? A sabedoria das Ilhas Galápagos é a sobrevivência selvagem, por um tempo. Mas só por um tempo. E depois, morte e extinção. Existe certo conforto nisso, no fato de indivíduos terem tão pouca relevância, e no entanto se darem as mãos com tanta força.

Ah, Jessalyn vai. Ela promete! Ela vai *relaxar*.

O belo cabelo branco trançado é balançado pelo vento. Seus olhos marejam com o vento.

As ondas encrespadas, agitadas em que a lua luminosa se reflete como um rosto de maluco. Agora é hipnotizante, a cada segundo que se passa, a luz refletida nesse rosto de maluco se rompe e se agita nas ondas, formando novos desenhos, como os murmúrios das revoadas de pássaros, fugazes, deslumbrantes e desaparecidos. A cada batida do coração tudo muda, se altera. Aquela mão quente e forte que segura a dela a ponto de quase doer.

*Não me largue nunca! Eu te amo.*

Hugo está empolgado com uma coisa que acabou de notar. No horizonte, onde o sol desapareceu há poucos minutos, existe algo como um pós-sol, uma espécie de pós-crepúsculo de luz atenuada.

— Está vendo? Ali? Mas vai ver que é só ilusão de ótica... Está vendo?

— E-estou...

Embora Jessalyn não tenha certeza do que vê, se é que vê alguma coisa. Os olhos piscam para se livrar da umidade causada pelo vento frio.

Durante esse momento fugaz você (quase) se esqueceu do nome do homem, apesar de compreender que ele é seu marido. As mãos estão entrelaçadas com força, é um bálsamo no navio balançante. Aconteceu, você se casou (de novo), ele é o marido que a adora e que vai protegê-la até chegar aquele instante no transcorrer do tempo em que não poderá mais adorá-la e protegê-la e em que soltará sua mão, e você a dele; é essa leve bruma no horizonte que sobe do mar como um vislumbre de esperança, em que o luar ondula na água escura encrespada da qual você não desvia o olhar.

Este livro foi impresso pela Gráfica Terrapack,
em 2024, para a HarperCollins Brasil.
O papel do miolo é pólen natural 70g/m², 
e o da capa é cartão 300g/m².